U0611507

佛容笑笑 著

（网络原名《女风水师》）

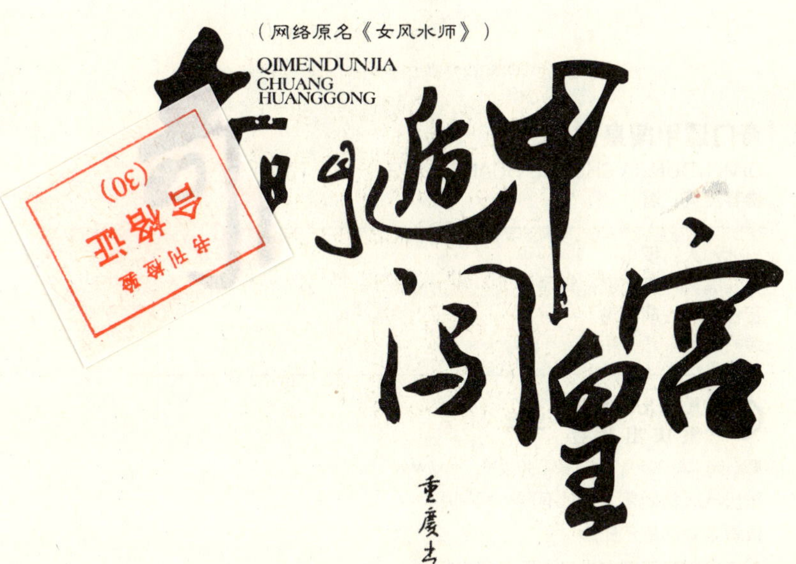

QIMENDUNJIA CHUANG HUANGGONG

重庆出版集团
重庆出版社

图书在版编目(CIP)数据

奇门遁甲闯皇宫 / 佛容笑笑著.—重庆: 重庆出版社, 2009.6
ISBN 978-7-229-00703-4

Ⅰ. 奇… Ⅱ. 佛… Ⅲ. 长篇小说-中国-当代 Ⅳ. I247.5

中国版本图书馆 CIP 数据核字（2009）第 080244 号

奇门遁甲闯皇宫
QIMENDUNJIA CHUANG HUANGGONG
佛容笑笑 著

出 版 人：罗小卫
责任编辑：陶志宏 钟丽娟
责任校对：胡 琳
装帧设计：八 牛

重庆出版集团
重 庆 出 版 社 **出版**

重庆长江二路 205 号 邮政编码：400016 http://www.cqph.com
重庆出版集团艺术设计有限公司制版
自贡新华印刷厂印刷
重庆出版集团图书发行有限公司发行
E-MAIL:fxchu@cqph.com 电话：023-68809452
全国新华书店经销

开本：787mm×1092mm 1/16 印张：21.75 字数：412 千
2009 年 6 月第 1 版 2009 年 6 月第 1 版第 1 次印刷
ISBN 978-7-229-00703-4
定价：28.50 元

如有印装质量问题，请向本集团图书发行有限公司调换：023-68706683

繁华，不过一掬细沙。

第三十一章　宝鉴　181
第三十二章　遭缚　188
第三十三章　再遇　195
第三十四章　禁锢　201
第三十五章　三煞　206
第三十六章　毒药　212
第三十七章　炁符　218
第三十八章　囚妃　223
第三十九章　刺客　229
第四十章　端倪　234
第四十一章　罗刹　240
第四十二章　算命　246
第四十三章　醒悟　252
第四十四章　身死　260
第四十五章　安胎　265
第四十六章　真相　271
第四十七章　逆声　276
第四十八章　落崖　281
第四十九章　请神　287
第五十章　黑影　292
第五十一章　逆命　298
第五十二章　洗牌　303
第五十三章　毒酒　308
第五十四章　弃命　314
第五十五章　不死　320
第五十六章　旖旎　326
第五十七章　成魔　331
第五十八章　涅槃　336
番外·回忆录·步步为营　340

奇门遁甲 闯皇宫

【目录】contents

楔子／1

第一章 初识／7

第二章 戏龙／12

第三章 誓言／17

第四章 杀机／22

第五章 斩龙／28

第六章 入局／32

第七章 妒意／38

第八章 失控／44

第九章 合欢／49

第十章 失明／54

第十一章 盘缠／60

第十二章 七杀／65

第十三章 惊情／70

第十四章 逃夭／81

第十五章 寻穴／87

第十六章 兰陵／95

第十七章 暗涌／100

第十八章 深陷／104

第十九章 难安／110

第二十章 鸿门宴／115

第二十一章 缩地咒／121

第二十二章 四刑／127

第二十三章 邙山／132

第二十四章 草人／137

第二十五章 宇文／144

第二十六章 埋伏／150

第二十七章 异志／155

第二十八章 苏醒／161

第二十九章 符咒／168

第三十章 先祖／175

楔　子

公元2008年。

华灯初上，晚风袭来，海面上荡起一圈一圈的波澜，为这不再漆黑的夜晚增添了一份妖异。忽而，海面上流光轻闪，一缕光芒从海底折射而出，直刺天际。乌云被光芒驱散，霎时间消失得无影无踪，暗蓝的苍穹中顿时形成一圈旋涡式的光流，似乎要把整个海面吸进去。

与此同时，坐在树上的一名少年，突然睁开双眼，一层薄薄的白雾遮住了他的眼睛。纵使他的眼睛看不见，但他仍然能感受到从“应念桥”传来的强大力量。少年从树上跳下，摁下手腕上特制的手表，一道绿光从手表中射出，在半空中出现了一个奇门活盘。

天、地、门、神四盘，在九宫八卦中飞速旋转，少年立即掐指一算，咧嘴一笑，在巨大的转盘前定值符找值始门。不一会儿，少年心中慌乱。这天出异象，有备而来，来者不善。

何算门。

在市区郊外，别墅居多，但这里长年冷清，且有闹鬼之闻，来这里居住的人寥寥无几，这样的地方因此最适合“何算门”立足。何算门在郊区深处，那里怪石丛生，树木蔽天。一条小道，蜿蜒而进，一座清朝时期留下来的楼房出现在森林之中。

何算门自祖师何德始，至今到何有求这代，已经传了数十代，何家研习奇门遁甲，至今方千年。而何家到了何有求这一代，已经是登峰造极。其可利用奇门遁甲，斗转星移，穿梭过去和未来之间。然而，在三年前何有求云游四海之后，何家的长女何小雅继承了衣钵。

何家向来传男不传女，但到何小雅这代时，因其弟何小明天生眼疾，不得不将何家

交给她。而她，却是何家创门以来道法最差的人。什么测来意、看面相，她都是一知半解。好在事事有神机妙算的小明撑着，她总算过得不太忙碌。

这不，何小雅正躺在竹椅上唱着周杰伦最新单曲，她的弟弟何小明就怒气冲冲地来到她面前，用他手里的拐杖狠狠地向她敲下去！

"有不速之客到了，你居然还在这唱歌，哪有这样的呀？"小明发怒，纯净的瞳孔里看不出任何表情。

小雅正哼得开心，身上遭到莫名的挨打，猛地从椅子上蹿起，对着来人劈头一阵猛打。

"痛死我了！什么不速之客？我怎么没看到，何小明，你找死是不是？"

"应念桥那边的磁场突然变强，恐有其他时空的人来到！姐，你打起精神，我已算出，这不速之客是冲着何家来的……"小明在手表上指指点点，说得更是头头是道。

小雅知道他说的没错，在《何家宝鉴》上记载，公元2008年，何家将迎来一场突变。起初她以为是宝鉴上胡乱说的，但小明的神情严肃，似乎不假。她当即跑进屋里，在一个巨大的转盘前若有所思。

"果然有人呀，我去会会她……"

应念桥。

流光一样的旋涡越来越大，有些车辆被风卷起，顿时变成一堆废铁，而车里的人立即白发苍苍。当小雅赶到时，桥两边的大道上已变成一片混乱。她快速地从杂乱的废车辆中变闪到应念桥，一股狂卷而来的风吹向她。

随着泄流出去的风越来越大，周围的树木竟奇异般地疯长，长成参天巨树之后，竟又奇异般缩小，直至消失。而应念桥下的大海忽然变红，不消一会儿，海水干涸了，只在眨眼的时间，海水瞬间消退，露出狰狞的海床。

"你！不过是来找何家传人，不用这么不讲道理吧？你把我们的海弄干了，你赔我们？吭声，别以为不吭声，我就找不到你了！奇局有象，日干用神落乾宫，方位西北，再不说话，我就往西北方收拾你！"这神秘来人也太无赖了吧！非要把这个时代弄成火山才乐意？她乐意，小雅还不乐意，这种无聊的人就应该给他点教训。

她再次摁了摁手表，挡住时间流的奇门局顿时增大，之后形成天网，网住肆虐的流风。小雅看着渐渐被收住的时间流，在心里比了个"yes"的手势，但由于她瞬间的疏忽露出了她的破绽，时间流竟爆网而出。

一股巨大的光芒直射向她，瞳孔中的惊愕瞬间闪过，不等她说"shit"，这道强光已经穿透了她的身体！

霎时间，天崩地裂，电闪雷鸣，她只觉得心中一阵刺痛，顿时失去了知觉。在强烈的光芒中，她恍惚看见另一个挡在她身前的男人，用巨大的奇门局与神秘人对抗。然而，突然阴沉下来的天空，使她在失去知觉前，无法看清这男人的样子，留在她脑海里的，是那伟岸的背影。

何算门。

小明感受到小道上的异动，眉头一皱。

小道上，何家伙计师亦宣正背着小雅往何算门走来，小雅口溢鲜血，在他的背上昏迷。小明顿觉发生了不妙，随即，抛开拐杖，往前跑去，一路上摔了几跤，才来到他们面前。他二话不说，从师亦宣的背上接过小雅，背在背上，往屋里走去。

把她放在竹椅上，小明从手表里拿出一粒丹丸，往她嘴里塞着。

“可恶，竟然伤了小雅！来者不善啊……”

静止在架上的浮针突然半沉半浮地晃动起来！

“亦宣，针动了吗……”

“动了，很不稳定，似乎、只有……恶……阴才会有……这样的气场……”亦宣说道。他明显感觉到紧张的气氛。

“说得不错，但此次不是恶阴，而是个恶女人。亦宣，帮我在门口摆两道去运符，我要会会她……”小明摸索着到茶几边道。

“你……准备……怎么做？”

“礼、尚、往、来！”小明笃定地说，成竹在胸。

师亦宣听后二话不说抱起昏迷中的小雅，退了出去。他去里屋拿了两道昨儿凌晨画好的去运符，分别挂在门槛的两边。

这家屋子年代已经久远，上面还保持着大清朝时的建筑风格，应该很好布局。小明想着的同时，已在茶几上用茶水画了一奇门局，从怀里掏出两面八卦镜，分别置于屋檐的两端，而后在奇门局的南边放上9块小木头，西北边放一把竹子编成的小竹椅，椅面上有些小孔。

布好局后，小明端坐在圆椅上，恭候来客。他脸上露出得意的笑容，无神的眼睛里似乎也洋溢着光芒，与其说恭候来客，倒不如说是请、君、入、瓮！

师亦宣把小雅安顿好后，静静地坐在屏风后面。屏风前的小明拭目以待，随着一股风吹进，他额前细碎的头发被微微吹起，寒意扑面而来，连屏风后面的师亦宣也感到一阵寒冷。

小明从座上而起，感受着从门槛缓缓而入的人。

高挑的身材，精致的脸蛋，蜜一般的肌肤在红纱下若隐若现，脚上穿着一双软皮长

靴，随着她的走动发出嗒嗒嗒的声响。

小明嘴角一咧，轻笑着："是美女啊……"

那女人眉毛上挑，颇为不屑道："不是吧，瞎子也能看见？……你真是瞎子吗？"

小明知道这女人在跟自己开玩笑，凭她的来头，连一个是否是瞎子的人都分辨不出来，简直胡扯。转念一想，从应念桥到何算门，这女人摆了多少迷局，为的就是这一刻。既然她不单刀直入地说，他只好陪这女人玩玩，反正他摆下的局，受制者待越久，对自己越有利。

"小明虽然眼瞎，但心不瞎，你走路声音很有节奏，脚步不轻不浅，稳而不乱，庄重中透露着女性特有的贵气……"

"脚步也有这么多学问，瞎子，你应该去研究脚步……你就没想过我是个男人吗？"来人有意为难。

"你现在站在南位，入了我的局，我更加确定你是女人。不仅如此，我还有办法算出你的长相。"

"噢？你说说……"来人似乎有兴趣听他讲解。

"南离午火，为红色；干支丁戊，丁为玉女，戊为财。所以，我断定你是女的，身高169cm，身上穿着红色轻纱；戊为财，手上还拿着钱财。"

小明说着，忽然转了一个方位，来到艮宫的位置。艮宫上临值符，值符为一切庇佑之神，在它的庇佑下，所有的灾难会暂时化解。所以，他在讲话的期间，为自己找了一个最好的方位。

来人眼中晶光一闪，似乎明白了小明的用意。她抬头看着四周，梁上两面八卦镜引起了她的注意。茶几上几块木头显得有些刺眼，她忽然笑了，继续发问：

"哟！这你都算出来了，不愧是何算门的人……那你说说，我带了多少钱？"

小明笑道："此局4、5、9数最多，4加5仍得9，所以取9之数，我断你拿着90万……"

小明话音刚落，来人竟然鼓起掌来。紧接着，来人问道："我进门看见门外有两道黄符，进得屋来又看见梁上两面八卦镜，茶几上一堆木头，又是何用意？"

小明顿觉时机已到，做了个请的手势，让她坐在北边的竹椅上。来人眼睛一眨，来到竹椅前坐下。一道明光闪过，桌子上的木块突然着了火，来人惊愕之时，梁上两面八卦镜同时折射火的光芒，变成两束光照在她的身上。

她顿时像要融化了一般，脸上渗出细碎的汗珠，略闪着金光。

小明露出一个满意的笑容，才慢慢讲来："我在门外放了两道去运符，是为了削弱你的运气，以免进屋来压制我的运气。你日主金，在乾宫，正是金化水之象，我只是在南边离宫的位置弄了几块木头燃烧，旺了南离火的火气，来克住金……还有你坐下的椅子，纵使你被火制，但金生水，能克住火，所以，在椅子上挖几个小孔，水自然泄光……”

来人热汗直冒，嘴里直说着“厉害”。她把一张支票放在茶几上，说道：“我叫 Rina，来自哪里你不必知道，我想告诉你，你算的没错，这正是 90 万。我们来做笔交易，我想见小雅，此次的主角是她……”

来人的说法验证了小明心里所想，能一出手就 90 万的，肯定是冲着命造书而来的。只是为何是小雅？莫非……

“命造书。”Rina 平静地说出三个字。

命造书，被世人称为命运之书，得到此书之人便能掌握任何一个人的命运。此书以人类身体作为载体，只有在宿主死时此书才会离开，继续寻找下一任载体。此书来去无踪，只有特定的何家人才能触碰到它。当命造书开启时，其力量可以毁天灭地。只可惜，从古至今，并未有人找到它。包括何家人，从创门以来，不曾有接触命造书的记载。

“你说笑了吧……命造书万年难得，90 万……”

“90 万订金，事成之后，1 千万，绝不食言！”

空旷的大厅上，气氛越来越紧张。屏风后面昏迷的小雅忽然醒来，迷迷糊糊中，她只听到了 Rina 的那句话，正是这句话让她从迷糊中笑着醒来，一千万，绝对是一笔好交易！她从床上爬起来，绕过笨男人师亦宣的身边，直接从屏风里窜出来。

她拿起桌上的支票，脸上笑开了花：“90 万啊，还是美元……出手可真大方，说吧，要我怎么做？”

Rina 会心一笑，她猜得果然没错，何小雅贪财，不可能对 90 万无动于衷的。“在桥上伤了你，可真过意不去，这样吧，90 万当做赔礼，对不起啊。”

小雅没有放在心上，但嘴上却嘟囔着：“有求于我才向我赔罪，要是无求于我，那还不废了我呀？不过，我接受这样的道歉，钱已经在我手里了，你可不许反悔呀！说吧，命造书哪里可以找到？”能出得起高价的，肯定是冲着《何家宝鉴》上记载的命造书。这点，倒和小明想的无异。

“爽快！第一个命造书可能藏匿的朝代，是在公元 573 年，北齐兰陵之地。兰陵王死时，据说他脸上的面具忽然化成灰烬……我肯定，这是一条非常不错的线索。”

“宿主死时，命造书会化作一道强大的光芒从他的身子里射出，如果命造书寄在兰陵王的身上，只要在他死时，抓住那道光芒，就可以获得命造书。你明天就出发，穿越到北齐，越快越好……”

“穿越时空？还有这样的啊！哈哈，这次我赚了！小说里穿越时空的主角最后总会被皇帝爱上，去和皇帝恋爱是何等的刺激……小明，我决定了，我去……你就好好在家吧。还有你，准备一千万吧……”小雅非常激动地把支票往自己口袋里放，露出一个

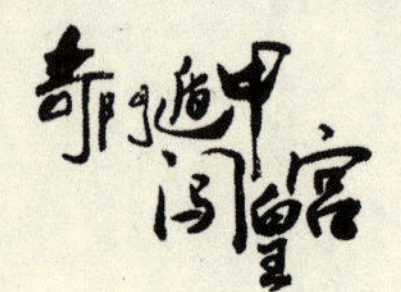

灿烂的笑容。一旁的 Rina 露出一个神秘莫测的笑容，看来，这事有些希望了。

Rina 满意地离开了，小雅走进屋里收拾东西，小明推门进来。

“姐，要走了，去和亦宣说一声吧，他挺担心你的……”

“应该的……”小雅忽然静下来，门外的师亦宣默默地站着，似乎在等待着什么。小雅顿觉着胸口有点难受，随即又说了句：“回来吧，回来再说，我一定会回来的……”

第一章　初　识

北齐，公元573年，甲寅月。

此时正月，正值深冬。北齐邺都城内，风雪覆盖了整条大街。街道上已没有几个人在走动，渐渐黑下来的天幕让北齐的子民不禁缩紧了身子，顶着飘下的雪片急赶回家，和家人享受炉火暂时的温暖。

尽管如此，在邺都皇城内，却一片太平盛世之象。大雪飘进皇城，掩不住从琉璃瓦下传来的靡靡之音。初只淡淡地听见几声琵琶，后竟传来众人合唱的声响，其声发自肺腑，洪亮如钟，直刺破天际，化作一道刺眼的明光，为苍穹点缀出最美丽的胜景！

高纬身穿华服，手抱琵琶，半卧在命人万两黄金打造、宝石镶边的巨大极乐台上，看着忽然从天际闪过的光芒，眼睛不禁眯了起来。随着雪片落下，极乐台周围环形的温泉冒着热气，雾气缭绕，合着在空气中飞舞的雪花，把独卧其中的17岁少帝高纬衬得有如身处仙境。

高纬随后把琵琶往旁边一放，躺在台上，闭上双眼许久不语。

远处一名宫女拿着狐皮大裘不安地看着极乐台，她有些焦急，不敢上前。皇上说过，谁轻易靠近他，谁就得株连九族！但见皇上已经睡去，着了凉也是奴才们受罪。该如何是好？

正在犹豫不决的小宫女手里的大裘忽然悬了空，待她细瞧时，一声娇笑让她慌忙下跪，原来是高纬新宠宫女，瀛。前几日，少帝在皇宫内假扮相公与宫女们嬉戏时，遇见了穆皇后的宫女小丫头瀛，便在当日向穆皇后讨了去，行云雨之欢，之后几天，少帝沉溺，瀛女日夜承欢少帝身下，如漆似胶。

“瀛姐姐吉祥！”小宫女当即下跪。只要是皇帝身边的人，都有可能一朝显贵。小宫女并不笨，艳丽的瀛女有朝一日必会飞上枝头。这时候巴结巴结她，是作为一名小宫女在宫中生存的本能反应。

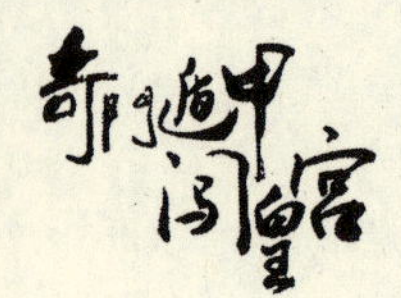

“黄花贱婢！瀛姐姐也是你叫的？快下去！”细瞧这名小宫女，虽压着头，但看其身段，隐约有卓越之姿。小宫女浑身灵透，从身上散发出美玉的韵质，一双柔弱的手轻轻地压在雪片上，如凝脂一般的颜色和雪花融为一体。身为皇帝新宠的瀛女自然心里不乐。未窥其全貌，此女已经有让人惊叹的美丽，瀛女恨不得除掉所有比自己漂亮的女人！

“是！瀛姐姐！”小宫女赶紧站起，小心翼翼退下。走至瀛女身旁，一股淡淡的梅香从小宫女身上传来，瀛女即显怒色，当即甩了小宫女一巴掌。

“贱婢！黄花贱婢！你又是擦的什么香，想勾引皇上吗？”瀛女毫不客气地斥道。

小宫女哪知自己又犯了什么错，但见瀛姐姐满面怒气，当即跪下认错。

“瀛姐姐！我再也不敢了！”小宫女求饶，眼泪已经滴下。入宫三年，打打骂骂的事早已习惯，只怨她命苦，不能和瀛姐姐一般命好，伺候君前。

“哼！谅你也不敢！自己到外面掌嘴去！”瀛女怒斥了一声，随即转身，轻移小步，来到高纬的面前，把大裘盖在少帝的身上。小宫女知趣地退了出去，在离极乐台甚远的地方站定，一下一下地掌着自己的嘴。

高纬突然睁眼，入眼的是如花的笑容，细腻的容颜淡成一幅画，渐渐模糊了起来。他忽然想起了一张完全不相关的容颜，鼻梁上一点红色朱砂无比的冶艳，一双让人着迷的眼睛似乎变成了世上最灿烂的星辰。

“皇上……”瀛女发出细碎的呻吟，把少帝的魂儿拉了回来。他看着眼前如花的美人，忽然没了兴致。他把瀛女拉近了，又忽然推开了她。瀛女显然有些错愕，高纬竟大笑起来。

“江山……美人……朕宠幸过的美人无数，却没有一个能让朕为之倾国的，上天薄朕！”皇帝的笑让一旁的瀛女有些害怕，她实在不知道皇帝在想什么。有了江山，还怕没有美人吗？

“皇上……”

高纬听得瀛女一声呼唤，不禁心荡神驰起来，他翻过身把瀛女压在身下，炯炯有神地看着他身下那张露出娇羞表情的脸蛋。虽然不是最美，但却别有一番风味。只她唇上的殷红，就足以让他神魂颠倒。看着他喉结轻动，瀛女把身子凑上去，在他的怀中故作忸怩。

“瀛儿，朕要宠幸你……”高纬气息渐沉，对准她的红唇咬下，开始对瀛女一番索吻，极乐台周围的太监宫女纷纷转身回避……

极乐台，温泉底。

何小雅只觉胸前一阵紧迫，只不到半分钟的时间，她就从21世纪来到这个朝代。

“姐，回来之时只要转动手表里的奇门盘，我会摆局迎接你回来，手表的电池最多能撑一个月，不必要时不要用，切记！”

她依稀记得，临走前弟弟的叮嘱。弟弟让她不要轻易用奇门阵法，纵使能斗转星移，以她的体力，恐怕也消耗不起，从21世纪来到公元6世纪，已经让小雅有些不堪重负。她明白，这是时间的长河对她穿越时空的惩罚，作为等价交换的条件，她必须付出代价。

奇门穿越，本是在子时大伏吟结束之后的那一刻，趁着九星八门转动的瞬间，斗转星移，穿越时空。大伏吟本无变动之象，但一切平静的易象之后，只要一动，就变成了破涛汹涌不可阻止的变象。

小雅无法选择出现的地点，在一阵耀眼的光芒中，温热的水流渐渐包围了她，她甚至还没来得及反应，就已经被水呛得差点岔了气。本能的反应让她四肢不停地动着，在周围掀起了不少的水泡。

胸前越来越紧的压迫，使她不顾一切地往上。好在学过几天的游泳，落水后求生的本能让她迫不及待地露出水面，渴求吸得与天地共存的氧气，寻得一线生机。

一阵水花溅起，小雅的头从里面冒了出来，迫不及待地吸了几口空气后，才突然感受到刺骨的冷气，再一吸气，连空气也是刺骨的冷，喉咙处像结了冰一般刺痛难耐。她刚要向岸上游去，从中间的圆台上传来了细碎的呻吟声，小雅觉得这些声音有些耳熟。

小雅不禁侧耳倾听，听了一阵，忽然明白了，小雅的脸顿时红了起来，没想到刚穿越时空就听见了这真人版的靡靡之音。只是……怎么不见人呢？

雪越下越大，巨大的圆台中间只有白茫茫的一片，眼神不大好的小雅只有在细瞧之下，才能看清积雪中的大裘衣，以及与冰雪融为一体的女人玉体。除此之外，小雅唯一看见的，便是那条足以当被子用的狐皮大裘。

小雅知道自己身无寸褛，心里在琢磨着怎么把那条大裘弄到手，可是又不敢贸然前进。在水中待了一会儿后，她觉得有些难受，脸上快冻成冰块，呼吸也越来越不顺了。她准备爬上岸，趁他们不注意悄悄拿走大裘，等有了钱还了就是。

然而，很少下水游泳的小雅却不知道人不能在游泳后一下子爬起，否则重心失调，再次摔向水里只会让她更惨。果然，她一下子失去了平衡，重重地摔回水里。

一声重响惊醒了裹在大裘里的两人，只见瀛女忽然睁开美丽的大眼，看着四周，最后定睛在那片起了波澜的温泉上。

高纬一丝不挂地站起，瀛女为他披衣，他直接推开了瀛女。他走到泉边，望着从水里冒出头的女人！看着她受惊的眼神，高纬不禁露出冷笑。又是哪宫的宫女想诱得他的恩宠？那就陪她玩玩……

再次从水里浮出的小雅，看见正在走向她的男人，她久久地定在那里，完全忘了冰冷的空气。待男人走到她身边，露出一抹冷笑，她才反应过来。从来没见过男人裸体的小雅忽然觉得眩晕，她把来人从头到尾透彻地瞧了个遍，而后才发出尖叫："爽啊，你居然没穿衣服！"

话刚说完，一股气冲上小雅的脑门，鼻血忽然流淌而下。小雅发现水中有淡开的血迹，再摸摸自己的鼻子，这不摸不要紧，一摸可把她火了，没想到自己居然对着一个没穿衣服的男人流鼻血……简直太没有天理了！

她流鼻血的样子要是被小明看到，不知道该被他酸多少回！而且，更可恶的是，眼前这个男人居然就这么站着给人看，眼里还露出让人费解的眼神。那种戏谑一般的眼神，似乎游遍她的全身，透视着她的每寸肌肤，小雅顿觉毛骨悚然，简直太变态了！

"Are you a freak，sir？"（你是变态吗，先生？）

见那人皱了一下眉头，小雅继续说下去："Being naked in public is indecent and I can accuse you of polluting our environment.Do you understand perfectly what I mean？"

言下之意是说他再不穿上衣服就告他污染环境！

说完之后，小雅重重地吐出一口气，没想到，穿越时空让她体力消耗那么重。她抬起头看着那男人，他却无动于衷，相反地，他的眼睛竟然眯了起来。

对高纬来说，在他眼前的不过是个想讨他注意的满口胡言的宫女，精致的脸蛋，灵动的双眼确实让他瞬间失神，但他高纬是高高在上的帝王，能让他倾国的女人定是人间尤物，只可惜……

高纬笑着下了温泉，吓得小雅往后面躲去。

"既然来了，何必再躲？等待朕宠幸的女人多的是，你别不识抬举。况且，朕想要的，就没有得不到的，你以为你能躲过吗？"高纬步步接近。

不过是年少帝王，却说出帝王家的气派，能自称朕的，普天之下也只有皇帝才配拥有，这么说，眼前的男人是皇帝？

在这一瞬间，小雅竟然想起了师亦宣。缭绕的雾气让她只看出他的大概轮廓，眉眼间的气质像极了师亦宣。高纬慢慢地靠近了她，直到她无路可退，直到身后被凿壁挡住。

一张大脸俯了下来，小雅看清楚了他的脸——飞扬的眉，高挺的鼻，明亮的眼，细致修长的单眼皮，嘴角微扬，正冷冷地笑着。

便是这样一张脸，确实像极了师亦宣。只是亦宣给人的感觉是笨重、憨厚，而眼前的人却给人一种压迫的气势。他只不过是一名少年，为何一副老气横秋的模样？在这种气势压迫下，小雅竟然失神了。

"亦宣……不……你是皇帝……"小雅望着越靠越近的脸，开始慌乱起来。除了小明的脸，她还不曾这么近距离看过别的男人的脸，她的心突然快速地跳了起来。

"凭你这句大不敬之话，朕立刻让你血染汤泉，你还真是大胆啊……"高纬突然发现了小雅鼻子上一点小朱砂痣，点缀在白皙的肌肤上显得冶艳无比。心中倏然一惊，眼前的脸不自觉地和自己想象中美人的脸重叠起来，秀挺的鼻子，削尖的下巴……还有这，细腻柔滑，让人一沾上便不想离开的肌肤……高纬的手重重地按在了她的脸上！

一种奇异的感觉从指尖上传来，高纬感受着手指下令人着迷的肌肤，片刻失神。此女，真是人间魔物！

小雅费力地把头往后仰，不让他的手在自己的脸上肆无忌惮。但高纬对女人身体的反应已经了如指掌，他托住了小雅的后颈，在后颈处推按了一下，让她不自禁地发出娇吟。

"啊……"小雅发出连她自己都觉得不可思议的声音，脸一下子又红了起来。她挣扎着推开他，却见他死死地贴着自己，真想废了他！

"Shit！"骂出了声，不管眼前的皇帝老子是否听得懂。

"Stop！我来这里是找兰陵王的。"小雅随机应变，借机试探眼前的皇帝是哪国的皇帝。

史上记载，公元6世纪，正是战乱的时代，百年来，各大诸侯豪强揭竿而起，各自封王。各阶段有魏、陈、齐、周、隋等国，眼前的这位少年帝王，更像是北齐出了名的君主——北齐后主高纬。

而兰陵王功高震主，这三个响当当的大字，不管对于哪个皇帝来说，都会是一种震慑。不仅仅是因为他的功绩，更因为他给各国带来的威胁，甚至是对北齐的威胁！

从来功高震主者下场必定悲惨，兰陵王也不能除外。小雅望着少帝，心里不禁一沉，他眼中闪过的冷光，直接穿透了小雅的双瞳，她灵光一动，更加确定了自己当前的立场。

"兰陵王？"高纬听到兰陵王三个字停下了动作，他转而抬起小雅的下颚，冷道："兰陵王与你何干？"

高纬冷冷的口气使得周围的气氛顿时紧张了起来，就连一直待在圆台中间不敢吭声的瀛女也显得不安起来。

在宫里，谈兰陵王被视为禁忌，只要有人谈论起，一经发现，格杀勿论！以前，有一个宫女只说了兰陵王爷四个字，便被皇帝丢下滚水中煮熟，命宫人分食其肉，宫人从此吓得噩梦连连。宫中有关于兰陵王物事之类的，都会被皇帝毁个彻底。

所以，宫女太监们明着不会说，私下里更不敢说，久而久之，兰陵王这三个字已经成了宫女太监们心照不宣的忌讳。

而眼前这名贱丫头，竟然提了兰陵王三个字，以皇帝的性格来看，这妮子恐怕活不过这个时辰了！瀛女忽然笑了，这黄花贱婢，死了才好！

第二章　戏　龙

眼瞧着停止动作的少帝，小雅从他的瞳孔里开始解读信息。突然闪过的狠绝，让她不禁心惊。细观他相，本是福禄厚长之人，但双眉间的阴霾，着实地阻了这福禄之气。他生来俊宇轩昂，年纪轻轻，气势压人。但这股气势并非皇气，而是戾气。

纵观北齐鲜卑历史，伦纲失常，皇帝们个个精神癫狂，好色短命，或跟鲜卑族的葬习有关联。

北齐高祖乱中起家，凭的就是祖上阴宅的一股龙气，借着蛟龙冲天之劲，建得一朝。但蛟龙毕竟是蛟龙，福禄绵薄，臣纲有失，且逆气冲天，终难长久。其"龙煞"格局，足以影响百年，乘龙煞之荫的皇子皇孙，个个短命，不仅如此，由蛟龙之气建朝的北齐王朝更是昙花一现，刹那短暂。

至于好色如命，恐怕也是因戾气太重不得宣泄引起，若没有把精元泄去，恐难承受蛟龙格局带来的强大气场，难免一朝毙命。

高纬冷冷地看着眼前的女人，想起之前他赏赐给兰陵王的二十名美人，最后竟被兰陵王以"病不能受，臣感君恩"的名义遣还一十九名。高纬当日便杀了那十九名美人，兰陵王不要的女人，他高纬绝不稀罕！

"说！你跟兰陵王什么关系？"高纬的眼睛眯了起来，他甚至已经用手掐住了小雅的脖子。

小雅没料到他说变就变，不及反应，已经被卡得呼吸困难，干咳连连，随着她轻微的动作，温泉上起了小小的波澜。

"民女一心爱慕王爷，王爷他却心系郑妃娘娘。前日，民女打翻了王爷的青釉多足砚台，王爷便要杀了民女，民女心有不甘，请皇上做主！"

喘气之余，小雅说得坚决怨恨，宛如真被兰陵王抛弃一般。其实不然，她并不知兰陵王如何，只求这一话，能解自己暂时之围。

高纬又何尝相信眼前的女子，这深宫禁院，守卫森严，她一区区民女何以进得？恐怕这女子也是宫内之人，闻得自己喜好玩乐，所以早早地在极乐台等候自己。只是这女子太不识抬举，他高纬是什么人，天下皆知，又何必拿兰陵王来当借口？

兰陵王这三个字，只会引起他的震怒。

"你要朕如何为你做主，嗯？"忽然贴近，用另一只手勾住她的腰肢，让她颤抖的身体紧紧地贴住自己。

忽然惊慌，她奋不顾身地推了一下他，却让他抱得更紧。高纬心中冷笑，欲拒还迎么？

他的手一路游刃而上，汤泉里的重抚带给小雅异样的感觉，但却反抗不了，只能用自己的手紧紧地按住水下那肆虐的大手。唯今之计，只有抬起头，坚定地看着他，说着："王爷既然无情，民女爱慕之心权当东流水，但请皇上给民女一个公道，让民女死而无憾！"

"公道？王爷要杀你，朕留你何用？"高纬故意说道。

"民女自知贸然闯进宫也是个死罪，只求皇上给民女一个痛快，民女不想被心爱之人所杀！民女若能死在上神之子手里，也算上辈子积了德。皇上，请下旨！"小雅说得决绝，只希望这些话能暂时分了他的心思。

高纬确实被她的话分了神。上神之子，不就是独一无二的帝者么？自魏朝以来，天下纷乱，西有周国，南有陈国，北有大齐，各国之间纷争不休，无休无止的战争让他已经烦了，他不想再战下去了。

然而，有主战的兰陵王在，高纬心里着实压抑。从赐死高俨开始，他就步步为营，把大齐的江山逐步掌握在自己手里。但兰陵王却一副管定大齐国事家事的嘴脸，让高纬恨不得立刻杀了他！

可兰陵王名满天下，有功无过，又如何杀得他？每每此时，高纬都会有癫狂之思，抑不得解，只得以酒色犬马来排解。现在，忽听这女子这么一番话，心里竟有几分欣喜，倘若自己真是天下至尊，那他也不必再烦恼其他国家的侵犯，他可以安心地坐拥天下，纵观四方来朝。

高纬忽然对这女子起了兴致。

"汝名讳何？"高纬问道。

小雅眯起眼，松了一口气，这皇帝居然知道自己姓何，其实她不知道，这是在问人的名字，可惜今人古文太差，沟通也会有障碍。

"我……民女确实姓何，名小雅，年满……二八，皇上，可否容民女着衣说话，民女惶恐，怕有失大方，冒犯天颜！"

"坦诚相见，朕倒不介意……况且，一心求死之人何必在乎一丝寸褛呢？"高纬戏

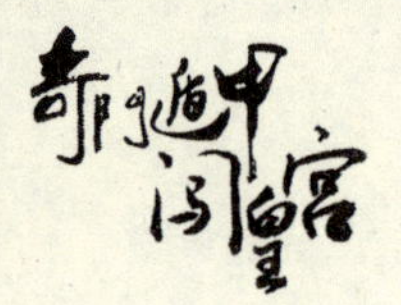

谑笑道。

只是小雅听了快晕过去了，这皇帝果然精明，自己这点能耐恐怕瞒不过他了。

“民女即便是死，也要死得体面，民女更不想污了皇上的龙眼，还请皇上成全。”舌头有点打结，古文不是她的强项，能勉强说出这几句话，已经是她的极限。

高纬看着小雅，眼睛不曾闪将半刻，倒是小雅显得有些心虚，眼神开始有些浮了。高纬忽然一把搂住她，拦腰一抱，把她结实地夹在自己的腋下，朝着台边走去。

只感觉自己忽然被悬空了，口里连续呛了几口水，着实难受。从刚才到现在，她已经在水里超过半个时辰了，她感觉到自己的呼吸越来越慢，几乎窒息，特别是上半身离了水，显得更沉闷。

高纬不知她的异样，他一边泅水一边说着：“瀛儿，把那件狐皮大裘拿来。快！”

瀛女一听，心里“咯噔”一下沉到底了。没想到，皇上不仅没有杀这贱人，反而对她起了兴趣。她早该杀了这黄花贱婢的，之前才掌她的嘴，现在倒来勾引皇上了！真是失策！

瀛女不甘地拿起雪上的大裘，走到岸边，高纬从台阶上缓缓上岸，瀛女忙为他披上狐皮大裘。她瞥了小雅一眼，眼中闪过惊艳之色。玉体纤纤，被温泉泡过的身体像一朵出水红莲般绽放，乌黑如瀑布的发丝一些垂下，一些黏在了皇上的身上。看到此等旖旎景色，连身为女人的瀛女也不禁要感叹三分！

果然是尤物！

“发什么呆呢？为朕更衣！”高纬把披在身上的大裘转披在小雅身上后命令瀛女，小雅一愣，随即把狐皮大裘紧紧地揣住，裹在自己身上。总算穿上了衣服，她松了口气。

瀛女怒瞪了小雅一眼，拿起被埋在雪里的龙袍，把上面的雪抖掉后，再次来到皇帝身边，欲把衣服披上高纬的肩膀。无奈，高纬一手推开了衣服，怒斥道：“偌大皇宫，一件衣裳也没有吗？”

瀛女扑通一声跪在雪地上，抱着皇帝的腿，嘴里直呼：“臣妾知罪！”高纬面无表情，只是淡淡地说了句：“知罪便好，为朕更衣！”

说着，便把小雅放了下来。

小雅的脚尖刚着地，就被彻骨的冰雪冻了脚，她一下子蹦了起来，嘴里直嚷嚷：“Shit！冻死我了！”话一出口，顿觉不妥，见高纬若有所思地看着自己，她忙掩了自己的嘴，恨不得抽自己的嘴巴。

瀛女恶毒地看了她一眼，随即领命站起，光着身子走至殿口，随口说道：“都进来吧，皇上要更衣了。”

话罢，一群华服宫女从殿外款款而入。

宫女们在极乐台排成整整一圈，手里托着银盘子，盘上华冠龙袍龙靴，以及金丝镶绘的罗裙华服和珠宝首饰。一名大宫女模样的人托着盛有贴身衣物的银盘来到皇帝身边，屈膝下跪，把盘子托在头上方。

让人感到惊奇的是，其他宫女一个接一个走近，皆跪在了皇帝的跟前。只见皇帝咧了一下嘴角，瀛女忙上前，先在地上垫了一件大裘，然后拿过盘子里的衣物，开始为踩上大裘的皇帝更衣。从贴身衣物开始，直到龙袍龙靴，之后为皇帝梳理好一头华发，戴上皇冠扣上玉篦。只片刻时间，他已经衣冠楚楚，眉眼飞扬，姿态肆意。

这个过程下来，直把小雅看得个目瞪口呆。她曾想过皇帝可以很奢侈，但没想到竟会奢侈到如此的地步。

瀛女从另一个盘子里捧起一卷狐裘长卷，从皇帝的脚下一路铺展，延至殿外。皇帝一脚踩了上去，忽然想起什么，转身把正在发愣的小雅抱上了狐裘毯上，但她的脚似乎被冻僵了，接触到柔软的狐裘也没多大反应，只觉身子一直在抖。

何小明可没有告诉她，北齐的冬天竟然如此寒冷。雪越下越大，瀛女的身子也抖了起来，没有皇帝的命令，她又怎敢擅自着衣？

"你刚才说的话很有趣，'戏'是什么？"高纬问道。

"是shit！……就是很美妙的意思，陛下，这天怪冷的，赏赐几件衣裳穿吧……我，民女感激不尽……"看了旁边的瀛女一眼，不禁打了个哆嗦。

"原来如此，戏，调戏？朕懂了……"高纬忽然爽朗大笑，而后明朗地看着小雅，随着雪片的飘下，显得有些静谧。

他像一座山一样，屹立在她面前。

"你是哪宫的？……不过，朕不管你是哪宫的，从今儿起，你是朕的……"高纬再次拦腰抱起她，以绝对嚣狂的气势抱紧怀中的人儿，玲珑矫健的身子让他心里开始荡漾了起来。垂眼望去，一双有些疑惑的眼睛，让他的心忽然沦陷。

她……真的很特别。

戾气的双眼忽然染上情欲，她显得有些措手不及，挣扎了几下，却让狐皮大裘开了一个小口，她赶紧捏紧开口，心里如小鹿乱撞。被男人抱在怀里的感觉是好，但是绝不是此时此刻此人。

她回来，是为了见兰陵王。

"陛下，这样不妥！"

"有何不妥？你费尽心思让朕注意你，现在说不，来得及么？哈哈哈……不过，朕就喜欢这游戏，刺激……"高纬邪魅地应着，最后竟肆无忌惮地笑了起来。

"你……"结舌，愣愣地望着他。

"朕要的就是这种眼神，朕的雅儿，想让朕在这儿宠幸了你么？闭上眼睛罢……朕还要批奏折……"手忽然用力，抱着美人，大步地走向殿外。

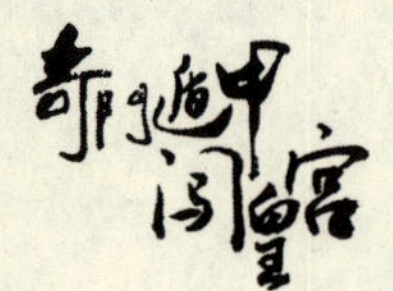

汤泉氤气环绕，夹着飞舞的雪片，跪在极乐台中间的宫女们跟着退了出来，只有寸褛未着的瀛女独自留在那里，眼里闪着嫉妒的光芒。

夜渐渐地黑了下来，四周的宫灯亮堂起来，在极乐台殿外的小宫女仍在一下一下地掌着嘴巴，她的嘴角已经红肿，唇边沾着血迹。此刻，受罚的她却忽然笑了出来，咧开的唇角灿烂如花，在黑夜中大绽异彩。

第三章 誓 言

夜。明光殿。

明光殿为皇帝的寝室，往里只见金玉珠玑为帘箔，处处明月珠，金陛玉阶，昼夜光明。自从进入这个大殿开始，小雅便被金玉的光芒闪了眼，一种温暖的气氛扑面而来。

高纬把怀中的人放了下来，似乎并不多做留恋，转身到了沉香案前，拿起奏折便看。趁这个机会，小雅在殿里观察了一番。大殿深处是古朴浑厚的九龙壁雕，壁前却有九道铁链锁着龙壁，一把青铜剑连接铁链，把欲伸展出来的九龙头紧紧压制住。

再看旁边屹立的两面大铜镜，经珠玉光源一照，折射在宽大的龙床上。

心里不禁一惊！

这九龙被压制，龙气被斩龙剑所制，不管是恶龙逆龙真龙都无法发挥风水格局的功效，再加上铜镜折射珠玉的光线明了九龙的真性，若此时拔了斩龙剑，恐怕这九条龙便会立刻冲出，引发不可设想的后果。

所谓龙生九子，善恶皆有，彼此之间互不服气，难免会引发一场恶战。龙所到之处，更会带去煞气，一旦被煞气煞到，若没有化解方法，流血死人的事件也无可避免了。

只是……为何这格局会在明光殿内？难道北齐没有人懂得这风水吗？此九龙若能压住，天下太平。此龙若压制不住，石壁上冲出的煞气便会第一个伤了明光殿的人。不仅仅是明光殿，恐怕整个邺城都会血流成河。

此举，实在费解。

轻轻抚着壁上的铁链，一股奇异的感觉从铁链上传来。嗖的一下，似乎有一股真气从铁链上传来，脑海里顿时轰的一声空了。顷刻间，便感觉这股真气从四肢穿透出去，如腾云驾雾一般，傲视天下。

绵绵无尽的山脉，如一条龙行过，两边的大山为其摇旗护驾保航，而自己站在龙头上，手握象征帝王的权柄，惬意前行。

胸前一阵发紧，小雅突然从神游中抽回思绪，猛然一惊，赶紧把手抽离铁链。

是……真龙！

只有真龙才会让人产生如此美妙的幻境，也只有真龙，才会迫不及待地把龙气传递给任何一个接触它的人。

真龙之气，冬暖夏凉，即便是被绑住的龙，也能使明光殿冬暖夏凉，如此之地，让人流连忘返。

回头看看认真批阅奏章的皇帝，不知道摆这个格局是何用意。只能心下暗想："这北齐后主真令人匪夷所思，敢在龙头上动土。点穴准了，一飞冲天，但也会血流成河，哪个帝王不是靠着打杀夺天下的？若不准，恐怕会当场毙命，得不偿失啊！换做是我，死也不借这真龙之气，这不和自己过不去吗？"

随即又在心里抽了自己一耳光："北齐人才济济，如果风水师连这么明显的龙穴都点不准，那干脆一刀捅死自己吧，哈哈哈。"

小雅姿态有些放肆，完全忘记了自己只裹着一件大裘，很长一部分的沿摆在地上拖着，披散而下的长发添了几分瑰丽。伸出白皙的手臂，手腕上的手表显示着方位经纬，绿色的小屏幕上一条小龙在蜿蜒游戏，转了几圈，忽然朝着大殿门口的方向飞去，直冲向皇城外的方向。

顾不得皇帝在场，小雅光着脚跟着小龙跑了出去。小龙逐渐变大，直冲向天际，最后又从云层冲下，一阵龙啸之声，天地顿时亮堂起来。高纬抬眼，心中倏然一惊，只见那龙直奔徐州方向！

高纬顿觉事情不妙，三两步走到她前面，看着亮堂的天空，一阵龙啸，顿时乌云聚拢，大雨倾盆而下。

高纬转身对着小雅，怒气非常："你坏朕事了！龙从徐州而来，过邺都而结穴，白虎蹲踞，是真龙之象。朕的整个邺都格局层层起伏，左蜿蜒宫殿一气连成为青龙，右低矮匍匐矮屋为白虎，后坐山为玄武，前临江而为朱雀，你倒好，把朕费心思留下的龙脉给弄走了，这大齐的天要是塌了，拿你祭天！"

听得这么一怒斥，小雅顿时明白了过来，此邺都格局称为"回旋龙"格局，可以同徐州而来的真龙一起回旋。但真龙从徐州而来，最后会回归到徐州，在徐州结下真正的龙穴，而眼前邺都的格局，只是支龙之脉，是人为而成的龙格局。这种格局只适合住宅，龙发力根本不足以影响天下。而只有徐州，那里才是龙栖之地。

皇帝如此紧张，徐州必定是威胁邺都的地方之一。细想之下，豁然开朗。徐州是兰陵王的封地，高纬会如此紧张也无可厚非，身为大齐的皇帝却没有真龙之气，谁都会害怕吧！

"皇上，那并不是龙回巢，是民女的一个小戏法，皇上，我再给您变一个……"也确实如此，从手表里飞出的小龙只是能帮她确认兰陵王的位置而已，这是奇门表盘的神奇之处。不用知道对方的生辰八字，也能洞知你十年人生，天清地浊，中间分明，万物发展的规律都在五行之内，尤以时间起局的预测术，最为精准。

摁动手表活盘，绿色的光折射而出，在半空中形成一奇门局。手指轻点值符，盘内三奇六仪飞转，星门神各司其职，其中值班之门闪闪发光。高纬看得有些疑惑，这星象之图如何从这小小的东西里幻出？

“看到了吧，其实那条龙是从这里飞出去的，它可以为皇上排忧解难……”眼睛突然眨了一下，小雅计从心起。

如果可以借着这条龙离开皇城，也不失为一个好办法！

高纬眼睛一亮：“何以见得？”

“这烦恼无形，当然见不得。皇上是真命天子，日理万机，要烦恼的事自然多了。且皇上夜做噩梦，总是梦见自己头破血流，这件事，着实让皇上心力交瘁啊！”说到这儿，故意卖个关子，就等着皇帝掉入这匣子了。

“是吗？”此女真不简单！从杀高俨以来，他就没一天不做噩梦的……

从她的话语中辨认出，这女子不仅仅是宫女这么简单，刚才说到龙回巢等字，便知她对风水术有几分了解，现在又说出自己梦中之事，实在有些佩服了。

小雅忙摁了手表一下，奇门局在空中渐渐消失。殿外滂沱的大雨让她差点没听清皇帝的话，但从皇帝的表情中看出，他已经有几分入局了。

她吸了一下鼻子，继续说道：“方才民女在此殿的西北角，发现那里少了一根梁柱，屋内以九宫为局，西北乾宫缺角，人体上为头，缺了一个角，又怎么会好呢？加上这铜镜反煞相逼，即便是梦里青天白日，不头破血流也会变得痴傻，而且……”

“说下去……”

“是！而且，西北乾金宫方向正是徐州的方向，缺了徐州一角，皇上又怎会心安？”至关重要的话一脱口，皇帝立即揪起眉毛怒了。

“大胆！兰陵之地，齐之疆土，日月迢迢，奉天可鉴，他可是大齐的兰陵王爷，国之栋梁！”说到国之栋梁，高纬牙关紧咬。被人说中痛处时的震惊，瞬间转成对兰陵王的愤怒……兰陵王——留不得！

小雅并无意陷害兰陵王，但只有这样，才能最快见到兰陵王。从来命由天定，运由人造，命里该绝自然绝，命里不该绝的即便杀他千次万次，他也能寻得一线生机。正所谓，阎王不收你，想死都没门！

兰陵王要是不该死，就算捅他个十刀八刀，也能被救活。正因为如此，小雅才敢把矛头指向素不相识的兰陵王。

“禀皇上，兰陵王爷忠心耿耿，绝不敢对皇上有异心。只是兰陵之地，人杰地灵，真龙之地易出逆象，恐怕……"语气迟延，有作停顿之势，"恐怕连王爷也招架不住，其实，民女此次冒死进宫也正是为了这件事。"

一步一步引得皇帝进入，在高纬面前的是21世纪新人类，她只许胜不能败！

"哦？即便被王爷赐死，你还是会为了他？呵……依朕看，是王爷的性命掌握在你手里，而并非兰陵王要赐死你吧，不论谁得了这么个尤物，忍心伤之？不过，既然来了，说下去吧……"高纬忽然抬起她的下颚，端详了一阵。

下颚传来轻微的刺痛，皇帝下手可毫不留情哪。

忽而眼睛一转，脆声道："皇上明鉴，民女虽然爱慕王爷，但怎及仰望天颜？能睹得皇上龙颜，民女三生有幸，愿为皇上效劳！"

"为朕效劳？"

"皇上是聪明人，民女能说出这一番话来，自然能解皇上之忧。皇上，民女愿遣兰陵，三月内，定让'龙回头'，保证皇上满意。"

龙回头的意思是，斩断龙前进的方向，让龙不得不回到原来的地方。但她只是随口说说，什么让龙回头，她根本做不到，至今为止，还没有一个人可以改变一个大的风水格局。

而且，史书上记载，兰陵王在辰月被赐死，离现下还有三个多月。这三个月的等待，绝不能在皇宫耗了。眼前的帝王充满了乖张的戾气，整个邺都在斩龙剑拔出之日也会血流成河。但不管结局如何，都是历史，她并不想去改变它，何必蹚这趟浑水呢？唯今之计，只有远远地避开。

"果然是奇女……龙回头，似乎可行。既然你意坚决，朕便给你这个机会，三个月内，朕的烦恼若解决了，朕便赐婚于兰陵王，让你们乙庚永合。若你跑了，天涯海角，朕也能找到你！"高纬说得狠绝，从来没有人能从他的掌心里逃掉，包括高俨，包括兰陵王。

"皇上，民女不敢逃也不会逃，民女就是您放的一只鸽子，天黑了就要归笼，即便是被烤成了卤鸽，也只能是皇上盘中的美餐哪……"

卑微前曲，在皇帝面前，她就是他的鸽子。是啊，在傲视天下的皇帝眼中，谁不是鸽子呢？权力在手，谁死谁生，不过是一句话。小雅深知这点，讲出的话自然也迎他心意，看他渐渐露出的笑容，小雅在心里打了个"yes"的手势！

"小嘴倒甜……记住，你是朕的！即便你心在兰陵王，但是你命是朕的，若你做出伤害朕的事，朕死也不放过你！"高纬一把揽住她的腰肢，头低下，对准她敞开的领子处咬去。

小雅没料到他会有此举，脑中忽然一片空白，唯有肩膀上的痛楚在提醒她——她被咬了。

“啊……”失策，太失策了！

高纬的牙齿紧紧地咬住她的血肉，小雅痛得不敢动，只得紧紧捏紧拳头，祈祷这变态的牙齿赶快从她的身上离开。但高纬好像有意似的，竟越咬越深……

一只大手从大裘下伸进，紧紧地握住了小雅的手。而后，牙齿离开了她的肩膀，唇角还沾着血迹。看着冒着血的牙印，高纬咧嘴一笑，眼中充满狂妄：“记住，这是朕给你的，朕只给你三个月的时间，三个月后朕见不到人，朕废了你……”

第四章　杀　机

高纬说完话后，当真放开了小雅，小雅一手按住流血的肩膀，一手揪紧大裘。见她小巧精致的样子，高纬喉结动了一下，不自觉地咽了咽口水。殿外雨急非常，若拥得眼前的美人共寝，也是美事一桩。

看着她鼻子上精致的朱砂痣，高纬心荡神驰。他再次拉过小雅，捧起她的脸，对准她的樱唇吻下。

唇上传来轻微的麻酥感觉，猛然撬开她的双唇，湿热的舌头往里面探去——她的舌、她的齿、她的柔软，甚至是她的味道，充满着甜美，舌尖上传来触感如莲花绽放，更似在刀尖上起舞一般刺激、微妙……他先是试探性地加深这个吻，而后深陷其中，无可自拔。

他活了十几载，从没这样吻过女人，也从没有人让他如此心动。而现在，眼前如精灵一般的人儿彻底勾起他对吻的渴望，他迫不及待地想要索取更多，想要她的全部……

"嗯……"

她发出微弱的喘息声，被吻得入迷的男人压回了喉咙里。欲推开他，却发现被抱得更紧，背上被大手抚摸而过，起了轻微的战栗。

小雅浑身发软，她的胸前一阵发紧，呼吸开始有些不畅。她大口大口地喘气，只想在这个意乱情迷的吻中吸得几口续命的空气。但偏偏这种呼吸不到空气全身麻酥的感觉又是如此的美妙，她慢慢地把眼睛闭上，享受起这个质量非常的吻来。

让该死的空气下地狱吧，这美妙的感觉……

她伸出双臂，勾住了他的脖子，以最佳承吻的方式让他吻得更深入，而她的舌头也开始和他嬉戏、交缠……

眼前的人儿变得非常主动，高纬的心更加狂乱，他更加投入地吻着，缠着，绕着，直至抽空了最后一丝空气。

小雅肩膀上的狐裘脱落，精致无比的身子在高纬的瞳孔中瞬间化成一朵昙花。在如此近的距离里，这朵昙花只为他一个人开放。白皙如玉的肩膀上，红色牙印如雪上红莲，深深地烙在她美丽的躯体上。刹那间，芳华如花释放，这种微妙的感觉，如一湾溪水，从他的心脏缓缓流过，沿着血脉经络流遍全身。

小雅睁开了双眼，看着高纬，漆黑的眸子像极了憨厚的那个人。嗓眼里哽着一口气，从眉间化开的温柔让她如入梦境，再也分不清他是谁。停顿片刻，恍惚又迷茫地把眼睛闭上，她像极了失去清明的孩子，努力地寻找黑暗中的慰藉……

高纬有些急促地索求，从她清澈的眸中看到了一点一点沦陷的自己……

"轰……"一股气蹿上了她的脑袋，轰的一声后，小雅忽然软了下去。如此狂热又温柔的吻让她心脏快速地跳着，嘣的一声，弦断，紧接着陷入昏迷后的无边梦魇。

怀中的小人儿忽然软倒，高纬及时勾住她，让她的脸靠在自己的胸膛上。横抱起她，转身把她放在龙榻上，拉过旁边的锦被盖在她的身上。

"这样就承受不住了……"高纬摸着自己的嘴唇，唇上火热的余韵未去，方才如火如荼的热吻更是在他的脑海里徘徊不去。

自己从来就不缺主动的女人，为何眼前这个女人的主动回吻，会让他的心跳加快，许久不曾波动的心情也似乎随着她的到来荡起了波澜。抚上她精致的脸颊，指尖上传来炙热的触感，如花火一般灼了他，烫得他不敢再碰。

"仁纲吾儿，记住，你是大齐的天，你要撑着！大齐塌了你也不能塌！更不能塌在女人的身上……"

四年前，先皇咽气时，曾把他唤到龙榻前训话，切不可重蹈他的覆辙，死在女人的身上。高纬当时已经是皇帝，但朝政仍由先皇把持，所以恨不得他立即归西，对他的话更是不放在眼里，如今想来，却有几分道理。

从他亲政以来，虽喜女色，却没到死在女人怀里的地步，大齐国事烦琐，外忧内患，若不是兰陵王帮忙主持，恐怕早已乱套。高纬是不愿意和他人分享江山的人，兰陵王的能力只会成为少帝进一步掌权的障碍，他非扫清兰陵党羽不可。而在此之前，他怎么能让区区女人分了心，乱了心思呢？

高纬猛然站起来，他转过身去不再看她，从来没有一个女人可以让他如此在乎，他不可以轻易喜欢她，绝对不可以！

"朕……怎能如此大意，朕是大齐的天啊！"高纬转身离去，不再回头看她一眼。然而，他自己却不知道，有些事，刻骨铭心足矣，有些人，只要一眼便再也忘不了……或许在许久之后，当少帝回忆起当时见到她时的情景，便会猛然醒悟。

殿外的大雨忽然停了，宫灯明堂。

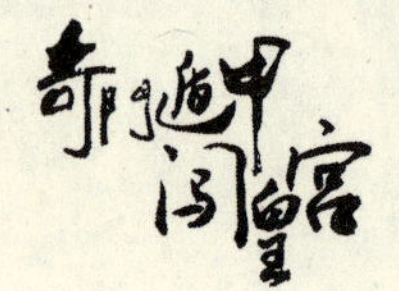

身着淡色朝服的韩长鸾从夜色中抬起头的时候，一双锐利的眼睛顿时变得幽深，看着从殿中走出的皇帝，嘴角露出一抹浅笑。从来帝王家，难过女人关，不仅先皇如此，眼前的少帝也是如此。

高纬有些失神，定了眼才看清等候在殿外的韩长鸾，见他为自己撑起了伞，才淡淡地说了句："让她睡吧，明儿送到兰陵王那……"

韩长鸾低低地说了一声："是，锦和宫的瀛昭仪等着皇上呢，皇上是否移驾锦和宫，奴才已经准备好了……"

高纬笑道："真是狗奴才啊……"

韩长鸾立即喜笑颜开："谢皇上夸奖，皇上，请……"

高纬也不再说甚，抬脚坐上备好的轿子，往锦和宫的方向去了。韩长鸾往明光殿里看了一眼，神色有些严肃，同夜色暗了去，他随即快步跟上轿子，一声"皇上今夜到锦和宫"的吆喝声在皇宫内响彻，回荡在皇城上空，徘徊不去。

公元2008年，何算门。

正在打坐的何小明突然睁开了双眼，只听得外面传来三声鸟叫的声音。他当即用"梅花易数"听声起卦。鸟叫三声上卦为离，此时为傍晚六点，为酉时，取十数，加上卦三数，总共十三，除八余五数，为下卦巽，动爻取总数十三除二六十二余一数……得火风鼎，一爻动为大有卦，互见乾兑……

心中一惊，今日定不平静。

他再以奇门起局，时之落宫为坎，上乘玄武，主昏迷，再配上梅花易数卦象，小明这下再也坐不住了。他忙唤来师亦宣，商量对策。

师亦宣从门外进来，就听见小明说道："今晚北齐要发生火灾，东方会有一道闪电劈中邺都，明光殿会被劈成两半……"

师亦宣看了一眼追魂针所指的方向，正是明光殿的方向。追魂针忽然下沉，这是命悬一线的征兆，她的命此时就像这浮针一样，只要在天池静止，她就会死去。

卦数变数，即便命由天定，一路坎坎坷坷，或许，她根本活不了两年。

小明倏地站了起来，却不小心摔了一跤，顾不得身上传来的痛楚，他跌跌撞撞地往巨大的转盘摸索而去。看着坎一宫临死门，何小明的眼眶忽然红了。

何小明吼道："我不信！我这么拼命地争取，还是没有用，命悬一线，去他的命悬一线！小雅，快离开明光殿！小雅，一定要挺过！不，我不会让你有危险的！一定不！"

何小明说着便要转动活盘，穿越到一千五百年前，把陷入昏迷的小雅救出，一旁的师亦宣过来按住他的手，说道："小……小明，你去的话会死的……能穿越时空的只有她……她一定会……挺……挺过的！"

小明停下，看向师亦宣：“你信吗？”眼睛布满血丝，皱起的眉头，担忧的神情，似乎一下子老了十岁。

信吗？师亦宣也不知道，但他必须信。能帮助小雅的，从来都是她自己。

“为什么……不……信？”

结巴的回答，连他自己也不肯定。

明光殿。

龙榻上的人静静地躺着，从之前到现在，她的眼睛连眨都没眨一下。韩长鸾推门进入的时候，一丝寒气从殿门口扑入。他把一套华丽的衣裳放在她的身边，拔了她几根发丝后，若有所思地望了她一会儿，之后欠身退出明光殿。

这晚，还有一名小宫女偷偷地进入了明光殿。她来到小雅的身边，发了一阵呆，手摸上血红的牙印，眼中露出狠绝之色。她从袖子里抽出一根长长的银针，用衣袖擦拭两下，银针顿时发出刺眼的光芒。

而后对准小雅的天灵盖，银针慢慢逼近……

“小明，我会回去的……”

忽然，手被紧紧地抓住，小宫女吓得往后跌去。榻上之人忽然坐直了，一双幽绿的眼看着瘫坐在地上的人。

小宫女连忙求饶：“饶命啊！是瀛姐姐让我做的……”

小雅刚跟阎王抢了氧气睁开眼，又被眼前巨大的银针唬了眼。她来北齐不过是一天的事，就有人这么着急想要害她，这北齐人也太不厚道了。

紧紧地抓住她的手，小雅真想一巴掌抽过去。但那人却被自己吓得跌倒，小雅实在憋屈，只能怒道：“你太不厚道了，一根针就想杀了我，你摆明着看不起我。过来，我扎你几下，看你死不死？”

心下却想，要一个人死的方法有千百种，只要想杀人，任何物件都可以是凶器。这名小宫女虽声音清脆，却脆中带尖，其中暗藏的杀机绝不亚于她口中的瀛姐姐。如果没有瀛姐姐，小宫女一样会杀了自己吧。

小宫女连连磕头求饶：“姐姐，饶了我吧……”

小雅眼睛一转，说道：“你也别怕，我只想知道，为什么要让我死呢？我又没挖你家祖坟，我和你有什么深仇大恨啊……”

她拿过旁边折好的衣裳，仔细瞧了起来。

这布料，可做得真叫好。烟粉色的锦缎上补着烟蓝花纹，一朵一朵镶丝描绘，从袖摆到裙沿，甚至是一条丝线的收工都显得匠心独具。领口的浅紫描边更衬得这件衣裳唯美大气，然而，美中不足的是，这件衣裳的裙摆太长，穿在身上做事不利索，小雅决定把这件衣裳改改。

小雅手指抚过领摆，嬉笑道："有剪刀吗？哈哈……"

小宫女一听说"剪刀"，立即大惊，以为她要杀自己，忙再次苦苦求饶："姐姐，你就饶了我吧……"

小雅瞪了地上的人一眼，心里豁然开朗，这小宫女自己做贼心虚，才会如此害怕，谁说剪刀是用来杀人的？

"怎么？你怕我一刀捅死你吗？还是你想一刀捅死我？哈哈哈，你带着刀吧……"随口这么一说，没想到小宫女顺口接了下文。

"带了……"话一出，小宫女忙掩住自己的嘴，心里怦怦直跳。在宫里，私自带刀可是诛九族的大罪。"不不不，我没有……"

小宫女有些结巴起来，看着她的憨态，小雅不禁笑了出来，"是刀还是剪刀？"

"刀……"小宫女一直说错话，最后只得把头抬起来，委屈地看着已经穿上华裳的女人。

小雅看着地上的小宫女，显得有些震惊。那鼻子，那眼睛，都像极了自己……陷入沉思，或许有什么地方不对。在北齐她先是看见了和师亦宣长相酷似的皇帝，接着看见了和自己相似的小宫女，她还会见到谁呢？隐隐约约中，她觉得 Rina 有所隐瞒。

"真是刺激……这次回去，就不止要 90 万这个价了……"小雅自言自语着，全然忘记了还在看着她的小宫女。

看着举止怪异的她，小宫女不禁有些茫然，她……真特别。

红粉华裳的女子如精灵一般，一举一动，一言一笑都带给人无限的遐思，甚至是一个擦拭衣服的动作，都如此的自然，如此的浑然天成。可偏偏这女子，有着让人意外的性格。在烟粉的衣裳下，藏着让人说不清道不明的灵魂。

忽然觉得自己很卑微，特别是在这一位天造的美人面前。想到此，小宫女心里便有些不甘和妒嫉，看小雅的眼神顿时恶了几分。

而小雅也是明白人，小宫女一个细微的眼神都逃不过她的眼睛。这宫中是出是非的地方，谁不嫉恨能留在明光殿的人？自己并无意争宠，但不代表别人也这么认为。才来一天就惹上这等事，如果多留几天，恐怕就死无全尸了。

"你叫什么名字？"

"回姐姐，婢女贱名冯小怜，小名黄花。"小宫女一脸无辜地说着。

冯小怜？历史上让北齐后主举国皆倾博其一笑的冯小怜？史书上记载，北齐后主高纬自从有了小怜以后，便不再早朝，夜夜与小怜笙歌不断，煞是快活。细观着眼前的冯小怜，身段长相都是上等，但却不是最美，如此美丽的皮肉之下，少的是勾人心魄的灵魂。

不禁摸了摸自己的脸，自己与她如此酷似，如果不是自己鼻子上多了一颗痣，恐怕连自己也会看错。陷入沉思的小雅望着殿外，层层叠叠依山而建的皇城渐渐地亮了，天空中一道闪电交叉而下，她忽然咧开嘴灿烂地笑了。

或许，有些事早已不言而喻。

"我也叫冯小怜，惊讶吧！你看看，我和你一模一样呢。"走近冯小怜，把她扶了起来。

借着殿外进来的光芒，冯小怜看清了眼前的人，不禁往后趺走两步，她捂住自己的嘴巴，双眼露出震惊之色。

"你……"

"我什么我，告诉你，如果有一天我不见了，你就是我，知道吗？别一副这么不开心的样子，这样可就变丑了，皇帝怎么会喜欢呢？"小雅说着走向殿口，停住脚步后，回过头来望着冯小怜。

冯小怜听她一说，眼露复杂之色，接着欣喜地笑了，"谢谢姐姐！"

小雅在心里说道："不愧是冯小怜，心有七窍，明白我在说什么……"

她望着天际再次闪过的光芒淡淡地说着："不客气，只希望有一天我落在你手里的时候，你可以放我一马。"

远处天际闪电忽闪，小雅心中顿觉不对，此时深冬，怎会有闪电？恐怕是天出易象。明光殿深处，九龙壁隐约欲动，有抬头冲天之势，雷电生火，莫非……

她撒开腿往殿里跑去！

第五章　斩　龙

与此同时，韩长鸾带着侍卫宫女们靠近明光殿的时候，一道惊雷闪下，顿时把明光殿上的飞龙劈成两截。众人吃惊，连忙后退，而只有韩长鸾迅速地爬上台阶，跑向明光殿。

明光殿内烟粉华裳的女子正往殿里跑去，她只喝了一声："快跑！"那小宫女顿时吓得腿软，瘫坐在地上，瑟瑟发抖。

韩长鸾欲登门而入，被小雅斥止："你进来瞎掺和什么，这娘要嫁人，天要斩龙，我们有什么办法？"

小雅斥完，转身朝着九龙壁的方向跑去。她打开奇门天网，噌的一声，巨大的天网顿时变成一层薄雾，笼罩在殿上空，直把韩长鸾和冯小怜看得呆愣。

九龙壁上的真龙蠢蠢欲动，一股龙气突然窜出。忽然间，铁链铮铮地响起来，伴随着声响，大殿也随之震动。小雅身子有些不稳，她一脚踢在龙壁上，腾空而起，嘴里直喝着："三元九运，旺极而衰，今离宫开门衰死，弟子何小雅求得祖师化解一切灾煞，急急如律令，勒！"

半空中浮现出"化解一切灾煞"灵符，它在小雅念完咒语之后，飞向九龙壁。灵符附在九龙壁身上，渐渐地融入石壁当中。雷声轰鸣，小雅早已越到天网的上方，稳稳地站在天网上。

看着下面吃惊的两人，小雅怒喝道："你们还不快走！再留着碍事，我杀了你们！"

冯小怜不知道她为何如此愤怒，但看着似乎要爆裂的九龙壁，也明白了事情的严重。她爬了起来，一股脑冲出明光殿。

韩长鸾却站在那里不动，对于上方矫健身手的女子，他产生了佩服之情。对于风水道法，他也略知一二，这女子所使的去煞之法，是极损内丹的，她为了护住这九龙，竟然挺身而出，这是他万万想不到的。

所谓风水，二十年河东，二十年河西，如今，正是运极而“衰”的时候。这东方易象，雷电生火，正是“斩”龙之时啊！

邺都之龙真气弥天，被锁了三十年，正是冲天之时，然而雷电来势空前壮大，即便是这龙脉，恐怕也难挡住雷电一击。自古有山体因雷而毁，有山体因雷而生，而这被锁了三十年的龙，会因雷电死还是生？

而此女阻止“天斩龙”，如此拼命又是为何？

韩长鸾喊道：“天要斩龙，一人之力，何以争之？”

小雅听得此言，明白下面的男人也是懂得风水之人，她笑道：“死也要争，这龙要是死了，就不关我的事。可这龙要是活了，别说是我，整个邺都都会被煞气笼罩，到时会血流成河。到时大家都要死，我可不想还没走出邺都就挂了。”

韩长鸾不禁一愣，是啊，他光顾着想这龙是死是生，却没有想到龙生之后产生的后果。龙是煞气所在，所到之处，凶灾连连。别说是整个邺都了，恐怕整个天下，都会因此龙冲天而大乱啊！

韩长鸾捏了一把汗，自己学风水，心思全花在了帝王身上，却没有做到挺身而出，想想真是比一弱小的女子不足啊！

韩长鸾抬头说着：“姑娘，在下可以帮上忙吗？”

小雅又笑了，说道：“先生也是学风水之人，掐指一算，便知道要帮我什么，快去准备吧，小女的命就在先生手上了！”

韩长鸾当即掐指一算，若有所思地望了小雅一眼后，转身离开了明光殿。

看着他离去的背影，小雅自言自语道：“道出易象天斩龙，啧，来，斩吧，反正我也豁出去了……”

果然，一道惊雷而下，顿时把明光殿上的琉璃瓦劈得四处飞溅，小雅的身影顿时出现在没了琉璃瓦的殿顶上。她一身烟粉长袍随风飘动，乌黑的长发被风雪卷得四处飞扬，脚下踏着一层薄薄的绿雾，随着脚尖轻点，脚下的雾气荡起一圈一圈的涟漪。

高纬被惊雷吵醒，待他从锦和宫赶到明光殿的时候，明光殿周围一片狼藉，许多宫女纷纷逃难避险。高纬急忙从台阶爬了上去，不待他站定，心差点被吓得跳了出来。

只见小雅高高地浮在殿顶，手抬得高高的，嘴里不知在念叨着什么。

在这一瞬间，高纬的心跳到嗓子眼，他失声怒喊：“何小雅，快给朕下来！”

然而高纬的喊声，小雅根本听不到，在她耳朵里的，全是“接雷”的声音，她手抬得高高的，准备接过天上雷。

接雷是学道法之人必修的技能。有些学法之人，能在雷雨天气时，接住雷电而不死来提高修为。更有些人，能随意呼风唤雨，雷电在他手中犹如玩绳索一般游刃有余。小雅自认没有到呼风唤雨的境界，但此刻已经别无他法，她不亲自承受这天上雷，这雷便会劈中九龙壁。

反正都是冒险,死也要试一试。

若成功了,自己的修为会再进一层,而这龙会继续被压制,邺都在几年内会安然无恙。

若失败了,自己接不住雷,也没什么损失,只是这龙的死活成了未知数,邺都的存亡也便成了未知数。

十字闪电交叉而下,往明光殿中央方向劈来。奇门天网顿时发出强光,闪电在天网上吃了闭门羹,顿时消失无形。小雅懊恼地啧了一声,随即向中间走了两步。

闪电再次劈下,小雅如愿地接住了雷。雷电从她的手指末端,直接穿过她的身子,从她的脚尖处刺出两道电流,击破天网,顿时轰隆一声,明光殿被裂成两半。

小雅只觉丹田处被一股热流充斥着又迅速流失,她知道,这雷还是从她身上溜走了。她失望地趴在天网上,往明光殿望去。

九龙壁安然无恙,只有铁链被炸飞了一条,但周围的梁柱已经漆黑了,冒着热热的烟。一些轻纱、书柜着了火,往上冒的烟雾把小雅呛得连连咳嗽。

韩长鸾带领着众多侍卫赶到,他们手上都抱着一捆棉被,给皇帝行礼后,韩长鸾命令侍卫们把棉被在地上铺开,一层一层叠起来,直到有半人高左右。

小雅知道接雷不完美,但至少阻止了天斩龙,她站起来,看着下面准备好的棉被,索性笑道:“谢了!”

说罢,摁了盘表,天网顿时消失,小雅从屋顶上纵身跳下。

高纬见小雅从上面跳下,条件反射地抬腿跑过去要接住她,小雅却抢先一步稳稳地落在了棉被之上。

她在棉被上滚了几圈后,抬起头,捂住胸口,眼睛突然灵动起来:“真险呀,心脏都快被震出来了,好在有这东西,真舒服……”

一边笑着一边摸着柔软的棉被,小雅此时的模样有点让人哭笑不得。柔开的双眉早已不见之前的英气,剩下的只有淡淡的笑意和浅浅的酒窝。即便如此,她的一举一动都在高纬的眼内。

看她无事的样子,高纬有些暗恼,自己堂堂一国之君,竟为了一女子担心受怕。他恼怒地摆了摆袖口,来掩饰自己的担忧,殊不知,这一轻微的动作被早跪在一旁的冯小怜看了去。

冯小怜看了看皇帝的动作,再望了一眼趴在棉被上轻笑的女子,她眼中的清澈像一道利刃一样狠狠地刺向了自己,冯小怜咬着牙低下了头,身子在瑟瑟发抖。

韩长鸾走到高纬的身前行礼道:“皇上,臣斗胆请问,雅妃娘娘如何安置?”

高纬一愣,随即明白过来。长鸾口里的雅妃娘娘便是何小雅,这狗奴才,能看出自己的心思，也不枉费自己对他一番栽培。

高纬笑道："西宫至今无人，你看如何？"

韩长鸾立即压低了头，恭敬道："皇上英明，只是，兰陵王爷那边……"

高纬心中立即不快，他摆了摆袖，道："明儿，宣王爷晋见吧！朕要当着他的面，宠幸他不要的女人！"

韩长鸾心中一惊，这皇帝的尊严实在难以放下，即便是为了自己喜欢的女人。在兰陵王面前行鱼水之欢，那是何等的荒唐？且不说这兰陵王爷的反应，这名如精灵一般的女子会做何反应？

韩长鸾隐隐觉得不妙，以此女的性格，恐怕会对皇上不利。想到此，韩长鸾冷汗直流。但皇帝话已出口，也不好收回，怕是得早做打算。

"是，奴才这就去打点，请皇上放心……"韩长鸾说着，欠身退下。

"先生，你这是去哪？"小雅从棉被上跳下，对着渐渐远去的背影叫道。

远处的韩长鸾听到她的喊声，停住了脚步，却没有回头。一会儿之后，他继续向前走去，直到消失在拐角处。

小雅用手压住有些发疼的心口，自言自语道："能算出我要棉被之人，也不是等闲之辈，啧，这里越来越好玩了……"

高纬没有阻止小雅，他只站在一旁静静地看着自言自语的她。眼睛忽然眯了起来，想起方才在屋顶上的绝美身姿，高纬比了个手势，宫女们随即送上一件披风。他走到小雅的身边，把披风披在她的肩膀上，两手顺着她的肩膀狠狠地按紧了去。

"啊……"肩膀忽然传来的痛楚，让小雅发出了轻微的呻吟。

高纬把头倚在她的后脑袋，紧紧地将她拥入自己的怀里，他在她的耳边吹着气，轻轻地说着："你护住了真龙，朕要赏你，做朕的妃子如何？"

妃子？亏他想得出来……

高纬继续说道："朕知你本事通天，朕更不能放你走了……你如果敢逃，朕打断你的腿！"

小雅不语，她知道皇帝的意图，自己有能力护龙，也有能力斩龙，若让自己出了皇城，对北齐皇帝高纬来说，永远是一个威胁，但如果自己的生命掌握在皇帝手里，就不得不听他的命令。

小雅望了跪在地上的小怜一眼，计从心起："困住我，门都没有！你不是要我吗，我就给你一个真正属于你的女人……"

但嘴上却笑道："这普天之下莫非王土，皇上，您才是我的天哪……"

第六章　入　局

兰陵王府。

朱红大门吱呀一声打开，从门里走出一名小童，他慌慌张张走向大街。片刻之后，一名身着华裳的贵妇从里面走出，娇艳的容颜上还沾着泪迹，而一出大门，她立即擦了痕迹，露出满面笑容。

“郑妃娘娘，王爷让您回去。”王府管家紧随而出。

郑妃娘娘眉头微皱道：“王爷都要去皇宫送死了，还要我回去做什么？大总管，你跟随王爷多年，你就眼看着王爷去死么？”

郑妃一句话说得大总管哑然。

今早，一道圣旨下达兰陵王府，王爷接到圣旨后，不顾大家的阻拦，当即要起程赶往皇城。郑妃娘娘立即闹开了，去年进了一次宫，回来后兵权被收，如今再去，那还能活着回来吗？

“大总管，王爷今儿要是进了宫，我就……”郑妃说得心急，一时结巴起来。

大总管叹了一口气，慈眉善目的他早已到不惑之年，对郑妃的哭诉，显得无忧无怜。只有他明白，此次皇城之行，对王爷来说，是一次不可多得的转机。不管是死是活，只要他能再次回到兰陵，恐怕老天也不能拦住他想要做的了。

“娘娘，王爷已经走了……”

“什么？”郑妃惊道。

“请娘娘保重身体……”管家似乎不愿多说，郑妃娘娘恨得牙痒痒。这个老不死的，仗着王爷护他，倒不把自己看在眼里了！

就在这时，方才的小童回来了，他一到郑妃面前就扑通一声直直地跪下去，哭诉道：“娘娘，王爷已经出郡了……”

听完，郑妃一巴掌甩向了小童，怒喝：“没用的东西，让你探个路，却让王爷走了，去死吧……”狠辣的训话让小童吓得连连磕头，直到头破血流。一旁的管家连连摇头，郑妃的心狠手辣府里众所周知，对做错事的下人从不手软，如今这名小童得罪了她，不死也残。

小童继续磕头，郑妃似乎不解恨，一连掐了他几把，才愤愤地转身进了府，一张姣好的容颜早已扭曲狰狞。

管家扶起满头是血的小童，痛心道："可怜了你，王爷可有留话？"

小童擦了额头上的血迹，突然笑了，道："老管家，您放心，小的见到王爷的时候，王爷只说了一句话。"

"何话？"老管家明白，他是见着王爷了。

"我告诉您行，但您以后可不许见死不救，娘娘差点要我死了呢……"

"不可胡闹，下次遇见娘娘时，能躲就躲，娘娘可记不得你……"老管家说的是事实，小童样貌平凡，自己几次都记不得他的样子，何况是高高在上的娘娘。

"老管家说的是，王爷只说了一句……"故意停顿了下，想看看不喜言笑的老管家迫不及待的表情，无奈老管家似乎波澜不惊，倒是自己被头上的伤口给弄急躁了。

"王爷说，他要去皇城抓一只鸽子……"

"鸽子？"

邺城外。

当兰陵王再次站在邺城外的时候，百感交集。一年前，他在邺城差点丢了命，如今，再进邺城，恐怕是险上加险。然而，在接到圣旨的那一刻，他就明白，这一天，毕竟是要到来的。

"不入虎穴，焉得虎子……"一双失去清明的双眼，顿时变得锐利如鹰，俊美的脸上露出了高深莫测的笑容。随他一起来的护卫，纷纷向两边驰马而去，王爷进了邺城，护卫已经跟不得。

邺城门开，韩长鸾代表百官亲自恭迎兰陵王，两人自是客套一番，然后并肩进入皇城。

而此刻，小雅正坐西宫，对着两排站开的小宫女，心里说不上的烦闷。

她站起来朝殿外走去，长宫女追了上去，在她的身前直挺地跪下，求道："雅娘娘，皇上有旨，您若出了这门，奴婢们就死定了……"

小雅心情不爽，绕过长宫女直接奔向殿外，门口处两排侍卫顿时抽刀相对，小雅愤愤地往回走，拿起桌上的苹果咔嚓咔嚓地吃了起来。

吃着吃着，小雅倏然站起，扔掉苹果，运足了气，往殿外冲去。

侍卫们眼疾手快，在宫女的惊呼中，他们以迅雷不及掩耳之势，拦住了如脱缰野马般的雅妃娘娘。小雅知被拦，又续足了气，从侍卫身上翻了过去，刚一落地，侍卫们的刀子齐刷刷地架在她的肩膀上。

小雅冷汗直冒，她站起来，拍拍屁股，怒道："我顶你们个肺！这样也能被你们捉住，这么喜欢玩刀，你们在这慢慢玩吧，玩死你们……"

说罢，旁若无人地往殿内走去，众侍卫也是冷汗直冒，大概没见过这么辣的娘娘。

小雅继续拿起一颗苹果狠狠地吃着，嘴里不时哼着小曲儿。《痒》的优美曲调，让她唱了个酣畅淋漓。

"来啊！快活啊！反正有大把时光；来啊！爱情啊！反正有大把愚妄；来啊！流浪啊！反正有大把方向；来啊！造作啊！反正有大把风光……"

西宫殿外，兰陵王忽然驻足，他仔细聆听着从里面传来的女子声音，脆而清澈，不带着一丝杂质，且韵律独特，反复吟唱，他似乎看见了一抹超脱凡世如仙的踪影，在波光粼粼的水上踏萍而过。

他闭上眼睛，细细地听着殿内女子时断时续的哼哼声。她的声音像一曲清丽无比的天籁，如流水一般的旋律顿时在他的脑海里旋转，徘徊不去。

兰陵王听得如痴如醉，似乎入了迷。

直到里面的女子忽然喊道："殿外的人听够了吗？听不够的话进殿来，我给你唱！来啊！快活啊！……"

听得女子一声喊，兰陵王这才回过神来。这西宫空了几年，至今未有人能得皇上垂青，里面的女子定是秀丽无双，才能掳获圣上欢心。

可不知为何，一想起这女子注定是皇帝所有，心中竟有几分不痛快。

韩长鸾似乎观出什么，他做了个请的手势："王爷，皇上正等您哪。"

皇宫上空正飞过一群鸽子，一只雪白的鸽子，停在了兰陵王的肩膀上，咕噜咕噜直叫。兰陵王接过鸽子，让其在他的手背上扑扇着双翅。

兰陵王微微笑道："这鸽子，可真漂亮……"

韩长鸾应道："王爷，鸽子本是平常之物，王爷真是慧眼，倒是看出漂亮来了。下官佩服！"

兰陵王当即放飞了鸽子，笑道："你跟一个瞎子说佩服做甚呢？走吧，它再漂亮，一个失了清明的王爷对它也是无可奈何啊！"

好一句失去清明的笑谈！

兰陵王话说得潇洒，只有韩长鸾明白其中几分真假。早在一年前，他便看出了兰陵王的本事，他是不飞则已，一飞冲天。

韩长鸾恭敬应道："王爷言重了，王爷，请！"

韩长鸾口气甚是恭敬，兰陵王不再说什么，只摆了摆袖，往明光殿的方向大步走去。

韩长鸾立即跟了上去。

西宫殿内，小雅不再哼歌，她看着手表上小龙所指的方向，会心一笑。接着，她爬上了桌子，趴在桌子上，往地上扔了三个铜钱，为方才殿外之人起卦。

宫女们欲蹲下身去捡铜钱，小雅一声斥道："不许捡，帮我看看，是什么卦……"

小宫女看着地上的铜钱快哭出来了，她哪里懂得什么卦啊！

"算了，我自己来。"

小雅跳下桌子，捡起铜币，一连再扔了五次，得了个巽上对下，中孚风泽卦。兑卦两阳一阴，以少数为主，阴爻在上为出面可见。又上卦为兑，下互离为见，故曰兑见。兑颠倒成巽，巽入也，一阴在下，为伏，故曰巽伏也。

巽伏吟局，求测近事，伏吟主凶。这点，不管是在奇门还是六壬六爻太乙之类的断案里，都是相同的。得如此卦象，有马匹亡死之象，此人此次进宫，凶无疑。

小雅收起铜钱，望着殿外，自言自语道："兰陵王，该不该救你呢，烦死了……"

韩长鸾把兰陵王引进殿后，起身来到西宫，宣布皇帝的口谕，让娘娘前去见驾。他一走到殿门前，便看见雅妃娘娘眉头深锁，顿感不妙，但还是恭敬喊道："何事让娘娘如此烦恼？下官可否为娘娘解忧呢？"

小雅抬头看着来人，眼睛忽然一亮，说着："有了……"

小雅忙迎上来人，做了个请的手势："先生，里面请。"

韩长鸾嘴里说着不敢，但还是进了殿内。小雅立即把宫女们遣散，待宫女们全部出去后，小雅眨着眼睛对他说道："先生，怎么称呼？"

韩长鸾笑道："下官韩长鸾。"

小雅嬉笑道："我观先生山根有八字纹，显青色，近有血光之象，而且眉眼外夫妻宫奸门低陷，亦有长作新郎之象，先生，可否借手一看？"

韩长鸾把手伸给了她，小雅抓着他的手，立即看了起来。他的掌心主纹清晰，在食指下方三线交汇处有青色星纹和十字纹，明显是丧偶的表现。且手掌下面纵欲线明显，此人必定是勇猛过人，妻妾多被刑杀。若是小雅没猜错的话，韩长鸾妻妾有损，以面部作为九宫图来断例的话，山根以中五宫论，右边奸门地陷，正得兑宫，先天八卦数为2数，所以，小雅断定，他有妻妾二人，皆亡。

小雅说道："先生手掌主纹路清晰，是个敢作敢为的人，面相中庭饱满，也是大贵之人。但唯一不足的是，眉外的夫妻宫低陷，主不能一妻终老，而且……"

"而且如何？"

韩长鸾听得这么一说，不禁往下问，这看掌纹观面相，他知之甚少。

"而且先生两眼处山根显青色，恐怕近日也是疾病缠身，加上掌纹食指下方有青色星纹、十字纹，是丧妻损妾之象，不过，先生也别担心，我有妙法可解先生愁闷……”小雅眨了眨眼睛说道。

山根青黑为催尸杀动，若得八字相生，旬内必死无疑。

韩长鸾再次吃惊，雅妃娘娘竟如此神通，自己确实有一妻一妾去了，而且近日确实感到难受，脑袋常有被扭的感觉，自己演卦而示，得不出个所以然来。

韩长鸾笑道：“雅娘娘有何法？”

小雅再次抓起他的手，在他的掌心处狠狠地按下去，说道：“先别急呀，听我说完。三条主纹线都以淡倒三角结尾，且细纹路多、淡，结合山根青色之象。先生不仅有偏头痛，而且在三个月内，必撞个头破血流！”

听完这一番话，他顿时对雅妃娘娘佩服万分。

自己在宫中陪伴皇上有一些日子了，要处处揣摩圣意，以免一朝人头落地。这等压力之下，唯有那些如花的美人和研究风水术士才能替他排忧解闷。可即便如此，他还是常常感到头痛不已，今日雅妃娘娘一说，他顿时豁然开朗。

小雅放开了韩长鸾的手，说道：“小纹路三个月改变一次，这倒三角纹路还不明显，所以先生的症状只是显示在山根处。但先生若不及时准备，到时纹路清晰，应了山根之煞，就是哭爹喊娘也没用了……”

韩长鸾问道：“该如何应对？”

“问得好，不过，得等我出了皇宫，我再告诉你……”小雅有些得意地笑了。韩长鸾不禁一愣，忽而抬起头望着嬉笑的她，终于明白了她的意图。

原来，她是想利用自己离开皇城，果然是妙绝。整个邺都城还没有他韩长鸾去不了的地方，别说是皇帝的后宫，就是到北周的国都，他也来去自如。

眼前如精灵一般机警的雅妃娘娘着实让他开了眼界，此等女子，谁得之谁幸。

韩长鸾随即谢道：“谢娘娘指点，下官有信心得娘娘点拨。可否请教娘娘，娘娘学的是哪一派别？为何长鸾并没有见过这观面相之术？”

小雅在心里笑开了花，他当然没见过。明朝进士万民英一本《三命通会》流传于世。此书共十二卷，前九卷分列了十天干，每天干以日为主，以月时为辅，定人吉凶，是八字学习者不可不看的一本书。其中对于面相掌纹的观察，更是有理可依，有据可行，堪称通篇的点缀笔之一。

小雅答道：“派别你不必知道，我只要出了皇城，我便把口诀教给你，以后你不仅可以给自己看相，还可以看别人的相，怎样？很划算的……”

划算？确实很划算。只是若让皇帝发现她逃出了皇宫，到时自己恐怕也是死路一条。但她的话语声声在耳，自己实在无法不放在心上，若要两全其美，为今之计，只好借助他人之手了。

只是……要借助谁之手呢？

"啧，还在想啊，觉得不划算就拉倒，你三个月后自生自灭吧……"

小雅承认自己说得有些吓唬人了，可如果不这么说，他又怎么会下定决心呢？

韩长鸾再次抬头，他怔怔地看着她，脑袋忽然像被炸开了一般，这女子的言语已经惊了他三次。三次啊，他韩长鸾有几个三次？何况，只是在一天之内……

韩长鸾有点呆愣地笑了，纵然他有多想，但此女是皇上的，自己无论如何是不得觊觎的。他有些不自然地念叨着"好，好"二字后，脑袋里一片空白，她的一颦一笑顿时在他的脑海里成形，挥之不去。

小雅见他答应了，高兴地说道："太好了，你真帅呆了！"紧接着，拿过锦盒里的苹果，塞到他的手里，晶亮着双眼毫不含糊地说："接着，这些苹果很甜的，哈哈哈，吃吧，哈哈哈……"

韩长鸾接过苹果，有点不知所措地看着她。他显然不知"帅"为何意。见她高兴劲儿，他跟着挤出一个干瘪的笑容。

见韩长鸾干笑着，有点入局，小雅补充了一句："不过，我要带走一个人。"

第六章　入局

第七章　妒　意

明光殿。

自从被天雷击中之后，明光殿经过抢修，已经几近完工。高纬遣走了宫女侍卫，独独留下跪在大殿之上的兰陵王。

高纬抚摸着锁住九龙壁的铁链，一言不发。这铁链自从那日被劈断一条后，高纬命人立即把铁链锁上。崭新的铁链在其他铁链的交缠下，显得格外刺眼。

兰陵王屈身跪在大殿上，乌黑的发丝垂在冰凉的大理石上。他双手按地，已经冻得有些发紫了。自从进了明光殿以来，皇帝已经让他跪了两个时辰了。

两人就这么僵持着，高纬不说话，他只能跪着。

高纬转身到了玄椅上，坐下，一只脚跨在玄椅上，颇有些阴郁地看着兰陵王。

高纬冷道："王爷何必行如此大礼，请起。"

自从兰陵王说了那句家事国事分内之事的话之后，高纬对他的防备日渐加深，且先皇驾崩之前也有遗示，征战之事可让兰陵王独当一面。家国内事，兰陵王若显分担之心，则示为狼子野心，其罪必诛无赦。

因为，皇位永远只有一个。这北齐的天，也只能是他高纬一人的。

兰陵王脚有些发软，身子有些不稳，但还是强忍着麻木的双腿，直直地站起。殿内珠光宝气，直映得兰陵王的脸色苍白如雪，青锦华服，乌黑长发，微锁的眉，以及紧抿的唇，无一不在显着他的气质斐然。

兰陵王把手伸进两边的袖摆里取暖，微微颔首叩谢："谢皇上。"而后抬头，站定身姿，大殿中似有雪片飞下，并着由骨子里散发出来的铮铮气势，更显得他铁骨风流。

高纬心里冷哼一声。这兰陵王不论在哪里，都一副为人臣子的模样，可只有高纬知道，连母亲身份都不明的兰陵王有着不屈的心。自小在皇室成员的鄙夷中长大，被人践踏的身骨本该弯曲，但他没有，在众人的目光中，他始终保持着一个王爷该有的气势。

在战场上，他是令人闻风丧胆的北齐大将。

在议事殿上，他是众臣敬仰的兰陵王爷。

而在高纬面前，他是不得不除的异己！是的，高纬恨他入骨，恨他一副傲骨风流，恨他功高震主，更恨他是大齐的“真龙”！

此龙主武，乾亥穴，且龙势雄猛，发贵于眉眼之间。此等好龙，百年难遇，自从三十年前开井时半个时辰内有龙神显灵后，先皇便命令高人将此龙锁了起来。龙有旺衰休囚，凡真龙都带有煞气，但只要取其吉气，仍可以玩龙于手掌之间。只是，非国手大师，无人敢种骨取气。若是出了差错，不但不吉，反而会使北齐灾祸连连。而真龙穴场最怕风吹水劫，恶石缠穴，蛇鼠之患。所以，先皇命人制造九龙石壁，来制住此龙，让此龙一直发软无力。

高纬自知自己不喜武，也深知此龙不可轻易驾驭，只有按照先皇的遗示——绑龙。

他深知，此龙只庇荫和龙神显灵同时而生的兰陵王！只有制住此龙，才能避免兰陵王影响到自己的皇位！

高纬冷道：“王爷前几日的折子说，病不能来朝，为何今日肯赏脸呢？”

兰陵王恭敬道：“承蒙圣恩，微臣已有所好转，但头痛之症，药石难医。圣上传旨微臣，宫中来了良医，能治微臣之病，微臣连夜进宫，万不能辜负圣上的一片美意。”

好一个兰陵王，表现得服服帖帖，暗地里却不知多了几个心眼，他深知皇上对他有所顾忌，所谓良医之名，只不过是个试探他的借口。

高纬笑了，十七岁的少年显得有些阴沉。

“不怕这是陷阱吗？”

兰陵王有所准备，回答自然也有些客套：“微臣的命是皇上的，君要臣死，臣不敢不死……”

高纬当即喝止：“行了行了，兰陵王国之栋梁，怎可轻易言死？朕为王爷觅得一位良医，朕还要靠你保天下哪！”话毕，只往外唤了一声：“韩爱卿，快把良医带上来，为王爷就诊！”

明光殿外，韩长鸾冒着冷汗看了一眼小雅，小雅却笑脸如花。

小雅嬉笑道：“先生，听到里面有爆炸声的时候，把王爷的替身草人送进去。对了，别忘了那小宫女……”

韩长鸾原以为小雅只想独自离开皇宫，没想到，她还想带着兰陵王离开皇宫，这下就让他有些为难了。他知道，皇上想借此机会把王爷软禁在宫里，彻底收了王爷的封地。可小雅此举，无异于和皇上作对，皇上若知，定龙颜大怒，而自己也难逃干系，这可怎么办？

韩长鸾问道："雅妃娘娘一人走得干净，为何要带走兰陵王爷？"

小雅也不避讳，倒是直接说了："我要从他身上带走一样东西，如果留在皇宫，折腾没了可怎么办？何况，这是他最后的机会，不快乐活着未免遗憾，所以，我要完成他的一个心愿……"毕竟自己有取于他。

没想到，韩长鸾竟愣头愣脑地问："为什么？"

小雅回头望着韩长鸾说着："先生可听说过命造书？"

命造书，听都没听过，难道她带走兰陵王跟此书有关？

韩长鸾摇头说："下官愿闻娘娘其详！"

小雅拉过他的手，直接用手指在他掌心写下了"天书"二字。看见韩长鸾手心冒着冷汗，她心里有了几分把握。

这韩长鸾是知道天书的。

所谓天书，是根据人类进化的推衍，创立了"元、会、运、世"一套有规律的预测方法。129600年为一元，为人类的一个发展周期，在"大算数"里仅一天而已。每元12会，各10800年。每会30运，各360年。每运12世，各30年。元会运世各有卦象表示，每年亦有卦象表示其天文、地理、人事发展变化。只要洞其玄机，用其生化之理，天地万物之生命运程，皆了然于心，人类历史、朝代兴亡、世界分合、自然变化皆未卜先知矣。且天圆地方，之间方清，宇宙初元，地球方始。皇极经世，河洛数理，周易阴阳，天地物理，以运经世，以元经会，以会经运，无极推步，生生不息。

然而，这只是后代世人所知道的命造书。在《何家宝鉴》上记载，此书除了洞悉宇宙真理之外，还有"改命、改运"之说，是真正的无所不能的天书。

小雅笑道："先生聪明过人，想必对此书也有所耳闻。先生不想见识一下这天书吗？不过，我实话告诉你，这书没你的份，到时只能让你看一眼，你是帮还是不帮？"

韩长鸾忽然沉默，这天书千年难求，她就那么有把握？

韩长鸾说："此书千年难得，这……"

小雅迅速打断："难得是难得，但没你的份……"

韩长鸾直冒冷汗："雅妃娘娘，您这样会害死下官的……"

小雅却笑得更加让韩长鸾心惊："你想反悔呀？门都没有……"

韩长鸾欲哭："先前的条件不是这样呀……"

小雅用手按住了他的嘴，眨巴着眼睛说道："你别跟我哭，最多再告诉你《子平命理》，亏不死你……"

话罢，她收回了手，提起装着参汤的食盒转身进了明光殿。从她身上散发出来的香味久久不去，在空气中弥漫。

韩长鸾看着她渐渐远去的身影，眼神深沉，手摸着她手指触过的嘴唇，也有些痴了。

小雅进了明光殿，经过兰陵王身边的时候，明显地一愣。兰陵王惊才绝艳，只看背影，其卓然之姿，已经是说不出的奇秀。再看侧面，骨骼清奇，鼻梁高挺，两眉入鬓，苍白的脸色更衬得他的嘴唇分外鲜红。

心里陡然一惊。这兰陵王，竟像极了小明。无论是眉毛，还是站定的姿势，都酷似那看不见这花花世界的何小明。

她心里一阵失落。

高纬见小雅有些发呆，便唤醒她："雅儿，到朕身边来。"心下却想，这何小雅果然认识兰陵王，而且关系非同一般……高纬的手揪紧了，恨不得立刻剐了兰陵王。

那如狐狸一般的女人还是能轻易地控制他的心神，特别是她望着兰陵王那刻瞬间失神的神情，灵动的双眼却可以美得如此纯净，仿若人间最美的雪狐狸。而正是这种眼神，让高纬恨得牙痒痒，甚至想挖了她的双眼。但这只是一瞬间的念头，令高纬有些懊恼。

只有他自己明白，这不是恨，而是——妒忌。

"何小雅……"高纬再次唤着，语气不冷不淡，方才被激起的妒忌之心渐渐压了下去。他是皇帝，对女人，从来只有征服二字，即便是自己喜欢的何小雅，那又如何？他也要用"征服"二字来爱她！

小雅好一会儿才回过神来，顿时笑了："是，我这就过去。"

她笑靥如花，这一刻，天地间独独剩下了她。高纬的心忽然暖了起来，呼吸也有些沉了……

靠近高纬，小雅只身行了个礼，便把食盒放在龙案上。打开食盒，从里面端出两碗冒着热气的参汤。"天寒，参汤补元气，这可是大好的人参啊！"

高纬从遐思中回过神来，看着龙案上的参汤，颇有些不悦。这参汤并不稀奇，稀奇的是她备了两碗。不用说，这另一碗，自然是给兰陵王的。她到底要做什么？

"皇上，请……"她端起一碗参汤跪在高纬的身前。高纬接过参汤却是不喝，他要看看，她会怎么做。

知皇帝疑心重，小雅俏皮一笑，说："韩大人送过来的参汤，小雅讨了这个人情，为皇上送来了，皇上，您喜欢吗？"

高纬笑道："这个人情还真不薄，雅儿认为朕可以喝两碗参汤吗？"

小雅也笑："皇上，您说呢？"

高纬当即开怀大笑道："好个雅妃！就照雅妃你的意思办吧！王爷，参汤烫嘴，可得慢慢喝了。"

"皇上英明！"小雅拿过另一碗参汤，转身走向兰陵王。

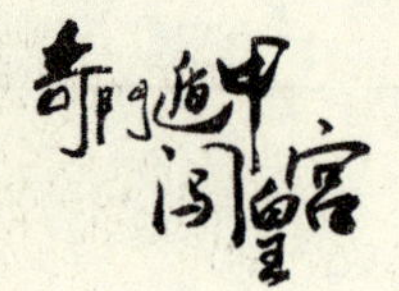

何小明的眼，何小明的鼻，何小明的嘴唇，何小明的脸。他简直就是何小明的翻版。小雅捧碗的手有些抖了，汤汁溢出，溅在手背上，烫得有些发疼。

兰陵王的身子也在抖，他知道，向他走来的女子正是之前在西宫的女子。那特有的声音，就是死也认得。

她的气息越来越近了，兰陵王往后退了一步。那清冷的气息让他瞬间僵住，尽管早就做好准备，却没想到，和她第一次照面，是在此时此刻。那方才在西宫的女子，如今已巧笑着向他走来。

小雅忙说了一声："王爷，身寒需补，再也没有比参汤更好的补药了。"说着，把参汤放在他的手里，他的手微微颤抖，参汤也溢出不少。

兰陵王手捧参汤，眼皮闭合后再分开，心里开始冷笑。那女子，到底有几分能耐？

他端高了碗，把热参汤一饮而尽，纵然在过程中有些犹豫，但君要臣死，臣不得不死。

饮罢，兰陵王谢恩："谢皇上。"话语之间，似乎看透人世，英勇赴死。

小雅从他手里抽过碗，笑道："王爷可别心急呀，参汤还是要慢慢喝的……"心里却咕噜了一声："喝得真干净，就不怕有毒吗？"转身回到龙案前，见高纬笑着看着自己，她竟有些脸红了。高纬眯起眼笑的样子，和憨厚的师亦宣没什么两样。

淡去了戾气和幽黑的双眼，原来，不同时代的两个人，笑容也可以一样天真明媚。

高纬说道："王爷如此豪气，朕若不喝，岂不显得朕小家子气了？"说罢，当真饮尽。

刚喝完参汤的高纬唇角还残留着汤渍，小雅忘形地把手指伸过去，抹掉他嘴角的痕迹，笑说着："师亦宣，你真笨死了……"

高纬没想到她会做出此举，脑袋轰的一声，似乎空白了。待回过神来，刺激着他的全是唇上留下的冰凉又异常刺激的触感。

说到一半的小雅忽然愣了，她忙抽回手指，有点不知所措地站着。她刚才好像说了师亦宣三个字。这下可麻烦了，她怎么能对皇帝做出如此失礼的举动？

小雅有些不安起来，她或许可以和韩长鸾开玩笑，但唯独高纬是万万开不得玩笑的。如果高纬突然发火，那她的下一步计划该怎么走？

高纬确实发火了，只不过那不是怒火，而是赤裸裸的——欲火。

他重重地拉过小雅，让她跌坐在自己怀里，不等她反应过来，便把自己的大脸凑上去，对准她的红唇，狠狠地吻了下去。

"嗯，皇……皇上……"小雅口齿不清地求饶，却只能激起皇帝对她更多的索求。

她太美，太甜了。

"皇……"

高纬的舌在她的嘴里横行直撞，舌过之处，轻易地刺激她的感官，她已经被吻得再说不出一句话来。

许久之后，分开，高纬似乎意犹未尽，他邪魅地笑了一下，继而重重地吻上。

“嗯……”

再次覆盖上来的灼热，差点融化了满脸羞红的小雅，她从没想过，自己竟会产生奇异的感觉，仿佛正在吻她的不是皇帝，而是有点笨的师亦宣。

小手勾上了高纬的脖子，源源不断的热量从高纬的脖颈间传来，如细小的电流一般，触得她有些发狂。

感受到怀中小人儿的主动，高纬欲罢不能地吻上了她细白的纤颈，一路缠绵而下。在她的锁骨处，舌头很自然地打了个圈，让小人儿贴得他更紧。一瞬间，两人的热火被点燃了，她在他的怀里辗转不安，她的热情几乎让他丧失了理智。

不远处的兰陵王心里一震，眉头不禁一皱，终于明白他们在做什么。心里再次冷笑，他弯了个身向皇帝行礼，便要默默地退出殿去。

刚转身，便被皇帝叫住：“朕没让你出去，你就好好站着……”

兰陵王停下了脚步，不再向前迈去，青色的背影更显得他气质斐然。

高纬再次发话：“王爷莫要忘了，此次进宫，以王爷的病为重，王爷可千万不要出了差错，否则，朕怎么向大齐百姓交代？是不是……啊？”说着，在小雅的红唇上狠狠地啄了一口，看着她痛苦地皱起了眉，才继续说道：“朕把王爷看得这么重，王爷怎么说走就走，莫非不领朕的情么？”

高纬说得在情在理，眼睛里透着邪气。心怀不轨，天下皆知。

兰陵王反身行礼：“微臣不敢。皇上心系微臣，乃微臣之福，微臣谢主隆恩！”

字字腔正，中气十足。话语之间，无不是对皇上的褒奖，但只有兰陵王自己知道，这是一种臣服，一种物极必反的臣服。

小雅有些迷乱，听得兰陵王话语，忽然惊醒。她疑惑地睁开眼，看见高纬充满邪笑的脸，心里哀叹一声：糟糕，差点误事了！

她身体向来敏感，这等初级的挑逗竟也让她迷了心性。小雅真想抽死自己，要是因为自己误了事，那之前不是白忙活了吗？

小雅放开了勾住皇帝脖子的手，身子一歪，从高纬的怀里直接滚了下来。一连在地上滚了几圈才停下来，之后抬起头轻轻一笑：“皇上，您就饶了我吧……”

第八章　失　控

高纬听她软软一言，心都快被融化了。这女子给他的感觉非同凡响，她的话语像一道惊雷一般炸开了他。

他活了十七载，从十三岁初懂人事开始，不曾有女人让他如此失控。他是一国之君，后宫佳丽三千，可和她一比，立即逊色千里。

她总能触动起高纬心里的那根弦，一弹便紧绷的弦。

高纬笑道："依你。"

随即拿起龙案上的奏折翻开，继续说着："王爷，朕的雅妃不仅温柔贤惠，还精通医术，对付疑难杂症可有一套呢。雅儿，王爷的病可让你多担待了。"

高纬似乎说者无意，但殿下两人都听者有心。

对于小雅来说，这是皇帝试探她的机会。如果她站在皇帝这边，就一定会在兰陵王身上动点手脚，以表她效忠皇帝的决心。如果她站在兰陵王这边，那么她的下场一定和兰陵王一样不果。

心里有点不安，虽然皇帝对自己有些好感，但最难揣摩的是帝王之心。谁也不敢保证，皇帝在下一刻会不会杀了自己。

所以，她只能站在皇帝这边，即便是做做样子，也要给皇帝做足面子。

而对于兰陵王，正是表示自己忠心的时候。少帝向来喜怒无常，他只喜欢臣服的臣子，而不喜欢跟他较劲的人。

小雅得到了皇上的钦许，她起身来到兰陵王身边，笑道："王爷，请坐。"

话刚说完，殿外的几个小宫女搬着一把玄椅进来了。小雅明白，皇帝早就准备了这场戏，既然如此，她也不怕对不起他了。

兰陵王坐下，有些不自然。

小雅则继续说："王爷，请伸出您的手。"

兰陵王伸出了手，小雅一把抓住，在他的脉门上按住。兰陵王脉相平稳，不似有病之人。心中顿明几分，这兰陵王也是聪明人，这病装得不错。

小雅当即一笑，对着立在旁边的小宫女吩咐道："王爷脉相薄弱，手发凉。我需要一些温水，为王爷推宫活血，通经活络，你下去准备吧。"

小宫女抬头看了高纬一眼，见高纬点头，立刻转身准备温水去了。

趁着小宫女出去之际，小雅立即在兰陵王的手心上，写下一个"生"字，告诉兰陵王，有她在，他不会死。

手心上的手指，那一笔一画都画得有些用力，生怕手掌的主人不知道似的。

兰陵王眉头微皱，却不能忽略手心上的触感。那几笔力道构成的字由他的手掌传至他的心脏，带着微微的异样，如电流穿过。

她到底是谁？西宫娘娘，还是……只是皇帝的棋子？一颗皇帝铲除自己的棋子？她为什么要告诉自己不会死？

小宫女端着一盆温水进来了，小雅说道："放着，帮王爷去了靴子。"见宫女发愣，她接着说，"算了，我自己来。"

说罢，当真蹲下，为兰陵王脱去了左脚靴子，正要脱右脚时，身后的皇帝坐不住了。他猛然站起，手里的奏折被捏得变了形。小宫女见皇帝恨不得要杀了自己的样子，赶忙蹲下来，抢在雅妃娘娘之前，为王爷小心翼翼地脱去了靴子。

小雅见有人抢了，自己也乐得清闲，只站在一旁笑嘻嘻地看着。

兰陵王的脚露了出来，异常的洁白，却透出一股老气。所谓人老手足先衰，手足和人体划分是一样的，左手左脚代表人的右体，右手右脚代表人的左体，手足三阳，从脑袋到五脏六腑之间，经络丝丝相连。只要体内发生了病变，便会先体现在手足上。

然而兰陵王双脚显得老气，并不是病变的缘故，而是他的运气正走向衰弱的征兆。人的气场受宇宙气场的影响，都有旺极而衰的时候。兰陵王不过鼎盛之年，正是帝旺状态，可从他的足上，却可以清晰地感受到一股死气。

史书上记载，兰陵王死于今年，恐怕和他的八字也有些关系。如果兰陵王死时是三十岁的话，今年便是他的天干太岁年，而且冲地支太岁。天干太岁，十年一次，生年天干和流年天干相同则为太岁年。地支太岁，十二年一次，其中有犯、冲、破，指生年地支与流年地支的相犯、相破、相冲等。

公元573年，为癸巳年，三十年前公元543为癸亥年，天干癸相同为太岁，且地支巳和亥相冲，为冲太岁。今年注定是他一生中重要的一道坎，过了，再活三十年都没问题。

只可惜，小雅并不知道兰陵王真正的生辰八字，无法知道他的喜忌用神，只能暂时帮他疏通运气。

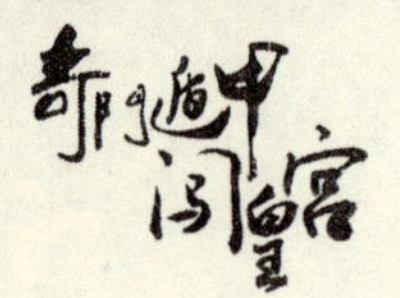

一般来说，懂命理的高手都能反推八字，但这和算“死命”相差无几。只要兰陵王还没死，反推的八字都会存在差异，即便是双生子，都会存在阳时和阴时的差异。

而且，兰陵王气场的衰竭已经注定，小雅也懒得再费心。她回来是要找命造书，他死了，自己就可以早点返回现代了。

小雅笑道：“常泡脚可防止衰老，王爷，这水温还合适吗？”

兰陵王眉头皱了一下，他的脚似乎冻僵了，温热的水只让他的双脚觉得不舒服。

兰陵王道：“劳娘娘费心了。”

小雅暗想：“废话，事关重大，我当然要费心了！”嘴上却笑嘻嘻地应着：“王爷一人之下万人之上，能为王爷分忧是我的福气，更是大齐子民的福气，况且，这是皇上的意思……”

兰陵王听得她的言下之意，是要让他配合她演一场戏，一场给皇帝看的戏。

兰陵王疑虑：“这……她想怎么演？”

兰陵王眉头皱得更紧了，佯装不愿配合。

皱眉的兰陵王和小明简直是一个模子里刻出来的。小明在掐算的时候，总会为某个人的八字，或者为某件事的来龙去脉皱起眉头，一言不发，任凭小雅在一旁大声唱歌，他也雷打不动。实在烦了，便站起来说他出去走走，绝不吼小雅半句。

有这样的弟弟小雅觉得自己很幸运。可幸运的同时，心里却充满苦涩。善良的小明从没见过这个美丽的世界，他甚至连自己的亲人长什么样子都不知道……

这是小明的遗憾，也是身为他姐姐的遗憾。她回到公元 573 年并不是真正为了 90 万，还有那一千万的后续金，而是为了找到命造书，真正意义上让小明获得重生。

即便是让他看见这世界也好，只要有一线希望，她何小雅——绝不放弃！

抽回思绪，兰陵王的眼神空洞，和小明的眼睛极像，小雅真怕到时会不忍心看他死去。

“不会的……”小雅竟把心中所想呢喃了出来，倒把兰陵王弄迷糊了，他问：“什么？”

“没，没有……”小雅舌头差点打结，她抬起头紧盯着他，忽然想到，这兰陵王装病都装了，还怕再欺骗皇帝一回吗？

当即蹲下，双手抬起兰陵王的左脚，从他小腿内侧开始，一路按摩而下。她用的是拇指按摩法，指头过处，引起一阵潮红。但潮红消逝较慢，正说明他的血液不畅通，看来，是该疏通疏通了。

小雅笑道：“王爷不要辜负皇上的美意，放松身体。”

她话语轻柔，兰陵王只觉脚上渐渐有了知觉，灵动的双手在他的脚上来回按揉，脚心竟一下子热了起来。一股气蹿向脑袋，兰陵王松了一口气，双脚完全放松了。

感觉到放松的双足，她不禁一笑，继续按压了片刻之后，小雅从袖口里拿出一卷针，摊开，大大小小的银针整齐摆放在上面。拿起从右往左第 27 号毫针，托起他的脚板，在昆仑穴直上一寸处，把针刺入。

兰陵王只觉一阵发冷，胸口有点发闷，额头冷汗直冒。"呃……"

小雅继续拿着 28 号毫针，在他的脚后跟处，扎下。他的脚发射性地向前踢，差点在她的手中蹦出，好在她手快，及时抓住了他活动的脚。再抬头看见冒冷汗的人，她连忙把两针抽出，并迅速地揉按他的脚后跟。

小雅额头冒汗，道："大男人也晕针呀！都怪我，忘记和你说了，放松，一定要放松……"

晕针是受针之人因过度紧张，在血脉扩张的情况下，产生的排斥现象。一般发生在第一次针灸的人身上，或许是施针之人太过刺激了。小雅并不觉得自己用了什么刺激的转法，足三里才是刺激之处，她都还没开始扎呢。

看来，是这兰陵王心情紧张。

兰陵王确实心情紧张，他的脚刚一放松，就从脚上传来一阵冰凉入骨的刺感，甚至比刀子捅进肉里的感觉还让人悚然。他一生征战沙场，受过的伤何止一次，但他可以坦然面对刀剑相对，却对这冰凉的刺感产生抗拒。

她柔柔的话语让兰陵王戛然，他甚至不知道要怎么回答她。在他胸口下，隐藏着一颗不为人知怦怦直跳的心。

少顷，兰陵王脸色更加苍白，问道："凉透如雪，如银针刺入骨髓。雅娘娘，这是什么？"

小雅手没有停下，不断地按揉他脚后跟的穴位，说着："这是针灸，可以通经活络，属于足针法。比较刺激，王爷一时之间接受不了，只能请王爷在宫中滞留几日了……"

心下却在暗想，这兰陵王当真一副王爷模样，竟连看也不看自己。要换做何小明，肯定会盯得自己毛骨悚然。

不过也好，他要真是何小明，大限之日，她还能忍心看着他死吗？

心里忽然放松了，兰陵王是兰陵王，何小明是何小明，他们只是长相酷似而已，自己何必如此费心。

兰陵王的脸色渐渐好转，小雅的动作也渐渐慢了，最后停了下来。她站将起来。转身，对着颇为不悦的皇帝，道："回禀皇上，王爷经络受阻，非一日之疾。小雅纵使神医妙手，短期内也无法让王爷康复，所以恳请皇上，让王爷在宫里养病。皇上，您的意思是……"

她的回答正中皇上心坎，把兰陵王留在宫中，然后趁机彻底地收了兰陵王的兵权，这是他的计划。可不知为什么，何小雅的一番话还是让他生了气。

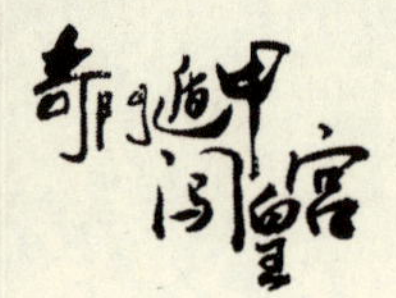

他生气。因为她的话句句说到他的心坎里，而自己总是被她的话语支配着。尽管这场戏的主导还是自己，可是，完成过程的，却是她！

他今天是要羞辱兰陵王的，现在却变成她在打圆场。方才小雅为兰陵王所做的，实实在在地惹怒了自己，她怎么可以为别的男人洗足？什么针灸？他高纬不管什么针灸，她在他的面前触碰别的男人，他就是不允！

高纬咬着牙说道："雅妃可真善解人意，朕正想让王爷在宫里多滞留几日。王爷，你说呢？"

何小雅在身后向兰陵王比了个手势，不料兰陵王话已经出口："皇上，雅娘娘让微臣……"

高纬警惕地问道："怎么？"

兰陵王语气有点结巴："微臣……"

高纬道："说。"

兰陵王欲言，小雅立即转过身去，瞪着他。心下骂开："我好心好意救你，你却不领情，古代人都很难伺候……"

感受到扑面而来的杀气，兰陵王犹豫了一下，当即要再说。小雅眼疾手快，当即在掌心画了个掌心雷，扔向他。

顷刻间，兰陵王的周边砰的一声炸开了，烟雾从他的身边弥漫开来。最后，充斥着整个大殿。

"咳咳……"

众人被烟呛得有些难受，小宫女已经闪在一边了。在玄椅边的皇帝也待不住了，他冲到大殿中央，焦急地找着那抹娇小的身影。

而小雅突然窜到兰陵王身边，拉起他的手，轻笑道："走，跟我走，出去再跟你算账，嘿嘿……"

第九章 合 欢

趁着烟雾弥漫之际，小雅拉着来不及穿靴子的兰陵王跑向殿外。

“本王的靴子……”

“逃命要紧，还管什么靴子！”小雅回头怒瞪了他一眼，见他不肯走，实在没法，弯下身一手捡起地上的黑色长靴，再次拉着兰陵王往外跑。

等候在外面的韩长鸾看见他们跑出来时差点傻了眼，里面到底发生了什么状况，他不知情。但看他们狼狈的样子，估计里面也好不了。

在这一刻，韩长鸾竟产生被利用了的感觉。而且，自己似乎是心甘情愿地被她利用，他实在找不出哪里不对劲。

两人跑到韩长鸾身前，雪地上留下两人一深一浅的足迹，雪片破碎的声音戛然而止。小雅笑道：“先生，全靠你了。”

韩长鸾有些为难，但却无可奈何。只得说：“娘娘不要忘了自己的诺言便好，否则，我也保不了我这张嘴能闭到何时。”

“先生放心，小雅说到做到，城外见了！”

小雅说完，拉着兰陵王便要走。走了几步，又折回身来，问道：“城外怎么走？”

这句话一出口，把两人震得说不出一句话来。她不知道城外怎么走，怎么还这么信誓旦旦？她就不怕在皇城里迷了方向吗？实在是一个疯狂的女子啊！

兰陵王居然做擦拭冷汗的动作，在旁人看来，这是一个对她多么打击的动作。小雅也几乎抓狂，难道她说错了？

这兰陵王的表现未免太明显了。从明光殿到现在，她觉得兰陵王实在是幼稚得可怕。

可这可能吗？

历史上记载，兰陵王可是高家最有出息的一个人。他做出此等动作实在令人费解。

或许，兰陵王他在掩饰什么。

小雅有点不爽地吼道：“你是真傻还是假傻，非要这么打击我，你认识路，你走前面！早知道你不配合，我直接扔炸弹，现在早逃了……”

兰陵王被说得有些脸红了，苍白的脸上竟出现了潮红。小雅白眼一翻，差点昏过去，这兰陵王还会害羞？

一旁观看的韩长鸾嘴角差点抽筋。身材娇小的雅妃只及王爷的胸口，那抬头怒瞪的样子实在令人忍俊不禁。她手上提着他的靴子，衣袖因凉风的拂动而向后卷，露出洁白的手臂。兰陵王的发丝飞扬，几缕发丝飘向了她的脸，在她的脸上轻抚而过，不留一丝痕迹。

雪片源源不断地落下，落在两个人身上，两人站定的姿势是如此的怪异而又暧昧。兰陵王青衫拂动，翻卷起来的衣袖几乎覆盖了她的身子。霎时间，烟粉长袖和青衫交融在一起，和着飘落而下的雪花形成一道美丽的风景。

两人浑然忘我地对立着，却不知道在一旁的韩长鸾看得心酸起来，嘴里满是苦涩的味道。

韩长鸾嘶哑着开口：“雅娘娘，暂且到九重宝塔避一避，下官打理好一切后再引娘娘出城……”

说罢，兀自走向对立的两人，小雅这才回过神来，见韩长鸾手上多出了一块黑色绸布，正绕过她的身后，眼前一黑，双眼随即被绸布覆盖住。

韩长鸾小心翼翼地在她的后脑上绑了个结，手指触碰到她精致的耳朵，心里不禁产生悸动。如果她不是雅妃娘娘，或许……

韩长鸾动作渐渐停止了，他俯下头去，在她洁白的后颈上轻啄了一下，然后嘶哑着声音说：“下官愿为娘娘万劫不复。”

这句话说得极轻，轻到小雅有点听不清，可后颈上传来的湿热的触感，是那么的真实，真实到小雅无法忽略。

她的手摸上后颈，低低地说了声：“先生……”

可惜，说这句话时韩长鸾已经转身走向明光殿，他没有听到这一声低低的话语究竟藏着多少的愧疚。

就算被利用，他也认了。

许久之后，韩长鸾的亲信走近他们，引着他们走向九重宝塔。

小雅不明白为何要缚眼，只有兰陵王，在转身的一刹那竟笑了，笑得有些阴沉，让人匪夷所思。

九重宝塔有九重。黑暗中，小雅只觉被人引着一步一步往阶梯而上，兰陵王自始至终都没再说一句话，他只是任凭着她拉着自己的手，揣得死紧。

小雅有些怕黑，平时胆子壮得可以吞天，可一旦夜色暗下来之后，就会产生莫名的恐慌。这个毛病不是一生下来便有的，自从三年前她带回师亦宣后，自己才有了这个毛病。第一次见到师亦宣时，那双比黑夜还黑的眸子惊了她，此后，她对黑夜开始惧怕。她再也不敢看师亦宣的眼睛，他表情憨厚，可一双贼黑的眸子却把她吓得连连后退。

每次看到师亦宣，她总要揣着小明的手，她害怕……可是师亦宣并不会伤害她，只是做着一些让人头疼的傻事。不是砸了这桩生意，就是丢了那摊主，小雅有时也会忍无可忍地想捅死他。

她对师亦宣的感觉是又怕又无可奈何。可三年了，他已经成为何家的一分子。小雅不会也不想让他离开何家，在何算门里，少了谁都不行。

如今，这被蒙眼的感觉，像和师亦宣的眸子直接对上。他的眸子没有瞳孔，黑得吓人，她什么都看不见，唯有紧紧地抓住一双大手。

“娘娘的手在抖……”她抓疼了他。

“是呀，我很冷，王爷的手很暖，不介意我用一下吧？”小雅说话的同时，忙把另一手提着的靴子塞给他。

“王爷的靴子。”

“微臣还以为娘娘忘了呢……”

兰陵王接过靴子，当即套在脚上，走了几步，忽然停下。“九重宝塔非皇室成员不得进入，为了避免外人知此路径，微臣想，娘娘此时应该是被蒙着眼的。”

“你，看不见我被蒙着眼？你……”小雅也停下，尽管被蒙着眼，她还是惊讶地抬头。

而兰陵王目视前方，尽管已经低下头，但眼神仍然分散，视线集中不起来。

“微臣瞎了……”不轻不重的话从他口中缓缓说出，兰陵王神情淡定，不知是悲还是痛。

“怎么会？”小雅脑袋一片空白，他是瞎子？她不顾侍卫的阻止，毅然扯下了眼罩，伸出双手在他的眼前晃来晃去，却引不起他一点反应。

他什么都看不见。

小雅挫败地把手放下，兰陵王不经意按住了他胸前的手，说：“这是皇上的意思。”

“皇上？”

“皇上！”韩长鸾进得殿来，先是一声急喊，趁着大殿烟雾未散，他的亲信把早已准备好的草人替身和一烟粉女子搬进了大殿。

弄好后，他们消失得无影无踪，仿若刚才的事不曾发生一般。烟粉女子也闪在了一边，静静地看着这一切，嘴角微扬，露出一抹静谧的笑容。

高纬听得大殿中央传来一声皇上，不待他循声而进，韩长鸾已经从烟雾里冒出头来。他一脸的诧异，惊道："皇上，您没事吧……"

高纬手按住太阳穴，一句话也不说。方才的爆炸到底是怎么回事？只眨眼间，大殿就炸开了。

高纬走入烟雾中，问道："雅妃呢？"

隐隐约约，见地上躺着一青色华服男子，他的头发覆盖住了脸，露出半边脸。高纬头又痛了，不用说，这定是兰陵王。高纬从他身边走过去时，连看都不愿意看他一眼，他焦急地找着那抹身影。

一阵冷风从殿外刮进，一些雪花被卷了进来，在浓雾中飞舞，渐渐地和浓雾融为一体。感觉到雪片落在鼻子上的凉意，高纬突然心慌了起来，他害怕再也看不到她。

高纬失声："小雅……"

空荡的大殿内环绕着皇帝的回声。明光殿上的积雪悄然滑下，化作一朵朵飞花包围着明光殿。轻微的颤动让躲在柱子后面的女子向后一步退去，却踩在了跪在地上瑟瑟发抖的宫女手上。

"啊……"

一声尖叫，烟粉女子向后倒去。

刹那间，她的身子被及时出现的高纬稳稳地拥住。怀中人儿不住地颤抖着，高纬把她拥得更紧了，甚至来不及细瞧她，只把她的头往自己的胸膛上压，让她安全地靠在自己怀里。

"雅儿，你这是在吓朕啊……"方才的怒气早已消失殆尽，弥漫而上的是掩盖不住的担心。

温暖的拥抱，让烟粉女子在惊吓之余渐渐地笑了出来。她的脸贴在他的胸膛上，隔着一层衣料，她还是能听到皇帝心跳的声音。

咚，咚咚。

手指抚上他的胸膛，心里漫起一股酸楚。这皇帝，喜欢的不是自己，自己再怎么能耐，也只是个替身。可她满足，现在皇帝抱着的是她，而不是那名像极自己的女人。

"皇上，臣妾哪敢吓您啊……"手环上他健壮的腰身，恨不得把整个人融进去。

"雅儿……"喉结忽动，高纬咽了咽口水，怀中小人儿衣领松了，露出洁白的肩膀，高纬恨不得再咬她一口。细想之下，还是试探性地问着："雅儿，愿意把自己交给朕吗？"

一句轻轻的话带着轻哄，更带着情欲。作为九五至尊，放下身段说这带着请求的话已经是难得，一旁的韩长鸾听了不禁咧嘴一笑。

有戏了。

烟粉女子松开了环在皇帝腰上的手，往后退了三步，含笑看着皇帝。

而皇帝正痴痴地望着她，见她不答，有点着急起来。

“不愿意？”高纬一句“不愿意”把自己的失望表露无遗。他甚至已经不在乎自己是否入了局，也不在乎她之前的种种举动，从这一刻开始，他只想她陪着自己，只想她完完全全地属于自己。

“不。”

皇帝的眸子瞬间失色，但接下来她的回答让他像个孩子一般地笑了。

“臣妾愿意……”话刚说完，便被皇帝凌空抱起。

高纬露出灿烂的笑容，发自内心的笑容永远是最迷人的，也最伤人。她看着他如孩童一般的笑容，也跟着一起笑了。

笑得眼睛都弯了起来，再也看不清她眸子里的深邃是真是假。唯有那句娇语似乎在提醒着自己只是个替身。

“皇上，我的小名叫小怜……”

“小怜？”

“嗯……”

“哈哈哈，没有小雅好听，朕喜欢叫你雅儿，雅儿，雅儿……”高纬停住了脚步，用手逗弄她小巧的鼻子，连连说了几声雅儿。

“皇上，臣妾还是觉得小怜比较好听……”烟粉女子欲让皇帝改观，可皇帝却只是笑着看她，再次弹了一下她的额头，宠溺地说着：

“你啊。”

见她眼睛闪闪发亮地看着自己，高纬脑袋似乎也被弹了一下。她的眼神几时变得如此急切，在她的眼睛里，装的应该是凡间没有的星光啊！可怀中的人，双眼之间似乎多了一股俗气，一股之前在瀛女身上相同的气息……

怎么会？

高纬忽然有点自嘲地笑了，她就是她，天底下绝不可能有两个她，自己多心了。

“朕什么都依你，但唯独这不能依你。小雅，何小雅，这是你第一次告诉朕的名字，朕就认定这名了。”

高纬抱着她走向龙床，韩长鸾等人带着发抖的小宫女和兰陵王的替身识趣地退下了。

这一夜，明光殿内温暖如春，九重纱层层垂下，却也掩盖不住龙床上的绮丽风景。一声声迷失的呼唤，一声声带着情欲的回应，交织出一场旖旎而且遥远的梦境。

一番云雨过后，皇帝拥着她满足地睡去，唯有她静静地看着皇帝。殿外风声起，呼啸的狂风肆虐着邺都，蔓延在皇城的每个角落。

明光殿内，大风卷翻了九重纱，黑暗中那点灿烂的眸光显得特别的刺眼。

“何小雅。”女人念着这个名字，心里翻起的恨意无从宣泄，只能把熟睡的男人抱得更紧，才慢慢闭了闪着幽光的双眼，缓缓睡去。

第十章　失　明

身处九重宝塔顶端的小雅后脖根窜出一股冷气。她把衣领拉紧，梦幻般地说着："要变天了，王爷，您继续说。"

兰陵王咧嘴一笑，绽开的眉头，显出几分忧虑："那是一年前的事了，要从皇上赏赐微臣银盏美人时说起……"

一年前。

兰陵王病不能来朝，高纬以弟自居，赏赐给兰陵王二十名丫鬟，名义上是丫鬟，但却是二十名如花美女，意在试探兰陵王是否真的有眼无珠，无力来朝。而兰陵王是何等冰雪聪明，从见了那二十名美人起，就知道皇帝要排除异己，即便是一生洁身自爱的兰陵王也不能幸免。

"多谢皇上美意，王爷身体抱恙，实在无法消受二十名美人。"

郑妃平静地说着，面对站成一排的美人，心里窝着一股火。王爷一生沙场征战，洁身自爱，不曾对其他女人多加青睐，唯独宠爱郑妃。郑妃也是聪明之人，这二十名美人个个比自己年轻貌美，难免有朝一日，王爷会喜欢上她们，她实在不愿意和她们一起分享王爷的宠爱。

宣旨的太监听完，脸色有些难看，他只问了声："王爷，您的意思呢？"

兰陵王头一抬，接过太监手里的圣旨，叩谢："本王感谢皇上恩典，请公公代为转告圣上，本王甚是欢喜。"

梨涡浅笑，音容俱美的兰陵王低低地说着。宣旨太监不禁一愣，随即笑开，这兰陵王倒识抬举，什么不爱美人，如今，算是开眼了。

众人谢旨，唯独郑妃跪在地上不语，待太监离去，郑妃呜咽地哭了起来。兰陵王遣散了二十名美人，扶起跪在地上的郑妃好言相劝。

"王爷如何安排这二十名美人？"郑妃泪眼相望，哭红的双眼死死盯着王爷。

兰陵王看着陪伴自己多年的爱妃，终是不忍心再言，把她拥入怀，紧紧抱着。作为一名王爷，不能负了圣上，也不能负了天下……既然如此，只能负了郑妃。许久之后，兰陵王咬牙说道："皇上美意，本王不能不受，爱妃通情达理，为何如此想不开？这二十名美人以后任凭爱妃差遣，但有一点必须记住，她们是本王的女人，容不得下贱她们，懂了吗？"

郑妃听言，呆呆地望着王爷，直到王爷放开了她，转身出了大殿，她才反应过来。

"王爷，臣妾恨你……"放肆的言语在大殿中徘徊，因嫉妒而纠结的眉头许久未平。

三天后。

"不好了不好了……"一名丫鬟跑到兰陵王的身前气喘吁吁地通报。

"莲花湖里漂出一具女尸，好像是其中一位美人，王爷，娘娘都吓坏了！"丫鬟惊魂未定，兰陵王却一下子站将起来。

砰！

把竹简狠狠地摔在地上，兰陵王秀丽的脸上顿时纠结起来。

"想不到……"兰陵王气急，深邃的瞳孔如幽潭一般，先前的柔情早已消失殆尽，弥漫而上的是失望和决绝。

当他赶到莲花湖时，郑妃已哭得上气不接下气，如花的娇颜上泪水四处散开，把一张脸生生地糟蹋了。看见王爷赶到，郑妃顾不得形象，扑入王爷的怀里。

兰陵王搂过她，望着湖里的女尸不语。

"王爷，臣妾吓坏了……"

"王爷，臣妾……"郑妃欲再说，兰陵王却接着说了下去："有本王在，爱妃无须害怕。本王问你，娘亲来过了吗？"

郑妃抬头，摇了摇头之后，把头倚在王爷的胸上，享受这暂时的温暖。

"爱妃，这是你的意思，还是娘亲的意思？"兰陵王再问，见郑妃愣愣地看着自己，知道问不出什么，便放开了她，亲自下湖捞起女尸。

众人屏气。兰陵王做事亲力亲为，女尸能得兰陵王亲自打理，也算不枉死。在女尸被安葬后，兰陵王已经累得在椅子上睡着了。

郑妃为他盖上锦被，兰陵王此时睁开了双眼，浅浅地说着："爱妃不喜欢那些美人，本王遣还便是。"

于是，剩下的十九名美人被如数遣还回宫。高纬见了十九名美人，顿时气炸了。他把兰陵王召进宫，在兰陵王面前杀了那十九名女人，其残忍程度，商纣不及。

高纬命人把十九名美人用缎子裹上，石膏缚之，只留一个出气孔，放置银鼎中以恒温蒸煮三个时辰。三个时辰后，掀开鼎盖，解开石膏和锦缎，美人栩栩如生，但香魂已逝。

高纬命兰陵王拿起银筷，亲自品尝这特意为他准备的美味佳肴。兰陵王一生见多

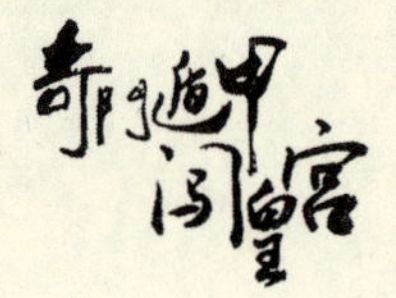

识广，如此杀人之法，倒还是第一次见。他举箸之手微抖，对于皇上的赏赐，受也不是，不受也不是。

“怎么？这酒泉美人不合王爷胃口吗？”高纬戏道。

“皇上，这食人肉乃禽兽之举，于天地不容……”兰陵王话说一半，高纬三两步走到银鼎美人身前，用筷子夹了一块肉下来，放进嘴里嚼着。

“酒泉美人，嫩而香甜，实在是一道好菜。王爷，朕吃一道好菜也会天地不容吗？”高纬放下筷子，走至兰陵王身边。

“这……”

“莫非王爷看不见这佳肴？哈哈哈，王爷空生得一双锐利的明眼，却看不见这天下最美的菜肴，实在可惜。”高纬狠狠地笑着，众人头皮一阵发麻。

“王爷不喜欢，可有很多人喜欢着呢！”高纬话刚说完，殿外侍卫引着几名被挖了眼珠子的犯人进殿。这几人饿了几天，此时闻到美妙的肉香，顾不得一切，抓着被蒸熟的美人，撕下她们的肉，大口大口地吃了起来。

兰陵王一阵反胃，终于不忍心地把双眼闭上。

高纬暗自发笑，随后手一挥，韩长鸾捧来了一杯早已准备好的美酒。

高纬说道：“从赏赐王爷美人开始，朕早就做好了两手准备。如果王爷收下了美人，朕就不需这杯美酒，如果王爷不爱美人，那只好请王爷赏脸喝了这杯酒。”

韩长鸾把酒推至兰陵王面前，兰陵王抖着手接过酒盏。

“谢皇上赏赐。”兰陵王毫无怨言，他知道从遣还美人开始，这一天就注定会到来。

“王爷也无须担心，此酒‘失颜’，眼瞎者喝了明心明眼，正适合王爷呢。”韩长鸾语气恭敬地说着。

“韩爱卿，王爷眼锐如鹰，怎么会需要‘失颜’呢？朕准备的‘鹤红’呢？”

韩长鸾当即跪下，如实回答：“皇上饶命，那‘鹤红’难得，却被微臣打翻了，所以微臣自做主张……”

高纬一脚踢开了他：“狗奴才！”随即要拿过兰陵王手里的酒盏，说着：“此酒明眼，王爷自是用不着！”

兰陵王却一口喝下了盏中美酒，谢恩道：“‘鹤红’难得，‘失颜’亦难得，皇上一片美意，微臣领了。”

“好，好，好，”高纬连续说了三个好，“王爷丹心一片，可敬可嘉，王爷何时动身前往兰陵？朕想送王爷一程。”

言下之意，是允许兰陵王返回封地。兰陵王松了一口气，殿外阳光明媚，可他的视线却渐渐模糊了。一时之间，三人各自揣摩，韩长鸾跪在地上，淡漠的神情却露出几分诡异，而高高在上的高纬心情极好地饮起酒来，唯有坐在旁侧的兰陵王知道自己失去了什么。

他，失去了视力。

从饮下"失颜"开始，他就注定成为了一个瞎子。

"谢皇上，请皇上容臣小住几天。微臣听说，樱花盛开只有几日，臣想看看这樱花绽放之美。"兰陵王若无其事地回答着，脸上绽开的笑容没有半丝不满，仿若不曾喝下毒酒。君臣之间的默契，在尔虞我诈中心照不宣。

"再过几天，正是樱花大开之时，王爷若是喜欢，尽管留下。"高纬抿了一口美酒，咧开的嘴角透出一股邪气。

"谢皇上。"

兰陵王在皇宫滞留了几天，在樱花谢尽之后，领恩离开皇宫。从那一刻起，兰陵王成为了真正的瞎子。回到兰陵后，郑妃哭着说王爷作践自己，可是她并不知道，兰陵王此举恰恰是最险的一招，若不舍得放弃一双眼睛，恐怕要放弃的是身家性命吧？

皇帝对他的怀疑已经不是一朝一夕，如果自己不表示甘居人下，又岂止是瞎了双眼这般简单？

兰陵王倒觉得几分庆幸，如果当时喝的是"鹤红"，恐怕早已命丧黄泉。

"一年来，微臣不曾见过些许景物，竟也渐渐地忘了它们。唯有无尽的黑暗伴着微臣，有朝一日，它们亦会伴随本王离开人世。"

兰陵王浅浅地说着，刻意少了活蒸美人的细节，以免惊到她，但小雅还是听得入迷了。兰陵王喝下"失颜"是对的，在那种情况下，活着比死去好些。

"王爷的选择并没有错，那'鹤红'定不是什么好毒药。"一句淡淡的结语，小雅已看清了兰陵王的本质。

聪明如他。

"'鹤红'是慢性毒药，此毒无解，中毒之人活不过三个月。"对于她，兰陵王不想隐瞒，也自知瞒不过。

"是呢，兰陵王并没有想象中的懦弱，告诉我，在大殿里为何要揭穿我？我可是要救你……"小雅眸中晶亮，鼻子上一点雪花渐渐消融。

"微臣并不想揭露娘娘，微臣只想说多谢皇上美意，微臣愿意滞留宫中。没想到，突然炸起了惊雷，吓了微臣一跳……"兰陵王表面波澜不惊，心里却暗涌波涛。其实，他的真正意图是试探这女子有几分能力。而这女子确实如他所想，特立独行的同时也有几分本事，他算是开了眼界。

听完兰陵王的话语，小雅的面部似乎抽筋了，明显是在狡辩。

"顶你个肺！还有这样的！"说完，气冲冲地走向窗台边，兰陵王是故意的，他只是想看自己有多大的本事。不过无妨，掌心雷已经出手，收不回来了，干脆做个顺水人情。小雅也是容易看开之人，当即收了心思，仔细观察着周围的环境。

九重宝塔由石头筑成，中间巨大的圆柱便是宝塔的主心骨，圆柱上嵌着一个巨大的沙漏，细细的流沙不断地流下，直线一般的沙子在底部堆积，偏向沙漏的一边，这沙漏明显歪了。从窗口吹进一股冷风，圆柱上的雪片被卷起。

小雅转身来到窗口，往圆柱石望去，终于明白这九重宝塔存在的意义了。

窗口正对着远处的山峦，山峦上怪石诸多，每一怪石都对着邺都皇城。

“凶砂。”小雅在心里念着，手腕上的磁极指向正对着九重宝塔的主心骨，远处山峦上怪石冲来的煞气从主石的缝隙中溜走。

兰陵王走至她跟前，停下脚步。

“王爷，这九重宝塔是做何用的？”

兰陵王思索了会儿，也不隐瞒，直接说道：“据说，十五年前一名女风水师告诉先皇要在此处建塔，挡住远山而来的煞气，先皇开始不信，之后皇城内频频出现命案，再后来先皇依了女风水师之言在此处建立了九重宝塔，十二年来倒也平安无事。直到三年前，邺都内又频频出现惨死命案，实在费解。”

其实这并不费解，此塔因地壳的运动而稍微倾斜，远山冲来的煞气从塔侧煞过，自然给邺都带来凶杀惨案。

从风水术上来说，远山的怪石是为凶砂，其煞气如一把把由气场形成的锐利刀剑。人是血肉之躯，怎么能抵挡住此来势汹汹的煞气，久而久之，被煞气所冲之地必然不得安宁。

远山怪石甚多，北齐时代尚无罗盘，能精准地测出煞气之位，必是高人。对于小雅来说，让她感兴趣的不是塔身是否倾斜，而是十五年前指点先帝的女风水师。

小雅问道：“不知这名女风水师叫什么名字？”

兰陵王摇了摇头，说：“此人来去无踪，当日指点先皇后，只留下了‘可人’二字，便不见踪影，先皇派人寻而不得。”

可人成何。小雅有几分意外，听得小明说，何算门的祖先正是一名叫可人的女风水师。当年她为了创建何算门，在南蛮之地（福建）找到了一处地方，另辟蹊径，以名为姓，创建了何算门。

如果小明所言为真，那这名叫可人的风水师极有可能是自己的祖先。

小雅从没想过会身处由自己祖先指点下建立的宝塔内。在公元6世纪，指南针可不像现代罗盘精准，能在此处找到挡煞的最佳位置，实属不易。

小雅若不是借助高科技转盘，恐怕要输给了自己的祖先。

“啧啧，有机会要见一见她，必定是英姿不凡。”小雅自言自语地说着，手中的转盘突然发亮，她随即小声地说：“有人。”

九重宝塔下面，巡逻的士兵列队走过，整齐的步伐在宝塔内壁形成一圈一圈荡开的回音。

兰陵王听着整齐的步伐，露出担忧之色。

“是巡逻的士兵。”

“还有别的脚步声。”兰陵王听得仔细，整齐的步伐声中仍有一点多出来的脚步声，细细碎碎，正慢慢地靠近九重宝塔。

“他正走向宝塔。”一年的黑暗世界，周围的风吹草动，早已练就他敏锐的听觉，甚至连那人喘气的声音，他都能感受到。

“男人女人？”小雅问道，兰陵王异常的听觉让她佩服不已。

“男人。”步伐稳重，脚步声了无杂质，踏入九重宝塔如入无人之境，必是对宝塔再熟悉不过。

“这你都听得出来！”小雅忍不住赞叹道，这兰陵王，听力比小明还敏锐。

“嘘——”兰陵王示意她噤声，小雅乖乖地闭了嘴。好不容易躲在这儿，总不能被发现了，那会前功尽弃的。

嗒！嗒！嗒！

脚步声越来越近，这下连小雅也听清楚了。她迅速地躲在墙壁后面，准备给来人一顿暴打。“哼，鬼鬼祟祟，该狠狠地打……”

第十一章　盘缠

小雅当真不客气地对来人一阵暴打,直到来人发出嗷嗷的惨叫声,她才愤愤停手。

“别打了,雅娘娘,是韩大人让属下来给雅娘娘送饭的……”那被暴打的侍卫提着一个食盒,满脸委屈地看着雅妃娘娘。

“韩大人呢?”

“韩大人一会儿过来,请娘娘安心等待。”侍卫如实禀告,脸上火辣地疼着。这娘娘,下手可毫不含糊。

小雅自知打错了人,有点不好意思地接过食盒,嗯哼两声,让无辜的侍卫退下。侍卫前脚刚走,小雅便从食盒里掏出一块糕点往嘴里扔,边吃边说道:“哎,这小侍卫太倒霉了,送个饭也鬼鬼祟祟,难怪会被打。”

一旁的兰陵王忍不住轻笑出声。但笑声被他极力地憋回肚里,兰陵王转向一边,真想笑它个痛快。

小雅坐在石条上,自顾吃自己的。

见兰陵王极力憋笑的样子,她心情顿时好了许多。这兰陵王虽然聪明,却也是凡夫俗子,自制力如此的差劲,才打错一次人就笑得如此难受,那如果多打几次呢?

“王爷,憋笑伤肺腑,别再忍了……”

兰陵王没想到她会这么说,再也忍不住,轻笑了起来。绽开的笑容如花鲜艳,活了三十载,第一次笑得如此惬意。

“王爷,这就对了,您笑得很英俊。”算不得赞美,小雅实话实说。

“微臣……”

“别微臣微臣的了,实话告诉你,我并不是什么雅妃娘娘,我叫小雅,王爷叫我小雅就行了。”小雅再次吃了一块糕点,满足地舔了舔手指上的残渣。

“这……”

“兰陵王几时变得这般吞吞吐吐了，这可没有你选择‘失颜’时的魄力啊！我们现在同在一条船上，只要离开了这该死的邺都，我可以完成王爷的一个心愿。”小雅信誓旦旦地说着。只要兰陵王不要求长生不老，任何愿望，小雅都会尽力满足他。

初听她言，兰陵王显得震惊。一名小小女子，竟口出狂妄之语，但细想方才明光殿中炸起惊雷之事，结合几天前的天象，要成就大业者，需得异女相助。此次进宫也是为了她，何不一口应承下来？况且，此女也不简单，能助自己一臂之力者是她无疑。

“本王想要这天下，也可以吗？”兰陵王话毕，满室皆静。小雅僵直了身体，她放下手里的食盒，站起来，走至兰陵王的身前，说道：

“如果王爷真的想，为什么不可以？”

小雅知道这并不是一句玩笑话，这才是兰陵王的真心话。

“身为臣子，不该有非分之想，可是，本王不甘心一辈子做个瞎子。”兰陵王静静地说着，平淡的话语里波澜暗藏。

谁会甘心做一个瞎子？

小雅握住他的手，语气坚定地说道：“王爷无错，这江山如画，王爷怎能负了天下？小雅绝不食言，定会助王爷一臂之力。在王爷实现自己梦想前，我会是王爷的拐杖，我会永远在王爷的身边。王爷想去哪里，小雅便带王爷去哪里。”

兰陵王何止非分之想这么简单，他的想法在天下人眼里，是大逆不道，天理难容的。从为他摇卦开始，何小雅已经进入了他的生活。无论如何，她会让兰陵王痛痛快快地过完剩下的日子，哪怕是为他——覆了天下。

手忽然被握紧了，柔软的小手力度渐深。这名女子，给了他一种前所未有的安定。

然而，让兰陵王安定的不是她的话语，而是她的手心，手心上传来暖和的触感。在这一刻，天地似乎静了下来，徘徊在他耳边的是那孱弱的呼吸和跳动的脉搏。

“不过……我有一个条件。”小雅望着他的双眼，尽管他的双眸早已失去焦距。

“请说。”

“你要一直相信我！”包括欺骗，包括谎言。

“本王信你，只是……本王哪生修来的福气，得姑娘如此眷顾？”

“王爷人中龙凤，追随王爷左右，是我的福气。只要王爷不丢下小雅，小雅定不负王爷。”字字铿锵，不过是客套之话，小雅早已有了入局的感觉，一切都是那么的顺其自然，自然得让她有些迷茫。

她知道，对于兰陵王来说，这并不是福气。自己犹如死神，只要待在兰陵王身边，每一天每一秒，都是兰陵王生命的倒计时。小雅会帮助兰陵王不假，但这江山也坐得不长久，恐怕他登基为帝之日，正是他的死期。

“小雅，本王不会丢下你……”兰陵王不自觉地念着她的名字，小雅先是一愣，而后嬉笑着应了一声。

“我知道。”短短三字，温暖如春。

“小雅姑娘不嫌弃的话，唤本王长恭即可……”兰陵王第一次念出自己的名字，在一名甚至不知道长相的女子面前。

“长恭。”很好的名字。

温柔的低吟犹如扑面而来的春风，清脆的嗓音比清泉还干净。兰陵王深陷其中，没有焦距的瞳孔仿佛明朗起来，渐渐变成一湾深邃的幽潭，越来越浓。

“高、长、恭。”兰陵王再次说了一声，补上了姓的名字铿锵有力。

“高、长、恭。”小雅学着兰陵王念名字的语调轻轻地唤着，就像唤着何小明一样自然。

而正是这几字轻语，让兰陵王的心渐渐地迷惑起来。在这么一瞬间，兰陵王似乎看见了天际闪出的亮光，一张皎如皓月的素颜在云层上浅笑，浅浅的梨涡，和着荡开的笑容一层一层地融合在一起……然而……

嗒！嗒！嗒！

紧凑的脚步声扰乱了他的思绪，从云层上返回时，周围仍是一片无尽的黑暗。

当韩长鸾站在他们面前，两人的手还是紧紧地贴着，直到韩长鸾一声低低的咳嗽，两人才分开紧贴的手掌。兰陵王若无其事，一旁的何小雅显得有些不自在，理了理微乱的发丝，咧开嘴对着来人傻傻地笑了。

韩长鸾走至他们跟前，把准备好的行当递给了小雅。拆开包裹，里面除了一个大大的司南之外，别无他物。

小雅不解道：“先生，我们这是要逃命去，没银子怎么行呢？这破勺子能值几个钱？”拿起司南上的勺柄，真想直接敲在韩长鸾头上。

韩长鸾也直接挑明：“行风水者，到哪里都饿不死，真正值钱的，正是这把勺子。”

小雅嘟起嘴，说道：“司南罗盘，起源于汉代，盘上第一层先天八卦盘，第二层八干四维盘，第三层地二十四山盘，第四层二十八星盘，到这就没了，很不好用。一个集大成的罗盘所包罗的信息应该更多，比如，三十三层的通用综合罗盘，在星盘接下来是二十四节气、七十二龙、二百二十龙盘等……”

与此同时，她秀了一下手腕上的手表，继续说道：“我有了这个，就不用那勺子啦。你看，先天八卦盘、地母翻卦九星盘……天盘缝针一百二十龙、二十八宿界限盘等等，还有奇门活解多用转盘……”

小雅一口气把奇门上休生伤杜景死惊开八门，以及九星一连给韩长鸾说了。希望韩长鸾懂得她在说什么。

见韩长鸾有点费解的样子，小雅叹了口气，说道：“其实，我说了这么多，无非是想让你给点盘缠……”

韩长鸾脑子有点乱，这雅娘娘说的很多他并不是很理解。比如这二十四节气，出自汉代《淮南子·天文训》，二十四节气又分为十二节气和十二中气，这是学过易经的道友都知道的。然而，迄今为止却还没有人把二十四节气制定成盘，纳入司南罗盘的。这雅妃娘娘的言语虽有几分道理，但难免惊世骇俗。

还有这一百二十龙、二十八宿界限盘到底是什么东西？他研究术理命理多年，倒是头一次听说。

韩长鸾问道："盘缠自然是有，只是，娘娘说的下官有些不解，不知这七十二龙指什么？"

小雅笑答："全名穿山七十二龙，即七十二龙分金，即地纪。穿山之意，是确定来龙分支，分金即指方向方分位，其使用罗盘正针。在二十四龙的基础上，用盘式排法，每山排三龙，所以二十四山就有七十二龙。这样更能准确地确定龙脉分支，避免了二十四山龙过于粗糙所带来的不准确性……"

唐代杨筠公在地理术的实践中，发现正针阴阳龙过于粗糙，格龙乘气的准确性太差而创造了杨盘，即现代通用罗盘中第六层：穿山七十二龙盘。

韩长鸾似乎受教，竟产生了几分敬畏之意："娘娘说得在理，可否请娘娘多说一些，比如这二十八宿界……"

小雅也回答得很干脆："行，我可以告诉你，不过有个条件。"

一说到条件，韩长鸾便直冒冷汗。

韩长鸾道："娘娘请说。"

小雅定神看着他，一字一句，坚决道："我要'失颜'的解药。"

韩长鸾听完，连连后退了两步，她要这"失颜"的解药，定是为了王爷。兰陵王有何好，竟让她如此上心？

韩长鸾语气突冷，道："没有。"

没有皇帝的允许，任何人不得给兰陵王解药，违者诛杀九族。韩长鸾伺奉高纬不少日子，也深知少年皇帝的心思，帝王者，要谁死便死，要谁生便生。这是亘古不变的定律。

"如何才能得之？"

"除非圣上赦免！"韩长鸾说得不卑不亢，心里压抑着一股怒气。

"那可难了……"少年帝王阴郁的眼神在小雅脑海中闪现，她晃了下脑袋，把那身影赶去。

韩长鸾从怀里掏出一串铜钱，递给小雅。七枚铜钱串成一串，静静地落在小雅的掌心中。

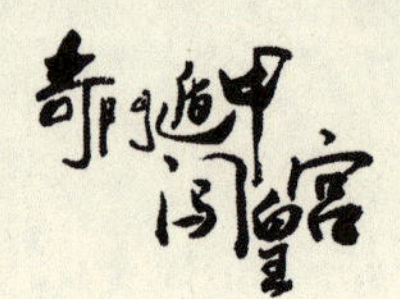

韩长鸾继续说道:“这七枚铜钱能指点雅娘娘出城。雅娘娘,现在可以道明这解山根青煞之法了吧?”

韩长鸾不忘之前雅妃娘娘的提点,他忙活了这一场,也是为了这解法。

小雅娇笑:“差点忘了,其实,解法很简单,先生对八字也有些研究,只要用喜神便没事了。”

韩长鸾面部有些僵硬,这跟平时的解法没有两样。一个人八字生来都有喜忌用神,在危难之时,喜神用,可以解难。但如果用了忌神,只会加快灾难的到来。喜忌神的用法只是命理里最常用的,并没有什么特别之处。

见韩长鸾面色铁青,小雅忙补充道:“你别小看这喜神呀,它比忌神友善多了。对了,千万别用忌神,免得你后悔。”

说完,嘻嘻地笑着,她把头伸到韩长鸾的耳边,轻轻说道:“先生别郁闷,我比你还郁闷呢,你说的盘缠就是七个铜钱啊!你好小气,不过,有些事我还是要告诉你,先生请附耳过来……”

第十二章 七 杀

小雅随即叽里咕噜地在韩长鸾耳边说着，韩长鸾的脸色越来越铁青了，似乎要发火的样子，但偏偏是她，只好把怒气压回肚里。

小雅声音渐大起来，却也接近尾声："总之，就这样了，子平命理不是我原创，是我盗版的，所以只能把四句口诀给你。嗯，口诀就放在西宫床底下……息怒息怒，等你做了这件事又是奇功一件，皇帝哪舍得杀你？"

说着一些不确定的话，小雅偷偷地瞄着面色铁青的人。

韩长鸾捏紧了拳头，望着娇笑的人儿，真想封了她的嘴。从一开始，她就胜他一筹！

韩长鸾抬高手，做甩的姿势："你！"见她有躲闪之势，忽然放松了手，把她拥入怀里。

"真是教人难以放手。"韩长鸾补充说道，淡漠的脸上出现了从未有过的温柔。或许，从这一刻开始，才是梦魇的开端，才是真正的万劫不复。

"先生……"被紧紧地拥着，她有些透不过气来。

"你是第一个。"第一个教他不想放手的女人。尽管是皇帝喜欢的人，但他还是不想放手。

"先生，小雅和先生无缘……"推开了韩长鸾，她走到高长恭身边，接着说："这会儿，皇帝也该醒了，先生该回去了……"

韩长鸾望着自己空空的双手，不禁自嘲地笑了。即便他想留住她又如何，她，始终要飞出这片都城。凭她的本事，谁也留不住她。

既然留不住，自己又有何念想？

韩长鸾有点凄然地应着："你始终不属于这里，你们走吧……"说罢，转身走了几步，忽然停下，厚重的嗓音再次传来："保重！"之后，脚一抬，咬牙下了九重宝塔。

远去的脚步声渐渐地淡了，谁也说不清这破碎的声音里到底压抑着多少情愫。

韩长鸾走后，小雅发了一阵呆，高长恭也默默不语。

许久之后，小雅打破了沉默，她看着手里的铜钱说道：“一六为七，为坎为兑，以九宫论，兑生坎宫，必是先西再北，最后的方向定是北边大门了。”

韩长鸾给她的七枚铜钱正是出城的最佳指引。一六为七，七为兑宫，一六为坎宫。用绳子连起来，有相生之意，也正符合兑宫生坎宫的气数，所以，必是先西再北，绝无差错。

高长恭问道：“不知道雅姑娘方才和韩大人说了什么？”

小雅笑道：“其实也没什么，我只是告诉他，这九重宝塔倾斜了，不能起到挡煞的作用。我让他把宝塔修正，然后在塔身外面刻上‘泰山石敢当’五个大字，起到避邪挡煞的作用。但是，我没有告诉他，皇帝嗜杀，即便把塔身修正，恐怕也难以起到大作用了。”

高长恭思索道：“原来，雅姑娘对风水术有些研究……”

小雅回道：“是呀，要不然王爷以为明光殿中炸起惊雷是怎么回事？那是道家小法术掌心雷……嘻嘻，我还要告诉王爷你，我替王爷报了个小仇……”

高长恭疑惑道：“何解？”

小雅向他走近，轻声说道：“皇帝不近人情，把王爷弄瞎了，我只好帮王爷小小地报仇一下咯。那碗参汤，身弱之人吃了大补，身旺之人吃了定要流鼻血的。皇帝喝的那碗最补，我可是放了好几颗大人参进去的！”

说完，小雅兀自哈哈大笑起来，直把一旁的高长恭郁闷得无语。

见兰陵王不觉好笑，小雅无趣地摁了一下手腕上的表盘，正色道：“今天，我带王爷感受一下飞翔的感觉，真想马上出了皇城。”

说罢，表盘里顿时折射出一道绿光，渐渐地铺开成圆形。她走到高长恭身边，正准备带着他走向天网，往北方而去。

就在这时，九重宝塔角落里传来一声小孩的怒喝：“大胆，你们敢跑！我要告诉父皇，你们让他流鼻血！”

一个穿着黄色华服，头戴紫金冠的四五岁小男孩从角落里闪出。

小男孩看见两人奇怪地看着自己，继续奶声奶气地喝道：“本皇子被父皇罚在这里面壁三天了，你们好大胆子，竟敢私闯宝塔！还有，王叔你为何和一个女人在一起？我会告诉父皇的！”

小小稚儿，说起话来，和高纬有几分相似。

小雅突然眨巴着眼睛，笑道：“你说你会告诉你父皇的，对不对？”

小皇子扬起下巴，傲道：“正是，我要父皇诛你们九族！”

“你真的会告诉你父皇吗？”

“我才不会骗你！”

小雅思索了一会儿，突然走向小孩。

小皇子后退："你想做什么？"

小雅一把抓住了他的小手，无比郁闷道："我想你应该不会骗我，为了不让一切白费，我只好绑架你了！"

"大胆！大胆！大胆！"小皇子一连说了几声大胆，可这女人却无动于衷，而且，还把他抱了起来！

"放我下来！"

"门都没有！"小雅突然孩子气地吼了小皇子一声。

小皇子没料到她突然变脸，哇的一声，吓得哭了出来。

"我要告诉父皇，你们都要死啦……"原来，是一只小纸老虎。小雅捂住他的嘴，恐吓道："再哭就把你小××切掉！"

小皇子虽然不知道小××是什么，但却知道她说得出做得到，只好把小手伸进嘴巴里，咬着不出声，眼泪直流。

高长恭反而笑了："你吓唬一个小孩子做什么？"

小雅回道："这不是王爷的作风啊，怎么说他也是您的小堂侄子，您就不表态吗？"

高长恭道："此次出宫，带他游历一番也好……方才姑娘说小××，敢问，小××是什么？"

话从兰陵王口中说出，小雅脸不禁红了。这是她小时候用来吓唬小明的话，小明总喜欢把姐姐喊成唧唧，小雅屡次纠正，他却不改。于是，在某一天，她拿着一把锋利的水果刀，威胁小明："你再喊我唧唧，我就割下你的小××！"从此，何小明再不敢喊她唧唧，而是很乖地喊她姐姐。

小雅支支吾吾地回答："告诉你，你也不懂……算啦算啦，我们该走了……"闪躲的神情，嫣红的脸颊，绽开成一朵最蛊惑的花朵。

当她从他身边经过时，他温和地笑了，暗淡的双眸中渐渐有了色彩，不再是一望无际的空洞。

高长恭低低呢喃着："好美……"

"什么好美？"

高长恭再次柔柔笑开，他摇了摇头，说道："本王想，雅姑娘的样子应该很美，只可惜，本王不能目睹姑娘芳容，实在遗憾……"

小雅一愣，道："王爷过奖了，小雅并没有上人之姿，王爷也不必遗憾。王爷的眼疾只是一时的，有朝一日，王爷定会重见光明。"

如果能助兰陵王覆了天下，"失颜"的解药又算得了什么？她，一定会让他重见光明的，正如她要小明看见光明一样坚决。

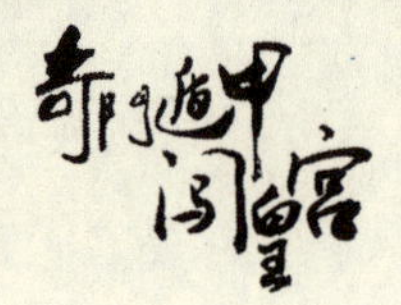

明光殿。

华丽而空旷的大殿上，血淋淋的人头堆积成山，一抹青色的身影从山后闪出，眸子里发出诡异的光芒。他紧紧地盯着自己，一字一句低沉地说着："皇兄，还我的眼睛……"

高纬抽出腰间长剑，砍向那抹身影。

高纬边砍边怒道："高俨，当年你大逆不道，朕只是让你喝了'失颜'，谁想到你竟以为是毒药，向朕逼宫。即便你是朕的亲兄弟，朕也不得不杀了你！"

高俨利落躲过砍来的刀剑，嘴角浮出一抹冷笑："失颜令人目盲，我宁愿舍命，也不愿瞎了，即便是一年，我也不甘！"

高纬冷笑："有何不甘？高俨，朕才是天子！"

高俨冷道："天子？皇兄说笑了吧，我们都不是真命天子。皇兄莫非忘记了，这江山也是父皇'抢'来的，真正的天子应该是高长恭吧……怎么？说中痛处了？所以皇兄迫不及待地朝高长恭下手了，所以在逼他喝下'失颜'的一年后，又迫不及待地把他召进宫，皇兄，你怕'失颜'会失效，对吗？"

高纬冷笑："那又如何？高长恭进了皇城，就别再想完整地出去了……朕只要杀了他，又有何惧？"

高俨摇头苦笑："你根本不敢杀他，他重兵在握，你甚至不敢打他不敢揍他，你只敢让他眼睛瞎了，君王落得如此田地，实在太悲哀……"

高纬冲过去，一剑劈下去："你胡说！"

高俨向后退去，青色的身影渐渐变成了兰陵王的模样，在昏暗的烛光下与狰狞的人头交织在一起，双眼睁开，锐利如鹰："总有一天，本王所受的，会让你加倍偿还……"

高纬把长剑扔向那堆人头，怒吼："大胆！朕永远不会给你这个机会！"

兰陵王忽然又变成了高俨的模样。他浮在半空中，诡异地看着高纬，裂开的唇角，弥漫着一股说不出的阴森气氛。

"终有一天，你会失去所有……嘻嘻嘻……"高俨说着渐渐消失了，烛光忽然亮堂起来，堆积而起的头颅瞬间消去，留下一地的萧索和凄凉。

高纬望着空空的大殿，雪花一片片落下，触之冰凉。鼻子里涌出的热流让他明白，这只不过是梦境一场。手掌上的鲜红触目惊心，喉头上突然涌出一股热流，一口鲜红从他嘴里呕出。

高纬看着血迹，不禁暗暗地笑了："好厉害的何小雅……"

冯小怜睁开迷糊的双眼，问了声："皇上，您怎么了？"揉了揉眼睛，看见一身是血的皇帝，终于从迷糊中惊醒过来。

冯小怜失声叫道："皇上，流血了！来人啊，快传御医！"

高纬看着大惊小怪的她，微微皱起了眉头。他淡淡地说道："雅儿那碗参汤放了多少颗人参，要补死朕吗？"

鼻血，过补所致，且高纬体质为热，一下子喝下一大碗参汤，身子自然受不了。

冯小怜静下来，有些疑惑地说："皇上，您说什么？"

疑惑的眼神让高纬产生不悦，他的何小雅绝不是这样的人。若是此时，她的表现应该像炸开的喜鹊一样，唧唧喳喳地道着歉："皇上，您就是我的天，我怎么舍得下重手呀！"

但她没有。

甚至连幸灾乐祸的眼神都没有。

高纬忽然推开了她，说道："朕累了，雅儿先回西宫就寝吧。"说罢，披衣下床走向殿外。

天际已经发白，远处一道绿光忽然闪过，把天际照得更加亮堂。折射而来的光芒，映得高纬眼眸深邃如潭，那道绿光竟和先前在明光殿雅儿手腕上射出来的光芒一模一样，到底是怎么回事？

回头望了一眼明光殿，雅儿正在整装，洁白的身子被烟粉罗缎掩盖住，一头乌黑的长发披散及地，透出幽幽的光点。

他的雅儿还在，那宝塔方向的光芒做如何解释？

高纬一拳砸在门边上，怒道："韩长鸾，给朕说说，到底怎么回事？"

第十三章　惊　情

待天际全部发白，宝塔上端的绿光渐渐消失了，韩长鸾踏着风雪而来。他匍匐在高纬脚下，说道："皇上，九重宝塔冲出一道绿光，恐怕是宝塔被冲动了！"

高纬蹙眉："冲动？爱卿说来听听！"

韩长鸾细细说来："十五年前，可人女风水师指点建立九重宝塔后，宝塔十年一天劫，十二年一地劫。皇上可还记得，五年前宝塔里的一场大火并没有毁去宝塔，但在两年后一场地动，却让宝塔倾斜了？宝塔倾斜，不能挡煞祛邪，所以，在三年后的今天……"

高纬替他说了下去："所以，在三年后的今天注定有一场变数，是不是？"

韩长鸾把头低得更低了："正是，三为震卦，为动，为变，本该于酉时冲动震宫地支卯。如今塔绿光为青，为木为巽，巽藏辰、巳，辰与酉合，酉与卯冲，卯为太岁藏于震宫，先合后冲，必然在卯日卯时应验。"

准确地说，是卯冲动酉，酉又与辰合，辰为巽，为风，为木，为动，为青色……细想到这，韩长鸾顿时心生寒意，这绿光是人为的。这么说，雅妃娘娘除了给自己一个好台阶下之外，还早早运用了地支之间的冲合，来制造这看似符合逻辑的存在。

韩长鸾顿时捏了一把汗，原来雅妃娘娘已经高明至此。

高纬道："变数，朕不要什么变数，爱卿有何解法？爱卿可是大齐的国师啊！"

韩长鸾答道："卯与戌合，只需在七天后的戌日戌时，把塔扶正，并在塔身上篆刻'泰山石敢当'五个大字即可。"

泰山石敢当，是挡凶砂之煞最好的化解办法。这些都是她告诉他的，在掩过她逃跑表象的同时，又能制住远山冲来的煞气，可谓一箭双雕，两全其美，甚是妙哉。

高纬又笑，道："这是爱卿自己的想法吗？朕怎么觉着，这更像是雅儿的主意？"

高纬露出宠溺的神情，浓浓的爱意宣告他的彻底沦陷。

韩长鸾也笑："皇上，您说是便是。"

高纬笑得更嚣张了："哈哈哈，狗奴才！就依爱卿所说的办了吧。七天后，我要见到扶正的九重宝塔，若有闪失，朕定罚你！"

皇帝说得出做得到，韩长鸾也不多说，干脆领命谢恩："奴才领旨！"

"下去吧。"

"是。"

韩长鸾从地上站起，准备退下，走了几步，便被身后的皇帝叫住。

身后传来少帝高纬的声音："恒儿已经在宝塔里思过三天了，传朕旨意，让恒儿返回府中思过，暂时不得来见朕。还有一事，别忘了把第二盏'失颜'送至兰陵王那。"

闻言，韩长鸾大惊。小皇子高恒在宝塔里思过了三天，那么之前他与雅娘娘在宝塔所谈之事，恐怕早已被四岁小皇子听了去，这可不妙啊。

韩长鸾转过身来，答道："王爷至今昏迷未醒，皇上是否过去看看？"

高纬一声冷喝："这件事，爱卿去办便妥，在'失颜'失效之前，不能让他重见天日。如果他看见了一丁点亮光，朕看也用不着'失颜'了，直接把一年前准备好的'鹤红'赏赐给他吧！"

一年前，樱花盛开之时，正是兰陵王失去光明的开始。如今，离樱花盛开还有几日，绝不能让兰陵王复明。

韩长鸾打了个冷颤："是，奴才这就去办。"

话虽如此，让韩长鸾更担心的不是"失颜"失效，而是待在九重宝塔三天的小皇子。他再次来到九重宝塔，空荡的塔身显得有些静谧，清晨的阳光从塔顶的天窗穿射而进。在塔的顶端，已无一人，一块上好的玉佩被搁置在地上，下面压着一方手绢。

韩长鸾一眼便认出这是小皇子的随身玉佩，拿起玉佩和手绢，展开手绢，几个娟秀的字映入眼帘："小皇子我带走了，三个月内奉还，勿念！哈哈哈！"

把手绢揉紧，韩长鸾气得再说不出一句话来。

正如他所想，以雅娘娘的性格，必然会带走知道他们谈话的小皇子的。带走小皇子，虽可解一时之忧，却不能做长久之计。

小皇子毕竟要见皇帝，到时怎么交人？这雅娘娘，走就走了，还真不让人省心。

韩长鸾终于咬着牙，一字一句地吐出："你真的什么都敢做，气死我了！"

邺都城外。

一道耀眼的光芒凭空出现在凸起的雪丘后面，不一会儿工夫，三个人从光芒中走出。小雅收了奇门天网，看着吃惊的一大一小。高长恭干笑着，小皇子则瞪着大大的眼睛，奶声奶气地说："我刚才好像飞起来了……"

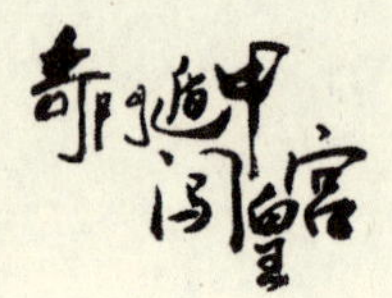

小雅看着四周的风景，放松地吸了几口清新的空气，道："我们并没有飞起来，我们只是借助奇门盘，从兑宫的惊门到达坎宫的休门，穿过时间隧道。因为不过是半个时辰的事，所以不会觉得不舒服，反而会产生如临仙境一般的美妙感觉。"

小皇子不懂地看着小雅，说："惊门是什么？"

小雅知他不懂，本不想多说，由于心情畅快，便忍不住多说了几句："惊门属性金，在奇门遁甲里属兑宫；休门属性水，位于坎宫。这样说吧，这各个门从右往左顺时间排开，依次是坎宫的休门，艮宫的生门，震宫的伤门，巽宫的杜门，离宫的景门，坤宫的死门，兑宫的惊门，乾宫的开门……"

她捡起一根树枝，在雪地上画了一个大大的井字九宫格，把八门按照顺序写进井字格里。

小雅耐心地继续说："排列起来便是：休、生、伤、杜、景、死、惊、开八门，懂了吗？"

小皇子摇了摇头，如实回答："不懂。"

小雅把树枝盖在雪上，佯怒道："我就知道你不懂！"

小皇子委屈地喝道："大胆，你敢凶我！"

小纸老虎又发威了。

小雅忽然嘿嘿笑起来，她抓过小皇子，开始挠他痒痒，她笑道："我不仅要凶你，我还要虐待你，小屁孩，现在是姐姐我绑架你，你乖点，我就不切你小××……"

小皇子一边痒得咯咯直笑，一边严肃地纠正："我不叫小屁孩，我有名字，我叫高恒！你别再痒我了，你大胆！"

小雅才不吃他这一套，她继续痒他的胳肢窝，巧笑道："以后呢，你要听我的话，不听我的话呢，我就把你扔海里喂鱼。"

小皇子一张脸顿时皱成了苦瓜脸。

一旁的高长恭轻笑出声，他循声走到他们的身边，拉过小皇子把他护在身后，道："恒儿还小，别吓唬他了。"

小雅也笑："这样一个孩子以后肯定是小霸王，我必须现在给他点压力，他也太像他老爹了。"

高长恭耐心地说："宫里莲花池里养着几条食肉鱼。恒儿在宫中时常见到，对鱼必定有几分忌惮。雅姑娘就别吓唬他了。"

小雅一愣，想想也是。高家的变态史上皆知。她立即改口，冲着高恒笑道："那就不喂鱼，切小××就好了……"

高恒吓得把王叔搂得个死紧，嘴里拼命叫嚷："王叔救我！救我！"

高长恭抚着高恒的头，柔声道："恒儿别怕，雅姐姐逗你呢。"

小雅站起来，朝着小皇子眨巴了几下眼睛，笑意盈盈。高恒整个身子顿时躲在王叔的身后，偶尔探出脑袋，观察着“凶女人”的举止动作。

此时，一阵冷风拂来，带着凛冽和淡淡的甜香气。不远处的樱花树早已花苞累累，含苞待放。

从树上传来的香气把小雅引了过去。她不再吓唬高恒，走到樱花树下，折了一枝布满花苞的樱花树枝。她摘下一个花苞，取了上面的花瓣，放在嘴里咀嚼几下，随即吐出，说道：“素闻樱花味美，如今有幸尝之，却是徒有虚名。一点也不甜呀！”

高长恭淡淡一笑，说着：“樱花之气，承于道，道出自然，天地万物，自然最美。就这花瓣来说，味本不算美，然而却能咀嚼生香，这便是这大自然的赏赐罢，是大自然的清冷让樱花韵味独到。小雅姑娘心性太急，自然品不出这樱花瓣的美妙。”

小雅听完，立即把手里的樱花树枝一扔，干脆说道：“没味道就是没味道，还说我不懂得欣赏，有时候憋在心里的话不是非得说出来！”

说完这话，她往前走了几步，观察着雪丘下面的邺都城。只见邺都城门打开，一对列兵从里面缓缓走出。列兵分开巡逻，动作和平常无异。有些放不下心，她担心韩长鸾见到手绢后会亲自领着兵将来接小皇子回去，那兰陵王被拐出宫的事就遮不住了。

正往回走时，背后突然传来一阵紧急的马蹄声。小雅赶紧在一旁躲着，只见城门打开，韩长鸾果真策马追来。

她心虚地把身子缩了个紧，并回头示意高恒不要说话。高恒一张小脸冻得有些发紫，本想嚷嚷几句，被小雅一瞪，顿时心虚得说不出话来。

行装匆匆的韩长鸾坐在马背上，脸色铁青。披风上还留着被风雪滴溅的斑斑痕迹，拉着绳索的大手也早已磨破了皮。

他十万火急出了邺都，为的就是截住携带小皇子出逃的雅妃。雅妃留下手绢便走，却给他留下了一个天大的难题，小皇子失踪，可是一件天大的事！不是走丢了一个小宫女那么简单，就连身为大齐国师的他也难逃其责。

然而，他今天匆匆赶来，并不是要带回皇子，而是有一件更重要的事要做。那就是放一根长线，把那气人的风筝牢牢抓在手里。

韩长鸾朝着周围喊了一声：“雅妃娘娘，小皇子年纪尚小，不会对娘娘有任何影响，请娘娘留下小皇子，下官感激不尽。”

小雅嘘的一声，悄悄地走到兰陵王的身边。她拉过高恒，抱起他便想走。高长恭一把拉住她，说道：“国师已经找来，还是让恒儿回去吧。”

小雅停住，转身看着高长恭，问道：“在宝塔里你怎么不明确说？现在有点晚了！”

高长恭应道：“尚未晚矣。此事与恒儿无关，他年纪尚小，不适合奔波。本王思索再三，还是让他回去吧。”

高恒听见王叔如此为自己说话，顿时也说道：“王叔，我回去后一定让父皇赏你，王

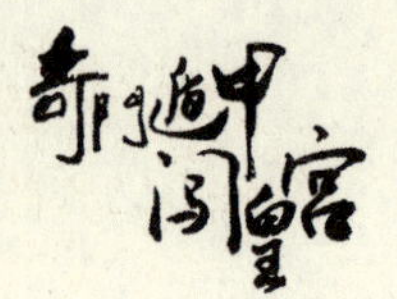

叔想要什么？”

话刚说完，小雅吼了一声：“小孩子闭嘴！”

高恒被吼得立即没声了，只把小小的头埋在她的肩膀上。

从宝塔到这里，不过是一会儿的事，兰陵王何来思索再三，他到底在卖什么药？有些不解地看着兰陵王，小雅忽然觉得有些悚然，若不是占得卦象，她便一点也看不透他。

小雅一反常态，继续说道：“孩子我是带出来了，对于王爷来说，是一个制住皇帝很好的筹码……小雅说过，一定会帮助王爷得到想要的。”

坚定的话语，分辨不出真假。

高长恭有些错愕，道：“你知道本王要什么？宝塔里所说，只是一句玩笑话，小雅姑娘不必当真。”

笑话？从来没有人把野心当笑话来讲，兰陵王亦如此。

小雅笑了，摇头说：“王爷想要什么，小雅就让王爷得到什么。王爷想亲自完成一个笑话，小雅也定当尽力相助！”

说得信誓旦旦，说得志在必得，说得连自己也几分虚了，聪明的兰陵王会相信吗？

高长恭果真不信，他失笑道：“本王一生金戈铁马，征战多年，这天下早已被本王踏遍。三十年来，该看的该做的，本王哪一样没做？一年前，卸甲归兰陵，你以为本王还会在乎吗？”

如果真的卸甲归田，北齐后主高纬也不必如此费心防着他了。兰陵王虽把一半的兵权交还皇上，但这些将士随他征战多年，恐怕也不是皇帝的令牌可以调动的，真正的虎符令牌，是所向披靡的兰陵王。

小雅心知不宣，也知他从不打没把握的仗，便佯装无奈，笑道：“你不在乎啊……这么说，你确定让这小不点回去？”

高长恭道：“有何不可？”

笃定的语气，眉间尽是俯仰天下的自信，不愧是见多识广的兰陵王。

小雅有些为难道：“王爷想没想过，这孩子一回去，或许，我们根本走不出邺都。刚才从皇城出来，已经耗费了我太多精力，如果遭到皇帝大军的堵截，下场可能比劫走皇子还惨，我可不想再落入那变态手里。”

高纬的变态她已经尝试过了，那双充满戾气的眼睛似乎在凌迟着自己。想起高纬种种疯狂的举动，肩膀上被咬的伤口也在隐隐作痛。

高长恭伸手按住了小雅的肩膀，笃定地说：“本王会带你回兰陵，在那里，皇上也要忌惮三分。”

好家伙，果然是有备无患。兰陵王果然是不能小瞧的人物。她的手渐渐松了下来，把怀里的高恒放下。

高长恭伸手接过高恒，说：“恒儿自己回去。”

高恒眼睛眨了眨，奶声奶气道：“我会告诉父皇的！”

高长恭淡淡地笑了：“王叔到时自然会到皇上面前请罪。不过，王叔可是会告诉皇上恒儿不乖的。”

高恒立即阻止：“你敢！”

高长恭抚了抚他的头，道：“王叔当然不敢。”

高恒又很不爽地拍掉他的手，怒道：“大胆，你敢摸我的头！父皇说，天下胆子最小的是王叔，你要是敢向父皇说我的坏话，父皇可是会斩你的头的！”

高长恭一愣，不禁哑然。这小小孩子，竟然知道得如此之多。想来，皇帝十分在意这小皇子，要不然也不会让他在至关重要的九重宝塔上面壁思过了，从来只有帝王或者储君才能在里面思过，包括自己，也鲜少进入九重宝塔。

皇帝的意思十分明显，高恒极有可能是未来的太子，大齐的储君。高纬年纪轻轻，已经在开始培养储君了，他意图十分明显，北齐的江山只能是他的子嗣来统，其他人等，只能是臣子，亦或成为刀下鬼。换种思维来说，这也间接地向功高盖主的兰陵王示威，皇帝的宝座永远轮不到他来坐。

兰陵王不禁有些惆怅，多年来的坚持在小皇子面前全部变成了愚妄。他是君，他是臣，君臣有别。

气氛突然沉闷了起来，小雅见兰陵王陷入沉思，便开口打破了这令人压抑的沉默。她吓唬小高恒，比了个切的手势，道：“我切！还不走？”

清脆的声音让兰陵王抽回思绪，却吓跑了小高恒。

高恒吓得立即转身向着城内跑去，他边跑边喊道：“国师，救命啊！有刁民要切我小唧唧了！”

看着小不点从凸起的雪包上渐渐消失，小雅叹了一口气，她有些不满道：“这下好了，离王爷的目标又远了一些。”

高长恭不以为然，只是淡淡笑开，青色华服上落满雪花，浑身上下透出一股冷艳来。他忽然握住小雅的手，低着嗓音道：“即便是要得到天下，也是本王亲手拿，你帮不了我。笑话，只能是本王讲给你听。”

话语间，野心毕露，在这一瞬间，他再不是那位唯唯诺诺的王爷。

手腕上的力道渐紧，小雅的眉头皱了起来，抬头，王爷一双利眼正看着自己。猛然一惊，连连后退几步。

“你，你的眼睛……”好一双锐利如鹰的眼睛！

高长恭眉头一展，眼神立即失了清明，俊美无比的脸灿烂笑开，话语间更是多了一

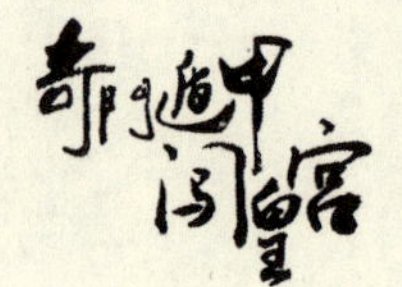

些不易察觉的温柔。“雅姑娘？是本王的眼睛脏了吗？从瞎了之后，再也看不见自己的眼睛了，让雅姑娘见笑了。”

“我见笑王爷又看不见。不过，王爷的眉上确实有雪花，王爷，我帮您去了。”小雅走到他面前，伸手欲替他拂掉睫毛上的雪花。转念一想，此时正是试探他的好机会，便又说：“王爷，小雅够不着也看不清，您能不能蹲下？”

话刚说完，腰忽然被大手握住，高长恭把她抱了起来，让她可以面对面地看着自己。小雅只想看清他的眼睛，没料到会被他抱起，鼻子差点撞在他的下巴上！好在她反应快，用手掩住了自己的鼻子，直接避免了磕个鼻血横流的惨剧。

兰陵王语调平静地说：“现在够得着了么？”一如既往的口气，不因怀里抱着女人而气息不稳。

倒是被他抱在怀里的小雅，气息先乱了，她话说得总有些不自在：“够……够了。”伸手把眉上的雪花拂去，近距离观察他被几缕长发掩住的眼睛。

没有任何焦距的眼睛在此刻显得无比的空洞。她甚至把头伸过去，恨不得把他的眼睛挖出来看个遍。看着瞳孔里越来越近的自己，他的眼睛自始至终，竟连眨都不眨一下，他果然是瞎子。

只有瞎子才能有如此空洞的眼神。

小雅有些疑惑，刚才锐利如鹰的眼神，或许，只是一个错觉吧，也许是自己太累的缘故。

小雅缩回了自己的头，有些不自然地说道：“放我下来。”自己的身子紧紧地贴着他，宽阔的胸膛下是一颗怦怦直跳的心。温热的气息从他的鼻子里呼出，似乎在自己的脸上打了个圈，小雅顿时产生了悸动，双颊渐渐红了起来。

她为这样的反应，感到羞耻。

如果对象是皇帝，那无可厚非，皇帝本来就是调情高手，随手一按便是一个敏感的穴道，轻易就能挑起感官带来的刺激感。但如果是兰陵王，那便是自己的心荡神驰了，不过是平常的揽拥，却能引起她心脏一阵猛跳，她怎么可以对长得像小明的兰陵王产生感觉呢？

况且，她是来拿命造书的，不是来和他们纠缠的。目前为止，自己该惹上的不该惹上的全惹上了，高纬、韩长鸾、冯小怜，还有眼前这位时而怯弱时而笃定的王爷。

然而，这些都算不得大事，更让她担心的是，兰陵王大限那天，自己该如何心安理得地脱身呢？这大齐是一个美丽的朝代，特别是这邺都，处处繁盛的樱花树带给人的感觉非常的清丽。她实在无法想象，三个月后会在这里上演一场惊心动魄、血流成河的战役。

“放我下来……”

兰陵王有些不舍地把她放了下来，倒是未来得及站定的小雅一下子跌进他的怀里，惊起一地飞雪。

一双有力且温暖的大手及时按住她的肩膀，把她扶正，让她不至于站不稳。

方才额上长发被拨开，指间不经意的轻触，冰凉中带着淡淡的樱花香，让他不禁深吸了一口气，享受短暂的清香。而清香过后，是她如兰的气息，在他的脸上化开来，如暖春的太阳，让他感到无比的安心。这些，都让他很留恋。他很想一直抱着她，让自己不再感到寒冷，可是……

“Thank you！”

一声奇怪的话语打破他的遐想，平静的脸上波澜不惊，却没有人知道，就在方才，一颗早已静下的心再次被搅翻，掀起连自己也不敢相信的浪花。

“申……酉……是地支？”兰陵王回过神来，不解地问。

“申酉是地支没错，但是也有谢谢的意思……”早知道不和他说英语了，还要再解释一遍。也怪自己口快，忘了这是在古代，而不是那科技发达的现代。

“有些意思。”

“那当然！”小雅瞥了他一眼，语气颇为不满。她的手伸到他的鼻梁前，象征性地扣了他几个鼻子，然后才喜滋滋地笑开。

瞎子看不见也是有好处的，可以用手势捉弄他，而且，想怎么捉弄就怎么捉弄。

正当她乐和时，她的手指忽然被咬住，她吓得迅速抽回，不知所措地看着他。

兰陵王显然比她更郁闷：“想不到姑娘有这种喜好，喜欢把手指放别人嘴里，雅姑娘手指不碍事吧，可别让牙齿硌疼了。”

小雅无可奈何地看着自己被咬出牙印的手指，心里哀号一声，是自己主动送上手指的，只能怪自己倒霉了。她言不由衷恨恨地应道：“我、很、正、常，刚才完全是意外！我手指很、健、康！”

一脸憋屈，这可是她来到大齐第一次吃哑巴亏。

“那就好。”他淡淡地说着，温厚的嗓音带着些许宠溺。

他的声音妙如樱花香，总是格外引得大自然的宠爱。小雅看着他恨不得上去掐他几把，报手指被咬之仇。

嫉恶如仇的眼神，总是让人动容，见过她的人，总会被她吸引。她除了有让人不可小觑的本领外，还有着蛊惑人心的魅力。娇小的身子，永远让人想不到的答话，狐狸一般的眼神，似乎都被这片山河大地同化了。

如果他不是兰陵王，他真的想带着她永远离开这里。不管什么天下，从此不再卷入这凡世的熙熙攘攘。然而，这并不可能，一声马的嘶鸣，让他回到了现实。

“吁——”

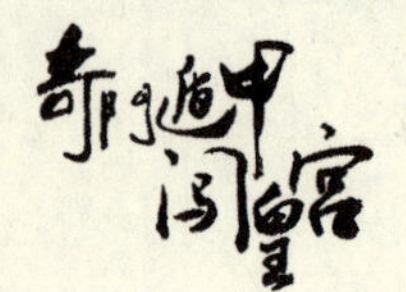

韩长鸾牵着一匹白马带着小皇子从雪丘后面出现，铁青的脸色渐渐转至苍白。旁边的小皇子露出得意的神色，小手紧紧抓着韩长鸾的手。

小雅见到韩长鸾，知道有些事无法躲过，该交代的总要交代，于是先行唤了一声："先生，相送何须车马劳顿，这几刻的路程，先生还能赶上，小雅佩服。"

先声夺人，一直是她的作风。偏偏是这种作风，让韩长鸾在宝塔时做出了放风筝的决定。这女人，太让人闹心了。

韩长鸾表情有些僵硬，他把闷气暂时压住，说道："雅妃娘娘心有七窍，自然明白那串铜钱的意思。下官本想让娘娘走了一了百了，不料娘娘竟劫走了小皇子，于情于理，下官不该再对娘娘手下留情。"

小雅啧啧说道："先生说哪里的话，难道那命理的口诀入不了先生的眼？还是……"

韩长鸾拉了一下绳索，慢慢说来："娘娘给在下留的口诀确实前所未闻，但区区口诀，都及不上娘娘劫走皇子的罪名。"

小雅这下怒了："原来你想拿这个威胁我？"

韩长鸾这才笑开，颇为恭敬道："下官不敢。"

小雅激动得想抓死他，但细想之下，这人也不是轻易能摆平的，唯有与之周旋，走一步是一步。她极力地压了压怒气，露出灿烂的笑容，问道："那先生是什么意思？我可告诉你，我不吃威胁这一套！"

韩长鸾拉着马带着小皇子走近他们，自然地说着："之前在九重宝塔有些话来不及细说，所以特地赶来见雅妃娘娘，把未说完的话说完。娘娘，下官对风水玄术有些愚钝，在下恳请娘娘每逢初一十五寄来书信，开导下官，下官定感激不尽！"

韩长鸾刚说完，小雅便爆开了。这韩长鸾是变相地监视自己！

小雅彻底怒了："韩长鸾，这些话你在宝塔为何不敢说？我知道了，你一定是看到小皇子被绑架了，觉得可以威胁我了，告诉你，门都没有，我跟你，两清了！"

韩长鸾顿时从怀里掏出几缕发丝，说道："这是从娘娘身上取下的，娘娘不来书信可以，下官一样可以找到娘娘，娘娘对追魂针不陌生吧？况且，下官没别的意思，只想着娘娘能多多赐教。"

"你不厚道啊！"

看着他手上的发丝，小雅不得不对韩长鸾说一声佩服。利用人体的毛发、指甲、八字等，制成追魂针，只要人往哪个方向，指针永远对准那个人的方向。这是茅山道术基本法术，小雅也学会了些，但有时仍会失效。

而韩长鸾竟轻轻松松地说了这样的话，看来道行不浅。

韩长鸾回道："是娘娘把事情做过了，怨不得下官。"

小雅伸手欲抢过他手里的发丝，韩长鸾却早已缩回手，她的手扑了个空。小雅急得想掐死他："你怎么会有我的头发？"

韩长鸾波澜不惊，道："在娘娘昏迷之后，接雷之前。"

他的话让小雅脸色渐渐青了，原来从那时候开始，韩长鸾就为今天做了准备。自己的所作所为，还是入了他的卦。

小雅怒道："原来，你早算好的！"

韩长鸾淡淡地笑开，有些无奈道："下官一生为皇室操劳，这发丝本是为皇上准备的，以便皇上能在第一时间内找到娘娘。没想到，下官自己用了。你说的没错，从你绑架小皇子开始，我就产生了如此大胆的想法，那就是……"

韩长鸾话未说完，便被干晾在一旁的兰陵王打断，说道："本王竟不知道皇室里出了这个胆大包天的人！"

话被打断，未说完的三个字也便没有说下去的必要。他收起了连自己都没有察觉的温柔，只是客气地应着王爷的话。

"王爷言重了，下官虽然胆大，却没有到包天的地步，能瞒天者自始至终都只有一位，王爷心知肚明。"

兰陵王听完也笑，不语。把一旁的小雅看得有些不自然。她说道："先生，王爷说的没错，你是大胆……"

韩长鸾笑道："谢娘娘夸奖，娘娘，您该走了！"

说着，把手里的绳索塞给了小雅，甚至把小皇子也推给小雅。小雅也是聪明之人，一下子便明白他的意思了。

作为初一十五书信的条件，便是为人质的小皇子。

小雅立即把小皇子拉过来，笑道："有筹码自然最好，先生，你这步棋走得真好。要不是你是大齐的国师，小雅会以为你是奸细呢，尽让皇帝不好过。"

韩长鸾没料到她会这么说，不禁一愣，随即反应过来，答道："这么说，娘娘也是奸细呢。"

"要是生逢乱世，我绝对是这样的料。哈哈哈……"小雅笑嘻嘻地说着。

韩长鸾蹲下来，望着小皇子耐心说道："殿下，让您去兰陵封地，这是陛下的旨意。陛下想让殿下多加磨炼，希望殿下体谅皇上的苦心，不要让皇上失望。"

小皇子天真地看着国师，他似乎听懂了，点点头应道："恒儿知道了，三个月后，国师一定要来接我。请国师告诉父皇，恒儿一定不负父皇所托！"

稚儿吐字不清，语气却自信十足。可怜小孩终究是小孩，还是不能理解大人们之间的微妙关系，也不明白自己身为人质的处境。也好，这正是小雅想要的。但让小雅十分郁闷的是，这小皇子和自己抬杠，却十分听韩长鸾的话，可见韩长鸾对大齐的影响。

他是大齐举足轻重的人物，只希望不要与他为敌便好，否则，自己怎么斗得过他？

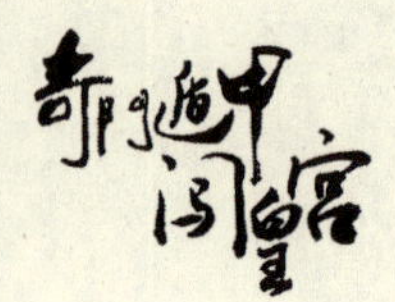

小雅摸了摸马身，膘肥体壮而毛顺，是一匹好马。她很想要……要怎么得到呢？脑子里灵光一闪，有了！

她笑着说道："先生，既然有相送之意，只带了一匹马，未免小气了，我们可是三个人呀！"

韩长鸾站起来，收了小雅手里的绳子，笑道："下官一个人出宫只能有一匹坐骑。若带着两匹，定会惹来是非，况且，这匹马下官还要带回去，并没有说要送给娘娘呀，娘娘不要打这匹马的主意了。"

自己的心思一下子被看出，小雅干脆挑明了说："这马让我看见了，我非打它主意不可。"

笑话，她可不想和兰陵王小皇子三人徒步走出去。

韩长鸾知她志在必得，也不再强调，干脆明说："娘娘看上的，从来没有得不到。也好，这匹马就交给娘娘了，但有个条件。"

小雅气得快跳起来，她吼道："你说，我就不信我骑不上这马！"

韩长鸾把手里的绳子再次塞给她，笑道："条件就是——好好照顾自己，还有，这匹马。"话罢，他转身头也不回地走了。

直到他的背影消失在雪丘处，小雅还是觉得没听清刚才那句话。那句淡得让人融化的话语，好像一盏美酒，渐浓渐香。

她呢喃出声："这人怎么说走就走……"

兰陵王的眼神忽然黯淡下来，他静静地看着陷入沉思的小雅，鼻梁上的红痣恰到好处，与周围应时应景，仿若不在人间的仙子。便是这样一名女子，从第一次听到她的歌声开始，他，已经渐渐被她吸引。

她是一朵美丽的桃花，不仅吸引着自己，还吸引着其他人，比如皇帝，比如韩长鸾。他知道此女子具有这种蛊惑的魅力，更知道自己也渐渐沦陷在其中，不能自拔。只要想到别的男人能分享到她的美丽，眉间便不自觉地染上一片阴霾。

第十四章　逃　夭

“我们只有一匹马，委屈王爷了。”

韩长鸾走后，小雅三人也立即骑马离开。奔劳了一天，在翻过几座雪山之后，他们在一家小客栈里入住，正准备草草地吃过饭后，饱睡一顿。

店小二把菜端上来了，却见小雅拿着筷子说了一声：“没想到骑马这么累，马是好马，可就是累人。”说完，顾不上和小皇子斗气，在一大一小两男人面前一头栽进饭桌，渐渐淡了声息。

高长恭紧张地探了她的鼻息后，才松了一口气。

“雅姑娘……”轻轻地唤了一声，小雅毫无反应。一旁的高恒不满地撅起嘴，这凶女人死了才好。

兰陵王见她睡得正熟，便不想惊扰到她的好梦，干脆把她抱起，往客栈楼上走去。

“客官，乙号房请！”

店小二眉开眼笑地在前面引路，在这里当伙计三年，还是第一次遇见穿戴如此整齐的客人。如果他们在小店里住好吃好了，给的银两自然会多。看他们必出身大富大贵之家，想来不会小气，这次怕是得赚翻了。

客栈虽小，楼上客房倒是齐全。每个房门前挂着牌子，上面分别写着乙、丙、丁、戊、己、庚、辛、壬、癸九个大字，却唯独少了个甲字。兰陵王觉得有几分奇怪，但只是住一晚上，也不便细问了。

进入乙房后，中间案几上摆了个熏香炉，炉内正冒着烟。虽然只是普通的檀香，但兰陵王还是觉得很不舒服，他把小雅放在床榻上，为她盖上被子。

“把烟掐了，出去时把门关上。”淡淡吩咐着，店小二说了一声“得咧”之后便把烟炉抱走。

店小二走后，兰陵王看着她毫无戒心的脸，情不自禁地抚上她的额头。

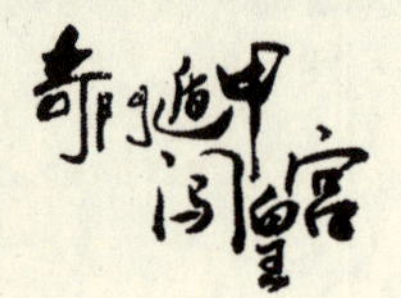

轻轻地抚摸着她有些冰凉的肌肤，鼻子上一点殷红在不算亮的烛光中显得有些妖艳，密而黑的睫毛微微卷着，两道秀丽的眉毛即便是世上最好的笔也不能勾勒出，红润的嘴唇丝毫不因天气的冷冽而失色，削瘦的下巴配上优美的颈脖，已然构成一幅最美的画卷。

“小雅……”不禁呢喃出声，兰陵王情不自禁地俯下身子，在她的红唇上亲吻，细细品尝起来。

“嗯……”

睡梦中的人儿有些不安地呻吟了一声，他的舌头趁机而入，在她的嘴里反复舔吻。

“嗯……”

再一声被压回喉咙的呻吟让睡梦中的人呼吸似乎有些不畅了，只好把嘴张得更开，艰难地吐息。

他似乎感觉到她的异样，连忙离开她的唇，转而吻她的下巴，然后是洁白的脖子，一路往下，直到吻到她的伤口处。舌头戛然而止，他把她的衣领拉得更开，一看，一个鲜红的牙印触目惊心地出现在他眼前。

此牙印深浅基本一致，只有左边一个牙印似乎深了一些，恐怕是长有虎牙的人所咬。而这长有一边虎牙且能接近小雅者，除了皇帝之外，别无他人。

说不清是震怒还是心疼，兰陵王的眉头顿时纠结起来。手抚上牙印，心里渐渐地不是滋味，发堵的胸口下，是利剑剐过般的疼痛。这牙印明显是欢爱时留下的印记，她——已经是皇上的女人。

手掌渐渐地抚上她的细颈、她的脸颊。他有些懊恼，有片刻时间，他差点想掐住她的脖子，让她就这样断气！

就在这时，窗户忽然被风吹开，油灯一下子灭了，一个黑影顿时出现在兰陵王的身边，静默不语。

兰陵王抽回了手，拉好她的衣领。他走到门前，转身对着那黑影，微怒道：“谁让你出现的？”

黑影恭敬道：“是老夫人。”

兰陵王心里一惊，心道：“是娘亲……”

黑影继续说道：“老夫人有卦启示，王爷。”

兰陵王斩钉截铁地说：“出去说。”

“是。”

客栈外。

兰陵王背着黑影站定，黑夜中的雪地有些发白，上面落着几个深深浅浅的脚印。

兰陵王有些惆怅，问道："娘亲最近安好？"

黑影老实回答："老夫人她老毛病又犯了，不能亲自来迎接王爷，只有让小的给王爷送个口信。"

兰陵王的娘亲从十二年前开始，便患上了一种岐黄难治的病，只要气温一下降，立刻变得有些失常。不仅见人拿刀就刺，还会自言自语自笑自癫，但只要气候回暖一些，她便和平常人没有两样。老夫人深知自己的病，便带了几个奴仆在山里隐居起来，十二年不曾出山。

兰陵王几次想请她回府，却被她拒绝。

"娘亲，你真的不想见孩儿吗？"

"傻孩子，为娘这病你也知道……若你想为娘了，就时常看看为娘特地为儿做的面具吧……"

慈祥的话语，鬓角的发已白，容颜小巧的轮廓依稀可以看出年轻时的风貌，若不是岁月摧残，必是美人一个。只可惜，从十五年前开始，她渐渐逝去了美丽。这一切都是为了他。若不是他，娘亲也不会如此操劳。

"王爷？"黑影见王爷有些恍惚，便试探性地唤了一声。

兰陵王回过神来，语气有些沉重道："这次她有什么口信？"

黑影一刻也不敢忘了老夫人的指示，他从怀里掏出一块白布，呈给王爷。兰陵王接过白布，展开，上面几个方正的大字映入眼帘：能用者留，不能用者杀。一切全凭儿决断！娘字。

看完这些字，兰陵王把布扔给了黑影，说道："娘亲这次的想法，本王不能明白，黑影，你说说……"

黑影把布团撕碎塞进嘴里，毁尸灭迹后，才说道："老夫人说，这是进兰陵王府的规矩。"

兰陵王咬牙道："这次，你们准备怎么做？"

黑影笑道："老夫人会安排，王爷到时静观其变便可。"

兰陵王大惊失色，微怒道："你们要是伤了她，本王抹了你们的头！"语气坚定，话一出口，兰陵王便有些后悔了，在属下面前失态，无疑是把自己的弱点暴露。

黑影顿觉头皮发麻。毕竟，王爷也是他的主子，得罪了谁都让自己吃不了兜着走。他应承道："我们会有分寸，请王爷放心。"

兰陵王随即压住了语气，淡淡地说："记住，她和平常人不一样，别怪本王没提醒你们，她的深谋远虑永远更胜一筹……"

黑影谢道："多谢王爷指点，保密工作，我们会做好的。"

兰陵王冷笑："那便好，你该走了。本王不想再见到你。"

“是。”黑影唯唯诺诺地退下，不消一会儿，清冷的雪地上只留下了兰陵王一个人。他用脚把雪地上的脚步踏平了，才顶着风雪进店。

进店后，看见小皇子趴在桌子上睡着了，兰陵王不禁露出一抹温柔的笑容。

“王叔，你去哪里？”高恒抬起小脑袋，半睁着双眼，迷迷糊糊地问着。

“王叔不去哪儿，恒儿，睡吧。”走过去，抱起四岁的高恒，走上客栈二楼。

第二日，天刚亮，小雅起了个大早，她伸了伸懒腰，一下楼就说道：“小二，来几个你们店里的招牌菜，饿死我了……”

店小二跑过来，引她往干净的桌子走去，小雅很自然地坐下。不一会儿，几个热气腾腾的小菜相继上桌。她拿起筷子，夹了一块豆腐，放进嘴里，品尝了起来。

她一边吃一边说道：“小二，去叫那两个男人起床吃饭，真好吃呀。”

小二被说得有些莫名其妙，但还是客气地应承着上了楼。小雅又夹了一次豆腐，狼吞虎咽起来。若不是天色尚早，客人不多，她这副狼狈的模样要是被人见了，不贻笑大方才怪。

“这位姑娘真是与众不同。这家店的招牌菜是酒泉豆腐，嫩而鲜，需要细细品尝，姑娘吃得如此猴急，又有什么味道呢？”门口处，一白衣男子挺身而立，早上雾气尚未散去，远远望去，像是饱读诗书的学子。

小雅随即放下筷子，看向来人，笑道：“一样是填饱肚子，哪有那么多规矩呢？先生真是一表人才！”

见白衣男子走进，露出一张小圆脸，虽长得眉清目秀，但年过三十的模样，和一表人才没沾上一点关系。小雅随即改口：“……眉清目秀，非富则贵……”

白衣男子走近，笑道：“姑娘真是有眼光！”男子露出牙齿，唯有下门牙偏右的地方掉了一颗牙齿。小雅看得甚是碍眼，干脆坐下来继续吃。

小二从楼上下来，后面跟着兰陵王和高恒。小雅心里忽然笑开了花，她干脆把整盘豆腐推到白衣男子面前，笑着说：“您吃呀……”

“谢谢姑娘，在下用过早饭了。”

“既然吃过，那就算了，先生您面露忧色，两目虽清却无神，想必家里出了不少事吧？”

“姑娘真是慧眼，最近确实发生了不少事，不知姑娘有何指点？”白衣男子挽着袖口浅笑，这小姑娘倒有几分本事。

“生老病死，我是指点不了的，特别是撞伤脑袋这种事，我要帮也没法呀。”小雅说得轻巧，白衣男子却惊了。这小姑娘一语点中要害，真是不敢小觑。

“姑娘说得太对了，家父确实是因为撞到头部而……”突然停住，男子望着小雅，说道："不知道家父有没有救呢？"

"已仙去之人，谈何救？如果我猜得没错，先生的父亲是在去年戌月去世。"话一出口，男子愣在当场，几秒钟后，男子忽然出声。

"姑娘真是高人！佩服！"

白衣男子下门牙偏右缺了一颗，门牙象为艮主7数，艮又为鬼门，下门牙为坎，偏右掉了一颗门牙为乾宫，乾为一，为父为天，所以父亲必在六十多岁的时候因撞伤头部而死。（乾为金，艮中藏寅，寅为甲木，金木相克。甲木为头，所以必受金伤。）

去年戌月，为金气余气，甲木必受到金气伤害，又因艮有鬼门，所以断凶多吉少。

"先生过奖了，我只是猜测的。昨日经过一座山头，发现一座新立不久的陵墓，墓碑上甲戌二字明显，今日见先生门牙之象，自然而然联系到一起，难免取巧了。"

小雅说得谦卑，那阴宅是好风水，但似乎和眼前这个人联系不起来。那阴宅壬山丙向，专出武贵。而眼前的男子最多不过凡夫俗子，更不似有钱人，和那好风水难以配合。而那坟头修饰素朴，坟前来水环绕，水中灵龟出水抬头，藏风聚气。

"姑娘真是爱开玩笑，易理至简，姑娘语出惊人已经是高人了。不瞒姑娘说，方圆几里内，只有家父之坟，所以姑娘不算取巧。对了，这两位是？"白衣男子看着走近的一高一矮的男子。

"在下高长恭。"兰陵王面无表情地说着，生硬的口气让白衣男子有些尴尬。倒是小皇子嘟起脸，叫嚣道："一脸贱民样，也配知道本皇子吗？"

白衣男子听完愣了一会儿，转头惊讶地看着小雅，惊道："这是……"

小雅顿时拉过小皇子捂住他的嘴，笑道："这是我弟弟，小稚儿不懂礼数，先生莫怪。"

话虽如此，小雅心下却在想，连小皇子都看出他的脸相，看来自己猜想无错。此人虽措辞恭敬，却处处透露着可疑。方圆几里之内，小雅确实只看到那坟头，但那坟头有翻修之象，如果他的父亲真是去年戌月仙去，坟头尚新，岂有翻修之理？且他迟迟不肯透露姓名，用意又是为何？

除非，他跟那坟头葬主无关。既然无关，又为何冒认？小雅思索着，高恒突然狠狠地咬了她的手掌一口，她当即惊叫起来。看着手掌上深浅不一的牙印，再看看白衣男子的门牙象，小雅突然一笑，前因后果也便有些明了。

牙印可以制造，为什么掉门牙不可以制造呢？来人果然高明，用了这么一招苦肉计，既然如此，何不将计就计，探出对方的底。

"先生可否告知生辰，先生眉心黑气隐聚，恐怕近日有灾。"

白衣男子眼睛一闪，问道："何以见得？"

"先生是否丁卯年出生？"

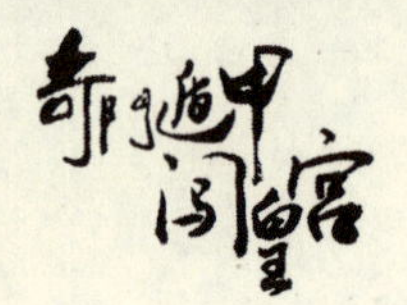

“姑娘当真高明至此，在下确实出世于丁卯年丙午月戊申日，至于时辰就不得而知了。”白衣男子有些无奈地说着，只有小雅明了，他是故意不说。

古人视身体发肤受之父母，不敢有损，而出生这等大事，做父母的也几乎不敢有纰漏。在古代，任何文人首先都要学会八字，而帮人预测的命师首先要算的亦是自己的八字，才能出师帮人预测。

眼前这名男子，故意漏掉时辰，想必是想考自己的功力。此命造的前三柱一片火成势，日主可谓旺，如果时辰仍是火土，此命造从旺势，喜火土生助，金泄其秀为不喜。水则为忌神，正所谓旺极乃衰之使，须印绶生扶，且此人定是武将，但遇壬癸水则会激怒火气，一发不可收拾，容易惨遭横祸，不得善终。

如果此命造时辰为水，特别是遇到子水，则容易神经错乱，且造中午午自刑，非我善类。而且此人必心狠手辣，在北齐的这种情况下，此人适宜生存。

但观眼前的男子，似乎和非善类挂不上钩，虽眉间黑气隐现，却没有事情缠身之象，倒像是闲云野鹤之人。如果非要联系上，最多也算赚不义之财的人。白衣男子与此八字不合。

小雅思考了片刻，说道：“先生可是做的铸造生意？”

白衣男子一愣，随即掩饰过去，笑道：“正是，家族生意，我们家族经营铸铁业已经多年了。”

小雅心中又明白了几分，随即笑开：“做这生意更好，先生这八字魄力惊人，可否带小雅前往先生父陵堪舆呢？”此八字如果从火旺，火土干燥，定然脆金，从事铸铁业似乎不可能，如果是帮派头子或者将军元帅之类的倒有可能。

白衣男子回道：“那是自然，姑娘跟我来。”

小雅三人当即要走，却被店小二拦住：“你们还没付钱呢，你们仨的夜宿费，还有这几盘豆腐钱呢……”

小雅从怀里掏出韩长鸾给她的七枚铜钱，放在店小二手里，说道：“这铜板，价值不菲，先垫着，我还会回来，你可得帮我好好保存了，要是丢了，我拆了你的店！”

店小二看着手里的铜板，一下子火大了，这铜板值个什么钱！本以为可以多捞点赏钱，没想到这几人是穷鬼，他把铜板往兜里一放，大声叫起来：“掌柜的，有人吃霸王餐了！”

第十五章　寻　穴

高恒小皇子听罢，当即闹开："大胆刁民，我们在这里休息是你们的荣幸，信不信我让父、父……"话没说完，小雅当即瞪了他一眼，高恒吓得声音变小，奶声奶气地继续说着："信不信我让王叔收拾你！"

说罢，抓住兰陵王的袖子，瞪着圆溜的眼睛，看着又逐渐笑开的小雅，小皇子嘟起嘴来。倒是兰陵王从腰间解下玉佩，递给店小二。闻言赶来的店老板赶忙接过那块玉，仔细看了起来。他一边看一边摆手，示意他们可以走了。

有这宝玉在手，住个一辈子都够了。小雅眼睛立即亮了，那块玉晶莹剔透，是一块好玉，怎么能让掌柜得了便宜？说罢，眼疾手快地抓过掌柜手里的玉佩，笑嘻嘻道："要占便宜也要先问过我，有我在这儿，你也能占便宜？摆明了看不起我！"

店掌柜见到手的玉佩突然飞了，又气又急，连忙去抢。小雅闪来躲去，身手十分敏捷，一番下来，肥胖的店老板气喘吁吁，大汗淋漓。

"你你……把……玉还给我……"店老板见抢不过，干脆坐在椅子上红着眼睛看着小雅，店小二见掌柜的拿一个弱小女子无可奈何，也伸手要抢，被小雅一脚绊倒。

"哈哈哈……那七个铜板就足够了，不出半个月，定有个有钱人来到贵客栈，到时你们想要多少就要多少，记住，能要多少就要多少呀，最好让他倾家荡产。"

小雅把铜板给店小二其实有两层意思。第一，韩长鸾给她七个铜板也不简单，凭韩长鸾的修为，要用七个铜板找到自己太容易了。就算没有自己的头发，只要自己用过的东西在韩长鸾手里，他都有办法找到自己。这倒罢了，受制于人有时也是没办法的事，如果还拿着他的物品，那就是自己不厚道了。第二，万一自己遇难了，能帮助自己的似乎只有韩长鸾。也只有他能找到客栈，能通过七枚铜钱来救自己。思及此，小雅竟有几分愧疚，韩长鸾的恩情永远也报不了。

兰陵王见小雅想事情想得入微，便把店小二扶起，从小指处摘下小扳指送给他，小

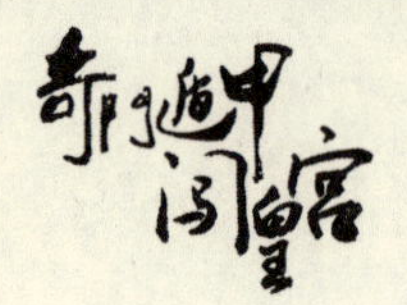

二眼睛一亮，立刻把扳指收入兜中。本以为这次安全了，没想有人比他速度更快，又从他手里抢过了小扳指。

店小二眼看着扳指也被抢，死了的心都有了，他差点急哭了：“你，你怎么能这样……”

小雅拿着扳指，笑道：“身弱不受财多，若您收了如此宝物，会引来多方觊觎，给自己造成横祸。我这可是为你好，你要理解我的苦心。”

心下却想，此两件皆为兰陵王信物，轻易赠出，也必会收回。可惜这两个百姓，不知其中玄机，等他们走后，这里必然血流成河。

为了他们安全，也为了自己以后着想，七个铜板已经是最好的赠与。只愿不被其他人参透玄机，要不然，恐怕就是不收钱，也性命难保。

兰陵王嘴角一咧，浮出一抹隐秘的微笑。

一旁的白衣男子实在看不下去了，掏出一个钱袋，放在桌子上，掌柜立即拿走，贪婪地数了起来。小雅见又有人给钱了，当即气结，叫道：“你全给他了，等下你怎么打发我们？”

白衣男子没料到她会这么说，愣了一下之后，说道：“在下自然不会亏待姑娘，请！”说罢，做了请的手势，小雅也不客气，迈开步伐往前面走去了。

看着她从身边走过，白衣男子不禁擦了一把汗，这女子的真面目总算有点露出来了。

众人跟着白衣男子来到山前，白衣男子并没有到坟前磕头，反而在来水前站定。小雅望着三走三停的来龙不禁望而生畏，感叹大自然的伟大和神奇。阴宅前来水环绕，水质尤为清澈，虽有点寒冷，但已见青草在水边露出头了。此处真是大自然的赏赐。

“来势凶猛，好一来龙啊！”小雅不禁赞出声。

她走近碑前，摘下电子活盘，紧挨着碑处下罗经，一串组合立即在小雅脑中显出。此处壬山丙向兼子辛亥分金，以墓碑为“太极”，消砂纳水都收得极好，主旺次房财丁，出得官贵。然而，此兼法须慎用，得令时，必兴隆，失令时，主伤男人、肠胃疾病等。此外，还有一忌，忌坐壬子中线，否则长房必败，易出逆子。

如此险中求贵的风水其实已经没有什么好说的了，但白衣男子引她来此，必然有戏。小雅既然来了，也不怕多等一会儿，她干脆做做样子，弯下身抓了一些泥土放嘴里浅尝。白衣男子见她认真，也显得有点焦急。

兰陵王也学着小雅抓了一把泥土闻了闻，说道：“此土有何特别？”

小雅再次抓了一把土，放在掌心中，用手指细细研磨，说道：“粉红色的土，极细腻，即便是活人躺在这里也很舒服，别说是死人了。”

说罢，站了起来，看着水流说道：“此水缓慢、蜿蜒而来，温和环抱，可谓水之有情。”

兰陵王眉头却皱了起来，他转身对着坐山来龙，怅然道：“可惜雅姑娘说，山脉来势太猛，有剑脊直刺之势，既然如此，此来龙煞气必定极重，即便水有情又如何？”

小雅也转身，打趣道：“不是吧，精通乐律的兰陵王对风水玄术没有研究吗？此龙虽来势凶猛，但却三走三停，到这里时气势已经减弱，可谓刚好，而且能在此下葬必抱着险中求贵之心，没确定哪敢下葬呀，那是要出人命的！”小雅反身来到有灵龟的水边，补充道：“你再看这儿。”

兰陵王跟着过来，把水中看了又看，有点懵懂地答道：“这水姑娘已经说过了，况且，本王是个瞎子……”

小雅当即气得要跳脚：“我没让你看水，我让你看这灵龟，你要气死我！”突然想到兰陵王确实看不到，自己也是被气得糊涂了，才说的胡话。况且，兰陵王口气真诚，自己也不好再说什么。

“算了，高恒，过来，姐姐讲给你听……”小雅泄气地向小皇子招手，见他有些犹豫地靠近，小雅干脆把他一把拉过来，干脆地补充道：“别嘟着嘴了，这样吧，我赚了钱分你一点。”

“你哪有钱，你连饭钱都给不起……”小皇子委屈地看着小雅，一语点破。望着她高深莫测的瞳孔，小皇子忽然甩开小雅的手，闪身躲到兰陵王的后面。

小雅看着空空的手，竟不怒反笑：“还有这样的呀，给钱都不要……嘻嘻……”

白衣男子见小雅又要和小皇子闹了，随即走过来，绷着脸苦道：“我的姑奶奶，这都啥时候了，还有心情斗气？”

话刚说完，白衣男子身子一个不稳，向后退了几步，一脚踩在灵龟之上，待他站稳后，灵龟已经沾满了泥土。白衣男子只顾着拧掉裤脚的水，却忘了灵龟上的泥迹。小雅看在眼里，心中经纬方定，此人做法令人起疑。

小雅挽起长袖，用手泼了一些水，把灵龟上的泥迹清洗掉。她边弄边说：“如此有情的吉砂，有锁住真气之效，先生竟如此不爱惜！”此吉砂有锁水口的作用，且自然生成，可谓砂真、水真、龙真，此处真乃风水宝地。

兰陵王听到泼水声，也蹲下来伸出手，摸着灵龟，之后恍然大悟道：“这龟怎么……本王明白了，这龟不仅有点局之效，还能锁住水口，可谓一举双得，加上流动的水流，藏风又聚气，实在妙哉！”

小雅冒着冷汗，兰陵王像发现了新玩具的孩子一样激动，而自己倒像一个姐姐一样在教弟弟怎么玩这个玩具，怎么看自己才像需要照顾的那个人呀！小雅越想越不平衡，越不平衡就越想念弟弟小明。

过了一会儿，兰陵王又问：“如此好的风水局，有办法破吗？”

小雅随口说道：“当然有。”

然而，破人家风水宝地是缺德的，即便是起了这个心也不厚道。世面上有教人偷、坏人风水的，这些心存邪恶的地师，下场必然不果，有良心的风水师皆以造福世人为德训。学风水首先要背风水十不葬，从小老爷子就教导她，风水可以害人也可以救人，关键在于风水师的品行。

小雅帮人看风水，从来都是见机行事。因客户富贵程度不同，该收就得收，不该收的就少收，权当造福社会了。

要做一个大风水，需要舍得花钱，特别是在行运上的人。这也符合一个简单的道理，要想得到，先要付出。若想占便宜，那干脆别做了。而且，风水师得到的润费，一般会捐献部分出去，回报社会，可谓三方得利，三全其美。

“该如何破？”兰陵王语气平静，眼里无任何波澜。

“我听人说过，只要斩了来龙，也算破局了。在龙背上挖土建房，也能破局，只是……”

“只是什么？”

“只是来龙凶猛，斩龙不成反受其害，此龙不轻易斩，所以此局不好破。”

“难道没别的法子了吗？”

“没有。”小雅平静地回答着，眼睛却望着水里的灵龟。

除了斩龙之外，还有别的法子。此局看似完美，实则弱点暴露无疑，要想破了此局，也是易如反掌。所谓成局难，破局易，大概说的就是这个道理。只是破人家好风水局，实在缺德，连想都不能想。

两人正沉默着，忽然发现水流开始变红，逐渐变得浑浊，一股血腥气冒了上来。两人同时皱了一下眉，白衣男子紧张地看了过来，指着变红的流水，急得直嚷嚷：“姑娘，您看，这可怎么办？”

小雅眼珠子一转，伸出左手摊开五个手指，笑道：“少于这个数不行……”

白衣男子着急，忙应道：“五十两就五十两，您快给看看，这到底怎么回事啊？”

小雅摇摇头，笑道：“我说的是五百两。”

白衣男子一愣，着急了：“这不趁火打劫吗？”

小雅见男子有点不舍，故意说道：“唉，如此好的风水，如果被凶水环绕，可不妙呀！”

白衣男子见说得有道理，一咬牙应道：“五百两就五百两。”

这下可把小雅呛到了，出手还真叫大方，如果他这都叫没问题，鬼才信！小雅面露喜色，狠狠地补充：“我说的是黄金！”

白衣男子哐当坐在地上，他吓得有点傻了：“姑娘，我就是卖了这祖坟也没有五百两黄金啊！”

小雅呵呵笑起来："您这话倒说得没错，对于您来说，再好的祖坟也不足五百两，因为……"

小雅故意磨了磨牙，准备恨恨地说下去，却见白衣男子再掏出一袋黄金，欲哭道："我只有这么多了……"

小雅不客气地拿过钱袋，把黄金倒出，加上一条上好的珍珠链，勉强凑足了四百两的数。她咕噜道："不知道在现代能换多少钱，这些应该能带着穿越吧，哈哈哈……"

小雅把钱物重新装入袋子里，吸了一口气道："人都有难处，四百两也勉强可以。收人钱财，替人消灾，本姑娘马上替你解决难处……"

白衣男子听完有点庆幸，但却高兴不起来，四百两一下子出去了，他的心隐隐作痛。

小雅继续说道："做大风水就要舍得花大钱，改风水也是一个道理，先生您真是豁达，大家跟我来。"小雅说着循着水源往上走，大家在后面跟着。

走了许久之后，众人来到泉水的涌出处。只见一名穿着铠甲的士兵僵硬地躺在出水口处，他的左臂被砍断了，滚涌不止的鲜血顺着泉水流向远处。小雅走过去，仔细观察。正在探他鼻息时，该士兵忽然动了一下，右手突然亮出一把匕首，狠狠地刺向来人。

说时迟那时快，兰陵王的速度比那把匕首还快，他迅速地横抱过小雅，尖锐的匕首在他的腿上划下一道血痕。士兵见刺杀错人了，气急败坏，想再刺小雅。却几次被兰陵王抱着躲闪而过，最后士兵终支撑不住，失血过多而死。

白衣男子跑过来，浑身发颤地看着兰陵王，眼神里露出惊恐之色。只有小高恒不紧不慢地走过来，眼神里亦有些担忧。

兰陵王放下小雅，问道："没事吧？"

小雅看了看他受伤的腿，心突然慌乱起来，道："有事的是你……"当即从怀中掏出一方手帕，蹲下身为兰陵王包扎伤口，她在他腿上打了个蝴蝶结后，满意地说着："包扎好了，不准拆下来！"

看着舍身救己的高长恭，小雅不禁陷入回忆中，虽身在古代，心却跟着思绪回了现代。眼疾的小明因为看不见，所以手脚容易被一些利物刮到。从小，只要小明受伤，在他身边照顾的人都是自己。每次小明都忍着疼痛不哭，其实她知道，因为自己包扎得太不人道，导致小明痛得想哭。

如今，小明长大了，即便撞了个头破血流，也是小雅吓得哭了，比小雅高出两个头的小明只会笑着说："姐姐，受伤的是我，你怎么哭了，再说，又不是你让我受伤的，你愧疚什么呀？"

"小明，你有所不知，你这次受伤花了姐姐好多医药费，姐姐心疼……"话刚说完，小明气得站起来进了屋，一会儿之后，小明一拐一拐地从屋子里出来，狡猾地笑着说："姐姐，下次你一定要照顾好我，别让你弟弟摔了，要不然又要花钱了……"

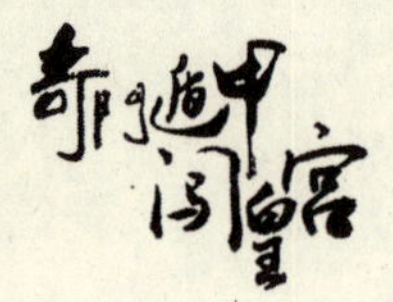

“那是自然的！”

“小雅姑娘？”兰陵王试探性地问了一声。

“小明，姐姐一定要医好你……”小雅恍惚地说了一声，忽然想到今时非往时，何小明远在一千多年后，站在自己眼前的是千古兰陵王——高长恭，她怅然地叹了一口气。

“小明……”兰陵王泄气地念着这个名字，何小雅所念之人必定和她有着密切的关系。心中突然涌起一股酸楚，兰陵王只觉天地间独独剩下了那两个字——小明。

小明，究竟是何许人？

“小明是我的弟弟，可惜我们走散了……”小雅毫不避讳地补充，之后，她走向白衣男子，说道：“水源要保持干净，把他安葬就行了，没想到四百两黄金赚得如此痛快！”

白衣男子愣了：“这样就可以？”

一般来说，士兵的血发现得早，及时处理，未对阴基造成影响。

“这样就行了……”

“您不是骗我吧？”白衣男子看着她手臂上挂着的钱袋，一副非常痛苦的表情。

“收了您的润费，怎么会骗您呢。对了呀，那是好风水，好好保护，将来可不止值五百两黄金了。如果您愿意，我可以帮您改得更好一些，只是，要这个数才行……”小雅摊开双手，向白衣男子晃了晃。

白衣男子吓得连连后退，一副受尽委屈的样子：“保持现状，挺好，挺好的……”

见小雅欲言，白衣男子赶忙走上前来，恭敬说道：“各位，不早了，我送各位下山吧。”

白衣男子做了请的手势，对于风水和银两的事只字不提。

小雅也自知不能过分，喜滋滋地跟着下山了。山下分别时，兰陵王和小皇子在不远处，一高一矮的背影有几分萧索和落寞，就连好动的小皇子也在此刻静默了。只有白衣男子和小雅站在一旁叽里呱啦讨价还价地说着，细碎的声音里几次提到“银子”等字眼，显得特别清脆。

白衣男子想起方才小雅对阴基并未多做勘察，下手却那么狠，一下子收了他四百两黄金，这次可谓大出血了，顿觉冤枉，愤愤地问道：“姑娘方才并未对宅地多做勘查，也并未见姑娘用司南勘查，这叫在下如何相信姑娘哪？”

“您是说那勺子啊，我一弱女子怎么扛得动？扛着它上山下水，不划算。”小雅知道眼前的男子也对堪舆略知一二。的确如此，任何一个科班出身的风水师，在勘查风水时都要严格按照步骤来。寻龙，落脉，看水口星砂，建明堂，点穴等。

这些步骤，小雅早在昨天之前已经暗中做过了。在经过这片地时，她已对这来龙的顺逆、真伪强弱吉凶总结清楚，只等日后能用得上之时，不用再跋山涉水。只是没想到这生意来得这么快，隔了一天，四百两黄金便到手了。

“那姑娘是用什么勘查的？”白衣男子紧紧逼问。

小雅干脆把手伸到他面前，挽起袖子，一个精致的奇门活盘出现在白衣男子面前。小雅摁了一下转盘按钮，上面立即显示出罗经盘。小雅啧啧笑道：“这可比司南好用多了，里面除了奇门活解多用盘外，还收录了三合、三元综合盘，当然，这些信息不代表一个风水师专业不专业，只是这是高科技产品，它要收录，我们当然就乐着用了。”

白衣男子显得有些惊讶，他仔细端详着她手上小小的盘子，惊道：“高科技产品？在下听闻，堪舆风水的罗盘应该越大越精准，怎么到了姑娘手里，反而是小的受用？”

小雅又笑：“这您就有所不知了，罗盘虽然越大越精准，却不是最好用的。小雅见过足足一人高的巨型罗盘，那时候小雅不过是孩童，试想，一个孩童怎么背得动那罗盘呢？别说是我了，就是先生您，也背不起来呀。所以说，大罗盘精准但操作性不强。相反，当风水师背熟二十四山七十二龙及罗盘上的一些信息后，小罗盘反而精简好用。”说罢，小雅随即摁了下按钮，及时关掉罗经盘，避免电池浪费。

白衣男子若有所思，他点了点头，道：“姑娘这样分析也不无道理，只是有点惊世骇俗。”

小雅哈哈大笑起来：“先生，这就对了，若是先生反对，怎么舍得亲手将银子赠出呢？”

说到银子，白衣男子依然心痛。他咬着牙说道：“姑娘，您是我见过宰人最狠的！”

小雅却当是夸奖：“遇上先生也是仅此一回，不宰您宰谁呀？”

白衣男子更加心痛：“我这个地才卖三百两，您却要了我四百两，您太狠了！”

小雅笑嘻嘻道：“反正也不会再见了，您这地还可以再卖一次，亏不死您，我也才赚了几百两。”

白衣男子痛心疾首：“您是怎么看出来的？”

小雅心情特别好：“从客栈就看出来了。起初我以为您是皇宫里的人，后来到坟头的时候，您的表现让我起疑了。去到父亲的坟前却不上前磕头，且弄脏了灵龟却不在意，可见坟里的人并不是您的亲人。您如此上心引我到那里，如果一切都做好了，也就不会焦虑地等待泉水变浑浊了，所以我猜您只是接了这笔生意，没想到还是让您赔本了。”

白衣男子擦了一把冷汗：“姑娘真是厉害，姑娘不做生意实在太可惜了。”

小雅嘻嘻大笑：“哈哈哈，我是曾经想过要做生意，可是小雅出身风水世家，没得选择。”

白衣男子一阵鸡皮疙瘩，他咬牙狠道：“如果可以的话，在下希望这辈子不要再遇见你。”

小雅神情突然有些严肃起来，她缓缓说道：“能后会有期固然是好，不能后会有期

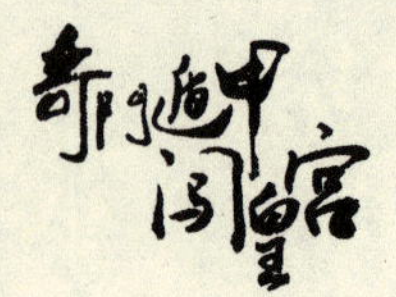

也算萍水相逢一场。不过，先生甘愿让我占便宜，说是自愿的没人会相信，我想背后一定有人在操纵，否则您怎么肯白白让我占了便宜？除非，先生的性命掌握在别人手里……”

白衣男子猛然一惊，道：“你倒是胡说些什么，占了便宜就赶紧走吧！”

第十六章　兰　陵

小雅掂量着钱袋的重量，说道："先生不像面恶之人，我赠先生几句话。如若之前的八字是先生的命造，那么先生去年应该是灾难不少，今年为癸巳年，遇水则引动忌神。小雅话说至此，请先生多多保重。如果不是先生的八字，那小雅也无话可说了。"

白衣男子似乎不为所动，只是笑着回道："这不用钱吧？"

小雅很无奈地说："其实，我并不是一个很市侩的人。谈钱伤感情了。"不谈钱更伤感情，小雅在心下喜滋滋地想。

白衣男子被说得冷汗直冒，心里下定决心，这女子少接触为妙，否则自己定是要吃大亏了。他连连摇头，从袖子里掏出一块白布，交给她，说道："姑娘是聪明人，能看出几分蹊跷，你只需要将这白布带在身边，你到时就明白了。"

小雅赶紧接过白布，道："你不是吧，刚才还赶我走呢，现在又交给我这块布，你怎么这样啊？"

白衣男子浅笑，道："天机不可泄露！"

小雅这下更郁闷了，居然有人跟她说天机不可泄露，摆明着抢她饭碗。

她当即对了一下活盘上的时间，在指上定值符起局，其中庚辰的信息非常明显，有流血动刀之信息，好在值符宫生六合宫，星门组合皆吉，最后化险为夷。

且看下一轮值符，为天辅星，木性，原在巽宫，极不稳定。也就是说，虽然此刻已经险险地过了一关，但难保下次可以轻易地过了。此刻兑宫组合为金伐木，兑为少女，恐怕接下来发生的事与女人有关了。

小雅把白布收好，说道："跟你没法交流。这块布当抹布也行当手帕也行，反正我是收下了。"

小雅说完，便告辞转身走了。白衣男子看着她的背影，神情严肃，不知是喜是忧。许久之后，他才自言自语道："虽然市侩了些，但算得性情中人，可用不可用，王爷已了

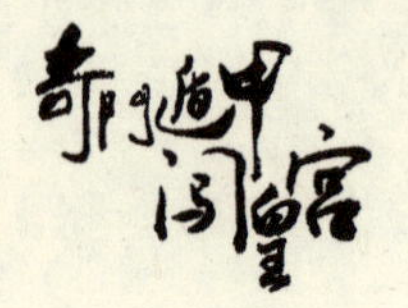

然于心。”

念罢，白衣男子礼貌地喊了声：“各位慢走啊，咱们有缘再见。”

远处的小雅听到白衣男子的声音，顿觉鸡皮疙瘩，于是催促着两个男人，拽紧钱袋，道：“此地不宜久留，咱们走快点！”

邺城。皇宫。

高纬在明光殿批着折子，冯小怜穿着粉红华裳，在一旁研墨。高纬虽看着折子，心思却完全空了。之前眼皮连续跳了几下，便让韩长鸾起卦测吉凶。韩长鸾虽说无碍，但高纬却觉得心里非常的不畅快。

不知为何，今天看到何小雅自己并没有半点喜悦之情，反而不想去碰她，只要看到她的眼睛，充斥着一股属于皇宫的气息，高纬就觉得厌烦。这跟之前看到她的感觉完全不一样，好像一夜之间换了一个人似的。

这样俗气的女人，身为皇帝的他怎么会为她动心？高纬实在信心受挫，为了个女人，分去他太多的心思了。而这样平凡的女人一抓一大把，自己怎么就单单为她着了魔呢？高纬头一抬，望着露出浅浅笑容的她，顿起杀心。

冯小怜感觉到皇帝的视线。她停止手上的动作，来到皇帝身边，顺着皇帝拥抱的手势，倾倒在皇帝的怀里。高纬顺势拥住她，不自觉地在她的额上吻了一下，继而下移，停在她呼着香气的红唇上。

“告诉朕，哪一个才是真的你？”

厚重的嗓音，三分浓意，六分绵情，一分——杀机。

“皇上，臣妾就在皇上怀里……”声音逐渐转媚，清脆的声音已然变质。高纬疑心忽起，他可记得，在极乐台差点意乱情迷的何小雅的声音可不是如此，那时，即便是细碎的声音也比天籁虫鸣还美妙。然而，此时此刻，高纬却提不起半点性致来。

示意性地在她唇上点了一下，皇帝便拿起奏折看着，说道：“雅儿，朕感觉自己从来没拥有过你。”

怀中的人儿一听，急了，她立即把皇帝抱得死紧：“皇上，臣妾一心一意念着皇上，臣妾早已是皇上的……”心里却有点害怕，毕竟自己不是何小雅，而皇帝似乎起了疑心。唯今之计，只好分散皇帝的疑心。

说着，冯小怜主动吻上高纬的下巴，细细的清啄让高纬放下了折子，顺着她和她纠缠起来。一会儿之后，高纬腾出手从案几上拿过一条黄丝带，绑住了她的眼睛，笑道：“爱妃这双眼睛会吃人，得把它绑住了……”

冯小怜顾不上其他，只得应承着娇声道：“臣妾哪敢吃了皇上啊！”

高纬点了一下她的鼻子，宠溺道：“既然爱妃不敢吃了朕，那就让朕吃了你……”说罢，吻上她柔软的红唇，一股花香传递到舌尖，高纬吻得有些迟疑。他依稀记得，何小雅喜吃红果，所以嘴里会带着淡淡的甜味和果香，而现在，她的嘴里的味道让高纬有点陌生。

"雅儿，红果不好吃吗，你今天一个都没吃。"

"皇上赏赐给臣妾的珍果，臣妾舍不得吃。"冯小怜娇声细语，却词不达意，高纬的心越来越冷。

"是不想吃还是不舍得吃？"

红果不能常鲜，如果不趁早吃掉，只怕会更浪费这他国进贡的果子。以何小雅的性格，到嘴的便宜绝不能不占，而现在，却连红果也不喜了，她的转变怎么如此之大？

除非她根本不喜欢吃红果。

"皇上，臣妾怎么会不想吃呢？"冯小怜说得有些心虚，她根本不喜欢吃什么红果，又凉又脆，硌了牙齿。说来也怪，那何小雅竟如此喜欢吃红果，之前在西宫的时候，曾一人吃了一食盒的红果，如果说自己和她最不像的地方，恐怕就是喜好上的差别吧。

"是吗？"高纬摸着她的脸颊，缓缓反问。

高纬随即拉开她的衣领，让肩膀上的牙印露出来。牙印已经稍微结痂，但印记十分明显。然让高纬寒心的是，这个印记十分普通，并不是长有虎牙的自己咬上去的。她根本不是何小雅。

她到底是谁？为何同他的雅儿如此相似？

抚摸着上面的痕迹，高纬的心几乎要滴出血来。原本以为得到她了，想来还是梦一场……

何小雅，你到底是逃了。

高纬放下冯小怜，猛地站了起来。砰！一拳捶在案几上，惊醒了沉溺其中的冯小怜，她跌坐在一旁，眼睁睁地看着少帝从她的旁边走过，毅然地走出明光殿。空气中尚存的温暖气息逐渐变冷，冯小怜的心不由得冷寒起来，心里涌起的恨意久久难以平息。

"皇上，您去哪里？"

一声焦急而热切的呼唤，让高纬眼睛半眯，他毫不犹豫地跨出明光殿，往国师府走去。脸上露出的冷酷，比起先帝，有过之而无不及。

"何小雅，朕一定把你逮回来！"

国师府。

正在打坐的韩长鸾忽然睁开眼睛，看着突然出现在跟前的皇帝，心中大惊。他连忙下跪，恭敬道："皇上。"

高纬神情严肃，说道："长鸾，朕始终觉得不安……"

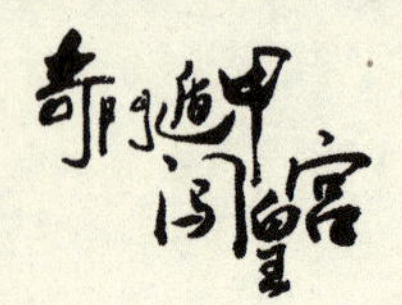

韩长鸾心惊，难道皇帝发现雅妃出城了？

韩长鸾道："皇上，微臣恳请为皇上祈福……"

高纬示意"不必"，转身背对着韩长鸾，说道："最近噩梦越发地厉害了，朕不放心兰陵之地。朕想让爱卿去说服那些效忠兰陵王的党羽，让他们效忠我高纬，如果不行就杀了吧！"

韩长鸾稍作迟疑，但立即遵旨："微臣领命。"心里却有几分不安，皇帝此次旨意，恐怕不是缴清党羽那么简单。心里有些打鼓，圣意难揣。

高纬闭上眼睛，继续说道："朕听说兰陵之地盛产红果，请韩大人在回京之时捎带一些，雅妃喜爱吃果子。"

一句宠爱雅妃的话，让韩长鸾稍微定下心来。看来皇帝并没发现其中玄机，然而这并不是办法，纸包不住火，难免皇帝有朝一日发现了冒牌雅妃的事，而自己恐怕也难辞其咎。所以，此次前往兰陵，对于韩长鸾来说，也是一次扭转局面的绝妙机会。

只是这机会来得太突然、太容易了，恐有诈啊。

"奴才遵旨！"韩长鸾应着，皇帝则挥着手示意他平身免礼。此后一段时间，高纬再没有说一句话，君臣二人陷入沉默。

只有韩长鸾悄悄在指上掐算，当指尖定格在中指时，他猛然一惊，原来圣上已经心知肚明。正在这时，高纬转过身来，说道："此去兰陵，如有差错，朕不怪你，只要爱卿知错能改。"

"谢皇上！"韩长鸾行谢礼，脑海里却留下了皇帝高深莫测的眼神，那种深入灵魂肆意杀伐的眼神。

高纬缓缓地笑了，他随即起身离开了国师府。韩长鸾目送皇帝离去后，立即用铜钱起了个卦，连续摇六次之后，最终得了消息卦。

"看来，他们已经到兰陵了。"

北齐，兰陵。

从上次别了白衣男子后，小雅三人连续赶路到了兰陵。韩长鸾送给她的那匹宝马，也被他们弃在那家客栈了。用小雅的话说是，有了四百两黄金，还要那匹马干吗？一路上，她边走边弃马，从邺城附近到兰陵用了不下十匹的马。

当他们来到兰陵城外的时候，城外的繁华和异常让小雅足足呆了好几秒钟。且不说城外适不适合做买卖，就眼前这兵荒马乱的年代，万一敌军来袭，恐城外的居民无一能幸免于难。

高恒从离开客栈后就闷闷不乐，路上只顾着生闷气，话也没说几句。小雅时常去逗他一下，小皇子哼的一声又躲到高长恭身后去了。虽说皇帝和兰陵王水火不容，但皇帝的儿子却和兰陵王叔侄情深。

从另一方面来说，这正是皇家的可怕之处。小皇子一人在外，即便身份再尊贵，到了兰陵也只有客人的地位，且兰陵王对他并无恶意。他不抓住王叔似乎只会让自己更尴尬。然而，小皇子只有四岁。

他是一个让人可怕的孩子。

“小高恒，怎么闷闷不乐呀？”小雅试探性地问着。高恒不开心地看了她一眼，不满道：“一路上你一直说话，不仅骗了人家的银子，还害得我们被讨债的人追赶，你真是丢死人了！”

小雅瞪大了眼睛，当即要把高恒抓过来痒他。小高恒身子虽小，身手却比小雅还快，小雅抓了几下没抓住他，气得她差点双手叉腰破口大骂。好在兰陵王在场，小雅才没有直接用头撞过去。

“小高恒，你不能仗着自己是小孩子就憋不住话。我这不叫骗，我这叫挣，该不是没分钱给你，你不高兴了吧！”小雅甩了甩一直挂在手上的钱袋，得意地说。

小皇子硬是没动心，冷冷地看着钱袋。

“父皇有的是钱，这点钱我才不稀罕！”

“喂，说话要负责，要不是这些钱，你们两个大男人早就要喝西北风了，还有你啊，身为王爷，居然连一点钱都没有，就一个玉佩和扳指。对了，这两件物事先放在我这，等哪天王爷想起来了再赎回去……”小雅觉得说得不过瘾，于是又恨恨地补充了一句：“风水师也是要吃饭的。”

兰陵王听后，看了她一眼，心情豁然开朗起来。她一路上讲了很多废话，可是自己还是很喜欢听，特别是那浅浅得意的笑声让他心绪皆乱，狡猾的语气比雪狐狸还要胜上几分。

高长恭浅笑，道：“雅姑娘说的极是，为了报答雅姑娘的厚爱，那玉佩等物权当谢礼送给姑娘了，姑娘不嫌弃便好。”

小雅拿起玉佩透过阳光观察了一番，光线聚集而不散，果然是好玉！心里忍不住多赞叹几声，之后便把玉佩收进钱袋，才客客气气说道：“还是王爷明理，王爷，该进城了吧？”

第十七章　暗　涌

兰陵王府。

郑妃娘娘正在饮茶，忽听殿外小厮一声喜报："娘娘，王爷回来了！"茶盏落地，郑妃激动得有点控制不住，足足半个多月了，王爷一去没有消息，今天他终于回来了。

郑妃欣喜异常地笑着，她赶忙让小丫鬟为自己梳妆打扮，好去迎接王爷。可小厮接下来的一句话让她的心冷到极点。

"王爷的身边还跟着小皇子……还有一名女子……"小厮的声音渐渐地小了，看这般光景，郑妃定是要发火了。

果不其然，郑妃一下子把梳妆台上的胭脂水粉统统往旁边扫去，她一下子又哭又笑，最后竟拿起匕首，往手臂上划去。

"娘娘不可——"小厮一声惊呼，郑妃娘娘已经来不及收手，只见嫩白的手臂上划出一道吓人的血痕，血珠子一下子滚涌而出。

"痛死本娘娘了！"郑妃一声哀号，这轻易割伤自己真不划算，不过为了博取王爷的怜惜，再痛也得忍着。

"小青子，扶我出去，我要去见王爷。"郑妃按住自己的手臂，殿外的小厮领命进来，扶着虚弱的郑妃，走向王府大门。

远远地就听到几声清脆的少女声，再走近时，看见一名身材娇小玲珑有致的少女手里拉着一个四五岁的小孩子，小孩子的脸上有些生气又有些高兴。然而，让郑妃记忆深刻的是那女子的眼神，一双灵动的眼睛即使不看着自己，也会觉得她的目光就落在自己的身上。

不同于那些妖蛾狐媚，她的目光中除了坚忍之外，还有善良。而那种善良正是郑妃所没有的，在这一刻，郑妃甚至有些退缩。不是不忍，而是惧怕。

"王爷，您回来了。"郑妃迎上去虚弱地说着，假装不在意地看了小雅几眼，再次说道："王爷，她是？"

"她是本王的客人，大家以后唤她雅主子便行了。郑妃，以后多多照顾小雅。"兰陵王说得平静，可在一旁站开的奴仆们都明白，站在王爷身边的女子并非客人这般简单。单从王爷对她的态度来看，这名女子和王爷的关系非同一般。

"雅主子好！"女仆们齐声唤着，身为女主人的郑妃有点不是滋味。她虽没有不满地看着小雅，心中却早已把她剐了千遍。

而小雅也是明白人，一见娘娘这阵势便晓得她不喜欢自己。她虽然长得漂亮，但眉头太尖，眼神太凶，所谓相由心生，她这张脸充满了杀气，想必心也狠了些。

小雅来到别人的地盘，不能入乡随俗，也要随机应变，当前可不要得罪这位娘娘便好。历史上记载郑妃娘娘是知情达理的人，如今一看，也终于明白，原来历史书也是会骗人的。

"大家叫我小雅就行了，小女在来兰陵的道上遇见了王爷，多亏王爷愿意捎带小女一程，要不然小女定要迷路了呢，小雅住几日便走。"小雅笑着回答，手上传来一阵一阵绞痛。低头一看，原来这小高恒又在咬自己的手掌。

别看这孩子四五岁，长全了的牙咬人也是极痛的。小雅抽回自己的手，蹲下来，极其慈祥地看着高恒，然后从钱袋里掏出那块白衣男子送给她的白布，递到小皇子跟前，很严肃地说道："咬别人很不厚道，来，咬这个！"

小皇子惊讶地看着小雅，竟不知不觉地伸手接了白布，小雅摸了摸他的头说了声"乖"。殊不知当她站起来的时候，却看见一脸惊讶的郑妃。

"你……怎么会有那白布的？"郑妃激动地拉住小雅的手，整个人向她逼近。小雅退了两步，说道："一个倒霉鬼给的。"

"你说黑影将军是倒霉鬼？"郑妃怒气冲冲地逼问着她。

"穿白衣的算不算黑影？我不知道他是不是黑影，但是我知道他很倒霉。"小雅佯装反问。其实她早知路上遇到的一切都不简单。几天前，白衣男子给她的白布不知其用意，虽然蹊跷，却不知蹊跷在何处。如今见郑妃娘娘如此紧张一块白布，这其中玄机也差不多要解开了。

"黑影将军素爱白衣，看来他能把白布给你，你也算通过老夫人的测试了。只是王爷您怎么也……"郑妃转头，用一副不解的嫉恨模样看着王爷。

她知道，通过测试者就可以永远留在兰陵，甚至是王爷的身边。这是高家的规矩，要想进入王府，需要先通过老夫人的考验。虽说她没见过老夫人的面，但着实是老夫人派人考验出来的。

当年的郑妃以美艳闻名，爱慕郑妃的文人佳士又何止上千，但郑妃独独喜欢少年扬名的兰陵王。为此她甘愿放弃自己的家族，请求老夫人的考验。老夫人给了她一道风水考题，郑妃当即按照家兄教她的法子，在兰陵府布置了一道令人叫绝的风水局。

老夫人对此风水局赞赏不已，郑妃也因此入住兰陵王府，成为王府的女主人。

而眼前的小雅的白布，分明和当年老夫人给自己的一模一样，看来，老夫人已准备器重小雅了。

郑妃心怀不满，老夫人承认了小雅，就等于承认了兰陵女主人的地位，也就意味着自己地位不保，她绝对不许她的地位被抢去。

郑妃忽然变了个态度，热情地笑着，说道："雅妹妹有所不知，这块白布是进王府的令牌呢。妹妹真的不知道吗，那位白衣男子就是王府的黑影大人，专门负责出考题的呢。怎么，难道王爷没有告诉妹妹吗？那真是可惜了。"

郑妃一番话，说得小雅有些郁闷。她知道要让兰陵王相信自己并不容易，但没料到兰陵王居然这么隐忍，一路走来也足足好几天，竟然一句话都没提到。

小高恒拿着白布，来到郑妃面前，把布塞给郑妃，稚声嫩气地道："你要喜欢这块布，你拿去。"

难得这时高恒和自己站在一起，小雅突有感悟："恒儿，做得好啊！"

兰陵王走近，拿过高恒手中的布，开诚布公地说道："郑妃，雅姑娘是本王请来的客人，你就不要为难于她。即便她没有通过老夫人的测试，本王也不会让她出任何意外。"

兰陵王的话惊醒小雅，至此她才知道，在此之前，她经历了多么险的一仗。要是最后白衣男子没把布给自己，别说是回到现代了，恐怕连活着到兰陵都不可能。然而，郑妃说的老夫人又是谁？兰陵王竟对老夫人如此言听计从……

"王爷，你怎么可以这样对我！"郑妃欲哭。

兰陵王显得有些不悦，之前在路上的好心情全被破坏了。

他本该早早告诉小雅事实，但又怕破坏一路上的好心情，每每听见她自在的笑声，总不忍心打断。因为有些事，选择说或不说，结果总是不一样的，他只想和她多一些快乐相处的时间。虽然，这一切会在进入兰陵后终结。

郑妃的哭声渐小，兰陵王被激起的不悦心情却迟迟没有消去，眉头更是皱得发紧。

"好了，别闹了，爱妃面色苍白，也需要多休息了。"兰陵王不想站在门口说话，更不想为难小雅，赶了一天的路，大家都累了。

老管家看在眼里，赶忙过来要引王爷进府。郑妃虽怨却无可奈何，只得跟在王爷后面，及至门槛时越想越不甘心，干脆转过头来看着小雅。藏于长袖底下的匕首顿时亮得刺眼。

小雅只觉一道刺眼的光芒，不及她反应，她的手里已经多出了一把锋锐的匕首。哐当一声，郑妃应声倒地，一直掩在袖子下的手臂也随着她的轰然倒地而亮出来。白皙的玉臂上被划出一道吓人的伤痕。

兰陵王闻声急忙转身，看到郑妃昏迷在地，来不及多想，俯身抱起郑妃就往府内疾走而去。

“来人，快来人，快看看娘娘！”兰陵王焦急地唤着，郑妃毕竟陪伴他多年，说不心疼那是不可能的。

府里的人立即忙开了，郎中先生被紧急唤来。

看着兰陵王为郑妃如此伤神，小雅心里竟有些发酸。此情此景，让她想起在坟山泉源之处，他为了让自己躲过士兵的匕首而受伤，尽管是做戏一场，但伤是真的……绑在他腿上的纱布也是真的……

小雅知道越多，她会越舍不得离开这里。几日里相处下来，兰陵王虽不大爱言语，说的话也几乎没有特色，但是小雅却明白，他和小明一样，都在做着最没个性的自己，其内心无人能窥。包括小明，小雅也不敢保证了解他，从小到大，两人除了做事默契外，几乎没有什么值得一说了。

“雅主子，您请跟我到南厢房。”小青子跑上来，把被丢在一旁的雅主子领向南边的厢房。小高恒远远地跟在她后面，沉默不语。

经过南边的时候，一座建在三角形莲池中央的空中石楼引起了她的注意。

“这么危险的风水局，怎么会在这……”

“主子，您说什么？”

“这座空中玲珑阁是何时建造的？”小雅停住脚步，仔细观察着空中玲珑阁。此楼由石头筑成，因其体积不大，也没有下阶梯之处，所以此处不是登高处，而是供人娱乐的观赏物。楼下莲池成三角相煞之势，好在这水只是莲池之水，否则易成倒三角煞的局面，水流太急则此处必发生刀灾。然而，相比之下，水上石楼却更令人担忧。

空中楼阁为离中虚卦，主火。加上正南方为火，峦头上已为火象，等流年紫白星飞入崔旺坐向星、理气与峦头结合之时，此处必发生火灾。

如此危险之局被设在这里，是何等险恶用心！只要是略懂风水的人都能知道其中玄妙一二。而兰陵王府内竟没有人察觉一样。除非……是别有用心啊！

“禀主子，这玲珑阁乃郑妃娘娘入府前所造，老夫人很喜欢，所以老夫人便把它留下了，说来也巧，在六年前这里曾经着了一场大火，差点把整个王府都给烧了。”

现行八运，三碧星入中，六年前九紫流年入中，催旺火气，所以发生火灾也在所难免。且如果这阁楼不弄走，如此怪异棱角分明的造型本不好处理，以后，同样会发生灾难，只是迟早的问题。

小雅立即神采奕奕地看着小厮，问道：“不知这位老夫人是谁？”

第十八章　深　陷

小青子忽然低下头，说："府里传闻是王爷的母亲，但我来府里多年，却从没见过老夫人。老夫人在府里是个禁忌，要不是看您面善，我也不敢冒死多说这些呢。"

小雅啧啧道："真是神秘的老夫人。你既然已经说了，就多说一些，咱边走边说。"

小青子闻言欢喜，于是在前领路，开始慢慢道来："这说来话长了，要从邙山之战说起，您知道邙山之战吧？那时候王爷年方二十，便与段将军、斛律将军一起击败了周军和突厥，此后王爷甚得先皇喜爱，而王爷也一举成名……"

小雅打了个哈欠，进了西厢，一股干燥气扑来，她赶紧支开窗户，让空气流通后，才懒洋洋地说："说重点。"

小青子知雅主子会这反应，于是支支吾吾起来："这是好几年的秘密了，回忆起来有些难的……"

小雅顿时机警起来，仔细端详着这小厮。这小厮虽说年少，却骨骼清奇，说话也有几分条理，只是后面这句话意图明显，小雅不得不狠下心，从钱袋里翻出一些碎钱，放在小厮的手里，说道："再想想……"

小青子见到手里的碎银，眼睛顿时亮了，讲话也机灵多了。"我想起来了，王爷在出征之前，进山见了一回老夫人，回来之后王爷是戴着一个可怖的面具回来的。说来也奇怪，从那以后，王爷像变了个人似的，对于老夫人的指示言听计从，然而，这不算什么，最可怖的是……"

小青子盯着小雅手上挂的钱袋，一连说了好几个是，就是不接着说下文。小雅见势，知道不出血不行了，她很不情愿地翻了翻钱袋，从里面掏出一块小金饼，放在小青子手里，并威胁道："这次你再不说完，我一刀捅死你！"

小青子赶紧握紧金饼，几乎是抢着从她手里拿过来，之后才眉开眼笑地继续说："主子真大方，那我继续说了，其实最可怖的是……"

小青子咬了一下金饼后，很严肃地看着雅主子，说："是府上传开的谣言。"

"谣言？"小雅反问，恨不得把他手中的金饼夺回来。

"谣言说，王爷其实已经不是王爷了，而是一具由老夫人控制的行尸走肉，也就是说，王爷可能被老夫人下药了。但这个谣言很快又止了，因为大家都明白，虎毒尚且不食子。所以，在这之后，另一个谣言又起了，那就是——"

"一次说完！"

小青子笑着凑过嘴在雅主子耳边轻语："另一个谣言说，当年上战场的并不是王爷本人，而是老夫人自己。不过，我不大相信。而且，这个说法很快传开了，甚至传到先皇的耳里……"

小雅听完一惊，若果真如此，那这老夫人可谓女中豪杰。兰陵王在邙山之战中一举成名对兰陵有益无害，至少奠定了他在北齐以及在史册上的位置。所以，不管事实真相如何，不管当年上战场的是谁，当年邙山大捷足以让兰陵王美名远扬。此等用心，可谓良苦。

"先皇派人招老夫人进宫，老夫人进宫不久后，先皇便下了一道圣旨，把北齐的兵权交给了王爷，而老夫人也顺利地返回山中修行……"小青子意犹未尽地说着，他的眼睛时而瞄着雅主子的钱袋。

小雅陷入沉思，却不忘把钱袋栓紧。

"老夫人在何山修行？"

"邙山。"

小雅听完，差点噎住，她连喘了几口气，终于把想说的连成一句话："就是入兰陵后见到的那座邙山？"

"兰陵只有一座邙山。"

"我知道。"小雅嘴上应着，心里却有些纠结。

记得在经过邙山之时，高长恭对着邙山一跪三拜。小雅没问个究竟，那兰陵王竟然也半句不语，只是望着邙山出了半天的神，直到小高恒有点不耐烦了，三人才赶回王府。

现在细想起来，这小童说得也有几分道理。谣言从来信三分，高长恭在邙山的举动，让小雅决定信这谣言五分。至少现下的兰陵王爷和邙山、老夫人脱离不了干系。

小雅是一名懂得占卜易理的女子，她完全可以起个文王卦，来测这件事情的始末。但直觉告诉她，她不能起这个卦。

在事情没有水落石出之前，占得先机有时是一种必须。但从另一个方面来说，却是一种沮丧，如果识得先机再去完成它，会让人索然无味。

这几天来，小雅三人相处甚欢，这是她来到北齐后，最开心的几天。然而，开心并

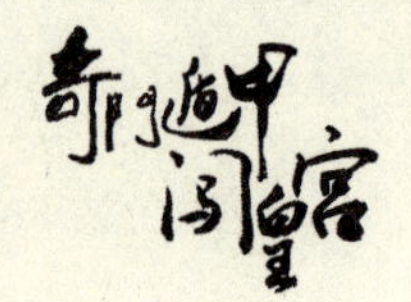

不能长久，从踏入兰陵王府开始，就应了前几天的金木相残之局——郑妃用匕首伤了自己。

匕首为利器，对应兑宫为酉。且在进入王府时，奇门表上显示为酉时，“酉+酉”为酉酉自刑，有伤人和伤己之象，郑妃自伤已经应局。但易理至简，易理多化，能应得此局的远远不仅如此。

从常理来考虑，利器锐伐木方有所克，之所以自伤是建立在伤人的基础上。现酉时未过，应该还有人被伤，特别是在酉戌时辰交接之时，金气最重，可以伤木最深。

“雅主子？”小青子一声轻唤，把陷入沉思的小雅唤了回来。小雅看着这名狡黠的小童，不禁笑着问道：“郑妃娘娘无碍吧？”

小青子呼了一口气，回道：“我知道，娘娘不是雅主子伤的，娘娘是自己不小心被刀子划到了，以前这种事也常发生，府中的人都习惯了。”

“这种事也能习惯，我真不知道要说什么好。对了，你叫什么名字？”小雅看见桌子上有一盘苹果，捡了一个来吃。

“我叫小青子，在王府里打杂，平时帮娘娘和王爷传个话什么的，所以关于王府的传闻我还知道很多，雅主子想知道可以问我。”小青子笑嘻嘻地说着，小雅顿时站起，把他连推带扯地轰了出去。

“什么传闻值一个金饼，我从不做亏本买卖，下次见到你，先捅你一刀再谈钱！”

小青子自知雅主子不想再听，更舍不得那钱，只得笑嘻嘻厚着脸皮走了。小青子经过玄关时，发现了站在门边多时的小皇子。这下可把他急了，都怪自己只顾着和雅主子讨价还价，差点儿忘了另一位重要的客人——小皇子。

小青子当即拉着小皇子往另一间房走去，小皇子却抓住门框，不肯走。

“小皇子，奴才求求您了，快放手吧！”

小青子求得越厉害，小皇子越是无动于衷。正在吃第二颗苹果的小雅闻声赶到他们跟前，倚在门边上，精神抖擞地看着高恒。

“恒儿，你怕黑吗？”

“不怕！”

“那你怕什么？”

高恒突然不知如何回答。

“晚上跟姐姐一起睡吧，你看你都累了，进屋吧。”看那小家伙，和自己一般，明显怕黑，特别是天刚暗下来时，他的眼皮已经明显开始打架了，而自己状态也尤为不佳。如果这时候突然搞夜袭，小雅铁定直接往地上栽去。

高恒看着有时凶狠有时温柔的她，迟疑了一下后，终于把小手放在小雅的手上。小雅摸了一下他的头，说道：“乖，姐姐一会儿给你唱歌，唱摇篮曲。”

"摇篮曲是什么？比宫里的声乐还好听吗？"高恒问道。

"那当然，我这是现场演唱版的，绝对没有加工，怎么着也属于纯天然呀！你听不听？不听我自己听。"

"你可以唱入阵曲吗？去年王叔进宫的时候，父皇就命人演奏王叔创的乐曲，我觉得很好。"高纬的语气里充满对入阵曲的痴迷，这点倒让小雅震惊了。这五岁大的孩童竟然已懂得欣赏这千古乐律。

"唱是可以唱，不过……"小雅的脚步忽然停住，"在这之前，我必须先做一件事。"

"何事？"

"去抓几只鸽子。"小雅想起抓到鸽子之后要做的事，顿时神采奕奕。她狠狠地咬了一口苹果，然后边嚼边笑出声来："嘻嘻……韩长鸾，哈哈哈……"

入夜之后，兰陵王府的走廊上点起了长明灯。雪花轻飘飘地落下，在暗色的雪地上，留下了四个深深浅浅的脚印。循着脚印，在东北边书房的小暖屋里，出现了一把红色的油纸伞。

伞下的人鬼鬼祟祟地推开了养着鸽子的屋子，进去后又悄悄地把门掩上。小雅和高恒两人背顶着门，把沾了雪片的油纸伞放在一旁。屋子里扑来一股热气，在这寒冷的春夜添了不少暖意。

小雅慢慢走近巨大的鸽子笼，借着窗外透进的些许烛光看见笼子里养着数十只雪白的鸽子。小雅小心翼翼地打开笼子，从里面抓出一只带点灰色的鸽子。手握住鸽子的耻骨，这只鸽子的耻骨平行，并没有左边凹进，应该是一只母鸽子。为了更加确定，小雅拉住鸽子嘴往前一拉，鸽子挣扎了几下就没反应了。

"是母鸽子，体力不够，支持不到邺城。"小雅当即放了那只鸽子，又抓了一只检查了一下，还是一只母的鸽子，一连检查了十几只，都是母鸽子。小雅泄气道："有没有搞错，每只都那么肥，居然连一只公的都没有！"

高恒凑过来，不解地问："你为什么要偷鸽子？还一定要雄鸽子？"

小雅说道："我们已经离开邺城半个多月了，是时候给韩长鸾写信了。听说鸽子是古代的信使，公鸽子体力特别好特别能飞，我想试试。"

高恒嘟起嘴道："百只鸽子当中，能有三只识得路程已经万幸了。我曾经在宫中放了数十只鸽子，只有三只回来了，最后一只是在三个月后飞回的。"

小雅闻言突醒，道："你是说，鸽子也会迷路？"

小高恒伸手捧过小雅手里的鸽子，继续说道："皇宫里负责传递来信的都是专门的信使，至于鸽子，在宫中只用来取乐。"

小雅郁闷地再往笼子里抓了两只鸽子，狠狠说道："你怎么懂那么多？"

高恒不满道："这是常识，难道你不知道吗？"童言无忌，却一语点中小雅的弱处。平时的她只顾着向钱看，多赚钱，从未对小动物多下工夫。印象中，鸽子不仅是和平的大使，还是古时用来传递信息的手段之一。

然而，她却疏忽了一点，鸽子只是小动物，没有经过训练的鸽子又有几只能做到识途呢？即便是受过训练的鸽子，也常常飞失在浩瀚苍穹。看来……印象也是会出纰漏的。

小雅转身就往门边走，边走边说道："这我知道，不过，一只鸽子会迷路，没理由三只全迷路呀，不试试又怎么知道结果呢？"

高恒一手捧着鸽子，一手提起地上的油纸伞，跟着小雅偷偷摸摸地出去了。经过书房前，门内的灯光忽闪忽灭，小雅顿时显得精神抖擞。她走近那间书房，用手指在门窗糊纸处戳了个小洞，紧接着把头凑上去，透过洞孔观察里面的情况。

只见兰陵王正在案前，手里拿着一细长器物，挑着几乎掉进油里的灯芯。挑灯的人显然漫不经心，手里的物事已经把灯芯挑出油碟外。灯一下子灭了，屋子里显得更加黑暗。兰陵王懊恼地把手里的东西一放，背着手在书房内走来走去，惆怅难安。

"也没什么可看的。"小雅正想离去，屋里人的举动引起了她的注意。只见兰陵王从箱子里拿出一个青铜面具，修长的手指轻轻地在面具上触摸而过，脸上露出痛苦又执著的神情。随着手指在面具上滑动，兰陵王的眉头越皱越紧，直至兰陵王将面具放回木箱中后，他的眉头才渐渐地平了。

一声痛苦又矛盾的低语让屋外的小雅浑身一震。

"娘，为什么不肯见我？"

兰陵王继而又痛苦地自言自语道："足足十五年了，您还是不肯见孩儿，孩儿已经遵照您的吩咐带她回来了。"

痛苦中带着狠绝，即便是在黯淡的灯光中，小雅也能感受到他锐利的眼神，以及在嗓音中透出的无情信息。

小雅听完，心中顿时明白了几分。如果她没猜错的话，兰陵王口中的娘亲定是老夫人无疑。

而这兰陵王口中的她，不是别人正是自己。从之前在路上受到的考验便可看出，兰陵王的娘亲真是用心良苦。但有一点小雅并不明白，老夫人为何如此折腾，费这么大的劲把她引来。何小雅并无不同之处，只是对玄术风水多了些了解，说到底，除了是个不收钱不开口的风水师外，她只是一个普普通通的女人。

在21世纪，她同样有她的坚持和信仰，也同样会喜欢上别人，比如——师亦宣。在师亦宣身上，小雅常常能找到钟情的因子。虽然害怕他的眼睛，但喜欢和他对着干的小雅，总喜欢揪住他的衣领，问"是"或"不是"。因此，常常把师亦宣弄得哭笑不得，最后只得憨憨地点了头。

“何小雅，你在笑什么？”站在身后的高恒对她不禁发出的笑声感到疑虑。为何她连偷看王叔也能笑出声来？

小雅回过神来，才发觉自己陷入回忆过深，便情不自禁地再次笑了出来。

“快活自然要笑了！”小雅摸了一下高恒的头，算是给了解释。正在这时，屋子里的人似乎有所察觉，脚步声离这边越来越近，小雅眨了一下眼睛，匆忙地往南边跑去。

“恒儿，不要说见到过我。”

话刚说完，小雅就消失得无影无踪，只留下高恒一人在原地站着。直到兰陵王推门出来，他才转过身，天真地看着兰陵王，说道：“王叔，我捡到这只鸽子，还给你。”

兰陵王浅浅笑开，摸了一下高恒的头，眼睛却望着南边的方向。雪地上几个较深的脚印映入眼帘，脚印延伸到远处，直往南边去了。空气中似乎弥漫着一股果香，和着清新的空气，格外迷人。

“恒儿喜欢就拿走吧！”

“我不喜欢。”高恒把鸽子塞给兰陵王，兰陵王接过鸽子不恼反笑，道：“有人会喜欢的。”

说罢，俯身拿过高恒手里的油纸伞撑开，伞上的雪片纷纷落下。他撑着伞带着高恒一起走向南厢房。

“三可是吉数，三缺一怎么可以呢？小雅……”

黑暗中绽开的笑脸，比火中的凤凰还惊艳，苍白的脸上因夜色而镀上一层神秘而又诡异的面纱，在黑夜中大放异彩。一旁的小皇子却面无表情，在这寒冷的夜里，他的存在反而被衬托得更加冷酷，一如他的父皇——高纬。

第十九章　难　安

"Dear Han Changluan：are you OK？哈哈哈，这都什么呀……"小雅把毛笔扔下，拿起纸张，欣赏起来。纸上密密麻麻写着一些英文字母，别说韩长鸾了，就连小雅都看得有些吃力。

"先生，我可是给你写信了，不过，我不保证你看得懂……"小雅哈哈大笑起来，她再次拿起毛笔照着原文再写了一遍，然后抓住被她用布条绑住鸽子脚的鸽子，在鸽子的翅膀上画了几下。

一会儿之后，白色的鸽子翅膀上墨迹点点，圆溜溜的眼睛周围被画了两大圈，颇具几分国宝熊猫的味道。

"好好飞，千万别迷路了。"小雅拿过桌子上的纸张，卷成一小轴，放进小竹筒里绑在小鸽子身上。

打开窗户，趁着漆黑的夜，一只几乎和夜色融为一体的小鸽子扑哧扑哧地飞了出去。若不是眼利，会以为只是忽然刮上去的一阵风。就在小雅颇为得意抓起第二只鸽子的时候，传来了敲门的声响。

这时候来造访的不是兰陵王便是仇视自己的郑妃，让她敲去。小雅抓着鸽子，准备继续画，门外的敲门声却间歇性响起。

咚咚咚。

小雅干脆放下鸽子和毛笔，不料被毛笔上的墨水溅得满身皆是。她气急转身，快走几步，拉开了房门。只见兰陵王和高恒站在对面，露出迷人的微笑。手上的鸽子和红色油纸伞显得格外刺眼。

"高恒！雅姐姐跟你说过什么！我一会儿再修理你！"小雅瞪了高恒一眼，小高恒有点紧张，但还是看着小雅，面不改色。

"雅姑娘，你这是……"兰陵王看着脸上沾满墨迹的小雅显得有点失措。试想过她会抓着鸽子出现，或者拿着毛笔出现，却没想到是这副狼狈样。

“出了点小意外，王爷深夜造访，不知有何贵干？”咬文嚼字实在不适合小雅，才说两句，舌头就打结了。

“酉时未过，时候尚早，雅姑娘尚未用食。长恭想要求雅姑娘堂中一聚，顺便带雅姑娘熟悉一下王府，不知雅姑娘是否赏脸？”

兰陵王说得诚恳，只有小雅知得其中几分真假。以兰陵王方才在书房的表现，和现在的举止，完全是两个人。书房里的那个王爷，是可以为了某种利益而不择手段的。

不可否认，小雅已经陷在他们设的局里。但她明白，进入这个时空，主导别人的同时，也会被别人主导。不过，只要目标达到了，谁主导谁倒不是关键。

只是小雅向来不是被动的人，虽身在局里，却想保持清醒。对于她来说，能明哲保身固然是好，不能明哲保身，那就只好——豁出去了。

“吃饭啊？那肯定赏脸啊，现在就走！”说到吃饭，小雅可比谁都兴奋，到嘴的便宜绝不能不占。在兰陵王面前的她倒是爽快干脆，没有什么好隐瞒的，除了命造书之外。说罢，小雅当真抬脚要走，兰陵王笑着拦下了她。

“入夜了，擦把脸去去困。”

这时，小青子适时地端着一盆冒着热气的热水走了上来，高长恭接过小青子递来的丝巾，亲自过水，拧干之后，欲在小雅的脸上轻轻擦拭。起初，因高长恭手不稳而没触到她的脸，最后，小雅实在看不下去了，她接过丝巾在自己脸上擦拭起来。素色的丝巾上绣着一只展翅的凤凰，柔软的料子让小雅不忍放手。

高恒一脸困顿地看着小雅，小雅见状，将丝巾过水拧干后，顺便帮高恒擦了把脸，说道：“精神点，一会儿有戏看了。”

“王爷，您擦脸吗？”小雅将丝巾放回金盆里，两手拉着自己的耳朵，表示被热水蒸得发烫。

“雅姑娘一向对人这么好吗？”高长恭缓缓地问着。

“那要看是谁了，我无聊的时候对谁都好。我有事的时候，谁惹我我捅谁，让我闷着不如让我去跑一跑。如果有报酬，或者有宝藏之类，那更是求之不得了。不知道这附近有没有宝藏之类的。”

“雅姑娘真是好动之人。也罢，长恭明儿带姑娘四处转转，或许会有所得，至于宝藏……兰陵乃小小之地，恐怕要让姑娘失望了……”

高长恭的声音悦耳动听，略带磁性的嗓音里透出一股难以言喻的韵味，身为地师的小雅也参不透其中奥妙，只觉他静若秋水之美，笑如樱花之灿，一举一动，虽平凡却透出不可比拟的高贵气质来。

“在我们眼里，宝地即是宝藏，寻得九五龙脉，登得聚处明堂，这才是风水师眼里最

大的宝藏。王爷的疆域可是好地方呀！如果我有机会活在这里，我一定要购置一大片的田产，做个土地主也能发财，哈哈哈……”

小雅说得心花怒放，仿佛她已舒舒服服地做上了地主等着收租，肆意的语气完全把长恭两人撇在一旁。

“承蒙雅姑娘厚爱，长恭希望借得雅姑娘吉言，让兰陵的百姓过上安生日子。届时姑娘能帮助长恭打理兰陵，那自然再好不过了。”高长恭平稳地说着，失了清明的眼睛再次亮堂起来。

“可惜……王爷现在也是骑虎难下，那草人计始终不是办法，恐怕皇帝已经发现了其中奥秘，这兰陵也将不得安宁。王爷，小雅说过，愿助王爷得到想要的，可是王爷并不在意小雅的想法，王爷瞒了小雅多少，小雅不会去计较。但是，小雅明白，压在王爷肩上的担子一定不轻，憋在心里的事让王爷一步一步迈向宿命，何不痛痛快快地说出来呢？”说着，小雅抓起高长恭的手，在他的手心写了个“网”字。

“网人先网己，记得在皇宫的时候吗？我也是这样在王爷的手心上写字。现在我又写了一字，王爷没有什么要说的吗？”

“记得，长恭永世不忘。”

在皇宫里写的字是“生”字，现在写的字是“网”字。手心上的触感尚未消去，“生”“网”二字已经深深烙在高长恭的脑海里。始为生，中为网，后为死。这是自寻烦恼。既然已经下了决心回到兰陵，为何又要设网为难自己？

在这一刻，高长恭竟笑了起来，一张绝世的容颜已经说不出是美艳，还是让人心痛的苦脸。只有他自己明白，只要自己一天背负着兰陵王这个名号，他就一天不属于自己。

见兰陵王陷入沉思，小雅干脆放下他的手，说道：“王爷无须如此，这两字不是小雅写的，是王爷心中所结。王爷，您知道吗？您跟小明有很多相似的地方，这就是小雅为何执意带王爷离宫的原因之一。”

又是小明。高长恭心里郁结，但随即又豁然开朗起来。这何小雅并不是没心没肺之人，至少那名叫小明的男人对她来说，是时常可以想起的人。而自己和小明有几分相似，是该高兴还是难过？

小明只是她的弟弟，那自己又是什么身份？在她的眼里，自己不过是酷似她弟弟的人罢了。

“是吗？那么原因之二呢？”

小雅忽然从他身边走过，在不远处站定后，才淡淡地说：“为了命造书。”

闻言不由大惊，素来镇定的兰陵王也出现了一丝慌乱。他忽然想起老夫人手札上的记载。手札上记载，由天地运数而生的命造书是世人难求的天书。老夫人在三十年前遭人陷害，奄奄一息，然有幸见得天书出现于世间，在天书的指引下，老夫人捡回了一条命，天书的传说也被老夫人记入手札，供后人传阅。

此书谁造无人晓，此书何名几人知？
欲寻此书山人至，可造九天有缘人。

——《何家宝鉴》

高长恭并未见得此书，只知此书可以改变人的命运，甚至是一个国家的运数。根据诗云，寻找天书须得有缘人，他曾经派人寻找数次而不得，最后也只能作罢。

今日何小雅提起了命造书，看来她对命造书了解颇深，难道她才是诗中所说的有缘人？果真如此的话，老夫人的卦象并无差错。在进入皇宫之前，老夫人已经明白地告诉自己，此去皇宫，可以得到一名女子相助，如果能让那名女子来到兰陵，一切变数即将开始。

高长恭向来对老夫人的话深信不疑，所以才毅然进宫。起初，自己并不信这女子的能力，所以在宫中多做试探。但始料不及的是，他自己反而深深地被这名娇健娇美的女子迷住了。早在黑影试探她之前，在九重宝塔之时，他已经信了这女子，已经被她狡猾的笑声所迷惑。甚至，他会为她对别人的一个微笑、一句快语而嫉妒。她是这个世界上最美的狐狸，独一无二的何小雅。

"王爷，您在这儿，臣妾到处找您。"

一声虚弱的呼唤，把高长恭的思绪唤了回来。郑妃在丫鬟的搀扶下，连看小雅都不看一眼，直接从她身边走过，有些虚弱地来到王爷面前。

"此时夜寒，郑妃何不多做休息？小青子，扶娘娘去休息罢。"王爷下令，小青子赶紧把手中物事放下，欲请郑妃回去休憩。郑妃却一把推开了小青子，继而抱住高长恭的腰身，欲哭道："王爷好薄情，有了新欢忘旧人……"

高长恭任由她抱着，最后还是伸手抱住了她的腰身，开解道："雅姑娘是本王的客人，爱妃今天的举动不仅让雅姑娘难堪，还伤了自己，爱妃怎么如此不爱惜自己？爱妃是娘亲选的人，长恭不会让爱妃受一点委屈，只是爱妃今天的举动，让本王说你什么好？"

言下之意，王爷已看出谁是谁非。其实郑妃不是不知，只是一时气急，只要和王爷有关的女人，她恨不得立刻除去。今日故意在手臂上划一刀，本想让王爷心疼心疼，没料到自己一时气急，只想陷害小雅，却忘了小雅没有伤害自己的任何动机。自己反倒搬石头砸脚了，只愿王爷可以原谅她。

"王爷，臣妾知错了。"郑妃继而离开王爷的怀抱，转身来到小雅面前，赔礼道："雅姑娘，让你受惊了，你还怪我吗？"

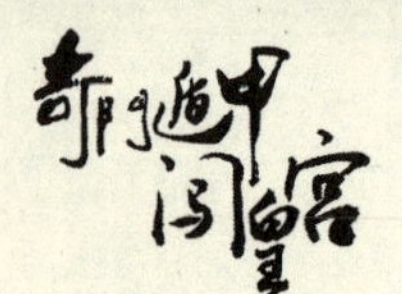

看着突然一脸诚恳的郑妃，小雅心服口服。她只得憨憨地点了点头，说："到底是小雅让娘娘受惊了，娘娘不怪小雅便好。"

"雅妹妹真是通情达理。为了向雅姑娘赔罪，本宫特地命下人为雅姑娘准备了接风宴席，雅姑娘一定要赏脸。"

"谢娘娘厚爱！小雅哪有不去之理？"小雅语气恭敬，直觉告诉她，就算得罪皇帝也不能得罪郑妃这样的女人，要不然便没完没了，即便等待自己的是鸿门宴，她也认了。

"那就请吧。"

第二十章　鸿门宴

是夜，兰陵王府内摆起了丰盛的宴席。两边的屏风后面，是精于乐律的优伶在演奏着优美的调子，连小雅这种不懂得欣赏的人也被这靡靡之音陶醉了。席间郑妃不断地向兰陵王夹菜倒酒，显出王府女主人的姿态。郑妃的举止倒真好得没话说，如果不是见识过她的厉害，都会以为她只是一名温柔贤淑的妃子。

小雅给坐在旁边的小皇子夹了个菜，扒了几口饭，又给小皇子夹了些菜。丫鬟给小皇子夹的菜，小皇子倒是一口没动。几日相处下来，小皇子的饮食她也知了一些。高恒从小娇生惯养，对宫外的菜肴难得品尝，小小年纪的他在吃得宫外的民间菜后，竟也渐渐上瘾。

高恒吃下饭后，困意顿显。他放下了银箸，打着哈欠道："雅姐，我想就寝了……"

一声雅姐，唤得小雅心软软的。她拍了一下高恒的小脸蛋，悄悄笑道："主人没发话，客人怎好退场？困了就先趴在雅姐姐腿上睡一觉，待会儿雅姐姐抱你回去。"

高恒又打了个哈欠，迷糊道："我是皇子，我最大……"说罢，当真枕在她的腿上迷迷糊糊睡去。

看着小高恒天真的睡颜，小雅心情大好，忍不住又多吃了一些。赶了一天路，她也想大吃一顿后睡个饱觉。希望这接风宴席快点结束便好，反正她也吃了个饱。只是，天不遂人愿，郑妃接下来的一席话让小雅自知逃不了，只好拿出早已准备的奇门局来应对郑妃的拷问。

郑妃忽然摸了摸自己的手腕，惊道："王爷，您送给我的手镯子不见了，可怎么办？"

高长恭放下银箸，道："爱妃勿急，再找找便是。"

郑妃当即又找了几下，之后才焦急地说："找不到了……"

高长恭安慰她："本王再让人订造一个便是，席间吵闹，成何体统？"

郑妃不管，她欲哭道："那是王爷送给臣妾的聘礼，要是臣妾找不到了，臣妾还不如死了！”

郑妃的无理取闹，让小雅不得不开口说了句：“镯子没丢呢。”

一言既出，四下皆静。郑妃抬起头，无辜地问：“真的吗？那你说说，本宫的镯子在哪？”

小雅在指上掐算了一番后，随即指着桌上的一道汤说道：“娘娘的镯子在这里呢。”

郑妃眼中闪过一丝光芒，她迟疑地问：“怎么可能在汤里？”

小雅拿起一把银勺，把汤上面网状的漂浮物拨开，直接在里面捞了几下。不一会儿，一个暗黑色的宝石被捞了出来。小雅把捞出来的宝石放在丫鬟捧着的盘里，让丫鬟端至郑妃面前待她确认。

看着盘子里的宝石，郑妃摇了摇头，说道：“本宫丢的不是这个。”

小雅笑道：“这只是个宝石，算不得聘礼信物，当然不是娘娘所丢之物。娘娘的镯子也没丢，正在娘娘手上呢。”

郑妃不由得缩回了自己的手腕，心虚道：“胡说！”

小雅继续解释：“今日时建为己卯、癸酉，时柱癸酉，癸为主要信息。娘娘正坐离宫，值使景门又落离宫，不正应了娘娘之局吗？所谓寻物首看值使门，今景门属火，其物必虚，再有巽宫相生，为虚幻不实，所以断娘娘根本没有丢东西。再者，离宫中‘壬+戊’组合，火宫生土之宫，正是值符天英星之落宫。时干癸正落中五宫，和值符同宫。值符所在之宫是必然应验的事，既然相生，那就好办了。”

郑妃不服，继续问道：“话虽如此，你又是如何得知在这道汤中呢？”

小雅放下勺子，一一挑明：“以这桌子为小太极，中间为中五宫，娘娘再仔细观察这道汤。上面漂浮的红色条状菜像不像一张网呢？”

郑妃看了看，不得不说：“这样看来，倒有几分像。”

小雅嬉笑：“时干癸为网，天英星为火为红色，代表这红色条状物，然中五宫乃为中央土，土多金埋，这癸酉中的酉金当然是埋在这‘土’之下了。”

话罢，高长恭忍不住赞叹：“雅姑娘真是绝顶聪明，不知道姑娘师承何门？”

小雅回道：“小雅方才用的是术奇门射覆，小雅曾向丹脉太一道人学习法奇门。可惜小雅不才，没有学到真正的法奇门，让师父笑话了。”

奇门分为法奇门和术奇门，何家流传下来的术数只是术奇门。对于何家真正的法奇门，已经失传多年。翻阅《何家宝鉴》，里面只对奇门穿越做了记载，并未对其他奇门法术多做详谈。小雅曾几次想学法奇门，却苦于无明师。

直到有一天，机缘巧合之下，一游走四方的太一道人发现了小雅额上现紫气，于是教了她一些奇门法术。小雅虽很快学会，但太一道人也很快离去了。道家讲究机缘，机缘已尽，强求无用，小雅只得作罢。

高长恭笑道："雅姑娘不必谦虚，姑娘知得术奇门已经能洞晓天机了。若再知得法奇门，姑娘可谓天人了。"

郑妃听得王爷一言，在一旁恨得牙痒痒。只有小雅明白，这不算什么天机。奇门射覆是她和小明常玩的游戏，为了提高断事能力，小明常常把一件东西藏起来，让小雅试试身手。不论是活物还是死物，藏于何地，只要起个奇门局，都可以断出所藏何物，藏于何地。

小雅礼貌回道："王爷过奖了，小雅不过运气好罢了。"

高长恭站起，他走到小雅的身边，忍不住想把她拥入怀里。但他忍住了，只款款而谈："在宫里，姑娘的能耐让长恭仰慕，如今席间一番话下来，长恭对姑娘更应该另眼相看了。姑娘若不嫌弃的话，来我帐下做女军师如何？"

军师！小雅闻言显得震惊。军师，那是何等高的职位。古代行军打仗，统帅帐下，一般都会有几个军师。这些军师上通天文，下知地理，奇门术数更是玩得厉害，是不折不扣的阴阳先生。

如今兰陵王表示要让自己当军师，这已经是取得信任的第一步了。小雅知得这机会不易，也当即应承下来。

"谢王爷，小雅定不辱使命！"

说罢，当即要跪下来领命，被兰陵王中途扶起。郑妃气得丢了宝石，生起闷气。席间的丫鬟仆人也纷纷退后回避，生怕郑妃一生气让自己遭殃。在他们的脑海里已经形成一个共识，惹谁都不能惹郑妃，否则会吃不了兜着走。

一些在府里待久了的人不禁为眼前这名少女担忧。以郑妃的歹毒性格，这少女恐要活不过今晚了，只希望王爷能好好护着这名少女，不要让惨剧发生。

"雅……"雅儿。高长恭真想唤她一声雅儿，可惜在她面前，他始终开不了口。三十年来第一次觉得，即便是作为王爷，也有力所不能及之时。在面对所喜之人，不能做自己想做的事，不能说自己想说的话，这样的王爷做得真窝囊。

一声带着感情的轻语，让小雅自觉地避开。郑妃在场，可不能和兰陵王有什么纠缠，否则自己怎么死的都不知道。她迅速地抱起熟睡的高恒，转移了话题："恒儿困了，我带他回房。"

说罢，抱着高恒告辞。高长恭站在原地，痛苦地闭上了双眼。一会儿之后，他睁开双眼，手一摆，毫无感情地下令："人都走了，这桌子菜撤了，都给本王撤了！"

丫鬟们上来撤走了桌上的酒菜，高长恭也不再言语。唯有站在他身后的郑妃在默默流泪。她知道，王爷变了。

不可一世的兰陵王已经喜欢上了那名女子，并且深陷其中，无法自拔。郑妃来到王爷身后，从背后拥住他，感受他的心跳，感受他心里的痛苦。

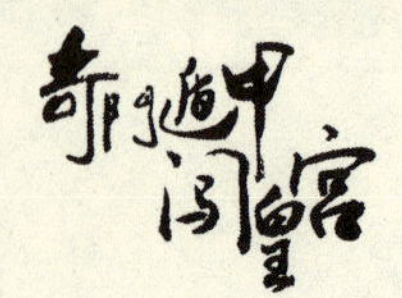

郑妃静静地问："王爷，你爱上她了？"

高长恭反身抱住郑妃，呢喃道："怎么会呢？她只是本王的军师，是助我们完成大业的。"

郑妃的眼泪再次滴下："如果我杀了她，王爷会不会恨我？"

高长恭一愣，随即笑开："恨，恨爱妃杀了本王一名好军师……哈哈哈……"清脆的笑声，高长恭的眼眶红了起来。

只是，她若死了，得了天下又如何？

郑妃抱紧王爷，抬起头，凝视着高长恭，说道："那就好，王爷不要忘了老夫人的苦心，王爷切不可爱上她。"

"本王……永远不会忘，娘亲才是本王最重要的人，为了她本王谁都可以不要！"

十多年前。邺城。

高长恭从小以精通诗才乐律闻名于邺城。北齐皇帝喜长恭进宫面圣，为皇帝献诗献舞。长恭那时候年纪尚小，以为这是天大的荣幸，自然日日进宫面圣，却不知王府中发生了何事。有一日，长恭从宫里归来，看到自己的娘亲满脸是血，嘴唇都乌青了。

长恭走过去时，她突然发了疯，歇斯底里喊了起来："高澄你这个混蛋！你连你嫂子都不放过！高澄，我恨死你了！"

长恭吓得哭了出来："娘，九王叔对娘亲做了什么？"

她看着哭泣的儿子，恶狠狠地说："他污辱了我，还打了我！长恭，你长大后要杀了他！记住，一定要杀了他，要不然他会杀了你！"

她的眼神里透出狠绝，娇小的容颜也因此变得扭曲。洁白的牙齿沾满丝丝血迹，唇角的乌黑让她的样子更为惨不忍睹。被撕得七零八碎的衣物下，是一道道触目惊心的鞭痕。几乎裂开的皮肉可以看出执鞭者的狠绝，一下一下抽将下去，下手毫不留情。

长恭抚着那些伤痕，心痛地问道："娘，疼吗？"

"不疼，娘不疼。长恭，咱们离开邺城，咱不受这气！"她的话让年纪尚小的长恭撕心裂肺，作为一个男儿，却不能保护自己的娘亲，是他的失责。

在父皇死后，朝廷陷入一片动乱。为了自保，长恭母子俩委曲求全，可惜高澄人面兽心，终究还是奸淫了自己的嫂子。

"娘，咱们走！"长恭毅然答应了娘亲的请求。在几位哥哥被杀的情况下，长恭再不走，恐也难逃被杀的宿命。

"娘，我想去跟六叔告别。"

"长恭，你六叔招你进宫是为了杀你！若不是我多次苦求于他，我的孩儿，娘亲恐怕就再也见不到你了……长恭我儿，咱们回兰陵，那里是你父皇的疆域，是北齐重要的关口。我们只要在那儿，这高家的人再也不敢轻易为难我们了。”

她的一席话，让十来岁的少年如梦初醒。他想起在大殿之上，皇帝几次提笔时，却闪过狠绝之色，但随即被皇帝隐去，长恭觉得不甚虚幻，现在想来，那慈祥的眼神下竟也暗藏杀机。长恭扶起娘亲，说道：“要是父皇在，哥哥们不至于死，娘亲不至于受如此委屈，长恭不孝，不能保护娘亲……”

她站了起来，抚着长恭的脸，说道：“高家没有一个是好东西！长恭，你记住，你谁也不能相信，你只能相信我，我是你唯一的亲人，如果我死了，你就再也没娘了……”

长恭吓得哭了起来，却也永远记下了一句话——如果娘亲死了，自己就再也没娘了。从那刻起，在长恭的心中，只有娘亲最重要，因为她是他在这世上唯一的亲人。

“娘，长恭不会让你死！”

“娘希望长恭可以坐上皇位，这样，我们娘儿俩就不会再受欺负了。如果你不能杀了高澄，不能当上皇帝，那么娘亲就死给你看！”她抱住长恭痛哭起来，这几年来所受的气让她哭了个痛快。

“娘，你不要死！长恭一定会照娘的意思做的！”

“长恭，你真是娘的乖儿子。咱们回兰陵，终有一天，娘会帮儿拿回所有该属于儿的。”

之后，长恭和娘亲确实逃回了兰陵之地，而长恭也开始迈入娘亲为他安排的路子。直到十五年前，他的娘亲突然离开了王府，并给他下了一道命令。

“我儿，为娘已经为你布置好了一切，你一定不要辜负为娘。若你一天不能登上皇位，为娘就一天不见你！我儿，为娘老了，你一定要做皇帝，一定要在娘死之前登上皇位！”狠绝的语气，已经没有半点温情。发白的鬓角经受不住岁月的摧残，短短几年，娘亲已经苍老了。

府中的人都以为老夫人是为了治病才到山中修行。其实不然，老夫人并没有病，她有的只是心病。她之所以到山中修行，是为了给兰陵王施加压力，是为了她当年所受的苦难，以及对高家的仇恨。

血浓于水，亲人难求。这些年来，为了完成心中大业，老夫人没少受过苦。甚至，他对娘亲派来监视他的郑妃也是百依百顺，为的就是不惹娘亲生气。从少年时候开始，高长恭就在老夫人的影响下，一步一步走上命定之路。

然而，世事莫测，即便在对自己的命运了如指掌的情况下，变数往往从中而生。小雅的出现让一切发生了转机，让他在不知不觉中逆了娘亲数次。

在来兰陵路上，那名士兵的刺杀，显然是娘亲的安排，可是自己还是奋不顾身地救了她。依娘亲意思，小雅能躲过自然是好，不能躲过也是宿命，也就没有用她的价值了。话虽如此，高长恭还是宁愿受伤的是自己，也不愿她受到任何伤害。

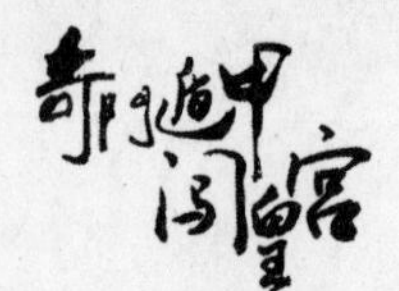

这三十年来，只有两个女人足以令他紧张、窒息。除了老夫人之外，便是妙如精灵的何小雅了。一路上，他在小心翼翼地保护她，生怕她冻着饿着。只可惜，何小雅并不喜欢他，高长恭也是一相情愿。

或许，这是他命中的一劫，不是权力江山，而是女人。

高长恭闭上了眼睛，露出痛苦的表情。一会儿之后，他睁开双眼，静如秋水，双手只把怀中的郑妃抱得死紧，仿佛在自己怀里的人是她，高长恭不禁哑着嗓子忘情出声："我该拿你怎么办？"

第二十一章　缩地咒

小雅抱着高恒回到了厢房，把小皇子放至床榻间，看着他天真的睡容，小雅的眼皮子越来越沉了。她还未来得及理清宴席间的思绪，便趴在床榻边，渐渐地没了声息。只在睡眼朦胧之间，看见一道刺眼的光芒闪过，黑暗中摇曳的人影正向自己靠近，一阵奇异的香味扑来。

小雅欲睁开双眼，发现自己陷入梦魇般的动弹不得。人影离自己越来越近，从阴影中走出的人影，脸上露出诡异的笑容，唇上的嫣红犹如鲜血般触目惊心。

那人走至床沿，伸出长满老茧的手开始抚摸着小雅的脸颊，移至鼻梁处时，来人不禁发出了一声感慨："果然是她来了……"

苍老的声音，让梦魇中的小雅分不清是男是女，在努力睁开的一丝缝隙中，看见来人一身红袍华裳，在床榻边缓缓坐下，地上披散开来的红色灿烂如一朵莲花，一头苍白的银发显得格外刺眼，奇怪的是她脸上竟一点皱纹都没有，只有脸颊旁边三道显眼的伤疤出奇的骇人，眼神中透露的冷淡让小雅觉得熟悉又陌生。

"谁说未来不可测呢？我的一句话，还是把你引来了……命造书……绝不是世人想象中的……这是一个秘密……"苍老的声音自言自语般地响着，小雅听得一清二楚，却无法反驳。她只觉自己全身发软，显然已经中了迷香。

小雅暗自恼了一下自己，赶了一天路的自己，虽说体力透支，但轻易地被迷香迷倒，显然有点说不过去，但事已至此，多忧无益。

"谁说命运不可改变呢？天地气数将变，人的命运何尝不是？何小雅，在你们的朝代，又有几个人真正了解命造书，为了一个传说，甘愿冒险来到这里，值吗？"

来人的话语，正说中了小雅的心思。她不止一次反问自己，值吗？但作为何家传人的她，只能一遍一遍地回答自己——值得。

"'死也要试试！'这句话熟悉吗？你知道吗？这句话不止你一个人讲过。其实，

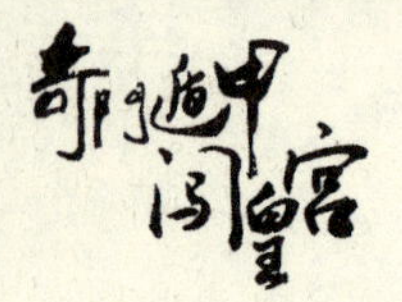

我有点讨厌你，你成了这里的主人！”来人对小雅似乎很了解，可小雅并不知道她是谁，更不知她的恨意从何而来。

深通易理的何小雅第一次对未知的问题感到棘手。看来，这兰陵王府的水真是越来越深了，深得让人心寒。

“这是法奇门转盘吧，我只要毁了它，你就永远回不去了，天地气数由此改变……”

手上一把锋利的匕首顿时亮了她的容颜，匕首向着小雅的手腕而去，欲割开她手腕上的奇怪表盘。眼看着匕首越来越近，小雅心里更加慌乱起来，奇门表盘可是她回现代的工具，若是被拿走了可就比丢了性命还严重了！

匕首在表盘的上空稍作迟疑，小雅无力阻止，只得对着那人灿烂地笑了一下，露出无力而又令人捉摸不透的笑容。果然，来人迟疑了一下，忽然把匕首收了起来。

“看来，有人比我更想你死。”

门外传来一声轻微的声响，来人忽然站了起来，念起咒语来：“一步百步，其地自缩，逢山山平，逢水水涸，逢树树折，逢火火灭，逢地地缩。吾逢：三山九侯先生律令摄！”

熟悉的咒语让小雅顿时一惊，她所念正是何家的法奇门缩地咒，她到底是谁？

不等她多思考，一阵轻烟冒起，那人念了几句秘讳之后，消失得无影无踪，空气中弥漫着淡淡的略带药味的迦南香。迦南香因其物种稀贵，向来为皇室所垄断，只有皇室后宫妃嫔才有幸拥有。来人装扮不像皇室之人，为何带着一股不散的迦南香？

若是超佛礼拜，应以檀香味最多，而来人却带着独特的迦南香，想必比一般修行贵族要贵上许多。能比一般贵族等级高上许多品级的，普天之下，又能有几个？

正在小雅思索之时，门吱呀一声被打开了。一个瘦弱的黑影闪了进来，偷偷摸摸地掩了门之后，来到小雅身前，露出妒恨的眼神。

看着来人，小雅顿时明了，也深知解难之难，只好在心里哀号：“走了一个又来了一个，杀人也不是这样折磨人的！”

站在烛光中的黑影，忽然扯下了面罩，一张靓丽姣好的容颜出现在她面前，小雅看着这充满戾气的脸，不由得心里阵阵发寒。来人不是别人，正是兰陵王的妃子——郑妃。

郑妃弯下身，用手捏着小雅的下颚，狠狠地说着：“老夫人虽然同意你入王府，但是一直陪在王爷身边的是我！你有什么本事？你算天算地，可你算得了自己吗？我宇文氏可以为了男人放弃自己的姓氏，你可以吗？你不过是个毫无出身的贱民！”

郑妃越说越狠，恨不得立刻杀了她。

而小雅却被她话语中的“宇文氏”三字惊醒。

宇文氏乃北周国姓，郑妃竟然是宇文氏族人，恐怕和北周国脱离不了干系。据小雅所知，北周皇帝宇文邕有个妹妹郑姬，在十几岁时死于北齐大军的箭矢之下，尸身也不见了踪影，久而久之，郑姬公主的传说便流传开来。传说郑姬公主与北齐守城（兰陵守城)灵台合一,化成地仙,庇佑两国的大军不相犯。

为了请回化成地仙的妹妹,宇文邕向兰陵城发起了一次小规模的军事战役。兰陵王身先士卒,誓死抵抗周军入侵,宇文邕几次攻城而无果。地仙传说,也至此作罢。与此同时,兰陵城内突然出现了一富家千金,抛得千金,只为招得佳婿,一时求亲者络绎不绝,这位富家千金的大手笔也传为兰陵佳话。

后来,抛千金事件竟不了了之,这名富家千金在兰陵引起一阵轰动之后,又一夜销声匿迹,只为街头巷尾增添了几句茶余饭后的笑谈。

再后来,兰陵王娶亲。有幸见到王妃的百姓们,依稀记得,这王妃的容貌、身形、言语,依稀和先前的富家千金有些相似,一些兰陵王帐下的将军也觉得新王妃面熟,仔细思索,恍然大悟。

这名女子——像极了宇文氏郑姬。

然而,这些见过郑姬的百姓、将领最后竟一个一个惨死在家中,其中原由,无人知晓。

不爱读史书的小雅,竟也细细地回忆了那本秘史上所记载的内容。一连串信息在她的脑海里蹦跳而出,原来一切不是传说,秘史记载的,往往是惊人的事实真相。她忽然笑了,心中也豁然开朗了几分。

原来郑妃竟是——宇文氏郑姬。

小雅半倚在床榻边,郑妃的火气越来越大,她三两步走过去,按住小雅的肩膀,几乎把她整个人提了起来。

"王府只能有一个女人,不是你死,就是我亡!"

郑妃一连摇了小雅几下,小雅的神智渐渐清醒,她的手指头微微地动了一下。郑妃的双手转而掐上小雅的脖子,力道越来越紧。

小雅开始咳嗽起来,嗓子也开始发出些许声响。

"杀小雅,何须郑妃亲自动手……"

"男人都舍不得杀你,只有女人,才能杀你!何小雅,我要亲手杀了你!"郑妃的容颜已经极度扭曲。

"小雅只助王爷成事,对王爷不曾有过情意,郑妃娘娘请手下留情……"何小雅转而求情,在郑妃面前,在一个为情疯狂的女人面前,惹怒她只会让自己深陷险地。为今之计,只好步步引诱顺从。

郑妃停止增加力道,只狠狠地看着何小雅,反问:"何以证明?"

小雅见郑妃有缓和之势,迅速地组合了一下信息,娓娓道来:"郑妃娘娘,小雅虽随王爷不久,但王爷秉性,小雅还是略知一二的。在皇宫之时,王爷一心思念娘娘,连陛下赏赐给他的美人都不要呢。还有一次,王爷在睡梦中念着娘娘的名字,郑姬,郑姬,我想这应该是娘娘的小名了……”

郑妃恍惚起来，嘴里重复着“郑姬”二字。

小雅见她入局，也知自己猜测无错，她立刻加重了肯定的口气，道：“对，是郑姬！”

郑妃眼睛眯了起来，心开始柔软，但细细考虑之下，何小雅所言所信能有几何？郑妃的心渐渐地硬将起来，眼神也透出彻骨的冷。

她立即狠狠地加重了力道，忌恨道：“你撒谎，王爷从不叫我郑姬！因为我根本不是郑姬！”

郑妃说着龇牙咧嘴地笑了。此时的她已经接近疯狂，一想到王爷对她的态度，郑妃干脆痛痛快快地告诉了小雅真相：“郑姬早已经死了，我是她的贴身丫鬟。当年，郑姬死在兰陵城下，是我把地仙的传说散出去的。”

“你知道为什么吗？因为我爱上了冠绝天下的少年——兰陵王。散出地仙的流言，只是为了吸引兰陵王的目光……为了这一切，我甚至……”郑妃说着当即欲哭，只有眼里的仇恨未消去，似乎还夹杂着一丝不易察觉的愧疚。

善于捕捉环境的小雅，第一时间就注意到了她的这个小动作。心存愧疚之人并不是无救，郑妃是一名喜怒爱恨形于色的人，能让她做出如此狠的动作，多半是在无法回头的情况下。她若真的丧心病狂，哪轮得到自己有思考的余地？恐怕早和何家先祖们一道游玩去了。

“恨字不过是爱字倒过来写，郑妃娘娘，小雅也曾为一个男人这般费心过，小雅明白娘娘的苦心……咳咳，我快喘不过气了，您能不能把手松松？”小雅的脸憋得发红，只希望疯狂的郑妃赶快罢手。不料郑妃反而冷笑起来，清脆的笑声中透着寒刃般的冷酷。

“没有人可以明白我！我根本回不去了！为了和王爷在一起，我杀了郑姬，杀了从小一起长大的郑姬，你知道吗？郑姬她叫我姐姐……我却杀了她……”郑妃的表情极度扭曲，娇艳的唇上几乎滴出血来。对郑妃来说，她一开始就走上了绝路，她已经无法回头了。

“路是人走出来的，选择了杀人就是您的路，但是您也可以选择不杀人。即使是天注定的命，也可以适当地改变。只要有风水师的存在就有变数在，让命运更好一些，或许真的可以改变命运。您也是界内人，为何连这点都看不开呢？”小雅极力同她讲理，尽管不知道她是否能听得进去，但生死关头，不试试永远不会知道结果，即便是最后要杀了她，小雅也会毫不手软。

“我对你们的那一套根本一点兴趣都没有！实话告诉你，我根本不懂得这些。我在乎的，只有王爷。没人可以救我，只有王爷可以救我！何小雅，你的出现把我唯一的救命稻草抢走了，我恨不得杀了你！”

郑妃最后一句说得凌厉狠绝，杀气顿时四溢。只是何小雅有点冤大头，差一步便成了死尸，此时浑身无力的她只能任他人摆布，最要命的是还不能喊不能叫更不能还手，只要郑妃的力道再加重些许，小雅哪还有机会说话？

"娘娘，王爷并没有离开您，王爷很爱您呀！"

"只要你死了，王爷爱谁都无所谓。因为只有我，才是真心为王爷付出！而你呢，你不过是一名贪钱的女阴阳师，你根本配不上王爷。"

这十足的疯子，再和她纠缠下去，只会越来越麻烦，要是今天倒在这儿，那恐怕是风水界里一大笑话了。

小雅使尽全身力气，往后退了一步，几乎跌倒在地。郑妃娘娘的手松了半会儿，待她续足力气试图掐死小雅的时候，小雅已经往床榻上倒去。一声闷响，小雅安稳地落在棉被之上，睡在里边的小皇子翻了翻身，口中梦呓着不清不楚的话语。

"恒儿快醒醒……"小雅一连唤了几声，高恒从梦中醒来，看见小雅逼近的脸，顿时吓得跳了起来。

"你做什么？"高恒怒斥，继而抬头，看见了站在空气中冷笑的郑妃。

高恒顿时又问："你们在做什么？聊天吗？何小雅，不准趴在本皇子的脚上，本皇子要治你大不敬之罪！"

小雅差点直接昏过去，这小皇子平时那么聪明，此时竟看不出其中端倪，自己趴在床榻也是被逼之举，难道他看不出来吗？这小皇子，不厚道啊！

郑妃听完小皇子的话，随即笑开，她走到小雅旁边坐下，说道："恒皇子真是聪明伶俐，不愧是陛下默许的未来储君。"

小雅伸出手，抓住高恒的脚腕，怒道："这是我的床，你给我滚出去！"

高恒见脚腕被抓，作势踢了两脚，随即从床榻上滚了下来，他坐在地板上怒喝："你大胆，敢摔了本皇子，这里都是父皇的天下，你才要出去！"

小雅佯装气得腰都疼了，她干脆咬牙道："不出去就算了，反正也指望不上你，你继续睡吧！娘娘，您有话就继续说吧，没话说也找些话说吧。"

郑妃迟疑了下，缓缓开口："该说的都说了，何小雅，到你说了。"

何小雅笑了，说道："作为风水师一半在于倾听。娘娘，您若真的狠下心要杀我，在席间就可以杀了我。只要想杀一个人，一个仇恨的念头都可以致人于死地。娘娘说了这么多，还是想让小雅活着，只是，恐怕会活得不如意。"

郑妃不怒反笑："痛苦地活着比痛快死去难受。何小雅，你想活着，还是想死？"

小雅也不隐瞒，直接应了："当然是活着了，有什么比存在于这个世界更美妙啊？说吧，你到底想怎么样？要是想让我断手断脚，你还不如一刀捅了我。"

郑妃冷笑，她从袖子里抽出一把锋利的匕首，刀尖顺着小雅的脸颊轻轻滑下。

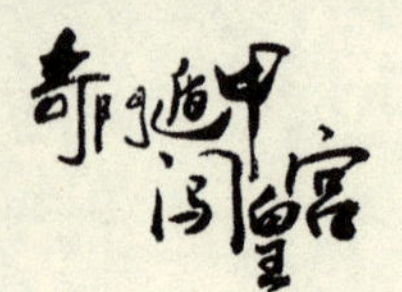

"断手断脚那多没意思，我只想知道，没了美貌的你，是否还能得心应手？"刀尖刺进，靠近耳朵的脸颊顿时蹦出几滴鲜血。

小雅迅速往后闪躲，她急道："跟我来真的！"耳朵周围火辣辣地痛着，小雅所中的软香似乎随着血液加速流动而渐渐失效。小雅续足力气，按住了郑妃的手，一旁的小高恒吓得站了起来，往外面跑去。

他边跑边喊："王叔，雅姐姐有危险了！"

第二十二章　四　刑

小高恒跑得迅速，见小雅处于下风，于心不忍，又跑了回来，搬起案几上的油灯往郑妃身上砸去，他怒喊："不准杀了她！她是父皇的妃子！"

忽然被火热的灯油淋了一身，郑妃越发狠心起来，她顾不得身上的灼痛，只拼命想着如何在小雅脸上狠狠地划上几刀。小雅全身力气都使在手上对抗郑妃，她没力气反驳小皇子的话，只想着脱离危险之后要如何好好修理胡说八道的小皇子。

小高恒也凑上去按住她们的手，眼睛死死地盯着郑妃不放。郑妃无奈，只得用尽了力气，把匕首夺过来。殊不知，这一动作差点划伤了年幼的高恒，好在小雅眼锐，迅速地把小皇子往身前揽近。小皇子有惊无险，在厌恶郑妃之余，对小雅的好感顿时倍增。

"妃子？来到了这里，皇帝的女人又如何？"郑妃口不择言，完全不顾及在场的小皇子。

小皇子气得发抖，他随即怒斥反驳："她是父皇的妃子，我未来的母妃，你要是伤了她，我诛你九族……"

"诛九族？笑话，你们要是能活着走出兰陵，那就诛吧！"

"你！！我不喜欢你！"高恒气得说不出话来，他干脆把小雅紧紧抱住，继续说道："不准杀她！她不能死！"

"那你们就一起死吧！"郑妃怒急攻心，全然忘了初衷，也忘了杀他们之后带来的后果。何小雅死了，天下人不知，小皇子死在兰陵，天下人则尽知，那完全是给兰陵制造麻烦，把兰陵王推入绝地。

郑妃虽对爱情执著，可她不计后果的做法会让人为之一震。别说是言行举止皆是上上等的王爷了，就是一个普通百姓，也受不了她的折腾。郑妃的类型，在人群中并不少见，只是现在她是一名王妃，她的所作所为都会像放大镜一样，被无限放大，言行举止，都在世人史官的目光下，稍微不慎，便会让自己陷入万劫不复之地，永世不得翻身。

何小雅见过疯狂的女子，也见过这些人的八字。能疯狂至此的人，要么是疯子，要么是傻子。八字中首见午午自刑，且地支子水相冲者，遇到引动命局用神子水时，极容易出事。子水流年、大运下，原命局子水被引动，首先冲午，因午之火气甚旺，遇水则激，反而变成两午刑子。而这年也多发生刑杀之事，或者心脏病发等等。而这种八字可以预见的结局是，不是被杀，就是杀人。最后反而难得善终。但具体还得观全命局格局组合，找对喜忌用神后，有时也可以水火既济，所谓不得善终，也要酌情而定。

十二地支中，首先论刑，其中尤以辰辰、午午、酉酉、亥亥刑为突出重点。辰为木墓，辰辰自刑者，如果木通根于柱中藏支，在大运流年的引动下，辰自刑的八字极容易坐牢，亦或者作为一牢之长——监狱长。酉酉自刑者，日主通根得气的情况下，此人必心狠手辣，在古代可以杀人如麻，在21世纪同样可以犯罪。亥亥自刑者，为四刑里较轻的，因水是流动的，所以即便自刑，也极容易产生变动。

郑妃如此极端的性子，命局四柱中恐和子午之冲脱不了干系，小雅无法细细推论，当务之急是摆脱郑妃疯狂的纠缠。

“恒儿，抓住她耳朵！”小雅这招够狠，抓住郑妃的耳朵，郑妃不痛得哇哇叫才怪。高恒似乎听懂了，他从两人的中间挣脱出来，迅速地滚到郑妃的身后，伸出手对准郑妃的耳珠子就扯。

果不其然，郑妃被拉扯得尖叫起来，顿时放了刀子，双手捂住自己的耳朵，从床榻上蹦下来，转过身，狠狠地瞪着狼狈不堪的两人。

小雅迅速捡起刀从床榻上蹦下来，直接对准耳朵通红的郑妃。郑妃往后退了一步，小雅逼进一步，直到郑妃跌坐在凳子上，气急败坏地看着小雅。

小雅一手摸着流着鲜血的耳边，一手拿着匕首对准郑妃的心窝，看见郑妃一副视死如归的神情，小雅不得不把刀子扔给高恒，狠道：“算你狠！恒儿，看住她！”

高恒接过刀子，把刀子对准郑妃的脸，郑妃这才吓得脸色惨白。小雅走到盛满水的金盆边，捧了些水，洗干净耳边的血迹。刺骨的疼痛顿时随着伤口蔓延而入，撕裂的痛感让小雅恨不得把郑妃暴打一顿。

“你活不过今晚的！”郑妃冷笑起来，带着几分癫狂。正在洗脸的小雅浑身一震，转过身来，说道：“你何必如此？”

“就算我没杀你，也会有人杀你！”郑妃笑得冷艳，高恒把刀子逼近她点，喝道：“安静点！”

小雅三两步来到郑妃身前，问道：“谁这么恨我，小雅倒想会会。”

郑妃冷道：“这屋子里迦南之香甚重，何小雅，我若告诉你，这香不是我点的，你信吗？”

小雅随即笑了：“信呀，娘娘杀人只需用刀，又何需用软香呢？是谁想置小雅死地，小雅很想死个明白。”

郑妃继续冷道：“早在一个月前，老夫人夜观天象，再配合三式推断出天出异象，将有玄女直入皇城。所以老夫人命王爷无论如何也要把这女子带回，就算是皇城有吃人的老虎，也要把她带回，因为这女子可以助人得天下。现在我明白了，这女子就是你！”

所谓三式，是指太乙、六壬、奇门三式，三式为最高层次的预测学，但术数有专攻，有其达者必然有不其达者。太乙精国运，以占测国家大事、自然灾异为主，但在其他日常琐事上却没有深做研究；六壬精琐事，以占测日常琐事为主，却不能取代太乙而占测国运；三式中，只有奇门则融合前两者之不及者，融汇贯通，信息广泛，可多占事物，在行军打仗上尤占优势，是古代帝王、兵家必学之术。

通三式者可通神，如能结合三式推断应用，则世间玄机无有不知，天下大事无有不晓。一言一止，皆可顺应易理，糅合生化，可到登峰造极之境。

姑且不论古代，即使是现代，精通这三式者亦少之又少。特别是太乙神数，几乎到濒危的地步，全国懂得太乙的恐怕不超过一百人。大六壬相对太乙来说，懂得的人比较多，但是还是没有奇门推广来得有力度。

而老夫人显然精通三式，甚至到出神入化的境界，小雅未曾见到老夫人，却能想象出她可怖的笑容，以及拥有世人不能及的术数，仿佛世间没有事情能逃脱她的手掌。她就像一名操控木偶线的人，让没有生命的木偶在她五指的拉动下，比着僵硬的手势，发出吱呀的机械声。

“但你也别得意得太早了，知道这个消息的，不止我们，北周国也知道了。试问，这么好的机会，北周国能轻易放弃吗？我深知宇文邕的性格，他容不得异数存在，也不相信玄女的本事，他只会毁了你！”后面的话越说越狠，小雅真想狠狠揍她几下。

“是你把消息传给宇文邕的？”小雅平静地说着，郑妃却惨然地笑了起来。

“是谁都无所谓了。这府里宇文邕的眼线多的是，又何须我说？何小雅，你等着吧，王爷根本救不了你，王爷只是个傀儡……哈哈哈……我爱他……可是我爱他……”

郑妃痛哭起来，她全然不顾自己眼前锋利的刀子，滑落在地板上趴在凳子上歇斯底里地哭着。凄美的哭声，让高恒无所适从。他转身看着小雅，疑惑道：“雅姐，怎么办？”

小雅嗓子发酸，郑妃的爱太疯狂也太可怜了。她拉过高恒，把他手里的匕首接过来，哑着嗓子说道：“我也不知道该怎么办。”

“那让她走吧。”高恒提议。

“好，听你的。”

小雅轻松地回应着，脸上的神情并不轻松。之前那神秘的老女人来者不善，恐怕还会再见。郑妃也不会就此罢休，小雅觉得这个女军师不值得当，还未在战场上施展手脚，倒先在这王府大院差点被人害死，这军师不当也罢。

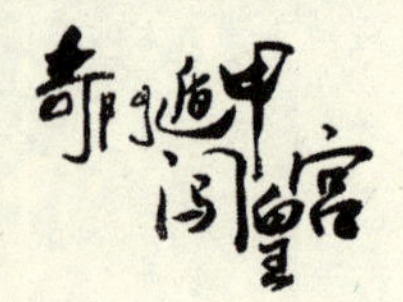

戌时。南厢房的房门被打开，郑妃从小雅的屋子里走了出来，走至假山时，小青子从假山后面闪出，跟在郑妃娘娘后面。

郑妃停住脚步，冷道：“小青子，把话传到了吗？”

小青子笑嘻嘻地说：“即便娘娘不吩咐，小的也知道该如何做。娘娘放心，这事错不了。”

郑妃又问：“王爷呢？”

小青子回答：“王爷已经就寝了。”

郑妃随即冷酷笑将起来：“那就好，你立即去调遣三百弓箭手，让他们在邙山外潜伏，只等火起之时，见人就射！”

小青子点了点头，说：“是，小的这就去办！”说罢，转身而去，夜色中的他脸色并不轻松。当晚，他用郑妃给的令牌调遣了三百名上好的弓箭手，在邙山外伏击。安顿好弓箭手后，小青子把一张小纸轴绑在鸽子上放飞。

小青子闭上眼睛，旁若无人地呢喃着：“大人，我能做的只有这点了。”

远方的天空黑暗无边，山与天的交接处似乎透出了一点火光，瞬间亮堂了整个邙山。待小青子睁开眼睛时，眼里露出的冷酷比天上的星光还冷酷，只有抿着的嘴唇向左边微微翘着，似乎在表示着某种志在必得的笃定。

与此同时，深感王府杀机的小雅在房间里手忙脚乱，她三下五除二地把衣物打包成一团，抓起那装着黄金的钱袋，打开窗户，爬上窗就想往外跳去。

高恒抓住她的脚跟，问道：“雅姐，你去哪里？”

小雅说道：“当然是逃命了。这里这么危险，先逃一阵子再说。”

高恒又说：“有王叔在，雅姐不会有事，况且你是父皇的妃子，谁敢伤害你？”

高恒这么一说，小雅才想起之前的事，这小皇子怎么会知道这些事？她看向高恒，白嫩的脸上一脸的笃定，鼻子似乎闪着皎洁的亮光。

小雅把包裹扔在窗台边，很严肃地问高恒：“谁告诉你的？”

高恒低下头，小声地说：“是国师。”

小雅这下火大了，她一把踢掉窗台的包裹，怒道：“顶他个肺啊，我就知道是他！尽不让我安生，韩长鸾，你个大花猫！”

高恒看她怒气腾腾地自言自语，又从窗台上跳下，拿起笔架上的毛笔，在桌子上气愤地写下两个大字。他凑过去，趴在桌子上，看着那几个看不懂的字问：“这是什么字？”

“禽兽。”

高恒伸出小手比了比字的笔画说道：“不像啊……”

小雅顿时气结，再看看自己的字，哪里是字，简直就是滚在一起的草绳。她随即把纸张卷起来，说道："仔细看就像了！"

"明明是墨团，怎么会是'禽兽'二字呢？"高恒看着转身去抓鸽子的小雅，更加不解地问。

小雅把纸张卷起塞入竹筒，绑在鸽子的脚上，放飞了鸽子后，才拍了拍手上的灰尘，说道："算了，你境界不到看不懂，不和你说，我要出王府几天，你在这儿好好待着。"

高恒听说她要走，小嘴顿时嘟了起来，说道："带我走……"

小雅顿时摇头，说道："不行，你身手不利索，我可是逃难去呀，你追得上我吗？"

高恒迟疑了一会儿，点了点头："我可以。"

小雅听完不禁一笑，她随即抓起他的衣领，一下子就把他提得高高的，高恒的脚在半空中扑哧了两下后，委屈地看着她。

小雅笑道："跑几步我看看。"

高恒被她提得高高的，根本跑不了，他越发委屈道："雅姐欺负我，我这样怎么跑啊？"

小雅又偷偷地笑了，她把小高恒挂在衣架的钩子上，说道："跑不了，就得待着。我会回来看你的。听着，我们必须分开了，跟着我你会有危险。"

说罢，小雅转身便走。高恒看着转身离去的小雅，顿时大哭起来。

高恒哭道："雅姐，不要丢下我！"

他拼命地挣扎，无奈小个子的他根本无法从衣架上蹦下来，只得看着小雅爬窗，跳窗。

"雅姐，你去哪里？"

窗外传来一声清脆而又响亮的回答："废话，当然是邙山。"

回答完后，小雅口念奇门天遁，一阵绿光闪过，黑暗中的白雪显出几分诡异。待光芒消失时，小雅已经不见了踪影，唯有天盾咒语在院子里徘徊不息。

"丁卯玉女护我，佑我，毋令伤我。视我者瞽，听我者反受其殃……"

第二十三章 邙 山

邙山脚下，一阵绿光闪过，穿着粉色衣裳的小雅从绿光中走出。她手掌使劲地摩擦着，头发上还沾着几片雪片。她走了几步，实在受不了邙山的寒冷，便闪到一旁的草棚下躲了起来，心里忍不住叨了一句："早知道这么冷，带个火炉来得了。"

抬头观察着周围的景色，进山的路口处一棵参天松木在夜色中极为显眼，松树上冰雪囤积，偶尔会掉下些许雪块，砸向地上，发出沉闷的声响。小雅闭上双眼，感受这清冽的天地之气，清淡中却带着苦涩味。她缓缓地睁开双眼，远处的山顶上升起一轮明月，在明月的照射下，大地之气升腾，黑色中带着灰色，岚态狰狞，从邙山处缓缓升腾而出。

小雅不由得一惊。日前，经过邙山时没有仔细望气辨味，只见邙山大势形态，龙从远处起伏而来，虽山势不高，却气脉隐藏，至邙山处，剥秀而出真，层层侧卧，结真穴于此。小雅见邙山的形势，只得在心里感叹大自然的杰作，造出如此美丽的景色，如今仔细听声辨气，发现其形在而声散味涩，形势上美，但气味皆凶，邙山龙脉恐怕已经出了事。

小雅进入兰陵不到一天，就听到不少关于老夫人的事。之前在兰陵王府见到的老女人，也有几分蹊跷，她怀疑是老女人和住在邙山从不露面的老夫人有关，小雅不告而别，就是为了进山见老夫人一面，反正到哪里都一样，还不如进邙山把事情探个明白。

正在小雅思索之时，路口处传出来细细琐碎之声，似乎还有人为忍住咳嗽而发出的艰难之声。小雅回过神来，赶忙往草棚里躲去。在草棚里摸到一火石，小雅躲在草门后面，观望着入口里边的动静。大约过了半刻钟，一只黑狗从里面蹦了出来，小雅吓了一跳，一名猎人提着几只今天打到的兔子，喜滋滋地由路口处走出。走了几步，猎人咳嗽起来，他又掂了掂肥重的兔子，笑嘻嘻地自言自语："打到兔子了，这回可有钱买药了。"

闻言，小雅一颗紧张的心渐渐地放松了，她拿着火石打火，欲生堆火来取暖。不料，她刚打一下时，一股熟悉的气味扑面而来，一个黑影从暗处窜了出来，他跳到小雅身后，准确地捂住她的嘴，小声道："不要生火，有埋伏……"

声音厚而扬，虽看不见来人，小雅也知他是谁。小雅狡黠地笑了，她低低地说了一声："高长恭。"

高长恭闻言一笑，放开小雅，转身望着草棚外的雪地。他缓缓地说道："你知道孙膑设计斩庞涓的事吗？孙膑命人在一棵树上写下：庞涓丧命于此。由于天黑，经过此地的庞涓只能点火才能看清树上的字，待火一点，孙膑的伏兵便万箭齐射，一代名将庞涓立即丧命树下，还被分了尸。你说他死得惨不惨？"

小雅来到他身边，望着闪着微弱光芒的路口，笑道："不止惨，还很倒霉呢！"

高长恭转身对着小雅，失去清明的眼睛在黑夜中闪出一点狡黠之光，高挺的鼻子，飞扬的美，把他的五官衬托得完美无瑕。他咧嘴一笑，道："如果今天我们和庞涓一样，盲目点火，导致被万箭齐射，穿心而死，你觉得可行么？"

小雅回道："一次死俩，多不划算，这当然不可行。王爷，您为什么会在这里？"

高长恭应道："这话应该是本王问你才是，你又为什么在这里？这里是本王亲自搭建的草棚，本王来看看也在情理之中。"

小雅闻言，恨得牙痒痒的。这高长恭显然在和自己打马虎眼，这破草棚何需王爷亲自搭建，她当即心下切齿道："再忽悠我，一刀捅死你！"脸上却露出狐狸一般的微笑，说道："王爷事事亲力亲为，实在是我们的典范啊！"

高长恭叹了一口气，应道："今天是老夫人进山的日子。每年这个时候，本王都会在这间草棚里守着老夫人，长恭不能亲自尽孝，只能如此。"

听得兰陵王此说，更加激起小雅对老夫人的兴趣。这老夫人到底何许人也，竟能影响兰陵王如此之深？小雅说道："自古忠孝难两全，王爷有这份心意，我想老夫人会感动的。不知道老夫人今晚是否能出来？"

高长恭苦涩地笑着："老夫人自进山后再也没出来了。我在这里守了十二年，老夫人始终不肯原谅我。"

听罢，小雅心里涌起一股酸楚。十二年，人生有几个十二年？她望着远方，有点随意地说道："人生有几个十二年？要请求一个人原谅，冲进去就可以了……有什么恩怨不可以解决？而且，里面的人是王爷的亲人啊！"

高长恭闻言一震，小雅的话正中他的心思。人生有几个十二年？而他，却花了十二年的时间在这间草棚里，从少年到中年，是何等漫长而又寂寞的过程。他用十二年的时间来逐渐完成娘亲的一个愿望，可娘亲等得了他十二年吗？

高长恭苦苦地笑着，他不在乎自己用多少年来完成娘亲的愿望。他只在乎他唯一的亲人能否好好活着。如今,娘亲渐渐老去,高长恭不得不逼自己走上不愿意走的路,即使是出卖自己。

高长恭低低地说着:“你可能无法体会,但有些人是失去后便不再有的。她是我唯一的亲人,这么多年来的坚持,全是为了她,为了她再次露出肯定的笑容!”

小雅明白他的苦处,自己又何尝不是如此?如果不是为了小明,她何须冒险来到北齐?从来破坏秩序的人都没有好下场,如果这世上真有因果报应,那么上天第一个惩罚的便是不遵守自然规律的自己。

小雅也笑着,说道:“我理解,人各有志,王爷对缘分执著,而小雅却对红尘琐事看不开,想来我们都是同一类型的人,可以为了追求而坚持到底,甚至是不择手段。”

听完小雅一说,高长恭的心情顿时好起来,他露出笑容,低声说道:“我很羡慕你,狡猾而又……”

“自由。”

这一声说得很低很低,犹如梦境中旖旎,梦幻得不真实。

小雅当即笑开,不做思考便脱口而出:“谢了,不过事实证明王爷已经很好了,无须羡慕别人。王爷一人之下万人之上,是很多人求都求不来的。”

两人又调侃了一些话语,高长恭与她谈得甚来,他甚至觉得,今夜对她所说的话,比他多年来对郑妃说的话还要多。他很想一直这样下去,可是天不遂人愿,他来这里的本意也没忘。

郑妃多妒,今晚必杀小雅。早在王府,郑妃和小雅对话时,他就躲在屋子外面,听她们对话。郑妃对小雅亮起匕首时,高长恭差点冲进去阻止她,可局面却被小雅扭转过来,郑妃由制人变成被制,高长恭这才松了一口气,可郑妃接下来的话语让他胆颤心惊。

郑妃说欲杀小雅的人不止她,还有北周的宇文邕。高长恭这才深感恐惧,他与宇文邕交过手,宇文邕为人果断,他若要完成一件事,定要完成才肯罢休。如果他真要杀小雅,那么一定会潜伏在兰陵,伺机而动。高长恭深知小雅的性子,如果小雅躲避杀手而离开王府,第一个要去的地方必定是邙山,她对老夫人的兴趣尤重。

高长恭立即连夜驰马赶往邙山,希望可以在小雅进山前截住她。没料到,在路上他截住了一只送信的鸽子,摊开纸轴,上面写了几句话:邙山松树,见火而动,万箭齐发,不饶来人。仔细分辨这字迹,显然是王府里小青子的字迹,高长恭这才慌起来。

小青子是郑妃身边的人,此次的刺杀行动虽不敢和宇文邕扯上关系,但绝对和郑妃脱不了干系。他对郑妃百依百顺,郑妃却肆无忌惮,仗着老夫人撑腰,为所欲为。高长恭恨不得把安插在自己身边的棋子送还。

高长恭拿着纸条,递给身后的护卫,严厉地命令道:“去把小青子抓起来!”

护卫接过纸条立即策马反身而去，高长恭则往邙山赶去。

当他赶到邙山草棚处时，三百弓箭手已经埋伏在路边，高长恭只得往草棚里边躲去，静观其变。不一会儿，绿光出现，小雅从绿光里走出，埋伏在路边的伏兵蠢蠢欲动，但没有见火光，不敢轻易妄动，小雅也险险地躲过一劫。

屋外一阵寒风吹过，雪片被卷起，一阵翻滚，漫天飞舞。一名刚要进山的老者捡了一堆干柴，拿起火石准备生火取暖，小雅见事，大呼不妙，如果老者点燃树枝，恐怕会被万箭齐发射死。

"有一位老人……"

她当即要冲出去阻止他，却被一旁的高长恭拦住腰，小雅挣扎了几下，高长恭说道："别冲动，是诱饵。"

小雅这才惊醒，自己确实不经思考便欲冲出去，从来兵不厌诈，那名老者看似路人，可谁知他到底是谁呢？

"你说得有道理。"

"他的步伐矫健有力，老人是无法如此矫健的。"

"王爷和小明一样，精于听声辨人，太有才了，我太喜欢你们了！"小雅激动地蹦起来，在他的脸上亲了一口。

高长恭没料到小雅的举动，他错愕地站在那里，差点忘记了思考。脸颊上温热的触感余温尚存，和着果香的气息似乎还弥漫在鼻尖处，一点一点地渗入肌肤，直至消失殆尽。

高长恭忽然俯身，捧起小雅的脑袋，对准她的红唇毫不犹豫地吻了下去。面对突如其来的炙热，小雅愣了一秒，才反应过来，她连忙推开他，紧张地喘息。高长恭这招让她始料未及，在那一秒钟，她甚至不知道该拒绝还是接受。

"长恭……我只是把你当做小明……"小雅声音有点颤抖，她从没想过酷似小明的兰陵王会吻自己，而自己却差点沉沦。

高长恭闻言黯然，涌起一股无言的酸楚，从心脏开始到全身的骨髓，如针似刺，剧痛难止。他才不管什么小明，他连小明都没见过，却有人把自己当成了他，这算什么事？

高长恭一步一步走近小雅，小雅退后几步，直到背部顶在柱子上，无路可退。高长恭只是轻轻地揽住小雅，深情地望着怀里的人，吐着厚重的语气，呢喃道："我不是你弟弟。"

说罢，当真亲吻下去，小雅一阵颤抖，娇小的她被高长恭的双臂紧紧地困住。她的反抗更加激起他的索求和掠夺。高长恭吻得欲罢不能，怀里、嘴里的温度显得那么真实，只有这一刻，她是属于他的。

高长恭加深这个吻，小雅有些喘不过气来，她在他怀中颤抖、挣扎，高长恭的心里顿时又痛了起来，小雅不会拒绝皇帝的亲吻，却一直在拒绝自己，他真的那么可怕吗？还是她……喜欢那皇帝？

思及此，高长恭心里顿时怨恨起来，如果她喜欢皇帝，又为何跟自己来到兰陵？如果不喜欢皇帝，又为何不拒绝他？高长恭越想越不平，他双手捧住小雅的后脑勺，歇斯底里地啃咬着她的嘴唇，带着几分惩罚和疯狂。

小雅的舌头与他交缠得发痛，兰陵王禁锢着她，再反抗也是徒劳，反而会激起他的怒气。她干脆放松了身心，双手抱住兰陵王的腰身，踮起脚尖，与他的口舌纠缠起来。感受到她的变化，高长恭渐渐地放松了身心，从粗鲁的啃咬变成缠绵的深吻。

许久之后，高长恭不再亲吻她，只是抬起她的头，静静地看着有些失魂落魄的小雅。小雅的眼神渐渐迷茫起来，她恍惚地看着兰陵王，皎洁的月光从屋外射进，在他的头上形成一层神圣的光辉。在这一刻，师亦宣的脸逐渐取代了他的脸，黑夜中的师亦宣露出迷人的微笑，温柔地看着自己。

小雅伸手抚摸着他的脸颊，露出了自信而又痛苦的表情，恍惚道："亦宣，不要离开我。"紧接着，师亦宣的脸变成了高纬的脸，邪魅的少年露出残酷而又宠溺的笑容，小雅顿时惊醒："高纬！"

眼神渐渐清亮起来，一张绝美的容颜出现在她的眼前。兰陵王平静地看着自己，漆黑的眸子深不可测，他的嘴角浮起一抹冷笑，毫无感情地念着两个字："高纬。"

小雅连忙推开他，打了个寒颤，高长恭往后退了几步，一个踉跄差点摔倒，她眼疾手快地跨过去扶住他摇摇欲坠的身子，高长恭竟低低地笑了起来。

高长恭没有看着小雅，只是反问："你真的爱他？"

见小雅沉默不语，高长恭继续问道："我们真的不可能吗？"

"或许。"小雅这次回答得很干脆。在这个时空，她和谁都不可能。她只是过客，迟早要离开这里。

高长恭身子突然僵住，一会儿之后才站直了身子，淡淡地应道："好，本王知道了。"

这一句话说得决然，小雅的心渐渐闷将起来。从小开始，她就知道自己背的包袱不轻，所以她努力地让自己成长，告诉自己不要退缩，即使在自己差点死去时，她也没有流泪。而此时兰陵王的一句话，却让她难过得想哭。

正在这时，高长恭的声音再次响起："那人过来了，我们必须离开这里。"

第二十四章　草　人

老者向着草屋走来，高长恭和小雅躲在一旁，心中计策暗定，小雅小声地自言自语："怎么办，难道真要冲出去跟他们拼了？"

高长恭立即阻止："不行，会打草惊蛇，不如等他进来，抓住他问个明白。"

小雅怒瞪了他一眼，不满道："犯不着冒险，他要是带着刀，我们谁都躲不过，我得想个法子。"小雅看着一直卧在自己手里的火石，突然眼睛一亮，说道："有了！"

小雅弯下身，捡起一块石头，扔出了草屋。石头落在草屋的一旁，老者顿了一下，立即又向草屋靠近。小雅见扔石头不行，便拿起搁在一旁的行李，从里面掏出一块金饼，牙一咬心一狠把金饼扔向外面。

厚重的金属落地声传来，小雅的心脏沉了一下，那金子抛得小雅心疼着。老者见到月光下闪着微弱光芒的金饼，终于向着金饼走去，待他捡起金饼检查时，小雅抓起包袱和兰陵王从草棚的另一侧偷偷溜走了。

老者欣喜又紧张地把金饼往怀里揣去，正欲向草屋走去时，只见草屋里面开始冒起烟雾。老者不明白怎么回事，他疾步走近，一股浓烟突然窜了出来，老者捂住鼻子往后退了几步。暗伏在远处的小雅口念掌心雷决，配合指法要诀，引天地雷霆之气，合天地造化枢机，对准草屋直接使用掌心雷，雷法放出后，草屋立即冒起火星。

由于草屋干燥，一下子便着起火来。当火星燃起之时，只见数不清的流箭一齐射出，皆射向草屋，不一会儿工夫，草屋上密密麻麻插着箭矢。小雅不由得胆颤心惊，如果自己还在草屋里，恐怕早已被射成了难看的刺猬。

小雅手捂住胸口，她松了口气道："好险，差点变成刺猬！"

高长恭也说道："走吧，一会儿被他们发现了。"

小雅显得有些疲惫，她一整天都没有休息，且连续使用了两次法术，体力几乎透支，她也想早点离开这里，赞同地点点头："那当然，不能留在这儿被宰杀。我也不想再

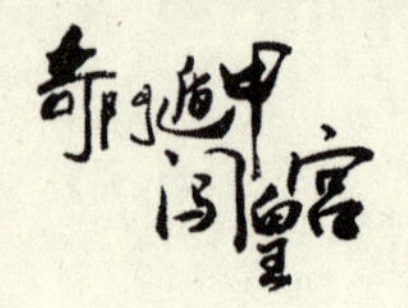

使用一次掌心雷，太伤元神了。”

说罢，两人当即从一条小道上悄悄离开了。果然，过了好一会儿，火光渐渐暗淡之时，一名士兵的惊愕喊声传来：“里面没人，人给跑了！”

“跑也得给我追回来，她要是不死，死的就是我们！”领队的长官气得直往前冲，在黑暗中带头而去。

“是！”众人纷纷抓紧弓箭跟上长官的步伐，向夜色中前进，直至三百人全部消失在黑暗中。

黑暗中传来步伐整齐的前进声音，弓箭手们整队进行搜索追杀，路过之处，卷起漫天的风雪。远处的小雅不由得抓紧兰陵王的手臂，加快脚步，往前走去。

两人快马加鞭，终于远远地甩掉了弓箭队伍。小雅气喘吁吁地倚在一旁的树干上，从包袱里拿起一颗苹果吃着，看了看自己手腕上的表盘，电池已经快用完了。如果再借助奇门局逃跑，恐怕她就再也没能力穿越时空回到现代了。

如今之计，只能走一步算一步，小雅边吃着苹果，边说道：“王爷，您的士兵呢？”

奇门表盘上突然闪出一个庚字，不等高长恭回答，小雅便叫道：“唔侯啦，有另一对兵马截脚！”小雅用类似广府白话的闽南话发音，嘴里的苹果占用太多的空间，使她吐字模糊，连她擅长的本土话都讲得不清楚。

之后，她开始在掌上起局，以便获取更多信息。当手指定在关节处时，庚字信息更加明显，她再也吃不下苹果了，只把未吃完的苹果放在一旁，细细地琢磨起来。

奇门局中占测战争，庚为主要信息，以值符所落之宫为主，六庚所落之宫为客，值符宫克六庚落宫，主胜；六庚宫克值符宫，客胜。如今，奇门局上日干加庚，为攻方主人有利，代表守方的天禽星休囚无力，且太白入荧生值符落宫，主贼兵必来。

小雅不由得打了个寒颤，刚甩掉了老虎，背后又来了只狼，实在是闹腾。

果然，远处数千把火把亮了起来，嘈杂的声音越来越近，小雅气闷得直接扑倒在雪地上，吼道：“实在受不了了，太折腾人了！”

高长恭则说道：“邙山附近并无本王的兵马，也并无山贼。如今兵马突现，似乎早有预谋，能逃过本王眼线者，想必不简单，而且来者不善！”

小雅应道：“没有山贼会是谁呢？大半夜的，让我知道谁带的队，下次一定先干掉他。”

高长恭神色严峻道：“前进如地动，嘈声如雷霆，来人不少于千名，而且训练有素。”

高长恭刚说完，小雅吓得坐直了，她瞪大了眼睛，哎呀直叫：“来头不小，无论我们是软磨还是硬顶，看来都不行了，我们还是跑吧。”

说罢，小雅当真站了起来，她吸了一口气，拉着高长恭往另一边跑去。对于上千人以上的军队，能避则避，要不然有理也说不清。特别是在北齐，人命低贱，被杀都不足为奇，死得冤枉的人数都数不清。

他们跑了一段路后，步伐渐渐地慢了。眼前出现一片漆黑的山谷，再走出十几米，便是悬崖边缘了。小雅不顾高长恭的阻止，跑到悬崖边观察着周边的情况。这里只是一块巨大的岩石，下面是经过邙山的水流，月光下波光闪闪，发出湍急回旋之声。

对面山谷上有一座石头相应而立，和这边的大石形成青龙、白虎砂，非常巧妙地锁住水口。借着月光再仔细观察这边岩石，斜而陡，边缘有些凸角，利而形似刀刃，直指向对面山头，形成极为厉害的飞刃煞。

如此之地，龙脉之真，却带三分煞气。若是没有挡去飞刃煞，则此处百姓容易发生血光之灾，甚至是被残酷的战争波及。住在邙山的百姓想安然的话，一定会在对面山头建了挡煞的石楼或者牌坊。

然而，对面并未见任何挡煞的建筑，为什么会搞成这样子，因素众多。一大部分可能是此处的飞刃形象上有气势，若要化解，相当麻烦，所以干脆不为或不尽力而为，这并不是风水师推崇之法。小雅方才在邙山入口处望气辨味，已得知邙山的环境已经有点糟糕，再结合水龙来方，以及此处的飞刃煞，让走过很多地方的小雅笃定，邙山离一场大灾难不远了。

"没路走了。"

"这里是悬崖边，他们没那么快追上来，我们可以下悬崖，顺着水流，进入邙山。"高长恭不紧不慢地说着，声音里有些战抖。进入邙山，意味着他将违背老夫人，擅自进入。十几年来，他第一次下了这样的决心，为了一名认识不久的女子。

"这么高，摔都摔死了，还不如等着被抓，起码还有一半活命的机会。"

"悬崖下面是水流，即便摔下去，也有一半的机会活着，雅姑娘莫不是不习水性？"高长恭问道，如果她不习水性，那就算了，以免白白在水里丢了性命。

"学了几次游泳，最后还是没学会，有船划还学游泳太不划算了。"实则不然，何老爷子只告诉她，她八字忌水，一生易有水灾，万不可在河边或者海边滞留，以免发生意外。确实如此，小雅学了几次游泳，都差点溺毙，尽管泳池只有半人高，在她眼里，都如大海一般恐怖。

"所以说掉入水里很不划算，不如，我们和他们谈谈？"小雅可不相信有奇迹，这么高的悬崖，太冒险了。即便摔下去不死，也得摔个残废，或者被水淹没。

高长恭微微苦笑："雅姑娘说得也有道理，其实本王只想借此进入邙山探望老夫人。"

小雅笑道："不急。"

她走到一旁的石头上坐下来，看着站在黑夜中的高长恭，继续说道："其实，还有一个办法，可以躲过他们。"

高长恭豁然应道："姑娘请说。"

小雅打了一个哈欠，眯着眼说道："我们其中一个人做诱饵去引开他们，另外一个人就可以逃跑了。但是我们谁都不能去，因为都很危险，我呢，已经跑不动了，王爷又看不见路，也是自投罗网。不过，还有一个法子很厚道。"

"何法？"

小雅眨了一下眼睛，说道："还记得明光殿炸起烟雾之时吗？王爷能得以脱身却不被发现，实则是替身的功劳，所以，我们今天可以如法炮制，做出两个替身来。"小雅说得有些狡猾，她的眼睛中闪着光芒，似乎蠢蠢欲动。

"你是说……我们的替身？"高长恭有些震惊，这荒郊野地，连鬼都难找，何况是替身了。

"对，草人替身。"小雅肯定地回答他，不禁笑了起来。

"真是新鲜，如何才能做得替身？"高长恭反问。

"将我们的生辰八字写在草人上便可，但是有一个不大人性的地方……"小雅有些迟疑，还是试探性地看着高长恭。

"这些替身草人制成后，带着我们的生辰八字。一旦落入别人手里，别人有可能利用生辰八字来祸害八字主人，所以我们必须在用完后，把生辰八字烧掉。目前的问题是，如果用替身，则容易被扣押或者被杀，写有生辰八字的符令也就很悬了。"

高长恭迟疑了一下，又问："如果不用生辰八字可以制草人吗？"

小雅愣了一下，回答："当然可以。"

高长恭点醒她："生辰八字太冒险，不如先放几个假的出去试试。"

小雅恍然大悟，拍了一下脑袋，叫道："你说得对，还是你聪明呀，那就试试。"

小雅当即从包袱里拿出一张黄纸、一支毛笔、一罐朱砂，拿出香炉，上香。随即她吩咐高长恭找了三十六根稻草，小雅把它编织成草人模样，稻草化成骨节。

编织完后，小雅找不到合适的布给小人当衣服。正在找时，高长恭从怀里抽出一张白色手帕递给小雅，这正是几天前，小雅为高长恭包扎伤口用的手帕。

小雅接过手帕，迟疑了一下后，还是把手帕绑在草人身上。之后小雅开始全神贯注地画符念咒。

"草人人未开光便是草，开光了变神通，女是三娘，男是武吉，三十六枝草化作三十六枝骨节……开你左手提钱财，开你右手提灾殃……要刑刑大山，要克克大海，要煞大树，无刑无煞就庇佑，吾奉太上老君敕，神兵急急如律令！"

画完后，笔向着外面向符点三点，放下笔，拿着符咒摇三摇，再把符咒贴至草人身上……一切步骤完成后，一阵烟雾冒起，一个和人类一模一样的草人出现在他们的面前，小雅来不及检查它，直接累得趴在石头上。

一会儿后，小雅抬起头，喝令一声："去！"

草人当真动了起来，向着他们来的方向走去，看着草人走远，小雅直接摔向一旁。今天用了三次法术，极损元神，单单那掌心雷，已经严重消耗她的内丹，接下去恐怕得休息几天才能补回来了。

高长恭见她轰然倒在一旁，迅速地靠近她，抱起她，焦急道："小雅，你没事吧？"

小雅眼睛眯了起来，眼神渐渐迷离，她迷茫地看着高长恭，仿佛陷入梦境般小声地说着："我没事，死不了，小明，背姐回家……"

说罢，淡了声息，她再也支撑不住，头一歪，直接昏睡过去。

高长恭俯下头，在她的额头上轻轻一吻，温柔而又痛苦地回道："好，这就回去……"

邺都，皇宫。

明光殿内，灯罩里的油灯发出微弱而又诡异的光芒，高纬身着白色睡衣坐在龙椅上，他一手拿着奏折一手执着毛笔，半天没批出一个字来。幽黑的眼眸透出一两点光，不知想到什么，眼睛忽然眯了起来，嘴角微微一扬，露出冷酷且邪魅的笑容。

他把奏折、御笔扣在案几上，站起来反手在背后，走向殿外。殿外月朗星稀，远山蒙罩的微弱红晕发出淡淡的光芒，在月光的照射下，更衬得夜凉如水，冰雪如华。一只鸽子停在石雕栏上，脏兮兮的身体和夜色融合在一起，不仔细分辨，很难把它分辨出来。

鸽子咕噜地叫了两声，引起高纬的注意，他皱着眉毛，走向鸽子。鸽子转着一双眼睛，但高纬伸出手抓住它时，鸽子巧妙地从他手中跳出，之后在雕栏上跳了两下随即扑哧一声飞走了。高纬晃了晃神，看着自己手上黑糊糊的墨迹，这才明白过来，这是一只被涂黑的鸽子，不均匀的墨迹在鸽子的身上张牙舞爪，显得有几分耐人寻味。

高纬的心情忽然豁然起来。看着那只鸽子飞到更高的地方，他命人拿来弹弓，用一颗小石子把鸽子打了下来。宫人把被打中的鸽子呈给高纬，高纬接过鸽子，直接把脚上的纸轴掏出来。

看了一会儿，高纬眉毛再次皱起来，这信上写着一堆乱七八糟的符号，高纬竟一个字也看不懂。他头疼地把小纸轴丢给宫人，命令道："念给朕听听。"

在一旁候命的宫人接过纸条，摊开一看，顿时也傻了眼，上面画着奇怪的符号，有些字体还交叉打结，要说多丑就有多丑。这写字的人也实在够折腾人，没事弄这些做甚，宫人的手抖了起来，表面上虽恭敬从命，在心里却暗叫惨了惨了。这字他也不认得呀，这可如何是好？

宫人冷汗直冒，战抖着双手硬是念出了一些让人头疼的句子："地而……韩……长……乱……韩长鸾……阿友……噢……克……"宫人念得快哭出来了，一旁的少帝听得心烦意躁。他抽过宫人手里的纸条后，一脚踢开他，怒道："你哭什么哭，滚下去！"

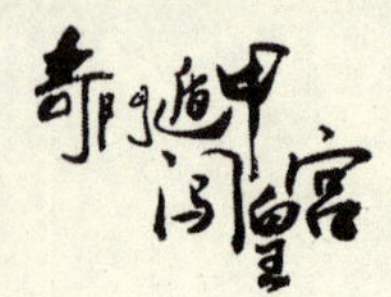

宫人连翻带滚地滚了两圈，等爬起来后满身是雪片，有些滑稽，高纬看着他的样子，火气顿起，欲走过去直接废了他，却见宫人赶紧跪在地上哭求道：“禀陛下，这些字小的看不明白，心里也没个底，但小的曾见过国师写过这种符号，所以小的猜测这是国师用的密字……”

宫人一说，高纬再次仔细看着纸条，上面的字迹绝不是国师的字迹。且国师曾经写过符咒，也不见得有这么怪的字迹。这会是谁写的呢？高纬的脑海里忽然出现一个人的笑脸，她狡猾地看着自己，鼻子上的一点嫣红灿烂了天际。

高纬忽然笑了开来，这纸条上的字笔力不稳，显然写得有些急凑，上面似乎还有墨迹滴下，在纸条上散开。这些字迹显然是不擅长书法的人写的，试问天下会有几人把字写得如此惨烈呢？

高纬心里明白，心情也轻松了许多，他不禁多说了两句：“你觉得这是什么密字？”

宫人见皇帝似乎不追究自己的责任，立即扯开嗓子，把知道的一股脑儿说出来：“小的觉得这是一种祈福密字。国师为国操劳，小的曾经见过国师把符令写在纸上，绑在鱼儿身上，把鱼放走祈福……”

高纬笑道：“你是说国师把符令写在鸽子身上放飞祈福？为谁祈福？你们这些废物，国师会傻到让鸽子在明光殿乱撞吗？”

宫人想想也是，立即换了个语气恭敬道：“陛下说得极是，或许这是国师和上苍交流的法子。”

宫人这句话说到点子上，高纬仿佛被雷电击中一般。他猛然醒悟，这纸条上的字哪里是什么符咒密字，而是何小雅和国师之间来往的书信，韩长鸾去了兰陵之地，这鸽子飞到明光殿也在情理之中。高纬脸色顿起阴霾，他捏紧手里的纸条，重重地哼了一声。

这狗男女！

他怒道：“多嘴，给朕滚下去！”

宫人见皇帝又反复无常，立即二话不说当即从台阶上滚了下去，短短的时间内，宫人已经从台阶上爬起，在夜色中消失了踪影。正在这时，一名侍卫从台阶下紧急来到皇帝身边，手上捧着方才刚抓到的一只鸽子。

这只鸽子和之前那只鸽子一样，浑身被涂得不像样，高纬抽出鸽子脚上的纸条，摊开看了之后，拳头捏紧，恨不得立即把写信的人逮回来。

信上嚣张的字迹奇丑无比，和方才一模一样的内容让高纬看得头大又火大，他只问道：“哪里逮的？”

侍卫如实回答：“国师府。”

果然是国师府！狗男女！

高纬胸中郁结着一股发泄不出来的闷气，冷冷地道：“传朕命令，国师府年日已久，需要翻新,立即把国师府给铲平了!”

高纬的命令下得又狠又准,侍卫听得冷汗直冒。这国师府二十载不到,何故年日已久?

皇帝心思最难揣测,侍卫只得点头:“是,属下这就去办。”

侍卫行礼退下,高纬走至石栏边,一拳砸在石头上,冷道:“朕要建一座笼子送给你。何小雅,这次朕非斩了你翅膀不可!”

冯小怜站在远处一直不敢靠近,她的手里同样捧着一只鸽子。见皇帝对鸽子深恶痛绝,只得把信抽出放走鸽子,信不知道是谁写来的,在好奇心的怂恿下,她摊开了纸条,上面写了六个卷在一起的字,让她觉得此事非同小可。

信上写着:邙山有难,小雅。

冯小怜心里倏地一惊,庆幸自己没把纸条呈给皇帝,否则自己的身份不是被发现了吗?冯小怜顿时怨恨起来,恨不得立即除去小雅,这贱人走就走还写信来,不是让自己陷入绝境吗?

事实上,是冯小怜一时怨恨没有想明白,此信是送往国师府的。何小雅在王府知道他人欲置自己死地之时,早就在心里掐算,她早已算出邙山即将发生的灾难,所以在离开王府之前写信通知韩长鸾,让韩长鸾想个对策。只是小雅也没料到,韩长鸾早已在去兰陵的路上,这鸽子即便能飞往皇宫,韩长鸾也看不到这信了。如今落到冯小怜手里,又不知道会生出多少麻烦来。

冯小怜一双美丽的丹凤眼露出凶光,她把纸条扔进了刚刚解冻的莲花湖,一条金鱼立即跳上来把纸团一口吞下。满意地看着消失在水里的金鱼,冯小怜呵呵冷笑起来。

为了留在皇帝身边,她什么都可以做。没有人可以夺走她拥有的一切。

冯小怜转身便走,留在风里微弱的呢喃似乎在凌迟着大地,锋利的语气如同一把锐利的刀剑,直接刺中大地,发出让人毛骨悚然的轰然声。

“何小雅,没有人可以救你!”

第二十五章 宇 文

高长恭背着何小雅往草人相反的方向走去。邙山周围并不大，只有葱郁的树林尚可隐蔽身形，躲开在黑夜里搜寻的士兵。高长恭几乎不费吹灰之力，便把小雅带到一个暂时安全的地方。

或许连他也不明白为什么，他又回到了之前被烧毁的小草屋。看着一片黑灰的草屋残骸，高长恭不禁叹了口气。他把小雅放下来，搂抱着她，欲让她在自己怀里睡个安稳觉。正在这时，昏睡中的小雅忽然抱住他的腰身，把头往他胸口上顶着，寻找一个舒服的地方，撅了下嘴巴沉沉而睡。

熟睡的她一点戒心都没有，纯真的脸上没有任何瑕疵，没有任何表情，没有狡猾的笑容，也没有那夺人心魄的清亮眼神。她只是一名熟睡的女子，没有任何的防备能力。

高长恭担心她的大胆，却更珍惜与她相处的机会，和她在一起，不管多危险，他总感觉到平静，甚至是比平静更可怕的感觉——波澜欲起，欲罢不能的感觉。

他忍不住再次俯下头亲吻她的额头，欲罢不能的感觉让他深陷淤泥。他喜欢她什么，到现在自己都理不清。他只知道，三十年来，第一次对女人的感觉如此强烈，强烈得足以震撼天地。

他抖着手把她紧紧抱着，娇小的她双手甚至环不满自己的腰，看起来比婴儿还弱，却是他源源不断的力量。她的任何举动都足具魅力，让他痴迷不已。小人儿甚至还踢了一下脚，高长恭顿感焦躁不已，温暖的触感让他差点控制不住，毕竟自己是男儿之躯。万般无奈之下，高长恭只得咽了口水，当做什么事都没有，也眯起眼睛打起盹来。

不久后，一阵风刮过，高长恭猛然惊醒。眼前突然出现一群列队整齐的队伍，为首的华服男子腰间别着长剑，一脸笃定地看着坐在地上的一男一女。

华服男子向前走了一步，笑道："兰陵王怎么会在这儿呀？如此落魄，又是为何？"

高长恭头也不抬，便知道来人是谁，他淡淡地说了声："宇文邕，别来无恙？"

宇文邕听完哈哈一笑："传闻兰陵王已成瞎子，今日再见，才知传闻有假，王爷眼睛好着呢。"

高长恭冷笑："当年宇文邕年轻气盛，只不过几年没见，将军已经变得如此凌厉，你可知擅入邙山者死。"

宇文邕回道："那是天下人美化我罢了。王爷您知道，人出名了什么都包不住，连喜欢吃什么喝什么都被天下人知了去。"

宇文邕再走近一步，继续说道："这是谁？竟如此娇美。朕记得郑姬没这么讨人喜欢啊。"

看着无赖一般的宇文邕，高长恭终于冷喝一声："站住！"

宇文邕定住，继而说道："王爷不够意思，有这么美丽的女子也不让朕看看，我宇文邕再怎么说也是懂得怜香惜玉的。"

俊朗的脸上露出猥亵的笑容，眸子里灿烂的晶光闪露无疑，他不掩饰对兰陵王的轻蔑，更不掩饰对那名女子的好奇。他直接抽出长剑，有恃无恐地对着兰陵王说道："不让本王看看，本王可就动粗了！"

高长恭把小雅放在一旁，站了起来，冷冷地看着宇文邕："宇文邕，你当真好大的胆子，竟然闯入邙山！"

宇文邕叹气嘲讽道："王爷有所不知，有人开城门让朕的人马进来，你说朕能不进来吗？那不是辜负了那人的一番美意？"

高长恭眼睛一眯，哼了一声："是小青子。"

宇文邕摇摇头，道："朕当然不会傻到告诉你是谁。王爷，今夜，你好像有难了。"

说罢，手一挥，他背后的士兵顿时亮起弯刀，眼神充满杀气地看着兰陵王。高长恭自知今天是一场恶战，也知他有备而来，倒不想多做辩驳，只是抽出了腰间长剑，做防御状态。

"你我本是敌人，何须多说？"高长恭凌厉地说着，青铜长剑在月光下发出闷响。

宇文邕却不以为然，继续说他的："王爷这派头倒有几分多年前的英姿。记得吗？邙山之战，你也是抽出了刀，然后毫不客气地往朕脸上砍来，朕都被你毁容了！"

高长恭道："大丈夫何以在乎皮相，长恭不曾后悔砍了那一剑！"

宇文邕一愣，随即点点头，道："那是自然，王爷当年戴着青铜面具甚是吓人。朕是被你吓着了，让你砍了一剑，朕可记着呢！"

"多说无益，本王知道你今日为何而来！本王只想告诉你，你什么都带不走，什么都得不到！"

宇文邕又笑："看到了吗？朕带了一千鲜卑族勇士，在气势上都胜过你了。王爷何须逞强？不瞒你说，朕今晚就是来玩的。"

说罢，当真再靠近了一步，眼神肆无忌惮地看着睡得正沉的女子："这女子真奇怪，大军压境，也能睡得这么沉。"

"宇文邕，你住嘴！"

"哈哈哈，王爷真是沉不住气，朕只是说了几句话，王爷便发如此大的火，看来这女子同王爷关系不浅……"宇文邕继而转身来到高长恭前面，继续说道：

"实话告诉王爷，朕今日来并不是来捣乱的。朕收到风声，兰陵王府里来了一名女高人，朕就想看看，到底是谁，如今朕是看到了，是这名女子吧？"

"废话少说，天下皆知宇文邕心狠手辣，今日在此对峙，也无可选择。宇文邕，举起你的剑！"

宇文邕立即退了一步，闪在一边，说道："朕有这么多兵马，何须与你亲自对峙，鲜卑的勇士们，给朕上！抓住高长恭的重重有赏！"

说罢，宇文邕身后一千勇士齐上，迅速地把兰陵王围将起来。兰陵王持剑稳住身形，对着包围上来的鲜卑勇士毫不退缩。倒是早已闪在一边看戏的宇文邕让高长恭担心不已，生怕他趁乱打起小雅的主意。

勇士们握刀齐齐围逼而上，鲜卑族人从不知退缩，抓住兰陵王就是他们的使命。尽管兰陵王身形稳如泰山，攻守有力，但在面对围上来的勇士时也深感出刀无力，毕竟人数太多。高长恭一个转身，刀子迅速画了一圈，弧度完美落下之时，前排的勇士应声倒地，雪地上顿时染满了暗红的血迹，围上的勇士被打乱了阵型。正当高长恭欲再次出击时，只见宇文邕当真向小雅迈去。

高长恭心猛地一紧，恨不得天生神力，一剑斩了这些穷极围上之兵。他欲再次蓄气出剑，却心有余而力不足，顾不得蓄足气，对着敌兵一阵迅速砍杀。宇文邕诡异地笑了一下，随即蹲下身子，把侧躺在地上的小雅翻了过来。

一张清秀的素颜，闭着眼睛抿着嘴唇的样子像对着人温暖地笑着。小巧的鼻子上一点朱砂成了整张容颜的点缀之笔，直把一张平常的素画变成大师手笔，秀丽的眉毛更衬得她眉目如画，耳边一月牙形的小伤口把她的脸构造得邪魅无比。宇文邕心中一震，嬉皮笑脸的他顿时严肃起来，他没想到她是这样一名让人心中一动的女子。在这之前，更多的情报显示她是五大三粗、长相怪癖的怪女人。

"朕没想到，原来情报也会有错，你看起来跟怪人一点都沾不上边啊！"宇文邕当即伸手就摸上她的脸，只觉触感良好，一旦上了瘾就舍不得放手。以宇文邕的性格来说，定是要多玩弄几下才会罢手。

正在这时，她的眼睛忽然睁开，定神地看着自己。宇文邕吓得把手缩了回来，竟觉心虚不已，她的眼睛像一把桃花刀，带着几分迷离，还带着几分——怒气。

"我顶你个肺，你脑子有问题吧，再吵我直接废了你！"小雅娇嗔了一句，似怨非怨地看着宇文邕，然后把眼睛再次闭上，直接倒向一旁继续呼呼大睡，刚才的话语似乎只是一种错觉。宇文邕还没回过神，只觉得脑袋好像被敲了一下，哐当一声懵了。

这世上居然有女人说要废了他，真是有意思。宇文邕回过神来，嘴角一扬，露出耐人寻味的笑容。或许这女子不一定要除去，可以为他所用，自然再好不过。宇文邕拍了拍她的脸蛋，唤道："你醒醒，朕要跟你商量件事。"

正在沉睡的小雅顿觉事情不对劲，忽然从梦中惊醒，她直起身子来，拍掉自己脸上的大手，微怒道："你是谁？"

一阵厮杀声传来，小雅刚转头，便看见一大群异族人围住高长恭。她立即从地上蹦了起来，冲着勇士喊道："Shit！那么多人欺负一个人，你们还要不要脸了？"

他们不为小雅的喊声所动，专心地对付兰陵王。小雅气得跳了一下脚，迅速窜到空旷的地方，走起罡步来。她念着一些密讳咒语，剑指地上堆积的雪丘，正在宇文邕看得疑惑的时候，雪丘忽然被一股气流卷起，逐渐旋转，最后汇聚成一条长长的剑龙，直指一千勇士阵型。

"不让我睡个好觉，我让你们三天睡不着，看谁比较狠！"

小雅大喝一声，雪龙迅速冲散了阵型，一千勇士皆被莫名其妙的风雪攻击，他们根本没有拔刀的机会，就被卷翻在地。有些反应快的勇士爬起来又被卷翻，一连几次，勇士们只得东躲西藏，哪有精力再去生擒兰陵王。

高长恭见小雅恢复了一些元气，便收起了刀，三两步跑到小雅身边，直接抱起她，说道："走了。"

小雅没反应过来，只觉得双脚悬空，重心一下子失去平衡。待他们走出一段距离后，小雅才赶紧说道："他是老大，应该抓住他，咱们就不用跑路了，能不能不跑路啊？"

高长恭放下小雅，笑着说道："雅姑娘说得有道理，是应该拿下他。"

高长恭说罢转身而去，抽出腰间的长剑，指着惊呆的宇文邕，道："没想到全军覆没吧？"

宇文邕摇了摇头道："鲜卑族勇士有的是，使朕震惊的不是朕的勇士死了多少，而是王爷你的福气。你何德何能拥有她，她简直厉害极了！"

宇文邕还沉浸在刚才的幻境中，那粉红衣裳的女子如仙女一般，乌黑的发丝在风雪中飞舞，每一个变换的姿势、步伐，甚至是手势、剑指，都是那么的飘逸、英姿飒爽。

"仙子啊！"宇文邕不知死活地强调着，眼里露出惊艳的神情。高长恭立即把剑刃压向他的脖子，微怒道："宇文邕，再说一句我杀了你！"

宇文邕不为所动，他狡诈地看着兰陵王，继续道："你不用这么害怕，这名女子我宇文邕要定了！你如果不能保护好，可别怪鲜卑族人心狠把好东西抢了。此外，我宇文邕有一个很不好的习惯，人抢不过就会想尽办法毁掉她……呵呵……"

“所以……朕要么得到她，要么杀了她，有本事你先杀了朕。”宇文邕得意地说着，高长恭眼睛眯了起来，迅速地把剑收了回来，凌厉的剑气在宇文邕的脸颊上划了一个小口子，鲜血顿时涌出。

宇文邕捂住自己的脸，有点委屈又有点孩子气道：“事隔多年，王爷又在朕脸上划了一刀，这仇该怎么报呢？身为王爷的你，怎么那么喜欢划人家的脸？”

忽然想起刚才那女子说的一句梦话，宇文邕不禁笑了出来，他手指着自己的脑袋，重复了她的那句话：“你这里有毛病吧？”

小雅听到这句话差点笑翻，这自称宇文邕的男人还真有几分好玩。史书上记载宇文邕做事果决，颇有抱负，怎么看也不像眼前这名有点流气的青年。相对于高长恭来说，宇文邕简直是一地痞流氓。

“当年若不是老夫人阻止，本王定不会饶过你！”当年兰陵王本有机会杀了宇文邕，老夫人却飞鸽传书，说此人不能杀，他才不得已放过差点成为刀下亡魂的宇文邕。

“老夫人不让朕死，朕就不能死。朕要是死了，王爷就永远没机会知道奸细是谁了！”

“跟本王谈条件，本王抹了你的脑袋！”

宇文邕摸着自己的脸颊，看着手上的鲜血，苦着脸道：“朕现在受制于你，谈不上条件，只是这个奸细颇具研究价值，还请王爷高抬贵手。”

“奸细何人？”高长恭不客气地问道。宇文邕从怀里掏出绸布，擦干净脸上的血迹后，把绸布往地上一扔，回道：“进山以后再说。”

高长恭冷道：“不可！任何人不得擅闯邙山！”

宇文邕大笑道：“邙山又不是没人进过，当年王爷就是在这脱胎换骨的。除非，王爷有什么不能启齿之事？”

高长恭冷冷打断他：“荒唐！宇文邕，这里是北齐，不是北周，岂能让你胡来？”

宇文邕继续笑着，颇具玩味道：“宇文邕不敢胡来，是有人请宇文邕来到贵地的。宇文邕怎么好拒绝，而且……”

“而且什么？”

“而且此人就在邙山之中，王爷要是不信，可以进山当面对峙。”

高长恭很自然地想到老夫人。那蹒跚的背影，鲜艳的红袍，苍白的白发，以及那脸上骇人的疤痕。

“老夫人？”高长恭不禁疑惑，倒是宇文邕笑着不语，只高深莫测地看着闻名天下的兰陵王。

高长恭见宇文邕不语，可见自己想法并无出错。这是为了什么？老夫人虽然想推翻高纬，但不至于通敌，且宇文邕心术难测，不按常理出牌，老夫人何以同他往来？今日宇文邕摆明冲着小雅而来，若是老夫人允许的话，便让人捉摸不透了。

小雅已经通过老夫人的考验，为何又引宇文邕来见小雅，还差点致自己于死地？高长恭狐疑地看着宇文邕，此人面善心狡，他的话信一分便罢。目前情况下，也只有挟持宇文邕，才能暂时躲过再次蠢蠢欲动的鲜卑族勇士。

“宇文邕，你要是敢耍花招，本王让你回不了大周之地！”

宇文邕忙客气地回道：“宇文邕自然不敢。”

眼睛却看向坐在一旁休憩的小雅，只见她两眼欲闭，还时不时地打着哈欠。宇文邕暗笑在心，一切只等进山之后再做定夺。

第二十六章　埋　伏

三人结伴向邙山前进，确切地说，是北周宇文邕被兰陵王挟持，小雅则跟在高长恭的后面，时不时地打盹。当进入邙山路口后，高长恭有些犹豫。他站在路边，望着远处微弱的亮光止步不前。

“怎么不走了？”小雅问道。高长恭叹了口气，不语。倒是一旁的宇文邕不知死活地开口：“他不认得路。”

小雅在一旁坐下，倚在树干上，说道：“也有可能。王爷，您多年不进山，生疏了也在情理之中。”

高长恭摇了摇头，回道：“我们贸然进山，老夫人会不喜……”

宇文邕随即笑道：“高长恭，你身为王爷，一点觉悟都没有。发生了这么多事，你难道不该进山看看吗？你难道一点都不想问为什么吗？”

宇文邕一番话说到高长恭的心里去了，很多事从一开始就是谜局。但老夫人不说，他也便不问。他一直坚信，老夫人不管做了什么，都情有可原。

“老夫人自有她的想法，一切不会是巧合。宇文邕，你该说奸细是谁了吧？”

宇文邕回道：“其实奸细是谁，王爷心里多少有些谱了。在邙山还有谁能请得动我宇文邕的？我宇文邕自认没有便宜的事不做，此次能来到邙山，全在她的一个承诺。”

高长恭神色黯然，果然是老夫人。这是为了什么？高长恭掩饰自己失望的神情，淡淡地问道：“能让北周国主亲自上阵，想必是不一般的承诺。”

宇文邕点点头：“那是。”事关天下苍生，宇文邕即便死也会前来。

两人心中各自打着算盘，宇文邕则手握着腰间长剑，指尖如乐律一般跳动，他神情泰然，似乎在筹谋着某件事。高长恭也是暗自思量，一双美丽的凤眼时不时地看向宇文邕。这宇文邕受制，竟还能如此嚣狂笃定，其中恐怕有诈。

小雅见两人各自揣摩，也懒得理。她只站了起来，走到宇文邕身前，伸手按住他的手，抽出他的长剑，架在他的脖子上，威胁道："宇文邕，你给点面子行不行？现在是我们挟持你，我们跟你不熟，不要搞得我们是无所不谈的朋友。"

宇文邕没料到她会说出这一番话，愣了一会儿后，才反应过来。他推开架在脖子上的长剑，笑嘻嘻道："那好，朕不说话了。"

小雅瞪了他一眼，随即把剑放下来，凑到他的胸前，伸手解下他腰间的剑鞘，把剑插入剑鞘后，小雅也笑嘻嘻地说道："这把剑先放在我这儿。你要是再敢胡说，我一剑割了你的舌头喂鸟！"

小雅狡猾地加重了口气："记住，是喂鸟！"

说罢，小雅把剑别在腰间，长长的剑身几乎盖过她的身子，只差一点，便触碰到地面。小雅得意地走向高长恭，滑稽的造型让两个男人差点大笑。高长恭实在看不下去了，待小雅走到他身边的时候，他帮小雅把剑解下来，用绳子头尾系住剑身，挂在小雅的背上。

小雅觉得背剑也行，于是欣然接受，她笑着说道："这样也行，只是太重了。"

高长恭伸手把她额边的发丝向旁边拂去，温柔道："太重的话，我可以帮你。"

小雅立即把剑揣紧，她看了看高长恭腰间的长剑，觉得自己的剑和他的很般配。没理由他带着长剑，而自己身上连把小刀都没有。小雅从高长恭身前跳开，一脸狡猾地看着高长恭，说道："那不行，我们都有剑，这样比较拉风！"

"拉风是什么意思？"高长恭显然不知道拉风为何意，但见小雅一副开心的样子，也便知足了。

"拉风就是帅呆了酷毙了！"小雅忙着解释，见高长恭还是不懂的样子，干脆作罢："通俗点说，就是我现在这样子，又帅又酷！"

"哈哈哈，朕倒是觉得有些怪异，朕从没见过女人佩剑。"宇文邕大笑起来，小雅不爽地转身，怒气腾腾地看着他："我也是第一次见过，我也想带把枪或者暗器什么的，可是你身上只有长剑比较帅。我没得选择，你下次可以考虑带点别的。"

宇文邕又是一愣，随即竟呆呆地点头："一定，如果有下次的话。"

"嘻嘻……"

小雅毫不客气地笑着，她走到高长恭的后面，推着他，说道："邙山迟早要进的。王爷，即便是看看老夫人，您也该进了。"

宇文邕表示很赞同地看着他们两人，小雅则狠狠地瞪了宇文邕一眼，让他有话先憋着。

高长恭在小雅的一番游说之下，终于动摇。事隔多年，也不知老夫人过得如何，今天无论如何也该进山看望老夫人了。到时老夫人责罪下来，由自己承担便是。

三人继续往邙山深入，一路上宇文邕几次欲说话，都被小雅狠狠地制止下来。她

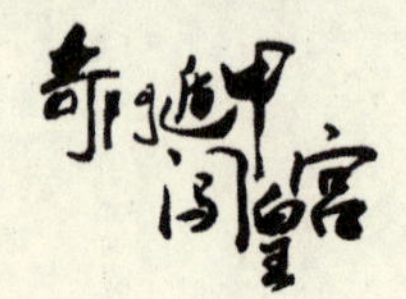

知道，一旦这家伙说话，就要和他理论一番，干脆不说。只到一处空旷的雪地时，三人才又停了下来。

雪地上密密麻麻的脚印，向着山里延伸。由于已经不下雪了，这些脚印没有被雪覆盖，显得十分清晰。高长恭顿觉不妙，这邙山不可能有这么多脚印，自己不曾派兵驻扎，会是谁在这里聚集？

高长恭狐疑地看着宇文邕，只见宇文邕一副不关他事的样子，高长恭蹲下身观察着地上的脚印。地上的脚印很大，基本都是男人的脚印，且脚印很深，只有练武之人才能踩出如此深刻厚重的印记。

小雅见高长恭蹲在地上，手上抓着一些雪，也反身来到他身边蹲下，问道："这雪怎么了？"

高长恭把掌心里的雪盖向雪地，神色严峻地说道："恐有伏兵。"

小雅一下子跳了起来，说道："多少？"

高长恭更严峻地回道："不少于三千。"

小雅这下站不住了，她在雪地上走来走去，还时不时地摩拳擦掌，她自言自语道："三千可不少，我们又不是神仙，怎么应付啊？哪路的人马，大半夜的还这么折腾！"

忽然站定，她走到宇文邕的身前，揪住他的衣领要挟道："宇文邕，有伏兵，你知不知情？"

宇文邕很无辜地看着小雅，露出苦瓜一样的表情，道："你不要这样，朕什么都不知道。"

"你这次带了多少兵马？"

"这个不能告诉你，不过朕可以告诉你，朕的大部分勇士都被姑娘撂下了。"

"那没撂下的呢？"

"不多了。"

"有没有三千？"

"没那么多。"宇文邕心惊胆战地回答小雅，生怕她又出什么花招。

"那是多少？再不说，我把你也撂下！"小雅狠狠地威胁道。

"依目前情况看，只有朕一个人还好好站着，姑娘，你不会也想把朕撂下吧？"

宇文邕暗自擦了一把冷汗，这女子的本事他是见过的。她御雪成剑的本事可不亚于北周的国师，想必也是修行过一段日子，如若自己再胡言乱语，恐怕真会被这女子一剑捅死。

"如果一定要撂下你，那就撂，哈哈哈……"

小雅的回答让宇文邕冷汗直流，这女子说话直咧咧，硬气中带着几分狡猾和可爱。宇文邕自认见过的女人不少，眼前这样的女子倒是头一回见，除去她的本事不说，即便这么一位个性鲜明、狡诈的美丽女子站在他面前，他也会怦然心动。

“如果真要摺，那请姑娘下手不要太重了。”

“宇文邕，你先闭嘴！”小雅拿宇文邕没有任何办法，只得放开他的衣领，继续想着对策。

小雅焦急地回到高长恭身边，宇文邕看着她矫健的身子渐渐走开，忽然觉得有些惆怅起来，一句话一直压在心口，始终没有说出来。

“姑娘可以叫我弥罗突。”

只可惜，小雅已经走远，这句憋在心里的话永远只能是一句不曾存在的话语。

远处的小雅又开始自言自语起来：“怎么办，烦死了，难道要摆杀人风水局吗？不行，这里条件不适合，不是三曜煞凶地，没法发挥功效，鬼才有杀人风水呢！”

所谓三煞地，是气场最凶恶带有煞气之地。风水中的三曜煞分别称为正曜、天曜和地曜。三曜齐发来是大凶之局，会使人发狂凶死，如果要利用风水局来制住三千人以上的军队，摆三曜局是最适合不过，让他们自相残杀。

可惜这风水局太多歹毒，有福德的风水师不会设这个局。没有福德的风水师更不敢轻易摆这个局，否则容易凶死。

小雅观察周围的地形，这里不算凶地，只有南面有一处极其陡峭的滑坡石体。以三元风水理气计算，她现在站的这个地方，正是煞气的投射点。这里没有任何石头挡煞，如果能把军队引到此，催发山体煞气，也能暂时制住他们一阵子。只是要满足这个条件太难，在考虑一番后，小雅决定放弃这个法子。

小雅掏出三枚铜币，在雪地上连续扔了六次后，得了鼎卦上离下巽，变卦为大过卦上兑下巽，小雅神色开始严峻起来。

上离下巽，以巽为体，离为用，体生用为本卦，主体用相生，体挂代表我们，用卦代表对方，既然是体生用，证明己方是认识对方的。且体卦巽，共字上面两巳伏存，拆分开来，正是三之数，代表小雅、高长恭、宇文邕三人。

其中巳火与离火属性相同，更能证明在三人之中有两人认识对方。小雅首先排除自己，剩下的便是高长恭和宇文邕了。能让他们认识的，会是谁的兵马呢？离先天为三，后天为九，以数字来算，已是顶数。所以对方来人三千以上无疑。

再看变卦大过卦，为上兑下巽，兑卦为金克巽卦，主金木相战难免。现为戌时，金气重极。如木被金伐，不死亦伤。唯有壬癸（亥子）水来通关，则可以转危为安。只是离亥时还有一会儿，小雅不知是否能拖到亥、子时。

如果在戌时内遇到敌军，那么受伤的必是我方。戌时一过，则情况大转，我方则受对方之生助，何须言怕？

或许会觉得不可思议，连小雅也会心怀忐忑。事实上，有些转变只在一瞬间。戌

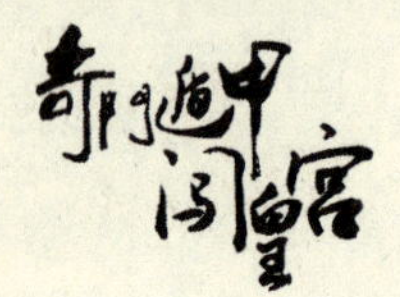

至亥交接也只是一瞬间，但可以扭转的，却是一个完全不一样的结局，这便是阴阳生化的美妙。

小雅决定后，开始宣布："我们在这儿等，戌时一过，如果伏兵还不出现，我们就没事了。如果在戌时内出现，我们也要把损失减到最少，我要在这里摆风水局。"

占得卦象结论之后，小雅最终还是考虑了杀人风水，不成功也不能成仁，人总归要好好活着，不能白白丧命。话虽如此，她还是希望不要用上这个凶恶的风水局，否则害人害己。

第二十七章　异　志

小雅从包袱里掏出几面八卦镜子，用绳子串连起来，形成一面较大的镜子，这镜子是在出王府时打点的，没想到还真派得上用场。她把镜子固定在山体的另一旁，直接射到山体，催发山体的煞气。

小雅心里还在打鼓，这办法只有一半的机会成功。如果连这个都派不上用场，到时只能看着办了。高长恭在一旁帮着小雅，只有宇文邕若有所思地看着两人。一会儿之后，月亮似乎又上升了些许，在八卦镜中正好对着中央。

小雅摆好局之后，则盯着奇门盘上的时间，到亥时还差一刻钟。表盘上每增加一秒，小雅的心脏都跟着扑通直跳。在月色茫茫之下，三人已经沉默多时，小雅在赌上天的决定，宇文邕则手握成拳头状，有点急躁地望着前方。

殊不知，八卦镜中的光正反射在宇文邕的身上，他的脸上散发出一层诡异的青气。正在注意时间流逝的小雅抬头，隐约看见有点异样的宇文邕，暗叫不好！

原来铜镜的煞气正应在宇文邕身上，他身上潜藏的躁气、杀气被催发出来，只再一会儿，他便会发狂，失去理性，见人就杀！

小雅再也顾不得数时间了，她迅速地拨掉八卦镜，并矫健地向着宇文邕跑去，希望可以及时制止。没料到，暗地里飞出一支箭矢，从小雅的耳边疾驰而过。宇文邕转过身来，双眼已经彤红，似乎失去了常性。小雅大叫不妙，她再次躲过了黑暗中射出的流箭，心里把射箭的人骂了个遍，要是让宇文邕闻到血腥的气味，发狂是难免的了，到时候没见到躲在暗处的伏兵，倒被宇文邕先干掉了。

“弥罗突，站着不要动！”小雅尝试着唤他的小名，希望可以唤醒他的意识。史书上记载宇文邕小名弥罗突，希望自己没有唤错，在关键时刻，小雅坚决相信史书一回。

见宇文邕果然有点反应，小雅一边躲过流箭，一边喊道：“弥罗突，千万不能动！”

任何动的物体都能加快气场的流通，如果宇文邕再激烈地动一下，则血液加速流

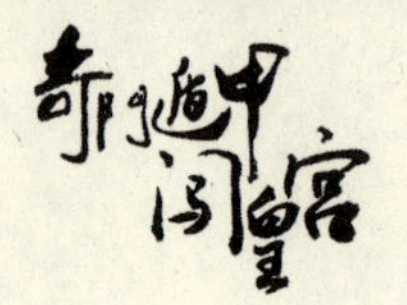

动，煞气被催发得更快，那么要制止他就难了。

小雅干脆趴在雪地上向着宇文邕匍匐而去，越来越多的箭矢从她的身子上空飞过，差一点便射中她的身子。高长恭也急了，他早已扑到小雅的身边，揽过她，往另一边滚去。在千钧一发之刻，箭从高长恭肩膀射穿，高长恭咬着牙果断地把箭矢折断，把小雅带往巨石后面。

宇文邕似乎闻到了血腥味，眼神渐渐凶狠起来。小雅顾不得高长恭身上的伤，欲冲过去，把宇文邕带往另一边，却被一只有力的手臂紧紧地揽住。

“不要过去，他已经快发狂了！”高长恭忍着肩膀上的剧痛，硬是紧紧地把小雅扣在怀里。

“我必须过去，要不然他发起狂来，第一个杀的就是我们！”小雅坚决地应着，确实如此，空旷的雪地中只有他们三人。发狂凶死，死的不仅仅是宇文邕，还有她或者是高长恭。

“我们走，还来得及！”高长恭忍着疼痛，肩膀上的鲜血越流越多。

“好……不行，宇文邕不能死！”小雅差点答应他，以她的性格自然是逃命要紧，只是现在这种情况下，自己走掉便有违风水师良心。且宇文邕发狂是由于风水局引起，小雅没理由放下他不管。

小雅突然望着高长恭，眼神坚定地问道：“你有没有骗过我？”

她的问题让高长恭神色黯然，他闷闷地回道：“有。”

听到高长恭的如实回答，小雅不禁笑了出来：“你眼睛早就看得见了，对吗？”

高长恭顿时沉默不语，只双眼怔怔地望着小雅。

“我再问你一个问题，你是不是想杀我？这些伏兵是不是你的手下？”这个问题才是重点，如果高长恭如实回答，将直接决定宇文邕的死活。

高长恭手捂着流血不止的伤口，哑着嗓子道：“小雅，要杀你何须现在，我想让你活着……”

小雅一愣，鼻子一酸，应道：“好，我会好好活着。”

说罢，她来不及帮他处理伤口，便从包袱里掏出针灸用具，再次趴下身，往宇文邕的方向爬去。

“我们如果逃跑，一定会被万箭射死。这些伏兵都不射宇文邕，明显是宇文邕的人，还不如先救下宇文邕，再做打算。这样，我们还有一半的机会，长恭，我还有很多事要问你，我们都不能就这样挂了！”

“小雅……”高长恭欲跟着爬过去，让她一个人去实在太危险了。

“你不要过来，你身上血腥味太重，宇文邕会受不了。”

小雅及时制止了他。小雅爬到宇文邕的身边，手上拿着大大小小的毫针，希望可以暂时通过针灸缓解、顺通他的气脉。

本来，少了八卦镜的直接反射，宇文邕的躁气也该渐渐平静下来。但事发突然，高长恭的血气再次激起本欲平静下来的宇文邕，小雅只好尽快化解他的戾气，否则后果不堪设想。

小雅慢慢地在他身前站了起来，露出灿烂的笑脸，宇文邕没有任何反应，凶狠的眼神竟半分未减。小雅也是头一次和欲发狂的人近距离打交道，能不能缓解他，她自己也没底。

"弥罗突……"小雅脚踩在雪丘上，并垫高了双脚，才勉强把嘴凑到宇文邕的额头，她小心翼翼地在他额头上温柔地吻着，如母亲一般地吻着自己的孩子。宇文邕大概感觉到不一样的气息，眼神渐渐柔和下来。他也学着小雅吻他的样子，在她额头上吻了几下，之后抱住她，把头搁在她的肩膀上，恍惚道："娘，孩儿想你……"

"乖……"小雅哄着他，一边伸手解开他的领子，准备在他身上施针。宇文邕继续说道："娘，他们都欺负阿弥，阿弥已经杀了宇文护了，阿弥是真正的天子了……"

小雅嗯的一声，继续解开他的衣裳。一旁的高长恭看得几欲喷血，他恨不得把宇文邕砍成肉泥。

"娘，阿弥杀了宇文护，你不开心吗？娘，你怎么哭了？"宇文邕捧着小雅的脑袋，手不停地抹着她的眼角，想擦掉她眼角的泪水。事实上，小雅并没有流泪，是宇文邕陷入自己制造的梦境里，把现在的情形当做往昔的一个重现。

"娘，原来你真的不开心……"

"我开心。"小雅硬着头皮憋出了三个字，见宇文邕十分投入，顿觉自己被感染了，开始有点闷将起来。

宇文邕突然大哭起来，他继而投入地战抖道："娘，阿弥不后悔杀了宇文护！"

"娘，你要原谅我！"

小雅把手伸入他的衣服里面，绕过背部，在他的身上摸索了一会儿后，找准了穴道，把银针刺入了他的穴位。

宇文邕感受到背部轻微的刺激，不禁又问："娘，你做什么？你要杀阿弥？"

小雅见宇文邕眼里充满怒气，立即二话不说，把嘴唇凑了上去，吻住他的嘴唇，温柔地说道："不是，娘怎么舍得杀阿弥？阿弥病了，娘替阿弥治病。"

"是吗？"宇文邕狐疑。

"娘不骗你。"

"那好，娘替阿弥治病吧，不要伤了阿弥。"此时的宇文邕弱得像一个孩子，谁也无法想象，之前的他，是一个狡猾的人。

"好。"小雅连续再刺了几个穴道，双手环抱着他的腰，两手的手指捻住银针，不停地打探穴位深浅虚实。大约过了一会儿，宇文邕似乎渐渐地清醒，他看见抱着自己的小雅，有几分震惊也有几分惊艳。

软玉温香在怀，渐渐恢复神智的宇文邕第一句话便问："你，朕和你说了什么？"迷迷糊糊中，他好像进入一个梦境，在梦里，娘亲一直不停地责怪他为什么杀了宇文护。自己百般解释，娘亲却一直在哭，宇文邕甚至感觉自己也流泪了。

小雅抬头，见宇文邕已经清醒许多，且狡猾的本性再次暴露，只得抽回银针，笑道："你什么都没说。"

小雅也是聪明人，那是宇文邕不可启齿之事，自然要替他掩饰。

宇文邕陷入沉思，片刻之后，才说道："你为什么解开朕的衣服？"

说罢，感觉自己眼角湿润，伸手欲擦，小雅眼疾手快，伸出手替他擦掉眼角的泪迹，说道："有雪片……你忘了，刚才你突然口吐白沫，好在我及时施针救了你呀！"

宇文邕实在想不起刚才发生了何事，只得看着小雅，许久之后才问道："那朕现在如何了？"

小雅随即退了一步，嘿嘿一笑："还要扎几针。"说罢，拿起针往他的肩膀上狠狠地扎下去，报刚才箭下差点丢命之仇。

"啊——"

"又不是很疼，还有几针就结束了。"

"那是几针？"宇文邕心惊胆战地看着小雅。

"不少于十针。"小雅给了他一个肯定的答复，宇文邕一听，整个人差点软了。这女子太狠了，还是少惹为妙。

"我扎死你，让你的属下放箭！"这才是小雅扎他的本质想法，她得意地眯起了丹凤眼。

听着宇文邕的惨叫声，她顿觉心情舒坦起来。宇文邕完全顾不上皇帝的尊严，只差求着小雅早点停手了。小雅下手也狠，针针刺中宇文邕的痛穴，连皮带肉地刺痛，别说是身为男子的宇文邕了，即便是九天神仙也受不了这般折腾啊。

"冤枉，你听我说，我没让他们放暗箭啊……啊……"宇文邕欲解释，小雅一心要扎死他，只得惨叫起来。

"宇文邕，你的兵马有多少人？"小雅刺了一下问道。

"三……千。"

"何时埋伏在这里的？"

"一年前。"

"什么？"高长恭和小雅同时一惊，想不到宇文邕的兵马竟然可以埋伏在邙山整整一年！

“你再说谎，我扎废你！”小雅伸手欲扎，宇文邕赶紧按住她灵动的手，说道：“朕好了，没事了，真的不用扎了！”

小雅不作罢，宇文邕只得把她拉向自己怀里，反手扣住她，解释道：“你真要扎死朕不可？朕告诉你，朕在杀宇文护之前，便在邙山埋伏了三千勇士，保护老夫人。”

宇文邕的话把小雅听得有点迷糊，这事情怎么越来越乱了。宇文邕跟老夫人到底是什么关系，为何宇文邕要派兵保护老夫人？

高长恭挣扎着站了起来，问道：“宇文邕，老夫人是本王的娘亲，何须要你保护？你派兵驻扎在这里，究竟是何居心？”

宇文邕苦笑道：“朕也不瞒你，老夫人也是朕的娘亲。”

高长恭后退了两步，不敢相信道：“你胡说！”

宇文邕伸手把小雅手中的银针抽出后，放开小雅，把事情的来龙去脉讲了一遍：“八岁前，我一直流落在北齐，是老夫人把我养大，王爷可能没有印象。只有七岁的高长恭，根本不会记得我这名一直跟在老夫人身边的稚儿。后来，父亲找到了我并把我带回了北周，我们就鲜少再见面了。”

“但弥罗突不会忘记老夫人的恩情，一直把她当娘亲看待，老夫人也一直把我当养子。所以，邙山之战时，老夫人才会让王爷不要杀了宇文邕，为的就是今天。”

“一年前，我准备兵变，取得老夫人的首肯，老夫人虽然愿意帮我，但是却不让我杀了宇文护，原来老夫人年轻时曾经爱慕过宇文护，可宇文护不得不杀，所以……”宇文邕有点说不下去，只得摇摇头。

“你还是杀了宇文护。”

高长恭冷冷地说道，这些事情，他竟一点也不知晓，原来老夫人竟瞒他至此。

“是，所以我派兵包围并潜伏在邙山，就是怕老夫人出山，抖出了这件事。”宇文邕说得有点痛苦。

一年前他杀了宇文护，掌握北周的生杀大权。身为皇帝的他，天不怕地不怕，却怕远在邙山的老夫人的一举一动。他怕娘亲伤心，更怕娘亲毁了他现在的一切。所以宇文邕不惜派兵包围邙山，看似保护，实则监视。

“你是怕你地位不保！”高长恭抽出长剑，指着宇文邕。

“是，朕做了十二年的傀儡皇帝，最后翻身了。朕不想再失去，不想天下人看朕的笑话，更不想万劫不复！”

“你这样做就对了？北周宇文邕的兵马在我邙山一年，本王竟然不知，真是天大的笑话！”高长恭自嘲地笑了起来，枉他掏心掏肺，连他最亲的娘亲都再也信不过。

“老夫人也是无可奈何，她知朕不会轻易出动伏兵，所以只能顺着朕了。王爷，老夫人全是为了你，为了你能坐在高纬那厮的位置，老夫人足足隐忍了十二年！”宇文邕

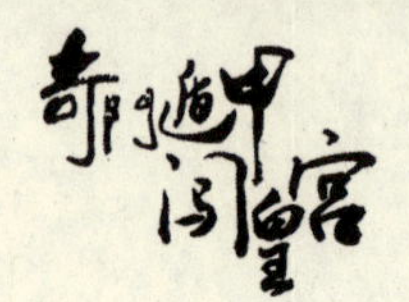

欲言又止，他闭上眼睛道："如果你我能联盟，一举端了北齐，那老夫人就不用再等了！"

"休想！本王永远不会同你结盟！"

"我们都是各取所需，我帮王爷登上皇位，也算帮老夫人完成毕生宿愿。王爷把从北齐皇宫带回来的东西给朕便是，这样很公平。"

聪明如高长恭，他知道宇文邕想要什么。

他只想要身怀本领的何小雅。高长恭明白，宇文邕要何小雅不仅仅是因为她是一名女子这么简单。小雅身怀异能，为北周出谋划策甚至不在话下。看来宇文邕的野心也不小，他的目标不仅仅是北周，可能是整个天下，与他合作拿下北齐皇城简直是与虎谋皮。

"本王不懂你在说什么。"

"老夫人说过，二者只能选一，要天下，还是要美人？"

宇文邕眼神毫不客气地盯着小雅，继续笑道："我想王爷肯定选择了天下。我跟王爷不一样，我宇文邕是好色之徒，当然选择后者了，哈哈哈……"

见小雅认真地从包袱里掏出药捻子小心翼翼地为高长恭止血，不禁想起方才梦中那个温柔的亲吻。宇文邕摸着自己的嘴唇，露出一抹邪笑。

"这也正是我再次来到邙山的目的。"

他继续邪魅地笑着说："朕在得知这个消息后，也是兴奋异常。本想杀了传说中的她以绝后患，不过朕现在改变主意了。"

第二十八章　苏　醒

“宇文邕，你还有理了！”高长恭气得伤口更加疼痛起来，这数年过去，宇文邕无赖的性格一点没变。

“宇文邕，你能不能安静！”小雅瞪了他一眼，恨不得把手上的草药扣在他头上。

聪明的小雅明白他们在说什么，从宇文邕的描述中，大概知道了一些情况。自己来到这个时空，被这个时空的易学高人当做异数出现，因此引发天地气数的改变。其中以老夫人为首，占得先机，先下手为强，让她的儿子高长恭去皇城找到自己，并带回兰陵。

可这名老夫人又怕何小雅不够本事，不能担起一朝兴衰的支点，所以在路上频频考验。小雅草草过关。之后老夫人又利用了她的干儿子，并给了她干儿子一个承诺，说如果能帮助兰陵王登上北齐皇位，便可以带走这名看似厉害的异人，并且任凭处置。

而生性狡猾的宇文邕容不得异数存在，为了除去这个异数，只能答应老夫人的要求，再次冒险来到邙山，亲眼见识这名女子的厉害，所以才会有今天的一场独特的邂逅。

事实上老夫人的做法让小雅颇为费解。她这么做无非是让高长恭更觉得窝囊，让高长恭觉得一无是处。高长恭并不像史书里写的那么英勇，至少他的性格有两个极端。虽然刚才他很英勇地救了自己，为自己挡了一箭，但那只是在千钧一发之际，高长恭被激发出来的潜能。

如果有时间让他考虑，他还会扑向自己，奋不顾身地救自己吗？

在高长恭眼里，小雅看不到他的追求。他像一具没有灵魂的木偶，在别人的操控下行尸走肉般地活着。自从进入兰陵之后，高长恭便一直处于这种状态，少了在九重宝塔时的英气以及果断。

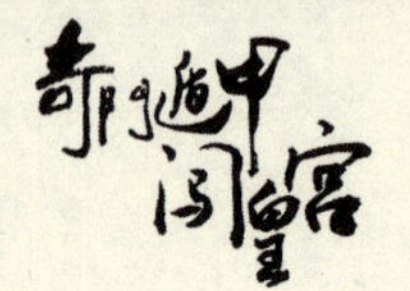

思及此，小雅见老夫人的愿望更强烈了，到底是什么样的女人，能让两个年逾三十的儿子为她付出一切，甚至不惜代价，能让闻名史册的兰陵王甘愿受之命令，且还能如此死心塌地？

“安静，哈哈，朕很多话么？话说回来，朕说了这么多之后，你还想割了朕的舌头吗？”宇文邕笑吟吟地看着小雅，小雅当即瞪了他一眼，道：“现在割没什么意思，费劲，不如你自己割掉喂鸟吧，泡酒也行呀！”

见高长恭一脸平静的表情，小雅立即转个话题安慰道：“王爷不要太难过了，老夫人和宇文邕看似欺负你，但虎毒不食子，她这么做总有她的理由。”

“是本王做得不够好，没有完成娘的心愿。”苍白的话语顿显无力。

“人活一世，顺命而行，所求不过顺畅二字罢，王爷何须自责？”小雅扶住高长恭的身子，轻轻地拥住了他。高长恭身子寒冷，他失血过多，脸色苍白如雪。小雅想这样下去不是办法，于是转过头，问宇文邕：“那些勇士听你的话吗？”

小雅指刚刚向她射箭的伏兵。

宇文邕爽快回答道：“当然。”

小雅也干脆说道：“那好，让他们过来几个人，轮流背王爷，就是脚走残了也得找到医师医治王爷，否则，只得劳烦您亲自帮忙了。”

“这是自然，兰陵王死了对谁都没好处。”宇文邕一口允诺下来。

“顺便把那名射箭的勇士叫出来，先捅他几个血窟窿为王爷报仇再说。”

宇文邕冷汗直冒，连忙比了个响亮的手势。果然，在黑夜中走出几名身强力壮的勇士，他们来到宇文邕身前，眼睛漠视前方，只等他们的主子发下命令。

“朕问你们，刚才谁射的箭？”

勇士中没人站出来，黑夜中万箭齐发，谁射的都有可能。

宇文邕庆幸地笑道：“姑娘，找不到那名射箭的人。”

小雅回道：“以后再找，先救人要紧！”

宇文邕点点头，转过身来对着勇士说：“不管谁射的都好，现在朕给你们一个任务。”

“请陛下吩咐！”勇士们齐声回答。

“很好，你们背着王爷去看巫医，听这位姑娘的吩咐，要是没伺候好，朕唯你们是问！”

勇士们顿时面面相觑，这里哪里去找巫医呀？宇文邕扬了扬语气，道：“听到没有？”

勇士们齐声说：“是！”

随即走过去背起高长恭，走了几步，也不知往哪个方向去。小雅跟在他们的后面，气得踢了他们一脚：“还有这样的，一人走一个方向，什么样的主子就有什么样的下属！”

宇文邕看着小雅的举动，仿佛被踢的是自己，顿时面红耳赤，他三两步来到小雅的身边，试探性地说道：“姑娘，老夫人对医术颇有研究，姑娘可以考虑下老夫人，如果行的话，我们现在就进山。”

小雅随口反问：“她愿意吗？”

她一时口快，全然忘记老夫人才是高长恭的娘亲，怎么有见死不救之理？果然，宇文邕一愣，说道：“姑娘真爱说笑，高长恭才是老夫人的亲儿子呀！”

“嘻嘻，你说得是呀！”小雅赞同，心里却开始打起鼓来。

之后，小雅一行人当即赶往邙山，这次路上再无伏兵，走得顺顺畅畅，偶尔宇文邕想和小雅说几句话，却被小雅用眼睛瞪回去，宇文邕只得作罢。没休息够的小雅累得直打盹，也懒得理会宇文邕。实在受不了，小雅便拦下一名勇士，让勇士背着她，她直接昏睡过去。

“到了叫我。”

迷迷糊糊，咬字不清，连她身上的长剑落在地板上也无力捡起，全身软绵绵地趴在一名勇士的背上，不客气地进入梦乡，任雷也打不醒。宇文邕捡起地上的长剑，把它挂在昏睡的人儿身上。不动声色地，宇文邕解下披风，把她转移到自己的背上，并把披风盖着她，生怕她在寒冷的夜里被冻醒。

当他们赶到邙山老夫人居住地时，已经是第二天的卯时了，再过不久，天就要亮了。

小雅在宇文邕的背上醒来，她从他背上挣脱下来，差点在地上摔了一跤，幸得宇文邕扶住。她还是有些迷糊，望着眼前平常的屋子，不禁露出疑惑的神情。

宇文邕上前去叩门，小雅则扶着几欲昏迷过去的高长恭，来到上了锁的木门前，问道：“没人吗？”

宇文邕也显出几分焦虑：“老夫人深居简出，这门怎么会上锁呢？”

小雅一手扶着高长恭，一手拿起铜锁仔细观察起来。老旧的铜锁上有着一层薄薄的灰尘，显然已经很久没人动过这把锁了。而且，一般老旧的铜锁都有个特点，如果经常锁门的话，接触人手的铜皮面积会比较光滑，而这把铜锁无一处新，显然并不常用，甚至连锁孔，也被一些杂屑堵住。

小雅放下铜锁，说道：“这里没人居住，你确定这里是老夫人住的地方？”

宇文邕点点头：“朕不会连娘亲住的地方都认错。”

高长恭捂着受伤的肩膀，微弱道：“他说的没错，这里是娘亲居住了十二年的地方。或许，娘亲进山采药了。”

“采药不用采十天半个月的吧。”小雅说出了自己的疑惑，“这显然已经无人居住，这门上的青苔，还有这铜锁上的锈迹，都不像是有人气的地方，而且这地方龙气极可能

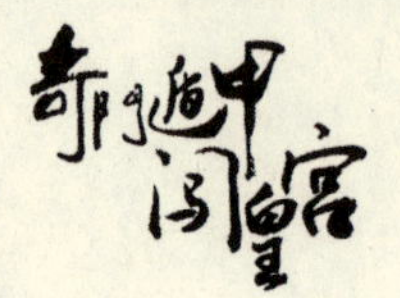

被断，不适合居住，否则人口遭殃，老夫人到别的山头居住去了也不一定。”

高长恭摇摇头：“娘亲一直住在这儿，我们再等等。”他的眉皱了起来，肩膀上火辣的痛楚让他难以忍受。

小雅催动内丹过多，已经无力再画一道普通镇痛符，来暂时压住高长恭的痛楚，只好扶着高长恭在一旁坐下，避免因运动而造成伤口再次出血。

“长恭，你的伤口不能等，我们必须找到医师！”小雅眼神坚决地看着高长恭，希望高长恭改变再次等待的想法。不料，高长恭只是摇头苦笑，淡淡地说道：“十二年都等了，再等一会儿也是等，你不用担心。”

高长恭的肩膀几乎动不了了，只怕再等一刻，肩膀就要作废。

远处山头与天交接的线条渐渐明显，这时，天开始渐渐清晰起来。众人等到酉时，未见老夫人回来。高长恭把头枕在小雅的肩膀上，神智几近昏迷。

感受到高长恭渐渐冰冷的身体，累得一塌糊涂的小雅再也坐立不住，她推醒了在一旁打盹的宇文邕，说道：“宇文邕，你有刀子吗，王爷的伤口再不处理就来不及了！”

宇文邕睁开迷糊的双眼，摇了摇头，说没有。小雅再问跟随的几个勇士们，一个勇士勇敢地献出了曾经用来割肉吃的刀子。小雅拿过刀子心想勉强可以凑合，总比没有好。

她随即命人去捡了一堆干燥的柴火来，欲点火对刀子进行消毒。在古代刀子如果不经过消毒就往病人身上捅，病人即便挨过没有麻药的手术，也挨不过病毒的感染。

古代中医，对外科手术并没有深入研究。事实上，也研究不了，中医治本，西医治标。

其一，中国不像西方国家事事讲究数据，中国注重养生，把身体用中药调好了，要开膛破肚的医治少之极少。其二，中国没有麻药，少了西方国家大胆实践、小心求证的引导方向，没有任何一名中医敢随便对病人做外科手术。

所以，在古代，因伤口感染而亡的人也不少，但这个问题一直无法解决。有些溃烂的伤口用中药或许可以治好，但有些感染的病毒别说是中医了，即便是西医也无可奈何。

没有任何一套系统是完美无缺的，包括科学、命理、五术、医学亦如此。人类对世界的了解微乎其微，犹如茫茫沙海中的一粒沙那般渺小。

小雅第一次做外科手术，手有点战抖。她除了拿刀子威胁过别人之外，让她用刀使劲捅，还是头一回。但也不能看着高长恭陷入昏迷，在这种情况下，病人容易发起高烧，如果高烧不退，那可麻烦大了。

小雅用手摸了摸高长恭的额头，他的额头已经有点发烫了。小雅叹了口气，勇士们堆砌的柴火迟迟未点燃。

“你们气死我了，生个火都不会！”小雅一双丹凤眼怒瞪着手忙脚乱的勇士，撅起的嘴巴显示着她极为不满。

小雅掐住了高长恭的人中，拍了拍他的脸，呼唤道：“长恭，高长恭，不要睡过去！”高长恭缓缓地睁开眼，无力地看了小雅一眼，苦苦一笑，眼睛一闭昏了过去。小雅再次用力掐住他的人中，高长恭迟迟未醒。

“不要睡，高长恭，你还有事情没做完，你还有话没说完对不对？你要是敢睡过去，我一刀捅死你！”

小雅呼唤得越来越急，她不想高长恭就这样逝去。

宇文邕僵硬地跟着说道：“对，你不能死，我们还要结盟呢！”

“高长恭，老夫人回来了，你醒醒！”小雅不得已说着老夫人的名字，希望陷入昏迷的高长恭能有所反应。

但高长恭仍然没有反应，直到宇文邕凑到小雅耳边说了一些话，小雅才恍然大悟。她紧紧抱住高长恭，嘴唇贴住他的耳朵，轻轻地传送着一句温柔到骨髓里的话语：“长恭，你是不是想和小雅在一起，是的话，就醒来。”

“小雅会一直陪着你，直到你死的那刻。如果你死了，小雅就永远离开这里。你醒来！你给我醒来！”渐渐激昂的话语深情顿显，小雅闭上了眼睛，说出了她憋了十几年的话。

“我想和你在一起，从第一眼见到你就想和你在一起，你说我发情也好钟情也好……亦……长恭，我想和你在一起，你不要离开小雅……”小雅的眼眶红了起来。这句话终于说出来了，可是不是对着那人说，而是对着一名酷似弟弟的男人说出。

深情的倾诉让宇文邕羡慕不已。其实，她的话何尝不是他所想，从第一眼见到她开始，他就想和她在一起。钟情也好，发情也好，总之，他迷上了她的容貌，以及狡猾深情的内心。

“小雅一岁弃命，本以为要在道门中了此一生，直到遇见了你……我害怕你的眼睛，可是又时时刻刻地想看到你！”

师亦宣，我爱你，我真的爱你。

小雅趴在高长恭的脖颈处，继续说着这些话。其实何尝不可？大家都以为是对兰陵王说的，只有小雅明白，她在对这片没有师亦宣的土地诉说爱意。

“姑娘，演戏而已，不用这般投入。”

宇文邕看不下去，他拳头捏紧，恨不得顺着折断的箭用力按下去，让高长恭一命呜呼，免得自己因嫉妒而发狂。

小雅没有理会宇文邕，只是继续一边掐着高长恭的人中，一边贴在他的耳边轻声细语，希望他可以靠意志力醒过来。

梦境中的高长恭似乎被巨大的绳索捆住，他挣扎着要摆脱绳索，却摆脱不了。直到他体力耗尽，累得眼睛再也睁不开。在一片白茫茫的雾里，传来了一声声深情的呼唤。

"长恭，想和我在一起吗？"温柔的细语，带着巨大的诱惑力。

"想，做梦都想，小雅，长恭只想珍惜你……"高长恭欲寻找声音的来源，可是巨大的绳索拖得他一步也无法移动，只得干巴巴地听着一句比一句深情的细语。

"长恭，你跟我走，我带你离开这里……"白雾中淡出一抹粉红色的容颜，她眨着美丽的眼睛，对着自己狡猾地笑着。

"雅儿……"干涩的回应。

"嗯，我在……"温柔的答语，比梦境里更虚幻也更真实。她伸出了她的手，挽住高长恭，露出灿烂而又慈爱的笑容。

"把手给我。"

坚定的话语，高长恭顿觉自行惭愧。他也曾几次扪心问自己，为她挡下一箭，是因为她能帮助他而爱上她，还是因为自己真的爱上她而甘愿为她受伤？亦或者，他迷上的不过是一具魅惑众生的容貌？

看着她的笑容越来越不真实，看着握在自己手中的手渐渐变成透明，温柔的触感也渐渐变得冰冷起来。高长恭心慌了，他眼看着她在雾气中消失，不留下只言片语，甚至连刚才的笑容也恍惚得仿佛只是一个错觉。

高长恭突然泪流满面，三十年来淤积在心里的闷气因她的突然消失而宣泄出来。他忽然挣脱了绳索，跑向她消失的方向。循着她的脚步，他在另一个地方遇见了她。

山花浪漫，笑颜绽开，粉红的衣裳在风中飞舞，一颦一笑，一举一动，都成为天地间最美的景色。

在这一刻，高长恭终于知道自己想要什么了。他只想要过自己想要的生活而已，他只想要自由。自由地和她在一起，自由地在天地间化蝶，与天地合成一体。

"小雅，我知道自己想要什么了。"

不是江山，不是皇位，而是自由。

高长恭呢喃着醒来，耳边温热的触感一如梦境中的余温，温柔的细语比梦境中更真实百倍。高长恭知道她一直陪伴着自己，顾不上肩膀的疼痛，侧身把有些忘神的小雅揽入怀里。

高长恭吻了一下她的额头，温柔道："让你担心了。"

小雅见高长恭醒来，当然开心，她回道："不止我担心，宇文邕，还有这些勇士们都很担心你。"

宇文邕尴尬地应了声："对。"

然后转身背对着他们不再言语，他实在不愿意再见这对男女亲昵，否则真怕自己会滥用职权，命令这几个勇士把高长恭再次拿下。

小雅开始为高长恭拔出箭头，那些勇士仍未把火升起来。小雅只得从包袱里掏出一些不同颜色的符纸来。小雅把两道用蟠布写的三清符从里面掏出来后，把其他的符扔给勇士们，说道："这些符可以当纸生火，这次火星再不起一点，你们就把自己点了。"

第二十九章　符　咒

勇士们拿到符咒，自然赶紧生火。所幸符咒并未被湿气侵袭，在几个男人的配合下，树枝渐渐燃烧起来，小雅几人闻到了浓烟的味道，被呛得眼泪直流。

宇文邕自然离火堆远点，小雅站起来向其中一名勇士借了一袋酒，打开酒塞子，抿了一大口，喷向没有火势的树枝堆。

火势一下子猛烈起来，呼呼作响，偶尔有树枝被烧断的剥裂声。小雅满意地把酒袋还给勇士，把小刀用一块布垫着，烤了起来。

"火好大呀，宇文邕，你可以考虑去抓只兔子来，要又肥又大的那种，不要瘦的，啃骨头没意思。"

小雅肚子空空，特别是忙了一天，除了睡个美觉之外，还要好好地补一顿，这时候能吃多少就吃多少，噎死了也得把损失的体力补回来。接下去是吉是凶变数极大，谁也不敢保证他们不会再遇上倒霉事，所以，为了以防万一，首先要补充体力，才好和敌人周旋。

"朕也这么想，可是在这里生堆火总归不好，还要烤肉，那还了得？"

宇文邕欲言又止，在老夫人居住的府邸正门前，燃起烟火，总归不好。

小雅把刀烤得黑糊糊的，用干净的手帕迅速把黑灰擦掉，说道："不烤肉烤鱼也行，反正得弄个吃的来，谁晓得接下去还能不能吃上一顿好的呀！人生，很容易满格，变数太大！"她走到高长恭身边，笑道："王爷您忍忍，把箭搞出来就没事了。"

高长恭虚弱地笑着："劳烦姑娘了。"

高长恭显得有些无奈，看她手抖的样子，就知道她根本没做过这些事。

宇文邕果然派人去周围寻找食物，小雅则屈腿跪坐在地上，用手臂擦了一下额角的冷汗，才把刀子慢慢向高长恭的伤口靠近。在伤口上空一小段距离，刀子便不敢继续向前。

小雅忽然很没底地说："小雅第一次搞这个，王爷紧张吗？"

高长恭笑了："当然紧张，本王怕姑娘手一抖，给本王的肩膀多捅了一个窟窿，那很不好。"

小雅听完也放松地笑开："是，还很不划算呢！小雅也怕制造出另一个血窟窿，但总归要试试，王爷，我下刀了，不过，咱们有言在先，疼归疼，可千万不要一脚踹了小雅，日后也别记着今天这一刀啊！"

"好，你快下手！"

"那小雅不客气了。"当即果断地下刀，高长恭痛得咬紧牙关，小雅速战速决，连着挑了几刀。搞箭头跟搞子弹一个道理，深入肉里的东西要弄出来都要付出一定的代价。比如要承受无法想象的剧痛，以及大量血液流失带来的后果。

在古代没有输血这个概念，失血过多的人也无法用别人的血来补充，只能靠自己慢慢撑过来。所以小雅一度怀疑，很多在战场上失去生命的士兵不是被敌军砍杀直接致死，而是受伤后不能及时得到医治，直接失血过多而死。

高长恭的情况并不乐观，之前不拔箭，是怕箭拔出来血止不住。而箭不拔出来，也容易引发炎症，继而引发高烧不退丧命。小雅心想，干脆下手狠点，及时把箭头拔出来才是正理。

想着，小雅不看高长恭，专心地把箭头周围的肉挑开，到可以拔出时，小雅低下头，咬住箭尾，迅速用力地拔了出来。

果然，高长恭哼了一声，肩膀上顿时血流不止。由于之前流了不少血，这次流的血不再那么急速，而是慢慢地涌出，直到变浓，轻微结痂。高长恭满脸大汗，他安慰了小雅一声："手艺不错，只是下手狠了……"

然后，头一歪，直接昏死过去。

小雅急忙探了他的鼻息，虽然微弱，但缓慢有节奏，她总算放下心来。

她把刀子丢给勇士们，笑道："真是漂亮的一刀，还给你们。"

勇士们看着血淋淋的短刀面面相觑，一名有点泄气的勇士拖拖拉拉地把地上的刀捡了回去，很不情愿地插回鞘里。

小雅解下披在自己身上的披风盖在昏迷的高长恭身上，好让他暖和起来。宇文邕不满地叫了一句："那披风是我的！"

小雅立即瞪着他，凤眼里露出杀死人的眼神："你穿那么多件衣服，还要一件披风做什么？你穿衣服的品味实在太没个性了！"

宇文邕被说得够戗。他从来不觉得自己穿着怪异，反倒是她，大雪天的，只穿了一件粉色长袍，上半身套着简单的羊毛马夹，背上背着一把和她毫不相称的大长剑，显得极为怪异却又很和谐。做这身打扮的主人似乎很自信，时不时地昂头挺胸，露出迷人的笑容。

宇文邕被这种气氛感染，不想离开容易给人带来奇迹的她，所以宇文邕建议他们来到邙山。事实上，宇文邕的私心只有他自己知道，他除了想借故多和她待一会儿之外，还要一些时间说服兰陵王同自己合作。之后，他必须回到北周，调整军队，整军待发。

但倘若事情没有办好，他回到北周后，这里都不是他可以控制的。何小雅的存在也将直接给他造成威胁。所以刚才在路上时，宇文邕借故和小雅说话，只是不想有多余的时间思考是该杀了她，还是放过她。

“那朕要怎么穿着才好呢？”宇文邕反问，上扬的眉毛把他的英气展露无疑，高挺的鼻子，凌厉的眼神把他心里所想表现得淋漓尽致。

突然感觉到杀气的小雅不禁揪紧衣领道：“不要披风就好看了。都白天了，怎么还这么冷呀？”

正在这时，先前出去寻找食物的勇士回来了，在雪地的水平线上露出了他们的身影，只是表情有点异常，手上倒是一人提着两只野兔子，就是走得很不情愿。再仔细一看，只见一把桃木剑压着其中一个勇士的脖子，勇士的脖子上出现了一道淤青。

桃木剑的另一端握着一只有些粗糙的手掌，一名老妇人出现在大家的视线之中。她身上穿着暗红衣袍，脸上戴着一面让人恐惧的青铜面具，两只眼睛在孔里面没有任何表情，一头苍苍的白发垂直而下，和暗红的颜色交织成诡异的组合。

在她身后站着一名男人，身穿白衣，正是几天前在客栈见过的白衣男子。

不待小雅仔细观察，宇文邕便紧张地小跑过去，恭敬地喊了声：“娘。”

说罢，宇文邕使眼色让勇士退下，自己上前接过她的包袱，她顺势把包袱扔给宇文邕，毫无感情地说了句：“阿弥，你来了。”

“是的，阿弥来了。”宇文邕望着老夫人，不禁愣了一下，恍惚道：“娘，你又瘦了。”

老夫人挥手，阻止他说下去：“娘从没过过一天安生日子，你来了就好，娘有事交代你。”老夫人看到了昏迷在门前的高长恭，不禁又问：“阿弥伤了孝瓘？”

宇文邕立即低下头，回道：“请娘原谅，阿弥一时失手……”

老夫人淡淡地应了一声：“孝瓘技不如人，阿弥无须自责。”说罢，往高长恭方向走去，宇文邕紧紧地扶住她。

小雅看着走过来的人不禁产生疑惑，眼前的女人是老夫人无疑，只是为何这么眼熟？小雅似乎见过这双淡漠的眼睛，她的声音苍老而嘶哑，苍苍的白发，狰狞的面具，以及一身暗红衣袍让小雅觉得和她已经见过，而且就在不久之前。

想起在兰陵王府中遭遇的老女人，相形之下，无论从身形上还是声音上竟有几分相似。只是那时是晚上，只能看个大概，小雅依稀记得，那老女人脸上有着一道骇人的伤疤，而老夫人戴着面具让小雅多添了疑虑。

老夫人从小雅身旁走过，蹲下身，伸手掐住高长恭的人中，准备唤醒他。小雅眼疾手快，拦住了她的手，说道："王爷再经不起这样的折腾，请老夫人让王爷进入府中修养。"

老夫人看了小雅一眼，眼神越发冷漠起来。宇文邕赶忙悄悄地扯了扯小雅的袖子，让她少说两句。

老夫人哑着声音问道："孝瓘的劫数因你而开始，你要找的东西就在他身上，方才你为何不直接杀了他？"

老夫人字字凌厉，如刀刃剐肉。小雅不禁心中一惊，这老夫人竟知道她想要的东西就在高长恭身上，看来这老夫人有几分可怕。

小雅把震惊掩饰，转而露出狡猾的笑脸，说道："老夫人说笑了，小雅无非就是混个军师当当，赚几两银子罢了。"

老夫人冷漠一笑，不再言语，当即掏出钥匙，走到门槛前打开铜锁。小雅抿嘴微笑，她也是言尽于此，再多说下去，岂不是不打自招？两人心知肚明，各自筹谋，倒是一旁的宇文邕微笑地看着小雅，眼中露出的复杂情绪让小雅白了他一眼。

"阿弥，带孝瓘进府。"

宇文邕命人把高长恭搀扶进府，小雅也跟着入府，白衣男子跟小雅打了个招呼："我们又见面了。"黑影将军脸色有点严肃，比起在客栈之时，竟憔悴了许多。他叹了口气后坚决地进了府，没有再同小雅说第二句话。

小雅知他奔波于王府与邙山之间，所知道的事也便最多，所以，必须找个时候打探下虚实，只是眼下似乎没有机会。小雅跟在黑影将军后面，走至玄关处，宇文邕把小雅拉到一旁严肃说道："你们认识？"

"在客栈见过一面，怎么，他有什么不对？"小雅说了客栈发生的事，自然省略了敲诈他黄金的一些细节。

"这个黑影将军很可疑，跟在老夫人身边十二年，却没有人知道他真实的姓名，连朕都不知道。"

十二年前，老夫人搬离兰陵王府进邙山居住，遇到在山中隐居的黑影将军。当时他只是一名山野村夫，却拥有常人没法比拟的身手，当年老夫人第一眼见黑影时，便认定了他。据说他曾一个人从千军万马厮杀的战场中走出来，而无人能伤他分毫。在邙山大战时，他一人单枪匹马挑战八百先锋士兵，把八百敌军引向邙山河流，用计谋逼他们个个都跳了江而无人生还。

这是宇文邕亲眼所见。当时八百先锋队像着了魔似的，一个接着一个填海似的往下跳，已经没有生死的概念，似乎在他们眼前的是最美的仙境，只要跳下去，便可以驾鹤登仙、逍遥自在。

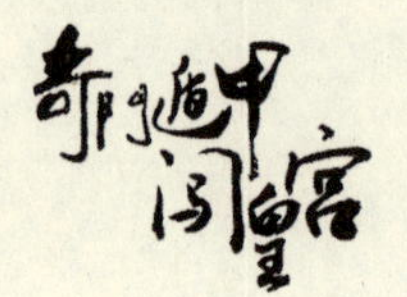

宇文邕以为他用了邪术，可是他错了。黑影将军只有一匹银枪，手上无其他法器，即便有也不可能一下子让八百人中魔。

宇文邕想请他为北周效力，在邙山河边，宇文邕说出了自己的想法，却遭到黑影将军的拒绝，黑影将军只留下了一句话："影子而已，适宜在黑暗中存活。弥罗突，我的使命是保护这里，你走吧，今天的事我不会告诉老夫人。"

说罢，黑影转身而去，宇文邕问他姓名，他没有回答。

"老夫人也不知道他的名字吗？"

"娘从没问过，黑影也从没说过。或许他是没有姓名，或许他不说也不一定，总之，黑影不要惹。"

"宇文邕，你害怕他对你造成威胁呀？"小雅狡猾说道，眼睛眨都不眨地盯着宇文邕，看他的反应。

宇文邕随即一愣，说道："他志不在北周，宇文邕怕什么？倒是你，让朕有几分后怕。"

小雅知道他说的是真的，连忙说道："道不同不相为谋，不如我们定个盟约，日后如再相见，井水不犯河水，何如？如果不行，还可以商量另一个法子。"

宇文邕摇摇头："这不靠谱，你说说另一个法子是什么。"

小雅干脆说道："另一个法子就是我去说服王爷同你合作，仇家变亲家，这是好事呀！不过，你要给一笔润费，嘻嘻……"

小雅本性暴露，宇文邕忽然大笑起来。原来她贪财，这就好办了。

宇文邕笑着问道："润费？姑娘觉得多少合适？"

小雅从袖子里抽出一个小算盘，叮叮当当地拨动起来，之后宣布："也不多，扣除之前的损失，加上我给您施针的医药费，不多，整整五千两就够了。"

宇文邕虽然震撼，却心中欢喜，这女子开价越高，便证明越有希望收买她，也就可以证明她越平凡。宇文邕显得有几分失望，这样的女子本是无可挑剔的，偏偏爱财。财虽为养生之源，但对女子来说，五千两可不是小数，她要这钱做什么？

宇文邕忽然有些豁然起来，这女子也只是一名普通女子，用五千两便可以收买她了。心中那份震荡感忽然不见，取而代之的是笃定的嚣狂。

宇文邕应承道："好，五千两，就这样说定了，不过得等事成之后才能兑银。"

小雅笑道："那是自然。"

说罢，喜滋滋地转身进府，宇文邕拉住她说道："等等，自小娘亲对高长恭就不一样。等下不管老夫人做什么，你都不要和她理论，以免惹老夫人生气。"

小雅哑然，应了声好。在人家地盘，当然听人家的。宇文邕点头微笑，随即抬脚欲进府，小雅挡在他前面，看着他手上的包袱以及桃木剑，笑着问道："老夫人可是道门中人？”

“老夫人师承于天师道，这倒没什么好疑虑的，不知姑娘师承何门？姑娘那仙剑厉害极了！”宇文邕所说的仙剑，是指小雅御雪当剑，需要极高的修为。小雅年纪不大，却能在转换身形间与天地融合在一起，启用高级法门，呼风唤雨，实乃高人之高人。

小雅抿着嘴，说：“你说得对呀！哈哈，小雅祖传法术，不学都不行。曾拜太一道人为师，不过师父有点不厚道，云游四海去了，只好弟子自己悟了。你呢，跟着老夫人一段时间，学到了什么？高长恭还亲生儿子呢，可连风水都不懂！”

宇文邕笑道：“什么都没学到，就学到了如何狠心作践人。”

一句笑语，让人冷汗直冒。不知宇文邕说这句话背后的真正用意，小雅竟感到几分寒冷和不祥。

两人又站了一会儿，实在无话可说，都进了府去。高长恭已经进入厢房歇息，老夫人也在里面为他疗伤。小雅走过去，透过门缝看着里面，见老夫人细心地为高长恭的伤口抹药，这才有几分放下心来。

宇文邕领着她去厢房歇息，小雅见到雕花大床，忍不住整个人扑上被子，把被子卷在自己身上，翻了一个身子，又要睡去。

宇文邕走至床沿，掀开被子的一角，小雅的手臂露了出来。宇文邕在她的袖摆里掏出两块条状红布，摊开一看，正是之前小雅收入袖中的三清符。

符头三点代表三清，为玉清、太清、上清三清境，分别代表元始天尊、灵宝天尊、道德天尊，为道教最高天尊。而三清符是攻击型的符咒，在画符之初，注入的灵力越高，则效果越好。宇文邕知道小雅的内丹修为，从她能御雪成剑便可以看出来，所以她所画的三清符灵力必定十分好用，威力巨大。

而且，小雅宁肯烧了其他符咒，也要把这两道三清符留下，更能证明这两道符咒的重要性。

宇文邕小时跟在老夫人身边，对于符箓也懂了不少，能画三清符之人，修为自然高了。可惜小雅催动内丹过度，除了用这两张符保身外，她也没有办法再催发任何一道法术了。宇文邕正是看中她这一点，所以在她休憩之际，拿走她的三清符，避免她在短期内做出什么无法控制的事。

准确地说，是宇文邕想控制她。他想她顺从自己，否则他真的会杀了她。不管她多爱财，她能为了财而站在自己这边，同样也能为了财毫不犹豫地杀了自己。宇文邕做事总会给自己先留一条后路，十二年的傀儡皇帝生涯让他只在乎自己，谁也不信，包括老夫人。

宇文邕站了起来，走出屋子，来到大门外，随手把手上的三清符扔进井里，之后头也不回地返回府邸，英俊的脸上没有一丝笑容，一双锐利的鹰眼炯炯有神。此时的宇

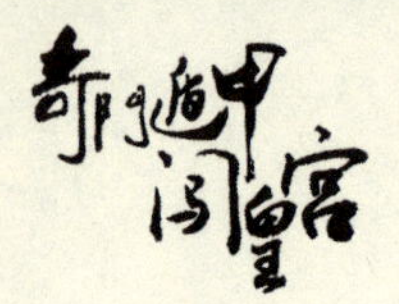

文邕和平常判若两人，严肃的表情里再也见不到半点的轻浮。

与此同时，正在呼呼大睡的小雅忽然醒来，她心中猛然一惊，摸了摸袖摆，顿时震惊起来。

三清符不见了！

三清符为至高符咒，是最高法力的载体，有攻击、镇煞、保身功用。小雅近期内无法催动内丹，全靠两道三清符保身，现在三清符不见了，小雅犹如失去护盾，防御能力极其低下。别说是看得见的实物，就是看不见的阴气她也抵挡不住呀！

小雅想起带她到厢房的宇文邕，从刚才到现在不过一会儿，能拿走她的符咒，除了宇文邕别无他人。

小雅不禁咬牙切齿暗道："下手还真快，拿了我的三清符，宇文邕，你什么意思？"

说完之后，小雅立即盘腿打坐，可是却提不起一丝力气，现在她根本没法催动半点法力，如果强硬催动，则会斩断白龙和赤龙，导致无法生育。斩白龙赤龙可以让修为更进一步，却要以绝育做代价。小雅认为不到最后一刻，不要逼自己走上斩白龙赤龙之路。

小雅立即放弃催动内丹，她定下心神来修养元神，绝不能让别人看出她此时无法保护自己，特别是对自己暗藏杀意的宇文邕。如果能在三清符被毁之前找回来，那自然再好不过。

小雅索性继续躺在被子上把前后事情理清，然而此时她已经有点底气不足。失去三清符很容易让自己陷入危险境地，特别是在这邙山之中。眼看着一场战役即将开始，如果到时自己还不能修整过来，不仅自己遭殃，恐怕整个邙山都要被掀起，兴起一番风浪，届时定会生灵涂炭，血流成河。

细想之下，小雅还是觉得没有保身符咒不行。她立即从床上爬了起来，决定去找黑影将军谈谈。

"或许他有办法弄两张符，希望他不要记得我敲过他竹杠才好。"

第三十章　先　祖

黑影将军正在院子里煎药，一身白衣装扮的他看到小雅后客气一笑。小雅自然地走过去和他客套几句，不一会儿工夫小雅便巧妙地把话题转移到符箓上去了。黑影将军也是聪明人，他虽不知小雅要符咒做甚，但却知道她此时找他定有所求。

黑影将军还记得客栈之事，他摇头笑道："姑娘做事这般爽利，身手又好，作法画符也是很简单的事。姑娘为何不自己画？反而想占他人便宜呢？"

小雅被说得心虚，她继而接过扇子，扇起火来，说："话不能这么说，小雅也只想知道是老夫人的符咒厉害呢，还是小雅的厉害。"

黑影回道："那自然是老夫人厉害。"

小雅气结，随即把扇子扔给他："有时候不一定非要把憋着的话说出来！"

黑影点点头表示赞同，见宇文邕从门外返回，他立即闭口不再言语。对于宇文邕，他没有任何好感。黑影将军把药煎好后，端着药进了屋。

小雅看见宇文邕自然也想废了他，但为了三清符，小雅勉强笑道："宇文邕。"

宇文邕心知肚明地应了声："姑娘可以叫我弥罗突。"随即笑开，一脸邪魅。小雅却拿他无可奈何，只得憋着一股气，说道："也好，弥罗突。"

宇文邕又问："方才姑娘和黑影将军谈了什么？"

小雅回道："没什么，只谈了三清符咒的画法，不知道您有没有兴趣，小雅可以告诉你。"

宇文邕当然点头，说道："说来听听。"

小雅只得硬着头皮把三清画法大致说了一遍，并表示要亲自画几张，让宇文邕帮忙，宇文邕自然知道她的用意，也很坚定地说要帮忙。两个人当即忙活了一会儿，把画符道具准备好之后，小雅还借机抓住宇文邕的手教他画符，顺便在他身上胡乱摸索，希望能找到三清符的下落。

宇文邕已经把三清符丢掉，自然毫无顾忌，任小雅一双手在他身上胡来，他反而心旷神怡，体内的躁气被她的手挑起几分。宇文邕按住她的手，一掌扣上她有点粗糙的掌心，把她推向身后的柱子，身体紧紧地贴着她。

感受着她的火热，宇文邕心荡神驰，恨不得把怀中柔软的人儿融入骨血里。他的另一只手早已丢掉符笔，捧著小雅的脸，看着她桃花一样的凤眼，慢慢地俯下头去，眼睛渐渐眯了起来。

宇文邕实在忍不住地吻了下去，刚触碰到她的鼻尖，下体忽然传来一阵剧痛。原来是早已反应过来的小雅用膝盖狠狠地顶了他一下。宇文邕双手抱着下体跳了起来，没想到她会来这一招，只得惨叫起来。

"你这招叫什么？"惨叫中的宇文邕忍不住抬头问道，见她狡诈地看着自己，顿觉更痛了。

小雅走到宇文邕身边，笑道："这招你不知道，叫女子防狼术，要不要再来一下？"

宇文邕立即往后退了几步，强调道："不用了，你离我远点，对，五步之外。"

小雅当真退了几步，爬上亭子栏杆，坐在上面，晃着脚，说道："不止五步了……"心想，要是三清符在他身上，她立即念动三清诀炸裂他。

宇文邕见她嚣张地坐在上面，不由得怨恨地说了一句："你下手可真狠！"

小雅狠狠地瞪着他，一想起被拿走的三清符，她就想抽死他。但他始终不透露一点信息，小雅只好无可奈何地恨恨道："没有你狠！"

两人就这么僵着。正在这时，传来一声吱呀声，高长恭的屋子房门打开，老夫人和跟在身后的黑影一起走了出来。宇文邕艰难地走了过去，唤了声娘，腿间还是火辣辣地痛着。

老夫人嗯了一声，随即走到小雅面前，语气平静道："你跟我来一下，我有事告诉你。"

小雅立即从栏杆上跳下来，应道："好，现在就走。"

难得老夫人主动找她，她可得好好把握机会，不管前面的路好走不好走，她都必须走下去。

宇文邕意味深长地看了她们一眼，说道："娘，阿弥先退下了。"表现得彬彬有礼，连小雅都觉得不可思议。

宇文邕当即退下，老夫人也往另一边走去，黑影跟在老夫人后面，小雅则紧跟着黑影，生怕老夫人反悔不让她跟了。走了一会儿，小雅三人来到一家大堂，神坛上供奉的正是张道陵的神像。看来宇文邕说得没错，老夫人的确是天师道传人。

但让小雅起疑心的是，如果老夫人是天师道传人，那么对风水应该是造诣颇高。可小雅从在外面开始，便觉得风水布局有几分蹊跷。此屋门外，有一条路直通，两旁边是水塘，构成了Y形，屋子正处在Y形交叉中间。从峦头上来讲，这种风水格局的屋子，容易影响屋主的健康。老夫人作为天师道传人，没理由让这两个池塘继续存在。

大形势下的风水无法抗拒，改变的只能是小风水，往往只是一线之功，便完成了所谓的吉凶。屋外池塘不改，即便屋内改置，也无法改变多少。老夫人却没有采取任何措施，受影响的只有住在这个屋子里的人，这实在让人费解。

小雅低头沉思，直到撞上停下脚步的黑影将军。黑影将军请小雅入座，之后欠身退出，把门合上，老夫人则站在神坛前若有所思。

许久之后，老夫人开口："关于姑娘的事老身早有耳闻。今日一见，果然不假，姑娘不仅才色双绝，一手风水玄术也着实令人钦佩，老身有一八字命造，可否请姑娘指点几句？"

小雅心中一惊，这老夫人玩什么把戏，自己有几分美色那是无话可说，若说才气，那简直是折煞她了。她只知道财气而不知才气，什么狗屁文章不如一锭金元宝来得漂亮。话虽如此，小雅还是恭恭敬敬地回道："老夫人请讲。"

老夫人当即拿起案几上的毛笔，在一张纸上写下一命造后，递给小雅，小雅接过来一看，有点胆战心惊。

癸亥，乙卯，丁未，丁未。

八字纯阴，母子心连。水生木，木生火，火生土，这八字流通也算顺畅，而且这八字乃纯阴之造。《滴天髓》上说，阴极而阳生，若此命造为女命，则此女有男子性格，但层次有限，乃普通的八字，不易有儿女，且有喜欢同性的可能。

若此命造为男命，则此人阴柔至极，心思缜密，喜阳刚之气。今为癸巳年，引动年柱癸水同时，地支巳同样冲动亥，巳亥冲较为严重，轻则受伤，重则丢命。此造则容易受伤的是亥中甲木，甲木为头，极有可能此造的主人在今年脑部曾受伤。

纵观全局，甲为丁之正印，正印被伤，丁火亦有被拔根之势。

小雅眯着眼端详着八字，开口说道："此造纯阴，不利婚姻，若为女命则生阳而喜阴，若为男命则阴柔至极。"

老夫人点点头，又问："此造可扶？"

小雅笑道："局中乙卯木为丁火之印，日主不弱，当然可扶。只可惜止于未土，层次有限，还不如让它顺其自然。"

老夫人转身，说道："说得对，这是孝瓘之造。"

闻言小雅大惊，这竟是高长恭之造。此造层次有限，若老夫人欲让他登上皇位，那恐怕会适得其反。小雅把纸张还给老夫人，笑道："王爷之造，自然是好，但催官催福，仍需量力而行。"

老夫人说道："老身知道，要不然也无需姑娘帮忙。你只要帮长恭登上皇位，你就

可以得到你想要的。”

小雅先是不语，然后开口：“老夫人身怀本领，也知事有定数，强求反而容易引起回禄之灾，您这样会把王爷逼向绝路。”

老夫人摇摇头，淡淡地说道：“我没时间了。今年孝瓘若没有登上皇位，便永远没有机会了。我做的一切，都是为了孝瓘，为了高家的世世代代！”

“人活一世，当顺命而行，预知命运，趋吉避凶，把吉祥发挥到最大，把灾难减到最少。一如人生，知它用它已是大境界，强迫去走不该走的路，反而痛苦一生！高长恭没有当皇帝的命，老夫人又何须强求？”

老夫人听完冷笑：“你呢？你从入道开始，便是逆命而行。道家遵奉命在自己的法旨，你从入道开始，便已经离弃了运命。你都不怕，高长恭又怕什么？”

一句话说得小雅哑口无言。的确如此，道家讲究我命在我不在天，一旦修行，实则逆天而行。但高长恭不同，他即便入了道，也仍然没有当皇帝的命。

小雅道：“老夫人说得也是，但高长恭始终是您的儿子。”

老夫人当即打断她，冷道：“没当上皇帝之前，我没有这个儿子！何小雅，只有你可以让他登上皇帝之位，你只要尽力，你可以得到你想要的！”

小雅冒着冷汗，她想要的东西多了，除了命造书之外，当然还喜欢金元宝。

“哦，是真的吗？那敢情好呀，可是小雅想要的东西倒挺多的，不知老夫人指的是什么。”

“命造书。”一句不冷不淡的回答，把小雅震得差点蹦起来。

老夫人随即拿下她的面具，露出一张白皙清秀的脸来。脸上一道骇人的伤疤格外显眼，冷漠的双眼透出几分熟悉。小雅心中一惊，不禁往后退了一步。

她便是之前在兰陵王府的老女人。

“是你。”

“我想你也猜到了。是我引你来这里的，从郑妃对你起杀机开始，一步一步引起你对邙山老夫人的兴趣。我知你有不罢休的本性，所以才大胆地布下这个局。今天，我只想告诉你，不论你用什么方式，你都得帮孝瓘登上皇位，如果你做不到，如果高长恭做不到，只好我亲自出手杀了你们！”老夫人冷笑道，眼里尽是狠绝。

“这样一来，你便永远无法得到命造书！”

小雅心中满是震惊，这老夫人竟如此疯狂，有不成功便成仁之势。若高长恭不能登上皇位，她亦会亲手杀了亲生儿子！世上竟有这样的母亲！

纵观老夫人面相，线条柔和，鼻子高挺，年轻时定是美人一名，是什么让她变得如此疯狂？脸上的伤疤又是从何而来？

“老夫人，这样逼您的儿子，您觉得开心吗？”小雅反问，指上开始用面容起卦法起卦。

面容起卦法是奇门八卦的一种起卦法，这个方法，是凭着人的脸上所显示的特征起卦。首先要起出基本卦，男性属于乾卦，以代表阳的乾为基本卦。女性属于坤卦，以代表阴的坤为基本卦。其次将脸上的每一个部份，分别为八卦的六爻，初爻在下巴，二爻在嘴巴，三爻在人中位，四爻在鼻子，五爻在眼睛，上爻在前额的部位。

以老夫人起卦，坤卦为基本卦，脸上刀疤为鼻子准头位置，所以变动四爻，起出的卦象为上巽下坤观卦。此时为巳时，子为一，丑为二，寅为三，卯为四，辰为五，巳为六，巳时为六，则六爻动为变卦。观卦六爻动，变为上坎下坤比卦。

观卦有巽卦和坤卦组成，巽卦主木，坤卦主土，巽为四，坤为二，坤巽组合为斗牛组合，彼此征伐不宁。变卦比卦为坎卦和坤卦组成，本为木克土，从巽变成坎卦，坎卦为水，被坤土来克，反而不吉。

以坤卦代表老夫人本人，其主静而不动，能把握一切外来环境，转危为安，老夫人果然不简单。

"他不是我儿子！何小雅，你既然已来到邙山，就由不得你了。即便你不愿意，你也无法脱身，你该明白，从你来到北齐开始，你就融入了这个怪圈！"

老夫人打断了小雅的沉思，她没有多余的时间让小雅思考，为了把她引来，她甚至放任宇文邕的人伤了孝瓘。世人说她不择手段、自私自利也好，她都不在乎，她只要高长恭以后得到天下，她不达目的誓不罢休。

小雅回过神来笑道："老夫人真爱开玩笑，王爷还是有几分酷似老夫人的，而且……"

老夫人冷笑："而且什么？"

小雅也直接挑明了说："老夫人有几分像我们何家的一个人。"

老夫人问："何人？"

小雅嘻嘻笑道："何可人，何家祖先，不过老夫人应该不认识。"

老夫人听完不语，只沉默了一会儿，才开口道："可曾听闻十五年前见过先帝一面的可人女风水师？"

小雅回道："听过，王爷讲过。"可人女风水师指点先帝建造九重宝塔，以挡住远山错杂的煞气。

老夫人又问："那你可知道宝塔在什么位置？"

小雅眯着眼睛，笑语："三煞位。"

老夫人也狠狠地笑起来，眯起的眼睛颇有几分似何小雅："在三煞位上建造挡煞之塔，保了大齐十二年安宁，倘若把宝塔除去呢，又会发生什么？"

闻言小雅一惊，这三煞位如果没有石头挡煞，则皇城内之人多数会发狂致死，血流成河。这种情况小雅也想到了，所以在离开皇城之前，才会提醒韩长鸾把塔身扶正，以做挡煞之用。不料今天老夫人一提，让小雅更觉惊心，仔细一想，这宝塔建造得有几分蹊跷，整座皇城依赖宝塔而存，一旦宝塔倾塌，这北齐都城也会随之毁于一旦。

想起那少帝高纬，小雅竟觉几分不忍。而韩长鸾身为国师，竟也没有吉凶的觉悟，这实在太让人难以揣摩了。

“老夫人该不会想在宝塔上动手脚吧？那可不厚道！”小雅说了一句，心思却早已飘了起来。

老夫人冷笑：“你错了，从十五年前开始，我就这么想了！”

小雅愕然，惊讶地看着老夫人，反问：“怎么说？”

老夫人看着小雅双眼，似乎要望进她的瞳孔里，她的话语直入小雅心底：“因为，在那建造宝塔是我的意思，我就是可人女风水师！”

一句话差点把小雅打入地狱，想不到老夫人竟是可人女风水师，竟是何家祖先！

第三十一章 宝 鉴

小雅颤抖着身子看着老夫人，震惊得说不出一句话来。如果她真是何家祖先，那太可怕了。或许，从《何家宝鉴》记载开始，就是一个阴谋，而自己，无可避免地卷入了这场命运的角逐中。

小雅抖着声音问道："你？"

老夫人从神坛上面拿下一个卷轴，递给小雅，说道："你打开看看。"

小雅接过，打开了卷轴，卷轴上"何家宝鉴"四个字触目惊心，瞬间击溃了小雅的精神。这确确实实是《何家宝鉴》，字迹、内容都完完全全一样。小雅这下不得不相信她是何家祖先——可人女风水师。

何小雅忍着恐惧，看完了《何家宝鉴》，分为上下卷，上卷里面记载了命造书，但内容不多。更多命造书的记载，在下卷。可惜何家传下去的宝鉴，只有上卷，下卷不翼而飞。

小雅浑身发冷，她从来不觉得什么可以让她害怕，只有眼前这个女人让她忍不住战抖。

"何家只有上卷，下卷却从来没有见过。"

老夫人打断她，说道："你错了，何家不是独脉单传。我有两个儿子，自然是一人一卷，何氏一卷，宇文氏一卷……"

听老夫人这么说，拥有宝鉴下卷的宇文氏后代极有可能是Rina。只有她知道命造书的作用，以及该如何找寻命造书，所以才会返回2008年找到何小雅寻找记载中的命造书。

小雅又问："命造书天地初开自有，老夫人利用此书做下记载，让后人斗转星移，不远千年到此，难道只是为了助长恭登上皇位吗？"

老夫人忽然沉了语气道："是命造书发出的呼唤，老身也只是记载罢了。命造书天地初开自有，同时产生的也有护书一族，传言这族人只有一个，他没有我们的身体，只是一股存在的意识形态。他们无形无色无味，依附命造书而生，一旦遇到合适的躯体，则会幻化成那人模样。只可惜，护书族人连我也没见过，我能利用的也仅仅是记载。”

老夫人叹气，让小雅觉得又害怕起来。护书族人，她第一次听过。一股能量能幻化成人类模样，那是何等的令人畏惧。

老夫人忽然从怀里掏出一张三清符，递给小雅，说道：“这道符你拿着，日后用得着，也算我对你的补偿。等孝瓘伤好点之后，你们立刻下山，不必管宇文邕，他那里我来安排。”

小雅接过三清符，疑惑地问道：“我要命造书，则王爷必死，老夫人怎么放心我同王爷一起？”

老夫人笑道：“如果你想让孝瓘死，在他中箭时，你应该趁机杀了他。但你没有，我知道，你再狠，也不过是一个女人。”

小雅哑口无言。的确如此，她有许多机会杀了高长恭，可她没有。她安慰自己，要等高长恭到命该绝时才拿取命造书，可是老夫人的一番话，让她彻底地明白过来。

命造书可以暂时不要，但高长恭不能立即死去。

突然明白了这个道理的小雅觉得，此时此刻，命造书没有高长恭重要。她无论如何，都要保住高长恭，让他走完该走的路，也算尽力而为。

她凝重地点了点头：“小雅定不负长恭。”

老夫人点头说好，随即示意小雅下去。小雅走了几步，转身又问道：“不过，小雅有一事不解，在王府时，老夫人为何要杀小雅？”

老夫人没有回答，小雅见没有答案，便转身而去。答案对她来说已经不再重要，她只知道自己，再也无法看着高长恭送命。

小雅走后不久，老夫人拿起案几上的面具缓缓地往脸上套着。在面具套上的那一刹那，一滴晶莹的泪珠滚涌而下。

“何小雅，杀你是为了挽救长恭迷失的心。现在你不用死了，因为爱情的力量同样可以毁天灭地。不久后，在这里将掀起一场浩劫，而成败在此一举。孝瓘，娘要证明你是可以称帝的，你真的可以！”

说罢，老夫人瘫坐在椅子上一言不发，默默地流泪。把儿子逼迫至此，哪个做娘的不心疼？只是为了孝瓘一生荣华，再狠也得下手。这便是她何可人的原则。

何小雅从老夫人房间里出来时，便瘫倒在地。直接面对自己祖先，而且知道这一场阴谋是她策划的时候，小雅手脚都软了。何可人，何家祖先，她并不了解命造书，却可以利用命造书，真是个让人揣摩不透，令人恐惧、头痛的人物。

黑影将军见小雅倚坐在地，便上前来扶起她，说道：“姑娘这是怎么了？”

小雅立即抓住他的手，把全身重量都交给了黑影将军后，才说道："我脚软，先生扶我一下。"

黑影将军当即扶着她说："好。"之后，便扶着小雅走向高长恭的房间，到房门时，小雅已经可以站定，小雅感谢道："谢谢先生，先生的声音很像我的一位故人。"

黑影笑道："那真是荣幸。"

小雅低下头，想起憨厚的师亦宣。黑影的声音和师亦宣的几乎一模一样，特别是在邙山之后，小雅觉得黑影变了许多。声音上也变了一些。黑影已经没有在客栈时的性格鲜明，一身白衣在此刻已经完全变味。

小雅笑道："他叫师亦宣，你不认识他，这里没有人认识他……"说罢，小雅推门进屋，去看望高长恭。黑影则愣愣地站在门口，心里一直默念着一个名字。

"师亦宣……"

仿佛受到远古的呼唤，身在现代的师亦宣忽然从梦中惊醒。他冷汗直冒，从枕头底下抽出一个木盒子，打开木盒子，里面一张折成三角形的红色三清符静静地躺着，暗红的颜色让人分辨不出这是何年所画。

他似乎想起了一些事情，一名头戴皇冠的少年在极乐台上大哭三天，他恍惚变成了游魂，钻入了那少年的身体，渐渐地，他看见了自己的双手、双脚，甚至是听到自己呼吸的声音……

三天后。

高长恭已经醒来，他在院子里逗弄着几只白鸽，白鸽在天上环绕着飞了起来，其中一只飞向了远山。高长恭看见小雅自然舒心一笑。小雅走过去，说道："王爷看来好多了。"

高长恭笑道："小伤而已，雅儿无需挂心。"

小雅脸一红，说道："大家都很担心王爷呢，不如我扶王爷出去走走？"

高长恭应道："好。"

小雅扶着高长恭出了府，宇文邕则跟在后面走，走了几步，小雅忍不住回头说道："你就别跟了。"

宇文邕摇摇头："不行，娘让我监视你们，你要是带着兰陵王下山了怎么办。"

小雅一愣，这宇文邕竟一语说中她的想法。的确如此，她确实想趁机带高长恭下山。三天来，老夫人再未去探望过高长恭，显然是决心已定。

高长恭再留在这里也没意思，还不如按照老夫人的意思，提前带他下山。可惜这宇文邕真不识抬举，她走到哪就跟到哪，简直无赖至极。

小雅怒道："你再跟着我，踢你下山喂狼！"

宇文邕反而笑了，道：“朕不怕，狼能有你厉害？”

小雅抓狂，她自认为自己已经无赖至极，没想到还有比她更猛的。小雅气得说不出一句话，只得继续搀扶着高长恭往一片平地走去。宇文邕当真不怕死，直接跟了上来。

“宇文邕！老娘废了你！”小雅忍无可忍地瞪了宇文邕一眼，他逼得小雅连粗话都出口了。然而，宇文邕却打趣起她来：“好漂亮，怒目圆瞪，比鲜卑女人还辣上几分，朕喜欢！”

“你……”

小雅气得上气不接下气，这宇文邕的脾气秉性真有几分像Rina，果然有基因遗传的可能。

正在两人怒对之时，老夫人戴着面具出现在门口，她冷淡地说道：“阿弥不得无礼，孝瓘，你该下山了。”

高长恭闻言痛心，只得遵命应道：“是，孩儿这就下山，请娘亲保重。”

说罢，跪了下去，在雪地上叩了三个头后，站起来，拉着小雅转身便走。宇文邕看得目瞪口呆，不解道：“娘，孝瓘走了，那孩儿找谁结盟啊？”

老夫人没有回答，只是转身进了屋。宇文邕看着分道扬镳的两边，随即向着小雅的方向喊道：“后会有期，我们很快会再见的！”

话罢，不等宇文邕的声音消失在山谷之中，他便转身跟着老夫人进屋，头也不回。屋外雪片飞扬，微微呼啸的寒风衬出几分静谧和诡异，井中的三清符忽然沉将下去，一道紫色光芒冲入井中。

许久之后，在屋外的雪地上忽然幻出一个人的身影，他白衣飘飘，一头黑发在风中轻轻拂动，他的手上拿着被水浸透的红布，水滴正随着他的指缝一滴一滴淌下。他的脸上一片空白，没有任何表情，甚至连眼睛都没有，从衣着装扮来看，只要认识他的人都知道，他是跟随在老夫人身边多年的——黑影将军。

下山路上，高长恭走得奇快，小雅已经在他身后落后几步。直到高长恭停下来，小雅才蹦到前面拦住他，怒道：“王爷伤口才刚结痂，不要乱动，不要走这么快，否则伤口会不听话裂开的！”

高长恭显然没有听到小雅的话，美丽的眼睛渐渐红肿起来，在眼角流下了一滴宝贵的眼泪。

“娘还在恨我，恨我不能称帝！小雅，我尽力了！我真的尽力了！”高长恭说着抱头痛哭起来，三十年的压抑，在心仪的女人面前一股脑儿宣泄出来。

小雅紧紧地抱住他，呢喃道：“我们知道你尽力了。”

“娘还在伤害自己，她在惩罚我，惩罚我没有做到，她用最狠的风水局伤害自己，娘在逼我……”

高长恭从来到邙山开始，便发现邙山龙脉异常。再到老夫人府邸时，发现府邸前的风水布局，是伤人之局，可老夫人却放任不管，显然是在伤害她自己，来惩罚不听话的儿子。

高长恭紧紧地抱住小雅，在这一刻，只有她能给他源源不断的力量。只有在她怀里，他才可以找回自己。

"王爷……"小雅试探性地抬起头，只及他胸口的她被压得喘不过气来。

"雅儿，叫我孝瓘。"

"孝瓘。"

高长恭捧著她的头，深情地看着她，问道："你会帮我的，对吗？"

小雅茫然地点点头，她既然选择带他走，就表示愿意同他生死与共。只是小雅没这么大的魄力，她的帮忙也是点到为止。

"对，小雅不曾忘了答应过王爷的事。"

"那好。无论我做了什么，都不要恨我。"高长恭说着低下头，狠狠地吻上她的唇，不同以往的温柔，高长恭的掠夺有些疯狂，几番索吻下来，小雅已是说不出一番话来。今天的高长恭太反常了，反常得有点让人害怕。

"孝瓘，你，你放开我！"小雅挣脱他，又怕太用力导致他的伤口裂开，只好半推半就，与高长恭纠缠一番，许久之后，高长恭才放开她，深情地说道："小雅，记住这个吻，记住我！"

小雅尴尬地转向一边，事情变成这样，她根本不想。她和高长恭从来都不可能，她和这个朝代的任何人都不可能，包括那年少的帝王。

"孝瓘，我们下山吧。"小雅反身回来，扶住高长恭，淡淡地说道。

"呵呵……"高长恭一阵失望，她永远都不会喜欢自己，即便是自己要将她推出去的时候，她连恨自己都不会。

远处出口隐约可见，高长恭心痛不已，或许过了这个路口，他再也不能和她站在一起了。可为了完成娘亲的心愿，他只有狠下心来，将她推至浪口。

高长恭的心忽然硬挺起来，舍不得孩子套不着狼。为了完成大业，他只好将她送还——邺都少帝手里。可惜小雅并不知高长恭的这个想法，当他们走到路口时，面对韩长鸾的兵马时，小雅才反应过来。

韩长鸾一身风尘，手上拿着一只白鸽。当他收到邙山王爷的来信之后，立即带着兵马赶来邙山路口，尽管早已做好心理准备，但当他看见小雅和兰陵王相依相偎走出来的时候，心中竟醋意大发。

韩长鸾下马，说道："雅娘娘，别来无恙？"

小雅立即明白了，她干脆放开高长恭，笑道："韩长鸾，这么巧，在这遇上了！"

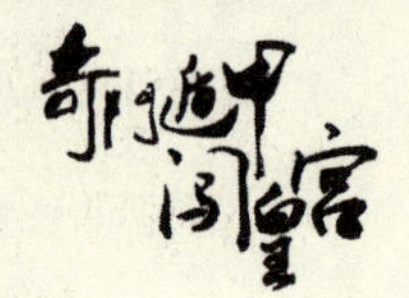

韩长鸾把手中的白鸽放飞，白鸽子转了一圈后，竟飞到高长恭的肩膀上停下来，韩长鸾笑道："不巧，下官从客栈追到这里，怎可能是巧合？雅娘娘，还是跟下官回去吧。"

小雅孤身一人来到韩长鸾面前，笑道："怎么，那客栈小二向你要了多少钱？您一副被打劫的样子。"

一说起这个，韩长鸾心中顿觉淌了血一般疼痛。他想起那客栈小二拿着七枚铜币硬是向自己要了五百两银子才告知小雅的去向，韩长鸾头痛得厉害："也不是很多，五百两而已……"

后面的句子说得特重，即便是身为国师的他，五百两也不是小数目。这何小雅太狠了，居然在路上给他来那么一下，而自己又不得不给，否则自己即便身为国师，也无法在短期内知道小雅的去向。

小雅嬉笑："是不多，五百两而已……"

话刚说完，小雅趁韩长鸾不注意，猛然纵身上马，在众人一片惊讶之中，小雅掉转马头，一鞭子甩在马屁股上，策马向着出口驰去。

"韩长鸾，要我回去可以，先抓住我再说！"

韩长鸾没想到她速度竟如此快，一时情急之下，也上了一匹马疾驰跟去。众士兵目瞪口呆，来不及理会兰陵王，也纷纷上马，跟着国师而去。

高长恭看着他们远去，一时支撑不住，竟在路上瘫坐下来，双眼无神至极。许久之后，一阵香风飘来，郑妃一身艳装策马前来，在高长恭身前下马，拿着大裘披在王爷身上。

郑妃娇笑道："王爷，这个计划很好，她现在是心甘情愿地帮助你。只要她进入皇城，控制那少帝高纬，届时联合宇文邕一举攻入邺都可谓大功告成了。怎么，王爷不高兴吗？这不是王爷当初的意思吗？如果没有王爷的允诺，臣妾就是死了也不敢派兵追杀何小雅，王爷，您怎么了？"

高长恭直接躺在雪地上，任雪片沾满长发，他的眼睛不断地流出眼泪，面对郑妃，他一句话也没说。假戏真做，他已经完完全全地爱上了何小雅，在她毅然引开韩长鸾兵马的时候，在她知道自己出卖她而没有一丝怨言的时候。如果以前对她的感觉还只是迷惑，那么现在，他的心已经完完全全地属于她。

可惜高长恭一世英明，也终于搬石头砸了自己的脚。他或许什么都没有输，只是输了一颗心。

高长恭悲极而笑："郑妃，小雅她又要回到那皇宫了，你开心吗？"

仿佛在问着自己，高长恭的心痛得无法呼吸，凛冽的雪气刺入骨髓，逼得他透不过气来，只有一双凤眼不断地流出眼泪。

男人不哭则已，一哭则天地动容。

郑妃走过去，蹲下身抱住高长恭，她的脸贴在他的胸口上，说道：“王爷开心，臣妾也开心。王爷，您不开心吗？”

高长恭紧紧地拥住她，忍着涌上来的痛楚，说道：“开心，当然开心……”

口是心非的回答，连别人都看得出来，他并不开心。郑妃不是傻子，她知道，王爷已经爱上了那名女子——何小雅。

郑妃也陪着一起流泪，不为王爷，只为自己。

“从来姻缘是天定，奈何桥上不由人。”

第三十二章　遭　缚

何小雅策马逃向悬崖，在悬崖边她下马，往另一边躲去，制造出她跳崖的假象。果然，当韩长鸾追至悬崖边的时候，心中陡然一惊，来不及勒住缰绳，韩长鸾奋不顾身地从马上跳了下来，奔至悬崖边，望着滔滔的河水，喊道："何小雅，何小雅……"

小雅躲在一旁不敢发出任何声响。她虽然知道兰陵王在利用自己，却没有怨言，兰陵王也是身不由己，况且，事情是该有个了结的时候了。然而，自己也不能就这么回到皇城，否则那少帝高纬定饶不了自己，以后的日子铁定不好过，自己要再逃出皇城就难上加难了。

一会儿之后，韩长鸾的兵马纷纷赶到。韩长鸾见状，立即下了死命令："你们下河去找，就是尸体也得给本官捞上来！"

"是！"士兵们纷纷下马，沿着陡峭的小路，下了悬崖底。两名士兵来到韩长鸾的身后，保护韩长鸾，韩长鸾命他们也下去，不消片刻工夫，悬崖上只剩韩长鸾一人。

韩长鸾这才随便地说了一句："雅娘娘，别再躲了，士兵都被下官遣下悬崖底，您出来吧。"

小雅这时才从灌木林里闪出，来到韩长鸾的身边，笑道："先生好聪明，知道我不会跳崖。"

韩长鸾恭敬道："下官不敢，只是下官深知娘娘性子，怎么会被逼得轻生呢？况且，只是请娘娘返回皇宫，并不是一件很痛苦的事，娘娘不用显得这么为难。"

小雅笑道："先生有所不知，陛下性格乖张，小雅可以糊弄他一次，不能糊弄他第二次，否则定会杀了小雅泄恨呢。先生，不如您高抬贵手，放了小雅？"

韩长鸾摇摇头，说道："下官如果不带回娘娘，陛下怪罪下来，谁能对下官高抬贵手呢？娘娘还是跟下官回去，否则……"

"否则什么？"

“否则别怪下官动粗了！”韩长鸾随即身手敏捷地蹿到小雅后面，趁她不注意，拉住她的双手，反手狠狠地按住。

小雅双手忽然被扣，一时挣脱不了，气急骂道：“我们可以和平谈话，不必动手动脚！韩长鸾，我跟你回去，你放开我！”

韩长鸾按得她手腕发疼，小雅恨不得立即挣开他的禁锢。

韩长鸾一笑，反而按得更紧了，道：“下官不会被一只狐狸骗过两次。娘娘，不回皇城也可以，跟我走。”

小雅一愣，问道：“去哪里？”

韩长鸾笑道：“北周。下官在那里安置了良田宅邸，娘娘可以在那终老一生。”

小雅立即想起北周皇帝宇文邕，那个无赖，在他的地方也没安生日子过，她有点怒道：“小雅虽然喜欢良田宅邸，却也喜欢自由自在。北周是什么地方，是宇文邕的地盘，我去收租吗？对，他是还欠我五千两银子不假，可是，我不要了还不行吗？韩长鸾，有话好说呀！”

韩长鸾力道越来越大，小雅痛得咬牙切齿，恨不得立即把韩长鸾痛打一顿，往死里狠狠地打。

“韩长鸾你放手，痛死我了！”小雅痛得像一匹试图脱缰的野马，身子胡乱扭动起来。好在韩长鸾有足够的力量禁锢她，否则铁定被她冲出去。

韩长鸾不为所动，继续说道：“趁他们还没上来，你还有时间考虑。下官就等娘娘一句话，去北周还是回大齐，全在娘娘的一句话。”

小雅痛得想骂人，她龇牙咧嘴哼道：“先生，您糊涂呀！您是堂堂北齐国师，一人之下万人之上，痛死我了，你能不能轻点？怎么可以放弃这个来之不易的地位呢？小雅都替先生可惜。”

一语说中韩长鸾的痛处，确实如此，北齐国师之位来之不易，却要轻易放弃，别说自己，就连旁人都要觉得可惜。可事实上，可惜不可惜，韩长鸾还是懂得衡量的，少帝高纬心性不定，自己的能力又无法控制住他，在北齐多待一天只有多一天危险，难保哪天少帝要了自己脑袋，自己也得双手奉上热乎乎的头颅。

与其心惊胆战地在皇城待着，不如舍弃这个身份，到北周隐姓埋名安定下来。从小雅离开皇城开始，韩长鸾便有这个想法，如今少帝让他来到兰陵，不正是绝好的机会吗？

如能和雅娘娘一起隐姓结合，那是再美妙不过的事。只可惜雅娘娘似乎不大愿意。

韩长鸾从怀里掏出一条绸带，紧紧地缚住小雅的手腕，让小雅动弹不得。绑好后，韩长鸾才把小雅的身子转过来，严肃地回答她：“下官说过，下官愿为娘娘万死不辞！”

说罢，俯下头吻住她的额头，小雅把头往后仰去，身子差点倒下去。韩长鸾眼疾手

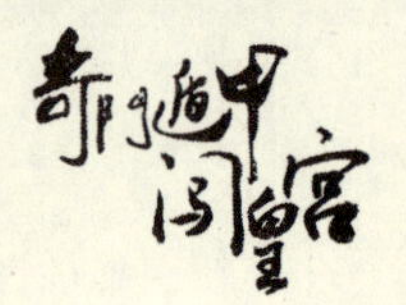

快地拦住她，说道："小心。"

"摔死我得了！"

韩长鸾诡异一笑："那自然不行，这地方摔不死人。下官再问娘娘一次，回邺城，还是去北周国？"

小雅气得用脑袋使劲撞了韩长鸾一下，韩长鸾被撞得后退了两步，小雅立即转身撒腿就跑，边跑便喊道："要去你自己去，你能不能不要跟着我，放开我，你太卑鄙了！"

小雅没跑几步便被韩长鸾抓了回来，韩长鸾见她不愿意跟着自己，心中顿时不畅。他把小雅抱上马背，自己也随即上了马，说道："既然你不决定，那下官帮你决定，驾！"

双脚踢着马肚子，马匹开始跑将起来，小雅急忙问道："去哪？"

韩长鸾一手提着缰绳，一手紧紧地搂抱着娇小的她，在她耳边轻轻地说道："北周。"

说罢，小雅当即闹了起来。这才刚出狼山，又要进虎洞，她何小雅又不是神仙，怎么能次次化险为夷？

扭扭挣挣的身子在韩长鸾怀中不安地动着，有一次差点从马背上掉下来。小雅自知不可再闹，否则掉下去吃亏的是自己，于是渐渐地安静下来，任凭身后的人环着她的腰，等一有机会，她再趁机逃走。

然而，天不遂人愿，韩长鸾的看护绝对是一流的，特别是在知道小雅的性子之后，更是寸步不离地看着她，连下马走路，韩长鸾也是抓住她反绑在后面的手腕，只要她一挣脱，就立即捏紧手腕用力按了下去。几次下来，小雅不敢再逃。这韩长鸾力道刚好，按住了她的手腕骨，如果再用力点，绝对可以把她按哭。

"先生，我跟你走，你放开我，你只要放开我，想去哪都可以。"小雅自认没吃过这种亏，本来不想妥协，但眼见没有一点办法，只好求韩长鸾放了她。可惜韩长鸾好不容易才又逮住她，怎么能轻易说放呢？

"雅娘娘再忍耐一会儿，等出了兰陵，下官立即放了娘娘。娘娘也累了，闹了半天了，先休息一下吧。"说罢，拉着小雅在一旁的石头坐下，他自己则坐在小雅身边，让她的身子往自己身上靠着。小雅根本反抗不了，既然有人肉枕头，不用岂不便宜了他？于是当真不客气地枕着他的大腿，闭目养神。

韩长鸾看着她柔和的容颜，口干舌燥。手情不自禁地抚了上去，到她嘴边的时候，忽然被她张开的牙齿狠狠地咬住，韩长鸾顿觉疼痛，却见她一脸狡猾地看着自己，牙齿越扣越紧，丝毫没有放开的意思。

"再咬下去就断了……"韩长鸾痛苦地说道。

小雅忙着咬他手指，没有多余的嘴来答话，灵动的双眼半眯起来，得意地看着韩长鸾。这韩长鸾给她来阴的，她就给他来明的，大家都受制于对方，不妥协就绝不张嘴。

"好了别再咬了，下官给娘娘松绑便是。"韩长鸾终于妥协，一手伸到她的背后，替她解开绸带,小雅的双手被松开,忽然轻松了许多。她立即张开嘴,让韩长鸾的手指抽回去,而她自己则从他身上蹦起来,哈哈大笑:“这样才公平,不陪你玩了,我先走了,哈哈哈,你自己慢慢玩吧。”

说罢,转身上马,提起缰绳,便想策马逃走。可韩长鸾是什么人,自小在马背上长大的他,即使她已经跑出很远,他也有办法把她揪下来。韩长鸾也迅速地跃上马,稳稳地落在小雅身后,抱住她的腰身,说道:“你要自己骑马便说,下官把这权力给你便是。”

小雅对马的性子并不熟悉,马胡乱地跑着,没两下小雅便妥协地把缰绳交给韩长鸾掌舵,两手立即抓住韩长鸾的手臂哇哇直叫:“不要让我掉下去,否则我把你一起拉下去,小心啊!”

韩长鸾果然是骑马好手,不一会儿工夫,便牢牢地稳住了被惊的骏马,马匹渐渐地停下来了。小雅仍然心惊不已地抱着韩长鸾的手臂不松手,直到马匹在原地踏步起来,小雅才脸色发青地从马匹上跳下,并发誓再也不敢胡乱骑马了。

小雅往前走了几步,韩长鸾策马跟上来到她身边,手伸给她,笑道:“娘娘不是这样就害怕了吧?”

小雅头也不回,应道:“没错,是有点害怕,可以冒一次险,但不能冒两次险,谁会自杀两次呢?先生,小雅记得自己说过,此次是为命造书而来,一般情况下,小雅绝不可能回到北齐或者到北周国。但现在有一个情况非常特殊,小雅要拿到命造书必须回到北齐等待不可,所以,小雅考虑之后,还是决定回到邺城。”

韩长鸾一听,心中陡然一冷,原来她还是想回到邺城。韩长鸾有点不自然地问道:“如何才能拿到命造书?”

小雅走几步,忽然停下,脆声说道:“杀了兰陵王。”

韩长鸾一惊,立即从马上跳下,来到小雅身边,追问:“你是说命造书在王爷身上?既然如此,方才娘娘便可杀了王爷,娘娘为何不动手?”

小雅转身,望着韩长鸾,解释道:“我从没杀过人。而且兰陵王命不该绝,我即便捅他几刀,他也死不了,总会被救活。”

韩长鸾不解地摇头:“那么雅娘娘回皇城又是为何?”

小雅陷入沉思,她缓缓地问道:“先生,我问你,那九重宝塔扶正了吗?”

韩长鸾摇摇头,答:“没有。”不到七天,少帝已经派他赶往兰陵,塔身扶正的事他交给其他阴阳师去办了。塔身扶正并不难,难的是不能按时扶正。

小雅忽然笑开:“那就对了,这宝塔建造动机不纯,塔身处在邺城至关重要的点上,成为威胁邺都安危的命门。这个命门一旦出问题,邺城将陷入大灾难之中。如果是小雅,定会建议迁都,虽然花费巨大,但总比举国倾城的好。此次小雅从邙山出来,本不打算过安生日子,眼看着一场浩劫即将来临,小雅即使帮不上忙,也要尽一点绵薄之

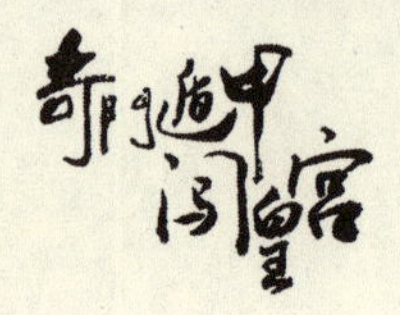

力。”

小雅看风水的原则是有钱才开口，无钱一直不提，但邺都三煞位一旦被放任，牵扯进去的或许不是北齐一个国家，而是天下大事！别说她小小风水师了，即便是高高在上的帝王，也难逃此次的灾难。小雅本不愿意回到皇城，但冥冥中的一股力量还是将她再次推回到皇城的边缘。

而她也感觉到高纬似乎离她不远，正朝着这个方向而来。

韩长鸾闻言，心中有愧，自己曾预见邺城的灾难，却无心救之。相比何小雅的决定，他实在愧疚得无地自容。风水师先国后家，他却先家无国。韩长鸾平静地说道：“雅姑娘好魄力，下官实在自愧不如。”

小雅闻言狡猾地回道：“既然这么愧疚，那就放了我。”

事实上，小雅会回到皇城最关键的一点是，兰陵王造反将会攻入邺城，如果宝塔出了问题，兰陵王的命运将在邺城改变，或许他可以躲过一劫而称王称帝。如果宝塔安然无恙，即使兰陵王率军攻入，邺城也会化险为夷，反倒是造反的兰陵王会命丧邺城。

不管结果是什么，兰陵王的命运都将在邺城改变，而小雅不能在王爷身边见证他的改变，只有在邺城等着他。等着他称王称帝，亦或者死。

韩长鸾立即换个语气，笑道：“话虽如此，下官已经决定离开北齐，不可能让雅娘娘也回去。雅娘娘，还是跟下官走吧，有下官陪着娘娘，娘娘根本无需命造书。”

小雅说道：“先生一口娘娘，一口下官，您真能狠下心离开邺城么？连称呼都改不过来的北齐国师韩长鸾，何以让小雅相信先生会归隐山林？”

韩长鸾不是圣人，他想要拥有的权力并不轻。说是归隐北周，那自然没有人相信，投奔北周还有些可能。

韩长鸾微微一愣，似乎被人说中痛楚，他反而有些愕然地说着：“下官一时改不了口，娘娘勿怪。”

小雅把头凑过去，抬起头坚定地看着韩长鸾，逼问道：“宇文邕给了先生什么条件？让先生不顾一切投奔周国？”

韩长鸾一惊，他退了一步，差点踉跄倒地，幸好他身手快，及时稳住。他淡淡地回道：“娘娘真爱说笑，下官对娘娘的心，日月可表，天地可鉴，跟宇文邕无关。”

小雅随即大笑：“哈哈哈，吓你的，你紧张成这样！既然如此，如果有人要杀我，你会救我吗？要是高纬现在出现在我们面前，万一你跑掉了，不管我了，我要怎么找你算账呀？”

韩长鸾直冒冷汗，说道：“那自然是不会。”

小雅紧逼着问道：“是不会发生，还是不会跑掉？哈哈哈，别害怕，我跟你开玩笑呢，哈哈哈……”

小雅显得有些肆意，不管韩长鸾怀着任何居心，她都能在他面前放肆大笑。而韩长鸾在小雅面前，屡屡吃瘪，恨不得把她伶俐的小嘴堵起来。

韩长鸾冷汗不止，他擦了一把额头上的冷汗，无奈地回道："下官希望这事不会发生。倘若发生了，下官定不会丢下娘娘，怎么着也得带着娘娘一起逃跑。"

韩长鸾一脸决心，心里却在动摇不止，连他也不知道，在危难时刻，是否还能以小雅为先。小雅无疑是他见过最让人动心的女人，或许，这种动心并不是以生命为代价的，只是纯粹的一种信仰。

韩长鸾忍不住拥住她，在邺城时，他早想紧紧地拥住她，让她在自己怀里呼吸，在他怀里战抖，甚至是在他怀里像小女人一般哭泣。可惜她天生是石打的人，即便把她往死里逼，她也不会哭叫一声，反而能从绝地反击，创造出许多令人称奇的奇迹。

小雅被抱得越来越紧，个子娇小的她本来不到韩长鸾的胳肢窝，这下被紧紧地搂在怀里让她差点喘不过气来。一会儿时间下来，她被憋得满脸通红，这便是个子矮的坏处，比脑力或许可以赢人家，要是比体力，首先被放倒的一定是自己。

所以每次小雅出门，都要带上身材高大的师亦宣。除了能替自己拎一些杂七杂八的木杖、行礼、罗盘之外，还能跟在自己后面保护自己，万一遇到打劫的，可以让师亦宣先上。

师亦宣虽然想不起自己的身世，但是一身武功还是让人肯定的，这也是小雅留下并喜欢上他的一个原因。

"咳咳……"小雅忍不住开始咳嗽起来，韩长鸾赶紧松开她，让她大口地透着气。小雅吸了几口新鲜空气后，才抬起头，怒瞪着韩长鸾，嗔道："你们都那么高，跟柱子一样，就不能弯下身么？我即便踮着脚也够不着啊！"

小雅说的是实话，高纬、高长恭、宇文邕、韩长鸾，甚至是王府的小青子，都比她高出整整一个头，她最多只有到他们胸口的位置，为了这个，小雅伤心了好几天。早知道把高跟鞋带来了，也不会次次都吃亏。

韩长鸾尴尬地笑着，说道："你这样挺好，玲珑剔透，下官喜欢这样的。"

小雅苦着一双脸望着他："个子矮才会玲珑剔透？不说这个了，换话题。"

韩长鸾回道："也好。"

小雅闷闷地用脚在地上扫堆，待积雪结实后，小雅站上去，总算到韩长鸾的肩膀了。不一会儿积雪扁下去，小雅无可奈何地又矮了一大截。韩长鸾见状轻笑出声，宠溺地说了声："你啊！"

说罢，欲蹲下去用手帮小雅按住扁下去的积雪，小雅见时机已经成熟，便运足了气狠狠地跳起来，一脚踩在雪片上，厚重的脚力让雪片四处飞溅，一些雪片刺进韩长鸾的眼睛，让他暂时睁不开眼睛。小雅得意一笑，对着他的颈部一肘下去，韩长鸾受到袭击，顿时趴在雪地上动弹不得。这小雅下手够狠，毫不留情。

小雅抱歉地说了声："得罪了，过一会儿便好了。"

说罢，得意地从韩长鸾身边走过，再次爬上马背。这次她学乖了，不先踢马肚子，而是先友善地抚摸着马头，直到马认同她，小雅才策马往来时的方向奔去。

韩长鸾不能及时制住她，只能眼睁睁地看着她远去。韩长鸾一拳砸在雪地上，若不是自己被一时迷惑，又何以让她得逞？想不到自己再一次被她耍了！

然而，让韩长鸾担心的不是自己被耍，而是小雅回邺城的决心。高纬从来不相信别人，对于小雅，他定不会善待，韩长鸾急得顾不得颈处的疼痛，站起来，往小雅消失的方向追去。

无论如何，他一定要拦住她！

"何小雅，千万别去啊，下官收到消息，皇帝已经在赶往兰陵的路上了！"

远处大道上，小雅突然勒住缰绳停下来，望着眼前严谨列队的三千兵马，不禁心惊。辇车上坐着一名少年以及一名身娇百媚的女子。少年一身黑衣打扮，旁边娇媚的女子正依偎在他的怀里，少年看向自己，眼里露出欣喜而又痛恨的眼神。看见这阵势，小雅二话不说掉转马头便走，无奈从两边迅速包抄出大队兵马，毅然拦住她的去路，小雅未及勒马，从马背上滚了下来。

好在小雅身手敏捷，在掉下马背后立即调整落地姿势，站定在雪地上。未来得及思考，她竟先战抖着念道："高纬，是高纬，他来了……"

第三十三章　再　遇

看着小雅差点摔伤，少年心中一震，涌起难以言语的酸楚。想起此行目的，他随即将担心掩饰而去。怀中的美人把脸颊贴在少年的胸前，她露出怨恨的眼神，看着在雪地站定的小雅，美丽的脸蛋似乎已经有些狰狞。

小雅没想到一切来得这么快。她本想自己身体恢复之后，再赶往北齐，可高纬效率竟如此之高，真不愧是北齐君主。

高纬推开冯小怜，从辇车上下来，双手交叉在背后，慢慢走向在地上站定的何小雅，眯起眼睛笑道："这么急，赶去哪里？去见兰陵王么？"

笑里藏刀，连周围的士兵都闻到了杀气。小雅知道已经逃不掉，她扑通一声跪下，干脆投降，求饶说道："皇上，小雅这是赶着来见您呢！"

高纬扬声冷问："是吗？你以为你是谁，你有何资格见朕？"

高纬明知故问，小雅恭敬回道："皇上，小雅就是您放飞的一只鸽子。"

高纬在她前面蹲下，伸手捏住她的下巴，用力抬起，冷道："可惜这只鸽子很不乖，要朕亲自出马布下天罗地网才能抓回来！"

小雅回道："皇上误会了，这只鸽子只是暂时迷了路，她现在已经找到路了，懂得回去了。"

高纬加重手上的力道，用力地按下去，狠道："好一个何小雅，牙尖嘴利，朕非拔了你的牙不可，看你怎么狡辩！"

小雅闻言一惊，这变态皇帝不会真要拔自己的牙吧？果然，高纬从怀中抽出一把匕首，在小雅的面前有节奏地移动着，紧接着，匕首向自己慢慢靠近，小雅立即妥协求饶："陛下，有事好商量，有事好商量……"

高纬见她妥协，不禁怒从心起，想起她逃走不说还要给他留下一个替身，准备把他永远蒙在鼓里之事，少帝便怒不可遏。她想逃开自己，一辈子逃得干干净净，她休想！

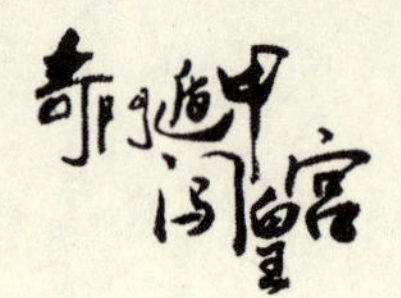

高纬冷笑：“好商量？你在说笑么？你还有什么资格同朕商量？”

小雅回道：“只要陛下愿意给小雅一个机会，那能商量的事多了。”

高纬更加冷冷地笑起来：“机会？你休想，朕问你，你是如何从皇宫逃脱的？如果只是国师的帮助，你根本逃不过朕的眼线！”

小雅见高纬一脸冷酷，自然不能告诉他借助奇门表盘离开，否则定会被他销毁。小雅平静说道：“皇上，是恒小皇子带小雅出城的，不信您可以与小皇子当面对质。”

事已至此，小雅只好把小皇子推出来。小皇子年纪尚小，高纬自然不会多大怪罪。

高纬打断道：“何小雅，别以为朕不知道，你同兰陵王劫走了小皇子。朕不妨告诉你，朕已派兵去营救小皇子，届时恒儿到来，你还能躲么？你就是一只会飞的凤凰，也无法从朕的眼皮底下逃离邺城！”

小雅闻言一惊，这小皇子可是知道她用的何法逃离邺城。小雅的手臂往后缩，不想奇门表盘暴露在高纬面前。高纬显然把注意力放在小雅的脸上，而无暇顾及她的小动作。正当小雅欲把表盘卸下悄悄埋在雪里之时，几名护卫抱着小皇子赶来。

高恒一到，先叫了小雅一声：“雅姐。”随即想起她曾经把他挂在衣架上，又嘟起小嘴，不理会小雅，直接转身向高纬行礼：“父皇。”

高纬问道：“恒儿，父皇问你，你和……雅姐是如何离开邺城的？”

高恒看着小雅，哼了一声：“她把恒儿挂在屏风上，她是凶女人，恒儿才不认识她。”

高纬知他生她的气，所以开始哄他：“恒儿，你只要说出你们是怎么离开皇宫的，父皇便让你天天陪着雅姐，如何？”

高恒眼中一亮，稚声道：“父皇此话当真？”

高纬点头：“父皇自然说话算数。”

高恒听罢，立即要说出事情经过，见小雅瞪着自己，便悄悄地拉着高纬的手，小声地在他耳边说道：“父皇，我和王叔，还有雅姐是这样出宫的……”

高恒叽里呱啦地在高纬耳边讲了一大堆，包括小雅把他挂在屏风上的事。高纬越听脸色越差，最后双眼直勾勾地盯着她伸向后面的手臂。

小雅一见高纬神情，自知完了。她记得在明光殿时，皇帝曾向他问起表盘，当初只是迷迷糊糊地打发他，高纬一直心存疑心，如今高恒一说，高纬更加确定这个表盘对自己的重要性了。

“父皇，说话要算话哦！”高恒高兴地要和高纬拉钩，高纬应道：“好。”之后，便派人带着小皇子去辇车休息。

高恒走后，高纬反倒不急，他先是笑起来，道：“你跟恒儿处得很好，恒儿没说你一句不是。”

见小雅没有回答，高纬又继续说：“何小雅，恒儿这么喜欢你，朕更没理由放你走了。朕要将你锁在宫里，让你一步也离不开。知道么？朕在宫里建了一座宫殿，专门送给你。”

高纬忽然伸手，按住她的手臂，把她的手臂拉至前面，手腕上所谓的表盘还在。高纬随即要剥除她手腕上的东西，小雅哭也不是笑也不是。一会儿之后，她才反应过来，她一手按住高纬的手，笑道：“皇上，小雅自己来就行了。”

高纬却已不再信她，他向护卫使个眼色，护卫立即上前来，拉开小雅的另一手，并按住她的双肩，以免她挣扎。高纬如愿以偿地摘下她的表盘，小雅的眼里再也看不见镇静，反而露出让人心慌的眼神。

这表盘是她回到现代的工具，若是没了，她恐怕要在此过一生了。

高纬站起来，示意跟随他而来的冯小怜过来，冯小怜走过来，怨恨地看了小雅一眼后，来到皇帝的身边行礼。高纬把手里的表盘递给她，又狠又邪道：“赐给爱妃，爱妃想怎么处置便怎么处置，毁掉也行。”

闻言，小雅大惊，她挣扎了几下，立即被护卫死死按住。这冯小怜怨恨自己多时，表盘落入她手里，比落在高纬手里还危险。只要她一气之下毁掉表盘，她何小雅便再也回不到现代，再也看不到师亦宣，再也看不到何小明了。

不！

小雅使尽力气挣扎，无奈护卫按得紧，肩膀上的大手，是禁锢她的主要力量。小雅若能启用内丹，这两人自然不在话下，只可惜，她现在连体力都不及，更别说催发内丹之力了。

小雅只希望冯小怜能深思熟虑，不要毁掉表盘，只要自己离开北齐，她便可以永永远远地陪伴在少帝身边。只是，冯小怜接到皇帝赏赐显然受宠若惊，她来不及思考，只想彻底毁掉表盘，解一时之恨。

冯小怜行礼感谢：“谢陛下，陛下，臣妾真的可以处置它么？”

高纬温柔地回道：“任凭爱妃处置。”眼神里露出几分挑衅，看得小雅浑身发颤。

冯小怜战抖着声音道：“那么臣妾可以把它毁掉么？”

高纬冷冷一笑，嘴角一扬：“可以。爱妃想怎么处置？”

冯小怜立即显出几分可怜，说道：“这物事生得奇怪，臣妾觉得可以放在火上烧之，不知皇上觉得如何？”

高纬哈哈一笑：“甚好，都依爱妃，来人，起火！”

高纬说完，有人欢喜有人惊。小雅再也沉不住气，她立即开口说道：“皇上，那表盘难得，请皇上三思！”

高纬再次来到她身边，伸出穿着靴子的脚，钩起她的下巴，让她望着自己，狠狠说道：“是，可何小雅也只有一个……”

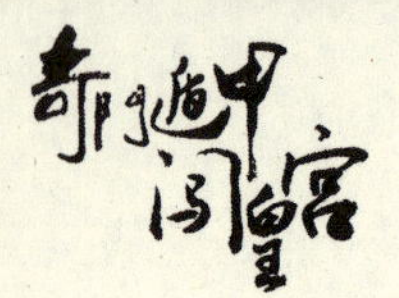

小雅几乎把脑袋的力量完全放在他的靴子上，即便在这危险之时，何小雅也是本性难改，她露出笑容，说道："皇上，一生当中能陪伴自己的不一定要最喜欢，但一定要最合适。小雅性子烈，不适合伴君左右，皇上，请三思！"

看着她笑靥如花，高纬随即陷入沉思，之后，他笑着应道："从你逃开朕开始，朕就想要你。况且，你怎么知道自己不适合朕？朕是皇帝，朕说适合，天下人谁敢摇一个头？朕告诉你，只要朕想要的，就从来没得不到的！即便你是天上的仙女，朕一样可以抓住你，甚至是废了你！"

高纬说得自信笃定，在怨恨和爱恋之间，他都想拥有。他对小雅的执著，绝不亚于他对权力的追求。自小在皇宫长大的他明白，他对何小雅的感情永远是三分怨恨，七分爱恋。

在高纬沉思之刻，护卫已经抬着炭烧火盆来到高纬身前。冯小怜走过来，拿着表盘仔细端详，露出冷艳的笑容，弯起的睫毛像极了两道利刃，似乎准备随时动手，将靠近皇帝的女人千刀万剐、凌迟处死。

片刻之后，冯小怜拿着表盘向火盆伸去，跳动的火舌差点烫伤了冯小怜的纤纤玉手。她立即不甘心地把手缩回来，看着不断跳动的火舌，冯小怜心一狠再次把表盘扔了下去，心悬在梁上的小雅同时惊叫出声："不要——啊——"

配合着挣脱的动作，小雅奋不顾身地往火盆蹿去，侍卫被她突如其来的力量弹开。小雅及时截住往火盆里掉下的表盘，之后，顺势往旁边地上滚去，缓解降落的冲势。小雅在雪地上滚了几圈后直起身子，迅速围上的士兵纷纷把刀架在她的肩膀上。小雅顾不得身上沾满雪片，更顾不得肩膀上凉飕飕的刀刃，她立即检查起表盘来。

电池只剩下两格，表盘暂时完好无损。

小雅松了口气，从地上爬将起来，看到架在自己身上明晃晃的刀子，她才把注意力放在这些身手矫健的护卫身上。小雅笑道："各位，小心手里的刀，可别让它沾了血迹。"

护卫一言不语，只有皇帝的命令才能使他们做出反应。一旁的高纬挥手示意他们退下，之后走至小雅身前，扬起手准备一巴掌甩下去。小雅当然不会站着不躲，她迅速地往另一边躲闪而去。

或许是小雅的动作激怒了少帝，高纬一巴掌甩空，他立即抓住小雅的手腕，把她拉到自己身前，紧紧地锢着她，狠道："你逃……你再逃看看……"

小雅手腕被抓得发痛，差点连表盘都拿不住，她的脸色有些发青，额角的冷汗不禁滴下。高纬眼睛眯起，瞳孔已然深邃不可探知，唯有从眸子里射出的光芒让小雅感到彻骨的寒冷。她明明是一名懂得进退的风水师，可在高纬面前，她被他的气势慑得连什么是进退都不知道。

在他强势的对望下，小雅的脑袋似乎被石头砸了个粉碎，再不知想要做什么、说什么。高纬显然感觉到小雅的怯势,心中不由得一软,本想暂时不为难她,可一想到她的狡猾,高纬不禁再次怒从心起,火气一时压过怜惜之气。

高纬冷道:“给我!”

高纬手指表盘,眼睛却一刻不离小雅的双眼。他直接望进小雅的瞳孔深处,邪魅的他更喜欢看她在自己面前惊慌,在自己面前示弱。

小雅自知不给不行,她勉强露出笑容,把表盘移到高纬面前,说道:“小雅是您的,这物事也是您的,小雅现在便把这物事交给您,您务必要原谅小雅,小雅再也不敢了。”

小雅说得楚楚可怜,高纬也看出这是权宜之计。无奈倾心之话谁都爱听,特别是从她嘴里说出来,即便是假的也悦耳动人,值了。

高纬满意地接过表盘,道:“何小雅竟也知错了。甚好,既然知错,那你知道该怎么做了吧?”

小雅点点头,回道:“小雅知道,请皇上不要毁了表盘,小雅都依皇上。”

高纬心中一冷,自己竟还不如这表盘!但仔细一想,不管如何跟表盘相提并论,这表盘的存在于她的心中永远在第一位。只要自己手里有表盘便可以抓住她的弱点,届时不怕她不听他的话。

想到此,高纬心里竟豁然起来。他把表盘捏得更紧,脸上露出令人难以捉摸的笑容。小雅自然看得心惊胆战,连一旁的冯小怜也有几分心惊。从离开皇宫陪皇帝到此开始,冯小怜便能想到这结果,可她还是奢望会有变数。

她冯小怜始终不过是替身,纸包不住火,皇帝能带她来此,也表明皇帝已经知道了一切。皇帝不杀她,她自然是感激不尽,对皇帝的爱慕更是一发不可收拾,对小雅的恨意则越发浓烈。

冯小怜来到高纬面前,跪下,抬起头,绝美容颜顿时变成梨花带雨,在少帝冷淡的目光下,露出令人心痛的表情。冯小怜不甘地禀道:“皇上说过,那物事任凭臣妾处置,皇上,您反悔了么?”

高纬心中顿时厌恶,他知冯小怜想置小雅于死地。刚才把物事赏赐给她,也只不过是吓吓小雅,没想到这女人不识抬举,在这关键时刻管他要属于何小雅的物事,简直是自找死路!

高纬冷道:“爱妃不必挂在心上,朕再赏赐爱妃几件玩物便是。”

一句话算是打发冯小怜,冯小怜闻言低下头抽泣起来。想起几日前与少帝的温情,以及他宠溺的眼神,冯小怜心中顿时怨愤不平。

冯小怜饮泣:“谢皇上。”

低低的话语传入小雅耳里,顿时感到不适。伤害冯小怜本不是她本意,况且,历史上高纬宠爱冯小怜经久不衰,甚至在亡国之刻,少帝高纬不忘上书北周皇帝请求乞还

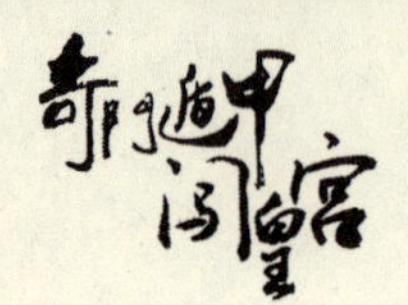

小怜，这等痴情男子着实少见。而小雅并不能在北齐滞留多年，唯一能陪少帝者，只有眼下跪在地上的冯小怜一人而已。

冯小怜以为少帝不喜欢她，实则不然，若是真厌恶，高纬早可杀之了事。或许，高纬与冯小怜之间的缘分是小雅引起，但走完整个过程的却是他们。这点小雅早就看得明明白白，所以她才在出宫之刻，安排酷似自己的冯小怜陪在皇帝身边。

世上没有巧合，世事阴阳，任何一件事都逃不过阴阳二字。小雅只不过是阴阳变化的一个构成因素，在茫茫人海中，她犹如瀚海沙粒一般渺茫而又必不可少。不止她，世间万物皆是如此，即便是高高在上的皇帝也只是历史长河中的一段存在，即便是娇媚若花的冯小怜也将在数十年后变成一堆枯骨。

何小雅静默不语，高纬已经全然放开她，她缓了缓手腕上的疼痛，心里开始打算下一步该如何走。失去奇门表盘，她还有很多方法可以推测，所谓大道至简，大自然的任何物体都可以用来演卦。

三人一时无语，直到远处传来声响，高纬才冷冷笑将起来。小雅顿觉不妙，随即在指上起卦，从卦上得知韩长鸾已经追上，正在诧愕之际，行动迅速的护卫已经带着韩长鸾来到少帝面前。韩长鸾看到小雅自然觉得不妙，特别是小雅衣着不整头发凌乱地站在少帝身边，让久经场面的韩长鸾不禁严峻起来。

高纬冷酷地看着国师，从他来到自己面前开始，韩长鸾的余光始终没有离开过何小雅。这让身为男人的高纬颇为妒忌，恨不得一刀斩杀韩长鸾。

高纬赌气地把小雅蛮横搅过，让她跌在自己怀里。他一脸邪笑地看着国师，笑道："多亏了国师及时找到雅儿，否则朕还看不到她呢！你们这群废物，怎么可以对国师无礼，滚一边去！"

第三十四章 禁 锢

一句话说得韩长鸾直冒冷汗，高纬心知肚明，却要如此说话，恐怕另有打算。再看他把小雅抱得死紧，心中不禁豁然开朗，原来是向他示威。可惜皇帝拥有的女人不少，竟和自己犯了同样的错误，都只想把她禁锢在自己怀里。

可只有他知道，何小雅性喜自由，又怎能受制他人？即便是大齐皇帝，也关不住这敢冲敢撞的鸟儿，更何况是他自己。此时此刻，韩长鸾忽然醒悟，若真的喜欢小雅，可以不给她承诺，可以不给她一切……但一定要给她自由。

只可惜，韩长鸾再没有机会给小雅自由，有些东西总是来得太晚，有些醒悟总是要在旁人注视下才能被开启，以至于到无可挽回、令人遗憾的地步。

韩长鸾弯腰行礼，恭敬道："承蒙皇上挂念，属下才能及时请回娘娘。"

高纬心中冷笑，这韩长鸾果然见惯场面，给他一个台阶，他倒真的下台。所幸这也是高纬想要看到的结果，他知道北齐不能失去韩长鸾，也明白韩长鸾喜欢何小雅，所以干脆给他台阶，顺水推舟，让韩长鸾义无反顾地返回邺城，帮他打理邺城事务。而且，只要小雅一天在自己掌控之中，他便不怕韩长鸾一天不听话。

韩长鸾当然知道皇帝的意思，他再次回到邺城在他意料之外，但为了何小雅，即便邺城是龙潭虎穴，他韩长鸾再闯一番又如何？况且，邺城他再熟络不过，在那里，即便是皇帝也无法将他轻易斩杀。

高纬笑道："国师辛苦了。"

韩长鸾客套道："不敢言苦，谢陛下关心，属下定为陛下鞠躬尽瘁死而后已！"

高纬点头，君臣二人心照不宣的默契让人自叹不如。小雅看在眼里自然知道他们在想什么，却不敢多说一句评语。高纬性格反复，自己最好闭嘴，以免高纬再次做出什么异常举动来。事实上，即便小雅不说话，身为皇帝的高纬也可以想对她做什么便做什么。

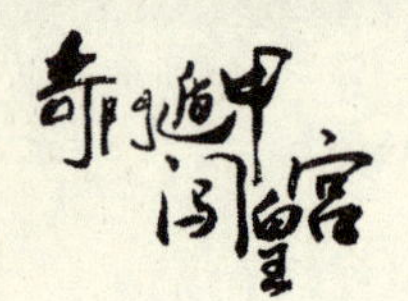

在小雅沉默这会儿，高纬低头看着她，惩罚性地命令道："亲我！"

韩长鸾心中一紧，知道这句话是有意说给自己听的，他想让自己知道，雅娘娘是属于皇帝的。不仅他，连小雅也是一愣，以为自己听错，抬头怔怔地看着酷似师亦宣的少年。片刻之后，她才明白这是少帝在吃醋呢，她随即露出灿烂的笑容，绽成一朵璀璨的红莲。

她踮起脚尖，伸手勾住高纬的脖子，把嘴唇凑了上去。由于身高不够，小雅几次亲他都亲到下巴，她懊恼不已。高纬微笑在心，他的手扣上她的蛮腰，把她往自己身上抬一点，这才触碰到她的额头。

小雅紧紧地钩着他，蜻蜓点水似的在他唇上点一下，然后笑吟吟地看着他，表现出绝对的服从。高纬当然不会轻易饶过她，他低下头去吻住她的红唇，强势撬开她的牙齿。

一番索吻下来，小雅浑身发烫发软，皇帝体内的躁气也被激起。一旁的韩长鸾更是看得下巴快脱臼，又恨又妒地望着他们，恨不得抱住她的人是自己。

小雅有些迷失，眼睛里尽是绮丽的波澜。高纬不愧是从女人堆里滚出来的，只凭一个吻便可以让小雅心神迷失。小雅全然忘记韩长鸾的存在，她受不了由吻激起的热气，主动把脑袋探出，嘴唇再次贴上高纬滚烫的嘴唇。

她的反应在高纬意料之内，从来没有女人不在他的吻下着迷。小雅虽然特别，但她始终是女人，始终离不开七情六欲，更何况是能给她带来快乐的吻，试问有几个女人会拒绝？

小雅并不掩饰自己的欲望，对于男欢女爱，她并不排斥。小雅的主动不仅让高纬舒心，连一旁的韩长鸾也有几分艳羡。他所求别无他物，唯她倾心而已。

高纬见她主动送上门来，自然毫不怜惜地狠狠吻下去，把对她所有的爱恨都化在这一吻里……

韩长鸾忍不住闭上眼睛，他实在嫉妒得差点发狂，恨不得上去把皇帝拉下来换成自己，可惜四周都是皇帝的人，韩长鸾只有干瞪眼的份儿。

大概是这一吻过于澎湃汹涌，娇小的小雅竟有几分承受不住，开始躲避。高纬心急得开始伸手解开她的衣领，白皙的肩膀顿时露了出来，肩膀上触目惊心的牙印无一不在宣示着赐给她这印记之人的霸道，连牙印也要独一无二。韩长鸾见皇帝来真格的，随即要制止，护卫早已上前挡在国师面前。

肩膀陡然一凉，小雅自然明白接下去将发生何事。她用手把衣领往脖根处扯，求道："皇上，别这样，国师还在……"

高纬自然不允，其他护卫自然识趣地拿来软榻和屏风，将两人围成一圈，挡住别人的视线。高纬吞了口水，嘶哑着嗓子道："朕就想要你，朕叫天下人都知道，你是朕的！"

小雅忙回道："皇上，小雅是您的，一直是……回邺城再说……"话没说完，顾不上许多的高纬已经开始粗鲁地扯她的衣裳，她未说完的话被咽回喉咙里，双手忙着保护自己被扯得凌乱的衣裳。

高纬显然听不进任何话，已经把小雅上半身的衣服扯到腰上，美丽的胴体令他血液喷张，欲哭无泪的神情肆意刺激高纬的神经。他恨不得立即把她拥入自己怀里，紧紧结合永不分离。

高纬唤了小雅一声，随即把身子覆盖上去，近距离触碰着她柔软的身子。这是他第一次怀着爱恨去触碰她，指尖划过之处，轻易地引起一阵强烈的快感，这种快感不是来自于身体的契合，而是来自于盼望融合的灵魂。

不同于以往的感受，只是轻轻触碰她，他便觉得快乐无比，她果真是一名让人甘愿为她倾城的尤物。此时此刻，即便敌人现在砍了他的头颅，他也只想和她在一起。

小雅顾不得给自己遮盖上衣服，她的双手紧紧地推着趴在自己身上的高纬，咬着牙不让自己发出声音，无奈高纬颇有手段，没几下便让小雅缴械投降。尽管如此，从来不信上帝的小雅此时此刻也希望上帝能出现，及时制止肆意嚣狂的高纬。

事实上，上帝确实出现了，只不过不是上帝本人，而是年仅五岁的小皇子高恒。高恒从护卫开始围屏风开始，便有些不解，之后看见国师被侍卫拦住便有几分警觉。他不顾护卫的阻拦，毅然跑到屏风外面。看见"小雅"跪在屏风外面低低哭泣，高恒竟跑过去安慰她。

然而在她抬头的那刻，高恒便知道她不是雅姐姐。两个人虽然酷似，但是他还是一眼认出了他。或许是小孩的第六感强烈，也或许是小雅确实有什么特别之处，让这名只有五岁的小孩子记住了她。

高恒随即听到屏风里面的声音，他随即推开屏风，钻入屏风之间的间隙，眼前的景色让他目瞪口呆。只见父皇在雅姐上面不断亲吻着她，而他身下的人脸色彤红，双眼充满湿气，如水波一样闪闪发光，只怕再一会儿便能低低地哭出声来。

小高恒不明所以地看着他们俩，疑惑地问道："你们在干什么？"

高纬显然也没料到高恒会突然出现。在儿子面前，他倒有几分收敛，他忙把两边的衣裳扯到小雅胸前，覆盖住她的身体后，高纬才说道："父皇在和雅妃说话呢。"

高恒疑惑地看着小雅，问道："雅姐，是真的吗？"

小雅赶紧把衣服揪紧，坐起来，红着脸道："对，在说话呢。"

高恒欲从屏风走进，胆大的侍卫便过来把高恒截走，高恒被抱起来，双脚顿时离了地。他还没反应过来，便已经离皇帝他们越来越远。在屏风重新被合上的那一刹那，高恒看见父皇高大的身子把她推向软榻，而她根本无力反抗。

高恒这才明白他们在干什么。

原来父皇在欺负雅姐！小高恒顿时叫了起来："父皇，你不准欺负雅姐姐！"

可惜小高恒的叫声并没有作用，高纬绝不可能在此时此刻悬崖勒马。他的手继续游离在她颤抖的身子上，解开已经扣上的扣子，向旁边一扯，小雅身前的一片绮丽尽在高纬眼里。

看着眼前一片令人着迷的风景，高纬眼睛不禁半眯起来，眼里的深邃一望无底，流露出来的目光让小雅顿觉天地无物，只有他一双令人舍不得移开视线的眼睛。小雅鬼迷心窍地勾住他的脖子，毫不犹豫地吻上他的眼睛。

触感火热，自然闭上的眼睛，小雅不禁心中迷惑，开始呢喃："亦宣，你在这里……"

高纬闻言，心中陡然一冷，刚开始酥软的心立即又冷硬起来。亦宣是谁？在情迷之刻，小雅唤出的竟是另一个人的名字，高纬咬牙，心中尽是恨意。高纬猛然推开陷入旖旎梦境的小雅，伸手甩了她一记响亮的耳光。

小雅从软榻上滚将下来，脸上传来的火辣痛感让她终于醒来。抬头看着皇帝的怒色，才暗叫不好。想必方才情迷之刻，定是唤了师亦宣的名字，所以少帝才会有这般怒色。小雅自知现在拿他没有办法，也只能委屈地望着少帝，心里却在琢磨着怎么把这一拳补回来。

高纬抬脚下了软榻，走至刚刚跪定的小雅面前，用脚搁在她的下巴上用力地抬起，冷冷问道："他是谁？"

小雅自然知道高纬问的是谁，她知道少帝痴迷于她，自然不能告诉他亦宣是谁。少帝生性反复，爱的另一个极端是恨，如果让他知道她喜欢师亦宣，那么吃亏的定是她自己。在权衡之下，她捂着脸，有些委屈道："是小雅养的一只小鹦鹉，可惜小鹦鹉刚学会说话就一命呜呼。方才小雅见陛下注视着小雅，深情流露，小雅情不自禁地想起'亦宣'了……"

高纬皱眉，她说的可是真的？一只鹦鹉起名唤作亦宣，还真让人头疼，看着小雅眼中露出的伤心表情，高纬顿时觉得自己太过敏感了。不过是一个名字，自己作为皇帝竟然如此动怒，她要是躺在别的男人怀里，自己极有可能会倾尽举国之力，把那男人碎尸万段车裂而死。

高纬不禁有些懊恼，自己中毒竟如此之深，可却心甘情愿。记得先皇曾说过他，只要不被女人所拖累，皇位交给他，先皇便死得放心了。可惜高纬始终离不开女人，即便何小雅没有出现，他的身边也永远不能没有女人。或许，这是命中注定。

小雅的出现，是他劫难的开始。可是他认了，因为他从来没有如此渴望过一个女人，只要自己还有渴望她的一天，不论为她失去什么，甚至是丢了性命，他都认了。

高纬放下脚，俯下身扶起她，一手捧着她绯红的脸颊，温柔说道："朕错怪你了，疼吗？"随后，把她拥入怀里，好声安慰。高纬痴情于她，也并不是一味索取，他希望他怀里的女人也会把心交给自己，而不是在自己的怀里口是心非。

小雅知道自己瞒过皇帝，可是脸颊上的火辣让她心情不爽。高纬这一巴掌可使了力气，她即便使了吃奶的力气，也不能达到他下手的效果。小雅双手使劲地环住他的腰身，准备用点力气把他的腰身折断。可惜她哪还有力气，她的手臂连绕高纬的腰身一圈都有难度，小雅厚重地吐了一口气，继续在他腰上使力。

感觉到怀中人不满的小动作，高纬不禁宠溺地笑出声："要是觉得心里委屈，可以打朕。你力气这么小，手臂更是没力气，你要用点力气打。"

在高纬看来，何小雅精力再旺盛，也不过是一野孩子的蛮横力气，即使自己承受她一拳，也不碍事，何况她现在弱之又弱，恐怕连挥拳都没力气了吧。

看着高纬得意的神情，小雅自然要狠狠地打他。无奈自己确实没有任何力气再打人了，否则刚才也不会被甩了一记耳光便掉下来了。小雅抬起头，佯装不忍下手，望着高纬说道："小雅不敢。"

委屈的神情里透出狡黠的目光，连高纬都看出她想狠狠地揍自己。无奈她说出如此一番话，高纬自然顺其心意，点点头表示赞同她的做法。

小雅恨不得踩高纬几脚，正当她筹谋之时，外面传来嘈杂的声响，一名侍卫在外面禀报："禀皇上，属下在邙山脚下发现大队人马，属下怀疑是北周的兵马，极有可能对陛下不利，属下恳请陛下立即回宫。"

高纬闻言皱眉，他扬声问道："多少人马？"

屏风外面的士兵回道："三千有余。"

高纬心中一震，自己也不过才带两千人马，如果直接和三千人对峙，恐怕吃亏的是自己。高纬放开小雅，起身走向屏风外面，他边走边问道："主将何人？"

士兵不敢抬头，他看着走到自己跟前的脚，更加严肃道："宇文邕。"

高纬沉思了一会儿，随即说道："避开宇文邕，立即返宫。还有，传令下去，加强对周国的监视，绝不能让宇文邕在大齐捅出什么娄子来！"

第三十五章　三　煞

事隔半月，小雅再次返回皇城，不同于半月前的心情，此时的小雅更显得凝重。一连两天的赶路，让她再次累得跟狗似的，根本没有时间修心打坐，以至于两天后，她还是无法运用法术。一路上高纬总不离她左右，生怕她再次逃掉。

事实上，只要表盘一天在高纬手里，小雅就一天受制于高纬。高纬也明白这个道理，一路上对小雅动手动脚，吃了不少豆腐。众人看在眼里心知肚明，冯小怜独自一人坐在另一辇车上心伤不已，小皇子高恒自然在皇帝身边凑了不少热闹。

队伍缓缓进宫，车队在皇宫停将下来后，小雅立即从辇车里跳下来。她一手按住敷在脸上的冰块，一手从袖子里拿出一根细小的铜针别在一片叶子上后，让人拿来一碗盛着清水的大碗，把叶子放进碗里，指针在上面浮动几下后，立即指向南方，静止不动。

韩长鸾也已经下轿，他走到小雅身边，问道："雅娘娘这又是做什么？"

小雅脸色不轻松，她指着远处原本是国师府的地方，说道："这里的气场变了。国师府本来可以镇住这一城龙脉之气，结果却被拆了下来，实在是让人意想不到。先生，您有什么看法？"

韩长鸾登高望远，以前属于自己的国师府如今已经被拆得剩下基架，只怕再过几天，国师府便荡然无存了。韩长鸾叹了口气，说道："国师府乃一国之象征，如今却这般模样，实在是物是人非……"

小雅摇摇头，道："先生不必感概，自古真龙之地，君主都喜制它，以免生得异端。如果一个地方是龙脉，大到足以影响统治的时候，统治者便会派人在当地建庙或者修建城楼，以镇住当地龙气。这国师府其实便处在这么一个地方，国师府可以镇住邺城的龙气，邺城真龙会受到压制，难以飞天。请问先生，这国师府是何人所造？"

韩长鸾摇着头，这国师府建造多年，他在北齐也不过是几年光景，真要追根溯源，也实在有些难办。

韩长鸾说道：“下官不知，不过娘娘所说，下官也注意到了。只可惜下官也无力拆下这国师府，毕竟是先皇时期所造。”

其实并不是他不想，而是不愿意。北齐气数本来将尽，这国师府在此地拔地而起反而有好处，可以制住龙脉之气，以免发生造反之事。今天下国多而乱，北齐建国，本是凶暴争战而来，国师府镇住这里地气，反而是好事。

小雅也知道韩长鸾在想什么，她笑着说道：“其实先生心中有数。这国师府突然没了，邺城接下去的命运可以预知，小雅只想问一句，这是在先生的动作之中吗？”

韩长鸾闻言一惊，他连忙摇摇头，回应道：“不知雅娘娘所指的动作是什么。”

小雅俯下身把铁针捞起来，然后狡猾地望着韩长鸾，轻轻地说着：“让北齐覆灭的动作。”说完便不再言语，转身扶住围栏，看着国师府在士兵的搬迁下，一点一点消失。

韩长鸾震惊不已，这雅娘娘果然冰雪聪明，还是知道了他的想法。何小雅说得没错，这一步确实在韩长鸾的计划之中。他早已推算出事情的发展，所以才会心甘情愿地助小雅出宫，并且让小雅每逢十五给他书信，为的就是迷惑少帝高纬。而他自己也可以功成身退，退出北齐的舞台。

只可惜连他自己也没料到，他还是为了小雅再次回到邺都。这一步倒在他的推算之外，他考虑众多，却没有把男女之情考虑进去。

韩长鸾走到小雅身边，有些感慨：“如果可以重新选择，下官便不会帮助娘娘出宫，这国师府也定然能继续存在。”

小雅闻言不由生出几分愧疚，韩长鸾虽心不在北齐，但也实在是一个重情之人。小雅轻声回道：“这也许是北齐的气数，邺城真龙之气重现，小小邺城根本没有这个能力驾驭。而且九重宝塔的问题也颇令人担忧，接下去恐怕没有安生日子过了。”

韩长鸾沉思不语，直到身后的高纬来到。高纬其实早看见了他们在窃窃私语，心里自然有几分不爽快，想到在皇宫他们也做不出什么，便忍住心中的怒气，站在辇车一旁观望他们。最后见两人竟越走越近，高纬实在忍无可忍地走上前，心里嫉妒得发狂。

高纬一上前便狠狠地搂住小雅瘦小的肩膀，问道：“你们，在说什么？”

小雅反身顺从地拥住高纬，笑答道：“我们什么都没说，只是看国师府已经空了，难免有些惆怅。国师，您说呢？”

巧妙地把问题转移给韩长鸾，韩长鸾不禁冷汗直冒，这何小雅到这时都不忘坑他一把。见高纬杀人的目光瞪来，韩长鸾当即行礼恭敬说道：“确实如此，国师府如今这般光景，下官也有些意外……”

高纬冷着说道：“是朕的意思，国师是在怪朕？”

韩长鸾立即下跪，颤抖道：“下官不敢，皇上这么做自然有皇上的理由。”

高纬不禁反问："那国师觉得朕是什么意思？"

韩长鸾答："下官不敢妄自揣摩，还请皇上指点一二。"

高纬听完，忽然把小雅往自己身上抬高一点，然后俯下头在她的脑袋上吻了一下，邪魅地说道："朕是为了给雅儿一个礼物。"

小雅不禁抬头问道："是……什么礼物？"

小雅隐隐约约觉得不妙，皇帝肆意飞扬的语气更让她胆战心惊。有什么礼物需要把国师府拆除，除非……

小雅有些慌乱地看着高纬，高纬则满意地看着她，他立即接了话去："朕要在这里建造水上宫殿赐给雅儿。雅儿，你的脸色怎么如此苍白？来人啊，快传御医！"

小雅听到皇帝的话整个人都软了，想不到皇帝竟如此疯狂，此地是邺城至关重要之地，关系着邺城近几年的命运，在此地建湖会影响以后邺城的兴衰。湖水为北方子水，上临玄武，主桃花、暧昧之事，此地届时不能镇住龙气，反而会因湖水而导致邺城陷入难以明说的情色之中。上至君王，下至邺城平民百姓，甚至是在邺城的动物、家畜，都会变得疯狂。

韩长鸾自然也神色严峻，他本以为国师府只是被拆了事，没想到皇帝竟想在这里搭建水上宫殿，实在骇人听闻。高家皇室向来荒唐，高纬这一世，比起先皇们，竟有过之而无不及。他知何小雅不会赞同这种做法，可惜此刻的她根本没有能力改变皇帝的决定，能说得上话的只有自己，毕竟韩长鸾身为北齐国师已经多年，对北齐的风水早已了然于心。

韩长鸾当即沉思，是否该向皇帝说明？

此刻高纬焦急如焚，他把雅妃拦腰抱起来，迅速走向明光殿的方向。韩长鸾望着他们远去的背影，终于下定了决心。

入夜时刻，韩长鸾被皇帝紧急召去，在明光殿上，只有君臣二人。高纬逗着刚刚命人送来的鹦鹉，一言不发。韩长鸾则站在旁边，心中若有所思。片刻之后，高纬首先开口，打破沉默，问道："国师对国师府的拆除有何看法，尽管说。"

韩长鸾知道皇帝会问此事，早已将准备的话说出来："陛下，这国师府乃一国之重，本不可拆除，但如今已经拆除，属下已经无话可说了。"

高纬又问："国师对邺城风水勘察多年，朕在国师府上动土，难道国师就不发表意见吗？"

韩长鸾答道："邺城乃真龙之地，国师府的存在压制了此地的龙气，属下想此时正是一飞冲天之时。"

高纬沉思，片刻之后，再问："朕在此地重新建宅会影响龙气吗？"

韩长鸾回道："自然是会，不过影响不大。"韩长鸾不仅隐瞒了真相，还添油加醋一把："在此地建湖，湖中流动之水可以加速催发地气，是明智之举。"

高纬笑道："那自然是好。当年可人女风水师只告诉先皇，邺城暂时没有足够的国力担待起真龙之气，得暂时压制，否则会被他国当成靶子，进行斩龙之举。所以先皇命人在此建造国师府，镇压邺城龙脉，可如今朕算明了，我大齐乱中起家，凭的就是一个险字，朕没有理由不试试！"

高纬说得肆意飞扬，韩长鸾心中冷汗直冒。高纬虽然年少，但野心不小。

高纬见韩长鸾不语，神色有几分不适，高纬不禁问道："国师是怕没了国师府吗？"

韩长鸾弯腰行礼道："属下不敢。"

高纬随即补充道："担心也在常理之中，国师跟随朕多年，朕自然不能亏待国师。朕在邺城选了一块地，准备重建国师府，国师觉得如何？"

韩长鸾更加感激道："谢陛下，如今陛下还把臣下当做国师，臣下已经感激不尽了。"

高纬冷笑："国师不必感激，你们都是朕的好帮手，朕少了你们都如失去手臂。其实，朕在此建湖，有三个理由。一、让邺城真龙之气释放，助我大齐一臂之力。二、举手之劳，将此地送给雅妃，朕知雅妃深谙易理，让她住在邺城最关键之地，她可以亲眼看着大齐发生翻天覆地之变，彻底融入。至于第三，朕就要问你了……"

韩长鸾道："陛下请说。"

高纬突然捏住鹦鹉的脖子，鹦鹉在他的手里扑扇着翅膀乱动，差一点便一命呜呼。高纬随即放开鹦鹉，让鹦鹉直接掉在地上后，才拍拍手，冷道："除了那鬼东西，雅妃还有什么弱点？"

韩长鸾心中猛然一惊，莫非皇帝已经知道雅妃的弱点？从雅妃进宫开始，便从来没有靠近过湖泊河流，即便是水也很少沾，以韩长鸾的观察发现，雅妃应该忌水。可他并不敢确定，或许是因为寒冷，或许是因为她真的不喜水。

韩长鸾不敢违背皇帝，看皇帝一副笃定模样，定然是了然于心，自然不敢有任何隐瞒，只把他所知说出来："据属下所知，雅妃娘娘惧怕流动之水，但雅妃娘娘并未明说，所以臣下也不敢妄自评说。"

高纬狠狠一笑："国师说得没错，雅儿确实怕水，从她第一天进入皇宫，朕便明了。"

高纬清楚地记得，何小雅从水上冒出头来的惊恐，以及差点在水里淹死的情形。极乐台温泉本就不深，若是站在水里，也不过是半人之高，可何小雅竟能在水中差点溺毙，从那刻起，他已经注意上她了。所以才会下水，把她捞上来。

以后几天，小雅更是不敢走到温泉旁边，甚至是莲湖，她也都远远避之。种种举动，让心思缜密的少帝更加明确她的弱点，本想用此来制住她，没料到她竟从皇宫逃了。如今她再次回宫，高纬岂有轻易放过之理，自然是要好好地吓吓她。

高纬的话语让韩长鸾无话可说，皇帝记仇，即便是连自己喜欢的女人也不放过。

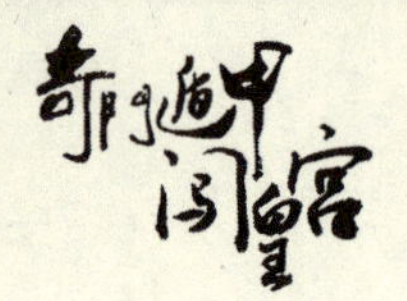

从另一方面来说，也正是因为喜欢雅妃，才会变得如此疯狂。自古以来，许多皇帝为容貌所迷惑，为了女人，宁愿江山也不要。可何小雅并不是最娇艳的女人，皇帝能为她如此疯狂执著，恐怕是动情无疑。

男人动情尤为可怕，特别是高高在上的九五至尊，可以为了情放弃皇位，也可以为了情毁天灭地，举国倾城。高纬便属于后者，他从来险中求胜，只怕是会为了情而杀尽天下人。韩长鸾不由得一阵怅然，相比皇帝，自己只能是做臣子的份儿了，他没有皇帝的魄力，更不会为小雅做出如此疯狂的举动。

正当韩长鸾沉默不语之时，高纬竟缓缓开口："朕自知不能一辈子困住她，但朕只要她陪着朕，直到朕死去，朕便满足了。"

韩长鸾心中忽然一紧，说道："陛下，雅妃娘娘天生不受束缚，陛下如此恐会触怒雅妃，届时怕是要做出乱君纲之事！"

高纬说道："国师的意思朕也想过了，但朕不想失去她。所以今天请国师来，是请国师出个法子，让雅儿永远无法再逃走。"

韩长鸾震惊，说道："陛下的想法是？"

高纬忽然冷道："废了她的道行。"

话罢，韩长鸾久久望着皇帝，震惊得说不出一句话来。高纬继而说道："朕不需要她有多大的能耐，朕只需要她永远留在朕的身边。"

韩长鸾有些战抖地说道："雅妃如果没了这些本事，陛下还会爱她吗？"

高纬嘴角一扬，说道："朕不知道，真不喜欢了，朕会杀了她！"

韩长鸾不死心地问着："那么，雅妃便和这后宫中的女子没有任何区别了。皇上，这后宫佳丽三千，您何必执著于雅妃娘娘？若是陛下想要一名普通的女子，谁都可以变成雅妃娘娘……"

韩长鸾话没说完，便被高纬一口打断："放肆！她们谁都不是雅儿！国师，这道理你还不明白吗？即便是冯小怜，她也不是何小雅。"

韩长鸾心中大惊，这皇帝心意已决，自己恐怕不能多说了。他唯有跪下来，祈求道："陛下，难道您想让雅妃娘娘恨您一辈子吗？"

高纬冷冷一笑，狠道："那又怎样？永远恨着朕，总比朕永远爱着她好，这是朕对她的惩罚。韩长鸾，朕看得出来，你对雅儿下的心思不小，你也喜欢她，对吗？"

韩长鸾低头称道："臣不敢。"

高纬冷道："朕可以把冯小怜赐给国师，只要国师帮朕做完这件事，你便可以和她永远离开皇城。否则，朕叫你求生不能求死不得，朕绝不食言！"

韩长鸾心中纠结，这皇帝的命令从来没有人可以拒绝，身为国师的他也不能例外。想起何小雅狡猾的笑颜，韩长鸾实在下不了手。韩长鸾站起来，没有再说半句话，行礼后退出明光殿。

高纬并不阻拦，他望着韩长鸾渐渐远去的背影，再次冷笑出声。远处的韩长鸾似乎听到笑声，浑身发抖。他抬头望着明媚的天空，心里久久不能平静。许久之后，他走到国师府原来的地方，望着一片狼藉的空地，他不禁呢喃出声："我到底该怎么办？救你，还是废了你？"

第三十六章　毒　药

此刻身处在西宫中小雅心里不由得突然一颤，一种不祥的预感涌上心头，顾不得吃苹果，她立即往殿外走去。无奈门口的侍卫立即拦住她，不让她离开西宫半步。小雅索然无味地返回，这日子又回到了以前。

可惜小雅再也无法运足气冲出去了，只能半倚在桌子上，拿起果盘里的苹果，一口一口地吃起来。直到韩长鸾来访，小雅的心情才稍微好点。

韩长鸾提着食盒来到小雅面前，笑道："下官为雅妃娘娘带来一些滋补身子的补品，可助娘娘恢复一些体力。"

小雅接过食盒，打开盖子，一股热气冒出来，直扑到小雅的脸上。她吸口气，脸上被烟雾熏得更加梦幻。小雅自然不会提防韩长鸾，她拿起碗，笑道："嘻嘻，口福不小，这是什么？"

韩长鸾眯起眼睛，笑着说："这是辽东一代盛产的大白参，雅娘娘尽管放心饮用便是。"

小雅听得这么一说，自然不客气，一根极好的大白参可以迅速补充她的体力。如此送上门来的补药，不吃岂不便宜他了。小雅拿起汤勺，舀着参汤，笑道："那谢谢先生了，此刻更是需要此种补药。"

小雅吹着气，把汤吹凉后喝完。之后，便把空碗放回食盒，笑嘻嘻地看着韩长鸾。韩长鸾面露喜色，说道："药房御医每天会为娘娘送一碗参汤来，娘娘可静心调养。"

小雅问道："是高纬的意思吗？"

韩长鸾低头回应道："正是。"

小雅随即沉思，片刻之后，笑嘻嘻说道："那还真是错怪他了，他并不是那么坏。"

韩长鸾低头不语，他明白小雅所说何意。以她的思维，皇帝定然不会让她顺利恢复体力，所以才会这般问。可小雅却毫不怀疑地喝下那碗参汤，证明她是相信自己的。

思及此，韩长鸾心中不由得几分心酸，恐怕何小雅在宫里能信任的也只有自己了。

韩长鸾看着她仍然苍白的脸色，不禁心酸不已。他真想带着她离开这里，不让她继续深陷皇城，可惜他也是自身难保，一时之间，根本无法带走她。

韩长鸾低声说道："娘娘要是相信下官，下官可以每天亲自为娘娘送来参汤。"

小雅闻言，粲然一笑，说："那谢谢先生了。"

韩长鸾自然说不客气，两人又沉默了一会儿，小雅又问："可有兰陵王消息？"

韩长鸾说道："下官不知。下官会尽快查清，告知娘娘，请娘娘放心。"

小雅拿起果盘里的苹果，放在嘴里一咬，说道："好，我要休息了，先生还有事吗？"一句逐客令，韩长鸾只好欠身离开。

待韩长鸾走出殿门后，小雅立即走到床榻前，静心打坐，尽快调整内丹。可惜她心里想着兰陵王身上的伤，一时间无法入静，差点走火入魔。她立即睁开双眼，剧烈地喘息，全身热血沸腾，似乎被烈火燃烧一般。

小雅不知哪里不对劲，只要一闭上眼睛，她便觉得烦躁不安。此后几天下来，小雅的精神渐渐萎靡，状态一天不如一天。韩长鸾每次送来参汤，小雅便倚在窗边，有气无力地说着："先生，我觉得越来越困了。"

韩长鸾只得笑着回答她："娘娘休息一下吧，醒过来就好了。"然后端起参汤，亲自喂小雅喝下去。

这种状况持续到第七天，小雅感觉自己提不起任何力气，连走路都无法走出十步，便软软地摔在地上。直到此刻她才明白，自己似乎已经连内丹修为都失去了。

高纬远远地看见小雅摔倒在地，知道韩长鸾并没有违背他的意思，小雅的修为已经逐渐失去，他心中又是欢喜又是心痛。喜的是小雅再也没有能力离开他了，痛的是，此法让小雅的身子变得极差，要调理回来，恐怕得二三个月才行。

高纬快步走向小雅，蹲下身扶起她。小雅借着高纬的力量站起来，身子却怎么也站不稳，她只好把全身的重量都倚在高纬身上。小雅知道事已至此，已经无法挽回，也知道这是高纬要的结果，便顺从他的意思，以免自己再次吃亏。

高纬揽着她，带她到皇宫的花园，看着一园的春色，高纬不禁笑道："艳阳当空，冰雪消融，此地更是一片春色。雅儿，你要是喜欢，朕可以每日带你来这里。"

小雅这时候哪有心情欣赏这一园美景，她都困得不行了。她连回答皇帝的力气都没有，直接把头倚在高纬的胸前，双眼一闭立即睡死过去。

高纬满意地抱着她，命人拿来一张软榻，把她安置好，盖上一条锦被后，皇帝竟把头搁在她的肚子上假憩。直到天色暗沉下来，皇帝被寒风惊醒，才看见小雅还在睡梦中，便把她抱起来送回西宫。

之后，皇帝起身离开。只要再过几天，何小雅便无法做出任何反抗，届时他不再有

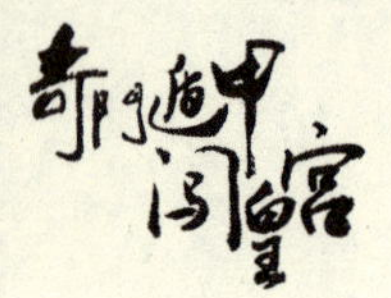

任何顾虑，便可以直接得到她。高纬走到冯小怜住的宫殿，抬脚走了进去。

与此同时，在睡梦中的小雅忽然醒来。她坐直身子，灵动的双眼在黑夜中发出点点璀璨光芒。隔着帘子，她依旧能感觉到帘外有人，一股淡淡的檀香味扑鼻而来。

小雅沉声闷道："先生，不必再躲了……"

话罢，站在帘外的人果然掀帘进来，他直接来到小雅身前，坐在床榻边望着小雅，脸上露出的神色不知是喜是忧。倒是小雅先缓缓地开口道："先生，你害了我。"

韩长鸾露出愧疚之色，说道："其实你早该察觉到了，你还坚持喝那碗汤药，让长鸾实在难过……"

早在他送完汤药的第二天，何小雅便发现了不对劲的地方，可是几天下来，她还是坚持喝完它，让韩长鸾每日都愧疚得欲死。其实何小雅并不是不明白，皇帝若执意要她喝这碗药，她便没有反抗的余地，即便没有韩长鸾，也会有别人。但如果药是韩长鸾亲自送来，那么韩长鸾便永远欠她一个人情。

小雅打了个哈欠，说道："我一生没这么窝囊过。先生若觉得愧疚，便把解药给小雅，这样下去也不是办法。"

韩长鸾摇摇头，说道："没有解药。只需要时间慢慢调理便可以恢复了。下官并不会对娘娘用最猛的药，娘娘尽可放心。"

小雅又问："需要多久才可以恢复，我不能死在这儿。"

韩长鸾心中一酸，伸手把小雅揽过，他把她抱得死紧，一手抚摸着她的黑发，心痛道："我不会让你死的！下官一定救出你，否则下官会愧疚一辈子！"

小雅低低地说："愧疚的话，帮小雅拿回那个表盘……"

韩长鸾的手忽然僵住，他捧起她的脸，深沉地看着她，她嘴上的嫣红在此刻成为诱惑。韩长鸾低下头，把自己的唇覆盖在她的唇上。

小雅自然是反抗不了，她只得顺其自然与其交缠。韩长鸾下药对付自己并不能说没有私心，至少在这方面，小雅只能逆来顺受，连说个不字都没有力气。

许久之后，韩长鸾停止对她的索吻，他放开她，站起来说道："下官一定会拿到那个表盘的！"

话刚说完，小雅眼睛一闭，再支撑不住困意，死死地睡过去。刚才的激吻似乎只是一个令人恍惚的梦境，连韩长鸾也觉得有些不真实。对于小雅来说，那只是一个让她不那么快沉睡过去的亲吻而已，并没有任何情欲在里面。

韩长鸾帮她盖好被子，起身走出西宫。此时夜色西沉，天边点点的星光衬得夜凉如水，韩长鸾来到莲花湖旁边，望着一湖刚刚解冻的湖水，若有所思。片刻之后，他立即对着湖水用铜钱起卦，问寻物方向。

占得卦象之后，韩长鸾毅然地下湖，在湖中摸索起来。夜色中，一个黑影在假山后面静静地站着，望着韩长鸾在湖中摸索。不久之后，他抬头望着天空，嘴角一扬，露出邪魅又冷酷的笑容。

第二天。

高纬早早地来到小雅身边，看着她从睡梦中醒来，高纬命人端来梳洗用具，亲自帮小雅擦起脸来。在此过程中，高纬忍不住亲吻小雅的脸颊，脸色苍白的她愈发显出一种精致的美丽。

洗漱完后，高纬神秘地对小雅说道："雅儿，朕带你去一个地方，来，朕背你。"

说罢，在小雅面前蹲下身，欲把小雅往自己背上移，小雅见皇帝如此，也只好说声："谢谢陛下。"

高纬心情顺畅，他背着小雅站起来，笑道："雅儿可以唤我仁纲，这是我的字。"

趴在他背上的小雅，顺从地唤着他的名字："仁纲。"话虽如此，小雅心里却想着，北齐后主可一点都不仁慈，浪费了如此厚道的名字。

高纬喜笑颜开，轻生应道："我在这里。"

厚重的嗓音，宠溺的柔情，尽化在天地之间，层层漫去。他像个孩子一样开心，能让他心爱的女人如此呼唤自己，即便是换做别的男人，也一样可以心花怒放。况且，高纬只不过是一名十七岁的少年，在心爱的女人面前，孩童心性显露无疑。

两人来到先前国师府所处的地方，望着一大片莲湖，高纬心情又顺畅许多。倒是小雅显得措手不及，眼前一片广阔的莲湖竟在短短几天内建成，湖上一座新建的阁楼显得格外刺眼。微风拂过，平静的湖面上竟泛起丝丝水光，射入小雅的双眼，小雅痛苦地闭上眼睛。

高纬把小雅放下来，扶住她的身子，说道："这是朕特地送给雅儿的礼物，雅儿，喜欢吗？"高纬狡猾地看着她，从她惊慌的眼神中便知道她不喜欢此地。而高纬正是要看她这种表现，她表现得越弱，高纬心中竟越发开心。

小雅反身抱住高纬的腰身，说道："喜欢，陛下，这里很冷，还是回去吧。"

高纬脸色一沉，怒道："你叫朕什么？"

小雅不禁一愣，随即反应过来，她继而笑道："仁纲，我们回去吧。"

高纬脸上又见喜色，他说道："这怎么行？我们还没到水中去游玩一番呢。雅儿听话，今天艳阳高照，自然要到处游玩一番，来，别怕，有朕在呢。"

说罢，搅着小雅便要往湖边的小船上踏去。小雅自然不愿意，她怕水可是出了名的，每次去游玩，总是尽量避开水边。不是老爷子告诉她忌水的原因，而是她天性怕水，见不得河流湖泊，甚至是小溪流都有可能引起她的恐惧感。以前登山涉水寻龙的时候，总不敢靠水流太近。

而此刻她却要坐在船上，在水上飘荡。以前迫不得已坐上大船还勉强说得过去，眼前的小船不过能容纳两三人，且在水上极不稳定，定是要摇晃一番。想到此，小雅表现出极力的反对，她死也不肯上船。

此举正中高纬下怀，他硬是把小雅拖上小船，小雅一上船便把双手扒在他身上，一刻也不敢离开。高纬拿起船桨开船，向着湖心宫殿划去。待划到宫殿前时，小雅脸色苍白得比雪还纯净，高纬搂着她走上台阶。

湖心宫殿并没有用石头修筑，只是用木桩在水中立起，搭建成巨大的平台，上面再用木头砌筑殿房。两人走上台阶后，小雅一阵眩晕，她忽然扶住巨大的柱子，喘息不已。

身处湖心，仿佛四周都在摇摇晃晃，小雅还是第一次尝试这种感觉。湖面上冷风吹来，拂在她的身上，长发被向后拨起，脸色苍白的她根本分不清东南西北，特别是在奇门表盘被高纬拿走之后，小雅表现得大不如从前。

或许是少了份笃定，也或许是韩长鸾的药，更或许是陪在她身边的人是酷似师亦宣的高纬。小雅心思迷乱，她坚决不能再这样下去了。只可惜，她没有旺盛的精力支持她，她现在连讲话都有些费力。

高纬走过来，把她的身子转过来，让她的背部顶着柱子面向自己。小雅今天一身素雅衣装打扮，部分头发被高高盘起来，露出纤细洁白的脖子，以及精致异常的耳朵，高纬忍不住俯下头亲了一下她的侧脸，在她耳边轻轻说道："你不要说话，朕要告诉你一件事。"

小雅也懒得说话，无端耗费仅存的体力，她抬头望着高纬，希望高纬不要卖关子。看着她专注地望着自己，高纬心里不禁乐开了花，他说道："朕曾在这莲花湖丢了一件物事，就在昨夜亥时，朕看见国师在这湖里捞东西，你知道国师在捞什么吗？"

亥时。似乎正是韩长鸾离开西宫之时，小雅依稀记得，她让韩长鸾帮她找回表盘，而韩长鸾也答应了，难道是……

小雅惊讶地看着高纬，他的眼里尽是一望无际的狡黠。高纬点点头，说道："你想得没错，国师在捞雅儿的表盘，可惜国师并没有捞到。"

小雅气得说不出话来，高纬竟把奇门表盘扔到这莲花湖里，虽然那是高科技防水，但也不能在水中泡太久。小雅推开高纬，急道："你把表盘扔水里了？"

高纬点头，说："是，朕确实丢了。"

话刚说完，气急的小雅当即朝他脸上就是一拳。小雅因身子不稳向后退了几步。小雅咬牙说道："你太不人道了，气死我了！"

说完，小雅反身趴在栏杆上，望着不深但有点吓人的湖水。

高纬被小雅揍了一拳，许久没有反应过来。待他反应过来时，小雅已经一个人上了船，忍着恐惧之感，摇着船在湖上穿行。大概摇了一会儿后，高纬见她渐行渐远，不禁喊道："雅儿，等等朕……"

小雅转头，狡猾地看着高纬，一字一句地说道："那地方你那么喜欢，自己在那慢慢喜欢吧，我先回去了。"

说罢，当真向岸边划去。高纬站在湖心中央干着急，他并不是怕自己回不到岸边，而是怕船上的人一不小心掉进水里。好在小雅最后终于将小船顺利划到岸边，高纬一颗悬着的心才稍微平静下来。

正在此时，着急回岸的小雅却在上岸时不小心掉入水中，扑通一声，连商量的余地都没有，小雅整个人向水底沉去。本来想找到国师问个究竟，却没料到在最后关键时刻，她还是掉入令她恐惧的湖中。

"快……救我……"

高纬见小雅掉入湖中连挣扎的力气都没有，不禁懊恼自己对她下手太狠，他顾不得皇帝的尊严，扑通一声跳入湖中，向着小雅溺水的方向游去。

"雅儿，你不会有事的，朕一定会救你！"

第三十七章 炁 符

在小雅落水的同时，刚好被经过的韩长鸾发现，他二话不说，立即跳进湖里，把小雅捞起来。昨晚他已经下过一次湖，深知这湖并不深，可对小雅来说，已经漫过脑袋了。

小雅从水里出来，她连续呛了几口水，睁开刺痛的双眼，看见是韩长鸾，便问道："先生，找到了吗？"

韩长鸾摇摇头，说道："尚未找到，娘娘无需担心。"

小雅伸手揪住他的衣领，怒道："我当然担心，高纬把表盘扔进水里，你为什么不告诉我？"

韩长鸾低声叹道："下官只是不想娘娘担心。"

小雅咬牙说道："我顶你个肺，那表盘要是毁了，我便一辈子缠着你，跟定你，吃定你，玩死你……"

这女子的话语总是惊世骇俗，韩长鸾不怒反笑："下官不介意娘娘缠着下官。"

小雅瞪了他一眼，说："算了。先生帮小雅起个卦，问表盘丢在何处。啧啧，皇帝过来了，先生先别说话，等晚上在这会合，先生再把卦象拿出来，我一定要找回表盘！"

韩长鸾听罢，便解下披风盖在小雅身上，他恭敬地站在一旁。刚从水里冒头的高纬怒气冲冲地看着两人，他从水里爬起来，直接来到小雅身边，气急呵斥："你怎么如此不小心，这么不懂得保护自己！"

小雅委屈地回道："如果可以选择，小雅也不想掉入水里。"

高纬顾不得身上被水浸透的衣服，便抱起小雅往明光殿方向走去。韩长鸾没有跟去，而是望着他们远去的背影怅然若失。他随即蹲下身，拿出六枚铜钱，用手指在地上画出几条爻线，起出一个完整的六爻卦。看着地表上的卦象，韩长鸾闭上眼睛沉默不语。这卦竟和昨晚的卦象一样，皆是巽卦。

巽为虚伪不实，巽卦由两巽组成，称为巽卦伏吟。若是寻找失物，不喜见伏吟局，反而是反吟局好些。伏吟伏吟哭吟吟，主事缓慢而进展难，若是新病之人问病得伏吟局，则会不吉，犯入凶险。如是久病之人问病，得伏吟局反倒无事，若是得反吟局，则凶险无疑。

此卦寻物之卦，因奇门表盘被丢入湖中不久，所以不能见伏吟之局，如若得到伏吟之局，即便是费劲心思也无法找到，若要找到表盘，恐得数十天以后了。

韩长鸾观察湖中流动水流，因其流动极其没有规律，所以表盘在水里确实有几分难以找寻，除非动用大量人手寻找，或许可以找到。韩长鸾不是一个认输的人，不管卦象吉凶，总得试试才知道。找，还有一半的机会，不找，连一半的机会都没有。

韩长鸾心中不禁欣慰地笑开，或许是被何小雅的作风所感染，韩长鸾竟发现自己越发像她了。

他脑袋灵光一闪，忽然高兴地自言自语道："有了，可以用天灯找到它！"

所谓天灯，其实是一个简单的小法术，先用纸张叠成小纸船，然后把蜡烛放入纸船里，把纸船放在水里，任其漂流，到纸船静止不动的地方，便可以寻找到失物。

韩长鸾不确定这个方法是否完全行得通，但根据水流方向，表盘极有可能随着水流静止在某一个地方，不管怎么说，总得试一试。

入夜之后，小雅果然裹着披风来到湖边，韩长鸾早已在湖边等待多时。湖心中央的宫灯亮堂，远远望去，如处仙境。韩长鸾向小雅说明了寻找表盘的方法，小雅笑道："先生好聪明啊，连文王卦都不用了。"

韩长鸾点头不语，拿出早已准备好的纸船放入湖里，湖面上不见微风，纸船却缓缓地朝湖心飘去。在纸船还未静止之前，小雅拉紧披风的领子，说道："不过，小雅还有一事请先生帮忙。"

韩长鸾答道："请说。"

小雅从怀里拿出一张纸条，递给韩长鸾。韩长鸾接过纸条，摊开一看，上面写着一个"炁"字。不解地问："这有何用意？"

小雅笑道："小雅想请先生帮忙画一道炁符。先生您知道的，邺城即将大变，小雅届时不能明哲保身也实在说不过去。"

韩长鸾皱眉，问道："下官不解，仅这道炁符能有什么作用？"

小雅抽过他手里的纸条，仔细端详后，才狡猾地笑开，说："先生，这您就有所不知了。炁为气，气为物体的三态之一，无物无形又能自然散布，不属于物体也不属于液体，它是属于气体。而炁符正是集天地气之精华，把气收录符中，化饮，能壮神益气，源源不绝，这样便能迅速补回气力了。"

气有天气、正气、节气、气运。

天气又分阴、阳、风、雨、晦、明等六气；正气为天地正气，世间浩然之气也；节气五

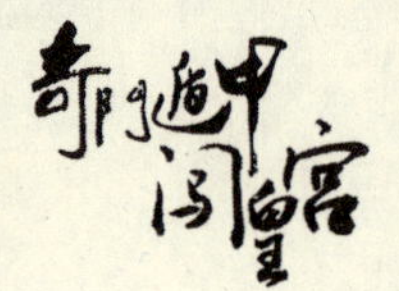

日为一候，三候为一气，月首为节气，月中为中气；其中令科学家费解的是气运。没有形质而能互相感应的气，称为气运，人类无时无刻不受气运的影响，以人为本，气运引导人类的生活作息，乃至一辈子的命运。

人类生活在巨大的气场中，最初的生命也在气场中经运而诞生。人类从出生交气的那刻开始，便注定一生的大致走向。这便是气运给人类的限制，也是气运给人类的赏赐。人类可以通过出生时刻，预测人生走向，知命而顺命，霉运的时候可以积累力量，待到走好运的时候一鼓作气，将能力发挥到最好。

韩长鸾也是道门中人，他听说过此符，却从来没有画过，效果如何，也不得而知。韩长鸾不由得皱眉，问道："娘娘试过此法吗？"

小雅摇摇头，说道："没试过，但总归要试一试。这就看你功力了，能否把气体收录符中，全看先生了。"

韩长鸾又问："该如何画呢？"

小雅从袖子里拿出早已藏好的毛笔，在一张纸上画上交叉符号，递给韩长鸾后，说道："照这个图形画，符以黄纸白书，左手掐中指上节引掐下节，取辰气当三呼之，面向西北，书毕后化水饮用，便可以壮神益气，源源不绝。"

韩长鸾看着上面的符号，疑惑道："咒语是……"

小雅随即靠过去，踮起脚尖，在他的耳边轻轻说道："记住，咒语是：炁神无夬君字毳毳，吾奉玉清勒速降元炁成。"

韩长鸾点点头，觉得似乎少了什么，他反复琢磨着这句咒语，片刻之后，才恍然大悟，说道："不成，娘娘这符少了符胆，下官即便画一万次，也没有本事画成。"

小雅听得他一言，不由心中慰藉，这韩长鸾心思果然越来越缜密了。确实如此，分辨一张符的真假，往往可以从是否有符胆方面来分辨。

符令主要由符头、主事佛、符腹内、符脚、符胆五个部分组成，好比人的头、思想、腹部、肠胃、双脚、心脏等。其中符胆犹如人的肚胆，一个符令如果没有符胆，好比门没有锁一样，谁都可以进入，如入无人无神之境。所以说，符胆对于整个符令来说，有着不可缺少的位置。

通常情况下，符胆一般由一些密字组合而成。而书写这些密字时，需要配合世代密传口令，才能将符胆画好，使整个符令变成可以号令鬼神的符令，否则便跟一张白纸没有任何区别。

小雅的嘴几乎贴在韩长鸾的耳朵上，她越发小声地在他耳边说着老爷子口传心授的密语。密语一般非弟子不传，如今这般光景，小雅也只好先对不起祖宗一回了。

"记住，密咒念完符令书毕，不能多一笔，也不能少一笔。"

韩长鸾倾耳细听，热热的气流直接吹在他的耳朵上，温软而又令人沉醉，以致在她说完话后，韩长鸾还沉浸在温香之中。直到远处的小船静止不动，直到小雅转身离开走到湖边时，韩长鸾才惊醒般地回了神。

韩长鸾随即走到小雅身边，说道："纸船在那停住了，我们过去看看。"

说罢，韩长鸾当即跳下小船，小雅有些犹豫，最终还是跳了上去。心想有韩长鸾在，即便掉水也有人救她，最多再呛水一回，况且，还不一定会掉进水里。

韩长鸾扶着小雅在船中坐下，他拿起船橹，向着小船方向划去。两人顺利地来到小船旁边，韩长鸾当即要下水寻找，被小雅阻拦，在韩长鸾疑惑的目光中，小雅从袖子里掏出一块磁石，笑道："今天从御医那里要来的，一百两黄金，可不便宜！"

韩长鸾更加疑惑地说道："下官实在不解。"

小雅更加开心地说道："你当然不明白，这是磁石，同样有阴阳两极，正极为阳，负极为阴，阴阳相吸。"

韩长鸾摇摇头："娘娘说的阴阳下官明白，可这正极和负极都是什么呀？"

小雅脸一黑，说道："就是阴阳极。算了，不跟你说那么多，我只想告诉先生，用这个，可以找到表盘。"

小雅拿出一条红绳，绑在磁石上，在韩长鸾的注视下，缓缓放入水中。小雅一手揪紧韩长鸾的手臂，生怕掉入水里，一手则拉着红绳，不断地利用磁石探清水下的虚实。

片刻之后，湖底下仍然没有动静，两人便把船往湖心靠近一点，一会儿之后，感觉到手里一沉，小雅顿时欣喜异常。她有些激动地把红绳拉将起来，直到磁石浮出水面，一个黑色的物体被吸在磁石上，不禁令小雅傻了眼，连韩长鸾也处在不安之中。

掰开黑色物体仔细端详，不过是一块黑色铁块，从外形上来看，确实有几分酷似小雅的表盘。小雅郁闷地将磁石再次扔入湖底打捞，却再也没有打捞出什么来。大约过了半个时辰，小雅泄气地把磁石扔在船上，拿起那块黑色铁块，不满道："不是吧，捞了半天，就这铁块啊！"

韩长鸾心里隐隐不安。几日前，皇帝从手里扔出的物体正是此物，他以为是雅妃娘娘的表盘，想不到是普通的一件物事。然而，更让人担忧的不是没有找到表盘，而是皇帝在扔这块物事之前，故意让韩长鸾在他身边待着，显然是做戏给韩长鸾看。如今仔细想来，高纬早有准备。

既然如此，今天来此之事，也定然在皇帝的掌握之中。韩长鸾心中大惊，他拿过小雅手里的铁块，再次扔往湖里，扑通一声，铁块立即沉入水底，韩长鸾拿起船橹，向着岸边划去，他边划边惊道："不好，是皇帝的陷阱！"

小雅心中一惊，忽然想明白前因后果。白日之时，皇帝无缘无故说国师下水寻物，想来也是试探自己，如今自己竟因怕表盘毁坏而忘记皇帝的心思，轻易掉入皇帝设下的陷阱，简直是不可原谅。

小雅立即催促道："快，快上岸，希望皇帝还没发现。"

不一会儿工夫，两人已然来到岸边，等到近处时，才发现漆黑的岸边已经坐了一个人。凌厉的眼睛，飞扬的眉毛，以及一身令人心惊胆战的黑色华服装扮，在黑夜中如同鬼魅一样静谧无声。他手里拿着一件物事仔细端详，看见船上的两人，立即嘴角上扬，露出冷酷的笑容。

正在两人惊愕之时，黑夜中传来如同鬼魅的声音："国师和雅妃好兴致，深夜游湖，是在找这个么？"

两人硬着头皮上岸，站在皇帝身后的护卫立即上前来，纷纷把刀子架在他们的脖子上。高纬站起来，走到他们面前，手交叉放在背后，面无表情地说道：

"朕说过多少次，不喜欢别人违背朕，不喜欢别人欺骗朕，你们却屡次合着来欺骗朕，一次一次违背朕的旨意，你们说，朕是不是该惩罚你们？"

第三十八章　囚　妃

韩长鸾无话可说，本来和雅妃深夜游湖便是大不敬之事，况且被皇帝抓个正着，所谓人赃俱获，也无所谓冤枉与否了。反倒是小雅，站在那里一句话也说不出来，以前都是她玩别人，现在居然被一名少年给耍了。

夜色中异常洁白的狐裘，与一片湖水相应成色，韩长鸾高大俊朗，何小雅娇小玲珑，一高一矮，并身站在一起，竟显得十分般配。高纬突然觉得自己不曾被她接受，心中怒气开始升腾，两人在他的眼里是如此的刺眼！

高纬顾不上皇帝的架子，三两步过去，朝着韩长鸾的脸上便是狠狠地一拳，韩长鸾的脸立即肿起来。高纬不解恨，往他的胸膛又是狠狠的一拳，韩长鸾被高纬打得连连后退两步，高纬再接再厉，一脚把韩长鸾踹下湖去。

扑通一声，水花四溅，韩长鸾在水里冒出头，恭敬道："谢陛下赏拳。"

高纬冷道："谁都不许拉他上来，这么喜欢在水里待着，就待着吧！"

韩长鸾回道："谢陛下恩典。"

高纬冷哼一声，随即反身走到小雅身前，目光炯炯地盯着丝毫没有悔意的小雅，怒道："朕只不过随便说说，你竟然为了那鬼东西，无所畏惧地下了湖，你真的那么喜欢湖水吗？啊？"

高纬捏着小雅的下巴，让她抬头望着自己，她的眼睛里已经闪着泪光。高纬下手毫不留情，小雅的下巴差点脱臼，根本说不上半句话。

高纬继续用力，近乎变态道："你说话呀？说啊！给朕说！"

小雅几乎昏倒过去，本来就昏昏欲睡的她，被皇帝吓得清醒了几分。可惜身子虚弱的她还是在皇帝的盘问下逐渐软下身子，没有预感的昏厥让她狠狠地向后倒去，连掐住他的皇帝也始料未及。

厚重的倒地声传来，高纬看着自己空空的手，忽然反应过来，他冲过去抱起她，焦

急道:“雅儿!”

小雅微微睁开迷茫的双眼,天地间似乎瞬间亮堂起来,到处是一片白茫茫的雾气。一声焦急的呼唤传入她的耳朵,小雅不禁舒心地笑出声,那如梦幻般的声音似乎来自远方,正一声一声地呼唤她。雅儿,我的雅儿……

迷迷糊糊之中,她伸出双手抱住他,恍惚道:“带我走,越远越好……”

说完后,便陷入无边的梦魇,完全昏迷。

三天后,小雅才睁开双眼,望着躺在自己身边的少年。只见他紧紧地搂着自己,两道飞扬的眉紧紧地皱着,即便在睡梦中,他似乎也睡得不安心。小雅伸出手仔细抚摸这两道眉,心里不禁难受起来。

高纬的眉毛和师亦宣的一模一样,他们左边眉毛尾处都有一道小小的疤痕,高纬无疑是师亦宣的翻版,这实在令人费解。师亦宣和高家有什么关系?

高纬感觉到眉毛上的力道,立即从梦中醒来,他睁开双眼,见小雅含情脉脉地望着自己,显然有些受宠若惊。他来不及思考,反身把小雅压在身下,从上往下端详着她的容颜。

高纬重重地说道:“朕不会带你走,这里便是你的家,你只能陪着朕,哪里也别想去!”

小雅恢复了一些体力,说话也开始恢复狡猾本性,她伸手抚着高纬的鼻子,笑道:“小雅哪也不去,永远陪着皇上。”心下却想:“要是体力再恢复一些,不仅可以把高纬狠狠地揍一顿,届时再出皇城也不是问题!”

高纬听她一言,暂时忘了三天前的事,二话不说地俯下头去,吻住小雅。小雅把头斜向一边,求饶道:“皇上,小雅有些累,不要这样……”

高纬把她的头扳正,严肃地看着她,说道:“不成,今天,你一定要给我!”

小雅若有所思,她佯装不满道:“皇上,非要这样吗?”

高纬笑了,说:“朕不开玩笑。”

说罢,当即狠狠吻下,谁知下体忽然传来凉飕飕的感觉。高纬掀被一看,不得了,一把锋利的剪刀正顶着自己的下身,隔着裤子高纬还是能感觉到刀子的凌厉,似乎只要剪子咔嚓一声,他的下半生也算完了。

高纬尴尬笑道:“朕没想到你还有这招!真是小看你了,朕问你,剪子哪里来的?”

小雅坐直身子,把剪刀顶紧高纬,笑嘻嘻道:“三天前,小雅向宫女们借了把剪刀剪纸玩,没想到今天倒派上用场了。皇上,喜欢这样吗?”

高纬往后退,脸色铁青,以小雅的性格来看,还真有可能咔嚓一声剪下去。他冷汗道:“这感觉不好,朕不喜欢!”

小雅掩嘴说道："可是我喜欢。"

说罢，小雅伸出左手，要去解高纬的裤头，一边解一边说道："要不要这样帮你？"邪恶的话语连恶魔也要逊色三分，更不用说命根子还在小雅手里的高纬了。高纬连连摇头，说道："免了免了，今天到此为止吧！"

小雅故意再往前顶一步，抬起头，邪恶地看着高纬，娇笑："我忍你很久了，这次真把我惹毛了。我会把你变成太监的！"

高纬更是冷汗不止，他被逼到床边，背顶着柱子，再无退路，差点从床上滚下去。小雅双脚跪在他身前，故意在他脸上亲了一下，才恶狠狠道："我的东西在哪里？"

高纬苦笑着说道："在明光殿。"

小雅狠道："现在就去拿！"

高纬说："好。"

两人当即下床，往殿外走去，一路上小雅的剪子始终放在高纬的下面，高纬走路都得小心翼翼，生怕剪子不长眼，伤了他的命根子。待两人走到宫外时，小雅不禁傻眼，原来他们正处在湖心宫殿，远处的韩长鸾仍然站在水里，浑身发抖，脸色发白。

小雅顿时怒从心起，说道："让国师上岸！"

高纬只好应承下来。待两人欲上船时，高纬忽然躲开小雅跳下湖，向着岸边游去。突发的变故让小雅始料未及，她看着高纬急得直跺脚，恨不得也跳下水去。可惜她不谙水性，跳下去也只有被人救的份儿，她只得站在台阶上干着急。

高纬快速地游向岸边，爬上岸后气喘吁吁。回想刚才的一刻，真是惊险万分。他看着站在湖心向自己比划的小雅，心里不禁涌起一股难以言语的甜蜜，他自言自语道："朕是越来越喜欢她了，亏她能想出这一招！"

说完后，看向在水中站了三天的国师，命令道："国师请上岸，看来有些事还需要从长计议，朕需要一个完全制住她的法子。"

此后几天，小雅悠闲地在湖心殿过了几天舒心日子。这几天，高纬没有去打扰她，而是命人送来食膳，小雅倒也乐得清闲。只是送来的饭菜不合小雅胃口，全是大青菜，竟然不见一点荤腥。

这天中午，送饭菜的宫人摇着小船过来，小雅在台阶上拦住她，怒道："还是青菜萝卜就滚回去！"

不料宫人抬起头来，笑道："那下官走了。"

小雅见竟是韩长鸾乔装打扮，赶忙留下："是先生呀，别走别走，有话好说。"

韩长鸾当即跳上台阶，把食盒递给小雅，说道："里面有娘娘喜欢吃的饭菜。"

小雅一听不得了，赶忙掀开食盒，却看见里面虽然换了几道素菜，却仍不见一点荤腥。小雅把食盒推给韩长鸾，不满道：“我可从来没说过我喜欢吃大白菜。”

韩长鸾含情而笑：“娘娘也没说不喜欢吃。”

小雅跺脚，接着跳到一旁，抓起自制的鱼竿，鱼钩上面赫然挂着一条大鱼。小雅把鱼抓来，当即用剪子剪开，把鱼肚掏出来后，再次来到河边把鱼放在水里清洗。韩长鸾走到她身边，道：“看来娘娘体力恢复了不少。”

小雅笑着回答：“每天吃饱了睡睡饱了吃，只知白天黑夜，却不知时辰几何，体力不恢复可就说不过去了。让我天天吃青菜，是先生的主意吧？”

韩长鸾连连摇头，解释道：“这是皇上的意思。”

小雅停止刮鱼，转头盯着韩长鸾，毫不在意地说着：“这么说，先生是知情了，今天来这儿有什么事？”

韩长鸾从怀里掏出几道符，送至小雅手中，说道：“炁符书好了，希望对娘娘能有所帮助。其实长鸾也是迫不得已，长鸾也在等娘娘早点恢复，一起走呢。”

小雅接过炁符，往腰间里塞，她刮好鱼后，将鱼扔给他，赞许道：“先生果然可以画出炁符，不过，即便我恢复道术，我也不会这么离开，因为这里，是终结的地方。”

说完之后，她起身返回殿里搬出一大堆书来，向韩长鸾借了个火，点燃书卷，开始烤起鱼来。

韩长鸾不由一惊，这雅娘娘也未免太让人惊讶了，竟然把圣贤书当柴火用来烤鱼，恐怕再也没人会这般做了吧。

韩长鸾问道：“这样……也行吗？”

小雅哈口气，做出一个陶醉的表情，说道：“行，当然行，物有所用嘛，你好像有疑问？”

韩长鸾摇摇头，连说几声没有。

一会儿之后，鱼的香气开始往上冒，小雅忍不住咬了一口，烫得她哇哇直叫：“好烫，好吃，可惜还没熟啊，再烤一会儿……”

韩长鸾忍不住蹲下身，说道：“王爷那边有消息了。”

小雅愣住，半个月不曾听到高长恭的消息，终于在此刻有了准信，她问道：“他伤好了吗？”

韩长鸾没想到她会问这个，反而有点不知所措：“这个下官不知，不过，下官得到消息，王爷已在兰陵秘密地招兵买马。”

小雅再次咬了烤鱼一口，龇牙道：“烫死我了，该死，怎么这么快？”

韩长鸾道：“别急，没人和你抢。”

小雅嬉笑：“是呢，心急吃不了热豆腐，还有别的消息吗？”

韩长鸾摇摇头，抱歉地看着小雅，说：“下官就知道这么多，或许，皇上有更具体的消息。”

说到此，小雅心中已然明了。韩长鸾今日来除了给她送炁符外，还是来当皇帝的说客的，小雅不明白他为什么这么做，但明哲保身总没有错。小雅仔细想想，心中便没有任何障碍，这样反而可以和韩长鸾说上话了。

烤鱼渐渐熟了，小雅当即要咬，韩长鸾把烤鱼接过来，小心翼翼地剥掉外面烧焦的鱼皮后，递给小雅。小雅不客气地吃起来，她得意非常地说道：“Very good! Oh……”

韩长鸾不明白他在说什么，却能感受到她与众不同的开心。或许，从现在开始，娘娘已经恢复到从前的狡猾了。

小雅三下五除二便把鱼肉吃个精光，她坐在地板上，满足地说道：“要是还有就好了，可鱼儿就是不上钩，太让我难办了！”

韩长鸾学着她在她旁边坐下，背顶着栏杆，说道：“刚才那鱼不小了。”

小雅眨了眨眼，大笑：“我也这么觉得，哈哈……”

两人又是说笑一番，小雅才把话题转到刚才的正事上来。关于高长恭以及北周的动作，只有皇帝高纬知道得比较清楚，如今，要想知道得更详细，恐怕真得从高纬那得知了。

小雅恢复平静，说道：“自从那次皇帝被我吓跑后，皇帝对我提防太紧啦！”

话刚说完，湖中扑通一声，一条大鱼在水中跳跃，紧接着，另一根鱼竿的末端忽地一沉，小雅听到声响，立即翻身跳起来，来到钓鱼的地方，抓起鱼竿，说道：“等你很久了，不信你不上钩！”

与此同时，明光殿内的少帝高纬忽然放下奏折，走向殿外。不久之前，他刚得到消息，宇文邕在北周纠集十万兵马，向着兰陵前进，而兰陵王所管辖的边界似乎也蠢蠢欲动，开始不断地征兵。高纬颇有几分费神，直到宫人来报知那人状况，少帝一颗悬着的心才稍微松下来。

高纬问道：“雅妃如何了？”

送饭的小太监恭敬地回道：“禀皇上，娘娘两天来不再吃奴才们送的饭了。”

高纬心中不由得一紧，问道：“这是为何？”

小太监低头道：“娘娘说，小的做菜难吃，还说……”小太监断断续续，不敢把后面的话说出来。高纬免他无罪后，小太监才哭诉道：“娘娘还说，要是小的再给她送素菜，她就把小的烤了吃。”

小太监说完，高纬便哈哈大笑起来。这何小雅还真是让人惊喜，在如此苛刻的条件下，竟然也能如此乐观。高纬当即走下台阶，往湖心殿方向走去，小太监紧紧跟在皇

帝身后，以便皇帝随时吩咐。

高纬来到湖边，见湖心殿起烟了，却并不是很大，微风拂来，似乎还带来烤鱼的香味，高纬不禁怒道："你们给娘娘送荤菜了？"

小太监连忙跪下，申辩道："奴才不敢，是娘娘自己抓的鱼。"

高纬皱眉，问道："谁给她的火石？"

小太监回道："是国师大人，今天的饭菜便是国师大人送去的。"

高纬又问："用何物起火？"

小太监如实回答："是湖心殿里的藏书，是陛下的收藏。"

高纬一听，心都凉掉半截，自己收集的一些墨宝藏书，原本想让小雅没事时多看几本，没想到竟遭此毒手，高纬连忙喊来侍卫，命令道："你们，去把湖心殿的藏书搬回来，能搬多少搬多少！"

说罢，心里还是火辣辣地痛着。侍卫们当即乘船过去，身处在湖心殿的小雅看见岸边的高纬，不禁心花怒放，又跑进殿里搬出一大堆书卷，塞一些给韩长鸾，说道："快点帮忙，能烧多少烧多少，心疼死他！"

韩长鸾捧着书卷，为难道："这不好吧？"

小雅望着韩长鸾浅笑，说道："或许，这一生就这么一次机会，烧吧，总比让宇文邕烧的好。"

韩长鸾心中一惊，问道："娘娘何出此言？"

小雅闻言一笑，不再言语，继续烧书去了。唯留韩长鸾愣愣地站着，许久之后才蹲下身来，与小雅一起烧书。

两人不再说话，却是心照不宣。

历史上最后率领铁骑踏入邺城的是宇文邕，邺城近乎毁于一旦，在邺城毁灭后，宇文邕又相继杀害了不少道士，实在令人费解。按理说，宇文邕的养母是天师道传人，宇文邕不至于走这个极端。但这毕竟是史书的记载，不管他是否残害道教，总之，他对邺城的毁灭是历史性的，北齐因为他而一夜倾城。

大约烧了一会儿光景，高纬的侍卫从船上下来，相继爬上台阶，来到小雅两人身前。看着一地的纸灰，领头的侍卫不禁腿一软，心里哀呼道："完了，全烧完了！"

第三十九章　刺　客

侍卫们不知所措地看着雅妃娘娘和国师大人，他们竟在一片烟灰之中相视而笑，不禁产生几分诡异之感。远处的高纬看见侍卫们站立不动，也知那些藏书被毁了。高纬心里叹息，那些藏书、画轴其实是他亲自为小雅勾勒出来的画像，如果她能看一眼，便不会做出如此举动。

思及此，高纬竟有几分心伤。想来自己一番情意，也只有付诸东流。他挥着手示意侍卫把他们带过来，侍卫立即请小雅两人上船，向皇帝这边划来。

几叶小舟越来越近，高纬望着精力恢复得差不多的小雅，面露微笑。早在几日前他便想通了，一个柔弱无力甚至连话都懒得说的小雅，根本不是他高纬所喜欢的。直到那日，小雅拿着剪子威胁自己，高纬才彻底醒悟过来，自己不仅喜欢她的容貌，连她的性格也一起喜欢。若不是她的狡猾，高纬或许连看她一眼都不会。

所以，高纬才下定决心不再毒害她，只希望她活泼、健康地活着，对着自己露出雪狐狸一样的笑容，兴许还会把牙齿对准自己，狠狠地咬下，这才是他的何小雅，独一无二的雅妃娘娘。

但高纬是忌恨之人，如果轻易放过她便无法给自己台阶下，所以才会把她囚在湖心殿，命宫人每日送去素食，以示对她的惩戒。近几日，皇宫内处处风声鹤唳，传闻说有神秘刺客夜闯皇宫，高纬命几千护卫捉拿刺客，未果。高纬不禁担心囚在湖心殿中小雅的安危，三思之后，决定让小雅待在他身边，以防不测。

几日下来，小雅精神好了许多，只是脸色还有些苍白。高纬走过去，扶住她的手，让她从船上跳上岸。小雅也不客气，把手放在高纬手上，直接一拉，当真矫健地蹦上来。

小雅客气地说道："Thanks，不，是谢谢陛下。"

高纬抓过她的手，在她有些粗糙的手上，烙下深情一吻："这可不是你的作风。"

高纬反复地看着她的手，本该是细腻嫩滑的肌肤却变得有些粗糙，掌心处更是起了老茧，和她身上其他肌肤格格不入。她的掌心有点像大男人的手，厚厚一层茧，恐怕是多年劳作积累的结果。想到此，高纬竟生出几分心酸，以小雅的年纪，不过和自己相仿，却似乎比自己成熟了许多，她的身子犹如十八岁少女，而洞悉直入别人心灵的双眼显得有些老成和狡猾，怎么看都不像一名十八岁的少女。

事实上，小雅几岁她自己也不了解，她的八字在何家是一个秘密。何老爷子除了告诉她忌水之外，不再透露其他半点信息，连小明也不知道她的年纪。记忆里，何小明从小便叫自己姐姐了，而自己却总要叫比自己高出许多的小明为亲弟弟，实在让不少人差点笑掉大牙。

何小雅十分有娱乐精神，每次都等众人大笑过后，才把何小明拉到没人的地方，狠狠地揍一顿。这种状况持续到他们都长大成人为止，因为何小雅再也揍不动那名从小跟在自己身后的跟屁虫了。

高纬和小雅相视而陷入沉思，直到一阵冷风把他们相继吹醒。高纬首先回过神来，指尖在她的掌心上抚摸，问道："这是怎么回事？"

小雅看着自己掌心的老茧，笑道："小雅自小修炼掌心雷，手变成这样，也在常理之中。"

何家祖传雷法，是身为何家掌门人必修之法。雷法分五行，有金、水、木、火、土五种五行，小雅懂得接雷之法，修行的自然是春雷。掌心雷神咒本是天师道的雷法，小雅在翻何家古书时，意外发现了掌心雷神咒指诀。

掌心雷可引动周围之气为自己所用，只要有足够的灵力，在任何地方都可以启用掌心雷。当时年纪尚小的小雅，在众法术中独独选中掌心雷苦练，为的就是有朝一日遇险可以随时随地发挥雷法，保护自己。

小雅在武力上自然比不过别人，但在道术上的造诣，早已远远超过同她一起入道修行的道门中人。小雅并不是靠天赋，只是她比平常人勤快上十倍，因为她知道，只有先达才可能先掌握未来。

站在一旁的韩长鸾心中却迷惑不已，他不禁想起天师道传人可人女风水师。传闻在十五年前，她擅自闯入皇宫面见圣上，便是用掌心雷炸退皇帝的护卫，因此才见到皇帝的圣容。如今小雅提起掌心雷，韩长鸾自然疑惑，她跟十五年前的可人女风水师有何干系？

正在这时，高纬不禁心疼道："以后别再用了，这双手，是用来伺候朕的。"

一句话说得小雅面红耳赤，高纬当真仗着自己是皇帝而肆无忌惮，偏偏小雅又拿他无可奈何，毕竟自己在他的地盘，即便很想揍他，也得在夜黑风高、四下无人之时。

小雅抽回自己的手，笑道："那当然，小雅一切都是皇上的，还怕少了这双手呀！"

高纬听后，果然心花怒放，满意道："雅儿说得极是。"

两人又胡乱地相互说了几句，高纬随即要带她回到明光殿，小雅自然乐意追随，她一天没拿到表盘便一天不罢休。高纬拉着小雅的手往前走去，小雅顽皮地在地上跳起步子来。两人快活地在园林间穿梭，把侍卫等人远远地甩在后边。

韩长鸾望着他们心生羡慕，却只能望而止步，否则定会让这些侍卫乱刀砍死。正在这时，一名侍卫紧急跑到韩长鸾耳边轻语几句，韩长鸾听罢脸色逐渐变得铁青起来。

韩长鸾三两步追赶上高纬，在一假山后面，只见小雅和皇帝两人直直站在湖前，高纬用力扶住摇摇欲坠的小雅，望着湖中几条大鱼张开狰狞的大嘴，在湖面上雀跃。

韩长鸾未来得及过去，便在身后禀报道："皇上，有刺客。"

高纬头也不回，怒道："朕看到了！"

在高纬面前，一湖的池水早已变得鲜红，一名壮年男子身上被湖里的食人鱼咬出无数个窟窿，正血流不止。就在刚才他们到达之前，那名壮年男子还向他们求救。小雅自然伸手欲救他，却被高纬死死拦住。

湖里养着数百条食人鱼，万一她掉入水里，定会被撕个稀烂。而且那名男子不是皇宫里的装扮，一身黑衣，健壮的身子以及腰间配备的勇士刀，使他看起来更像一名北周国的刺客。

小雅不禁心惊，那名被鱼吞食的男子腰间的匕首显得十分熟悉。在邙山之前，她用过相同的一把刀帮兰陵王取过陷入骨肉里的箭头，如今再见，更添几分不安。

他是鲜卑族的勇士无疑，只是，为什么出现在皇宫内？以他的装扮，如若是一名合格的刺客，更不应该带任何泄露身份的物事，而这名勇士刺客形色匆匆，才会不慎落入湖中，导致被鱼群食之而亡。除非有人嫁祸于宇文邕，才会制造这事件，但此举甚是无聊，朝中大臣无一不是挺和派，制造此事端无异于搬石头砸自己脚，自己给自己添麻烦，闹不快活。

此外，还有另一种可能，便是宇文邕已经混入邺城，而他的军队兵马也即将到达邺都，潜伏在城外的某个地方。

只是，这种可能微乎其微，宇文邕能在邙山伏兵三千，却无法在天子之城伏兵三百。以北齐的国力，将都城严加防守，还是绰绰有余的。宇文邕不至于只带着几个人就来挑战北齐大国。

以上两种情况都不可能也都有可能，小雅只能默而不言，看皇帝如何处理。高纬自然露出几分怒气，责怪护卫保护不周，竟让刺客闯入皇宫，于是命人把尸体打捞起来，详细地搜查他的身体。

不久前还飞檐走壁的刺客，此时已经变成一堆烂肉泥。眼睛狰狞地张开，眼珠子迸裂出来，鼻子少掉半边，因临死前拼命哀号而闭不上的大嘴里，竟突然跳出一条小食人鱼，吓了侍卫一身冷汗。

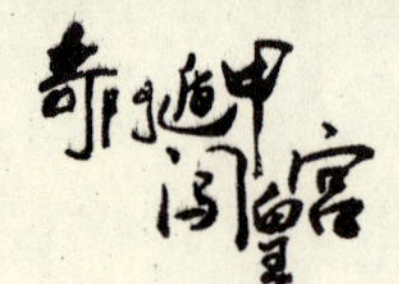

小雅走过去，拿起匕首仔细端详，匕首柄上的狼头锻造似乎有些熟悉，她依稀记得在哪里见过。脑海中忽然浮出宇文邕无赖一样的笑脸，他一身戎装立在白马前，腰间一长一短的配剑显得格外分明，特别是那把短如匕首的短剑跟这把匕首十分相似！

小雅抽出匕首，刀刃上写着一个汉字：弥。至此，小雅十分确定，这把匕首定是宇文邕的短剑无疑，弥字正是宇文邕小名弥罗突的首字。只是，这名男子根本不是宇文邕，为何会带着宇文邕的短剑呢？

这实在令人费解，小雅站起身来，把匕首交给高纬。自己竟走到一旁的假山前，半倚在假山体上不做言语，穿梭在假山之间的清凉微风拂动着她的衣袖，显得格外悠闲。

高纬皱眉，把匕首丢给韩长鸾，问道："这不是我国铸造的任何兵器，倒和周国的短兵器有几分相似。"

韩长鸾接过匕首几番查看，心中早已明了，望着高纬的神态，只能开口说道："鲜卑族茹毛饮血。这匕首似乎是割肉之具，看来这刺客是北周国探子无疑。皇上，您看该怎么办？"

高纬冷笑，道："把他扔回湖里，严加监视宇文邕，不能让他有任何对邺城不利的动作！"

人命在他眼里如同草芥，何况是死了的人，只有活着的人，才是对他最大的威胁。

"是，下官这就去办！"韩长鸾命侍卫把尸体丢回湖里，他自己行礼退下，去办皇帝交代下来的任务。

小雅听着皇帝的命令，心里早已荡起波澜。皇帝固然对自己百般宠溺，可他毕竟是一个杀人不眨眼的君主。从他对待刺客的态度便可得知，如果自己有朝一日也变成死尸，对高纬不再具有任何诱惑和价值，高纬定会像对待他一样，将自己丢入湖中，或者弃尸荒野。

这种可能并不是没有，至今为止，她仍然没有猜透高纬的心思。但她却早已明了，如果有一天高纬不再迷恋自己，那么自己的下场可能比这名刺客的下场还惨上百倍。自古帝王绝不允许自己身前沾有污点，如果高纬发现自己到头来迷恋了一个不该迷恋的人，那么可想而知，高纬发现错误之后的举动。

撇去这个人的身前背景以及诛杀九族之外不说，高纬可能还会将这名让他犯错的女子折磨致死，甚至是挫骨扬灰，永远化作天地尘埃。

好在小雅不会滞留北齐太久，否则自己恐怕也会在乱世中变成一堆枯骨。她的目标很明确，拿到命造书后返回现代，不对这个朝代的任何人有一丝留恋。只是在过程中，发生了一些变故，宇文邕的介入，以及可人女风水师的阴谋，让一切变得深不可测，让远在千年后的一场交易背后的真相，渐渐露出端倪。

邺城出现北周勇士也绝不是巧合，那名死去的勇士，似乎要告诉小雅什么。在最后一刻，他紧紧握住匕首，眼睛却望着她。或许，他要告诉她什么，也或许，他只是在向她求救。

小雅抬头，望着突然乌云密布的天空，心里不禁低沉道："宇文邕，你的动作可真快。"

第四十章　端　倪

入夜之后，小雅一人在西宫殿门口蹲着，在她面前放着一个巨大的司南。小雅握着勺柄，玩味似的转着圈，当勺柄静止后，伴随着一阵紧凑的微风吹过，勺柄所指之处，一双穿着黑色靴子的脚出现在小雅跟前，靴子边缘沾着些许泥土，看来是刚从御花园的泥土上踩过。

小雅不禁抬头，只见一名夜行衣打扮的男子站定在她面前。他摘下蒙在脸上的黑布，笑意盈盈地俯瞰着小雅，眼里露出皎洁的光芒。

小雅立即从地上蹦起来，叫道："宇文邕，是你！"

宇文邕狡猾地笑道："看到我很惊讶？亦或者，很开心？"

小雅立即把他拉进来，他那么壮实的一个人要是挡在门口，定会被他人发现，传到皇帝耳里，谁都吃不了兜着走。好在高纬在离开之前，已经让内殿伺候的宫人退下，让小雅一人好生休息。

小雅知道今晚必然有动静，否则高纬也不会早早离开驾临明光殿和大臣们商议刺客之事。小雅本想跟着去凑凑热闹，无奈高纬没有同意，小雅只得作罢。她曾想过去殿外偷偷打探点消息，或者起卦问个究竟，可惜小雅都没有，直觉告诉她，她只要在此等待，一样可以发生一些不同寻常的事。

可小雅没有想到，来到这里的竟是宇文邕本人。邺城处处危险，宇文邕也未免太胆大了。小雅把宇文邕扯到屏风后面之后，眼睛炯炯有神地望向他："看到你，真是麻烦大了，宇文邕，你进宫做什么？"

宇文邕笑道："当然是见你。"

小雅梨涡浅笑，看得宇文邕有些痴了。她轻轻说道："是来看小雅死了没有是真吧？"

宇文邕连连摇头，道："那哪能？阿弥听说，雅姑娘在皇城内差点死去，想来是不得

高纬那小子善待，阿弥心中不忍，自然想好好珍惜雅姑娘了。雅姑娘可别笑话阿弥，阿弥就是一个粗人，粗人就想要珍惜美人，雅姑娘，跟阿弥走吧。”

小雅听言，当即嘻嘻笑起来：“不是吧，能识文断字的宇文邕居然说自己是粗人！那全天下的读书人一头撞死算了，况且，那短剑上的字可写得洒脱呀，那也算粗人写的呀？”

听她说起这个，宇文邕倒想起来了，他曾派一名刺客来宫里送信，谁知道一夜之间没了消息，让他白白等了一晚上。宇文邕有些气愤地说道：“说到这个我就来气，阿弥曾让一名勇士带着朕的匕首潜进宫找姑娘您，让他将匕首和信转交给雅姑娘，可惜这小子一去无回，非得让朕亲自进宫一趟。”

宇文邕说得极其自然，倒是小雅心中大惊。今日在湖中并未见书信，只有一把沾满血迹的匕首。小雅不禁问道：“你是说，还有一封信？”

宇文邕点点头，他严肃地望着小雅，说道：“雅姑娘没有看到信吗？这小子，定是把信弄丢了，等我找到他，非剥他一层皮不可！”

小雅阻止他，脸色严峻：“不怪他，他已经死了。书信要么沉入湖底，要么已经到高纬手里了。”

小雅陷入沉思，她仔细想着今日的过程，自始至终，她都没有发现书信。倒是高纬走在自己前面，且曾在湖边逗留了片刻，书信极有可能在那时候被高纬拿走。想到此，小雅不禁佩服起高纬来，这少帝还真沉得住气，在她面前，竟只字不提。

小雅走到床榻旁边，背顶着柱子，不满道：“信上都说了些什么？”

宇文邕佯装无辜道：“也没什么，就是一些芝麻谷子的事儿。不过，阿弥记得雅姑娘说过，只要阿弥给雅姑娘五千两黄金，姑娘便会助阿弥一臂之力。娘亲和阿弥说过了，雅姑娘此次回宫是早做准备，雅姑娘可以接近高纬，是助阿弥的时候了，所以阿弥才写信告知雅姑娘，随时准备行动。”

宇文邕刚说完，小雅立即站直身体，狠狠地瞪着宇文邕。宇文邕这么写，分明是把她卖了。如果这封信真落入高纬手里，那么高纬必定会误会自己欲擒故纵，在邙山周围，故意遇到高纬，然后顺其自然与他回到宫里，做宇文邕的内应。

小雅三两步跑过去，抓住宇文邕的领子，怒道：“你真这么写了？”

宇文邕点点头，无辜的眼神里似乎充满着狡黠，连小雅也拿他无可奈何。宇文邕说道：“意思是这样，但并无这般详细，阿弥只在上面写着几个大字。”

小雅恨得牙痒痒，真想一口咬死他，她怒喝：“说，不然嘣了你！”

宇文邕见这阵势，赶紧说完了事：“巳月起兵，汝见机行事，汝所要之物，定当一一兑现。弥罗突字。”

宇文邕说完，小雅当即松口气，好在这信上没写自己名字。她放开宇文邕，说道：

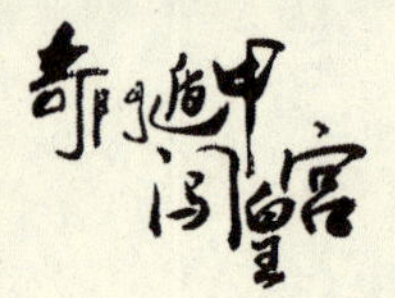

"信上没名没姓，写给国师的也说不定呀。"

宇文邕显得有点为难，片刻之后，他终于补充道："不是的，在信封上写的是雅姑娘的名字……"

小雅听罢立即跳起来，惨叫："Shit！你还真写，我被你害惨了！"

许久之后，小雅不甘心地问道："宇文邕，你钱带了吗？五千两黄金！"

一想起皇帝发现书信后的后果，小雅觉得损失太惨重，太不划算了。为了这承诺的五千两黄金，她竟被宇文邕耍了一回。她越想越不划算，但实在想不出其他办法，只能以立即要回黄金来平衡一下心理。

宇文邕摇摇头，道："五千两数目不小，宇文邕自然没带。"

小雅更怒了，往前逼近一步："那你身上有多少银子？"

宇文邕后退两步，尴尬地笑道："一分没有。"

"宇文邕，一分都没有就想把小雅拉下水，真是厉害啊！"

宇文邕笑道："不敢，其实弥罗突今夜前来有两个目的，一是探清皇宫的虚实，二是听听雅姑娘的意见。不过，探清皇宫虚实有黑影将军效劳了，阿弥也便不用担心。只是雅姑娘的问题比较棘手，信要是落到皇帝手里，那皇宫自然是不能留了。雅姑娘，跟阿弥一起到北周吧，阿弥定会尊姑娘为国师的，如果姑娘决定了，阿弥现在便带姑娘与黑影将军会合，然后，离开邺城。"

小雅静默沉思，黑影将军竟然也来到皇城，看来，邺城离大乱不远了。小雅佯装欣喜道："如果皇帝发现了这封信，小雅自然要跟你走，如果皇帝没有发现这封信，那小雅在宫里无忧，还可以当你的内应，自然不吃亏呀。"

宇文邕点点头，小雅又问："在哪里与黑影将军会合呢？"

宇文邕答道："九重宝塔。"

小雅闻言大惊，九重宝塔乃宫中重地，如果仅是会合，那么在宫中任何一个地方便可，没必要选这么一个守卫森严的地方，所以其中必有蹊跷。而且黑影将军是老夫人的人，老夫人曾提过要利用九重宝塔布风水杀局，此时黑影出现在邺城，恐怕是针对宝塔而来。

如果是，那后果不堪设想。小雅虽然答应帮助兰陵王得到他想要的，但并不能以牺牲他人性命作为条件，她是一名风水师，做事、布局都有个尺度，用杀人风水局至少在她这里不行，她也不能眼睁睁地看着邺城血流成河。

小雅当即转身走出屏风，拿过披风披在身上，当即要朝着九重宝塔的方向走去。宇文邕知她会如此反应，急忙赶上去拉住她，说道："现在不能去，如果书信已经在高纬那小子手里，他现在定在九重宝塔布下天罗地网，你去了，无疑是承认你的身份，而且……"

"而且什么……"

"而且我们三个人都会在邺城丧命,与其一起丧命,不如……"宇文邕欲言又止,隐隐约约中已有牺牲黑影的意向。

小雅转身,久久盯着他,许久之后,她渐渐笑开:"不如让黑影将军一人前往,这主意好,我喜欢,但我不支持。"

心下却想,这宇文邕果然是做大事之人,牺牲他人毫不含糊。

小雅与黑影将军交际甚少,或许没有救他性命的必要。但她毕竟是和黑影将军相识一场,在知情的情况下,让他命丧皇宫,实在有些说不过去。所以,在细细思量之下,她还是决定去九重宝塔看个究竟,即便是躲在宝塔周围,也须立即知道事情的发展。她无法等到明天,以高纬的性格,二话不说斩杀黑影也是大有可能。

小雅当即要再离开,宇文邕拦着她,不让她出殿门半步。要是小雅出了差错,那北周可就少了一位栋梁之才。

"别急呀,黑影将军会见机行事的,不一定被高纬逮着。"

"那也得去看看!"小雅如脱缰的野马,从宇文邕身前迅速闪躲过去,不等宇文邕反应过来,她矫健的身姿已然打开殿门,走向夜色之中。宇文邕思索片刻之后,终于也转身跟上。

"平常心思狡猾,偏偏这时刻倔得像头牛,何小雅,弥罗突对天发誓绝不会让你出事的!"

明光殿。

偌大的殿堂之中,无数盏宫灯亮堂,高纬用手支撑着额头靠在龙案上打着盹,案上一张书信格外显眼。高纬在微寒中醒过来,拿起书信仔细端详,远处,一只飞蛾扑向宫灯,挣扎几下立即没了声息。

高纬有些头疼地看着手上的信件,上面书写着几个大字让他心生怒意,信封上小雅二字更让他寒冷不已。原来,她竟是在耍欲擒故纵的把戏,从兰陵到皇宫,她把自己耍得晕头转向,分不清东南西北。

高纬起先看到这封信时,恨不得立即质问小雅,为何如此狠心。可在细想之下,高纬决定把这事压下来,因为高纬不想揭穿这来之不易的快乐。没有人可以明白他有多喜欢她,只有他自己懂得,他已经深陷其中。此刻,夜凉如水,高纬却仍然犹豫不决。

冯小怜站在一旁看得心惊,这信上的内容字字针对何小雅而来,如果皇帝追究下去,何小雅纵然有一百条命也难逃通敌叛国的惩罚。只可惜,从入夜到深夜,皇帝仍然不能下定决心,他拿着书信反复琢磨,面无表情。

"皇上,夜凉,该休息了。"

高纬闻言，抬头望着陪伴在身边多时的冯小怜，心中不由得一动。如果她的心能像冯小怜一样，始终在自己身上，那么，他也不必如此烦恼了。可惜，她就是她，她不是宫中的任何一名妃子，不会对自己心生爱意，即使杀了她，她也能在断气前打碎自己的念想。

“爱妃，你喜欢朕什么？”高纬放下书信，伸手揽过冯小怜，让他坐在自己腿上后问道。

冯小怜脸红地低下头，娇羞道：“陛下的一切臣妾都喜欢。”

高纬笑问：“一辈子都喜欢么？”

“喜欢，死了也还喜欢。”

“如果朕不喜欢你，爱妃会恨朕么？或者，由爱生恨想要杀了朕？”高纬话刚说完，冯小怜吓得脸色都白了，她实在没想到皇帝会这么问自己，她急忙从皇帝的腿上下来，跪在地上求饶道：“臣妾不敢恨皇上，也不敢杀了皇上，臣妾喜欢皇上，请皇上不要冷落臣妾。”

高纬心中不由一震，冯小怜对他竟如此痴情，他却无法对她产生任何感情，反而因为她和小雅长得极像而反感她。她的性格和小雅一个天上一个地下，冯小怜的存在犹如另一个何小雅，巨大的反差越发让高纬觉得，小雅独一无二。

“爱妃起来吧。”

“谢皇上。”

“朕累了，你下去吧。”

“是。”

冯小怜行礼退下，高纬望着她远去的背影心情复杂。他再次拿起书信仔细读起来：“巳月起兵，汝见机行事，汝所要之物，定当一一兑现。弥罗突字。弥罗突……”高纬的眼睛忽然眯起来，恍然大悟般地冷言出声：“是宇文邕。”

高纬这下坐不住了，他站起来，在明光殿中走来走去。片刻之后，一名侍卫从殿外进入禀报道：“皇上，雅妃娘娘往九重宝塔方向去了。”

高纬听罢，眼睛里射出凌厉的目光，手紧紧握着，几乎把书信捏碎了，他怒道：“给朕拦住她！”

“是，属下这就去办。”侍卫领命，站起来转身欲退下，高纬仔细思索，又把他留下：“慢，朕亲自去！”

高纬拿着书信来到火盆前，把手里的书信毅然地扔往火里，什么通敌叛国，什么欲擒故纵，什么宇文邕统统见鬼去吧！他没有别的所求，他只想把她留在身边，即便是演戏也好，他满足了。

书信在火盆中顷刻之间便化成灰烬，高纬满意地笑出声，看着纸灰在火盆周围一点一点消失。他随即转身离开火盆，往殿外走去。

“何小雅，你死都不怕，朕还怕什么？”

与此同时，在夜色中行走的何小雅忽然被一个软软的物体绊了一下，一个不慎，小雅在地上栽了个跟头。待她从地上爬起，只见小皇子高恒站在她的旁边咯咯笑着。

“雅姐，你走路不看路哦！”

小雅摸着被撞疼的脑袋，怨恨地看了高恒一眼，欲怒道：“你这么矮，又穿一身黑，雅姐哪里看得清你呀？你站一边，雅姐先走了，改天陪你慢慢玩。”

高恒嘟着小嘴不满道：“你骗我，回宫后你天天和父皇玩，都没陪恒儿玩过。今天父皇不赔你玩了，恒儿陪你玩好不好？”

小雅冷汗不止，这小高恒这话说得怎么这么怪异？小雅把他抱起来，放在假山上，笑道：“你先自己玩一会儿，待会儿雅姐一回来就和你玩，想玩多久就玩多久，别动呀，这么高摔下来可不妙。”

高恒个头矮小，他低头看着下方的高度，果然乖乖地坐在石头上不敢轻易跳下。

“雅姐，你又欺负我……”

说这话时，小雅已经在夜色中走远，小高恒望着那抹娇小的身影，终于想起了一件事。她所去的方向正是九重宝塔的方向，自从上次国师府把宝塔扶正之后，皇帝便派兵加强宝塔的防守，除了皇室成员一概不能进入，擅闯者格杀勿论！

小高恒急得大叫：“雅姐！那里危险，不能去！”

可惜，小高恒的声音再清脆也无法传到远去的何小雅的耳中。呼啸的冷风把一切声音隔断，苍茫的夜色中只剩下一点暗红。夜色之下，九重宝塔似乎耸入苍穹，在无尽的天空下显得格外清幽。

小雅来到九重宝塔外沿，抬起头望着九重宝塔上的五个大字，不禁在心里念出声来：“泰山石敢当。没错，是这里了。”

第四十一章　罗　刹

经过上次她的提醒，国师府果然派人扶正九重宝塔，并在上面刻上“泰山石敢当”五个大字，以达到最好的挡煞效果。小雅潜伏在一边望着九重宝塔的动静，宝塔里面似乎寂静无声，万籁寂静之中，偶尔会传来巡逻士兵的脚步声。

小雅反身坐在地上等待着来人，如果黑影将军闯入宝塔，必然会经过这里，她只要在这里拦住他便可。等了许久之后，一个小小的身影从她旁边迅速闪过，待小雅看清时，那抹身影已经通过护卫闯入宝塔。

紧接着，一声小孩的呼唤传入小雅耳朵：“雅姐，快出来。”

原来是小高恒，他竟然从比他高的假山上跳下，实在有点难为他。可惜小雅现在不能应他，只能潜伏在一旁静静地等。宇文邕随后赶到，他几乎要暗中打伤护卫潜入，被早已埋伏在一旁的小雅迅速拉回来，宇文邕欣喜道：“阿弥还以为你真冲进去了。”

小雅小声说道：“那也得趁他们不注意的时候。”

宇文邕又问道：“刚才进去的那孩子是小皇子吧？”

“宇文邕，你可别打他主意，恒儿还小。”

宇文邕似笑非笑地望向宝塔，说道：“那是自然，我宇文邕不是一个卑鄙小人。”

“那就好。”

宇文邕随即叹了口气，道：“可是宇文邕不敢保证黑影将军不动他一根毫毛。上次，小皇子在兰陵王府莫名失踪，老夫人很生气呢，让黑影这次务必要把他带回去。”

小雅忍不住说道：“既然已经决定造反，何须利用小孩子，难道高长恭也想来一次清君侧吗？”

宇文邕忍住赞道：“姑娘真是冰雪聪明，的确如此。老夫人暗中劫走小皇子，让高纬对兰陵发动战争，而兰陵王则可借清君侧的名义，起兵造反，何乐不为啊？本王也觉得甚好。”

“高纬已经不得人心，清君侧何须再寻借口，直接昭告天下起兵便是。”

“姑娘说得也有道理，只是高恒是皇帝的儿子，皇帝最疼他，对兰陵王多少有些顾忌。小皇子是一个好筹码，如果是朕，朕也会这么做。从来成大事者不惜一切代价，牺牲一些人也是在所难免。”

小雅渐渐沉默，对于宇文邕她无话可说。宇文邕的行事作风完全可以独挡一面。若是为王为帝，他绝对有这个气魄和能力。她深知兰陵王若想起兵造反，少了宇文邕的帮忙不行。但直觉告诉小雅，宇文邕这种王寇，还是少惹为妙，否则会变得极其麻烦，即便是兰陵王恐怕也玩不过宇文邕。

宇文邕见小雅不说话，当即伸手搂住她的腰身，翻过身，把她压在地上，眼神炯炯地俯瞰着她，说道：“雅姑娘似乎一直对朕有意见？是看不起朕，还是怕朕？或者，是故意让朕对你感兴趣？”

小雅伸出手点着他的嘴唇，小声说道：“小声点，你想让侍卫都听到吗？宇文邕，我们不是一路人，小雅也不瞒你，你太狡猾了，小雅看不透你。”

一句不知道是褒奖还是贬义的话让宇文邕微微笑开。他看着她灵动的双眼，秀挺的鼻子，不禁想起邙山风雪中的一场梦境，她那如仙女般的仙姿永远地烙在他脑中，挥之不去。

宇文邕俯下头去，嘴唇贴着她的耳边轻语：“不，我们是同样的。我是皇帝，你是国师。雅姑娘，等朕攻下邺城后雅姑娘便随阿弥回北周吧，阿弥绝不亏待你，如果你不答应，阿弥就是活着也不开心哪！”

小雅不禁动容，宇文邕竟然也对自己起了心思。小雅微微怔道：“弥罗突，你何必强求？”

宇文邕一愣，随即竟欣喜道：“你肯唤我弥罗突，证明阿弥还是有希望的，对么？如果到时你不跟阿弥走，阿弥就是死也不放过你，这辈子，下辈子，下下辈子，永生永世缠着你！”

宇文邕说完吻上她小巧的耳朵，她差点出声，好在宇文邕及时捂住她的嘴，笑道：“这样就受不了，你还真是讨人喜欢！”

宇文邕继续吻住她的耳朵，直到精致的脸颊，以及她脸上一道小小的刀疤。小雅身子挣扎了几下，宇文邕随即放开捂在她嘴上的大手，趁她欲说话之际，舌头悄然闯进她的嘴里，在她的嘴里一番甜吻。

贸然闯入的舌头在她嘴里乱窜，小雅张口狠狠咬下。在这关键时刻，宇文邕被迫缩回舌头，舌尖上传来火辣辣的疼痛让他差点惨叫起来。依稀记得上次被她顶了一下下身后，宇文邕有几天走路都是一瘸一拐的，如今再被她咬一口，恐怕连吃饭都成问题了。

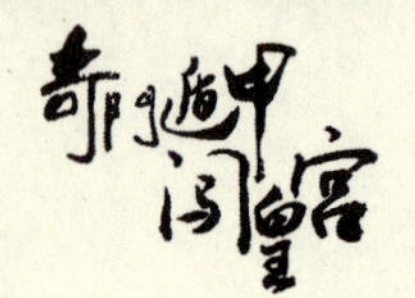

宇文邕苦着脸道："这招又是什么？比那招女子防狼术还狠，我不能吃饭了……"

小雅坐起身子来，狡猾地看着宇文邕，她把身子稍微往宇文邕的方向靠近，爽利道："这招叫铁口断舌，要不要再试试？"

宇文邕连连摇头，道："不了不了，以后再试吧！"

小雅看着宇文邕一副怕了的表情，当即满意地站起来，拍拍身上的灰尘。正当她欲再次观察九重宝塔之时，却看见少帝高纬一脸阴霾地站在前面，似看非看地望向自己。小雅心里不由得一惊，随即转身示意性地踢了坐在地上的宇文邕一脚，轻声说道："糟糕，真被高纬发现了，你快走！"

宇文邕当即警惕起来，他刚爬起来，周围突然一片亮堂，眼前顿时出现数十把火把，十几把闪亮的刀片纷纷架在自己脖子上，发出凌厉的冷意。

高纬手交叉在背后，脸色阴霾地走向他们两个人，刚才那香艳火辣的一幕尽在他眼里。他本来不想追究小雅的责任，却在看到这一幕后怒从心起，毅然把那名男子当众拿下。

高纬直接从小雅身边走过来到宇文邕面前，冷道："你好大的胆子，竟敢深夜擅闯皇宫！来人，把他绑起来，扔到湖里喂鱼！"

侍卫当即要反手绑住宇文邕，不料宇文邕竟毅然站起，眼睛直视高纬，讽刺道："身为齐国主，逮到陌生人竟不拷问一番，而是直接杀死，实在让天下人耻笑！国君不君，朝臣不臣，反而像一名不谙世事的小童！"

宇文邕一语中的，高纬心中恶怒。的确如此，方才他为了截住小雅才着急赶来，不料在九重宝塔外面看见一对狗男女在地上撕扯，女人是他一直放在心上的何小雅，那名无耻之徒便是托信之人——弥罗突。

皇帝见此，怎能不怒？他眼睁睁看着他们撕扯完后才回过神来，心中早已蒙上一层洗脱不去的阴霾。他恨不得杀了他们两个，但当他走向小雅之时，发现根本无法对她动怒，只能把满腔的恨意发泄在弥罗突身上。

高纬拿过侍卫手里的刀，刀尖在宇文邕的脸上轻轻地游离。高纬双眼半眯，冷着脸渐渐说出话："你在找死，朕废了你！"

紧接着把刀往他身体下面移动，经过胸前直接来到他的腹部，凉飕飕的刀尖直指他的裆部。宇文邕心生寒意，眼前的少年心狠手辣，凌厉的眼神中透出彻骨的寒冷，竟有几分像他自己一年前的神韵。

记得他在杀宇文护之时，同样露出这般令人畏惧的眼神，宇文护便是在他残忍的刀子下丧命的。回想起那厮杀的场景，宇文护鲜血如注，甚至连一声求饶都喑哑在喉咙里，直到死他的眼睛都没有离开过宇文邕，那因怨恨而瞪大的眼睛始终没有闭上，至今藏在宇文邕的梦魇里。如今见高纬这副神情，宇文邕忽然能感受到宇文护死前的心态，惶恐、无能为力而又不甘。

正当宇文邕回想之刻，高纬早已把后续之话说足："你说得不错，朕是想直接杀了你，因为朕根本不想知道你是谁，你也不配！呵呵，认命吧！"

一语说罢，当即举刀欲劈斩而下，一旁的小雅几乎惊叫出声，九重宝塔忽然传来高恒尖叫的声音。高纬迟疑一下继续举刀。顷刻之间，一道流光从宝塔射来，冲破天际，众人被强烈的光芒射得眼睛疼痛，高纬也用手挡住眼睛，避免强光直接射入双眼。

宇文邕见时机有利于自己，当即趁护卫不注意，抢过一名护卫手里的刀，绝地反击。刹那之间，他已经把刀片架在高纬的脖子上，眼里露出一年前令人疯狂的眼神，浑身散发出比恶狼还让人胆战的气势。

高纬也发现自己受制于他，待光芒闪过之后，高纬冷冷地看着宇文邕旁边忽然多出的两个人。

宇文邕首先笑道："黑影，来得可有点晚呀，宇文邕差点被这小童杀了。"

黑影将军仍然一身白衣，和高纬的黑色华服形成鲜明的对比。他手里挟持着小皇子高恒，眼里露出平淡的眼神。小雅立即来到黑影前面，说道："与恒儿无关，请您高抬贵手，放了恒儿。"

黑影望着她而不答，箍紧高恒的双手丝毫没有放松的意思，反倒是高纬冷笑出声："果然是有备而来，何小雅，你骗得朕好惨！"

宇文邕把刀子更向他脖子处靠，打断道："死到临头，还有那么多话说！"

高纬丝毫不惧，笑道："朕死了，你们也别想活着离开这里！"

宇文邕当即挥刀要斩："那宇文邕便如你所愿，你死了，天下百姓倒省心了。如能一刀覆了天下，宇文邕绝不会动用十万大军！"

眼看着刀就要斩下，小雅忽然冲到宇文邕面前，按住他的手，怒道："宇文邕，请三思后行，这皇帝，砍不得。"

宇文邕反问："为何砍不得，你说说……"

小雅倒一时没想出什么理由来，一瞬间脑子里闪现出这几日的相处时光。高纬对她的确有心，否则换做别人，早被她折腾坏了。小雅眼睛一眨，笑道："一旦你杀了他，皇城会立即陷入一片恐慌之中，然国不可一日无主。在如此惶恐之下，新帝另立，改朝换代，你宇文邕十万大军远在千里之外，即便能及时赶来，也分不到一杯羹，你这不是替他人做了嫁衣么？宇文邕，可好好考虑了。"

宇文邕觉得小雅说得有几分道理，思索片刻之后，当即放下刀，说道："有点道理，是宇文邕莽撞了。"宇文邕转身来到黑影身边，把刀架在小皇子身上，继续说道："不过，有小皇子在手，宇文邕即便不杀高纬，也有几分把握。雅姑娘，跟我们一起走吧，宇文邕有能力让雅姑娘不受委屈。"

小雅笑而不语，神秘而又令人动容的笑颜在夜色中有几分诡异。宇文邕望着她，心中豁然开朗，他点点头，说道："朕懂了，雅姑娘，你保重，宇文邕不会放弃你！"说罢，催促旁边的黑影赶快离开。

黑影点点头之后，强烈的光芒再次闪过，众人纷纷用手臂挡住光芒。黑暗中再次亮起的光束让小雅震惊不已，原来这道光竟是从黑影将军身上变幻而出！光芒直刺入天际，顷刻之间，黑影三人瞬间消失不见，夜色中还徘徊着小皇子求救的声音，朝着四周渐渐散去。

"雅姐，父皇，救我……"

黑影到底是何许人也？据小雅所知，还没有任何一种法术可以直接变成一道流光的，况且是在不念动咒语的情况下，竟然能带着宇文邕和小皇子在众目睽睽之下消失于光芒之中。小雅不禁心寒，黑影将军似乎比老夫人还强上几倍，为何肯屈就于老夫人门下？其中蹊跷，让人百思不得其解。

小雅心里暗自问道："黑影到底是什么人？"

早已回过神的高纬看着苍茫的夜色，眼里不禁露出担忧的神色。高恒毕竟年纪尚小，更是他一手栽培的未来储君人选，如今凭空被劫走，高纬在恼怒的同时也十分担忧。他明白何小雅为何不跟他们走，因为还有一件重要的物事在自己手上，所以她宁可留下也不愿趁机离开皇宫。

思及此，高纬不禁恼怒，当即示意侍卫把何小雅围住。在她反抗不了的情况下，把用来绊住宇文邕的绳子将小雅捆了个结实，捆好后，高纬才冷道："路是你自己选择的，你虽然选择留下，朕却不会再给你机会了！"

高纬忍着强烈的恨意，亲自押着何小雅走向九重宝塔，欲将她囚禁在宝塔自生自灭，在她踏入宝塔的那刻，高纬不禁把她转过身来，望着她的双眼，认真地问道："你老实告诉朕，你喜欢过朕么？哪怕是一点点。"

小雅没想到高纬会问这个，心里当即纠结起来。几日的相处，他与师亦宣，现实与梦幻之间，她有时也分不清。和高纬在一起时，总会令她迷失，说喜欢谈不上，说不喜欢那是骗自己的。高纬对她的情意不假，他如果先师亦宣而遇到自己，恐怕也会无可救药地喜欢上他吧！

小雅从不欺骗自己的感情，她沉默地点点头。不料，高纬竟然放肆地笑将起来："喜欢？哈哈哈，来不及了，朕不会再相信你了！"

说完，狠心地把小雅推进九重宝塔，看着小雅差点跌倒在地，高纬竟无一丝动容。他的心早已被冷冻起来，非夏日之炎火不能融化。

宝塔大门缓缓关上，高纬的眼神在黑暗中更加冷酷，从此刻开始，他要全天下的人陪他一起沉沦！

“来人啊，把门给我封起来！用木头钉住，狠狠地钉！”

冷绝的声音让人不寒而栗，护卫们不敢违抗，当即执行高纬的命令。在砰砰砰的声音中，九重宝塔被死死地密封起来，别说是苍蝇蚊虫了，就是空气也进去不了一丝。

“何小雅，别怪朕心狠，要怪就怪你自己。”

看着宝塔大门已经被封死，高纬的心如同这封死的大门，再也容不下他物。

他毅然转身离开，走向明光殿，黑色的背影渐渐远去，留下一地令人遗憾的萧索。或许，从今天开始，邺城的天将不再是邺城的天了，而是属于魔鬼的天堂。

第四十二章　算　命

高纬离开宝塔后来到明光殿，连夜召集各位大臣，商议讨伐北周之事。一时之间，宫里顿时议论纷纷。安静了几年的北齐在今天终于开始回到以前戎马征战的日子，朝中一些主和派自然是力劝高纬三思，高纬当即动怒，一连斩杀了三位大臣，弄得朝中人心惶惶。韩长鸾自然也在大臣之列，直到最后一刻，高纬屏退众人后，才开始征求他的意见，毕竟他是北齐国师。

韩长鸾得知少帝性情大变，也明白少帝意不在征求，而是在结果。少帝需要和他站在一起的声音，而不是反对的口号，韩长鸾随即奉上北周环境地图，缓缓说道："周国内患刚定，朝中仍有不少反对之声，我齐国以安抚为由，给宇文邕下一道圣旨，若宇文邕拒绝，陛下再举军亲征不迟。"

宫人打开地图，高纬指着上面一个标记，说道："过了兰陵之地，便到了周国，朕最放心不下的是兰陵王。他虽没有十万大军，却有不少效忠于他的虎狼之师，而且……

"朕听闻高长恭的娘亲对天地造化了如指掌，一身道术绝活不容小觑。在邙山之战时，先皇曾请她出山，都被她拒绝，高长恭有了她的帮助，如虎添翼！不过，朕在年幼时曾听闻，兰陵王的娘亲其实另有其人，住在邙山的女人只是兰陵王娘亲的丫鬟，她为了完成主人的遗愿甘心屈就在邙山。

"如果此事是真，所谓亲娘的遗愿定是让高长恭登上皇位了。看来这个阴谋早在三十年前便布下了。如今，朕只好先下手为强，把她杀了，断了高长恭的翅膀。国师，这事交给你去办！"

韩长鸾心中大惊，他早已在兰陵府安插眼线，打探到不少关于老夫人的消息。可惜却鲜少知道皇帝说的事，如果老夫人真的不是兰陵王的母亲，又为何十几年如一日地在邙山苦修布局呢？

韩长鸾低头回道："下官领命。"

高纬转身来到案几前，伸手让一只白色的鹦鹉跳上自己的手臂，说道："记住，死要见尸。还有，秘密在邙山建塔，镇住真龙之气，绝不能让高长恭有任何机会。"

"是。"韩长鸾欲言又止，他又战战兢兢地问道："那雅娘娘那边该怎么办？"

听到韩长鸾的话，高纬心中一荡，他忽然柔柔地笑开，嘴角微微扬着，形成一个邪魅的弧度，说道："放心，她插翅难逃。她要有本事逃开皇宫，朕便永远地'放'她走！"

一脸的笃定，嚣狂的语气令人不寒而栗。殿里无风似有风，皇帝邪魅英俊的脸在烛光中渐渐明媚起来，与远处亮出一条线的远山形成鲜明的对比。皇帝的笃定来自于他掌握住雅妃娘娘的软肋，只要那表盘一天在他手里，雅妃娘娘便一天不会离开皇宫。韩长鸾点头附和，心里早已开始盘算该如何找到表盘。

与此同时，在邺城三煞之地，黎明的阳光从九重宝塔顶端出现，直直的光芒射入地表，形成一层柔和的光茫。

"这么高，跳下去不会死吧？"九重宝塔顶端，小雅站在石窗前面，望着塔下，准备从窗前跳下，可当她把头探出窗外时，却迅速地把头缩回，当即暗自心惊道："原来真的好高，跳下去一定废了，还好没跳下去。"

小雅双手被绑住，只有双脚可以自由走动。她被高纬推进宝塔之后，只能顺着宝塔的台阶蜿蜒而上，来到她和高长恭第一次借助奇门活盘逃走的塔顶。可惜物是人非，只隔了两个多月光景，她已经没了表盘，高长恭身在兰陵，而年纪尚小的小皇子也在被劫往兰陵的途中。

此次皇子被劫与上次不能比，老夫人是一名疯狂的风水师，为了目的不择手段。她特意让黑影来劫走小皇子定是下了狠心，兰陵王夺帝之举势在必行，小皇子的安危着实没了保障。而她被困，不知时辰几何，没有任何占卜工具，一时之间，她对小皇子的前程颇为担忧。

正当她担忧之时，塔下传来韩长鸾的声音，窸窸窣窣地似乎在唤着小雅的名字。小雅随即来到窗前探出脑袋，韩长鸾正站在塔下望着自己，脸上露出微笑。

"雅娘娘，陛下已经动了征战之心，满朝皆慌。请雅娘娘在塔上委屈几日，等事情过去之后，雅娘娘便可以自由了。至于饮食，娘娘请放心，长鸾一定亲力亲为，不烦他人代劳。"

小雅叫道："这地方憋死了，真想炸了它省心。"

韩长鸾冷汗不止，说道："万万不可，此举无异于引火自焚哪，请娘娘不要想不开！"

"王爷那可有消息？"

韩长鸾摇摇头，严峻道："陛下对兰陵了如指掌。昨夜在殿上，已起杀心，恐怕……事情已经到了不是你我能阻止的地步了。"

小雅跟着严肃起来，韩长鸾并没有说错，一切都按照运数而来。高长恭与宇文邕联合攻入邺城，在九重宝塔轰然倒塌之刻，必有数人血溅当场，或许是高纬的鲜血，或许是宇文邕的血液，更或许是兰陵王濒临死亡而流出的血泪。

“天地运数确实不是你我能阻止，但是，我是一名风水师，我有责任将损失减到最小。以前小雅的眼里总是看重钱，违背了作为风水师该遵从的原则。如今小雅算是明白了，五气有偏全，万物之命有吉凶。原来风水、命理二字，不外乎以人为本，以生命为本，如能轰轰烈烈地做一回风水师该做的事，小雅也算没白来了。”

语气里的大义凛然让韩长鸾心生酸楚，一向乐观坚强的小雅选择在此时对韩长鸾说着这些话，口气里的决绝犹如隔世之梦，这让韩长鸾觉得，何小雅离他越来越远了。这种感觉令他害怕，他深深地感受到，在不久后，他将永永远远地失去她，不仅他，还有高纬、兰陵王，甚至是宇文邕，都将无法挽回地失去她。

“娘娘有这份心让长鸾感动，长鸾愿助娘娘一臂之力，请娘娘不要拒绝！”

小雅点头，又问：“谢谢，先生，可知恒儿的八字？小雅要确定他以后会走的路，我不会让他死的。”

韩长鸾作为一名国师有过目不忘的本事，任何一个八字命造过他的眼便不会忘记，他想起小皇子出生的年月正是丑年寅月，当时下了一场大雨，小皇子在淅沥的雨声中哇哇诞生。韩长鸾当即说道：“己丑，丙寅，壬辰，戊申。”

小雅听完，当即在心里算开。己丑年生人，四岁起运，逆行，现走乙丑伤官大运，癸巳流年。

此命造身弱至极，因壬水有根，弱而不从，造中克泄交加，如无扶住，则易早夭。幸造中寅木制杀，申辰暗合拱局，运走制杀扶身为宜，喜金水运，纵观此造大运，走得极好，运气极佳，如能在西方之地扎根，此造的主人定能有一番作为。癸巳年是转运之年，其中巳申合金化出用神，天干戊癸合火转生丑辰之土，生金而不脆，亦可作巳申合化之引，高恒此去不仅没有性命之忧，反而喜事临门，实在是再好不过。

只不过，有一事她尚且不解，以高恒的八字来看，如此身弱之造，在他出生后应该差点夭折，可小高恒却健健康康，甚至连病痛也不见，实在令人庆幸而又疑惑。小雅随即问韩长鸾：“恒儿出生那天，是否下了一场大雨？”

韩长鸾愕然，他实在佩服雅妃娘娘的神算能力，他不禁点点头，说道：“娘娘果然神算，小皇子出生那天，确实下了一场大雨，一连下了几天。”

小雅不禁笑逐颜开，满意地说道：“这场雨下得妙啊，它救了恒儿。”

韩长鸾不解，问道：“此话怎讲？”

小雅心情愉快，自然想多说几句。她倚在窗户一旁慢慢讲来：“恒儿的命造克泄交加，又是下午出生，土气极重，本应一出生而立即夭折。人之血肉乃五气组成，在下午极燥之刻，天上来水，助恒儿一臂之力，自然不会夭折。可惜，很多相同命造的人却不能都有春雨来助，只能眼睁睁地看着母子俱凶，甚至夭折。”

万物之血肉乃五气组成，土为身体，金、水为精，木、火为神，方组成一个完整的生命。万物之理，五气偏全，生命方有吉凶，以五气论命，月令提纲为准，方不失论命之道。

韩长鸾点点头：“雅娘娘说得没错。当时娘娘诞出小皇子之后，奄奄一息，就在大家以为她不行了的时候，一场春雨降临，娘娘又把失去的气息接上，可惜……不到两年时间，娘娘还是去了。”

韩长鸾的话有点出乎小雅意料，造中壬水为恒儿自己，丑中辛金正印为母，不至于死去。庚寅年，寅冲申，壬水之根被冲散，犹如被连根拔起。这年不仅恒儿的母亲凶象，恒儿也差点惨遭不幸，幸得天干庚金之助，才不至于根印全拔。只可惜，在奇门天干纲领里，庚壬乃移荡之格，天干明见庚壬组合，更表示在庚寅年有巨大的变动，真不知才两岁大的高恒是如何挺过庚寅年的。小雅不禁心酸，高恒是在一种苛刻的环境下长大，还能保持孩童纯善之心，实在令人动容、欣慰。

小雅缓了口气，淡淡地说道：“庚寅年恒儿凶险，差点去了，辛卯年母亲故去。”

辛卯年引出丑中辛金，与月干丙火见合化水，卯木与月令寅木半会木局，增加丙火之力。辛为喜神与丙火看似合化，实乃辛金被克尽，辛金无半点生还之力，被迫合化，实乃迫不得已。

韩长鸾点头：“娘娘说得极是。”

小雅颔首微笑，心里早已盘算起来，或许，这是恒儿的命运，也是恒儿的造化，任何人都帮不了。他有一个很好的大运，希望他可以好好把握机会，领悟进退之机，将来必定有一番作为。即使邺城会在几年后彻底沦陷，以恒儿的造化定能逃脱。

“说得对并没有用，不能做任何事，这是任何一门预测术都具备的无奈。”

任何预测之术只能以预防为主，并不能和中医一样，对症下药，这便是预测术的无奈以及局限。有德者命师在帮人预测时循循善诱，导人向善，这是一种未来趋势的治疗，能引导人向积极的方向前进。这也是一种“药”，只是是心灵上的药，并非实物治疗。

“娘娘心情似乎轻松许多，想必娘娘心中明白了然，小皇子是吉是凶，命里皆有诠释。这便是命理存在的意义，下官说得对吗？”

小雅回道：“你说得对。一切自有造化，不知恒儿现在是什么心情，毕竟被绑架并不是一件让人高兴的事情。”

韩长鸾笑道：“娘娘是在说自己么？”

小雅听罢才反应过来，她自己也是被人五花大绑，她郁闷地向韩长鸾做了个苦脸，说道：“也可以这么说，我们是同病相怜。”

韩长鸾说道：“娘娘不必泄气，等事情完结之后，下官定会同娘娘一起离开的。只是在这之前，下官要先查明一件事。”

“何事？”

“老夫人的身世之谜。”

“她是高长恭的母亲……”

韩长鸾摇摇头，说出自己的疑虑：“三十年前，明光殿曾在建殿时挖到龙脉。先帝为了保住龙脉，据说听了邪道之言，连续斩杀多人，以众人鲜血续上龙脉，其中还有一名是先帝的妃子，据说被先帝强行斩杀。本来这事不稀奇，可是，昨夜陛下不经意透露了一个他年幼时听到的传闻。”

小雅不禁打起精神来倾听，关于邙山老夫人之事她确实想了解更多，她是如何创立何算门的也是一个迷局。小雅赶紧问：“什么传闻，快说说！”

韩长鸾继续说下去：“传闻说，老夫人不是兰陵王的生母，她只是王爷生母旁边的一位丫鬟，为了完成兰陵王生母托付的遗愿，她不惜冒充王爷的母亲，助王爷登上皇位，如果这个传闻是真，那么老夫人和兰陵王便没有血缘关系，王爷的生母极有可能是那名在明光殿丧命的妃子。”

小雅沉思，觉得传闻有可能是真的。在邙山之时，老夫人的举止有些令人费解，她逼迫高长恭太紧，冷酷严厉，丝毫不留情面。反倒是宇文邕备受老夫人喜欢，实在令人难以置信。

“先生说的也很有可能，如果我能出得了宝塔，一定去明光殿看看九龙壁下都埋了些什么。”

韩长鸾知道她会如此做，便问道：“如果九龙壁下真有兰陵王的生母之骨，雅娘娘会怎么做？”

小雅忽然一笑，清秀的脸蛋淡淡地柔开，她不紧不慢地说道：“自然是烧了它。”

如果兰陵王的生母真的埋在九龙壁下，兰陵王受阴基影响甚大。在大环境以及阴基力量的推动下，兰陵王总要做出一些迫不得已的举动，完全没有任何自由。且以血肉直接接触地面的阴基，发力有限，短不过三年，长不过三十年。即便不烧了尸骨，到了第三十一年，也再无任何作用。

可惜，历史上记载，高长恭似乎没有活过三十一岁，或许跟祖坟有些关系。三十岁是他关键的一年，也是阴宅发力最玄的一年，如果释放九龙壁上的斩龙剑，高长恭受真龙之气庇佑，成就帝王之业可占七分把握，那扶不起的命造也能勉强扶起，成王成帝，可惜易遭回败，陷入万劫不复之地。

韩长鸾不禁冷汗直冒，这雅妃娘娘总是语出惊人。这句疯狂的话语让韩长鸾顿时又对她畏惧几分，在她狡猾的表相之下，是一颗令人防不胜防的心。如此惊世骇俗的她早已成为这个朝代的异数。

韩长鸾说道：“要是王爷听到这句话，恐怕要头疼不已了。”

小雅爽快答道："那是自然。不过，更让他头疼的不是这个，而是一个人。"

"谁？"

韩长鸾顺着她的话语问着，见他如此好奇，小雅自然说了下去："老夫人，可人女风水师。"

第四十三章 醒 悟

邙山,兰陵府。

高长恭正坐在书房中的案几上出神,他手上拿着一方白色的丝帕,久久凝视且深情毕露,对小雅的思念早已超出他的想象。这两个月来,高长恭茶饭不思,整日想起那张令他难以忘怀的娇颜。音容尚在,府中她曾去过的地方,他都会重复地走几遍,以缓解对她的思念。

从宫中传来的消息得知,她在那里过得并不好,曾经短暂失去道行,差点丧命。高长恭心里又愧又爱,却不能在他人面前表现出来,时常压抑在心里,痛苦不堪。

郑妃推门而入之时,高长恭还沉浸在回忆里。郑妃走过去,心里难受,唤了一声:"王爷,老夫人来了。"

高长恭回过神来,当即站起,欲出门迎接老夫人,却见老夫人穿着一身大红袍站在门口,脸上戴着青铜面具,露出的双眼没有任何表示,只是静静地站着,衬托出一种镇定之美。

高长恭连忙走过去,扶住她进屋:"娘亲,您来了。"

老夫人点点头,淡淡地说道:"娘再不来,我儿就要废了。"

高长恭不知所措道:"娘,孝瓘知错了,劳您挂心。"

老夫人在椅子上坐下,一手放在案几上,怒道:"为了个女人,你把自己弄得形容枯槁。不到两个月,我儿竟憔悴如此,我怎放心得下你?"

高长恭闻言,不禁感动异常,从他懂事开始,娘亲第一次对他说出关心的话语。高长恭鼻子一酸,说道:"谢娘亲挂心,孝瓘一定振作,不负娘亲!"

老夫人加强语气说道:"你一定要振作,胜败全在此一举!"老夫人欲言又止,她转头示意郑妃出去,郑妃疑惑地退了出去,老夫人才继续说下去:"弥罗突答应和孝瓘结盟,只要在拿下邺城之后,把兰陵割给北周,他答应在二十年内绝不再犯邺城,我儿可坐二十年稳固江山。孝瓘，这是个千载难逢的好机会！”

高长恭震惊，他对宇文邕的认识已有多年，宇文邕志不在兰陵，而是邺城，甚至整个天下，与他合作，犹如与虎谋皮，定不得好下场。况且，宇文邕已经扬言，他要何小雅，表面似乎被美色迷惑，实则要请小雅担任北周国师一职，以便对天下形势大事更好地掌握。如此狡猾之人，兰陵一块弹丸之地怎能满足他？

高长恭说道：“娘亲，宇文邕身为周主，兰陵弹丸之地又怎么能打发他？”

老夫人听罢，忽然冷冷笑开：“我儿放心，娘亲推算过弥罗突的寿命，最长不过三五载，他命里财色忌神，等攻下邺城之后，娘亲可以催动他的忌神，亲自送他一程。”

老夫人说得心狠，高长恭不禁胆颤。娘亲竟为了自己稳坐江山而要杀了另一个儿子，实在让他震惊。假如她要宇文邕登上皇位，那么死的便是自己了吧？

高长恭声音有点战抖，说道：“娘亲，弥罗突也是您儿子……”

老夫人冷言打断：“他不是我儿子，是我儿子便不会把宇文护赶尽杀绝！”

“宇文护？”

“娘不瞒你，娘在有你之前，曾仰仗宇文护，心生爱慕，可惜你父王强取豪夺，把娘抢进宫，娘亲与宇文护的情缘至此了结。这就是我为什么要你推翻高家的原因，因为娘亲恨，恨高家所有人！”老夫人越说越狠，恨不得手刃高家人。

高长恭不禁黯然，老夫人怨恨高家之人，难怪娘亲从小便如此苛求自己，高长恭恍惚说道：“那么，娘亲也恨我的吧？”

老夫人粗糙的手抚上高长恭的脸，慈爱地说道：“孝瓘，娘不恨你，你是娘的儿呀，娘只是恨不能让你享尽荣华富贵，娘怨自己啊！孝瓘，娘不能把最好的给你，这一切你只能自己争取，知道吗？为了世世代代，你必须称帝！”

高长恭呢喃道：“孝瓘活了三十年，心中最大的愿望是完成娘的心愿。如今，孝瓘却觉得，即使孝瓘称帝，娘也不会开心，孝瓘也不会快乐。”

老夫人一愣，片刻之后，说道：“快乐，你能拿回属于你自己的，娘当然快乐。孝瓘，你喜欢小雅对吗？”

高长恭默然，一会儿之后，坚定说道：“她命我命，愿生死相随。”

老夫人笑出声：“很好，喜欢，那就把她抢回来。用你的军队，用你的血肉，用你手中的剑，把她从高纬手中抢回来！”

高长恭愕然，惊讶地望着老夫人，久久不语。他实在没想到老夫人会说这些话。顷刻之间，他犹如被闪电击中一般，恍然大悟。喜欢她，在乎她，爱她，就不要把她让给别人，就要把她好好珍惜……走了许多弯路，高长恭此刻才明白这个道理。

高长恭醒悟般地说道：“娘，孝瓘懂了。”似乎又领悟了一些，他继续说道：“不管前面的路是什么，这一次，孝瓘不会再后退，孝瓘一定让她回到孝瓘身边。”

老夫人满意地点点头，说道："黑影该回来了。这次他带回了一件宝物，孝瓘你先出去看看，娘亲一会儿就来。"

高长恭领命先行出去，他把门轻轻合上，踏着稳健的步伐走向大厅。与此同时，书房里的老夫人忽然瘫倒在椅子上，摘下可怖的青铜面具，泪流满面。她捂住自己的嘴失声痛哭，等待多年的结局终于要到来了，她的大仇终于可以报了。

老夫人喑哑自语："孝瓘，为了报姐姐的仇，委屈你了。孝瓘，阿姨永远会记住你，你是姐姐的好儿子，你真的受委屈了，你委屈了……原谅我……"

一脸惨相，老夫人不复以往的威严，她手抚着脸上的刀疤，思绪飘回三十年前。

当年，高家并未称王，可称王之心已有。先皇私自建造明光殿，在邺城龙穴之处挖土，由于不小心，把龙穴挖坏。先皇为了保住龙脉，竟然连续斩杀数百名女人，以鲜血保住龙脉。她的姐姐本是一名宫女，因美色异常，备受高澄喜欢，所以破例陪伴高澄身边，并且有了身孕。十月后，姐姐临盆，喜诞男儿，却不料，在当日姐姐遭受高澄毒手。高澄狼心狗肺竟将姐姐活埋，姐姐不能反抗，在黄土中慢慢窒息而死。

躲在远处的可人看见姐姐在一片鲜红中倒下，因诞婴儿而流淌不止的血液染红了明光殿的白纱，在高澄面前，她轰然向后倒去，高澄迟疑了一会儿，便命人铲土，将她埋个干净。

"可人，姐姐最大的愿望是让我的孩子平平安安地活着。"

"姐姐你说什么呢，这孩子将来一定是个帝王。"

"可人，不许胡说。"

"我可没胡说，姐夫在邺城秘密建殿，不就是为了邺城龙脉么？这可骗不了我，姐姐，你忘了，我们的父亲可是天师道传人哦！"

"嘘，别那么大声，小心国师府的人听到了。"

"听到就听到，我才不怕，姐姐，国师府那些人好坏，竟然建议姐夫挖龙脉，也不怕把龙脉挖断。"

"断与不断自有定数。可人，你还小，如果有一天你发现姐姐不在你身边了，你要懂得保护自己，知道么？"

"姐姐，你为什么这么说？"

"没什么，跟你开玩笑的呢！"手抚着滚圆的肚子，眼神早已空了。可人见她魂不守舍，当即赌气道："这种事怎么能开玩笑呢？姐姐，我何可人发誓，一定会保护好姐姐，如果有人要对姐姐不利，我一定不会放过他！"

"好妹妹，有你这句话，姐姐便满足了。"

"姐姐……"事隔三十年后的一声呼唤，老夫人不禁再次失声痛哭。她依稀记得，在姐姐说完话的第二天，就在姐姐诞下长恭后，便遭到高澄的毒手。记得高澄曾对姐姐说过，不负姐姐，最后却还是杀了她。

可人遵从自己的誓言，从那刻起，开始一步一步密谋报仇的计划。可惜高澄死得早，她的报仇计划始终无法付诸行动，她只好把这个计划放在高家后人的身上，让他们尝尝祖宗给他们留下的恶果。

所以，她不惜一切代价忍辱负重培养高长恭，为的就是有朝一日报仇雪恨。如今，报仇的最佳时机到了，老夫人喜极而泣，老泪纵横。呜咽之声，细细碎碎，早已分不清是喜是悲了。

兰陵王府大堂。

高长恭刚踏入大堂，便看见宇文邕自顾自地坐在椅子上喝酒，黑影将军在一旁站定，高恒被他禁锢在身前，扭捏不安，见王叔进来，高恒便喊了起来："王叔，救我……"

高长恭早有预感此次黑影将军会带回小皇子，所以并未觉得惊讶。他走到高恒身前，蹲下身，说："恒儿，你就在王府小住几日。"

高恒听完，眼眶立即红起来，叫道："我不要，放我回去！"

高长恭苦笑道："过几日，恒儿可以和王叔一起进宫。"

高恒疑惑："真的吗？"

高长恭耐心地答道："是的，和几万大军一起进邺城。"

高恒随即破涕为笑，叫嚷道："那好，王叔可不许食言！"

高长恭摸着高恒的头，心里早有打算，他说道："王叔不骗你，好了，恒儿累了，先下去休息吧。"

说罢，几名仆人上前带着小高恒下去休息。高恒走后，宇文邕竟站起来，首先开口说道："这小皇子和杨坚之儿杨广长得极像，只可惜，杨广在出生第二天便夭折了。"

高长恭眯起眼，回道："他是高纬之子，况且，杨坚丧子之事，恐怕也是空穴来风吧。宇文邕，你到底想说什么？"

宇文邕摇摇头，不满道："高长恭，你一直针对我，怎么说我们现在也是盟友了，你就不能对我客气点？"

高长恭冷笑："对一条毒蛇，永远不能露出笑容，这道理，你比本王明白。"

宇文邕大为不满，怒道："兰陵王，你竟然说朕是一条毒蛇！"

高长恭反问："不是毒蛇，那是什么？蝎子？"

宇文邕这下更闹心了，他当即要抽刀和兰陵王比试："兰陵王，你就不能说一句好话么？朕可是倾国之力助你一臂之力，你连句感谢都没有，反而看不起朕，你什么意思？"

高长恭后退两步，以迅雷不及掩耳之势，迅速抽出腰间长剑，先宇文邕一步架在他

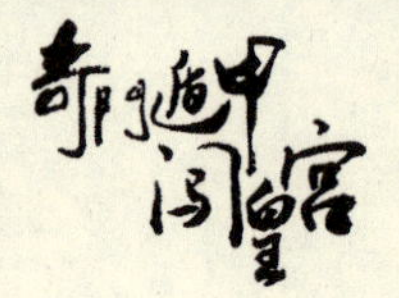

的脖子上，冷道：“十万大军，可以踏平邺城吧？宇文邕，别以为本王不知道你在想什么！”

宇文邕无赖似的求饶道：“王爷英明，宇文邕可是真心实意的帮助王爷呀，王爷不能这样对弥罗突！”

宇文邕的脖子忽然一凉，剑刃毫不犹豫地向脖颈处紧贴。宇文邕吓得用手架住剑刃，眼睛求救似的看着兰陵王。他知道，兰陵王的剑术造诣无人能及，只要他再心狠一点，宇文邕根本连反抗的机会都没有。

正在这时，高老夫人迈入大堂，看见剑拔弩张的两个人，当即冷喝：“住手！”

高长恭听得老夫人一声制止，终于把长剑放下插回剑鞘里，宇文邕当即走到老夫人旁边诉苦：“娘，小心，别摔着了。”

老夫人会心一笑，说道：“阿弥不要怪孝瓘，他是不信你才这样做的。也难怪，他近日才知道你这个干儿子的存在，有些不能接受。”

宇文邕点点头：“娘，阿弥懂。那么，您相信阿弥么？”

老夫人来到大堂中央的椅子上坐下，拿起茶盏抿了一口茶后，才幽幽地说道：“娘信你，永远信你。”

宇文邕听罢，忽然笑开，相信便好，就怕老夫人不再相信他。宇文邕走到老夫人的身后，帮她捶背，说道：“既然娘相信阿弥，那么阿弥这次一定会好好表现，不让娘亲失望。”

老夫人随口问道：“阿弥准备怎么做？”

宇文邕回道：“据探子回报，高纬似乎已经对阿弥有所行动，届时只要高纬对北周有并吞之举，阿弥十万大军可趁此机会连攻邺都数城，到时邺城人人自危，只要王爷以‘清君侧，安内攘外’的名义起兵，邺城百姓一定会极力拥护王爷。这样一来，阿弥可以功成身退，只要娘亲不要忘了我们的盟约就好。”

老夫人思索片刻，说道：“这安内攘外娘亲懂得。清君侧，是怎么回事？阿弥仔细说说。”

宇文邕笑道：“不瞒娘亲说，阿弥早在几年前便在邺城里安插了一些眼线，上至高官下至百姓，专门为阿弥提供情报。只要邺城一有动静，不出一个时辰，阿弥便可知情。此次清君侧的名义自然是针对阿弥的人布的局，他们在北齐潜伏多年，是时候‘杀’他们了，就以清君侧为借口……”

老夫人不禁震惊：“你是说，你要杀了你自己的人？”

宇文邕笑道：“他们在邺城潜伏多年，人心难测，对阿弥是否还一条心已经不能确定。阿弥只能趁此机会除去他们，了却阿弥一块心病，他们对阿弥知道得太多了。”

淡淡的笑谈，令在场的三人皆为震惊。老夫人自认自己已经领悟太多天机，世人之心也能感悟不少。以前她认为对宇文邕可以掌握，如今宇文邕一番话让她不禁重新审视起他，看似平庸的宇文邕竟是这般深不可测，他在邺城的布局，老夫人竟一无所知。

看来，宇文邕不是一个好对付的人，老夫人不禁暗自恼怒。"阿弥，你从没告诉过娘亲这件事。"

宇文邕赔礼道："娘，阿弥不是有意瞒你，只是潜伏在邺城的人当中有一人揽住齐国重权，阿弥对谁也不能说，以免前功尽弃。"

老夫人冷笑："朝中大臣个个无用，只有阴阳寮国师韩长鸾或许和皇帝说得上话。是国师韩长鸾？"

宇文邕回道："娘亲，请您多等几日，等时机一成熟阿弥便亲口告诉您。"

老夫人点头不语，宇文邕不说，其实她也能猜测到几分。当今邺城，颇知皇帝心思的自然是一人之下万人之上的国师韩长鸾，而且，韩长鸾来历不明，确实有几分可疑。

她听闻，韩长鸾任职国师之前只是一名小卒。因大胆预测高恒母妃的寿命而被高纬看重，并任命为阴阳寮最高官衔，成为一人之下万人之上的国师。

只是，韩长鸾身为国师，本事自然不用说，连老夫人也佩服他的勇气。这样一名敢于预测的韩长鸾，似乎有些不可能是周国的奸细，别说他人不理解，即便是韩长鸾他自己也可能解释不清吧。

黑影将军立在一旁，他身后的光线明亮，他脸上的表情反而有几分黯淡。老夫人似乎看出黑影的疑虑，却碍于两位儿子面前，没有问出口。待日落之后，屋子里只剩下老夫人和黑影两个人之时，老夫人才开口问道："黑影，你也怀疑是韩长鸾，对么？"

黑影没有回答，片刻之后，缓缓开口："为了预防万一，即便他不是，也得死。"

老夫人皱眉，反觉得不妥："韩长鸾是学道奇人，死了未免有点可惜。只是，如果他真是宇文邕的人，那么就不是铲除这么简单，而且……"老夫人站起来，来到窗边，望着窗外静谧的苍穹继续说道："而且，宇文邕说了谎。"

黑影问道："为何？"

老夫人闭上眼睛，说："他费尽心思在邺城安插人马，怎可能轻易连根拔尽？如果我猜想得没错的话，宇文邕是想借此机会与潜伏在邺城中的人马会合，借此掀起一股滔天巨浪，我差点被他骗过了！"

黑影点点头，说道："老夫人考虑得有道理。"

老夫人思索片刻，终于下定决心说道："黑影，你暗中跟着宇文邕。如果他敢耍花招，立刻杀了他！"

黑影当即应承下来，老夫人的命令他从未违抗过。从十二年前开始，他只听老夫人的命令。黑影领命后，随即转身欲离开，刚走两步，老夫人便唤住他，问道："黑影，你我主仆十二年，可我却从来不知道你的名字。"

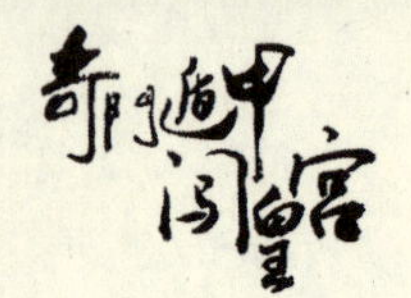

黑影顿住，显得有些僵硬。他淡淡地答道："黑影没有名字。黑影告诉过老夫人，命造书在哪，黑影就在哪。"

老夫人明白地点点头："这便是你跟着我十二年的原因，可是命造书不在我身上，我也没见过命造书。"

黑影笑了，转过头来，无比诡异地说着："老夫人不仅见过，还拥有过。"

老夫人不禁问道："那么，它在哪？"

"它无处不在。"黑影说完，行礼告退，老夫人在他身后暗自思索。直到他离开许久，老夫人才呢喃开口："黑影，你才是最令人可怕的人，无欲无求，神佛见之畏惧。"

老夫人仰望着屋顶，叹了一口气。屋子上的横梁似乎传来细碎的声响，老夫人定睛一看，横梁上竟趴着一名少年，偷听他们谈话。少年听得有些入迷，甚至没有发现老夫人已经发现了他。老夫人佯装休息，走向床榻，从枕头底下拿出一张手弩，对准横梁上的人按下按钮便射。

扑通！沉闷的落地声传来，梁上君子被弩箭射下。老夫人三两步冲到他面前，弩弓狠狠地对准他欲射，却见他捂住中箭的肩膀，从地上爬坐起来，抬起头望着老夫人。一张尚未成熟的男孩的面孔，清秀的脸蛋上出落得有些怪气。看他年纪不过十三四岁光景，却胆敢偷听他们谈话。

"老夫人，饶命啊！"

"你是谁？"

"奴才小青子，请老夫人饶命！"

老夫人眯起双眼，凌厉地看着地上的少年，冷道："小青子，是你……那日，你在邙山放飞了一只鸽子，对么，小青子？"

小青子不禁诧异，这老夫人果然神机妙算，这都被她算到了。那日，他按照郑妃娘娘的吩咐，在邙山入口处潜伏三百勇士，为的就是佯装射杀何小雅。小青子本是在兰陵王府的奸细，郑妃有此动作，他自然要报告上级。

小青子说道："老夫人真是高人，这都能算明白！"

老夫人冷笑："你错了，你放飞的那只鸽子在经过邙山时便被射下了，我看了那纸条……"

小青子震惊，随即问道："您都知道了……"

"我知道，你是韩长鸾的人……"

小青子沉默不语，事已至此，多说无益。老夫人却继续说了下去："你一定还在纳闷，为什么韩长鸾始终没有与你联络？因为他与你联络的鸽子，都已被老身拿下了。你知道么，邙山到处都是鸽子……"

小青子故意装傻："老夫人说的，小青子不明白。"

老夫人随即哈哈大笑,说道:“你无需明白,你只需要明白事情败落的下场。”

“小青子那点事,也没什么价值,不至于要杀头吧!”

老夫人打断他,狠道:“刚才我们的谈话你都听去了,为了不泄露出去,我只好杀了你!”当即按下按钮,向着小青子再射杀一箭。小青子口吐鲜血,胸口上更是血流不止。原来老夫人所指的事情败落并非自己所做所为,而是老夫人的事情败露。为了守住兰陵所发生一切事情的秘密,身为探子的小青子,确实只有死路一条。

小青子也明白这个道理,他深知自己必死无疑,可心中怨恨不已。在死亡面前,谁都不能从容就义,就这样死去实在不值得。小青子手捂伤口忍着疼痛,忽然跳起来,从窗户跳了出去,一阵寒风吹过,小青子已经没了身影。

老夫人随即推门出去,唤来黑影,指着小青子逃跑的方向,急忙说道:“是韩长鸾的人,受了伤,已经跑了。”

黑影当即撒腿往老夫人所指的方向追去。他跟随着血迹追踪,身后传来老夫人的话语:“一定要抓住他,绝不能让他见到韩长鸾!”

第四十四章　身　死

邺城。

春暖花开，虽然已经过了樱花浪漫的季节，但园子里有各色奇花的点缀，也显得格外亮丽。韩长鸾神色严峻地站在花园中，手里拿着一只鸽子静默不语，直到巡逻的宫人唤醒他，他才回过神来，佯装自然地赶回国师府。

一进国师府，便看见门口的斑斑血迹，韩长鸾小跑进屋，看见小青子浑身是血瘫在地上奄奄一息，胸口上插着两支被折断的箭矢。韩长鸾三两步冲过去蹲下，扶住小青子，急道："青子，千万支持住！"

小青子抬头惨笑，脸色早已是说不出的苍白，他支撑着一口气说道："大哥，青子不能再帮大哥了……"

"是谁伤了你？"

"是老夫人，她早就知道青子的身份。"

韩长鸾又急又怒："青子，大哥不会让你死的！"

韩长鸾当即命人拿来七盏莲灯，准备向天借命，却被青子一手拦下："大哥，天命不可违！青子今日丧生，是青子的命运……"

韩长鸾听不进去，当即要逆天借命，青子继续阻止，口吐鲜血，他捂住流着鲜血的嘴，咳嗽道："大哥，青子能活到今天，多亏大哥当年舍命相救。大哥，你过来，青子要告诉你一个秘密，一个关于老夫人的秘密……"

韩长鸾难以抉择，他终是放下法器，倾耳前去。青子惨笑，在他耳边轻言几句，韩长鸾脸色渐渐铁青。

"大哥，邺城不可久留，如果能脱身，就走吧，走得越远越好！"青子说完，双手捂住胸前的箭矢，准备用力刺进，韩长鸾急忙阻止，怒喝："韩青，你再寻死大哥先杀了你！"

韩青苦笑，他自小流浪在外，差一点饿死，若不是当年韩大哥收留他，他早已一命呜呼。

“青子自小无名无姓，多谢大哥给了韩青一个名字。韩青很想一直活着，可是韩青不能连累大哥你，大哥，离开邺城吧……”韩青拼尽全力，推开韩长鸾的手，抓住箭矢用力刺进。

“不！韩青！”韩长鸾一声痛呼，仿佛箭矢刺在自己身上。他眼睁睁地看着自小跟着他的韩青瞳孔渐渐扩大，身子渐渐僵硬，他更能感受到那最后一声歇斯底里的呐喊，是那么的刻骨铭心，永世难忘。

“韩大哥，不要为了她毁了自己……”

韩长鸾失声痛哭，他唯一的亲人，自小一起长大的弟弟已经离他而去。上穷碧落下至黄泉，他此生都无法再见到他了，再也无法听到他喊他一声：“韩大哥。”

“青子，大哥绝不会让你枉死……大哥，一定会为你报仇……”韩长鸾站起来，眼神渐渐冰冷起来，和之前温和的他判若两人，或许，从青子死去开始，韩长鸾已经彻底变了。他世上唯一的亲人已经死去，他已经没有什么不可放下，除了她。

待他为青子报仇雪恨之后，无论如何，就是她死了，也要带她离开。韩长鸾忽然醒悟，有些人一辈子只能遇到一次，如果不能把握，那就意味着永远失去。缘分从来都是由人把握，能牢牢掌握在自己手里的，也是一种命定。

韩长鸾悲极而笑，一向平静的心从此不再平静，除了爱之外，还有渐渐占据心间的恨意。

“一念成魔，一念成佛，为了你，长鸾甘愿为魔！”

与此同时，被囚禁在九重宝塔的小雅忽然心酸难耐，一阵眩晕袭上脑袋，她莫名其妙地唤了一声连她也想不到的名字。

“韩长鸾……”

顷刻之间，仿佛突然失去一名挚友般难过，连她也说不出为什么。

小雅来到石窗前，伸出头向下望去，寻找那抹高大而又温润的身影。看见他站在塔下静静地望着自己，她竟有几分感动，只是再仔细一看，韩长鸾的眼睛里再不见先前的沉着冷静，而是染上一层暴戾之气。

小雅手扶住石塔，几日前她已经自行松开绑在身上的绳子，虽然不能溜出去，但在塔里也能自由活动。这几日来，小雅在塔里想得一清二楚，距离离开北齐的日子近了，自己不能继续在塔里待着。听塔下巡逻的侍卫们议论，皇帝近日性格大变，竟开始认真朝政，注重防御，对时常骚扰齐国边境的周国贼兵进行压制，且酒色已有所收敛，后宫佳丽三千，君王只宠爱冯小怜一人。

思及此，小雅心里有些安慰，也有些心酸。高纬能认真对待冯小怜是好事，可却是以冷落自己为代价，小雅也是女人，这般情况发生在自己身上，自然是有几分惆怅。幸

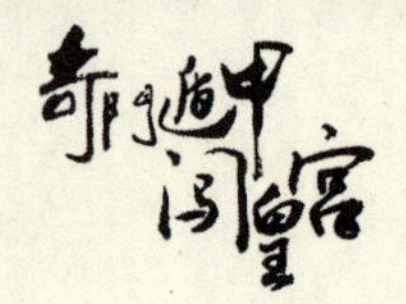

好他不是师亦宣，否则她就是用爬也要回到他身边。

“小雅，长鸾再问你一次，愿意跟长鸾走吗？”

小雅思索片刻，说道：“走，我也想，没了表盘，我连皇宫都出不去。”

韩长鸾说道：“有个人知道它在哪里。”

小雅立即睁大眼睛，急问：“会是谁？莫非是……”脑海里忽然浮现出一张俏丽的容颜，灵动的凤眼，嫣红的樱唇。

“冯小怜。”

韩长鸾平静地向小雅说了他的想法，冯小怜独受高纬宠爱，床笫之间，男欢女爱情迷之时，难免会泄露两句。况且，高纬似乎一心冷落小雅，如果他真的爱上冯小怜，对小雅的控制已经变得不再重要，那个表盘对皇帝来说也只是一无用处的废物。

小雅点点头，赞同韩长鸾的说法。男人也有一颗至诚的心，对于爱情不一定要一味地掠夺、征服。有时候，一转身，一回眸，一个微笑，便会发现一个更爱自己，更愿意为自己付出，更值得自己珍惜的人，或许，高纬便是发现了冯小怜的好吧。

如此的话，自己对皇帝来说已经不算什么。男人一旦爱上另一个女人，之前喜欢的那名女人可以视如草芥，不再怜惜，甚至可以毫不留情地斩杀。小雅在心里警醒自己，此时不要再去惹怒高纬，否则自己定死无葬身之地。

要拿到表盘，也只能从冯小怜身上下手，考虑之后，小雅点头说道：“这个法子好，可是冯小怜也是大红人了，不好见呀！”

韩长鸾说道：“除此之外，别无他法。”

小雅点头应允：“你说得对，那就这么决定了，去找冯小怜。”说完后，她蹲下身捡起地上的绳索，绑在宝塔中间的柱子上，牵着绳子来到窗前，把绳索往下扔去。小雅爬上石窗，缩着娇小的身子，从石窗缓缓爬出。她抓牢绳索，慢慢地沿着石壁滑下，生怕会掉下去，小雅边下边小声喊道：“先生，小雅要是不小心掉下去了，一定要接住我呀！”

韩长鸾平静地应了一声：“好。”

小雅的话语没能让韩长鸾从刚丧失韩青的痛苦中走出，他抬头望着小雅弱小的身影，心里满是心酸。

小雅稳稳落地，手上都被绳索磨破了皮，渗出丝丝血迹。她顾不得手上传来的痛楚，立即转身来到韩长鸾的身前，笑道：“走吧，找冯小怜去。”

淑玉殿。

冯小怜半躺在软榻上休憩，纤白的玉手时不时地抚着肚子，脸上露出慈爱而又满足的笑容。这半个月来，皇帝对她宠爱有加，夜夜招她侍寝，皇帝终于接受她的爱意了。而且，昨日太医诊脉的时候告诉她，她已有三个月的身孕，已经怀上龙种，冯小怜笑逐颜开，皇帝竟当场抱着她旋转许久，半个月来，她第一次看见皇帝露出如此令人开心而又心痛的笑容。

回想起三个月前，正是皇帝第一次宠爱她时的旖旎梦境。冯小怜脸上尽是掩藏不住的喜色，原来冥冥中自有定数，怀了龙种的她更有把握在皇宫立足，拴住少帝的心。

"龙儿，娘一定把最好的都给你。"冯小怜自言自语，闭上的双眼丝毫没注意到殿里的人已经悄悄退下，更没有注意到，两个身影已在榻前站定许久。片刻之后，冯小怜感觉有些不对劲，忽然睁开双眼，只见国师和何小雅站在软榻前，静静地看着自己，特别是何小雅的眼神中，竟闪过令人不易察觉的心痛。

冯小怜在心里冷冷笑开，小雅的痛苦是她快乐的源泉，让皇帝爱得不顾一切的女人应该下地狱永不超生。

冯小怜眯起双眼："是你。"

小雅笑道："不仅我，还有先生，今天来，是想请娘娘帮一个忙。"

冯小怜从软榻上下来，整理好衣服，走到窗边，说道："你凭什么以为本宫会帮你？"

小雅跟着来到她身后，说道："娘娘只要帮小雅拿到表盘，小雅立即离开皇宫，永远不再回来。"

冯小怜浑身一震，转过身来，震惊道："此话当真？"何小雅若能从此离开邺城不再回来，断了皇帝的心思，也是好事一件。

只是冯小怜心计狠毒，要断皇帝的念只能杀了何小雅，一个死人对自己便再没有任何威胁。可是再转念一想，冯小怜似乎想通了，这何小雅杀不得，如果她死了，皇帝便会永远惦记着她，而自己便彻彻底底地输给一个死人了。

小雅狡猾又虔诚地回道："千真万确哪，小雅要是再回到邺城，娘娘你打死我好了，娘娘现在受宠，杀了小雅和捏死一只蚂蚁一样，娘娘，很划算的！"

小雅话说得轻松，心里却轻松不起来，她也不敢确定冯淑妃心里真正的想法。事已至此，只能狠狠地赌一把。好在冯小怜不似之前那般鲁莽，在面对何小雅时已经懂得多留一个心眼，她知道何小雅心不在皇帝身上，离开皇宫也是迟早的事，既然如此，那干脆帮她一把。

冯小怜手不自觉地抚着肚子，轻轻说道："划算便好，何小雅，本宫这次决定帮你。"

小雅听得她一言，知道事情已经成功了三分，当即谢道："娘娘，您真是太好了。"

冯小怜打断她，说道："不要那么快言谢，皇上曾无意间透露，那物事就放在明光殿。不过，自从离开邙山之后，本宫再也没见过那物事了。"

小雅眼睛一眨，心想表盘在明光殿有七分可能，毕竟那里才是皇帝办公的地方，而且身处龙穴要地。

"娘娘，您再仔细想想。"

冯小怜皱起眉，陷入回忆之中，断断续续的话语瞬间被她连成三个字，她恍然大悟地说道：“九龙壁，对，埋在九龙壁之下！”

话罢，小雅处于震惊之中。她不得不佩服高纬的举动，若是常人，包括自己，也不会想到高纬竟把表盘埋在龙穴中。九龙壁下真龙之穴，不敢轻易动土，高纬却把表盘埋在九龙壁之下，定是料想何小雅再大胆，也不会大胆到将九龙壁下的土地刨开，取出物事。

“皇上真是太聪明了！”小雅忍不住赞叹一声，却在这时，殿外传来高纬的声音：“淑妃，朕来看你了。”

小雅与国师迅速闪向一边，在冯小怜的掩护之下，跳窗而逃，避开高纬的视线。他们在窗外静静地坐着，心里各自思量。小雅比较现实，她心里一直在琢磨，该怎么到明光殿打九龙壁的主意，而韩长鸾心里却在想该怎么护住小雅，混入明光殿。此时此刻，两个不一样的人竟想法一致。

两人不约而同地开口：“我想……”顿时语结，两人凝视，韩长鸾竟微微笑出来，小雅趁机把话说完：“我想，我应该去明光殿看看，顺便带个铲子过去。”

韩长鸾心情舒缓许多，他竟伸出手抚摸着她的长发，宠溺地应了声：“好，我陪你去。”

小雅不禁眯起眼睛，享受着韩长鸾带给她的安定。如果韩长鸾是和她活在同一个时空的人，那么她会义无反顾地选择韩长鸾吧，可惜，小雅一颗心已经完全放在师亦宣身上。

正在这时，殿里传来高纬离开前担忧的声音：“爱妃，太医说你身子虚，头胎不易保住。朕真怕会失去这个皇儿，爱妃，你一定要小心再小心！”

听到高纬的声音，小雅回过神来，原来冯小怜真的怀孕了，而且容易流掉孩子。待高纬离开大殿之后，小雅当即站起来，欲从窗户再次跳进，韩长鸾拦腰抱住她，说道：“这事不是你能管的，还是走吧。”

小雅掰开他的大手，决绝道：“我知道，我量力而行！”说罢，挣开韩长鸾从窗户爬进殿里，冯小怜见小雅又返回来，不禁怒道：“你又回来干什么？”

小雅说道：“娘娘，皇上的话小雅都听到了，为了报答娘娘恩情，小雅或许可以帮助娘娘保住这个孩子。”

冯小怜陷入沉思，皇帝的话历历在耳，如果能保住这个孩子，即便是丢了性命她也愿意。何小雅能再次返回，也表明了她的真诚之心，冯小怜随即回道：“如果能保住这个孩子，小怜一辈子当你是恩人！”

小雅嬉笑道：“恩人不敢，敢问娘娘八字是？”

第四十五章　安　胎

冯小怜说出了自己的八字："丁卯年癸卯月丙子日丙申时。"

小雅思索片刻，当即说了一句："身不弱，格局不稳，多生是非，如果小雅推得没错的话，丙午大运己丑流年，娘娘应该……有喜事……"

这个命造身旺，格局不稳，是非多生，不仅容易流产，而且易横遭事端。进入丙午大运后，子午相冲，命局一片燥火，遇水来克，水反遭刑克。丙午十年大运子午相冲，子被冲尽，子更为女人之子宫，子宫被伤，不易有孩子，如果有，也容易流产。己丑流年，癸水正官透出，正是喜结连理之象。看来，冯小怜的第一个男人并不是高纬，而是另有他人。

冯小怜一愣，说道："继续说下去。"

心中想起四年前开春之时，先帝见她美貌异常，便强占了她。一直到庚寅年，她才发现自己已经怀上先帝的儿子。为了避免把自己变成心仪的太子的长辈，冯小怜狠心不要名分，偷偷瞒着先皇打掉肚子里的孩子。先皇得知，气得生了一场大病，结果一命呜呼。先皇驾崩后，冯小怜曾经怀孕之事只有她自己了然，随着新帝登基，冯小怜和先皇的事情也被掩埋在棺木中久久远去。

小雅知得其中奥妙，却只能点到为止，她继续说着别的："一个大运十年，娘娘，在这十年之内，要保住胎儿都有些难度。"

话说到这儿，小雅便不能再说下去。此八字丙辛见合化官，多与男人合象，冯小怜注定一生为男人而深陷泥沼。

"有办法可解吗？"

小雅摇摇头，道："难解，不过可以试试，娘娘，请先等等。"

小雅随即附耳过去，在冯小怜耳边说了几句之后，冯小怜便命令宫女拿来朱砂、符笔、黄纸、以及一个盛满半滚开水的白碗。小雅接过白碗，左手呈捧覆鼎状，将拇指、食指、小指三指向上托住碗底。右手以拇指兜住小指，食指与中指屈曲，用无名指在水中写字。两眼全神贯注，精神聚于两眼之中，往水面上一瞪，小声念道："化！"

声音清脆，没有重音，此时此刻，无名指在水中微微一点，盖化骨在于不知不觉。小雅用无名指点了几滴化骨之符水，滴入朱砂之中，她放下白碗，拿起伏笔聚精会神地书符。

"天清清，地灵灵，潮请玄女真仙到檀前，男安胎，女安胎，救万民是吾具所，吾令云山童子保母身，押兵火急急如律令敕！"

咒语念完，符书亦毕，小雅拿着朱砂笔在符上点三点，拿起来向着符令吹了三口气后，转身交给冯小怜，并吩咐道："将此符戴在身上，不能离身。否则一旦犯了胎神，即便是大罗金仙，也保不住胎儿。"

小雅说完已是脸色苍白，血色全无。她的内丹刚恢复一点，便用来书写这张安胎灵符。韩长鸾知道她已经很虚弱，便跟着进来，扶住小雅，向冯小怜告退道："娘娘，千万不要负了雅娘娘一片苦心。这符是雅娘娘用命换来的。"

说罢，扶着小雅走出淑心殿。冯小怜望着他们的背影，心里早已是五味翻滚。此时此刻，她终于明白皇帝喜欢她什么了，不是她如狐狸一般的性格，而是她愿意为她选择的路不顾一切地付出，坚强、勇敢向前，才是她最闪亮的特点。

"何小雅，谢谢你，希望你能逃出邺城。"由衷的一句感谢，冯小怜早已败得彻底。在小雅面前，她永远只能是输家。

远处，小雅虚弱地笑道："我一定能离开邺城，我一定会回去的。"

韩长鸾望着坚定的小雅心中酸楚，他不禁责怪道："前途凶险，你怎么如此莽撞？"

小雅这次回答的语气更加坚定："已经莽撞了，可不能后悔了，走吧。去明光殿吧。"

明光殿。

时值五月，春暖花开，明光殿外一片和煦安宁，偶尔传来几声鸟叫声，在巨大的空地上形成空幻的回音。用大理石砌成的台阶上，雕龙画壁，九条龙沿着台阶石面蜿蜒交缠而上，显得格外宏伟而不可侵犯。

小雅和韩长鸾站在台阶下，她背着平时宫女们玩乐的小锄头，抬头望着高耸的台阶，不禁心生敬意。

韩长鸾在一旁提醒道："娘娘，前面的路已经不是你我可以轻易把握的，可要考虑清楚了。如果娘娘后悔了，下官立马带娘娘离开邺城。"

小雅有些失神，片刻之后，说道："大不了是个死，天要小雅亡，小雅不得不亡。但小雅更愿相信，前面是一条康庄大道，小雅宁可一试！试还有一半的机会，不试就连一点机会都没有。并不是小雅不懂得进退，而是小雅没理由就这样放弃！"

韩长鸾心里心酸至极，她越发坚定，他心里便越发难受。事实上，结局越近，她就离自己越远。小雅恍惚笑开，恢复以前狡猾模样，她首先走上台阶，向明光殿爬去。韩长鸾回过神来，紧跟其后，心里早已不是滋味。

两人躲过巡逻的侍卫，来到明光殿。殿里安静异常，翻飞的白纱更衬得此地幽凉，夏天将至，殿里已经轻轻拂起凉风。小雅屏退宫人，宫人见是雅妃娘娘二话不说便听命退下。她随即来到九龙壁前，细细看着九龙壁。

九条锁链依旧，斩龙剑仍然稳当地插在上面，唯有九龙壁旁似乎有翻动过的痕迹。石头边缘被磨出些光滑来。韩长鸾摸着斩龙剑，缓缓说道："听小青子说，在九龙壁下有数十具尸体。"

小雅说道："小青子，好像听过……"

韩长鸾面露忧色，说道："小青子名韩青，是下官家弟，三年前去了兰陵王府，只可惜……"

脑海中浮现出小青子稚气的面容，飞扬的眉毛下是一双灵动的大眼。鼻子微微钩起，嘴角上弯，喜爱钱财，且口才极好，倒是很适合与人周旋，要不然也不会一下子敲诈了她一块金饼和一些碎银子。

"可惜什么？原来小青子是先生的弟弟，真是天壤之别，他可从我手里拿走了一些金子，我记着呢！"

韩长鸾苦笑："可惜他知道了老夫人的秘密，被老夫人射了两箭，已经去了。"

说罢，小雅竟愣住，那不过是一名少年，老夫人竟然下此狠手。如果小青子是生在现代的中国，可能只是一次小小的灾祸，不至于死去。而且，小青子的面相极适合学习风水，这样死去未免可惜。

小雅在心里叹着气，道："能让老夫人下此狠手，这个秘密一定不简单。"

韩长鸾望着远方，开始向小雅缓缓说来："三十年前，文襄先帝澄秘密在此寻龙脉建屋，在阴阳寮下几位士官的确寻之下，才秘密挖龙脉。那时，兰陵王并未出世，还在一名没有名分的宫女肚子里。"

"令人震惊的是，这名宫女并不是老夫人，而是老夫人的姐姐！"

小雅闻言大惊，问道："先生是说，老夫人并非高长恭的亲生母亲！那么，高长恭的母亲去哪了？"

韩长鸾摇摇头，回道："下官并不敢确定，下官想，如果此事是真，王爷的生母恐怕早已作古了，否则，王爷便不会是这般光景。"

小雅点点头，说道："你说得有道理，老夫人对长恭并没有多大的感情。虽然有几分像，但绝不是母子之间的连心，老夫人一心要长恭拿回属于自己的东西，可是小雅从老夫人的眼神里分明看见了仇恨。"

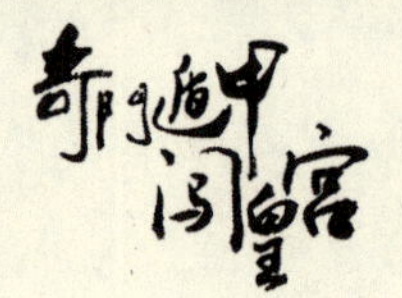

"或许，三十年前，确实发生了一些事。"

小雅仔细思考，一会儿之后，她拿出老夫人给她的那道三清符，端详许久。忽然间，她脑袋灵光一闪，前因后果，便有些轮廓了。老夫人不会无缘无故给她一道三清符，且三清符威力巨大，不到紧要关头绝不轻易使用。她起初想用三清符来保身，后来不了了之，后来又想，这三清符莫非是用来炸开宝塔的，可是黑影能在宝塔中来去自如，破坏宝塔的事自然轮不上她。直到此刻，她才有些明白，这张符不是用来保身，也不是用来当炸弹使，而是用来对付九龙壁的。

这里乃真龙穴地，点穴挖土之前，风水师都要先祈福保身，以免煞气侵犯风水师身体，当场中煞气身亡。而三清符有很好的防身作用，即便没有能力走禹步保身，也可以靠着三清符抵挡一阵子。

只是，仅仅是龙穴之地并没有致人于死地的煞气，除非在下葬或是移棺之时。这么说来，九龙壁下确实不简单，恐怕埋着尸体。想到此，小雅终于彻底明白老夫人的用心。她知道自己总会找到明光殿，所以事先给她一道三清符保身挡煞。小雅不得不佩服老夫人的高人一筹，她的举动永远逃脱不了她的掌心。

可惜，老夫人并未多说什么，小青子的死谁也不能确定是巧合，还是早有预谋。小雅走到这一步，是性格使然，也是大环境的推手，她已经来到此，便没有回头的余地，她也不会轻易回头。

"先生，这九龙壁下有文章，等小雅起局看看。"

值使死门与值符同落艮八宫，东北艮为鬼门，死门亦有阴宅之说。局里生门被迫，毫无生发之机，此处确实适合阴宅，不适合建造阳基，更不适合居住。如若地下有尸骨，在此地出生，或者长久在这种环境下生活，则主人极有可能受冲发疯，精神异常，尤以八字中不见戌阳库者甚，见鬼神犹如见家常。命好者，一二十年安然，但极损元神，也不能幸运而终；命不好者，在阴气入体的情况下，恐会想不开自杀或者易遭他祸。

明光殿是皇帝办公之地，高纬亲政已有四年，他在此地办公已有四年，难怪他常常噩梦连连，性格反复，恐怕也是受此风水影响。小雅不禁为高纬捏了一把汗，在这里办公四年，竟没有发疯已是不幸中的大幸。从另一方面来讲，高纬的八字中定是见了戌库，否则，即便是皇帝也受不了和死人同居四年，还不包括高纬未亲政之前的年月。

小雅说道："地下可能有人，死人。"

韩长鸾大惊："难道是……"

小雅和他相视而笑，小雅不怕死地开了口："想知道，挖开看看便知。"

小雅把铲子递给韩长鸾，让韩长鸾从侧面挖土。作为何家传人，要确定地下是否有死人极其容易，只是小雅不想要不能实践的卦象，而是眼见为实的结果。

韩长鸾随即起身，准备从旁边小心铲土，作为一名国师，护住龙脉是他的职责也是他的习惯，自小他学的便是如何不伤龙脉而将其利用，达到最高效果。

站在一旁的小雅不禁佩服起韩长鸾来。他果然很负责任，要是在现代，挖土机一下捅下去，龙脉即便真也被破坏了。古代讲究天人合一，对环境保护看重让作为现代人的小雅汗颜。

韩长鸾挖了一会儿，仍然没有效果。小雅终于忍不住走近，再不管什么环境保护，说道："没时间了，让我来。"说罢，拿出袖子里的三清符，待韩长鸾闪向一边后，她忽然念动三清诀，将三清符当炸弹扔向九龙壁。

砰！

一声闷响，一阵滚滚浓烟，小雅从浓烟中走出，自言自语道："哈哈，不信炸不开你！"

韩长鸾则是把她拉过来，恨不得捂住她的嘴，让她永远不再说话。她竟然就这样炸开了九龙壁，实在是令人毛骨悚然又啧啧称奇。不按常理出牌的她竟又向九龙壁走去，她手捂住嘴再次消失在浓烟中。

片刻之后，从浓烟中传来小雅的声音："呛死我了，先生，快来帮忙，一会儿皇帝的人该来了！"

韩长鸾听言也走进烟里，用长袖把烟雾赶走。朦朦胧胧之中，她见到小雅的身影，她正聚精会神地看着一地的乱石，胸中似乎已经笃定自然。韩长鸾不禁松口气，三两步走到她身边，望着地下的一片狼藉。

被翻飞的泥土尘埃刚止，一具穿着华服的瘦小女尸骨安然地躺在土里，甚至连棺木也没有。头上插着皇室珍品金步摇，在她的腰间挂着一枚沾满泥土的玉佩，颜色虽然暗沉，但见过不少好玉的韩长鸾还是一眼看出这块玉佩不同寻常。至少不是宫里普通嫔妃能拥有的，而是贵为皇后才有资格拥有的玉。

韩长鸾蹲下身，捡起玉佩仔细端详。他轻轻挑开泥土，一个不大清楚的字迹刻在其上，他皱眉说道："此玉是文襄皇帝赐给帝后的，何，是何字。"

小雅立即蹲下，抓过玉看起来，玉上确实刻着何字，而且质地凝润，处处显出贵气和熟悉之感，她似乎在哪里见过此玉。她摸摸腰间挂着的玉佩，恍然大悟。这块玉竟和兰陵王的玉佩是一对！

扯下从兰陵王那儿得到的玉佩，将两块玉佩放在一起，合并起来，形成一个圆形的阴阳鱼。兰陵王的玉佩是由老夫人传给他的，而另一半玉佩却在这名女尸身上，证明这具女尸和老夫人有着千丝万缕的关系。

韩长鸾所说，如果是真，那么这具女尸确实有可能是兰陵王的生母，只是为什么，会丧生于此？

小雅大胆向前，把覆盖着女尸的一些泥土拨开。只见女尸的肚子上插着一把已经

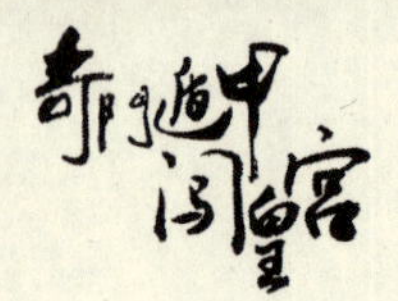

锈迹斑斑的匕首，女尸的双手紧紧握着匕首，让人分不清是自杀还是他杀。事实上，如果这名女尸真的是皇后的身份，则文襄皇帝不可能放任不管，一代皇后，生前再狠毒，也不可能落此下场。

在明光殿地下静静躺了二十年而没有人发觉，真是蹊跷而又令人费解。小雅头疼地说着："找找别的线索，没理由就只有这玉佩。"

小雅仔细寻找，在没找到表盘之前，倒是在女尸的身下找到一份竹卷，她小心翼翼地摊开，看将起来。一会儿之后，她把竹简递给韩长鸾，神色严峻地说道："她果然是兰陵王的生母，而且，她是自杀而死！"

一语惊人，韩长鸾迫不及待地接过竹简，仔细看起来。

看完之后，韩长鸾的神色和小雅一样严峻，两人的思绪不约而同地回到三十年前。他们似乎看到三十年前那夜的血光，在夏日炎炎季节，竟下起六月飞雪，飞舞的雪花下面是一个娇小美丽的身影，她握着匕首插进自己肚子里，仰天长叹："长恭，娘亲先走了，你一定要好好活着，不要辜负娘的一片苦心……"

第四十六章　真　相

一片刀光血影中，三十年前的真相渐渐浮出水面。竹卷大部分字体乃何氏长女亲笔刻上，只有最后一行显得苍劲有力，似乎为他人所刻。

上面记载着，何氏长女入邺城后，甚得高澄欢心，一时宠爱有加，引起府中其他女人的妒忌。特别是在何氏怀孕之后，更是恨不得除去她。何氏天性善良，一直忍气吞声，不和她们计较，直到有一天，一件事彻底改变了何氏的想法。

"大人，臣妾听国师府的人说，何美人肚里怀的是破军星，专门来抢皇上江山的。"一名侍妾一句恶意的话，让高澄心生疑虑。他的儿子能夺得江山固然是好，但江山似乎已经稳固在自己手上，他儿子抢的定是自己的江山无疑。

"我高澄之子，自当有此魄力。"嘴上这么说，高澄却开始对何美人防范起来。高澄已有三个儿子，多一个自然不会嫌弃，但如果是异数，则绝不能让胎儿诞下。在屏退侍妾之后，高澄露出令人胆战的神色，伺候高澄的丫鬟自然看在眼里，不久，高澄的言行举止便传到何氏耳里。

何氏明白高澄的野心，他绝不允许异数存在，即便是空穴来风，他也宁可错杀不肯放过。起初几天，高澄亲自为何氏送来安胎药，但作为天师道何家长女的她，自然知道这是一副堕胎药。何氏为了不让高澄起疑，当着他的面喝下"安胎药"，高澄这才满意地离去。高澄离去后，何氏便唤来妹妹何可人，帮她画一道安胎符。

何可人是何氏的亲妹妹，自小天赋异禀，是天师道的传人。她看见姐姐捂住肚子忍着疼痛的模样，已经知道几分，不禁一边怨恨高澄的薄情，一边做法保住差点夭折的胎儿。一番下来，何氏的胎儿是保住了，可是高澄的一意孤行仍然令人担心。

何可人自然暗中跟着高澄，后来发现他听从国师府的话语，开始在邺城寻龙探穴，终于在明光殿之地，找到真龙穴。何可人对风水了如指掌，自然知道那穴位之真，若在此下葬，寅葬卯发，不仅发力快，而且时间长久，可保子孙后代平安富贵，一世荣华不衰。

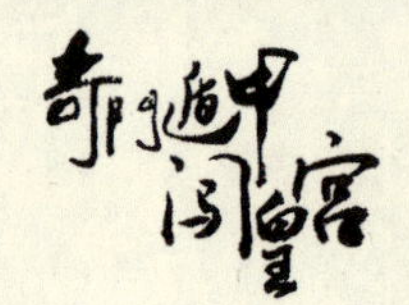

何可人把这个发现告诉何氏，何氏当时不以为然，只是笑着说："夫以其为乐，随他去吧……"心里却在琢磨着高澄接下去的动作。寻得龙穴，小明堂之处只适宜造穴种骨，而不适宜建造阳宅，高澄在此寻得龙穴，恐怕是有迁坟之意。

这样下来，更能显示高澄造反决心，如果他成了皇帝，自己腹中的胎儿无疑是他命中的克星。且不说国师府妖道对高澄的影响力，即便是一个小孩子的话语，只要对高澄存在一丝威胁，都必斩尽杀绝。

何氏不禁心惊，眼看再过几月胎儿便要诞生，如果不能保住孩子，她不如一死了之。细细思索下来，她脑海里忽然产生一个疯狂的念头，那就是——利用龙脉保住胎儿。

何氏当即交代可人几句，让高澄暂时把全部精力放在龙脉上，而她佯装胎死腹中大病一场。可人不负姐姐重托，以天师道传人的名义参与到龙脉事件中，暂时稳住高澄。然而，令可人想不到的是，原来她姐姐早已另有打算。

在龙穴被挖开之时，何氏的出现令在场的人大吃一惊，包括一心造反的高澄，更包括在不远处的何可人。高澄看着喜欢的女人手上竟抱着一名婴童，心里不禁大怒，他当即扬起手掌要扇何氏耳光，却在看见婴儿的笑脸时，主意突变，他猛然扯过婴儿，扬高，欲摔死他。

正在这时，何氏的小腹忽然插入一把匕首，鲜血从她的肚子处源源不断地涌出。从何可人站的角度看，高澄一手正握着那柄匕首刺入何氏肚子。何可人眼泪当即滚涌而出，她顾不得一切，冲到他们面前，看着对视的两个人。

只见何氏露出令人心痛而又满足的笑容，高澄则面无表情，一手抱着婴儿，一手沾满血迹。

"姐姐！"何可人一声嘶喊，何氏微笑地看着她，苍白着脸，上气接不上下气地说着："可人，长恭交给你了，一定让他好好活着，快……点……走得越远越好……"

说罢，眼睛里竟流出血泪，何可人顿时被震撼，她看见高澄的手摸着婴儿的脸，似乎有掐死他的欲图，何可人顾不得快要死去的姐姐，拼尽全力，把小婴儿从高澄手里抢回来。她抱着婴儿跑两步，回过头来，绝望地看着何氏，喊道："姐姐，我一定为你报仇！"

说罢，当即念起咒语，在众人的视线中消失于无形，她甚至没看见最后一刻何氏露出痛苦的神情，以及那一声歇斯底里的呼喊："不，不要为我报仇……"

可惜，何氏死前这一声呼唤只有高澄听得真切。他至今还在震撼之中，何美人为何会自尽，高澄忽然心痛不已，那是他最心爱的女人啊！她竟然选择离自己而去，高澄从地上站起，接过摇摇欲坠的何氏，心痛地问道："为什么，要这样惩罚我？"

何氏微笑，苍白的笑容透出母性的光辉，以及超越生死的大自在，她说道："恭儿会永远离开邺城，不会和你抢天下了，你放过他吧。"

高澄摇头苦笑："你好狠心！"

何氏继续说道："高澄，妾身再狠也狠不过你，恭儿是无罪的。"

何氏似乎已经支撑不住，她推开高澄，一步一步走向挖开已有半个时辰的龙穴，她转过头来对着高澄嫣然一笑，高澄顿时觉得天崩地裂，他的美人似乎死意已决。

果然，何氏双手按住匕首，用力刺进，鲜血顿时飞溅，染红了泥土，斑斑血迹，触目惊心。何氏轰然倒下，她的身子倒向龙穴之中，她微微一笑，用尽最后一口气，微弱地说道："吉时葬身，保儿平安。长恭，娘亲先走了，你一定要好好活着，不要辜负娘的一片苦心……"

说罢，在高澄的诧异中，一声炸裂声响起，一时之间，尘土飞扬，旁边的泥土竟纷纷盖向何氏，何氏安然地闭上双眼，露出令神佛动容的微笑。高澄看着这一切，久久震惊，他没想到，何氏竟然用最后一口气换来这一场迸裂，掌心雷从她手中脱出的那一刻，高澄觉得天旋地转，一切已经无法回头。

龙穴已经为何氏所用，辛苦寻找的龙穴竟还是便宜了破军星下凡的儿子。高澄在心痛之余，便不再强求此处龙穴，唯有命人从外地运来巨石，雕刻成九龙壁，并用斩龙剑，镇住此地龙气，杜绝一切威胁到自己的机会。

可惜高澄千忧万虑，却没有想到，他也是个短命之人，不到几年光景，便死于重病。临死之前，他一人走到九龙壁前，抱着九龙壁哭了整整一天，之后，他命人打开九龙壁，发现了何氏尸身下的一卷早已刻好的竹卷。

竹卷上记载何氏的悲喜，高澄看得泪流满面。原来何氏竟是这般喜欢他，她不想她和高澄的儿子被高澄所杀，也不想父子成仇，她为了保住孩子，只能身死保全父子关系。这么多年来，高澄一直活得不快乐，原来绕了一大圈，他还是回到了原点。

高澄战抖着双手，在竹卷上补上几个字："每每回忆佳人，痛不能食，夜来登高，想尔娇颜，竟恍如隔世……"

刻完之后，高澄命人将竹卷放至何氏尸骨身边，并把九龙壁恢复原样。之后，高澄便重病不治身亡。他驾鹤之时，招了高长恭进宫，竟只对他说了一句话："皇图霸业，皆是空……长恭，珍惜爱你的人，父皇去了……"

一眼三十年，三十年前的一场孽缘，导致三十年后的一场风云。事到此处，真相昭昭。何可人之所以严格要求兰陵王，恐怕也是为了替姐姐报仇，只可惜可人不知道何氏身死的真相，仇恨蒙蔽了她的双眼，即便是能掐会算的天师道传人，也被事情的表相所迷惑。

何小雅不禁重复着那句话："皇图霸业皆是空……"

韩长鸾有所感触，他望着地上的尸骨，淡淡地说道："我们以为我们知道了起点，便可以知道未来，其实不然，起点往往在最后一刻……"

何小雅点头："先生说得有道理，结束才是另一个开始。不说这些了，小雅得继续找表盘了，不然就白炸了。"说罢，蹲下身在石头缝里翻来覆去地找，韩长鸾点点头，蹲下身和她一起在泥土中找寻。

片刻之后，小雅手上拿着表盘，激动地站起来，嚷道："我找到了，太让人激动了！"

韩长鸾自然为她高兴，他脸上露出笑容，心里却不是滋味。不知道为何，此刻的她似乎已经遥不可及。

韩长鸾笑道："找到就好，快跑吧！"

小雅把表盘戴在手腕上后，点点头："那是自然，不跑的是傻子，嘻嘻……"

与此同时，正在湖心殿午睡的高纬从梦中惊醒，他睁开双眼从榻上坐起，心中一阵闷痛，一种不祥的预感涌向心头。高纬三两步走出殿堂，看见正奔向这里的护卫，顿时心生寒意。

果然出事了。

侍卫从船上下来，便急得下跪，禀告道："启禀皇上，明光殿出事了，雅娘娘和国师一起炸了九龙壁！"

高纬听完，脸色铁青，他一拳砸在柱子上，心里狠狠地吼道："何小雅，你竟敢如此胆大妄为，朕这次不会再饶了你！"

此时此刻，准备从明光殿逃之夭夭的两人忽然停下，跑在前头的小雅胸中一闷，顿时痛得在殿堂地上打起滚来。先前在应念桥被 Rina 所伤，现在竟忽然复发，小雅在地上打滚，痛得叫苦连天，恨不得当即死去。

韩长鸾见她如此，自然心慌，他走到小雅身边，抱住她稳住她的身子，问道："你……怎么会这样？"

小雅痛得说不出话来，她咬着牙，还是一字一句地念道："Rina，我顶你个肺！"

2008 年。何算门。

Rina 于三天前再次来到何算门等待结果，再过几天，便是小雅回来之时，真是令人期待。她坐在沙发上，一边吃着水果沙拉，一边笑道："好像有人在咒我。"

见没有人回答她，Rina 接着说道："越来越接近结局了。何小雅，可不要让我们失望哦！"

一副事不关己的模样，连声音也有几分惹人厌恶，坐在一旁的何小明自然神色严峻，他望着巨大的表盘，心中早已不能平静。如 Rina 所说，小雅在北齐的时间也该差不多了，再过三日，她必须回来，否则表盘一旦没有电量支撑，她便会永远滞留在历史洪流中。

小明不愿意看到这种结果，他在心里呼喊："姐，可一定不能有事啊！"

似乎受到千年后的呼唤，正在韩长鸾怀里扭动的小雅渐渐安静下来。她抬头望着一脸担心的韩长鸾，心中涌起酸楚，韩长鸾为她付出得实在太多，她始终无法报答他。韩青的死似乎给韩长鸾带来不小的伤害，连他温柔的笑脸都让小雅感到悲伤。

小雅伸出手，情不自禁地抚上他的脸，呢喃道："我没事，不要担心。"

韩长鸾心中一酸，随即紧紧抱住她，"嗯"了一声。

小雅笑开："走吧，去找老夫人，告诉她事情的真相。"

韩长鸾点头，望向一片狼藉的明光殿，问道："那何氏的尸骨该如何处置？"

小雅越发笑得狡猾，她毫不含糊地嚷道："事情因她而起，也该因她而结束。兰陵王不应该被此束缚，只有烧了那具尸骨，兰陵王才能真正拥有自由。"

闻言震惊，韩长鸾久久不能语。没有阴基风水的庇佑，套在子孙身上的枷锁也便没有了，子孙们可以走自己的路，完全拥有自由，不用受先人的影响。何氏的尸骨如能至此化成灰烬，不再对兰陵王造成影响，对于兰陵王来说也是一种福气吧。

韩长鸾扶小雅起来，说道："想做什么就做吧。"

韩长鸾说完后，小雅如获动力，她向尸骨丢了一把火，火把在衣物上蔓延，首先被燃烧殆尽的是她那一头卷在一起的长发，烧焦的味道顿时在殿中弥漫，不到片刻工夫，尸骨已经全部着火，连小雅也不明白为何如此顺利。按理说，运气好的也需要燃烧许久才能将尸骨变成骨渣，可如今却一点就着了，想必是天意。

小雅不禁呢喃出声："高长恭，你自由了。"

第四十七章　逆　声

与此同时，已经起兵的高长恭忽然觉得轻松了许多，在冥冥之中，似乎有一个套在他身上的力量已经渐渐远去。高长恭登高望远，他望着远处若隐若现的都城，不禁呢喃出声："邺城，不远了……"

同他一起前来的小高恒竟天真说道："是不远了，恒儿可以见到雅姐了。"

后面跟上的宇文邕见小高恒如此天真，便来到他的身边开口逗道："你叫小高恒，是么？"

高恒抬头，怒道："才不关你的事，你离我远点！"

宇文邕大笑："有个性，等拿下邺城之后，跟朕到北周游玩一番可好？朕带你去见一个人。"

高恒疑惑，心生不爽，他直接问道："见谁？"

宇文邕答道："杨坚。"

高恒拒绝道："恒儿谁也不见，恒儿只要雅姐。"

宇文邕眼睛一眨，笑道："不领情便算了，雅姐也会到周境，届时，可不要哭着求我。"

一说到雅姐，高恒自然激动，他奶声奶气地道："你骗我！"

宇文邕说道："逗你一小孩儿做什么，看你这么喜欢雅姐的份儿上，我宇文邕带你去了，一言既出，驷马难追！"

见小高恒似乎相信他的话，宇文邕见时机成熟，便佯装考虑，说道："不过……"

"不过什么？"高恒很快地接过话。

"不过你必须改名，改成杨广。"

高恒一听，觉得不得了，改名改姓那是背祖欺宗，高恒绝不能这么做。高恒狠狠地踩了宇文邕一脚，怒道："我有名字，我叫高恒！"

宇文邕冷魅地笑开，英俊的脸与天地融合在一起，形成一道最和谐的风景，他淡淡地说道："再过几天，你便不是高恒了，因为——邺城将被踏平，改朝换代！"

届时，皇帝将会跪在跟前哭着求他，求他饶他一命，包括她，也只能同他一起返回北周，助他一统天下。宇文邕心里不禁邪魅地笑开，对于邺城他有信心征服，对于何小雅，他更是志在必得。没有人可以阻止宇文邕的铁骑，更没有人可以阻止宇文邕的心。

"何小雅，你一定不会拒绝朕的，否则，朕叫你死无葬身之地！"

邺城，明光殿。

高纬看着一地狼藉还冒着火光的明光殿，当即气急败坏怒道："给朕搜，死了也得给朕拖出来！"

侍卫领命，开始向周围展开撒网似的搜索。早已爬上明光殿横梁的小雅、韩长鸾两人则默默地看着下面皇帝的举动。他恼怒地走向办公的地方，一拳砸向案几，砰的一声，差点把趴在柱子上的小雅震下来。

皇帝显然是急了。小雅心中更是苦恼，这邺城已经待不得，得尽快离开才是。且兰陵王的命运本来就是误会一场，不是非要你死我活才是最后的结局。站在一旁的韩长鸾知道她在想什么，心中无限忧虑。

要知道，兰陵王已经起兵，小雅烧了兰陵王生母的尸骨只会让他命悬一线，造反的成败已经可以预见，一个扶不起的皇帝只能面对失败的下场。自古天地运数，国家朝代经运而生，国家气数选择了这个国家的主人，而不是人选择国家。

天地人三才决定大环境的走向，人元只是其中渺小而又不可缺少的存在，在天地运数的影响下，人元方定。而北齐气数未尽，以建国八字来分析，官印相生，步步强旺。但藏支中暗冲暗克，底下不服声四起，到了应期，必然产生动乱。

今各国纷争不断，弱肉强食，是生存法则，也是天地运数，不可扭转。兰陵王乱中造乱，犹如五行之背，逆行者亡。北齐尚有多年安稳国运，兰陵王只不过是自取灭亡罢了。其中玄机，恐怕连小雅也不明了，因为北齐之国运，她并不知，唯有韩长鸾一清二楚，却不能告知小雅。

韩长鸾心中叹气，同小雅一起观望着皇帝的举动，不敢造出任何声响，生怕皇帝一抬头便发现梁上二人。

坐在龙椅上的高纬手撑着额头，细细思量起来。他一手拿起毛笔，在案卷上不知不觉地写上何小雅三个字，凌厉而又苍劲，字间隐含的杀气不禁让人心惊胆战，连高纬也没想到，他对小雅的爱意已经悄悄变成了恨意。

一股怨气从喉咙处散开，高纬忽然站起，手中毛笔被狠狠地摔向地板，一名侍卫进殿禀告："皇上，皇宫四处，皆不见雅娘娘踪影。"

高纬皱眉，三两步走过去，一脚踢开侍卫，怒道："废物，朕要你们何用！"

侍卫被踢得连滚带爬地滚了两圈，高纬又命道："去，继续搜，找不到娘娘，你们也不要回来了！"

侍卫吓得领命而去，迅速退出明光殿。高纬反身走回案几旁，拿起案卷，仔细端详，忽然灵光一现，高纬忽然冷冷地笑开。他之后招来国师府的幕僚之臣，问道："各位立即占一卦，看看雅妃身在何方，就是死也得见到尸体。"

各位大臣立即掐算起来，时而皱眉，时而恍然大悟样，看得站在梁上的小雅冷汗直冒。如此之近的距离，不用算也极容易发现。但也许，经过推算之后的结局，会出人意料。谁也不会想到，她在烧了明光殿之后，竟还敢躲藏在明光殿。

许久之后，一名术师作为代表上前向皇帝说道："皇上，此时日课，官杀重重，一片水局，日柱被克，无冲之象，难以动作，微臣断得，娘娘定未离开此地。"

高纬问道："你的意思是……"

术师回道："娘娘在湖心殿。"

高纬听罢，立即命人去湖心殿搜索，高纬跟在后面走去。那位术师似乎有所隐瞒，擦了一把冷汗之后跟着皇帝向湖心殿走去，众位幕僚自然跟着离去。

看着众人皆走开之后，小雅也捏了一把汗，说道："真厉害，这都能算出！先生，咱们快走吧，他们在湖心殿找不着，必然会返回。"

韩长鸾点头，协助小雅顺着柱子滑溜下来。落地之后，小雅趁机来到案几前，抓起毛笔，在纸张上给老夫人写了一封信，希望能制止高长恭的行动，不要制造违背气运的事端。否则，天下苍生遭受牵连，由兰陵王一人引起的业不是轻易能受的，因果报应，恐怕要断子绝孙。

小雅写完并把纸条卷起后，收拾了一下案几上的痕迹，与韩长鸾两人趁机离开明光殿。在皇宫的长廊上，一群鸽子乱飞。她二话不说抓过一只鸽子，将信条绑在鸽子脚上，放飞。

鸽子扑扇着翅膀飞上天，越飞越远。小雅心怀忐忑，她也不能保证这鸽子能到老夫人那里，但总要试一试，天意让她发现了明光殿下的秘密，便证明了事情发展存在变数，如果运气支持她走下去，这鸽子无论如何也会飞到老夫人那里的。

正在这时，走廊尽处传来细微的声响，似乎有人向这边走来。韩长鸾身手敏捷地揽过小雅，往旁边一躲，轻易躲过巡逻的侍卫。

"看来皇帝还没有发现，娘娘，接下来准备去哪里？"看着侍卫走远后，韩长鸾才开口问道。

"皇宫守卫森严，恐怕没地方去了，不过，有一个地方可以暂时躲一阵子。"

"何地？"

"极乐台，那是我回去的地方。"

小雅的心思飘了起来，回想起第一次从极乐台温泉冒出头的时候，高纬正和一个女人温存，而小雅当时身无寸缕，引来高纬注意，却也闹出不少尴尬。

韩长鸾不禁心痛说道："长鸾可以带你离开，跟我走吧，不一定要到极乐台。"

小雅摇着头，恍惚回道："只有那里，才是小雅的归宿。"

韩长鸾疑惑道："长鸾不解。"

小雅微笑，对韩长鸾她不再隐瞒，她说道："小雅来到这里，本是冲着命造书而来，但只要老夫人看到那封信，兰陵王或许不用造反了，也便不会有今后的结局。小雅的命造书自然是泡汤了，而且……"

"娘娘请说。"

"而且，小雅留在这个朝代的大限将至，再不回去，恐怕会死在这里。"

"长鸾一定尽力保护娘娘，绝不会让娘娘受半点伤害。"

"不，谁都救不了我，只有自己才能救自己。小雅再待下去，已经改变了结局，历史重写的代价不是小雅能担负得起的，所以，小雅一定要走。"

小雅说得决绝，毫无一丝留意，这让韩长鸾更加苦闷。他不明白什么历史重写，他只想把她留在身边，哪怕是不择手段，费尽心思。韩长鸾淡淡地说道："结局不会改变，因为，王爷已经起兵。"

一语惊人，小雅从梦中惊醒。她转过身来，几乎是抓着韩长鸾，问道："什么？你怎么不早说！"心里却震撼不已，如果兰陵王已经起兵，那么她在明光殿所做的不是帮他而是害他，失去阴基力量的庇佑，只会让兰陵王命运脱线，成败也只在一瞬间，生死虽难测，但是凶多吉少。

韩长鸾苦闷道："说了无用，兰陵王心意已绝，一心起兵。"

小雅自知忏悔无用，阴基已毁，无法挽回，只能尽力补偿，她问道："大军到哪了？"

韩长鸾回道："邺城之外。"

小雅不假思索，立即卷起袖子，露出手腕上的表盘，她按动表盘，说道："我得去找高长恭，人命关天，可不能胡来！"

说罢，一阵绿光闪过，在两人面前出现巨大的薄雾奇门表盘，韩长鸾看得惊奇，这表盘竟藏有如此能量。韩长鸾惊讶问道："这是……"

小雅笑道："这是奇门表盘，小雅能否回去全靠它了。先生，与小雅一起走吧。"不待韩长鸾点头，小雅已经拉着她走入薄雾之中，忽然间犹如跌入悬崖，瞬间穿过肉体的暖流让韩长鸾战抖不已，这种感觉犹如醍醐灌顶，竟有传功之效，畅爽至极。

不到片刻工夫，眼前一道白色强光闪过，两人已经站在鲜绿的草地上，韩长鸾惊魂未定，小雅已经走到悬崖边望着下面的河流说道："你确定是这里？"

韩长鸾回过神来，说道："这里是下官与宇文邕约定见面的地方，应该无错。"

小雅惊得跳起来，惊讶问道："你跟宇文邕是什么关系？"

韩长鸾淡淡地说道："不瞒娘娘，韩长鸾是北周的人，潜入邺城，是为了和宇文邕里应外合。"

小雅没想到韩长鸾竟是宇文邕的人，如此看来，宇文邕果然野心不小。而且，连韩长鸾都能听命于他，可见宇文邕的本事。小雅也想明白韩长鸾的种种举动，皇帝在国师府的位置造湖竟不加以反对，恐怕也是为了北周着想。北齐越糜烂，北周便越有机会。此等用心，可谓良苦至极。

小雅不满地说道："宇文邕能有先生帮助，定能完成大业。"说不上恭维，小雅所说乃为事实，况且史书上也有所记载，宇文邕野心不小，志在一统天下，可是命短无依，英年早逝，他的荣华梦也因此破碎。

韩长鸾摇头说道："韩长鸾并不是不懂变通之人，北齐气数将尽，长鸾自然要知命。"

小雅回道："小雅不知北齐气数如何，即便他有一百年的运数，小雅也管不了了。如今，小雅想做的便是，阻止兰陵王，不让他丧命。"

韩长鸾问道："那命造书呢？"

小雅笑道，顷刻之间，她已经七分透彻："命造书只是一个传说，我可以为了传说冒死来到这里，但我不能为了一个传说害了高长恭性命，命造书可以不要，人要好好活着。"

命造书可以改变命运，但事实上，命以人为本，不管怎么改变，人都在运数下生存。她可以为了小明的眼疾寻找命造书，她也可以为了高长恭的生命而放弃命造书。人的生命只有一次，即便是在过去的历史，谁都没有剥夺他人生命的权利。小明只有一个，高长恭同样只有一个。能来北齐一趟，小雅已经无悔。这个朝代不应该为她的到来付出代价，谁都不可以。

韩长鸾点点头，心里却暗自琢磨。兰陵王造反是箭在弦上不得不发，如果此时被制止，恐怕会适得其反，而宇文邕的大计也将付诸东流。于情于理，韩长鸾是不会允许小雅的做法的，不仅如此，若被宇文邕知道，定然不会让小雅见到兰陵王。

韩长鸾说道："娘娘可考虑清楚了？"

小雅笑道："小雅既然已经决定，便不再后悔，小雅没做过什么善事，这便算头一件吧。先生，您是支持小雅的，对吗？"

不等韩长鸾回答，远处已经传来宇文邕叫嚷的声音："朕不支持，何小雅，你别想坏了朕的好事！"

第四十八章　落　崖

藏在树后等待多时的宇文邕突然出现，他来到小雅身前，狡猾地看着她，方才她与韩长鸾的谈话被他一一听去，小雅要阻止兰陵王攻入邺城，那还了得！他宇文邕运筹多年的计划不能因为她而泡汤。

小雅惊道："你在这儿多久了？"

宇文邕狡猾笑道："雅姑娘在此多久，弥罗突便在此多久。"

小雅自知所说全数被他听去，他定会阻拦自己，自己不能先开这口，她很配合地"哦"了一声，把宇文邕郁结得半天说不上一句话。许久之后，宇文邕尝试开口："姑娘是否要去见兰陵王？"

小雅佯装答道："现在见到陛下您，还见王爷做甚？陛下，侧耳过来，小雅要告诉您一个秘密……"

宇文邕当即附耳过去，小雅踮高身子把脸凑过去，娇笑道："告诉你，你将会晕过去。"说罢，抬起手臂，用力地向他的颈处劈去。宇文邕没想到小雅竟然来这招，一时大意，竟真被劈得头晕眼花，不出三秒，宇文邕已经跌坐在地，双眼渐渐迷茫起来。

小雅掩嘴巧笑："对不起，得罪了。"

韩长鸾在一旁看得心惊，他忽然想起在邙山之时，小雅也是对准他的脖子狠狠地劈下。今看到宇文邕遭此一劫，不禁冷汗直冒，脖颈处隐隐疼痛。

宇文邕终于支撑不住，欲昏迷过去，在闭上眼睛之前，他迷迷糊糊地说道："何小雅，朕是来救你的，你竟然如此对朕，小心郑妃……"话罢，宇文邕便昏死过去。

小雅心中大惊，小心郑妃……莫非……

树林里忽然风动，不待小雅反应过来，树林里已经迅速蹿出几十名士兵，他们手上拿着弩箭，对准了小雅、韩长鸾两人。小雅暗叫不妙，郑妃从士兵身后闪现而出。她恨恨地看着何小雅，脸上露出令人畏惧的笑容："何小雅，别来无恙啊。"

郑妃的出现出乎小雅意料，她笑着与之周旋，说道："是有一段日子了，娘娘真是越发漂亮了，小雅看得羡慕。"

郑妃冷道："少跟本宫贫嘴，本宫绝不会让你见王爷的！"

小雅继续笑道："这恐怕不好吧，事关性命，娘娘务必通融呀！"

郑妃更加冷道："老夫人用了十五年才等到今天，谁都不可以破坏。王爷一定能夺回皇位，你休想再接近王爷！"

"关于老夫人十五年的布局，这是一个误会。"

"本宫不管什么误会，本宫只知道，王爷走到今天，已经无法回头了。本宫绝不允许你去破坏，王爷是我的，谁也别想抢走！"郑妃说得狠绝，小雅从一开始便是她的敌人，她知道，任何王爷喜欢的女人都不得好死。

小雅不禁冷汗直冒，这郑妃已经视她如仇人，多说无益。她当即思索逃离对策，却不料，郑妃似乎已经看透小雅一般，竟挥手命人包围住他们，继而冷笑道："所以，你只能死！"

小雅和韩长鸾背对背，被逼到悬崖边，望着高深莫测的悬崖底，两人不禁有些郁结。郑妃逼迫道："跳下去，本宫饶你们全尸！"

小雅有些怕高，见悬崖似乎深不见底，头痛地说道："真是节外生枝，娘娘，您就饶过小雅吧。这跳下去别说性命了，连魂魄都吓丢了！"

郑妃自然不会饶过她，她今天特意跟在宇文邕后面，便是为了预防万一。没想到真被她等到了，她本想看时机下手，不料何小雅竟放倒宇文邕，这对郑妃来说自然是绝好的机会，逼迫小雅跳崖身死，王爷到时逼问起来，郑妃可以一问三不知，可谓天衣无缝。

郑妃说道："不跳下去的话，那么本宫只能让你变成刺猬！"

小雅回道："娘娘，杀人是犯法的。"

郑妃接过士兵手里的弩箭，对准小雅，邪魅地笑开："在这里，本宫就是王法！"说罢，按动弩箭上的按钮，嗖的一声，箭矢朝着小雅的心脏射去。说时迟，那时快，韩长鸾迅速揽过小雅往崖底跳去。

小雅惊魂未定，便发现自己堕入万丈深渊，顿时吓得晕死过去，以至于最后落水那刻的凌冽都未能感受，而是直接灌了几口冷水。

郑妃走到悬崖边，满意地看着湍急的水流，幽黑的河面早已将两人吞噬。郑妃命令道："给本宫下去搜，生要见人，死要见尸！"

士兵们领命而去，郑妃望着河水渐渐出神。

与此同时，小雅在窒息中睁开双眼，深处冰冷的河水之中，小雅极力挣扎。熟悉水性的韩长鸾紧紧搂住小雅的腰身，拼命地往上游去，河面上涟漪忽起，韩长鸾从水中冒了出来，何小雅的头也冒了出来，她吐出几口水之后，头一歪直接昏死过去。

韩长鸾知她忌水，不由自主地揽紧她向河边游去，考虑到郑妃不会善罢甘休，上岸之后，韩长鸾便不顾寒冷，背着昏迷的小雅沿着河岸向前走去。直到入夜之时，他们才找到一户人家。

韩长鸾给小雅煎了碗姜汤，喂她喝下，在午夜之时，小雅才睁开双眼醒来。入眼是暗沉沉的景物，黑暗中的韩长鸾正忧心忡忡地望着自己，眉眼之间更是说不出的疲惫，见小雅醒来，韩长鸾说了一句："你醒了……"说完便趴在小雅床边沉沉睡去。

小雅知道韩长鸾救了她，心里不禁感激万分，对于韩长鸾，她始终只有亏欠。她轻轻地下了床，把被子盖在韩长鸾身上后，悄悄出了屋，这过程静谧无声，怕把睡梦中的韩长鸾惊醒。

走到屋外之后，何小雅唤来户主，将身上所带金饼尽数给了她，说道："请好好照顾他，不要告诉他我往哪个方向去了。"

户主是一名老实巴交的老妇女，见到如此大手笔，愣得忘记伸手去接。小雅把金饼塞到她手里，补充道："如果他起卦占问小雅去处，劳烦转告他，说小雅与他缘分至此，不必强求。"

小雅心里涌起一股酸楚，韩长鸾是真心为她之人，从他同她跳下悬崖那刻开始，小雅已将他的身影铭刻于心。连她自己也不曾想到，韩长鸾竟会撼动她的心脏，如果不是时代悬殊，韩长鸾这样的男人，自己恐也会义无反顾地爱上。

只可惜，她无福与韩长鸾共度此生。她命里克夫，她现在要做的便是，离开韩长鸾，离开北齐。

告别老妇人之后，小雅孤身一人离开。老妇人本是憨厚之人，看着姑娘家一人离开便不禁叹起气。之后她便进屋照顾那名男子，心里却想着姑娘的安危。

夜里豺狼虎豹多，这姑娘不要被叼了去吧？老妇人越想越不安，连忙摇醒昏睡的男人，急道："快醒醒，那姑娘已经走了！"

韩长鸾没有醒，在他看见小雅醒来的那一刻，全身绷紧的神经忽然放松，这一睡自然要到大天亮。老妇人急得在屋子里走来走去。

与此同时，在夜里行走的小雅不禁缩紧身子抖了起来，河面上吹来的风让她受不了，便闪到石头下面歇息，四周传来狼叫的声音，小雅喃喃自语："冷死我了，有堆火就好了……"

小雅说着，倚在石头上睡了一会，待她睁开眼时，天已经大亮。小雅看清周围的地形，她凭着风水的知识，迅速理清山体形势以及去处，顺着路走去，终于在中午的时候赶到集市。她先用碎银子整了些吃的，然后买了些黄纸，准备书写几道符令。

她心里挂念韩长鸾却又怕被他找到，只得在无人的地方念动大罗金仙都找寻不到

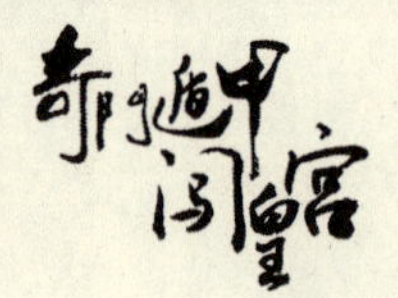

的藏身咒，来避免韩长鸾的问占。

“藏身藏身真藏身，藏在真武大将军，左手掌三魂，右手掌七魄，藏在何处去，藏在波罗海底存，天盖地，地盖天，揭天云雾看青天，千个寻不到，万个寻不成，若有他人来寻到，天雷霹雳化灰尘，谨请南斗六星、北斗七星、吾奉太上老君急急如律令！”

一阵轻烟冒起，小雅号令即下，毫不含糊。用了藏身号令之后，即便是神仙也找不到她，更别说是韩长鸾了。

“韩长鸾，不要找我了。”

做好一切后，小雅收拾物事，准备离开，却见一名白衣男子挡住她的去路，手上握着一把明晃晃的刀。小雅一愣，不禁说道：“黑影将军，是你……”

黑影沉默不语，他一步一步地向小雅逼近，凌厉的刀光闪了小雅双眼，小雅不禁往后退几步，急道：“黑影将军，有话好说……”

黑影走至她身前，紧紧地盯着小雅，开口问道：“我看见了，你宁可一人面对，也不愿连累韩长鸾，这是为了什么？”

小雅又退了一步，答道：“小雅怕麻烦，不喜欢人跟着，黑影将军为何这样问？”

黑影将军放下刀，说道：“我跟了你一天了，本想杀了你，可惜，我下不了手。”

小雅大惊，不禁愣道：“为何杀小雅？”

黑影继续说道：“雅姑娘可听过护书一族？”

护书一族，听老夫人说，护书一族因命造书而存在，他们没有形体，只有意识形态，一旦遇见合适的身体，便会幻化成他们的模样，潜伏在世间保护命造书。黑影此刻提到护书一族，小雅联想起种种关于黑影许多神秘的传闻，她迅速地将前因后果串成一条线，她心中大惊，莫非他是——

“你是护书族人？”望着黑影的神情，小雅甚至觉得多此一问。黑影将军的脸已经逐渐幻化成虚无，脸上五官渐渐消失，最后竟只剩下一张没有任何器官的脸，小雅第一次见到这种怪事，自然吓得再说不出话来。

黑影将军的声音从小雅脑中浮现：“命造书自盘古开天辟地，天清地浊以来便存在了。它可以预知天地人三才气数，可谓天运、地运、人运融合在一起的气运之书。只要世间发生一些事，书上都会自动详细记载，至今为止，人世已经历经多劫，几经朝代更换，命造书每每存于世间，有改朝换代之力，有改人运之效，世人觊觎，盼而得知。

“而护书族人是命造书的另一部分，护书族人依赖命造书而存在，命造书因护书族人而得以周全，不至沦落他人之手。所以，护书族人的使命也便明了，那便是阻止别人得到命造书，不管用什么手段。”

黑影说到这儿，便有几分惆怅，见小雅震惊，他继续说道：“护书族人本没有形体，只有灵识，只有当遇见合适的身体后才可以和那人合二为一，但原命主便会永远死去，护书族人会自动继承原命主的所有记忆,延续他的生活作息……

“久而久之,护书族人便会和人融合在一起,渐渐地便懂了感情。”黑影停顿一会儿,接着说下去:“我没有名字,我现在的寄主是砍柴做活的。那日,我畅游在天地间的时候,发现他流血不止,奄奄一息,我便钻入他的身体,与他融合。”

“也正是如此,黑影第一次懂了人类的感情。原来,他原本是北齐的一名将军,因妻子美貌,被高澄抢去,而他也被发配兰陵。后来,皇帝送来一杯毒酒赐死他,他心有不甘,饮恨而亡,所以,在我变成他之后,便跟着老夫人,为的就是完成他的遗愿,推翻高家皇帝。但黑影并没有忘了护书族人的职责,只要对命造书有觊觎之心的,都必须除去。”

黑影说罢,小雅仍处在震惊中。她来到北齐的目的很明显,黑影会杀她,想必也是知道了她的念头,只是黑影对她的手下留情让她既庆幸又感激万分。她知道黑影所说皆是真,从那晚明光殿他凭空消失开始,她就明白,黑影比任何人都厉害。

小雅不禁感激道:“黑影将军告诉小雅这些,想必是放过小雅了。”

黑影五官慢慢地恢复,他说道:“在此之前,黑影确实想杀了你,但看到你对韩长鸾的态度,知道你心已不在命造书,黑影便没有理由杀你。雅姑娘,从哪里来就回哪里去吧。”

小雅又是震惊,黑影果然洞彻乾坤。她恭敬地说道:“谢谢提点,不过,小雅还有事没有完成。”

黑影叹口气,道:“命该如此,强求无用,你也是知命之人,怎么看不开呢?王爷气数已尽,即便不起兵,也会受其他劫难,况且……”

黑影本不想说得明白,但事已至此,瞒她无用,他便说道:“况且命造书已经选好下一代寄主,只等王爷死后离开,那时,黑影也会换个新身份,继续护书族人的使命,希望我们有缘再见。”

命造书已经彻底放弃兰陵王,兰陵王则必死无疑。小雅自知此事已经无法改变,但她仍愿意一试,她坚定地说道:“以人为本,任何运数都以人为本,不磕个头破血流不罢休。人命不是草狗,或许你永远也不会理解生命的短暂,你说你学会了感情,小雅只想告诉你,你永远也学不会!”

一语说中黑影痛处,他的确学不会人类的感情,至少目前为止,没有任何一段情愫让他刻骨铭心,也没有一个人令他牵肠挂肚,更没有一个令他舍身去爱。所以,自己永远只能是没有感情的护书族人,同命造书一样,是一个冷冰冰的存在。

“自然法则有了人性便失去公允,黑影之所以不能学会,是因为黑影是一个不死的传说。何为短暂,黑影确实不懂。黑影不阻拦雅姑娘去找王爷,但你如果还想得到命造书,黑影会毫不犹豫地杀了你。”

淡淡的话语中透出杀气，小雅回道："有护书族人在，命造书还轮不到我，小雅只是不想看王爷丧命，他和小明一样重要。"

黑影忽然严肃问道："如果何小明是命造书的下一个载体呢，你会怎样？"

听到此，小雅恨不得立即毁了命造书，竟然敢把主意打到小明身上，她随即怒道："我不允许！死也不允许！你们要是敢在小明身上乱来，我何小雅誓与你们为敌，我一定把那本命造书撕烂，千年万年，永不言悔！"

决绝的口气，何小雅的决心，令黑影不禁动容，他从来没见过这样的女子，坚强而又令人心酸。是的，是心酸。她这个年纪的女子应该是待嫁闺中，应该是家中至宝，可她年纪轻轻，已经担起运数重责。运数把她推到巅峰，她注定要比别人付出更多，摔得更惨。相比之下，黑影竟有几分惭愧，这名女子所做之事，比他护书更有意义。

黑影不禁赞叹说道："好气魄！"

小雅不客气回道："你以为我愿意呀，我本是佛，奈何成魔！"

黑影恍惚说道："心中有了佛，也一定有了魔，一念成魔，一念成佛，关键在于法门。每个人都有一扇门，找到了便是自己的，这道门只有你自己才可以进入。"

小雅笑道："您说得有道理，不过小雅是学道的，您怎么能宣扬佛法呢？"

黑影一愣，随即一笑，说道："世间法门一般同，达者为先，佛道亦可一家。"

小雅哈哈大笑："很有道理，您不如改行传教吧，小雅相信一定事半功倍，哈哈哈……"

黑影被小雅一酸，顿时不再说话，她倒是乐观。见黑影沉默，小雅趁机说道："有时间说这么多话，不如多做事，黑影将军，王爷现在在哪？"

黑影将军点头，说"也是"，毫无护书族人的冷酷模样。但他的下一句话让小雅差点蹦起来："王爷已经攻城了，只怕不出三个时辰，王爷便可以拿下邺城外围的城池。"

小雅大叫起来："什么？"

第四十九章　请　神

高纬在明光殿中走来走去，显得极为烦躁。今日，突然传来高长恭大军压境的消息，顿时朝野轰动，陷入恐慌。高纬不禁懊恼，他的注意力全部放在宇文邕身上，却没有想到兰陵王的大军能轻而易举地逼近邺城，这着实让高纬震惊不已。

“禀皇上，兰陵王已经在攻城了！”侍卫紧急奏报，一旁的冯小怜惊得果刀掉落，在地上发出清脆的声响。一会儿之后，又一名侍卫来报，将一份书信呈至高纬手里。高纬迫不及待打开，是兰陵王的战书，书信上字句严谨，来意明显，只要交出韩长鸾便可罢休。

高纬越发头痛，兰陵王以清君侧名义起兵，交出韩长鸾自然无话可说。可是这信中话中有话，兰陵王此举非为了韩长鸾而是为了何小雅，他举兵攻城，也是为了一己之私。

可何小雅至今下落不明，他高纬也暂时交不出人来，他气得把书信摔在地上，双手交叉在背后在殿中走来走去。冯小怜走过去蹲下身捡起纸团，细将看起来，眉头渐皱。

“皇上，这王爷似乎不是为了国师而来……”冯小怜觉得信有蹊跷，可蹊跷在哪，一时半会儿她也说不上。

高纬却心中忧虑，连淑妃都看出其中端倪，这兰陵王的意图已经不用再说，只是高纬哪里找一个何小雅给他？

“是啊，兰陵王还真让人不省心……”高纬有心无力地回答，邺城守卫兵马并不多，兰陵王来得如此突然，他也一时筹备不出足够的兵马对付兰陵王，如今只好先拖着，等到援兵来到。

冯小怜自然看出皇帝的忧心，她很想为皇帝分忧。她站起来，走到皇帝身边，轻轻抱住她，说道：“皇上，别担心，小心龙体。”

怀中人儿柔情不减，高纬心中暖意顿时四下扩散，满满是无法言语的欢喜。在她

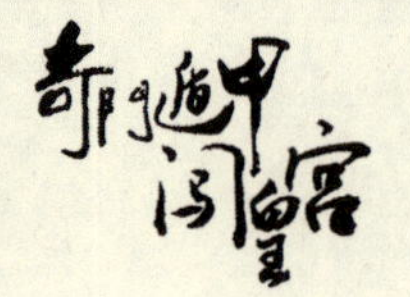

的肚子里有着自己的龙种，是他们爱的结晶。高纬在这一刻甚至已经记不起何小雅，在他的脑海里只有冯小怜——那名没有冶艳朱砂的女人。

“小怜，朕不能没有你……”一声呢喃的低语，让冯小怜心中甜蜜，然而，她却隐隐觉得不安起来。皇帝会如此转变，并不是因为他回心转意，而是冯小怜给他喝了一道符——桃花符。

那日，皇帝将小雅囚禁在九重宝塔后，高纬一人在明光殿独自站了一夜，直到天明之时，他看见站在殿门口的冯小怜，竟将她紧紧抱在怀里，口中不断呼唤小雅的名字，渗入骨髓的三个字让冯小怜下定决心，要拴住皇帝的心。

她找到国师韩长鸾，让他帮忙画了一道桃花符，国师并没有反对，立即画好桃花符交给冯小怜。

“将此符化饮，切不可让皇上知道，否则无效，而且，下官也不能保证此符能控制皇上的心神多久，娘娘好好把握便是。”

国师之话如鸣在耳，冯小怜为了得到皇上的注视，不得不冒险将此符化水给皇上喝下。果然，在第二天，高纬性情大变，满脑子皆是冯小怜的声音，再无一丝半点对小雅的思念，反而如仇人般痛恨。

此后，冯小怜大受皇帝宠爱，可在受宠爱的同时，冯小怜却越来越感到不安。如果皇帝发现了事实真相，那么她一定会永远失去皇上。可冯小怜酷爱皇上，即便是身败名裂，即便是被诛杀九族，她也不怕，她只要实实在在地陪伴着皇上，死亦足矣。

“爱妃在想什么……”

冯小怜回过神来，说道：“臣妾在想如何才能帮皇上分忧。”

高纬抚摸着她的长发，宠溺地说：“爱妃能在朕身边，已经是朕的福气了。兰陵王想要的是何小雅，朕该如何才能找到她？”

一连两天，自从何小雅炸了明光殿之后，宫中遍寻不得，国师府大臣们几次占卜不到，实在让高纬头疼不已。

冯小怜闻言一惊，原来兰陵王竟是为何小雅而来，细想之下，竟有几分道理。她早听闻，兰陵王爱慕小雅，清君侧是假，找回何小雅是真。

冯小怜抬起头，祈求道：“皇上，臣妾与雅妃五官极似，臣妾愿意一试，请皇上将臣妾交给兰陵王，平息此次风波。”

心里却笃定自信，料定高纬不会将她交出，现在的她才是皇帝真正的心头肉。

冯小怜这么一说，高纬对她不禁又爱怜几分，他宁可交出何小雅，也不能将冯小怜交出。高纬也没想到自己竟会如此转变，他以为对小雅的喜欢至死不渝，却没想到，只几日光景，他对小雅的情愫不再是喜欢，更不是爱，而是深深的恨意。

高纬搂紧冯小怜爱怜着道：“爱妃多虑了，朕即便丢了这江山，也不能没了你。”一句让冯小怜欢喜的话，让她觉得即便死了也值得。她不奢求皇帝多么爱她，她只奢求皇帝永远不要再爱上何小雅，否则便会万劫不复。

冯小怜把头贴在皇帝的胸前，聆听皇帝的心跳，恍如身处梦境，她呢喃出声："皇上，臣妾也不能没了你。"

两人沉浸在情感之中，完全忘记邺城之难，仿佛天地之间只剩下他们两人，寂静无声的世界只为了他们而存在。便是此时，侍卫的禀告声惊醒了两人，高纬刚回过神来，便听到侍卫来报："皇上，九重宝塔有可疑人物出现，属下怀疑是……"

声音有点停顿，高纬怒道："是谁？"

侍卫不敢含糊，立即回道："是老夫人。"

高纬心中大惊，九重宝塔关乎邺城命运，老夫人出现在那里，定是要摧毁九重宝塔无疑。若是宝塔被毁，邺城的血光便不可避免。到时宫内之人，处于三煞之地，即便不被敌军攻入杀死，也会发狂而自相残杀！

想到此，高纬大冒冷汗，他当即命令道："快，阻止她，一定不能让她毁了宝塔！"

高纬再无心思缠绵，他立即放开冯小怜，冲着九重宝塔的方向跑去，留下冯小怜一人在风中神伤，她似有预感，皇帝此去将不再回头。

冯小怜眼里忽然流出眼泪，瘫坐在地上，痛哭起来："皇上……"

许久之后，冯小怜肚中忽然一阵剧痛，她手捂着肚子在地上打起滚来，地板上顿时留下一摊血迹。冯小怜看着地上的血迹，自知孩子已经保不住，不禁深深绝望。她想起今天匆忙来面见皇帝，忘记将小雅给她的安胎符戴在身上，如今胎气大动，冯小怜后悔不已，她感到一阵强烈的坠感，腿间更是鲜血淋漓。

"皇上，救我……"冯小怜咬着牙昏死过去，她的呼唤再也没有人听到，包括正在和老夫人周旋的高纬，包括天地间的一切神祇。她命中注定要失去的这个孩子，谁也拯救不了。

九重宝塔。

老夫人一身红袍出现在九重宝塔身边，她平静地望着九重宝塔，陷入十五年前的思绪中。十五年前，先皇听从她的建议在此建塔，挡住远山凶砂煞气，以保邺城百年平安。殊不知，此地乃三杀拒尸之地，连尸体都不能下葬，更何况是住人。

而在此地建塔，除了挡住煞气之外，还是老夫人的阴谋。她在此地建塔先保邺城十五年平安，为的就是在十五年后，兰陵王大军举兵入城之时，打开三煞位，致使宫内之人自相残杀，兰陵王可不费吹灰之力，不损兵马拿下邺城。

老夫人从袖子里拿出香、烛等法器，准备做法，打开三煞之位。却在这时，高纬的人马从背后包抄过来。老夫人在转身的刹那，向众人连续扔几个掌心雷，众人处在一

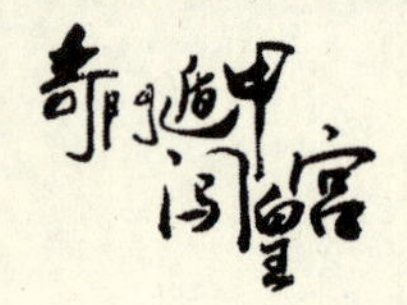

片烟雾之中，老夫人却不能在此地做法，只能先逃遁为妙。

高纬从雾中出现之时，老夫人已经念动何家遁地咒，准备逃离九重宝塔。在逃遁的同时，老夫人不顾强烈的煞气，念动了天地间最强的法咒，只在瞬间，九重宝塔之中传来轰隆的爆炸声，一阵烟雾从塔尖迅速冲出，形成一股狰狞的烟雾。

老夫人被反震得跌向一边，嘴角鲜血淌下。老夫人顾不得擦干嘴角的血迹，立即站起来，在众人的目光中，向着另一边跃去。

整个过程，持续不过十秒，高纬眼睁睁地看着九重宝塔炸起响雷，却无能为力。然而，他更无能为力的是，随着宝塔被炸，一股煞气直接冲向皇宫，宫内的人随时都有可能发狂。尤以冯小怜小产为首，她之所以保不住腹中胎儿，除了命运安排之外，还在于这风水大数。命里她或许只是动了胎气，然而在此时的大环境的改变下，她要承受的苦痛会被放大一倍，胎儿难保，也在常理之中。

配合命运的风水发生巨大改变，人往往被迫受到牵连，所谓“风水差一线，金银不相见”便是如此，一线之差，往往决定事情的成吉凶败，往往决定万物的生死归途。

高纬见事已至此，多虑无用，只得下令道：“在兰陵王进城之前，一定要把宝塔扶好！”说罢，头也不回地返回明光殿。不知道为什么，他心中早有预感，随着宝塔被毁，明光殿中也将会发生一些事。

此时此刻，明光殿中冯小怜躺在地上一动不动，何小雅从城外赶来，发现冯小怜果然动了胎气，不禁跑过去，扶起她怒骂：“你怎么这么不小心！”地上血迹似乎已经寒冷，小雅二话不说背起她向太医府走去。

当她从黑影将军那里得知兰陵王已经开始攻城，她便知道邺城宝塔会出事。老夫人设计了十五年的计划不可能就此停止，为了能让兰陵王顺利攻城，毁掉九重宝塔是老夫人首选行动之一。小雅不能看着九重宝塔被毁，毅然启用电池快要耗光的奇门表盘再次返回宫中，却没有料到，当她出现在明光殿时，发现了奄奄一息的冯小怜，地上的血迹已经浸染她的身子，她似乎已经不行了。

小雅岂有见死不救之理，而且冯小怜心肠不算太坏，命不该绝，于情于理她也应该帮她一把。不料，在她们刚到殿门口之时，却见高纬一脸怒气地看着她们，特别是看见冯小怜身上的斑斑血迹，高纬再也站不住脚。他小跑过来将冯小怜从小雅背上接过去后，反手扇了小雅一耳光，小雅知道高纬恨她，却没想到他可以为了冯小怜下如此重手。

高纬怒道：“何小雅，你竟对淑妃下此毒手，朕永远不会原谅你！”

原来高纬认为她伤害了冯小怜，小雅自是无言，人证物证俱在，高纬亲眼所见，百口莫辩。小雅也没时间解释，她只捂住脸颊，急忙问道：“九重宝塔，是不是已经被毁了？”

高纬连看都不看她一眼，直接将冯小怜抱起来，跑向太医府。何小雅愣在当场，心里直呼："完了，老夫人已经来过了。"

从高纬的神情中虽然看不出任何喜怒，但从他形色匆匆以及冯小怜突然流产的情况来看，宫中必然是发生了剧变。而能让宫中产生剧变的，除了九重宝塔之地，便再无他处。

"高长恭，小雅一定救你！"小雅望着远方，坚定说道，高纬的人已经逐渐围拢过来，准备活捉何小雅。小雅大怒，她立即向地上趴去，在地上翻了几个滚之后，滚到一名侍卫的身边，迅速抽出他腰间的刀，站起来，对着蜂拥而上的侍卫。

"谁也不能阻止我，天皇老子也不可以！"

令天地动容的话语从她口中说出，侍卫们不禁有些畏惧。远处的高纬听到她的话语，似乎回想起以前同她在一起的快乐时光，心中一震，顿住脚步。但只是一瞬间的强烈感觉，高纬立即又忘了，在他的脑海里，永远只有浑身血迹的冯小怜。

高纬闭上双眼，命令道："给朕抓住她，如果抓不住，便杀了她……"

说罢，高纬抬脚毫不犹豫地离去，小雅不明白高纬为何发生了如此大的变化，但她懂得，高纬已经离她远去。在她面前的，只有刀光血影和毫无生机的道路，她要么死，要么冲出一条血路。

她已经无法选择，从踏入北齐开始，她便没有选择。

侍卫逼迫越紧，小雅一人之力根本无法对抗，在迫不得已的情况下，小雅念动请神咒语："拜请伏虎神尊者，三宝万佛带慈悲，圣慈尊者小神仙，行前路上圣菩萨，伏虎尊得英灵显，上天成佛伏盟将，酆都典刑斩妖精，收心救者去成佛，十八尊者万世尊，岩中修行神通佛，开明正法真无边，信女何小雅一心拜请，伏虎尊者将来临，神兵火急急如律令！"

霎时之间，风起云涌，小雅请神神来到，她的周边渐渐泛起一层金光，伏虎尊者斩尽天下邪魔。小雅一心反抗，请伏虎尊者前来更是妙不可言，力量加倍，即便是百名侍卫，也拿她无可奈何。

在一片刀剑折戟声中，侍卫们纷纷退下，再不敢上前，雅妃娘娘似乎已经陷入疯狂，只要有人上前，便会被她伤害。小雅意识全无，伏虎尊者的灵识占据她的脑袋，她处在一片金光中不能自拔。

她甚至连伤了多少人都不知道，她只知道，为了冲出一条血路，她必须拼尽全力。然而，在金光之中，她忽然看见一白衣男子，稳稳向她走来，白衣男子扬起手劈向她的颈处，一阵剧痛传来，她终于支撑不住昏死过去。

在昏迷之前，她迷迷糊糊问道："你为什么阻止我……"

第五十章 黑 影

白衣男子正是尾随小雅其后的黑影将军，在他告知小雅王爷攻城之事后，小雅迫不及待地离开，黑影便知不妙。以小雅的性格定然要进宫阻止老夫人毁掉九重宝塔。但殊不知，宫中人心剧变，高纬一心杀她，她回到宫中只有死路一条。所以黑影便跟在她后面，却在他来到皇宫之后，看见小雅念动请神神咒，对付那些侍卫。

请神神咒实为神打，非功力精深者不可乱来，特别是在小雅心绪不宁的情况下，请神容易走火入魔，陷入自绝之地。黑影将军只得将她打晕，把她带到极乐台，亲眼看她回到属于她的朝代才肯放心。

小雅醒来时，看见周围一片水汽，黑影站在雾中眺望远方。她不禁跳起来，怒从心起说道："黑影，你为什么阻止我！"

黑影从雾中走来，脸上千变万化，他淡淡地说道："这里已经不属于你了，回去吧。"

小雅眼神坚定，眸子里闪出令人动容的目光。她想起高长恭即将在邺城丧命，便心有不甘，说道："属于不属于，只有失去后才知道。小雅不想现在就认输，黑影，你让我见高长恭最后一面……"

"魔由心生，小雅，你已经入魔了。"

"如果能救高长恭，小雅就算入了魔，也是小雅心甘情愿。"

"何家的女人总是那么坚定而又执著，你如此，老夫人亦如此，难怪命造书总是选中何家。"

"现在别提那本破书！今天是十恶大败日，高长恭若就此死去，小雅一辈子饶不了你们！"

说不上为何这般歇斯底里，在小雅的心底，早已将高长恭当做何小明一般看待。过去的时间与未来无异，何小明如此酷似高长恭并不是没有原由，血脉传承，纵然是祖先突然离去，身为后人的她也没有不管的道理。

“命该如此。”

“Shit！再说一句废了你！”

她的一句怒语，让黑影顿时闭嘴。确实如此，强迫她回到属于她的时代已经让她心情郁结，再说教下去，不仅她不领情，连自己也要嫌自己啰唆了。

“好，我不说了，但你立刻回去，这趟混水你别搅和了。”黑影说完，随即走到小雅背后，拉住她的手逼她至极乐台的温泉前。

她是从这里来到北齐，理应从这里回去。可惜小雅此时显得太倔强，面对巨大的温泉池，她连看都不看，直接一脚踩在黑影的脚上。可黑影却无动于衷，伸手抓住她的手腕扬高，准备帮她按下奇门表盘。

“哪有强人所难的？你按吧，按坏了我也不回去！”小雅赌气地说着，要回到2008年只有奇门盘可以回去，恐怕即便是身为护书族人的黑影也无法代劳，否则直接把她送回去即可，也不用费尽心思用奇门表盘。

“你这招还瞒不了我，从客栈开始，黑影已经一点一点地看清你，你总会给自己留一条生路。何小雅，那么，就一直按吧，最后回不去吃亏的可是你。”黑影自然不吃小雅这一套，他毫不留情地按着她的表盘，绿光不断地闪烁，小雅心疼地看着即将耗光电池的表盘。

黑影说得没错，表盘电池耗光，自己回不到2008年，吃亏的无疑是自己。小雅立即跳了起来，想挣开被他禁锢在手掌中的手腕，无奈她身材娇小，力量有限，没几个回合下来，反倒把自己累得大汗淋漓。

“不玩了，你到底想怎样啊？”

“回去。”

“Shit！换个话题！”

“不成，你一定要回去，记得黑影曾说过，如果你还打命造书的主意，那么黑影只能杀了你。”黑影说得严肃，话语间杀机毕露。

小雅不禁一阵冷汗，黑影身为护书族人，护书是他们的天命。如果自己再打命造书一个主意，恐怕真会被他打掉三魂七魄。

“为了那本破书，我们都围着它团团转，我们都被耍了，不要了，送给你。”

字字铿锵，话语圆如珠玉，小雅右手忽然幻成剑指，用力地戳在黑影的肘关节上。他的手穴道忽然被点，手指关节放射性弹开，小雅的手腕迅速抽离他的手掌。不待他反应过来，小雅已经转身跳上假山，笑嘻嘻地说道：“嘻嘻……神又怎样，小雅从来没怕过。”

说罢，启动奇门表盘踏入绿光之中，顿时流光溢彩，粉红色的身影在绿色光芒中逐渐消失，黑影望着消失殆尽的娇小声音，嘴角竟浮现出一抹冷笑。他存于天地间已万

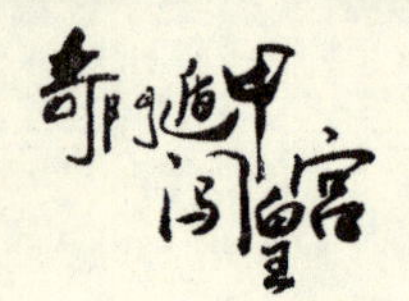

年，还是头一次遇见如此有趣的女子，连神都不怕的女子定是将神抛弃，真正做到与天地合二为一。从另一角度来说，她已经是神了，她有了神的智慧和勇气，有了天地唯我无我之坚韧。

这样一名女子，不管在任何朝代，都可以掀起一番风雨，她感情充沛，身手矫健，信念坚定，时而狐狸时而狮子，犹如异世中一朵最美的昙花，虽然只是一现，却足以让人刻骨铭心，永世难忘。或许，从这一刻开始，黑影才切身感受到人类的感情，无关情爱，而是坚定的信仰。

"世上本没有神，只因人在而神在。何小雅，接下去的路不是那么好走，王爷已经攻进城了，皇帝的援兵正在赶到。"

小雅被黑影带到极乐台的时间不短，兰陵王的军队早已攻入邺城，现在朝野上下怨声四起，祈求皇帝能将国师交出去，了结此事。可高纬却迟迟不肯下令，并不是因为交不出韩长鸾，而是他另有计谋。

北齐援兵已经赶来，待兰陵王军队入城之后，高纬的兵马立即随后包抄，将兰陵王困死在邺城内。邺城内耗费不少巨资建造护城池，周围圆圈似的围城可以在墙上安排大量弓箭手，只等兰陵王入城，便可以将他射成刺猬，让他死无葬身之地。

明光殿。

高纬拿着一碗白米粥喂躺在龙榻上的冯小怜进食，冯小怜形容枯槁，已经没有几分元气。她满脸泪光，望着高纬，竟是一句话也说不出来。高纬十分细心地帮助她进食，恐怕是他称帝以来第一次如此对待女人吧。

冯小怜又是感动又是后悔，感动的是高纬的真心，后悔的是没有听何小雅的话把安胎符戴在身上。她知道何小雅无害自己之意，在明光殿之时，她听到她怒骂自己不小心的声音，从那刻起，冯小怜对何小雅不再是恨，而是把她当亲妹妹一样看待。

可惜从侍卫口里得知，皇帝已经下令斩杀何小雅，令冯小怜不禁心慌，好在何小雅最后被人所救，冯小怜才有几分心安。想来还是自己对不住她，高纬本溺爱于她，自己用了下三滥的手段将高纬的目光转移到自己身上，随着高纬越来越细心的呵护，冯小怜心中的愧疚越来越明显。

他每一次吹米粥热气的动作，都在考验冯小怜的承受底限。她甚至忍不住要告诉皇帝，何小雅才是他的所爱，才是他最喜欢的女人。可话到喉咙却再说不出。她实在没有勇气告诉他，因为只要他知道了，她便会一辈子失去他。

"皇上……"冯小怜欲言又止，高纬一手点住她的嘴唇，小声说道："嘘，禁声，好好养身子。"

"启禀皇上，兰陵王已经入城了，他说再不交出国师大人，他就要……"紧急前来的侍卫报告着，见皇帝脸色铁青，他不敢再说下去。

高纬知道他在想什么，便挥挥手，说道："朕赐你无罪，说吧。"

侍卫跪下，说道："兰陵王说，再不交出国师大人，他就代掌邺城，代皇上处理朝政。"

高纬皱眉，清君侧乃借口中之借口，他问道："何小雅逮到了么？"

侍卫摇头："还没有，属下这就下去继续搜索。"

高纬冷笑："很好，逮到她之后直接将她杀死，兰陵王不是要她吗？朕就送一个死人给他。"

高纬说完，在场之人愕然大惊，连侍卫也战抖不已，这皇帝狠绝异常，对他不再宠爱的妃嫔可以毫不犹豫地斩杀，实在让人心寒。想雅妃受宠的那段日子，皇帝甚至为了她而拆掉国师府，建造湖心殿，如今，却成了一个千古笑话了。众人不禁为雅妃感到可悲，同时也为她捏了一把汗。

雅妃虽刁蛮，却始终是一个女人，逃得过初一，躲不过十五。皇帝心意已决，雅妃在劫难逃。其中，更有国师府的大臣悄悄为雅妃相过面，她鼻梁上的朱砂痣正是劫难的一个特征，如果再配上她的八字，明见天冲地克，则大灾立显无疑。

鼻子代表人少年、中年、老年的运气，如鼻子上有横纹或者痣之类的，则反映在内里或者运气上，或许是健康有问题，或许是运气受阻，至于灾难大小，看个人。如果仅仅是一名普通人，则可能在应期之年生一场大病，如果是贵为皇帝元首，则有可能被刺杀等等。

何小雅八字无人知晓，生死如何也只能是未知数，而近来天象变，应在人事上，恐怕她的劫难无可避免。

"是，属下这就去办。"侍卫欠身退出，冯小怜从遐思中回过神来，望着高纬欲言又止。高纬见她有话要说，便屏退众人，温柔说道："爱妃，想要对朕说什么，说吧。"

冯小怜支撑着坐直，说道："皇上，放过雅妃吧。"

高纬忽然一冷，怒道："她可以对你腹中胎儿毫不留情，朕没有理由让她活着！"

说到流掉的孩子，冯小怜不禁泪雨婆娑，她哭着说道："不，不是的，她很好，她不惜损耗内丹为臣妾画了一道安胎符，又怎么会害了臣妾？"越说越泣不成声，冯小怜不禁想起以前的种种，自己实在太在乎她对皇帝的感情，而忽略了小雅那名善良女子的想法，她实在有愧于她。

"臣妾之所以保不住龙儿，是因为臣妾一时大意，忘记把安胎符戴在身上，所以龙儿才遭受此劫。小雅见臣妾浑身是血，便不顾性命安危而救臣妾，是臣妾对不起她。"

高纬心中动容，竟产生一丝痛楚，昨日，他确实使尽全力扇了她一大耳光。她不仅没有被激怒，反而问他九重宝塔的存亡。本以为是她心虚的表现，现在仔细想来，怜妃所说才是昨日他见到的真相。

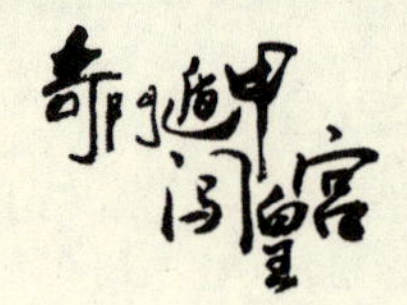

“你没有对不起她，是朕错怪她了。”

“皇上，您心里该明白，您之所以恨她入骨，是因为爱她啊！”冯小怜终于忍不住要说出真相，她再也受不了隐瞒真相的折磨了。她情愿被皇帝打入地狱，而不愿看着皇帝将自己心爱的女子杀死。

淑妃一句话让高纬震惊不已，爱……他已经记不起对她是何种爱恋了，只觉恨她入骨之感，如刀在割。但他不明白的是，为何在扇她耳光之时，高纬竟有一种错觉，他感觉到自己的心脏似乎随着那耳光而迸裂了。他没有从她眼中看到折服，反而是看到了坚定，正是这种坚定犹如利刃一般，狠狠刺入他的心脏，一刀毙命。

“爱妃，你错了，朕爱的是你，为了你，朕可以不要这天下。”

此时此刻，高纬似乎已经分不清谁是冯小怜谁是何小雅了，她们如此相似，却又如此容易辨别。

冯小怜心中痛楚，淡淡地说道：“皇上，如果你为了臣妾不要这天下，那臣妾宁可死！”

“这是何话？”

“因为……不值得……”

“值不值得只有朕知道，没有你，山河再娇艳也不美了。”高纬顺手将她揽进自己怀里，露出温柔而又痛苦的笑容。十七岁的少帝第一次面对抉择，他义无反顾地选择了心爱之人。

冯小怜伸出双手紧紧抱住他，这是她最后一次抱他。她似乎要把自己融入他的骨髓里，直到天荒地老，直到海枯石烂。可惜她不能，她必须让他找回真爱。

许久之后，冯小怜抬起头来，望着高纬，轻轻念着咒语。看着高纬越来越深邃的眼神，冯小怜早已泪流满面，从这刻开始，高纬已经完全不属于她了。

“皇上，爱她，就去找她吧。”这是冯小怜说的最后一句话，说完之后，她直接转身趴在榻上大哭。

渐渐清醒的高纬看着榻上痛哭的人儿不禁心痛难耐。几日来，他的所作所为在脑海里不断闪现，他甚至看到自己狠心地扇了小雅的耳光，她嘴角的血迹仍然触目惊心。更让他觉得荒唐的是，他竟然下令斩杀小雅，他竟然要杀他爱之入骨的雅妃啊！

高纬猛然站起，他顾不得虚弱的冯小怜，直接往殿外跑去。片刻之后，明光殿外传来皇帝咆哮的吼声：“何小雅！朕不能没有你，你一定要活着！”

高纬声音渐小，他的双脚直直跪下去，痛哭起来。男儿流血不流泪，皇帝为一女子痛哭至此，真情自不必再说。

“雅儿，朕爱你，朕真的爱你……”

高纬仰天长吼，希望上天原谅他对小雅的所作所为。面对苍天的告白震撼天地，高纬已经无法表达出心中满满的痛感，唯有上苍可以表明他的心。

撕裂般而又充满痛苦的吼声让人撕心裂肺，冯小怜已经哭得昏死过去。她的心脏已经随着皇帝的心一起裂开了，再无缝合之法。

走在邺城街道上的小雅忽然停住脚步，她似乎听到来自宫里的呼唤。不知为何，心里忽然涌起一股酸楚，眼泪竟不知不觉地滚涌而出，泪流不止。

"怎么回事？"

宇文邕出现在她的面前，看她泪流不止的模样，不禁心痛不已。他在人来人往的街道上将她拥入怀里，任她哭个痛快。小雅被眼泪模糊了双眼，她已经分不清来人是宇文邕还是韩长鸾，她顺其自然地被他抱在怀里，痛哭起来。

"一直哭不停，怎么办啊？"

第五十章　黑影

第五十一章 逆 命

面若桃花，梨花带雨，这是宇文邕第一次看到女人哭泣。一心在江山社稷上的宇文邕从不会对女人多出一份心，而眼前这个女人却让他心中隐隐作痛。在茫茫邺城中，与她在街上邂逅是多么的不易，宇文邕不禁拥紧她让她在自己怀里哭个畅快。

许久之后，小雅终于停止流泪，却一直抽泣不止。她抬头看清来人，见是宇文邕不禁有些意外，以往她最不好过的时候，陪伴在她身边的始终是虔诚有礼的韩长鸾。

“是你……”想起邺城外她将宇文邕打晕，不禁有几分愧疚。宇文邕自然不会记着被打晕那事，今天他冒险在城中走动，也是赌赌运气，看能否碰上遭皇帝通缉的何小雅。果然，皇天不负有心人，宇文邕在街上走了半天，终于在慌乱的人群中遇见形色匆匆的她。

可当他欣喜地走近她时，却发现她泪流满面。她不停地擦着眼泪，却没有半点停止之意，眼泪一滴一滴滚涌而出。宇文邕自然而然地将她揽入怀里，没有人知道她走到今日，活到今日究竟受了多少委屈。

“是我，弥罗突，带你离开这里的人。”

宇文邕淡淡地说着，深邃的眸子里射出令人寒冷的幽光，小雅不禁一愣，推开他转身便走。宇文邕迅速跟上，从后面拉住她的手，将她转过身来面对着自己。宇文邕的手几乎捧着她的头，让她无法转移视线，宇文邕认认真真地说：“朕是说真的，你跟我回北周。”

小雅坚定地望进他的眼里，一字一句地说道：“除了这里，小雅哪里也不去，周朝也不行。”话语决绝，宇文邕顿时愣住，他不放弃地说着：“阿弥认识的小雅去哪里了？你以前不是这样的，你以前贪生怕死，爱惜钱财，你甚至可以为了金子两面应承。可如今你呢？倔强、固执，明知前面只有死路一条你还硬闯，真不让朕省心。”

小雅眼眶再次红了起来，宇文邕说的句句是真，小雅可以比狐狸更狡猾，比任何人活得更洒脱，但如今生死攸关，她再舍得，也不能用别人的命来成全自己的潇洒。以往她总觉得命运在自己手里，现在她觉得命运在自己手里并不可怕，可怕是影响别人的命运，眼睁睁地看着他人走至终结而无能为力。

“事已至此，已经无法回头，小雅愿意一条道走到黑，永不后悔！”她也无法回头，她心里十分清楚，不管今日兰陵王是否丧生，她始终都要回到现代，告别北齐所有的人，包括高纬，包括宇文邕，甚至包括身为何家祖先的老夫人。

“你忍心辜负韩长鸾的一片苦心吗？”宇文邕忽然说出韩长鸾的名字，小雅心里早已不是滋味。昨日，韩长鸾带病在身找到宇文邕，探听小雅下落，当宇文邕说不曾再遇到小雅之时，韩长鸾差点疯狂，他拿出三枚铜钱占了一天，最后竟然趴在地上大哭起来。

事后，宇文邕才得知，韩长鸾在草屋和小雅失散后便沿路走回。一路上磕磕碰碰，到宇文邕帐前时，已经一身是伤，最后几经占问，韩长鸾因寻不到小雅而差点发疯。

宇文邕让人制住韩长鸾，让他不至于疯狂，也是从这刻开始，宇文邕才知道，原来人无完人，即便韩长鸾这样全身心事主的人也会陷入情网而难以自拔。他知道何小雅有这个魅力让韩长鸾全心全意付出，但没想到，一向温文尔雅的韩长鸾也会变得这般歇斯底里，让人实在不得不感慨爱情的力量。

“韩长鸾……”小雅心中苦涩，脑海里浮现出他宽阔的身影，他温柔地笑着，和煦的笑容犹如利剑，剐得人撕心裂肺，刻骨铭心。

“小雅与他缘分至此。宇文邕，劳烦转告于他，说小雅已经到该去的地方了，让他不要记挂……”决心已定，小雅忽然挣开宇文邕的禁锢，欲转身离去。却在这时，数十骑官兵从宫中大门驰骋而出，扬起的马蹄差点将小雅践踏在地，宇文邕迅速地将小雅拦向另一边，一声落地声传来，两人不禁在地上打起滚来。

骑兵驰骋而过，传来威严的喊声：“皇上有令，活捉雅妃。”

小雅见此，赶紧抓住宇文邕的身子，往自己身上一滚，让他覆在自己身上，小心地说着：“别出声，被抓了就不好了……”

小雅吐气如兰，宇文邕心潮澎湃，脑中一道灵光闪过，浑身热乎起来。他不顾小雅是否愿意，反而俯下头猛亲她的嘴唇。温热的触感突如其来，小雅来不及反应，便被宇文邕掌控主动权，他竟然在众目睽睽之下当众与她撕扯起来。

小雅心里着急又不能引起士兵的注意，只得呻吟几声，假装夫妇俩亲热缠绵。围观的众人在哗声中渐渐散去，待天黑下来，小雅迫不及待地向宇文邕挥拳。砰！宇文邕惨叫出声，次次偷香，次次都下场不果，他捂住自己的脸，十分委屈地说：“你下手怎么越来越狠？”

小雅怒极，这宇文邕不狠狠地打总是没有记性，她反身将宇文邕压在身下，眼睛炯炯地盯着他，笑道：“你很久没碰女人了吗？”伸手往下，隔着裤子狠狠地掐下去。

宇文邕果然惨叫出声，眼泪差点滚出来。他望着小雅点点头，心里对她的渴望超出自己的想象，如果可以，他恨不得现在就要了她，即便是死也值了。

小雅知道宇文邕在想什么，如果不给他一个教训，他见到女人便会像公猪上树一样，恨不得趴在女人肚皮上死去。小雅低头，在他微张的嘴上狠狠地啄了一口，见宇文邕愣在当场，小雅从袖子里拿出几根毫针，趁着宇文邕不注意之时，手掌慢慢往下，直到他的下半身——

啊……

一阵刺痛从下体传来，宇文邕不用看也知道发生了什么事，这女人该不会要让自己断子绝孙吧？宇文邕想着当然不允，他欲推开小雅，却见小雅死皮赖脸地趴在自己身上，小小的脑袋离自己越来越近，最后竟将她的两片薄唇黏在自己的唇上！

宇文邕震惊，心灵上的颤动远比下体所受的折磨来得震撼。甚至在这一刻，宇文邕已经忘记了思考，满脑子只有何小雅的温润和香甜，再也容不下他物。小雅每刺一下，吻便加重，宇文邕已经忘记所有，享受着被动的激吻。

许久之后，小雅将毫针拔出，她从宇文邕的身上下来，站起来，平静地说道："宇文邕，从你的面相来看，财色皆你所忌，近日内恐有灾难。刚才小雅实在迫不得已，请不要放在心上。"

宇文邕怅然若失，他随即站起来，想搂过小雅继续激吻，却见她迅速向一旁闪去，笑道："三个月内不要行房事，否则，剧痛难忍，神仙也救不了你了。"

小雅这么一说，宇文邕恍然大悟，方才她几乎想要废了他，原来是为了救他，但三个月不能行房事，这太惨绝人寰了吧？

"啊……"宇文邕惨叫，三个月不能行房事，犹如三年不曾见到女人。这日子可如何忍耐？宇文邕心急起来，刚想抓住小雅，却感觉下身胀痛，不由得停止脚步哀号起来。

小雅嘻嘻笑道："这既是为了救你，也是为了惩罚你，你在这儿好好受吧。"说罢，她欲转身离开。

宇文邕忍着痛楚，喊住她："慢！兰陵王已经和黑影将军潜入宫中了。"

一语震惊，小雅愣在当场，她没想到黑影的速度竟如此之快，不过片刻工夫，他已经和高长恭一起进宫了。想起在极乐台时黑影的态度，小雅心里暗自惊讶，黑影此次将兰陵王带入皇宫必不简单。

如果她猜得没错的话，他们一定会到极乐台。因为，极乐台是小雅回去现代的地方，只要他们在极乐台，就不怕小雅不自投罗网。

思及此，小雅不得不对黑影说一个服字，自己无论如何，都在黑影的掌控之中。更让人叫绝的是，极乐台周围守卫重重，兰陵王进入到那里无疑是死路一条，黑影竟然下此重手，实在是令人叫绝。

"Shit！他们一定在极乐台！"小雅说着便小跑起来，准备赶到极乐台。刚跑两步，后面传来宇文邕的喊声："何小雅，我们何时再会？"

小雅头也不回地往前跑去，沉沉的夜色中传来小雅清脆的声音："千年悬殊，后会无期！宇文邕，退兵吧！"

娇小的身影渐渐消失，黑夜中的粉色衣裳幻成一朵最娇艳的红莲向着天地间绽开。她的如火绽放，犹如浴火般的重生再也无人可以阻止。宇文邕望着空荡荡的街道，心里不禁产生孤寂之感，这世上再没有什么繁华比得上她的笑脸，也没有什么天籁胜得过她的怒斥之声，此时此刻，无声胜有声……

"退兵？除非你死。"

宇文邕自言自语地念着这四个字，自始至终，小雅给他的只有念想——永无止境的念想。宇文邕恍然醒悟，他坚定地望着远方，红色的火光似乎冲天而起，天下将乱，而独他成竹在胸。

极乐台。

空旷的极乐台上，一阵强烈的白光闪过。一袭青衣的高长恭和一袭白衣的黑影同时出现在圆盘中间。高长恭站定之后，立即转过身来，着急地寻找着那抹娇小的身影，波动的温泉上传来一阵阵带着响声的热气。

迷雾之中，青衫已湿。高长恭从迷雾中走出，双眼里透出不安。黑影则走到温泉旁蹲下，用手舀着温泉之水，看着涟漪从指尖处荡漾开来，层层散去。

"雅姑娘……"高长恭一声焦急的呼唤，在他身后的黑影不禁露出诡异的笑容，不久，何小雅定会赶到极乐台，阻止高纬和兰陵王的直接碰面。她知道，只要兰陵王和高纬一旦见面，一定要拼个你死我活。

且不说他们近日的恩怨，远的便有兰陵王的眼疾，以及高家三十年来的纠纷，这一切的一切总有解决的一天。而兰陵王举兵入城，已经撕破面具，高纬也便不用再客套，他们现在的情况不容乐观。

"雅儿……"

殿外传来一声少年的呼唤，紧凑的脚步声传来，不等高长恭两人反应过来，身穿黑色华服的少帝已经站在玄关口，怒气冲冲地看着极乐台上贸然闯入的两人。

"大胆，竟敢闯入皇宫，朕让你们死无葬身之地！"嚣狂的语气丝毫没有半点破败君王的落魄，反而因皇城将毁而显得有些激动。谁也不明白高纬在想什么，只有他自己明白，万里江山皆无用，唯有她陪伴才是真。

夜色沉沉，宫灯如梦似幻，此时此刻，三人显得更不真实。黑影在雾气中渐渐淡了身子，不知不觉中黑影消失殆尽，偌大的极乐台上只剩下兰陵王和高纬两人。

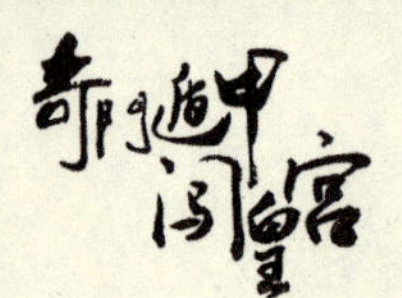

高纬并不诧异黑影的离去，他把黑影当做和雅妃一样的异人。然雅妃却是独一无二的，从明光殿中醒来开始，高纬恍惚做了一场漫长的梦，梦醒之后，对小雅的思念越发浓烈。他不惜走遍宫中所有曾经留有小雅足迹的角落，在亭榭湖水之间，寻回曾经的眷念。最后竟走到极乐台，初次见到她的地方。

一切恍如隔世，此刻的极乐台上已经不属于高纬，而是属于他和兰陵王相争的战场。他们都知道，这一天不可避免。

“皇上，别来无恙。”高长恭客气地说着，话语之间，凌厉之气尽显。现在的兰陵王已经可以和高纬平起平坐，无论是在权利上，还是在感情上，兰陵王都不会再输高纬一筹。

高纬直接不语，他现在一心找寻雅妃，碰见兰陵王顿觉晦气，但兰陵王的目中无人还是激怒了他。毕竟还在自己的地盘，竟敢如此嚣狂。高纬思索片刻后，直接命令周围的护卫：“传令下去，把极乐台紧紧围住，朕就不信，他高长恭能插翅膀飞了！”

高纬下命令之时，极乐台一阵绿光闪过，一个娇小的声音从绿光中走出。她收了手腕上的奇门表盘，借着光芒看见夜色中的高长恭正欣喜地看着自己，小雅欣喜地跑过去，抱住高长恭，焦急道：“长恭，你还活着，快跟我走。”

玄关处，高纬脸色早已惨白，他阴郁地看着拥抱的两人，拳头捏紧，心早已冰冷。夜风拂动，从他的皮肉直接刺入骨髓，高纬从未感到如此寒冷。

第五十二章　洗　牌

高长恭紧紧拥抱着小雅舍不得放手，小雅一手按住奇门表盘，准备带着高长恭离开极乐台，离开邺城，甚至是越远越好。只要高长恭不搅入这次的混战，他的八字不至于遭遇生命危险，而命造书纵然执意离开宿主，也没有能力将宿主杀死。因为，命造书没有意识，有意识的是护书族人，所以，小雅最大的敌人竟是原先深藏不露的黑影将军。

"长恭，走，出了邺城再说！"

一阵绿光闪过，小雅欲带高长恭离开，却见黑暗的苍穹忽然亮堂起来，一道强烈的光芒从空中劈闪而下，将小雅和高长恭直接劈分开来。小雅被反弹摔在地上，差点掉入温泉里，兰陵王则是连退三步，诧异地望着天空中神秘的光芒。

"Fuck！"小雅迅速从地上爬起来，抬头望着又恢复平静的苍穹，只要她向高长恭走近一步，苍穹中就会传来蠢蠢欲动的声响，强烈的震感让两个人谁都不敢越雷池一步。

"真卑鄙，你个偷窥狂！"小雅不禁火大，她知道躲在上面的是护书族人，可是却拿他无可奈何。

高长恭却不明白个中缘由，心中已是焦急万分。

"雅姑娘……"

"高长恭，这一切都是一个阴谋，我们都被耍了！"小雅急急说道，她忽然走起禹步来，移形换影之间，她已然躲过黑影锐利的视线，来到高长恭面前。她拉起高长恭转身便走，快速的步伐一时躲过来自苍穹中的追杀。

两人来到玄关处，见高纬挡在殿外，脸色苍白地看着他们。小雅不禁一愣，首先开口说道："皇上，我们此去再不回来，请皇上放过我们！"

想起之前高纬恨不得杀了她的样子，仍然有些不自在和畏惧。毕竟这里是高纬的地盘，要杀要剐，一句话便足矣。

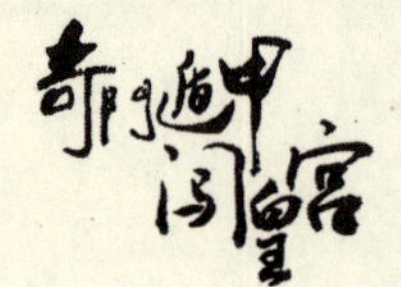

高纬沉默地看着他们两人，心中涌起难以承受的酸楚，他的雅儿心已不在他身上了。

“朕……”一时语结，高纬竟不知要说什么好。

“皇上，王爷是一时糊涂，您就高抬贵手，放他一马！”螳螂捕蝉黄雀在后，邺城这么轻易拿下，老夫人也不用运筹帷幄十五年了。而且，宇文邕的大军蠢蠢欲动，个中因果恐怕是傻子也看得出来，高长恭不过是被人利用的棋子。

看着她为高长恭求情，高纬心中自然痛得窒息，他咬紧牙关，冷道：“休想，你休想！”

高纬眼里露出恨意，还夹杂着几分小雅看不出的深邃，但她此时无法细细推敲，当前的情况下，能越早离开越好。殊不知，高纬已经清醒，他对何小雅的感情不单单只是恨意，还有爱意，以及对高长恭的妒意。

“皇上，邺城将亡，这是宇文邕的阴谋，是老夫人十五年的布局，我们不能中计了！”

“老夫人……”

高长恭眼里闪过一丝惊讶，原来小雅已经心知肚明。倒是高纬皱起眉毛，不屑道：“朕不管！”

随即又露出令人动容的眼神，他直直地望进小雅的眸子里，祈求般地说着：“雅儿，朕不该打你，你不要恨朕，不要离开朕……”高纬几近崩溃，从梦中醒来的他对小雅的执著接近疯狂。

“高纬，你是大齐的皇帝，你是邺城的主，你走的是阳关大道，而小雅走的是独木桥。我们不可能走到一条道上，即便是走在一条道上，也是道同心不同。”

“雅儿，只要你不离开，朕不在乎你喜不喜欢朕，真的不在乎，你不要走……”

“高纬，冯小怜才值得你去爱，她是好女人，不要错过了！”小雅咬紧牙关，发出轻微的咯咯声。

高纬心中更是悲泣，冯小怜是好妃子无疑，但却不能给他快乐，能与他一起制造刻骨铭心的记忆的只有何小雅啊！

“雅儿，再给朕一次机会，朕求你了！”高纬放下皇帝的脸面，在心爱的女人面前，他可以连皇位都不要，更何况是皇帝的薄颜。

小雅没想到皇帝会如此，不禁愣了几秒，心中酸楚难当，或许是身为女人的缘故，她的眼眶迅速红起来。没有哪个女人在面对男人动容的乞求下无动于衷，更何况是和高纬有过纠缠的小雅。

“皇上，不要求我，没用的，小雅没有选择。”任何事她都可以选择，唯独不能选择留下。这里毕竟不是她的朝代，留在这里，只会让历史走向不可控制的局面。

高纬看着她渐渐坚定的眼神，心中逐渐寒冷，他为她如此，她却无动于衷。浓浓的爱意在一瞬间变成恨意，被拒绝的痛楚让年轻的少帝差点崩溃，他实在无法承受她的回答，更无法面对她决绝离去之意。

“你不是没有选择，你是不愿意留在朕身边，为什么，要伤朕至此？”高纬一字一句地说着，语气渐渐冰冷。小雅察觉到他瞬间的变化，心中大喊不妙，以高纬的性格，在这种情况下，必然要做出一些事情才肯罢休。

小雅不知道他会做出什么举动，或许是杀了她，或许是杀了高长恭，但不管结果如何，只有离开皇宫才是最好的结果。

“皇上，如果小雅留下，后果不堪设想，到时候受伤害的可不止一个人！”句句事实，再待下去，别说是她了，就连邺城的花花草草都可能改变命运。

“你骗我！”高纬不管谁会受伤害，他为了小雅可以连江山都不要，别人的死活已经和他无关。殊不知，高纬乃一国之君，一举一动代表一个国家，他亡国家亡，如此简单的道理却不能洞晓。

在天下苍生面前，情爱犹如沙海中的一粒沙子，渺小而又微不足道。

“高纬，人的一生不能只为爱情活着，我们还有亲人，还有责任，父母让我们活着，我们不能死了！每个人都有他该走的路，各司其职，顺应天命！”

见高纬无动于衷，小雅拉着高长恭的手，准备趁机逃跑，她笑道：“或许皇上现在还不明白万法随缘的道理，不过，过段时间便会透彻了……嘻嘻，还有，父母给了我们双腿，不只是用来走路，还可以用来跑路……”

说罢，当即在高纬的眼皮底下撒开脚步跑了。高纬愣在当场，待他回过神来，两人已经跑出数十米远。高纬一时心急，连忙追了两步，忽又停顿下来，转身命令侍卫追捕他们。

小雅和高长恭消失在夜色中，两人百转千回，穿过宫中各个宫巷，最后竟跑至湖心殿处。为了躲避众多侍卫的搜捕，小雅咬着牙和高长恭一起跳入湖底，她在水中挣扎不已，冰冷的湖水在夜里寒冷彻骨，她咬着牙同高长恭一起游向湖心殿。

上岸之后，小雅脸色苍白，湖心殿周围一片黑暗，这里已经许久不曾有人来过，恐怕早已被遗忘了。这样也好，两人暂时躲避于湖心殿，任高纬再聪明，也不可能想到何小雅会回到她一直害怕的地方。

湖面上拂来冷风，小雅不禁缩紧身子，高长恭虽然看不见她的表情，却能感受到她的寒意。小雅天生怕冷，经过湖水侵浸，更是寒冷至极。高长恭立即将她搂在怀里，把自己的热气传给她，希望她可以抵挡一阵子。

感受到温热的体温，小雅渐渐满足地笑开，她的身子不再发抖，眼睛微微闭着，几乎沉睡过去。然而，她似乎想到什么，忽然睁开眼睛，说道：“长恭，你今晚必须离开皇宫！”

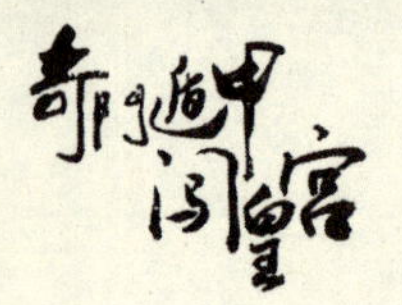

高长恭一愣，问道：“为何？”

小雅凌厉地说道：“因为高纬不会饶了你，宇文邕更不会放过你！”

小雅所说，高长恭心中早已想过，只是他一生几乎没有什么追求。何小雅是他追逐的目标，为了她，他甘愿做人棋子，甚至是放弃生命。人一生寻找到一个坚定的信仰并不容易，有人广闻却无智慧，博爱多方却不知根在何处，想想实在可悲至极。

高长恭淡淡地说道：“我知道。”

小雅坐直，望着他怒道：“知道你还往前冲！”

高长恭竟微微一笑，他伸手抚着小雅湿透的长发，说道：“你在哪，长恭就冲向哪。”

宠溺的话语让人为之一震，小雅又说：“如果，小雅死了呢？”

高长恭心中早已淡定了然，死又如何，不过是黄泉路上一痴客。他连考虑都没有，直接说着：“上穷碧落，下至黄泉，长恭都陪着你。”

话罢，小雅竟被感动得哭出来。细细碎碎的呜咽声闷在喉咙里，她一边哭泣一边笑道：“傻子，你这么帅，阎王爷都不收你，不许跟着我，不然我捅死你！”

“你不怪长恭利用了你，长恭已经感到知足了。”邙山之时，高长恭与众人布了一局，为的就是利用小雅与皇帝的关系为老夫人所用。但令高长恭没有想到的是，布局者先入局，他却爱上了狡猾的何小雅。到如今，高长恭也不愿意想起当初布局的本意，他只知道，现在的他想要的是什么。

“有价值才会被人利用。再说，没有邙山的经历，小雅不可能认识老夫人，更不可能发现一个隐藏三十年的秘密。”

想起明光殿女尸，她的神情顿时严肃起来，她从怀里掏出一对玉佩递给高长恭，说道：“这是一对，其中一个玉佩是王爷您的。”

高长恭接过玉佩，借着微弱的湖光感受着这对质地圆润的玉佩，不禁陷入沉思。

“玉佩在一具女尸上找到，还有一卷竹卷，上面写着……”

小雅回忆着竹卷上的内容，欲将竹卷上的内容念给高长恭听，不料，不等她继续开口，黑暗中便传来高长恭厚重而又无奈的声息：“我知道，雅姑娘想说，老夫人不是孝瓘的生母。”

小雅睁大眼睛，惊讶叫道：“你真的知道？”

高长恭点点头，眼里露出忧伤，他淡淡地说着：“父王去世时，曾见过孝瓘，他告诉孝瓘所有事，包括他的愧疚，包括母妃的离去。”

那年，高长恭不过是孩儿年纪，不曾看过他一眼的父王忽然招他进宫，将他的身世告知他之后，深受病魔缠身的高澄竟泪流满面。

“皇图霸业，皆是空……长恭，珍惜爱你的人，父皇去了……”高澄说完这句话之后，两眼一瞪，在无尽的后悔中死去，也是在此刻开始，高长恭才明白陪伴自己多年的娘亲并不是自己的生母，而是娘亲的妹妹。

且高澄死前的这句话影响了高长恭的一生，高长恭遵从父皇的遗言，珍惜爱他的人，珍惜一直陪在他身边的人。他不能没有老夫人，更不能让老夫人知道此事，所以，高长恭将此事深埋在心里，一埋便是十几年。

“我知道老夫人不是孝瓘亲娘，但是从小到大，孝瓘却只有她一个亲人。为了她，孝瓘可以做任何事！”

极具震撼的话语，让小雅愣在当场。原来高长恭并不是蒙在鼓里，他是心知肚明而不宣，为了完成老夫人的期望，他甚至不惜身死，实在令神佛动容。

“高长恭……”她一句话也说不上来，最后只念叨着高长恭三个字。这三个字足以震撼她，她从没想过高长恭是如此隐忍之人。那日老夫人给她看的长恭命造，性格并不如此，那命局等次有限，只等金来流通，也算中等八字。

但如今高长恭却让她另眼相看，她不禁疑惑，是八字错了，还是……算错了？

许久之后，小雅出声问道：“长恭，你的生辰是？”

高长恭答道：“亥年酉月巳日丑时。”

癸亥，辛酉，乙酉，丁丑，乾造。

小雅脑海里顿时出现“乙木七杀贵格”等字眼，秋木盛，辛金坚，丁火透，必是等级之贵，杀格乘杀当权，高长恭此命官可至兵部尚书，这样便能解释为何兰陵王在历史中以战闻名。日主乙酉本身充满杀伐之气，丁火又透，可制止辛金杀戮过激，乙木身弱而能化杀为印，可谓五气流通。

癸巳年巳月，地支亥壬水冲巳中丙火，乙木根印被冲，七杀攻身，丁火透甲，克泄交加，不死亦脱层皮，此命造虽然好过丁未时命造，但今年绝对是一个关口，特别是在巳月火旺之时，极容易发生不吉之事。

邺城又处于巳火之地，看来高长恭在劫难逃。

“当今世间，天下纷乱，你的命局适合征战。但不是此时此刻此地，长恭，我们先到北方亥子之地。”

长恭不禁疑惑，但小雅这样说，必有她的道理，他问道：“长恭不懂……”

“北方亥子之地，化印生身，至少可以化险为夷，我们走吧，要不然来不及了！”

说罢，小雅按下表盘，准备和高长恭一起离开。正在这时，周围忽然亮起数十火把，水中冒出无数侍卫的脑袋，让小雅惊得大叫起来：“不是吧，这也能找到啊！”

第五十三章　毒　酒

小雅二话不说跳起来，准备闪人，无奈侍卫的速度也不是乌龟爬，他们身手矫健地爬上岸，将手里的刀毫不犹豫地架在两人的脖子上。小雅一动不动地任由刀逼近自己的脖子，毕竟刀剑无眼，在伸手不见五指的黑夜中，难免会发生误伤现象。

"轻点，脖子要断了……"小雅不满地说着，手腕上的动作却一刻也不曾停歇。她有点后悔将那道三清符用在九龙壁上，如若不然，此时便可以派上用场，将这些侍卫炸回水里。

"雅娘娘，皇上有请。"领头的侍卫面无表情地说道。

"既然是有请，那把刀子放下。"小雅笑嘻嘻地说着，恨不得一脚将他踢回水里，以解架刀之恨。

"皇上吩咐，切不可听雅娘娘多说一句，雅娘娘，属下得罪了。"

"皇上还说什么？"

"禀娘娘，皇上没再说什么了，请吧。"侍卫走到小雅身后，将她反手押着，走向岸边刚划过来的小船，高长恭被其他侍卫押送着，两个人被押上小船，再次来到方才邂逅的地方——极乐台。

高纬已经命人搬来三把椅子，他坐在中间，冷冰冰地看着被押来的两人。高纬倏地站起，做了个请的手势，冷道："雅妃，请坐。"

侍卫将何小雅推至皇帝身边的椅子前坐下，她挣扎了几下，随即静止下来，眼下这种形势，挣扎无用，且看高纬如何安排。小雅笑嘻嘻地看着高纬，心中却焦虑起来："再过一个时辰，我就必须离开了，高长恭还在这里，可怎么办是好？"

高纬走到高长恭面前，让他坐在另一把椅子上，说道："我们或许可以坐下来谈谈。"

高长恭平静地坐下，事已至此，多说无益。

高纬见状，立即走到高长恭和小雅两人的中间，转身指着高长恭，说道："让朕想想，高长恭，高孝瓘，兰陵王，朕在一年前用鹤红毒瞎了你的眼睛，所以，你恨不得杀了我。”

说罢，高纬走到小雅面前，在她面前蹲下，拉着她的手，说道：“你，何小雅，数月前出现在极乐台，让朕忘不了你，数月后，朕将你逼至死路，还差点废了你的修行，所以，你也恨朕，你们都恨朕！”

高纬一反常态的举动让小雅捉摸不透，他的眼神里无任何波澜，只有几乎将她融化的深邃目光。她不敢直视他的眼睛，只怕下一秒会被他融化在热烈的火光里。

“不恨，小雅从不知道什么叫恨。”

“你说谎！你一定恨朕的，是我折断了你的翅膀，是我让你从高高的天上跌至谷底，是我让你在梦里都想逃开的，你说你不恨我，你骗我！”高纬歇斯底里地喊着，他忽然一把抱住小雅，痛哭起来。

“只要翅膀还在，希望便还在，粉身碎骨也能在风中飞翔。高纬，何必执著于此……”

“幼年之时，先皇曾当众斩杀一名宠爱多时的妃子。知道么？那时候朕不过是七龄孩童，那鲜血却溅了朕的一身，从那刻开始，朕不再相信任何人，直到你的出现，朕才觉得自己像个人，是你让朕感受到人间至美，何小雅，你救了我，你不能现在就放弃朕！”

高纬伏在她的胸前说着，颤抖的声息透过她的身体，她不禁为之一震。从来帝王家，不出快乐人。高纬在如此血腥的环境中长大，性格如此，也是自然。但他本性不坏，坏的是这个环境。环境造就他成为一名荒淫的君主，环境造就他缺少亲情的关爱，以至于他抓到一丝救命稻草便死死不放。

“高纬，你以为是我救了你，其实不是，是你自己在救自己。”小雅淡了声息，继续说着：“事到如此，我也不瞒你，我本不是这里的人，时间一到，小雅必须回去。否则小雅会在时空长河中化为灰烬……”

高纬抬头，显然听不懂她在说什么，小雅见他疑惑，用了一句简单的话概括：“就是说，再过一个时辰，如果小雅不回去，就会死……”

高纬问道：“何处？”

“一千四百年后的南蛮之地。”

高纬突然站起，诧异地看着她，他的脸色由震惊转至怒色，他一手抓住小雅的下巴，抬高，狠狠地说：“你又骗朕！”

“骗你何用？”高纬不信是自然，这个朝代，恐怕只有黑影和老夫人知道她的真实身份。

“你只想离开朕！”高纬狠狠地捏下去，冷道：“除非我死，否则，你就一辈子老死在宫里吧！”

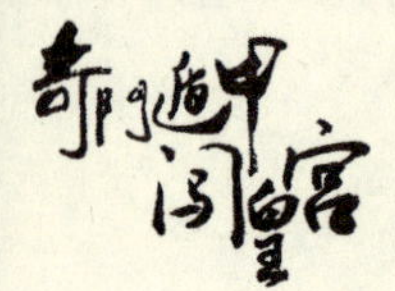

小雅下巴被捏得疼痛异常，话更是搭不上几句。高纬满意地看着她，践踏她的自尊竟然能获得如此快感，高纬不禁俯下头，在她微张的唇上狠狠地啄了一口后，挥手命人端上早已准备好的药酒。

端起酒盏，将其推至小雅唇前，狠狠地笑着："朕想过了，朕都折断了你的翅膀，就干脆一不做二不休，毒瞎你的眼睛。这样你即便有翅膀也飞不远，你永远只能在朕的眼睛里……"

话罢，小雅大惊，一旁的高长恭更是坐不住直接站起，他奋不顾身欲冲上前来阻止少帝，瞎眼的滋味可不好受，如此娇小女子，如果被毒瞎双眼，无异于斩断她的双脚，让她寸步难行。

"高纬，伤害心爱的女人，你不心痛吗？"高长恭被侍卫缚住双肩挣扎不得。

"痛，心痛……可朕没有选择……"高纬说罢，毫不犹豫地将一杯酒倒往小雅嘴里，小雅呛了两口气，她硬是用气顶着酒水，不让毒酒顺着喉咙进入肠胃流遍全身。如果眼睛瞎了，谁来照顾已经患有眼疾的弟弟，谁来顶起何算门的一片天？何小雅绝不能就此屈服，以前的路走过来了，现在更没有理由放弃，她不屈服地望着高纬，犹如当年她不屈服地看着何老爷子一样。

何老爷子命她将《命理经纬》手抄数遍，小雅幼时好玩，抄了一遍便没有兴趣，何老爷子看着她写得歪歪扭扭的手稿，当即拿起编条追着小雅满街打。一天下来，小雅浑身都是鞭痕，何老爷子问她服不服，何小雅抬头坚定地看着何老爷子说道："你打得我痛死了，三个字，我服了。"眼里却闪烁着不服的目光，正是这种目光，让何老爷子露出欣慰的笑容。此后，何老爷将毕生所学尽传授于她，小雅也算因祸得福。

但如今形势不比当前，在没有验证上帝是否存在的情况下，唯有靠自己才能救自己。正在这时，苍穹中出现一道强烈的白光，高纬抬头观望，瞬间失神，小雅趁机抬脚用力地朝高纬踢去，在高纬向后退之时，她霍地从椅子上站起，把嘴里的毒酒一口吐在地上，不满道："这酒一点都不好喝！"

高纬见她已经挣脱束缚当即要过去抓住她，却见小雅身形迅速变换，她忽然间从他的眼前消失。待他反应过来之时，她已经出现在他的背后，何小雅顾不上高纬来到高长恭身边，启动奇门表盘，紧急说道："再不走只有死在这儿了！"

绿光闪过，与强烈的白光交织在一起，小雅二话不再多说，抓起高长恭的手当即要进入奇门表盘幻化而出的奇门局里，却不料，黑影已经先她一步，挡在奇门局前。小雅大怒："黑影，你再坏我事，我跟你拼了！"

黑影似笑非笑地看着她，说道："高长恭在劫难逃，你何必强求？"

小雅打断他："风水师的存在就是为了证明命运或许可以改变，不试试又怎么会知道？你闪开！"

黑影说道："不管你如何争取，结果是一样的，改变的只是过程。过程你已经经历了，坦然面对结局吧。"

小雅怒瞪，恨不得一口吃了他："你别废话，闪开！"

黑影眨了眨眼，忽然闪开说道："好，我闪，不过，你回头看看。"

小雅没空回头看高纬，她与黑影的谈话似乎只在他们两人之间，高长恭并没有发现异常。或许在高长恭眼里，她此时此刻是严肃而又执著，不露半点笑颜。倒是后面传来高纬的怒语："何小雅，你再向前走一步试试，朕真的会控制不住杀了你，朕得不到，谁都别想得到！"

高纬的声音微微战抖，他几乎控制不住地拿过侍卫的弓箭拉满弓，对准正欲逃跑的两人。看着他们如此决绝，高纬的手不住地抖动却极力控制，生怕一个不小心将箭矢射出，造成无法挽回的局面。

高长恭看见少帝眼里的戾气，知道他极有可能射出这一箭，以他们现在的站势，一箭过来定先从小雅身上穿过，高长恭忽然伸手将她手上的表盘按掉，反身蹿到她前面，将她护在身后说道："雅儿，该来的总会来的。"

小雅伸出双手抱住高长恭，使劲全身力气把他往刚又启动的奇门表盘里拖动，没走两步，手腕上的电池格忽然一闪，小雅大呼不妙，电池快用光了！

这高长恭还磨磨蹭蹭的，小雅情急之下，当即要打晕高长恭直接把他拖走。无奈在一旁几乎发狂的高纬早已控制不住弓箭，箭矢在他的手中射出，正向小雅两人奔来！

嗖的一声，箭矢竟从高长恭的肩膀下穿梭而过，直接射向奇门盘里，小雅擦了一把冷汗，这支箭一定通过时空隧道射向某一个地方，或许，射中行人也说不定。在这千钧一发之刻，高纬再次搭起弓箭，准备狠狠地射向两人，小雅将高长恭挡向一边，反手将站在一旁的黑影推将出去！

箭矢从黑影胸中穿射而过，在刺入胸腔的瞬间，竟在他的胸前幻起一个白色的光洞，箭矢从洞里射入，顿时消失得无影无踪。高纬看得十分诧异，这黑影是何许人也？为何忽然凭空出现，更让他不解的是，箭竟然在他的胸膛中消失。

"你是谁？"高纬所问，也正是高长恭不解之处。他只知道黑影颇得几分老夫人的法术，却没想到他的造诣已经可以将箭矢化作无物，实在令人佩服又畏惧。

黑夜中一袭白衣飘飘，黑影嘴唇微扬，诡异地笑开："来拿你命的人。"

高纬皱眉，心中顿生警备，说："朕与你无怨无仇。"

黑影走至他面前，空白的脸上渐渐化成一名男子模样。高纬心中大惊，这名男子正是惠妃的丈夫——容将军。

在高纬七岁时，先皇看中容将军夫人的美貌，不顾一切将其抢入宫中百般宠爱。惠妃生性善良，对仅有七岁的小高纬爱护有加，年幼的高纬也十分喜欢这名母妃。但在一个月后，宫中中伤惠妃的谣言四起，说惠妃与侍卫有染并怀有鬼胎，先皇在一气之下，当着高纬的面用剑挑开惠妃的肚子，惠妃当即因流血不止而死。

惠妃死不瞑目，入夜之后，被发配兰陵的容将军忽然返宫，抱着惠妃的尸体离开皇宫。

当时，高纬和容将军仅有一面之缘，但高纬着实将这名没有任何表情却犹如神仙一般的男子记在脑海里，那瞬间闪过的冷绝眼神让高纬至今战抖不已。

高纬惊诧："是你……"

黑影回道："高纬，当年你放出谣言，说惠妃怀有鬼胎，以致惠妃惨遭横祸，这么多年，你一定不好过吧！"

当护书族人幻化成容将军模样之后，便拥有原命主的所有记忆，对于容将军所记挂之夫人也颇感伤心。他潜入邺城探望惠妃，却发现她已经被杀身亡，在她身边的是一名稚童，在喋喋不休地说着令人震撼的事。

原来，惠妃怀胎不过是高纬的一句笑话，却被有心人听了去，将谣言四处传播，最后传入先皇耳里，先皇怒而杀惠妃。高纬更是心中愧疚，此后便将自己严严实实地裹起来，不对任何人说半句真心之话。

在惠妃死后，年幼的高纬陪伴了惠妃一夜，冰冷的尸体没有令他害怕，反而令人越发冷酷起来。在容将军带走惠妃尸体后，高纬心中的大石仍然压着，以至于在成年后仍然噩梦连连。

这是他第一次感到愧疚和无能为力，如果可以，他一定会保护惠妃，不让宠爱自己的母妃惨死。正是因为如此，在遇到小雅之后，他才会拼命地想抓住她，不让她有任何机会逃离自己。因为只要离开他的掌心，他就再也抓不住她。一如当年惠妃死时，高纬只不过吃了一块糕点，惠妃的鲜血便溅满了他的一身，白色的糕点更是被鲜血浸染得触目惊心。

高纬陷入回忆，许久之后，他淡淡地说着："惠妃，朕早忘了……"

黑影冷笑："容将军没忘。高纬，任何人都要为他做的事付出代价，身为皇帝的你亦如此。你必须尝到失去至爱的撕心之痛。"

黑影渐渐逼近，高纬向后退两步，再次拉弓对准直直走过来的白色身影连射两箭，箭矢在黑影身上凭空消失。顷刻之间，巨大的极乐台上忽然传来箭头刺入血肉的声音，在黑影的身后，小雅忽然绷直了身体，向后轰然倒塌。

小雅只觉肩膀一阵剧痛，血源源不断地从肩膀上涌出。高长恭束手无策，不知该如何是好，他迅速抱起往下倒去的小雅，失声道："雅儿！"

高纬没有想到中箭的是他的雅儿，当即扔下弓箭朝她跑过去，黑影则闪在一边，坐在椅子上，诡异地说着："都是一群痴子，早点听我的离开这里就不会有事了，呵呵！"

黑影心里却没有半点欣慰之感。何小雅有如此下场也是她自找,她的命运注定要受此一劫,黑影也曾徇私,逼她离开北齐就是为了帮她避开这一劫,并非真为了兰陵王。可惜她并不领情,高长恭的命似乎比她自己的命还重要。如今中箭,已经是在黑影努力改变下,承受最轻的灾难了。

据命造书上的记载,何小雅的命造于今年天冲地克,流年合大运对原局进行冲克,凶多吉少。且何小雅擅闯时空,几乎将时间的秩序打乱,这一箭对她的惩罚相比她所造的业已经是微不足道了。

倒是小雅没料到自己会中箭,而且是高纬下的手。肩膀上传来阵阵撕裂的痛楚,她咬紧牙关,发出咯咯的咬牙声,坚强的眼神一刻也不曾涣散,心中一个声音在支撑着她,呼唤着她——一定要活着!

"命由天定,事在人为,我不会死的……"小雅咬牙,眼睛望着幽黑的苍穹,她知道何小明在何算门焦急地等着她,她知道师亦宣正在门口徘徊,盼她回去,她一定不能就这么死了!一定要咬紧牙关!

"咯咯……"小雅似乎已经支持不住,但她却露出令人不解的诡异笑容。这一笑何其顽强,连死神也心生畏惧不敢上前。

高纬心如刀割,他何曾看见小雅这般?整个人几乎浸在她自己的血中,粉红的长袍在鲜血的渲染下更显得触目惊心!她的手按住肩膀拼命止血,视线已经不知道落在何方。高纬急走至小雅身边,将她从高长恭手里接过来,脑中一片空白。

高纬慌乱地喊着:"来人啊!把所有的太医都叫来!要是雅妃有个意外,你们都要陪葬!"

心却早已如裂开般剧痛不已,天地间再没有什么能将他的心找齐。

第五十四章　弃　命

极乐台边拂来阵阵暖风，水面上似乎荡起一层层的波澜。然而在这万籁俱寂的湖色中，咬紧牙关的声音越来越轻，鲜血流淌不止的人脸色渐渐苍白，再也说不上一句话来。

黑影说道："撑不了，就别撑了，现在回去，还来得及。"说罢站起来，走到小雅身边蹲下，拉起她的手腕准备按下奇门表盘。

小雅却制止，她微弱地说着："放了高长恭，放过小明，我便走……"

发自肺腑之言，她来到北齐寻找命造书，正是为了治好小明的眼疾，如今却有弄巧成拙之象。此时此刻她才明白，是她的到来决定了结局。

这个时代的气数将尽，是命运将她推至高点上，她不得不朝着前面走。然而，事在人为，过去的事可以假设如果，未来的如果就是选择，如果可以，小雅宁愿用生命换来小明一辈子的安宁，尽管她信仰的教条是"活着第一"。

事实上小雅对未来的事从不用"如果"来假设，她此时此刻所做的便是她的选择，她无怨无悔。

黑影苦苦地笑开，何家的女人犹如戈壁上的杨树，坚韧而又随时准备做出牺牲，真是令人敬畏。他说道："雅姑娘，黑影也是迫不得已，世间万物无不在命造书之下。"

小雅咬紧牙关，几乎怒道："命、造、书，顶它个肺！"

黑影冷汗不止，这女人在生死关头竟还有心骂人，乐观的性格实在让人感动得泪流满面。

一阵绿光从小雅的手腕上折射而出，高纬不禁心惊，连一旁的兰陵王也预感不妙。只在瞬间，两人皆有故人离去之感，仿佛在不久后，将有人要永远地离开他们。

小雅忍着剧痛，望着高长恭，说道："长恭，愿意和小雅一起走么？"

她已经无力将长恭送往他处，只能让他跟她一起穿越回到现代，只是这法子尚未试过，不知是否可行，但倘若高长恭答应，即便是杀出一条血路，也要带他走，总比在这里凶死来得好。

高长恭自然愿意听她的，但高纬却心生妒意，在心痛之余自然愤怒。他二话不说向侍卫使了眼色，侍卫立即向高长恭逼近，小雅急欲阻止却没有力气前进半点，侍卫的刀已经向着高长恭挥去。

高长恭与众人周旋了一会儿，因心里记挂小雅伤势，几个回合下来渐渐处于下风。果不其然，一名侍卫的刀子在他的身上狠狠划过，鲜血顿时喷涌而出。

小雅跟着吐了一口血，黑影见她已经支持不住，便强迫将她推向奇门表盘。无奈，何小雅是何等坚强之人，她使尽全身力气避过表盘向一边跌去，努力了这么久，差点连命也丢了，如果还是不能救高长恭，那不如当初一走了之。事到如今，小雅不能就此回去。

高纬见她摔向地上，立即要过去扶起她，小雅及时制止："别过来，活盘的力量你控制不了！"

此时是她回去2008年最好的时刻，天地人力量三会合一，别说是活人，即便是一件物事也可能在局中穿越。高纬是顺天运而生之君，他消失在这个朝代犹如他的死去，北齐邺城将会大变，已经不是命运可以掌控的了。

然而，高纬却以为小雅厌恶他，甚至到生命垂危，也不愿意让他靠进一步。高纬心中顿时不是滋味，他怔怔地看着越来越脆弱的她，眼眶渐渐红起来。

一旁的兰陵王早已从旁边冲向她，甚至在背后中刀的情况下，他仍然义无反顾地奔向小雅。高长恭此刻心中信仰十分明确，他此次攻打邺城只是为她而来，如果她死了，要这江山何用？

"雅儿……"仅差一步之遥，黑影已然挡在高长恭面前，他冷冷地看着高长恭，伸手点在他的脑门上。顷刻之间，电闪雷鸣，高长恭愣在当场，他仿佛明白了什么，印堂前忽然清澈。

他仿佛回到刚出生那刻，在他哇哇落地之时，黑暗的苍穹中忽然下了一场暴雨。在金秋时节，平添一幕华丽之景。刚刚出生的他印堂射出一道太极鱼光芒，射向天际，与此同时，明光殿里龙脉挖开，冲出一股红色云状气体，在天空中与太极之光融合至天明。

然后，婴儿的瞳孔渐渐萎缩，似乎有失明之象，娘亲唯恐他失去视力，便用毕生的法力倾注于婴儿印堂上，封住太极印。他的眼前渐渐恢复亮堂，双眼之间欲合上的缝重新张开，太极印在他印堂上消失殆尽。

事隔三十年，高长恭顿时大彻大悟般醒了。三十年犹如一场梦，娘亲用法力封住他自身的力量，本想他一世平凡，却没有想到，太极印的力量会在三十年后的今天被重

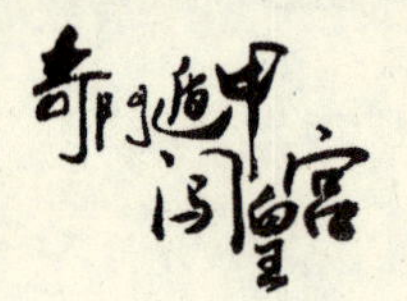

新启动。

高长恭额前渐渐有一太极印显现出来，他看着黑影，只淡淡地说了一句："护书族人师家……"视线渐渐模糊，他已经感觉到自己的视力逐渐失去。

黑影欠身点头，对于命造书他是又畏又惧，身为护书族人的他也是命造书的组成部分之一。唯一不同的是，他必须依附命造书而存在，命造书一旦消失，他护书一族亦会消失在天地之中。

高长恭也点头，没有半丝表情，他走到小雅身边，望着她苍白的脸色，心中不禁一动。他已经有些看不清她了，他把手按在她的肩膀上，注进一股力量后，说道："雅儿，趁孝瓘没瞎之前让孝瓘多看一眼吧。"

小雅心中一动，大感不妙，肩膀上传来一股舒适的力量，痛楚在这股力量之下渐渐消失。然而，她却看见高长恭的肩膀上出现两个大血窟窿，鲜血从窟窿中滚涌而出，正在她震惊之时，高长恭的眼睛忽然一片混浊，他已经完全失去清明，再也看不到小雅半点模样，更看不见在失去视力那一刻从佳人眼中滚出的滚烫泪水。

小雅立即从地上站起，伸手去捂住他的伤口，哭道："你怎么比我还傻啊，高长恭！"

她知道高长恭体内的元神已经醒来。他拥有令人畏惧的力量，他可以将小雅的伤转移给他人，可他并没有，拥有无限力量的他选择了牺牲自己。或许是命造书安排的命运，或许是高长恭大限将至。

高长恭脸色逐渐苍白，他拉着小雅的手贴在自己脸上，坚定道："孝瓘不傻，孝瓘此次不死，便再没有遇到雅儿的机会了。雅儿，下辈子一定要记得孝瓘……"

高长恭身子渐渐冰冷，他额前的太极印变成一张狰狞的面具。顷刻之间，面具从高长恭脸上脱落，渐渐变成虚无。小雅伸手去抓，却再也抓不到任何东西。他知道，从他决定牺牲的那刻起，命造书已经彻底放弃了他。

小雅再也忍不住眼泪，一滴接着一滴流淌而下，泪滴溅在高长恭的脸上。高长恭心中剧痛，脸上的灼热深深烫着他，在这一刻，高长恭竟觉得死得值了。能得心爱之人一滴泪，下辈子，下下辈子，他都可以在茫茫人海中找到她。

小雅抓住高长恭的衣领，歇斯底里地吼道："高长恭，不准死！你要是敢死我鞭你尸，让你永世不得安宁！不，求你别死……"

高长恭忽然笑开，俊美的脸上绽成一朵莲花，他竟笑语："好，这辈子，下辈子，下下辈子都不要放过我……"说罢，他伸出手抚着小雅的脸，微弱地说道："最后一次吻我吧，让孝瓘死得安心……"

高长恭的动作越来越小，曾经灵动的手指也在此刻变得冰冷僵硬。小雅不管三七二十一，俯下头在他的唇上烙下炙热一吻，滚烫的触感让高长恭微微一震。在她离开他的嘴唇之刻，高长恭的笑容越来越满，他的思绪开始恍惚，胸腔中死亡的感觉顿时变成融合在天地中的顺畅之感，世上再无任何美妙的感觉能替代它。

高长恭似乎看见远边的天空开出无数朵红莲，一朵一朵，如凤凰浴火般开放，高长恭笑了，他知道自己已经变成那些红莲在火中涅槃。据说，世上没有任何人能阻止凤凰浴火重生，连神也无能为力。

瞳孔逐渐涣散，高长恭在小雅的怀里失去最后一丝气息，唯有尚存的余温让小雅觉得高长恭还没死。之前经历的种种顿时涌上她的心头，高长恭的笑容，高长恭的明朗，以及他三十年来的隐忍，这让她再也无法支撑住，眼泪如决堤般倾泻而出。

小雅吼道："高长恭，高长恭，高长恭……"

紧紧抱住他的尸体，小雅的心早已裂开。谁说何家女子向来坚强，那都是狗屁，小雅只感觉到这一刻，她向来坚强的心已经溃败，再也无法修补。

高长恭没有回应，他已经彻彻底底地从这个世界消失。小雅在他的额头上烙下一吻，随即将高长恭冰冷的身体背在自己背上，在众人的视线中，她拼尽全力向奇门表盘跑去。

高纬顿时失色，他没想到小雅竟欲带着兰陵王的尸体离开，一时又恨又妒，他失声吼道："不要走！"

然而，小雅早已听不进任何话，这个朝代给她留下了恨，她即便是死，也要死在另一个地方。她背着高长恭冲进表盘里，却在高长恭进入表盘那刻，背上的力量忽然变轻，在众人诧异的目光中，高长恭的尸体竟渐渐变得透明，他的身子逐渐变成流光溢彩的星光，缓缓上升……

"不！"

撕心裂肺的吼声，小雅已经无法回头，时空大门已经通向2008年。她深陷于时间隧道中，在几秒后她会回到2008年，但她将永远失去高长恭！

极乐台上传来高纬仰天长吼之声，湖面上发出巨大的声响。在绿光逐渐消失之刻，高纬终于支撑不住瘫倒在地。他的雅儿已经彻彻底底地离开他了。她甚至没有留下半句给他的话，她竟如此狠心！

"何小雅，一千年，一万年，朕一定要找到你！"

皇宫之外，正在攻城的宇文邕接到宫中传来雅妃已死的消息。宇文邕心中悲痛，再无心攻下邺城，想起他曾经给的承诺，当即下了道命令，鲜卑勇士全体撤军。

大军缓缓退出邺城，在路过一座山脚时，宇文邕不禁回头看向邺城方向，淡淡地说道："朕答应过，要朕撤军除非你死。如今你先朕而去，朕会撤离邺城，绝不食言。"

宇文邕将此事告知已经改名为杨广的小高恒。高恒听完当即大哭，一连哭了三天，终于昏死过去，宇文邕带他回周朝，对着昏死过去的高恒说道："她不能为我所用，只能一死。你身为北周臣子，怎么能哭呢？这样子，倒还和北齐少帝高纬有几分相像。"

说罢，宇文邕自己潸然泪下。他知道，他失去的不仅仅是江山，还有令他费尽心思为之倾城的女人。

与此同时，邺城之内，高纬一人在极乐台上待了三天，三天后终于失声痛哭。

邙山。

老夫人得知高长恭与雅妃双双死亡的消息，苍老的她再也支撑不住，直接瘫倒在地。一只美丽的白鸽子从窗外飞来，在老夫人的肩膀上停下，老夫人怅然若失地抓住鸽子，取下绑在鸽子腿上的信看起来。

片刻之后，老夫人泪如雨下。这信便是数日前何小雅所写之信。信中说明姐姐死亡原委，还附带竹卷原文，老夫人忽然醒悟，三十年来的未雨绸缪不过是一场空梦，三十年的努力也不过是骗局一场。老夫人仰天大哭，她终于大彻大悟，说了句："害人终害己，姐姐，千算万算，算不中结局……"此后，孤身南下，开创何算门。

2008年。何算门。

何小明、师亦宣、Rina三人焦急地等待何小雅归来。一阵绿光闪过，小雅光着身子从绿光中走出，师亦宣拿着一件袍子走过去盖在她身上，不料小雅竟将他一把推开，吼道："走开！"

师亦宣一愣，心中顿时感到难受至极。走至门口处，从怀里拿出珍藏多年的三清符端详起来，再无半句言语。

屋子里面，小明已经拿着师亦宣拿过的袍子，盖在小雅身上，小雅竟紧紧抱住他，哭道："不要死……"

小明心中一震，顿时也抱紧她，安慰道："姐姐，小明怎么会死呢？"

一句话将小雅打入地狱，她诧异地看着小明，看着现代装扮的弟弟小明，才明白过来，她已经无可挽回地回到2008年了。小雅心中悲痛，她只说了一句："小明，姐姐心好痛，坚持到最后一刻还是不能救你……"说罢，眼睛一闭昏死过去。

小明抱着娇小的姐姐，心中再也无法平静。倒是站在一旁的Rina气愤不已，她花了九十万的订金却只得到这个结果，不禁气得跳脚，怒道："没有拿到命造书，倒惹了一身债！何小雅，这事还没完呢，命造书会继续在世间潜藏！"

小明听罢，当即从口袋里掏出那张支票，扔在桌上怒道："Rina够了，小雅已经支撑不住了，你走吧！"

从来不曾动怒的小明第一次发怒，为了从小一起长大却没有任何血缘关系的小雅，如果他可以，一定狠狠地抽她几个耳光子。

Rina自然心中一颤，这何小明竟如此没有风度，她嘟着嘴本想再反驳几句，却见何小明的额头上忽然多了一个印记——两条阴阳鱼交融一起，形成一个太极图。Rina不禁心中欣喜，宇文家族留下的《何氏宝鉴》下卷上记载，命造书选择一个人作为宿主之后，宿主的额头上便会出现太极标志，而巧合的是，每代宿主几乎都是瞎子。

Rina觉得自己竟如此大意，只顾着寻找古代的线索，却忘记何小明的特殊条件，他天生的眼疾正可以证明他才是命造书最后的宿主啊！

Rina反而笑起来，她走过去伸出手，点着小明额上的太极图，笑道："隐藏得真深啊，要我走可以，你必须和我一起走，韩老板可等急了！"

说罢，从Rina指尖传出一阵电流，刺入小明印堂。小明只觉一阵天旋地转，身子渐渐轻飘起来，顷刻之间，小明和小雅两人同时瘫软在地。Rina蹲下身，将两人一起带走。

大厅中一阵光芒闪过，在门外守候的师亦宣忽感不妙，他立即返回屋子里，却见屋子里空无一人，连Rina也消失不见了。师亦宣不禁咬牙切齿道："真是一波未平，一波又起……"

第五十五章　不　死

公元2012年。

在海上孤岛之地，屹立着一座宏伟宫殿。殿下琉璃玉瓦，雕龙画柱，高高的台阶上九龙壁伏隐欲冲向苍穹，在台阶尽处，匾额上"明光殿"三个字苍劲有力，周围更是站着一排古代宫女装扮的侍女，朱红大门缓缓推开，里面九龙壁显得格外狰狞。一名长袍装扮的中年男子从殿中走出，他走至石栏前，手握住石栏，抬头望着灰蒙蒙的苍天，露出茫然的神情。

"先生……"一声清脆的呼唤从背后传来，中年男子转过身来，望着唇红齿白的女子，露出宠溺的笑容。但那女子却再没有半句话，她眨着美丽的丹凤眼，头上一顶牛仔帽，背上一把长剑的造型让她看起来有些怪异，粉红长袍在风中飞舞，形成一道绝美的风景。

中年男子几步上前，将她紧紧搂在怀里，呢喃道："雅妃……"

然而，被抱在他怀中的女人只露出恍惚的笑容便再无半句言语，她只是一个幻觉，一个从韩长鸾手里幻化而出的幻术。

她没有温度，没有雅妃的温暖，更没有她狡猾的笑容。中年男子忽然将她推开，反身向着台阶走去。幻影女子望着主人离去，心中没有一丝痛楚，她只按照韩长鸾给她的力量重复着自她被创造以来的那句话："先生，请慢走。"

中年男子听到这句话时不禁停下脚步，双眼缓缓闭上，露出令人心痛的神情。

正在这时，天际中闪过一阵强烈的光芒。中年男子抬头，却见空中出现三个人，Rina左右夹着一男一女从空中降落。降落之后，Rina将小雅推给中年男子，笑道："韩老板，人我可都给你带来了，怎么样，可以启动命造书了吗？"

韩老板心中一震，不禁仔细端详怀中的女子，娇艳的红唇，鼻子上一点冶艳朱砂。韩老板看得出神，伸出手抚摸着她温暖的脸颊，一路而下，解开她的领口，肩膀上的牙齿印记触目惊心，他不禁呢喃呼唤着："雅妃娘娘……"

似乎听到熟人的呼唤，小雅从昏睡中醒来。她半梦半醒地睁开双眼，看着在她上空的男人，瞳孔倏地一缩，惊叫出声："韩长鸾，是你！"

中年男子露出一个令人捉摸不透的笑容，他点点头，温柔说道："是我，费尽心思，不惜成魔，终于找到你了……"

思绪不禁回到一千多年前，在那片混战的土地上，他彻底地失去他的所爱。

573年。

在邺城外，韩长鸾和小雅一起跳下悬崖后，韩长鸾不惜逆天向天借运保住何小雅性命，终于在她醒来之刻，韩长鸾支撑不住昏昏睡去。

然而，在他醒来后，小屋里早已没了她的声息，唯有小屋户主那句话令他永世难以忘怀，那老妇人说："那位姑娘让老身转告于你，说你们缘分已尽，不用再找她了。"

韩长鸾的心顿时裂开，他不惜用自己三十年寿命向天借命，保住她性命，她却还要往死路里走，却还要去找让她牵挂的兰陵王。韩长鸾心里慌乱不已，他冲出小屋子望着明媚的太阳终于怒吼出声。

此后，他找到宇文邕，甚至不惜一切代价闯入兰陵王的阵地，当万箭齐发之刻，韩长鸾变得疯狂，他运用毕生所学之法术，连杀数人，是失去小雅的痛楚让他不再拥有自我，当时他脑子里只有一个念头，那便是——找到何小雅！

可惜，及时赶来的宇文邕告诉她小雅已经南下回到她的家乡，她很安全后，韩长鸾才稍微冷静下来。宇文邕才命人将他扶起来请他回北周继续为北周效力。无奈韩长鸾却再无入世之心，他拒绝宇文邕的聘请，一人沿着水流孤身南下，寻找小雅的踪迹。

不知道过了几个月，还是过了几年，当太阳再次从东边升起的时候，躺在石头边的韩长鸾再次睁开眼睛时，看见了一身素衣的何老夫人。韩长鸾忽然想起韩青的仇恨，当即要杀了她为韩青报仇，而老夫人却告诉他一个足以令他窒息的消息。

老夫人说："韩大人，何小雅已死，你又何必执著？"说罢，老夫人在他的震撼中转身决绝而去，从她眼睛里透出的清明让他不得不面对现实。

原来小雅根本没有南下，她一直在邺城里，甚至已经死去。韩长鸾发疯般地闯入市集，看见市集上到处贴着皇榜，皇榜上一日三换，上面写着高纬的亲笔字迹："雅儿，回来……"

"雅儿，给朕回来……"

"雅儿，回来吧……"

"雅儿，朕想你了……"

一连一个月下来，皇榜上的内容一直在变，直到北周大军再次攻入皇城之时，皇帝仍念念不忘雅妃。每写完一句对雅妃的思念，民间便会知晓，可民间所有的百姓都知道，五年前曾帮他们躲过一个大劫的雅妃已经仙逝，在邺城的极乐台上与她的爱人一起死去。

没有人知道她死后的灵魂会去哪里，更没有人知道与雅妃娘娘一起死去的兰陵王会不会下到十八层地狱，但民间渐渐流传开来的传说却是震撼有力。传说雅妃与兰陵王一起殉情，为了天下苍生百姓，雅妃不惜牺牲自己，不惜牺牲恋情，成就邺城一段太平。

而年仅十七岁的少帝不堪雅妃娘娘死去的重负，他不相信雅妃已死，便一日下三道圣旨，希望雅妃可以回到身边。然而，从他宣圣旨开始，已经足足五年，雅妃却再也没回去过。

蓦然回首，已有五年光阴，原来他已经找了何小雅五年，如今确实空梦一场。寻找五年的信仰，在瞬间轰然崩溃，韩长鸾一身狼狈地走在大街上，在人来人往的街道上大笑起来，在北周大军再次践踏的邺城街道上彻彻底底地疯狂。

他失魂落魄地走到邺城外的悬崖边，望着滔滔江水，回想起五年前，他毅然和小雅一起跳崖之时，他似乎还能感受到她的温暖。雪渐渐地下起来，落在大地上，落在韩长鸾的肩膀上，韩长鸾不停地笑着，信仰崩溃的绝望让他再也支撑不住，他再次纵身跳下悬崖……

"一念成佛，一念成魔，韩长鸾以死立誓，苍天弃我，毋宁成魔！"

从天上飘下的不再是寒冷的雪片，而是沾满鲜红的狰狞云雾。从他跳下悬崖那刻起，这世上再无韩长鸾，只有一个彻彻底底的魔头。

一千多年过去了，当韩长鸾再次醒来时，已经是一个全新的世界，熙熙攘攘的人群变得十分陌生。他能感受到自己体内的力量，那种寂寞而又无人可以体会的灭世力量。在他沉睡的一千多年里，他从怨恨苍天，到思念雅妃，直到最后的寂寞、痛苦，不得解脱。

所以，当宇文邕的后人Rina找上他并告诉他命造书可以改变命运之时，韩长鸾不禁从黑暗中看到一丁点希望，如果可以选择，他会选择死亡而非成魔。一千多年来的孤独和寂寞，思念所爱而不得的痛感没有人可以理解，更没有人可以忍受。

是夜，明光殿内传来一声女子的低泣，殿内九重轻纱向外飞扬，韩长鸾告诉了小雅她离开北齐后发生的所有事情，并告诉她寻找命造书是他的主意，为的便是改变历史。如今，他再次见到她，历史改变与否已经不重要了。

小雅仍处于震惊之中，她怎么也没有想到，她冒死到北齐寻找命造书，竟然是韩长鸾的主意，她不禁怔怔地说着："先生，这又是何苦？"想起在北齐之时，韩长鸾温文尔雅，现在的他已经看不出任何温存，存在他眼底的只有无尽的寂寞和冰冷。

韩长鸾起身，他走到小雅身边一把搂住她，千年的思念在这一刻化成一滴泪水从他眼中滚涌而下。他把头枕在她的肩膀上，微微说着："不苦，这次不要再离开我了……"

说罢，离开她的肩膀痴迷地望着她，看着她的眼神渐渐淡去，看着她从坚强变成脆弱，看着她从脆弱变至绝望，韩长鸾捧起她的头，深深吻下去。千年等待，所有的爱情尽在这倾情一吻。

只可惜，何小雅纵然对韩长鸾再愧疚，知道他才是这一切的推动者之时，小雅早已淡去心中那份震撼之感，现在令她担忧的是小明的安危。依稀记得，Rina扶着昏迷的何小明走下台阶，在那一刻，小雅竟感觉到自己回到了北齐，这里的一景一物都和北齐邺城建筑无异，可见建筑此地者的良苦用心。

小雅推开韩长鸾，问道："你们抓了小明，是吗？"

韩长鸾怔住，点点头说是。毕竟他是命造书的宿主，即便他不抓住小明，宇文邕的后人也会抓住他。不为别的，只为命造书拥有的改天运、改地运、改人运的力量。

"为什么？"

"我想改变历史。"

小雅摇头，说道："历史已经过去，改变，如何改变？如果能改变，长恭便不会死！"

韩长鸾笑了，露出忧伤之容，说道："你可以从另一个角度去想，或许，兰陵王是因为遇到你，命运才会改变。下官不相信历史，历史上韩长鸾因北齐兵败而死，可谁又知道，韩长鸾是跳崖弃命而死呢？"

句句真切，巨大的震撼之感从胸腔中迸裂，她没有想到韩长鸾竟是跳崖而死，更没想到他还能活着。

"你们想对小明做什么？"

"没什么，杀了他而已。"韩长鸾说得轻巧，小雅已经坐不住跳起来，怒道："那是我弟弟！你们要是敢对他动一根毫毛，别说Rina了，就是先生您，小雅也不会再留一分情面！"

韩长鸾苦笑，即便事隔千年，她仍然不会将自己放在心里，韩长鸾苦涩道："下官知道，所以只能暂时先委屈娘娘了。"霎时之间，小雅的手腕上忽然出现锁链，不等她反应过来，整个人已经被反手锁在柱子上，脚上更不知何时出现了链子，紧紧将她锁住，令她动弹不得。

小雅怒极，喊道："韩长鸾，放开我！"

韩长鸾一步一步走近，来到她的身前，低着头看着她，缓缓说道："雅娘娘，相信下官，下官是为了我们的将来着想。为了能和你在一起，下官已经万劫不复了，再杀一个人也未尝不可。"

小雅抬头，吼道：“你杀了他，我会恨你一辈子！”

韩长鸾眼中黯淡，这种结果他不是没想过，但为了千年万年，杀一个何小明又算得什么？六亲不过是过眼云烟，在千万年中可以如同尘埃一样散去。而他不同，他已经活了一千多年，早已没有什么亲人，唯一在乎的便是何小雅，可何小雅最多只有一百年的寿命，为了让她和自己一样，韩长鸾不怕再入魔一回。

神祇已经远离他，他能做的，只有堕落，不停地堕落。

韩长鸾淡淡说道：“那就恨吧。”说罢，俯身低头吻上她的额头，现在的他已经没有什么不能做的，他能令自己成魔，同样能令她永世留在自己身边，他无所不能。

韩长鸾的唇离开她战抖的额头，她紧紧咬着自己的嘴唇，恨恨地看着他。韩长鸾心中一痛，伸手拨开她额前的发丝，不禁在她的额头上连连亲吻，而后他的唇移到她的耳边，温柔说道：“你发誓，不要伤了自己。”

小雅一句话不答，韩长鸾已经不再是韩长鸾了，他已经成了魔。

韩长鸾见她一声不吭，冷冷地一笑，伸出舌头在她的耳边舔起来。感受到耳边传来的温热，小雅不自觉地把头偏过去，不让他的舌头在自己耳边肆虐。无奈，韩长鸾早已看透她的心思，他一手按住她的脑袋，一边亲吻，说道：“你这样，下官会伤心的。”

小雅再也受不了，她开始怒骂：“韩长鸾，你就是个疯子！现在不是北齐了，你——不要乱来，shit！你摸哪里……”

韩长鸾的大手一路往下，肆无忌惮地在她身上摸索。小雅本想踢他一脚，却无能为力。一会儿之后，她只感受到全身一震，一股气从笑穴上传来，小雅立即哈哈大笑起来。韩长鸾满意地看着她大笑不止，甚至笑得流出泪水。

小雅又哭又笑，吼道：“韩长鸾，你太卑鄙了！点我笑穴，哈哈哈……”

韩长鸾从她身上离开，从袖子里掏出一把匕首，冷道：“这是对你不回答我的惩罚。你发誓，你不会伤了自己！”

小雅笑得眼泪直流，模样倒有几分像哭泣：“伤自己前一定先干掉你！韩长鸾，你放开我，我受不了了！”

韩长鸾笑而不语，他用刀子直接挑开小雅胸前的扣子，一粒一粒挑开，直到最后一粒扣子掉下之后，她胸前的旖旎尽现在他眼底，他从没见过如此美丽的春色，从没感受过如此梦幻的梦境，从见她那刻开始，他便想紧紧地抱住她，狠狠地拥有她。

可惜，在北齐之时，她是主，他是臣，主臣不能逾矩。可如今再也没有皇帝了，也没有了主臣之分，此时的她在他眼里只是一名女子，一张充满诱惑的画皮。

韩长鸾嘶哑着嗓子，咽声说道：“娘娘有没有想过，你在北齐历劫一场，只是为了今天与下官再次重聚，你是下官的……”

小雅怔住，当即反驳：“韩长鸾，你疯了！”

韩长鸾打断她，说道："下官没疯，下官等了一千多年不是要让你说这句话。从你避开下官开始，下官就发誓一定要找到你，一定要得到你！"

小雅不禁心中酸楚，在邺城外避开韩长鸾只是不想让他卷入这场生死恩怨纠纷，没想到弄巧成拙。韩长鸾似乎才是那场恩怨中最大的受害者。

小雅低头，说道："韩长鸾，在北齐之所以逃开你，是为了不让你卷入纷争之中，可小雅没想到，稳重的国师大人已经变成这副模样……"

"那又怎样，你能救得了我吗？只有命造书可以改变历史，为了你犯下的错，下官拿到命造书又有什么错？"

"韩长鸾，是我的错，你杀了我，不要动小明！"小雅歇斯底里地喊着，够了够了，从北齐到现在，她受够了。

韩长鸾冷笑，他伸手抬起小雅的下颚，说道："以前下官想要的东西总不敢争取，所以才会失去很多东西。现在下官想通了，有些东西要用抢才能得到！告诉你，命造书我要，人，我也要。"

说罢，狠狠地吻上她的唇，在她的唇上啃咬起来，力道之大，令人胆战。不知何时起，韩长鸾已经将小雅抱起，在她的笑声中，与她一起滚向宽敞的龙床。这里曾经是高纬就寝的地方，如今却是这番旖旎风景，着实讽刺。

韩长鸾粗鲁地剥开小雅身上的衣裳后，迅速将身子覆盖上去，双手在她身上来回游走，小雅反抗不得，一点小动作都会引发他的暴虐。韩长鸾今非昔比，她一弱女子又怎么斗得过他？小雅思前想后，总是想不出解决的办法，倒是身体被弄得浑身发烫。

"韩长鸾……"又哭又笑的小雅几乎失控，在韩长鸾宽敞的身体下，自己就像一条怎么也逃不出去的小蛇。

他们谁都没有想到会是这种结局，以为永远不可能的变成了可能，韩长鸾与何小雅的缔结令人出乎意料，谁也没有想到，相隔千年的两人竟能如此完美合一。

小雅反身将韩长鸾压在身下，双眼直直地盯着他，然后伸出右手，往韩长鸾的脸上狠狠甩去。

清脆的掌声在空旷的殿中徘徊不去，韩长鸾愣在当场，他望着她小小脑袋上的双眼几乎要喷出火来，他不禁心生欢喜，反而把她压在身下，又是一番索吻。

"你是下官的了，一辈子都是，你逃不掉了！"

第五十六章　旖　旎

明光殿内一片旖旎，巨大的龙床上交织着一男一女，女的被男的压在身下，反抗不得。没有多大力气的她，只能任男子胡作非为。正在这时，明光殿内一阵白光闪过，床上两人都用手挡住光线，待光芒消失之时，大殿之中忽然多出一个人。

来人一身黑衣装扮，飞扬的眉毛，高挺的鼻子，以及一对深邃幽黑的眸子，小雅不禁一惊，说道："亦宣……"

师亦宣站在大殿中央，看着龙床上的两人，眉毛不禁皱起。倒是韩长鸾抓过被子盖在他和小雅身上，也笑着说："不，他是护书族人师家师亦宣。"

闻言一愣，小雅怔怔地看着师亦宣，问道："你是黑影？"

师亦宣望着小雅点头："一千多年前，我的身份是黑影容将军，一千多年后，我是师亦宣，小雅，跟我走。"

小雅气急，怒问："你为什么要用师亦宣的身份，黑影，你这个骗子！"

师亦宣黯然，片刻之后，他淡淡说道："师家自天地初开便存在了。师亦宣才是我的名字，亦宣自问从没欺骗过你。"

"你为何是高纬的模样？"

"一千多年前，你走后，高纬便疯了。他一个人在极乐台上哭了三天三夜，之后更是疯狂，每日三道圣旨，寻找你的踪影，弄得天下皆知。一连五年，直到宇文邕再次攻入邺城之时，高纬才恢复神智，才相信你已死去，之后他请求宇文邕杀了他，他说……"师亦宣欲言又止，一千多年前高纬的挫败让他铭记于心。

"他说什么？"

"他说，此生不待，来生再续，愿为蝶花相逐，生不愿再入帝王家。"

师亦宣静静地望着小雅，继续说道："但亦宣知道，高纬他没有下辈子，永远没有。人只能活一世，所谓下辈子不过是个安慰自己的谎言。所以，亦宣便幻化成他的样子，接受他对你的记忆，继续他的生活，一千年一万年，我也要完成他的心愿。”

公元 578 年。

邺城深陷之后，高纬一人独坐在重新建立的九重宝塔前，直到宇文邕带领着兵马包围了他。宇文邕劝高纬降他，高纬却只坐在宝塔前发呆。邺城深陷，他的雅儿却再也没有回来。高纬从怀里掏出一颗红果，学着雅妃吃红果的样子吃将起来，时不时露出令人痛心的痴傻笑容。

宇文邕不禁叹道：“这等痴儿，实在少见，让他自生自灭去吧。”说罢，当即转身而去，对于何小雅的记忆，宇文邕已经逐渐模糊了。五年了，已经死去五年了，宇文邕没有理由再为她困扰，可是谁也没有看出，在转身的刹那，宇文邕是下了多大的勇气。

那样一名如仙女般令人难忘的女子，即便只剩下模糊的记忆，回忆起来，却是又痛又快乐。只可惜，邺城大好江山尽在他手，五年之后，佳人还是远去。

在宇文邕离去之后，已经十岁的高恒穿着一身小战袍站在他父皇面前，他蹲下身，对他父皇说道：“父皇，雅姐五年前已经去了，她死了。”

一句话惊醒梦中人，高纬从梦境中醒来，他抬头望着高恒，怔怔地问：“恒儿？是你吗，真的是你吗？”

高恒点点头，又摇摇头，说道：“父皇，恒儿现在叫杨广。如今高家落败，恒儿应选明主，父皇不用担心，恒儿会照顾自己。”十岁小儿，竟比高纬透彻，一句话点破天机，万法源于天地，君臣之别也。

高纬惊道：“何时之事？朕竟不知！”

高恒回道：“在得知雅姐去了之时，恒儿便知道父皇会如此。所以恒儿跟宇文邕回了周国，五年了，父皇还是不忘雅姐。女人嘛，父皇又何须执著，天下人皆知雅姐已死，只有父皇你不知。”

高恒说得通透，见高纬有恍然大悟之感，便将一直佩戴在身上的高家皇室玉佩递给高纬，说道：“父皇，这是恒儿最后一次叫父皇了。此后，我们两不相干，恒儿走了。”

高恒说完，向高纬连磕三个响头，而后直直站起，转身头也不回地走了。高纬望着长高许多的高恒，不禁有些疑惑地反问自己：“死了？真的死了？”

五年的牵挂让他早已分不清现实和梦境，每天睁开眼睛，便是对她无尽的思念。即便是在看见冯小怜之时，他满脑子想的却全是她。即便在和冯小怜温存之时，他最后喊的名字却总是他的雅儿。

而每次，他都觉得雅儿在他身边看着他，躲着他，在背后狡猾地笑着他。可如今，有人告诉他，雅儿死了！

高纬心中忽然裂开，他的信仰似乎在这一刻崩溃。他直直地躺在石板上，望着万里无云的苍穹，久久说不上一句话。直到许久之后，他的眼角才悄悄滑下一滴泪水，掉入石板，嗞的一声将高纬的心尽数焚毁。

此时此刻，他才明白过来，坚持了五年的念想不过是梦境一场。从五年前开始，从小雅离去那刻开始，上天便再没有给过自己机会。高纬失声痛哭，他忽然觉得人生虚幻，即便是为帝为王，仍然不能抓住自己想要的东西，还不如一只蝴蝶来得轻快。

黑影再次出现在高纬面前，他在他旁边坐下，问道："现在尝到失去所爱之人的痛苦了吧！"

高纬没有回答，片刻之后，他才开口："世间万物，为人独尊，且人分三六九等，高低贵贱。可朕如今算明白了，在情爱面前，无有高低贵贱之分，只有赢家和输家，朕输了，彻彻底底地输了……"

黑影又问："你后悔么？"

高纬笑着："爱了五年，爱了个梦，爱了个念想，到头来梦碎了，连后悔都是多余。"

"恨她么？"

"恨，朕恨她，可是后来又变成了爱，恨极生爱！何小雅，朕拿她没办法，爱就爱了。"

黑影点点头，高纬的透彻让他有些羡慕。在这一刻，黑影私心作祟，真想成为他，也知道一下恨极而爱的滋味。

"如果有下辈子，你想遇见她么？"

"想。"高纬从地上爬起来，他一个人走到极乐台前，望着已经一片狼藉的温泉，想起五年前在这里发生的一切事情，竟恍如隔世。高纬恍惚说道："此生不待，来生再续，愿为蝶花相逐，生不愿再入帝王家。"

说罢，高纬竟走至极乐台高处，往温泉下纵身一跳。在那一瞬间，五年前的记忆翻滚而来，雅妃的音容在他的脑海里一幕幕地淡去，直到变成尘埃，直到化为灰烬……

高纬自杀让黑影有些出乎意料，却也有些震撼。从他信仰溃败的那刻开始，高纬已经彻底死了。国破家败，斯人远去，他活着如同傀儡，死了落下一生败名。黑影已将容将军的遗愿完成，高纬的愿望只能由他实现，究其原委，高纬的痛苦一半来自于他手，如能完成他的念想，也算对他的补偿。

黑影立即幻化成一股气体，钻入高纬的身体里，在他断气之刻，黑影取而代之，占据他的灵魂和身体。当温泉中涟漪再起之时，高纬已经全然新生。此时的他，可以恢复师家族名，在天地中继续存活，直到遇到她为止。

"那么，你是高纬，还是师亦宣？"

"三年前，我终于找到了你。可是，我不能告诉你我是高纬，在你还没去北齐之前，你根本不知道高纬是谁，只有在你去北齐历劫之后，我的存在才会有意义。某种程度上来说，我是高纬，但也是师亦宣。"

"你隐藏得可真深！"原来她喜欢了三年的师亦宣竟是高纬，竟是黑影，竟是护书族人！实在太讽刺了！

"亦宣无心欺骗你。在三年前，亦宣确实将自己的记忆封住了，直到亦宣重新看到那张三清符时才想起自己真正的身份。"师亦宣从怀里掏出两张三清符，淡淡地说着。

倒是小雅觉得他手里的三清符有些熟悉，有些像被宇文邕拿走的三清符，小雅不禁反问："三清符，怎么回事？"

"这张是在邙山老夫人府邸外的井里找到的。当初，宇文邕拿了你的符令之后便扔在井里，我找了出来，本想给你，却在考虑再三之后，决定将此符留下，日后与你相见，好有个证据。"

小雅听完，恨不得一耳光抽死他，她怒道："你想得可真周全！"

师亦宣回道："不尽然，如果周全的话，你不至于被 Rina 掳走。Rina 是宇文邕的后人，她和宇文邕一样有野心，只是他们所求不同，宇文邕要天下，Rina 她要长生不老。"

一言震惊，长生不老，是何等的遥远。再想想韩长鸾竟活了一千多年，实在令人震撼不已。小雅看了韩长鸾一眼，心中不禁战抖。

"延迟衰老有可能，长生不老是传说。"再次望了韩长鸾一眼，小雅不禁收紧身子，把目光移向他处。韩长鸾知她心中所想，不禁把她搂得更紧，他把嘴唇贴在她的耳边问道："你想说下官是怪物，是不是？"

"不是呀，您要是怪物，那小雅也是怪物了。"

"你说吧，没关系，能和你在一起，做怪物又何妨？"韩长鸾吻上她的脸颊，宠溺着说道，亲昵的动作显然将师亦宣视为无物。师亦宣皱眉，心中隐痛，他眉间的暴戾之气顿起，恨不得杀了床上的两个人，正当他向前一步时，心中顿时清醒。刚才他的举动是受高纬性格影响，是在潜移默化之下，让师亦宣开始融入其中。

师亦宣不禁向后退一步，苦恼不已。一会儿之后，师亦宣才恢复正常，说道："韩长鸾，你以为你活了一千多年，事实上并没有。那日你跳下悬崖，刚好跳入时空入口，阴差阳错，你到了 2012 年。"

韩长鸾闻言，顿时坐起，怒道："你说什么？"

师亦宣笑道："你看看你的发丝，都有些白了。如果你真的不死，你又怎么会苍老？"

韩长鸾随即拉起自己的头发仔细端详，果然在黑色的头发里夹着许多银发。韩长鸾不禁心慌，他不过才三十年纪，竟然已有白发。而且师亦宣说得有道理，如果他真的不死，又怎么会苍老？

韩长鸾转身看着小雅，他双手按住小雅的肩膀，问道："雅儿，你看，我是不是老了？"

小雅望着他，除了额角多出白色发丝之外，韩长鸾并无大变，唯一变的是他的眼

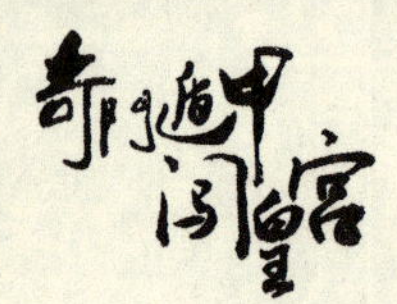

神。小雅伸手拉住他的头发，喃喃道：“是有些白发……”话没说完，韩长鸾浑身一震，身子变得僵直起来。

他不相信自己真的已经老去，他到底多少岁了？他……还能不能拥有她？韩长鸾陷入混乱之中，片刻之后，韩长鸾大吼出声：“你胡说！”

正在这时，师亦宣迅速来到小雅面前，拿过衣服裹在她的身上，将手递给她，说道：“跟我走吧，他一会儿就想通了，到时可都走不了了！”

小雅伸手敏捷地将衣服穿在自己身上，她把手放在师亦宣的手心上，感到手上一紧，师亦宣拉着她跑出明光殿。许久之后，明光殿传来韩长鸾震怒的声音：“雅儿，不要再逃了，否则，长鸾会杀了何小明！”

字字狠绝，韩长鸾绝不允许小雅再次逃离他。千年前的那次逃离，他足足找了五年，他不想再重蹈覆辙。当年的情景，不想再忍受五年、十年甚至是百年的孤独了。

第五十七章　成　魔

师亦宣和小雅躲至孤岛外的暗礁下，两人已在这里躲避了一个多钟头，却没有说上一句话。对于小雅来说，师亦宣是黑影也是高纬，她已经不知道说什么好。对于师亦宣来说，何小雅是高纬的心上人，而她又痛恨着护书族人，师亦宣也不知要说什么才好。

两人就这样沉默着，直到日落西山。小雅不禁缩紧身子，打着冷战，说道："你是护书族人，有保护命造书的使命，你什么时候将小明救出来？"

师亦宣回道："今非昔比，亦宣现在不是他们的对手，只能看情况了。"

"还有护书族人做不了的事？当年你很帅嘛，差点将小雅逼死！"小雅说的是北齐极乐台之时，黑影硬逼着她回到现代。

"你不要这么说，我全是为了你。当时不仅仅是兰陵王有劫难，你也有。如果你不回来，只能死在那里。"师亦宣淡淡地说着，一千多年前的记忆他已经有些模糊。唯一记得的是她拼命反抗也要救兰陵王的坚定表情，直到如今，他都难以忘怀。

"那本破书上到底写了什么？顶它个肺，见一次顶一次！"

师亦宣听得此言，竟淡淡一笑，说道："你一点都没变。命造书上面只写了八个大字，只可惜，我也不知道是什么字。"

小雅气结，不满道："连你也不知道，那我更没戏了。"

师亦宣回道："也不是，命造书被迫打开时，便会启动原先设定好的密令，直接变成充斥在天地间的一股气运。在这股气运下的任何生物，都会感受到书上的内容，也就是那八个大字。"

"你是说被迫打开？那宿主会怎么样？"

"会死。"

"Shit！你再说一遍，不许唬我！"

“不仅宿主会死，连护书族人也会死。当命造书不需要保护的时候，护书族人的存在便没有任何意义，所以不用你说，为了护书族人继续存在，就是死了也得救出小明。”

师亦宣从容地说着，谁也没想到，永生不死的护书族人也是如此怕死。

“那好，现在就去救小明，Rina 她就由我来解决！”小雅当即站起，援救小明之事，刻不容缓。

小雅跳上暗礁，一头尚未来得及梳理的长发显得有些散乱，粉红衣袍在夕阳的照射下犹如天使般梦幻，站在她身后的师亦宣不由得有些痴了。她真的很美丽，与生俱来，得天独厚的美丽，世上再无人可以与她媲美。

当小明从昏迷中醒来时，发现自己被绑得结结实实，动弹不得，感受到周围异样的氛围，不禁担忧起小雅来。记得在昏迷前，小雅已经昏倒在他的怀里，如果他被 Rina 偷袭，那么小雅也一定遭到不幸。

挣扎许久，小明终于喊道：“Rina，我姐呢？”

黑暗中，Rina 的声音从他面前传来：“何小明，不，我应该叫你兰陵王。你从小便喜欢你的姐姐，为什么从不告诉她？”

小明心中一震，随即说道：“你胡说什么？”

嬉笑声不断，Rina 又说：“我重新查了一下你的成长历程，可谓艰辛。为了使能力超过姐姐，保护姐姐，小时候可吃了不少苦。可到头来，你还是保护不了她。告诉你，她现在正被韩老板搂在怀里欺负呢，怎么啦？心痛啦？愤怒啦？哈哈，还是想杀了我？”

听她一说，小明心里确实心痛，他一直在努力，却还是保护不了小雅。小明不禁哑着嗓子道：“有事冲我来，别欺负她！”

Rina 大笑：“哈哈哈……何小明你笑死我了，你姐是女人，你是吗？”

小明咬牙怒道：“Rina，你就是个疯子！”

Rina 拍掌道：“我就是个疯子，你咬我呀？打我呀？杀我呀？”

小明又怒：“Rina，你实在太变态了！”

Rina 把椅子向小明前面挪动，在他前面近处坐下之后，她把头伸向小明的面前，在他的脸上迅速亲了一口，笑道：“小明，有没有人告诉你？你真的很帅，比韩老板还帅，我真的很喜欢你哪！可惜为了命造书，我只能牺牲你了，我太伤心了……”

说罢，又要亲他的嘴唇，小明当即别过脸去，不让这变态女人得逞。可 Rina 是什么人，从来她要得到的男人没有一个得不到的，包括即将死去的何小明。

Rina 捧着他的头强硬地亲吻他，直到门口站着一抹娇小的身影，直到门口的她发出一声怒吼：“Rina，你对小明做什么？”

Rina这才停下动作，转身坐在椅子上，看着头发散乱的来人。光线从她背后折射进来，Rina有些看不清她脸上的表情。

"没什么，当然是做该做的事。"

小雅三两步冲到弟弟面前，抱着他的头，安慰道："小明，别怕。"

感受到熟悉的气味，小明心里安定下来。他把头枕在她的腰间，享受着她从小到大独一无二的气息。然而，此时此刻，从小雅身上透出的气息中似乎多出一点男性的气息，仿佛刚经历过一场欢爱后留下的气息。

小明不禁抬头，问道："姐，发生什么事了？你变了……"

小雅愣住，她知道弟弟的鼻子嗅觉灵敏，可没想到他竟发现她气味已变。她一边帮他解开绳子，一边说道："姐没事，你别管了。"

正当小明欲再说时，一旁的Rina不知死活地开口："男人的气息，对吗？韩老板果然还是不能拒绝如此美色呀！"

"你闭嘴！"姐弟两人同时出声，Rina有些错愕。随即，她又笑着打趣道："太没风度了，怎么可以对女人这么凶！哟，看谁来了，韩老板啊！"

小雅立即向门口望去，却见门口空空如也，正当她寻思这会儿，只觉小腹上一阵疼痛，她皱着眉抬头，发现Rina正笑嘻嘻地一拳打在她的肚子上。小雅向后退了两步，望着Rina说道："你，狠！"

Rina笑嘻嘻地吹了吹拳头，说道："《何家宝鉴》上记载，曾经有一个女子占了我祖先三次便宜，有次还差点让我祖先绝后。我想那个人便是你了，打你一拳便宜你了！"

Rina说的正是宇文邕，他曾经被小雅占过三次便宜，有次确实差点让他绝后，不过那也是为了救他，否则他早已沉浸在美色中直到腐烂死去。

"对，是我，再来两拳。"欠宇文邕的始终要还，让他的后代来拿回这笔债，实在再好不过。

"你要我啊？你会让我打？你当我是傻子！"

正当她得意地说着之时，门口的光线忽然被挡住，一个高大的身影站在门口处，静静地望着三个人。微风抚过，他满头银丝胜雪，在风中飞舞，两个女人不禁吃惊，不过才半天光景，韩长鸾竟已经是满头白发。

Rina首先唤了一声："韩老板，您这是怎么了？"

韩长鸾看也不看Rina一眼，直接走到小雅身前，抓住她的肩膀，摇晃着她，冷笑道："你又要逃开我，我为了你什么都可以，你却一直躲开我，何小雅，何小雅……"

"先生，小雅并没有逃，小雅只是不想弟弟死，您就放过他吧！"小雅祈求，她从不曾求过他，为了弟弟的安危，让她去死都可以。

韩长鸾一怔，随即打断道："除了这个，什么都可以。"

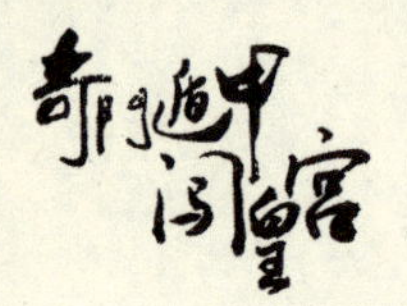

"除了这个,小雅也别无他求。"

"你……"韩长鸾伸手欲打,却怎么也舍不得打下去。小雅自然无所畏惧,一双灵动的双眼正坚定地望着自己,看着她眼里的旖旎,任是心肠再硬的男人也无法下手。

韩长鸾放下手臂,将小雅反手抓住,推给Rina,说道:"看着她。"

Rina从背后缚住小雅,笑道:"乐意效劳。"

韩长鸾点点头,随即走到小明身边,仔细看着他,缓缓说道:"像,真的太像了!如果不是因为兰陵王已死,长鸾真会把你当成高长恭。"

"只可惜……不论是高长恭还是何小明,都得死……"韩长鸾从怀里掏出一把匕首,在小明的胸前心脏的位置徘徊。一边的小雅看得心惊,她狠狠地踩了Rina两脚,Rina手一松,小雅便冲向前,挡在小明的位置前,抬头祈求着:"小雅再也不逃了,放过小明吧,他从没见过这个世界,不能就这样死了!"

韩长鸾冷笑:"没见过更好,他永远没机会了。"

"姐,不要求他,他是个王八蛋!"

"小明,你先别说话。"

"真是姐弟情深呀,我很嫉妒哟。韩老板,您心痛不心痛?"Rina在一旁添油加醋,韩长鸾的眉头微微皱起,他忍无可忍地一脚将小雅踹至旁边,拿着匕首便要往小明胸前刺下……

"不!"

小雅反身过来抱住韩长鸾的大腿,差点哭出来。在这关键时刻,小雅已经使不出任何法术,何小明命悬一线,她哪有定力静心静神启动咒语?她现在连使用掌心雷都无能为力,更别说是其他道法了。

"韩长鸾你要是刺下去我就一头撞死,说话算话绝不食言!"

不料,韩长鸾却笑起来,笑得令人有点毛骨悚然:"等拿到命造书之后,你就是撞一百次墙也死不了。小雅,我是为我们的将来着想,只要拿到命造书便可以永生,难道你不想吗?"

"永生有个屁用!如果永生要用小明做代价,那我宁愿死!"小雅的手紧紧扒在韩长鸾的腿上,韩长鸾动弹不得,几次想狠狠地甩开她,又生怕摔伤她。韩长鸾进退两难,正在这时,一阵强光闪过,在众人的目光中,师亦宣姗姗来迟。

看见是师亦宣后,小雅差点喜极而泣,喊道:"带小明走!"

师亦宣随即扶起小明冲出门口,Rina阻拦,师亦宣都能将她冲开,直到Rina被狠狠撞向柱子之后,韩长鸾才不得已出手。他不得已将小雅打晕,移换身形,早先一步挡在门口。

在凛冽的风中,韩长鸾露出比冰凌还冷的眼神。看见师亦宣,他便会想起在北齐的日子，那时的他，为了保住性命，不得不听高纬命令对雅妃下药，差点让雅妃断过气去。至今为止，韩长鸾对高纬仍然只有妒意和恨意。

"一个都别想走，特别是你，高纬！"

伴随着话语，天地忽然间黯淡下来，屋内烛光瞬间熄灭，从大殿中央传来的寒冷让在场的所有人不禁打了个寒战。师亦宣放开小明，冷冷地望着挡在前面的人，心想又是一场恶战。

韩长鸾今非昔比，能存活至今，他的力量自然不可小觑。自古有悟道成佛，也有悟道成魔，韩长鸾不是佛便是魔。

刚昏迷过去的小雅立即被冷醒，她不禁从地上跳起来，悄悄摸索着走向门口。

霎时间，似乎天崩地裂，一道白光和一道紫光交叉冲天而出。待众人失神之刻，小雅才明白过来，师亦宣和韩长鸾已经化作两道光芒交战而去。想到此，不仅小雅心惊，连眼瞎的小明也能感到几分恐惧。韩长鸾的力量深不可测，是魔的力量让他天下无敌。

小雅继续摸索着，倒是嗅觉灵敏的小明找到她，与她紧紧抱住，彼此感受着热乎的体温，证明都还活着。天空中电闪雷鸣，一道闪电劈中屋子，一阵火花冒起，顷刻之间，师亦宣从上面被抛落，嘴角多了一道血迹。

师亦宣将血迹擦掉，继续与韩长鸾交战。在他化作白光之后，天空忽然恢复平静，从屋子的缺角看上去，苍穹万里无云，只有远处似乎有流星划过，形成一道和谐的风景。然而，小雅知道，那划过的痕迹并不是流星坠落，而是韩长鸾和师亦宣两个人当中的一个人中伤滑落。

小明焦急问道："姐，情况怎样了？"

小雅严肃地说道："他们当中，有一个人已经败了……"

"会是谁？"

正当小明疑惑时，一道光芒闪过，一个高大的身影出现在大家面前。顷刻之间，屋子内烛光亮堂起来，在摇曳的灯光中，小雅已将他的样子看清。一头银发飞扬，手指上早已长出十个锐利的指甲，脸上表情更是一脸血腥，彤红的眼睛再无半点情愫，似乎在他的眼里只有——杀戮。

他是——韩长鸾。

第五十八章　涅　槃

看见韩长鸾，小雅心中大惊，师亦宣的失败已成必然。小雅不由自主地挡在小明身前，生怕韩长鸾在失去神智的情况下，将小明杀死。

“你让开！”

“韩长鸾，你醒醒，你这样子已经不是小雅认识的国师大人了！”

“醒？哈哈哈，来不及了！”韩长鸾向前逼进，当即要杀小明取命造书。小雅身手也不慢，将小明护在身后连续几次躲过他的擒拿。

在两人争持不下时，一道黯淡的白光闪过，师亦宣身受重伤，他已经十分虚弱，他抬起头望着小明，说道：“小明，只有你自己可以救自己……”

说罢，一道光芒从师亦宣剑指处冲出，直接冲向小明的印堂。顷刻之间，时间仿佛静止，一片巨大的白光从小明身上四散而出，小明忽然睁开双眼，明亮的光芒从他眼睛里折射而出。

在这一瞬间，小明似乎想起了刚出生之时的事情。当他哇哇落地之后，看见了天际闪过一道红光，紧接着红光越来越弱，直到他再也看不见任何光芒……原来，自己竟是命造书的载体，从他出生那刻开始，便决定了他的命运。

思绪回到北齐时代，上一代宿主兰陵王也是在命造书觉醒的情况下死去。如今，命造书带着兰陵王的记忆寄生在小明身上。在这一瞬间，小明忽然感受到兰陵王尚存的心跳，以及他那最终被自己救赎的灵魂。

小明不禁出声：“雅姑娘，我们又见面了。”连声音也是高长恭的声音，小雅心中一愣，竟有泪水要涌出，在这一刻，她仿佛看见了为她而死的兰陵王。

“长恭，是你……”

小明点点头，他伸出手，指向韩长鸾，韩长鸾立即被一股巨大的弹力弹开，撞在柱子上后轰然落地，立即吐了一口血。

"雅姑娘，长恭能再见到你死而无憾，长恭要走了，保重。"灯影摇曳，一袭青衫在烛光中如梦似幻，音容兼美的高长恭终于笑着淡去身影，直至消失殆尽。

"长恭……"

小雅过去拉住他，却只撞在一堵坚硬的肉墙上，何小明将她拥在怀里，亲吻她的额头，说道："姐，从现在开始，弟弟有足够的能力保护你，你先坐着，看我的！"

小明牵着小雅在一旁的椅子上坐下后，毅然转身走向韩长鸾。小雅看着他坚定的背影，不禁心生不祥的预感，难道小明要……

"不！小明！给我回来！"

小雅怒吼出声，她欲冲向前去，却看见小明额前的太极印已经渐渐淡去。小明整个人几乎飘起来，渐渐透明，看他的样子大有同归于尽之势。

在光影中，何小明露出令人费解的笑容，他伸出手向小雅挥挥手，终于，他的身子汇聚成一股巨大的能量，不断地爆炸开来……

与此同时，天翻地覆，从地表里冲出一股红色烟雾与苍穹中的白光汇聚在一起，形成一个巨大的烟雾团，越来越大，在众人震惊的目光中，烟雾团最终炸开，一层一层地向天空散去，直至天空红云密布，直至地球的每一个角落。

"不！小明……"小雅失声痛哭，他知道小明和兰陵王走上同一条路，但不同的是，小明将自己变成笼罩在天地间的气运，变成永远的"命运"，牵引着宇宙，变成世人再不能掌控的天书。

小雅瘫坐在地，天空中的红云也开始渐渐散去，在黎明到来之前，天空中出现了流光溢彩的八个大字：以人为本，顺应天命。原来这才是命造书的精髓，原来，苦苦寻觅的命造书也只有这八个字。

可这八个字，确实是人间至理。天地的关系，不过是君臣关系。以人为本，也是命运存在的价值。如果天地间没有人的存在，所谓命运也便没有价值。

只可惜，明白这个道理却非要以他人的牺牲作为代价。

师亦宣抬头望着变成命运的命造书，不禁露出一抹绝望而又欣慰的笑容，他缓缓说道："使命完成了，师亦宣，你该走了。"

师亦宣站起来，他走到小雅身边，将她扶起来，笑道："好好活下去，小明在天上看着你，我也要走了，保重。"

小雅回过神，望着师亦宣，她觉得自己已经控制不住，紧紧地抱住师亦宣，歇斯底里地吼道："不要走，我不管你是黑影还是高纬，我只知道，你是师亦宣，你不要走，我喜欢你，我很喜欢你……"

师亦宣眼睛红了起来，她的告白来得太晚。在命造书化成命运之时，他师家注定要消失在历史长河中。这世上没有人会记住师家，他就像从来不曾存在过一样，连小

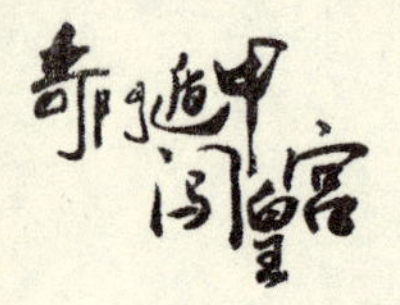

雅也会忘了他。

师亦宣捧起她的脸，低头吻上她的红唇，不为了别的，就为了高纬千年的等待，为了她的坚强，为了她的勇气，为了她更好地活下去。师亦宣不管自己有没有爱上她，在此时此刻，他的心里只有她。

“保重，你会忘了我……”师亦宣淡淡地笑开，笑容渐渐模糊，他在小雅的泪眼中逐渐消失不见，最后竟变成一只蝴蝶在空中翱翔飞舞，它飞到小雅的唇上停留一会儿之后，才扑扇着双翅离开。

小雅想起高纬的那句话：此生不待，来生再续，愿为蝶花相逐，生不愿再入帝王家。

她再次痛哭，她失去的不仅仅是一个爱她的男人，还是一份珍藏许久的爱恋。从师亦宣消失开始，她已经逐渐忘了师亦宣的样子。在她的脑海里，只有对高纬的记忆，从此再无半点师亦宣的印象，师亦宣彻底地从她的记忆中消失。

微风拂过，史书上刻着的那一行行记录，竟自动消失，所有关于师家的记载，都随着师亦宣的消失而不复存在。

黎明之时，韩长鸾一夜之间苍老了十几岁，他望着伤心至极的小雅，只说了一句话：“我只想和你一起到天荒地老，你们连这个机会都不给我。小雅，我支撑不了多久了，你要好好活下去……”

韩长鸾说完，迈着苍老的步子转身离去，与此同时，孤岛上的树木忽然一一枯萎，明光殿等建筑轰然倒塌，化为灰烬。本来便是海市蜃楼，随着韩长鸾的老去，孤岛上的生命再无半点生机。

还剩下半口气的Rina大笑道：“这下好了，你什么都没有了！何小雅，你什么都没有了……”她疯狂大笑，命造书的消失，代表她长生不老梦的破灭，Rina再也支撑不住，站起来冲下台阶，消失在一片废墟之中。

公元2009年。何算门。

何算门大厅内，一抹娇小的身影蹿上蹿下，她爬上梯子摆放灯笼，噔噔噔的声音响个不停。一会儿之后，娇小人儿从梯子上跳下来，怒道：“何小明，快去煮饭了，饿死了！”

她喊了许久，见没有人回答，不禁叉腰又喊：“高纬，你去煮饭！”

还是没人回答，她便自己钻进厨房忙碌起来。不久之后，四菜一汤，三副碗筷摆上饭桌。她开始喊道：“猪头，下来吃饭了！”

没有一点声响，小雅恼怒地上楼，想把他们赶下来吃饭。当她上楼发现楼上空空如也，小雅恍然大悟，原来忘记做一件事了。她拿出两道幻术符，口中念动咒语，一阵轻烟闪过，两名男子正站在她面前笑吟吟地看着她。

小雅笑道：“下去吃饭啦！”说罢，转身下楼，两名幻术变幻而出的假人正是高纬与何小明。自从何小明变成“命运”之后，小雅的脑子里只有小明和高纬，其他的一概不记得。

两个假人坐在餐桌前，笑吟吟地望着小雅，小雅拿起碗筷说道：“开动了，快吃，不吃我捅死你们！”

然而，尽管她一而再再而三地威胁，由幻术幻化而出的假人是无论如何都不会拿起碗筷吃饭的，他们唯一能做的便是微笑地看着小雅吃饭，然后微笑地说一声：“好，吃得好饱啊，再来一碗。”

小雅便会给他们多盛一碗白米饭，然后，假装趁他们不在意，把米饭抢过来自己吃掉，经常把自己咽得眼泪直流。

一年下来，小雅觉得十分满足，只是偶尔，她会对着他们发呆，天边流星闪过，似乎构成了五个大字：“我们的结局。”颔首，再没有泪垂下，只有微微痛着的双眼。深邃的瞳孔中闪着两张笑脸，渐渐模糊……

番外·回忆录·步步为营

步步为营起，覆了家国换天齐，还是丢了你。

——宇文邕

他是鲜卑族王者，然而，在他未亲政之前，他只是一名傀儡皇帝。每天，担心宇文护在他的饮食中下药，每天要心惊胆战地生活。直到有一天，他下定决心冒死一搏，他将威胁于他的宇文护杀死。至此，他不再怕任何人。

他可以利用老夫人与他的母子关系，来成就自己攻下邺城的梦想。为了这个大业，他甚至亲身前往北齐，可自从他在邙山见到小雅起，顿时惊为天人。此刻，将她与江河湖海比起来，竟然是一样的。

可惜她，早已心有所属。宇文邕只能以请她当国师为借口，将她留在身边。为了这一天到来，他更加精心策划了一场轰动的战役，只可惜，在他攻入皇城之后，佳人已逝。

最后的卦象翻开，何言不爱，一片胭脂海。

——韩长鸾

他是鲜卑族的奸细，也是北齐的国师。他本可以青云直上，呼风唤雨，可在看见她之后，他的世界全然改变。

他从来追求名利，却在看见爱情之后，奋不顾身地投入，为了她不惜放弃北周国师之位，不惜背叛北齐君主，不惜与她一起炸开龙脉，不惜与她一起跳下悬崖。然而，佳人却意不在他，在最后时刻，佳人离他远去。

最让人心痛的便在此，他没有放弃她，一人孤身寻找她五年，终于在得知她五年前已经死去的消息后轰然崩溃，他跳崖身死，一念成魔。在一千年后，他重新找到她，以为是希望，可却是深深的绝望。当命造书变成无形的枷锁笼罩在天地间后，他与她在一起的梦想再次破灭，他瞬间苍老，满头白发，一地萧索，最后消失于孤岛废墟之中，再也没人看见他。

登宝塔，望海花，江山万里几处繁华。

——高纬

他生性暴虐，却心存希望。他生于黑暗，却寻找光明。北齐君主之家向来淫乱，在他五岁之时，便已经看尽人生百态。惠妃的死将他打入冰冷的地窖，从此不再相信任何人。

直到她的出现，才让他在溺水时抓到一根稻草。她是那样狡猾，又是那么令人感到充满希望。她乐观，她坚强，她的一举一动都充满活力，高纬已经无法拒绝她，一生只能追逐她的光芒而活。

只可惜，她竟然想将这得来不易的火星掐灭，置他于冰窟。他不允，所以，他开始虐待她，开始戏弄她，甚至想毁了她。一切的一切，都是因为他不想失去她。

风云变化，极乐台上她彻底地离开他，他再也支撑不住，一日三道圣旨宣她回到他的身边。五年光阴下来，她便再没回去过。在北周大军再次攻入邺城之时，已经二十二岁的帝王才恍然大悟，佳人已逝，再求不得。

尔笑埋愚妄，隔岸起兵戎，再对已无话。

——兰陵王

他音容兼美，文武两得，他生在一个征战朝代，他本可以精忠报国。可阴错阳差，一个三十年的误会让他一生压抑，走上不归路。

在遇见她那刻起，心中的震撼无人可知。他从没有主见，也不能有主见，可对于她，他却想背着她跑，带着她飞翔，即便是自己摔得粉身碎骨，他也无怨无悔。可他还是利用了她，利用她的善良，将她推入皇帝的怀里。

在她被迫回宫之后，他才发现，他最爱的是她！

“喜欢她，就去把她找回来。”

为了她，兰陵王不惜举兵背主，攻入皇城……

凋尽经年，少年颜开，生死换不来。

——何小明

通篇下来，只有这名少年笔墨不多，却最让人心痛。他天生眼疾，自小在小雅的影响下长大，唯一感受到的便是何小雅，可以说，少年的初恋对象是大他不多的姐姐。

可他却在苦恼，弟弟喜欢姐姐是天理不容之事，即便没有血缘关系，姐姐也不会答

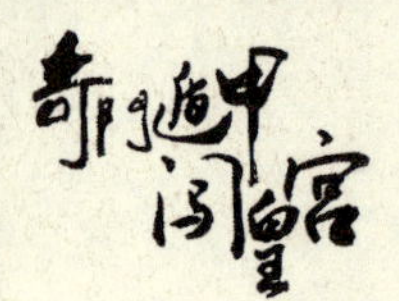

应于他。于是，这名瞎眼少年一直隐忍，隐忍到再也忍不住。在最后一刻，他睁开双眼重见光明之时，却只能亲吻她的额头，却只能为她牺牲。

某种程度上来说，少年在惩罚他的姐姐，他永远也无法拥有她，只能在她的心里占得一席之地，事实上，这名少年的牺牲成功了，他的姐姐一辈子也没忘记他。

烟里，容已衰白，刀光覆盖，时光不重来。

——师亦宣

他作为护书族人是不幸的，从来没有过自己，如命造书一样，要依赖他人而活。最最可怜的是，他要依赖命造书而活，命造书一旦消失，师家一族便会永远消失在历史长河中。

他没有人类的任何感情，更不可能体会。从黑影容将军开始，到高纬，最后做回自己，他仍然不懂得什么是爱。直到他消失在天地间的那一刻，面对她的深情告白，他震撼了，心里已经在淌血，可他不得不消失，他情不自禁地吻了她，最后化成一只蝴蝶与天地交融。

或许，从这一刻开始，护书族人也懂得了爱，或许还是不懂，当他们消失后，便没有人再记得他们，包括爱他们和恨他们的人。史书上的记载也将被一一抹尽，不留半点痕迹。

人间颜色，敌不过眉间一点朱砂。

——何小雅

她是何家自小收养的弃儿，没人知道她的生辰，更没人知道她的父母。何老爷只观她的鼻子上的红痣，帮她确定出忌神，此外，何老爷子再无他法。

她顽强、狡猾、坚定，犹如打不死的蟑螂小强，她为了弟弟的眼疾，不惜冒险闯入时空大门，毅然到北齐寻找命造书，改变弟弟的命运。

北齐风起云涌，世事变幻莫测，在那里惹了不少桃花债。当她回到现代之后，事情却远远没有平息。命造书、护书族人的秘密被相继揭开……

事情已经到了她无法控制的地步，直到她的弟弟牺牲，直到她的所爱消失于天地之间，世间仿佛都安静了，在命造书成全世人的同时，她亦失去了所有。